감사합니다.

윤소리 Soro"g

<Silver Tree> 2023 . 3. 31

실버트리

실버 트리 4

2023년 3월 28일 초판 1쇄 인쇄
2023년 3월 31일 초판 1쇄 발행

지은이 윤소리
발행인 강준규

기획 편집 정시연 이은정 주종숙 이예슬
마케팅 지원 배진경 임혜솔 송지유 장선영 김디운 조진숙

발행처 (주)로크미디어
출판 등록 2003년 3월 24일
주소 서울특별시 마포구 마포대로 45 일진빌딩 6층
편집 문의 (02)6365-5170 **구입 문의** (02)3273-5134
홈페이지 rokmedia.blog.me
E-mail romance@rokmedia.com

ⓒ 윤소리, 2023

값 13,500원

ISBN 979-11-408-0805-2 04810(4권)
ISBN 979-11-408-0801-4 04810(세트)

VOLUME 4 ✦ 윤소리 장편소설

실버트리
Silver Tree

Contents

9부. 신이 선택한 여자,
　　　여자가 선택한 남자

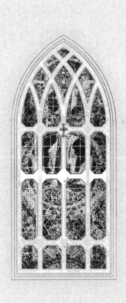

9-1. 신의 도구, 인간의 도구

약혼식은 당연히 연기되었다. 취소되어야 함이 맞겠지만, 왕의 전갈로는 '연기'였다. 당장 왕에게 쫓아가고 싶었으나, 일단은 쥐 죽은 듯 상황을 지켜보기로 했다.

왕은 노트르담에서 거행된 신년 부활절 미사에 참석했다. 레아 역시 노트르담의 미사에 참석해야 했다. 남의 눈에 띄고 싶지 않았던 그녀는 남장을 하고 가고 싶었지만, 그것이 '주님의 창조 질서를 어지럽히는 큰 죄'라는 경고를 너무 많이 받았기 때문에, 어쩔 수 없이 칙칙하고 눈에 띄지 않는 드레스로 갈아입고 눈에 띄지 않는 구석 자리에서 미사를 드렸다. 발타의 회복에 대해서는 철저한 함구령이 내려졌기 때문에 그는 시테 궁에 남아 있어야만 했다.

그랑드 살르에서 열린 신년 오찬에는 많은 손님이 초대되었다. 1층 주방은 진종일 부산했고, 왕의 홀은 오랜만에 낯선 사람들로 북적였다.

레아와 발타는 초청받지 못했다. 두 사람이 같은 방에 있지 말라는 왕의 명령이 있었지만, 그렇다고 방에 갇힌 것은 아니었다. 하녀와 병사를 대동하면 어디든 갈 수는 있었다.

레아는 발타가 보고 싶어 애가 탔으나 대놓고 그의 방으로 찾아갈 수는 없었다. 왕이 두 사람에 대해 갖고 있는 호감과 배신감이 어느 쪽으로 기울었는지 가늠할 수 없는 상태에서, 왕의 비위를 함부로 건드릴 수는 없었다. 더욱이 목을 매달고 싶은 걸 애써 참고 있는 왕을 굳이 긁어서 부스럼을 만들 필요는 없었다.

그러다 보니 레아가 할 수 있는 일은 생트 샤펠에 기도하러 가는 척하면서 발타의 방 근처를 배회하며 문틈을 힐끔거리는 게 전부였다.

"보나 파스카, 마드무아젤. 새해 복 많이 받으세요!"

세탁 바구니를 들고 방에서 나오던 하녀 마르그리트가 나붓이 허리를 숙이며 재잘거렸다. 발타 님의 수발을 들 때 친해진 하녀였다. 주근깨가 송송 뿌려진 콧잔등에 갈색 눈동자가 반짝반짝하는 아가씨로, 스물두 살밖에 안 되었는데 벌써 궁 생활 6년 차 베테랑이라 눈치가 독심술 수준이었다.

그녀는 방문을 열어 둔 채 잠시 레아와 수다를 떨었다. 눈치껏 방 안을 살펴보라는 뜻이었다.

방에는 아무도 없었다. 애초에 개인 짐이 거의 없던 분인지라, 침대마저 깨끗하게 정돈되어 있으면 아예 빈방처럼 느껴지곤 했다. 그래도 침대 밑에 놓인 낡은 가죽 자루와 침대 위에 잘 개어 둔 옷가지 몇 벌을 보니, 괜히 콧등이 시큰해졌다.

마르그리트는 호기심 가득한 표정으로, 하지만 호의적인 미소를 띠며 지나가는 말로 덧붙였다.

"어휴, 아까 마구간에 심부름으로 잠깐 내려갔는데, 발타 님이 거기 계시지 뭐예요. 몸이 나으셨어도 하루 이틀은 침대에서 쉬셔야 할 텐데, 글쎄 그 성깔 더러운 크레도랑 망아지들이 너무 보고 싶다고, 오후 내내 냄새나는 마구간에 계실 거라지 뭐예요! 크레도는 발타 님한테 떼를 쓰고 울고불고 난리가 났어요. 아유, 말 주제에 사람 행세를 다 해요. 같잖아서."

가슴이 두근거렸다. 얼핏 들으면 크레도가 걱정되어서 바로 보러 가셨구나 싶지만, 기사와 숙녀들의 연애소설을 많이 읽은 레아는 그것이 밀회 요청임을 바로 알아차렸다.

레아는 얼른 마구간으로 달려갔다. 경황없이 떠밀리듯 헤어지고 한 번도 못 뵈었다. 손 한 번 못 잡고 그냥 헤어진 게 분해 죽겠다. 보고 싶어서 미칠 지경이었다.

왕의 정원으로 통하는 중간 문으로 들어가면 왼쪽 약초밭 옆으로, 마구간과 견사가 나온다. 레아는 치맛자락을 걷어쥐고 달렸다. 발이 붕붕 날아가는 것 같다.

"……마드무아젤? 어딜 그리 급하게 가십니까."

낯익은, 하지만 별로 반갑잖은 목소리가 들린다. 레아는 뒤를 돌아보고 기겁했다.

"폐, 폐하?"

그녀의 앞에는 신년 행사를 위해 한껏 화려하게 치장하고 나온 왕이 있었고—레아는 왕의 화려한 취향이 늘 유감인데, 그 장신구들의 화려함이 왕의 미모를 심히 가린다— 그 뒤로 오찬을 마치고 함께 나온 왕족과 귀족들이 열 명 넘게 서 있었다.

레아가 황급히 허리를 숙여 왕의 손에 입을 맞추려 하자, 그가 손을 뒤로 물리고 레아와 똑같이 허리를 숙여 인사를 한다.

"바람이라도 쐬러 나오셨습니까. 아직 바람이 찹니다만."

레아는 눈만 깜박이며 한 마디도 대답하지 못했다.

왕의 말투가 예전과 달라졌다. 이웃 나라 왕비나 자신과 대등한 지위의 숙녀를 대하는 것처럼 정중한 말투였고, 심지어 존칭까지 제대로 사용하고 있었다.

뒤에 서 있는 사람들 사이로 술렁임이 파도처럼 지나갔다. 레아는 사람들의 면면을 재빠르게 살폈다.

아, 제기랄…….

왕궁 물을 좀 먹다 보니 누군지는 몰라도 아는 얼굴은 많다. 부부 동반으로 왕의 식사에 참석했는지, 화려한 장신구와 의복, 최신 유행 모자로 치장한 귀부인들도 적지 않았다.

그들은 레아가 누군지 대충 아는 눈치였다. 그래서인지 수군수군 못마땅한 얼굴이면서도, 일단 왕을 따라 레아에게 허리를 굽혔다. 얼른 빠져나가고 싶었던 레아는 재빠르게 대답했다.

"마구간에 잠시 가 볼까 해서요."

손에 들린 막대기를 뒤늦게 발견한 왕의 얼굴이 뜨악하게 변했다. 레아는 그의 표정을 너무 잘 읽게 된 자신의 눈치가 원망스러웠다. 지금 왕의 입속에서는 '제발, 레아, 제발 제대로 된 성물함 좀!' 하는 고함 소리가 잠겨 있었다. 왕이 반듯하게 미소하며 물었다.

"크레도……를 보러 나오신 겁니까. 부상당한 녀석을 위해 매일 기도해 주신다 들었습니다."

제가 그 성깔 더러운 녀석을 보고 싶을 리가 있나요. 제가 보고 싶어 하는 게 누구인지는 하늘이 알고 땅이 알고, 당신도 알고 뒤에 서 계시는 분들도 대부분 알고 계실 텐데 이 무슨 속 보이는 말씀인가요, 폐하.

하지만 속 시원하게 그런 말을 하기엔, 이성을 되찾은 레아의 간덩이가 바짝 오그라붙은 상태였다.

왕이 문을 박살 내고 들어올 때, 쫄보 가문의 본능이 되살아났다. 발타 님이 중간에 대신 대답해 주지 않았으면 왕의 앞에서 오줌을 지렸을 게 분명하다. 그럼 레아 다크레는 신이 선택한 여자가 아닌 다른 영역에서 전설로 남았을 것이다. 레아는 그것만큼은 하느님께 진심으로 감사드렸다.

자, 어찌 대답할 것인가. 이 사람들을 헤치고 발타 님을 무사히 만나러 가려면 마음에도 없는 신의 피택자 시늉을 해야 할 것이다.

레아는 매우 은혜롭고도 감미로운 목소리로 말했다.

"예, 폐하. 부활절 아침에 놀라운 신의 기적을 목도하였으니, 그의 말을 위해서도 신께 간구를 드려 볼까 합니다."

"그렇습니까. 한갓 미물까지 감싸 안는 세심하고 자애로운 마음을 보니, 아씨시의 성인을 뵙는 것 같습니다."

오, 저 진지하고 근엄한 얼굴로 지금 나를 멕이는 건가. 레아는 이러면 안 된다는 걸 알면서 똑같이 돌려주고야 말았다.

"예, 자애로운 폐하께서 명하신 대로, 그동안 군마 크레도를 위해서도 매일 성 유물을 모시고 기도하고 있었습니다……만."

이쯤 하면 다들 눈치챘겠지? 이 막대기가 사통팔달 만병통치가 아니라는 건?

레아가 속으로 조금 의기양양하고 있을 때, 왕이 한쪽 입술을 비틀며 빙긋 웃더니 손을 내밀었다.

"그렇다면 제가 마사로 안내하지요. 마드무아젤."

네? 네네? 그건 좀 아니죠?

폐하 인간적으로 이건 좀 아니죠? 설마 제가 발타 님을 만나러 가는데 님을 끌고 가고 싶겠습니까? 그것도 모자라서 온갖 스캔들 수집가들과 관람객까지 줄줄 끌고? 제발 상식적으로 생각해 주시면 안 되겠습니까? 우리 사랑에 훼살 놓고 싶은 마음은 알겠는데 사람이 인간적으로 어떻게 이래!

폐하, 지금 이래 봐야 무슨 소용이에요, 네? 약혼이고 결혼이고 모조리 파토 났잖아요? 제가 확인사살까지 해 드렸잖아요. 발타 님이나 제가 옷을 입고 당신을 맞이했다고 해서, 둘이 밤새 단정하게 갖춰 입고 손만 잡고 잤겠느냐고요.

레아는 속으로 온갖 악담을 퍼부으며 왕의 손 위에 우아하게 손을 얹었다.

"감사합니다, 잘 부탁합니다."

왕과 레아는 화기애애하게 웃으며 마구간으로 발걸음을 옮겼다. 두 사람 뒤로 관람객 무리가 눈을 반짝이며 줄지어 따라왔다.

망했다.

† † †

크레도를 옆에 묶어 놓고 레아가 오기만 이제나저제나 기다리던 발타는, 난데없이 몰려온 백만대군에 당황했다. 레아를 잘 아는 하녀들에게 자신이 여기 있음을 적극적으로 어필하긴 했지만, 이런 사태를 바란 것은 아니었다.

발타 님, 미안해요. 저도 이런 사태를 원했던 건 아니에요!

왕의 에스코트를 받으며 다가오는 레아의 얼굴은 썩어 가는 해초 같았고, 왕은 아무 표정이 없고, 뒤에 따라붙은 백만대군의 시선에는 호기심이 가득했다.

발타가 얼마나 심하게 다쳤는지 직접 목격한 손님은 거의 없었다. 다만 뜬소문으로 어렴풋이 알고 있던 사람들의 얼굴에는 호기심만 닥지닥지할 뿐이었다.

"발타, 자네도 와 있었군. 아크레의 숙녀께서 크레도의 치유 기도를 해 주고 싶다 하셔서 함께 왔네."

"감사합니다, 마드무아젤. 이 녀석은 저로 인해 한쪽 눈을 잃고, 제대로 걷지도 못하게 되어 내내 마음이 아팠습니다. 치유를 위해 기도해 주신다면 더는 바랄 것이 없겠습니다."

그것은 발타의 간절한 진심이기도 했다. 크레도는 군마로선 이미 장년에 접어들었지만, 발타에게는 인생의 절반 이상을 함께한 유일한 반려동물이고 가장 친한 친구이기도 했다.

발타는 크레도를 레아 앞으로 데려갔다. 사람들이 와글와글 몰려온 것을 본 크레도는 고개를 저으며 심통을 부렸다.

크레도는 몸을 마음대로 움직이지 못하게 된 데다, 발타도 몇 주 만에 본지라 잔뜩 골이 나 있었다. 그래서 뒷다리를 심하게 절면서도 고개를 휘휘 저으며 나귀처럼 뻗대었다. 그러다가 발타의 얼굴에 주둥이를 비벼 대며 떼를 쓰기 시작했다.

가기 싫다, 주인아. 저 새끼들 다 가라고 해. 나하고만 놀자. 인생 뭐 있냐. 즐거운 게 장땡이지. 주인아, 너 칼싸움 잘하잖아. 자, 주인아, 허리의 칼을 뽑아 들고 외쳐 봐. 다들 썩 꺼져 새끼들아! 라고.

레아는 이제 저 성깔 더러운 놈이 하는 말을 다 이해할 수 있을

15

것 같았다. 발타 님은 당연히, 예전부터 다 알아듣고 있는 것 같다. 은혜도 모르는 놈 같으니. 그래도 그동안 매일같이 와서 돌봐 주고 솔질도 해 주고, 성 십자가를 얹고 상처 좀 낫게 해 달라고 기도까지 해 주었는데 이따위 배은망덕이라니.

발타는 놈을 어르고 달래 간신히 레아의 앞에 데려다 놓고 고개를 숙였다.

"잘 부탁합니다, 마드무아젤."

"네. 그런데 사실 크레도를 위해서 매일 와서 기도하긴 했었어요. 보시다시피 지금까지는 별다른 일이 없었고요. 그러니까……."

"결과까지 염려치는 마십시오. '신이 택한 여자는 기도하고, 신께서 치유하신다'고 하지 않았습니까. 치유의 이적은 오로지 신의 영역입니다."

레아의 부담을 덜어 주려는 듯, 그가 편안하게 웃으며 대답했다. 아, 어디서 들은 듯한 말이다.

레아는 순간, 왕이 거리에서 몰려든 환자들에게 손을 얹고 기도하던 말을 떠올렸다.

'나 프랑스의 왕, 필립이 기도하고 하느님께서 원하신다면 그대를 괴롭히는 질병이 떠나리라.'

'하느님께서 허락하신 치유의 손으로 그대를 만지고 하느님께서 그대를 치료하신다면, ……그대의 몸을 사로잡고 있는 연주창이 깨끗이 치유될 것이다.'

레아가 고개를 돌려 왕을 보자, 왕은 레아의 생각을 짐작한 듯, 보기 좋게 웃었다.

"레아. 저 역시 연주창 치유 은사를 받은 자로서 말씀드립니다. 치유는 오로지 신의 행사이되, 빈자와 약자, 병자들을 위한 기도는 선택받은 자의 의무입니다."

의무?

다시 어깨가 짓눌리는 것 같다. 그딴 거 내가 달라고 한 적도 없는데 의무 따위가 다 뭐야.

하지만 발타 님이 기적처럼 나으셨고, 크레도 역시 발타 님이 그렇게나 아끼고 사랑하던 말이니, 낫기를 기대하는 마음이 더 컸다.

레아는 성 십자가 조각을 쥐고, 말의 다친 눈에 손을 댔다. 그리고 조금 떨면서 주변을 둘러보았다.

사람들의 표정이 이렇게 다를 수가.

발타 님은 손을 모으고 간절한 표정으로 눈을 감고 있었고, 왕은 무엇인가 시험하는 듯, 확인하는 듯, 기대에 찬 표정이었다.

뒤에 몰려 서 있는 사람들에겐 그저 호기심만 이글이글했다. 사육제의 공연을 보러 모인 사람들의 표정과 크게 다르지 않았다.

레아는 그들의 표정이 곧 실망과 냉소로 물들 것을 상상하며 쓰게 웃었다. 발타 님이 치유된 것을 보면서도, 레아는 여전히 자신이 신에게 쓰임받는 이유를 이해할 수 없었다.

백번 뒤집어 생각해도, 나는 그런 자격이 없잖아…….

이 나뭇조각을 불에 태워 없애는 짓은 일단 보류했지만, 그런 생각을 했다는 것 자체가 참람한 죄 아니겠는가. 그런데 모든 것을 아시는 하느님께서 치유의 능력을 베풀어 주실 리가 있냐 말이다.

17

그래도 레아는 간절히 빌었다. 신이여, 이 성질 고약한 녀석을 발타 님이 좋아합니다. 녀석의 눈과 다친 다리를 회복시켜 주시고, 기왕 회복시켜 주시는 거, 두세 살 정도로 회춘시켜서…….

"히히히힝, 히히힝!"

이 성깔 더러운 놈은 고새를 참지 못하고 다시 투레질을 시작했다. 코를 벌름대며 화를 내더니, 고개를 확 돌려서 고삐를 채 버렸다. 그리고 뒷발을 심하게 절며 도망쳤다. 레아는 저도 모르게 소리를 빽 질렀다.

"야, 크레도! 너 어딜 도망가! 지금 기도해 주는 거 안 들려? 크레도! 야, 이 자식아!"

기도하다가 고삐를 놓친 발타는 급하게 녀석을 쫓아갔다. 크레도는 뒷발을 심하게 저는 데다 한쪽 눈까지 보이지 않으니 온갖 성질을 부리며 온 정원을 갈팡질팡, 이리 뛰고 저리 뛰었다.

"하, 하하하, 저것 참. 치유는 되지 않아도 힘은 여전히 좋은 모양입니다."

"저리 통제가 되지 않는 녀석을 굳이 치유하여 군마로 쓸 것이 무엇입니까. 종마로 돌려 새끼나 많이 얻도록 하는 것이 낫지 않겠습니까."

사람들 사이에서 짤막하게 비웃음이 흘러나왔다. 기분이 묘했다. 아니, 뭘 잘못한 것도 아닌데 이 분위기는 뭘까? 치유의 이적을 맡겨 났나. 나는 이유도 모른 채 신의 선택을 받고, 이유도 모른 채 기도해야 할 의무도 받은 것뿐인데.

"……?"

발타가 크레도를 붙잡고 천천히 다가온다. 키득대는 웃음소리가 천천히 잦아든다. 사람들의 얼굴이 점점 굳어 가고, 레아는 불현듯 몸을 떨었다.

발타가 레아의 앞에 다가와 무릎을 꿇고 발에 입을 맞춘다.

사람들은 완전히 얼어붙었다. 크레도는 이제 다리를 절지 않는다. 녀석은 뭔가 낯설어졌는지, 두리번거리며 콧김을 뿜고 있다.

……이게 어떻게 된 걸까.

깊이 파였던 눈자위 부분에 다시 온전해진 까만 눈동자가 보인다.

뒷다리의 흉터도 말끔하게 사라졌다. 허벅지의 근육이 거의 다 잘려 나갈 정도로 큰 상처였는데, 흔적도 보이지 않았다. 조금 전의 무겁고 짜증스러운 분위기를 모두 날려 버린 크레도는 갓 망아지를 벗어난 젊은 말처럼 생생하고 활기가 넘쳤다.

발타는 성호를 긋고 짧게 기도한 후, 레아를 향해 고개를 들었다. 그는 놀란 기색도 호들갑도 없이, 부드럽고 다정하게 웃고 있었다.

그는 조금 잠긴 목소리로 또렷하게 말했다.

"선택받은 여인은 기도했고, 신께서는 치유하셨습니다. 크신 은혜에 감사를, 놀라우신 능력에 찬미를. 베네딕투스 에스 도미네[1], 알렐루야."

사람들은 눈앞에서 정말로 벌어진 이적에 그대로 얼어붙었다. 왕 역시 성호를 긋고 레아의 앞에 허리를 숙여 예를 표했다.

"하느님의 미천한 종 필립은 레아 다크레가 보인 신의 기적을 찬미하며, 한낱 미물에게도 치유를 베푸시는 자비의 주님께 영광 돌립니다. 베레 상투스 에스 도미네, 글로리피쿠스 에스 도미

---

1) Benedictvs es Domine. 주님 찬미 받으소서

19

네[2], 알렐루야."

"베네딕투스, 상투스, 글로리피쿠스, 알렐루야."

사람들이 입을 모아 복창하며 연거푸 성호를 긋는다. 레아의 몸이 크게 휘청거렸다. 발타가 급하게 부축을 했지만, 현기증은 사라지지 않았다.

왕이 다가와 손을 내밀었다. 자신이 에스코트하겠다는 뜻이었다. 왕이 레아를 놓지 않겠다는 의지는 이 순간 더욱 확고해진 듯했다.

놀랍게도 발타는 손을 놓지 않았다. 평소의 그라면 당연히 왕에게 레아의 에스코트를 양보했을 것이다. 현재 레아는 왕의 약혼녀로 알려져 있으니까.

레아를 끝까지 넘겨주지 않겠다는 것은, 그녀가 왕의 약혼녀라는 점을 정면으로 부인하는 짓이었다. 레아는 문제가 커지기 전에 얼른 손을 떼고 두 사람을 향해 공손히 인사했다.

"이젠 괜찮습니다. 신경 써 주셔서 감사합니다."

레아는 자신이 마음대로 쓰러지지도 못하는 처지가 되었음을 실감했다.

다행히 발타는 보는 눈이 많은데 미련하게 왕의 권위를 뭉개는 대신, 자신의 의사를 알리는 선에서 조용히 뒤로 물러났다. 왕 역시 레아의 손등에 입을 맞추고 물러나는 것으로 체면을 살렸다.

레아는 뒤에 서 있는 사람들을 조심스럽게 살펴보았다. 이제 그들은 수군대는 것조차 없이 눈동자만 데굴데굴 굴릴 뿐이다. 무슨 일인가 벌어질 것 같은데 아무 일도 벌어지지 않아, 외려 분

---

2) Vere Sanctvs es Domine, Glorificvs es Domine. 참으로 거룩하신 주님, 영광의 주님

위기는 묘하게 긴장 상태로 흘렀다.

자신에게 얽히는 시선이 달라진 것이 느껴진다. 싸구려 호기심은 여전하지만, 경멸 어린 분위기는 완전히 사라지고, 놀라움과 찬탄이 느껴진다. 심지어 진심 어린 경외심까지.

격렬한 거부반응이 일어났다. 속이 울렁거리고 토할 것 같다. 레아는 이 반응이 두려움인 것을 알아차렸다. 너무 익숙한 느낌이라, 모르려야 모를 수가 없었다.

다만 무엇이 무서운지, 왜 무서운지는 이해하지 못했다.

"어디 불편하십니까?"

"……무서워요."

"무엇이?"

두 사람이 동시에 묻는다. 레아는 고개를 들어 두 사람을 번갈아 바라보았다. 이 두려움을 어떻게 설명해야 할지 알 수 없었다.

레아는 경멸이나 호기심이 두렵지 않았듯, 경외와 찬탄도 반갑지 않았다.

이 경외와 찬탄은 스스로의 능력으로 얻은 것이 아니다. 세공 기술처럼 노력하고 연습해서 갈고닦은 것이 아니기에, 원할 때 사용할 수 있으리라는 보장이 없다.

무엇보다 레아는 이 나뭇조각이 일으키는 이적이 두려웠다.

아빠는 눈먼 떼돈이 주어지는 상황을 몹시 두려워했다. 어릴 때부터 돈을 밝히던 레아는 아빠의 두려움을 이해할 수 없었으나, 이제는 이해가 된다.

알 수 없는 이유로 일어나는 좋은 일들은 자신의 힘으로 통제할 수 없는 일이고, 통제할 수 없는 일은 결국 나쁜 결과를 낳을 가능성이 크다.

이 기적이 발타 님을 치유한 것은 눈물겹게 고마웠다. 하지만 크레도까지 치유되는 것을 보며, 레아는 공포가 점점 형태를 갖춰 가는 것을 느꼈다.

"폐하, 감히 한 말씀 올리나이다."

뒤에 모인 사람들 중 한 명이 앞으로 나선다. 레아가 왕궁의 식사 시간이나 신성 재판에서 보았던 사람. 왕의 친동생이자 귀족회의 수장인 발루아 백 샤를이었다.

"폐하, 시테 궁의 새로운 안주인이 되실 분께서 폐하와 마찬가지로 치유의 능력을 보이심은, 저희 왕실의 큰 홍복이라 할 수 있습니다."

샤를 공은 왕과 분명 닮은 구석이 있긴 한데, 이상하게도 잘생겼다는 생각이 별로 들지 않았다.

그는 왕과는 다른 의미에서 재수 없는 작자였다. 그는 레아와 꽤 자주 얼굴을 보는 편이었는데, 이교도 출신 평민 따위와는 대화도 하기 싫다는 기색을 종종 드러내곤 했다.

원래 그는 골수 귀족에 보수주의자로, 앙게랑 드 마리니 보좌주교나 기욤 드 노가레 같은 부르주아 출신 관료들도 대놓고 무시하기로 유명했다.

그런 사람이 갑자기 이렇게 납작하게 태세 전환이라니, 무슨 일인지 겁부터 덜컥 났다.

"폐하께 청이 있나이다."

"말하라. 샤를."

"제 아내 카트린이 와병 중이라 송구하게도 오늘 폐하의 오찬 모임에 참석하지 못했나이다. 하오니 폐하, 마드무아젤께 오늘이라도 저희 처소에 방문하여, 아내가 치유될 때까지 기도받을 수 있도록 해 주시기를 청하나이다.”

아, 역시 이럴 줄 알았다. 레아는 이제야 불안한 감정의 실체를 알게 되었다.

발루아 백의 부인, 나라 없는 라틴 제국의 여황제 카트린 1세는 최근 몸이 안 좋아 자리보전 중이라 했다. 만약 발루아 백이 아내를 잃으면, 발루아 백 역시 명목상의 공동 황제 자리를 자식에게 넘겨주어야 한다.

급하니 자존심도 구기고 나오는 모양인데, 아무리 그래도 아내가 치유될 때까지 기도해 달라는 건 뭘까. 레아는 자신이 나바르의 여왕이었다면, 저 사람이 감히 저따위로 말할 수 있었을까 생각했다.

“치유될 때까지? 치유의 이적은 신의 영역임을 알면서도 그리 무례히 청하는가, 샤를.”

“아, 폐하. 송구합니다. 마음이 다급하여 실수하였습니다.”

병자를 위한 기도를 책임이자 의무라고 생각하는 왕은, 무심한 얼굴로 레아에게 동생의 저택에 방문해 줄 것을 청했다. 레아의 간덩이로는 그 부탁을 도저히 거절할 수 없었다.

레아가 소태 씹은 얼굴로 고개를 끄덕이자, 여기저기서 동조하는 듯한 수군거림이 흘러나왔다. 샤를은 그 수군거림에 힘입어 오지랖을 넓히기 시작했다.

“폐하, 굳이 저의 아내만 염두에 두고 드리는 청은 아닙니다. 지금 폐하의 충성스러운 부하들 중 전쟁에서 부상을 당한 자도 많고, 그들의 가속 중에서 심한 병을 앓고 있는 자들도 많습니다. 하오니 그들도 기억해 주시기를 간절히 요청합니다.”

“……”

"신께서는 벌레나 짐승보다는 인간을 귀히 만드셨고, 이교도 노예나 자유민보다는 왕과 제후를 귀히 만드셨으니, 치유의 기적이 미물과 짐승들, 천한 자들을 위해 낭비되는 것보다는 고귀한 자들을 위하여 베풀어진다면, 하느님께서 더욱 기뻐하시는 일이 되지 않겠나이까. 부디 허락하여 주시옵소서."

술렁임은 좀 더 구체적인 청으로 변해 갔다. 어느 공의 모후가 고통스러운 병을 앓고 있다, 모 백작의 후계자가 심한 불구다, 어느 제후의 아내에게 마귀가 들려 지하 감옥에 갇혀 있다……. 술렁거림 속에서 이리저리 튀어나오는 말들에, 레아는 손끝이 차갑게 식어 가는 것은 느꼈다.

이것은, 가장 바라지 않는 형태의 결말이었다.

그날부터 일주일 동안, 레아는 왕의 마차를 타고 귀족들의 집을 계속 돌아야 했다. 일곱 집이었다. 왕은 레아의 두려움을 이해하지 못했고, 발타는 두려워하는데도 가겠다고 하는 레아를 이해하지 못했다.

병사들에게 둘러싸인 채 생전 처음 보는 저택과 성에 들어간 레아는 잔뜩 겁에 질린 채 되는대로 횡설수설했다. 이런 짓을 할수록 신이 자신을 선택한 이유를 이해할 수 없었고, 어떤 기준으로 낫게 해 주시고, 안 낫게 해 주시는지는 더더욱 알 수 없었다.

병의 무겁고 가벼움이나, 남자인지 여자인지나, 아침인지 저녁인지나, 레아가 간절히 빌거나 대충 빌거나, 그것들과는 아무 상관이 없는 것 같았다.

일곱 집에서는 아무런 일도 일어나지 않았다.

레아가 발타를 다시 만난 것은, 일곱 번째 저택에서 궁으로 다시 돌아오던 날이었다.

잔뜩 지친 레아가 자신이 머무르는 몽고마리 탑에 도착했을 때, 발타는 성벽 안쪽, 보이지 않는 계단참에서 그녀를 기다리고 있었다.

"레아, 이리 와 보세요."

발타는 빈방으로 레아를 끌어들여 얼굴을 살폈다. 레아는 어떻게든 웃어 보이려 했지만, 눈가가 멋대로 실룩거렸다. 눈물을 참으려 애를 쓰고 있노라니, 발타가 말 한 마디 없이 어깨를 끌어안는다.

"흐, 으, 흐으으, 으으."

이유도 모르게 눈물이 흘러나왔다. 발타는 어깨를 토닥토닥 달래다가 조심조심 뺨에 입을 맞춰 주었다. 그저 입맞춤이고, 그저 토닥임뿐인데, 속에서 뜨거운 것이 왈칵 치솟았다.

"많이 힘들었지요. 우세요. 괜찮아요. 얼마나 힘들었어요."

이제 그는 주변의 시선이나 왕의 노여움을 크게 신경 쓰지 않는 듯했다. 레아는 입맞춤을 받으며 계속 울었다.

"발타 님, 일곱 집에 갔어요……. 아무도 안 고쳐졌어요. 아무도 낫지 않았어요."

정말 죽어 가는 심한 사람도 있었고, 하나 아픈 것을 10배로 부풀려서 징징대는 엄살 환자도 있었다. 어쨌든 누구에게도, 아무 일도 일어나지 않았다.

"사람들이 저를 이상한 사람으로 보는 것만 같아요. 말 따위는 고치면서, 왜 고귀한 분들은 못 고치느냐고 해요. 나야말로 물어 보고 싶어요. 내가 왜 그런 이상한 기적을 일으켜야 해요? 나는 무서워요. 발타 님, 나는 이게 어떻게 된 건지 모르겠어요."

발타는 말없이 등을 계속 도닥여 주었고, 레아는 숨을 죽인 채 오랫동안 울었다.

내가 왕만큼 당당했으면, 혹은 뱅상만큼 뻔뻔했으면 괜찮았을지도 모른다. 하느님께서 너 낫는 걸 원치 않으신다! 너 어디서 남몰래 무슨 나쁜 짓을 했냐. 그런 식으로 뒤집어씌우고, 오만하게 나올 수 있었을지도 모른다. 왕이 연주창 치유를 위해 기도할 때, 낫지 않았다고 왕에게 따지는 미친놈들은 없지 않았나.

하지만 레아는 그렇게 당당하지 못했다. 자신에게 믿음이 눈곱만큼도 없다는 걸 아니까, 그들이 낫지 않는 것이 모두 제 잘못인 것만 같았다.

발타 님과 크레도를 고쳤을 때는 신께서 자신을 택한 이유를 몰라서 공포에 질렸고, 병을 고치지 못했을 때는 신에게 버림받거나 큰 죄를 지은 듯한 느낌이 들었다. 사람들이 전부 다 속으로 자신을 저주하거나 의심한다는 생각이 들었다.

하지만 이 능력이 아예 없으면 좋겠다고 빌 수조차 없었다. 그런 불경한 생각을 했다가 발타 님이 다시 예전으로 돌아가 버리면 어떡한단 말인가.

어쩌다 온 세상이 이렇게 두려움으로 꽉 차게 되었을까. 일주일 전, 우리 두 사람이 한 침대에 누워 왕을 기다리던 순간조차, 지금보다는 덜 암담했었다.

발타의 평연한 목소리가 들린다.

"레아, 무서우면 하지 마세요. 그 길이 아니라고 생각하면 안 하셔도 됩니다."

"그, 그래도 되나요? 그게 선택받은 자의 의무이고 책임이라고……."

"신께서 당신께 그런 말씀을 하시던가요? 그분은 당신이 기도
하지 않는다고 원하는 일을 이루지 못하시는 분은 아닙니다."

"……."

"신성한 의무라는 이름으로 요구되는 일들 중 신앙과 전혀 관
계가 없는 것도 많아요. 예를 들면, 1년의 절반 이상을 금욕일로
정해 둔 것이나, 고기를 먹지 못하는 날 따위는 신앙의 본질과는
상관이 없죠. 당신이 의무라고 알고 있는 이 일도 마찬가지입니
다."

레아는 눈을 크게 뜬 채 입을 벌렸다. 파리대학 신학 교수와 논
쟁을 할 만큼 해박한 지식을 갖고 있다는 이분은, 가끔 이렇게 무
서운 이야기도 아무렇지도 않게 하곤 했다.

"하지만 발타 님은 의무와 책임을 지키는 길로 계속 가셨었잖
아요."

"그런데 결국 당신 옆으로 돌아오지 않았습니까. 신께서 한심
해서 포기하신 것인지, 불쌍해서 돌려보내신 건지는 모르겠습니
다만."

"……."

"제가 성전기사단에서 이렇게 쫓겨나는 결말을 한 번이라도 상
상했겠습니까. 이런 식으로 신성한 서원이 종료될 거라고, 그래
서 당신과 이렇게 연결될 기회가 올 거라고 누가 감히 상상이나
했겠습니까."

레아는 멍하니 눈을 껌벅였다. 발타는 자신이 당했던 모진 고
통이, 레아와 연결되기 위해 거쳐야 했던 과정이라고 말하고 있
었다.

"레아. 신의 능력과 의지는 믿으실지언정, 인간들이 제 필요대로 뒤집어씌우는 의무까지 전부 짊어질 필요는 없습니다. 아무염려 마시고, 옳다고 믿는 길로 가시면 됩니다."

"……."

"그리고 당신이 원하는 길은 제가 원하는 길이기도 합니다, 레아."

발타의 조용하고 차분한 대답에, 레아는 입술을 꼭 물었다.

"그럼, 폐하와 결혼도……."

"마드무아젤께서 원치 않으시면 당연히 안 하셔도 됩니다."

아아, 레아는 드디어 마음이 평온해지는 것을 느꼈다.

"저, 그런데 발타 님. 저는 폐하와 약혼 상태인데요. 저는 폐하께 올랑드를 받은 봉신이라 혼인의 명을 거역할 수 없다고……."

"영지를 반납하고 다른 곳으로 떠나 조용히 살면 되지 않습니까. 신종 서약과 충성의 의무는 영지를 돌려 드리면 종료되는 것이고, 결혼이 아닌 약혼은 큰 의미가 없습니다, 원래 약혼자 중한 명이 결혼 거부 의사를 밝히는 순간부터, 약혼은 무효가 되는 겁니다."

"……."

"당신이 폐하를 두려워하시는 건 당연합니다. 하지만 영지를 통해 묶여 있는 여인이나 후견인 관계가 아니라면, 폐하께서 명하는 결혼을 거부할 수 있습니다. 프랑스의 법이든, 교회의 법이든, 당사자가 동의하지 않은 혼인은, 결단코 무효입니다."

"저, 정말인가요?"

레아는 뒤늦게 분하고 원망스러워 어찌할 바를 몰랐다. 그 알량한 땅으로 묶어 놓고 파혼이 안 된다고 잘도 협박을 하셨겠다?

하지만 눈물이 뚝뚝 떨어지면서도 자꾸 비죽비죽 웃음이 나왔다.

발타는 그런 레아의 이마에, 눈가에, 그리고 입술에 입을 맞추며 다정하게 속삭였다.

"레아. 우리…… 도망갈까요?"

"네……? 지금요?"

"지금."

발타가 너무 화사하게 웃어서 레아는 자신이 잘못 들은 줄 알았다. 레아는 눈물을 그렁그렁 매단 채 따졌다.

"발타 님, 그런 말씀은 좀 진지하고 심각한 얼굴로 해야 하는 거 아닌가요? 들판에 손잡고 꽃구경 가요, 그런 얼굴로 말씀하시면."

"들판의 꽃구경도 할 수 있을 겁니다. 봄꽃들이 올라온 것은 알고 있습니까? 꽃들이 정원 가득 피어 있는 것을 보니 어찌나 행복했는지 몰라요."

발타가 웃으며 다시 입을 맞췄다. 따스한 봄바람이 두 사람을 살랑살랑 어루만지며 지나간다.

"봄이 왔습니다. 먼 길을 떠나도 괜찮은 계절이에요."

† † †

왕은 레아를 저녁 식사에 불렀다. 식사 때 으레 동석하는 왕의 이들딸을 위시한 일가붙이만 모인 단출한 식사였다.

하지만 메뉴의 면면은 점심때보다 훨씬 호사스럽고 귀한 음식들로 채워졌다. 손 씻는 물에는 귀한 장미 향유를 넣었고 식탁을 봄꽃으로 장식했다. 버터와 향신료와 우유가 듬뿍 들어간 포리지가 나오고, 뒤이어 왕이 사냥했던 멧돼지 구이가 나왔다. 백만 가지 향신채를 써서 염장한 덕에 코가 비뚤어질 만큼 향이 셌다.

부르고뉴의 포도주와 붉은색 녹색 황금색 염료로 진하게 물들인 공작새 모양의 고기 요리, 아니스와 사프란을 아낌없이 넣은 사과 타르트, 장미와 라벤더 설탕 절임까지, 특별한 날에 어울리는 요리였다.

"마드무아젤이 늦는군. 모셔 오게."

문 앞에서 대기하던 하녀 한 명이 재빠르게 몽고마리 탑으로 달려갔다. 왕은 발타는 부르지 않았다.

사람들은 요 며칠 동안 발타가 왕에게 독대를 청했던 것을 알고 있었다.

왕은 응하지 않았다. 두 번, 세 번 거듭되는 요청에도 발타는 그랑드 살르로 들어올 수조차 없었다. 왕은 대신 위그를 보내 미뤄진 약혼식이 일주일 후 진행될 예정이라고 통보했다.

그리고 오늘 오후, 발타에게 올랑드도 좋고 퐁텐블로도 좋으니, 이번 주 안에 원하는 곳으로 거처를 옮길 준비를 하라는 명이 떨어졌다.

발타는 충격을 내색하지 않았지만, 바로 일어나서 짐을 챙기기 시작했다. 일주일씩 기다리지도 않고, 재고해 달라는 말도 하지 않았다.

다만 발타는 짐을 챙기다가 위그에게 자신의 가죽 자루를 누가 건드렸느냐 물었다. 가방 안에 들어 있던 아몬드 알들과 머리카락이 어디 있는지 아시느냐 왕에게 물어봐 달라고 청했다.

왕은 대답하지 않았다. 발타도 두 번 묻지는 않았다. 자신이 왕의 약혼녀와 새벽에 저질렀던 일에 대해서도 일언반구 하지 않았다. 사과도 변명도 정당화도 없었다. 그 일에 대해서는 궁내에 살벌한 함구령이 내려졌고, 아예 그런 일이 일어나지도 않았던 것처럼 모두 모르쇠로 일관하고 있었다.

하직 인사를 드리고 싶다는 발타의 마지막 전갈에도, 왕은 끝내 대답하지 않았다.

결국 그는 인사도 하지 못한 채, 만과 종이 울린 후 조용히 생루이 궁을 떠났다. 그는 낡은 가죽 자루 하나와 돌려받은 다마스쿠스 검, 갑옷만 챙겨 들고, 크레도와 망아지 두 마리를 데리고 궁의 북문을 나섰다.

왕은 보고를 받으며 손에 깍지를 끼고 한동안 침묵했다. 손가락 마디가 새하얗게 변했고, 얼굴도 비슷한 색으로 변했다.

'어디로 간다던가. 퐁텐블로인가.'

'대답하지 않았습니다, 폐하. 뫼니에르 다리를 건너간 걸 보면 올랑드 쪽이 아닐까 싶습니다만 그도 확실치는 않습니다.'

'안타깝군. 퐁텐블로 사냥 별궁을 그의 취향에 맞게 꾸미라고 일러두었는데.'

'……'

'저녁도 안 먹고 갔군.'

한참 생각하던 왕이 갈라진 목소리로 내뱉었다. 그가 한 말은 그게 끝이었다.

아무리 기다려도 레아를 찾으러 간 하녀는 오지 않는다. 왕은 하인을 다시 보냈고, 시종도 보냈다. 음식은 점점 식어 갔지만, 사람들은 빈 트랑슈와르와 술잔만 앞에 놓은 채 고문당하는 것처럼 앉아 있었다.

"폐하, 마드무아젤께서는 정원으로 산책을 나가셨는데 아직 방에 들어오지 않으셨다 합니다."

"……언제 나갔지?"

"만과 전에 방에 들어오셨다가…… 피곤하니 혼자서 조금만 쉬고 오겠다 하셨습니다."

"많이 안 좋아 보이던가."

"몹시 지친 듯한 표정이셨습니다. 궁 밖을 나가신 건 아니니 정원에서 찾아보고 모셔 오도록 하겠습니다."

기다리던 왕은 결국 굳은 얼굴로 자리에서 일어났다.

"음식이 식어 가니 일단 식사부터 하지. ……칼 주게."

왕은 자신의 앞에 놓인 거대한 멧돼지 구이를 칼로 헤치기 시작했다.

본래 메인 요리의 분배는 가장의 권한인데, 왕의 식탁에서는 주로 에퀴에르 트랑샹이라 불리는 최측근 시종이나 왕자가 요리의 커팅을 맡곤 했다. 발타가 배석할 경우, 주로 그가 그 일을 맡았는데, 왕이 식탁에서의 동작이 간결하고 우아한 것을 좋아했기 때문이었다.

하지만 지금 왕은 난도질이라도 하는 것처럼 사납고 난폭하게 칼질을 하고 있었다. 모인 사람들은 숨을 죽이고, 손 씻는 물그릇에 띄워진 장미꽃잎만 내려다보고 있었다.

고기는 그의 손에서 난도질이 되다시피 헤쳐지고, 스튜는 식었다. 꼬르르르, 누군가의 배 속에서 요란한 소리가 들렸다.

"루이, 그대가 하지."

왕은 옆에 앉은 태자에게 요리용 검과 집게를 넘기고 자리에 앉았다. 태자가 칼과 집게를 받아 들고 엉거주춤한다. 성격이 급하고 화가 많은 태자이지만, 엄격하고 냉랭한 부왕 앞에서는 늘 생쥐처럼 쪼그라들어 있었다.

위그가 급하게 들어와 고개를 숙였다.

"폐하, 마드무아젤께선 정원이나 생트 샤펠 안뜰에는 계시지 않습니다. 수직 병사들이 궁 밖으로는 나가시지 않았다 하니 어느 방에 계시는지는 다니며 찾아봐야 할 듯싶습니다. 시장하실 텐데 먼저 식사를 하시는 동안 저희가……."

"먼저 식사들 하고 있게. 나는 잠시 확인을 할 것이 있으니."

왕이 자리에서 일어난다. 뒤에 남은 왕의 아들딸들은 어리둥절한 채 굳어 버렸다. 오늘 아버지의 모습은 평소 같지 않았다.

몽고마리 탑으로 올라온 왕과 시종장은 레아의 방이 꽤 지저분한 것을 발견했다. 잠깐 나갔다가 금방이라도 들어올 듯한 분위기였지만, 묘하게 썰렁한 것이, 버려진 장소 같다는 느낌이 들었다.

몽고마리 탑의 수직 병사와 하녀는, '마드무아젤께서 외부에 다녀오신 후 말없이 눈물을 보이셨다'고 보고했다. 왕의 입가가 꿈틀거렸다.

"……수직 병사들을 모두 불러."

왕은 이글이글 타는 눈으로 창밖을 바라보았다. 하늘에는 이미 시커멓게 땅거미가 내려앉고 있었다.

9-2. 도주

자신이 직접 길들이지 않은 혈기 넘치는 망아지란, 단언컨대 애물단지다.

레아는 엉덩이가 아팠다. 뛰는 진폭이 크고 안장도 편치 않았다. 시시 영감님 생각이 난다. 아아, 세상 순하던 시시 영감님, 천사 같던 시시 영감님.

물론 사람이 걷는 것과 별반 다르지 않은 속도로 달리던 그분께선 올랑드의 마구간에서 영지민들이 챙겨 주던 건초나 꾸역꾸역 먹으며 평화로운 노년을 즐기고 있다고 했다. 말년에 팔자 펴기로 시시 영감 따라올 이가 없다.

발타는 말을 몰다가 중간중간 쉬어 가며 레아를 돌아보았다. 레아의 얼굴이 시시때때로 우그러지는 이유는 이미 짐작하고 있는 것 같다. 하지만 크레도를 타라고 권하지는 않았다. 크레도는 다른 사람을 태우지 않는 말이다.

문제는, 발타가 크레도를 보는 시선에도 낯설고 난감한 느낌이 묻어난다는 것이었다.

　"발타 님? 크레도가…… 몸이 낫더니, 말을 안 듣나요?"

　"아닙니다. 보법이 평소와 좀 달라진 것 같아서요. 제가 어릴 때부터 훈련을 시켰는데, 두 살 때처럼 높이 뛰고 있습니다."

　이런 맙소사. 레아는 웃음이 터지려는 것을 참고 얼른 실토했다.

　"제가…… 기도할 때 두세 살로 회춘시켜 달라고 했거든요. 큰 실수를 했네요. 발타 님도 엉덩이 아프세요?"

　푸핫, 발타 님이 시원하게 웃음을 터뜨리며 되묻는다.

　"어쩐지 느낌이 딱 그렇더군요. 이 녀석은 난데없이 팔팔한 나이로 돌아갔으니 횡재했네요. 음, 저는 괜찮은데……. 마드무아젤, 혹시 허리 아프십니까."

　레아는 이럴 때마다 자신이 교양이라곤 눈곱만큼도 없는 자유민 속물이란 걸 실감하곤 한다. 쓰는 낱말만 봐도, 이렇게나 차이가 나지 않는가. 레아는 한숨을 쉬며 중얼거렸다.

　"엉덩이 따위 정숙하지 못한 말이나 찍찍 뱉는 숙녀라니. 망했어요, 말세예요. 대체 어디 사는 누군지 창피해 죽겠네."

　발타가 또다시 웃음을 터뜨렸다. 아니 이 말이 그렇게 재미있나?

　성을 떠난 후부터, 발타는 계속 웃고 있었다. 레아는 그 모습이 무척 신기했다.

　"발타 님, 원래 이렇게 웃음이 많은 분이었어요?"

　"왜요. 우스우면 웃고, 재미있으면 웃죠."

　"발타 님이 웃는 걸 많이 못 뵈었어요."

"제가 몸담았던 곳들이 편하게 웃을 만한 분위기는 아니었거든요. 성전기사단 같은 수도승 집단에선 사소한 일로 웃으면 실없는 놈 취급당합니다. 쓸데없는 수다도 금지되어 있었고요."

"어머나 불쌍해라. 그동안 발타 님은 어떤 세상에서 살아오신 건가요? 하긴, 시테 궁도 말만 궁전이지 그 정도면 수도원 맞죠. 폐하께선 수도승이시고!"

발타는 동조한다는 듯 고개를 끄덕이다가, 왕의 뒷담이 그래도 거북했는지 반대 의견을 살짝 덧붙인다.

"음, 지금은 수도원 분위기가 살짝 나긴 하죠. 하지만 왕비마마께서 서거하시기 전에는, 폐하께선 수도승……까지는 아니셨습니다."

"그야, 당연히 그러셨겠죠. 1년의 절반 이상이 '합방 불가일'인데 그 와중에 거의 해마다 왕자님과 공주님을 보셨던 걸 보면요."

"……."

"그나저나 발타 님, 신학적으로 금욕과 신앙은 상관없다면서요. 그럼 '금욕일 철폐' 같은 제안 좀 해 보지 그러셨어요. 그럼 전 국민이 기뻐서 춤을 추었을 거고, 폐하와 왕비님께도 점수 톡톡히 따셨을 텐데."

"그, 그런 말씀을 어떻게 드립니까. 아무리 폐하께라도 그런 격의 없는 내용을 함부로……."

"저한테는 격의 없이 말씀하시잖아요."

"음, 저, 저희는…… 이제, 그런 격의 없는 대화를 하는, 해도 되는 사이……가 되었다……고 생각해서……. 아니었습니까?"

발타 님이 얼굴을 붉히며 어물대는 모습이, 어머나 세상에 미치겠다! 레아는 이런 순간마다 심장이 덜그덕거려서 수명이 한

삽씩 푹푹 줄어드는 것 같았다. 그 점잖고 써늘한 왕이 그동안 발타 님을 놀려 먹지 못해 안달하던 이유가 너무나 이해가 되었다.

맞아요, 우리는 그런 격의 따위 품는 사이가 아니죠! 그래선 안 되고말고요! 레아는 유쾌하게 웃으며 말을 돌렸다.

"이제 어디로 가실 생각이세요, 발타 님? 발길 닿는 대로 한들 한들 가면 좋겠지만, 그럴 여유는 없겠죠?"

행선지도 정하지 않고, 급한 짐만 챙겨서 나온 참이었다. 발타도 고개를 끄덕이며 센 강 위를 오가는 숱한 거룻배들을 바라보았다.

"일단 파리에서 빨리 멀어져야겠죠. 폐하께서 저희를 추적하실지 포기하실지 모르겠습니다만."

"글쎄요, 쫓아오실까요? 제 모든 재산을 눈물을 머금고 다 놓고 왔는데?"

레아는 왕에게 돌려받기로 약속한 향나무 상자를 받지 못했다. 그것은 성전기사단에 보관되어 있었는데, 레아의 신성 재판 이후 찾아오기 껄끄러운 상태가 되어 버렸다. 더욱이 위그 드 패로를 비롯한, 기사단에서 파견한 왕실 재무 담당관들을 모조리 내보낸 터라 더욱 그랬다.

"에휴, 폐하께 받은 사파이어 왕관에 500리브르 증서를 다 포기하려니 눈물이 앞을 가리지만, 그보다는 얼른 도망치는 게 백배 중요한걸요. 아, 물론 발타 님 드리려고 했던 500리브르를 포기한 게 원통하지 않은 건 아니에요!"

"예……."

발타는 한숨을 쉬며 입을 다물고 말았다. 하고 싶은 말이 목구멍까지 차올랐지만, 잠자코 삼켰다.

지금 500리브르 증서나 200리브르짜리 왕관이 문제입니까?
세상에서 가장 귀하고 비싼 물건을 궁에 놓고 왔으면서?

† † †

"폐하께 드리는 새해 선물이에요. 이걸 받으시고 제발 저희를
쫓아오지 않으셨으면 좋겠어요."

도망치기 전, 급하게 남자 옷을 갈아입고 소지품을 챙기던 여
자가, 가방에서 성 십자가 유물을 꺼내 침대 아래 상자 안에 넣는
다.

"레아! 이게 무슨! 이걸 왜 놓고 가시겠다는 겁니까!"

기겁하는 발타에게, 여자는 비장하게 상황을 요약했다.

"새해 선물 맞아요. 먹고 떨어지⋯⋯시라는⋯⋯."

"레아!"

발타는 사랑하는 여자가 지나치게 통이 커진 게 아닐까 염려스
러웠다. 물론 그동안 그녀가 겪어 온 산전수전을 생각하면 사람
이 조금 이상하게 변한 것도 납득할 수는 있다.

하지만 이쯤 되면 조금 변한 게 아니잖은가.

대체 언제부터 이렇게 되신 걸까? 폐하께 수다쟁이 면책 특권
을 받은 후부터? 기사 서임을 받은 후부터? 내가 다쳐서 돌아온
후?

어쨌든 이 일만큼은 묵과할 수 없었다.

"레아, 그것은 신께서 당신을 선택하여 넘기신 물건입니다. 이
렇게 함부로 다른 사람에게 넘기실 순 없습니다."

"발타 님, 정말 미안해요. 하지만 제가 이걸 갖고 있다는 소문

이 나는 것만큼 위험한 일은 없어요."

하지만 레아는 생각보다 단호했다.

"폐하께서 이걸 갖고 계시다는 소문이 나야 저희가 안전해져요. 저는 원하지도 않았던 '선택받은 여자'라는 허울보다 저희 안전이 더 중요해요."

그 말에 발타는 할 말을 잃었다.

이해할 수 있다. 이해는 할 수 있다. 세상에 가장 귀하고 거룩한 보물이라 해도, 사랑과 안전을 더 중요하게 생각할 수 있다. 우리에게도 치유의 기적이 필요해지는 날이 올 수도 있지만, 왕과 기사단, 혹은 정체 모를 다른 사람들에게 평생 쫓겨 다니느니, 평범하게 아프거나 병들어서 죽는 편이 낫다 생각할 수도 있다. 그동안 두 사람이 겪었던 일이 상상을 초월할 만큼 고통스러웠기에.

하지만 폐하 정도 되는 분이라면, 그 성 유물을 갖고 있다 하여 기사단이나 탐욕스러운 제후들에게 습격을 당하는 일은 없을 것이다. 경외와 찬탄, 부러움, 혹은 질시를 받는다면 모를까.

물론 폐하께서는 성 십자가의 정식 주인으로서 제대로 된 명예를 누리기는 어려울 것이다. 약혼녀였던 '신에게 선택받은 여자'가 왕의 기사와 눈이 맞아 내뺐고, 치유의 이적을 바랄 수도 없고, 솔로몬 방의 보물을 포기한다는 말도 해 놨으니 그 권리를 주장하기도 쉽지 않을 것이다.

하지만 시간이 많이 흘러가면, 결국 폐하의 아들이나 손자가 물려받을 것이고, 그러면 프랑스 왕실이 성 십자가의 진정한 주인으로 여겨질 날이 오지 않겠는가. 오랫동안 성전기사단이 그랬던 것처럼.

그렇다면…… 폐하께선 우리를 그냥 놓아주실 수도 있지 않을까.

발타도 어느덧 레아처럼 부질없이 소원을 빌게 되었다.

물론 폐하께서 애초에 판을 깔았던 대로, 결혼을 통해 공동소유자가 되는 그림이 가장 이상적이었겠지만, 그 그림판에 심각한 구멍이 나 있는 걸 어쩌란 말인가.

빤히 바라보고 있던 여자가 생긋 웃으며 입을 연다.

"발타 님, 사랑해요."

이런 커다랗고 당황스러운 구멍 말이다.

† † †

"저희, 일단 노르망디로 가면 어떨까요, 발타 님. 거기서……."

레아는 행선지에 대해서 조심스럽게 입을 열었다. 벵상이 라셸르를 데리고 떠나면서, 노르망디에서 배를 산다 어쩐다 하며, 무슨 일이 생기면 찾아오라고 했던 기억이 났다.

"벵상이나 라셸르를 찾으면 다른 지역에 자리 잡는 데 도움을 받을 수 있을지도 몰라요."

작년에 쫓겨났던 아시케나지 사람들은 상파뉴와 프랑슈콩테를 지나 알자스로 간신히 들어갔다 들었다. 떠돌다 강도들에게 참변을 당한 자들, 굶어 죽은 자들, 병들어 죽은 자들이 헤아릴 수 없다고 했다. 벵상의 선견지명이 새삼 고마웠다.

물론 벵상은 '혼자 오는 레아'는 반길 테지만, '발타 님이 딸린 레아'는 전혀 반기지 않을 것이다. 하지만 적어도 벵상은 라셸르와 함께 있거나 동생이 어디 있는지 정도는 알 것이고, 좀 더 호의를 기대한다면, 적당히 신분을 꾸며서 좀 더 멀리, 안전한 제후의 영지로 가게 도와줄 수도 있을 것이다.

"도움은 괜찮습니다만…… 혹 동생분이 잘 지내시는지 뵙고 싶으신 겁니까."

"네."

"그러겠습니다. 그리고 만일 동생분이 아직 미혼이시고 마드무아젤과 동행하고 싶다 하신다면, 기꺼이 함께 모시겠습니다. 마음 가시는 대로 하십시오."

발타가 부드럽게 웃으며 말했다. 레아는 조금 멋쩍으면서도, 그의 세심한 배려가 무척 고마웠다.

"노르망디에서 배를 타고 앙글레테르로 건너가면 어떨까 해요."

"앙글레테르요. 음, 저는 그곳과 해전은 해 봤지만, 본토에 가 본 적은 없는데, 특별한 이유가 있으십니까."

"우리를 아는 사람이 단 한 명도 없는 곳에 가고 싶어요."

발타의 파란 눈동자가 이채를 띤다.

레아는 앙글레테르에 대한 지식은 희미하지만, 그곳 사람들의 이야기는 많이 들었다. 미남이라고 알려졌지만, 사실은 별로 잘 생기지 않은 뚱보였던 사자 심장의 리샤르 대왕, 성배를 찾다가 좋은 세월 좋은 기사 다 날려 버린 아더 왕, 그의 기사 랑슬로 경과 귀니에브르 왕비의 불륜, 가원 경과 괴물 아내, 그리고 40년간 억세게 운 좋은 사나이 기욤 르 마레샬의 파란만장 모험담, 앙글레테르는 레아에게 자욱한 안개와 신비에 가려진, 전설 속의 나라였다.

"좋죠. 앙글레테르. 그럼 일단 노르망디 쪽으로 가 볼까요."

발타의 웃음이 기꺼워진다. 발타를 곁눈질하던 레아는, 이제 도저히 참을 수 없었다.

"발타 님, 사랑해요."

발타는 철퇴로 뒤통수라도 맞은 듯한 얼굴이었다. 그것도 모자라 한 손으로 입을 가리고 고개를 푹 숙인다. 한참 후 그가 들릴락 말락 한 목소리로 대답했다.

"어……. 예, 고, 고맙습니다."

"……."

"저, 저도……."

바람 한 자락에 실려 오는 그의 대답. 어떡해. 하느님, 저는 정말 어떡해요. 그가 고개를 반쯤 뒤로 돌리고 레아를 곁눈질로 보며 살짝 눈웃음을 짓는다. 살짝 움츠린 어깨의 움직임. 약간 뒤틀린 허리의 긴장감. 반짝이는 하얀 머리카락, 낙조를 받아 빛과 그림자가 뚜렷하게 드러난, 숨 막히게 가슴 설레는 저 모습.

저 순간의 장면만으로도, 레아는 그만 가슴이 터져 버릴 것 같았다.

아아, 도망치길 잘했다. 정말 잘했다.

† † †

왕궁의 수직 병사들은 아닌 밤중에 날벼락을 맞았다. 그들은 영문도 모른 채 몽고마리 탑으로 끌려와 왕의 앞에서 무릎을 꿇은 채 취조를 받아야 했다.

하지만 그들은 억울했다. 그러잖아도 생 루이 궁과 몽고마리 탑의 초병과 하인들은 숙녀의 호위와 발타 경의 시중을 소홀히

했다는 이유로 벌써 몇 번이나 채찍질에 몽둥이찜질을 당한 터라, 군기가 바짝 들어 눈을 부릅뜨고 지키고 있던 참이었다.

"그분께서는 오후에 마차를 타고 들어오신 후, 왕궁의 어느 문을 통해서도 나가지 않으셨습니다."

"사람 키의 두세 배 되는 담장을 숙녀께서 사다리 하나 없이 어떻게 넘으시겠습니까. 왕궁 어딘가에 계실 겁니다, 폐하."

"만과 후에 궁에서 나간 여자라고는 1층 주방에서 일하는 아낙네들뿐입니다. 음식 빼돌리는지 감시하려고 속치마까지 탈탈 털어 검사하는데 놓칠 리가 없잖습니까."

"그 사람들 말고는 생트 샤펠 종탑 보수공사 때문에 일하던 일꾼들이 전부입니다. 십장들도 죄다 아는 사람들이고요. 그들도 비슷한 시간에 모두 돌아갔지요."

시테 궁은 10년 동안 계속 확장과 신축 공사 중이었기 때문에 낮에는 일꾼들이 늘 북적거렸다. 병사 중 한 명이 머리를 긁으며 덧붙였다.

"발타사르 경도 나가시긴 했습니다. 만과기도 시간이 조금 지나서 망아지들도 끌고 나가시기에, '이제 녀석들 훈련시키시게요? 몸이라도 좀 회복되고 하시지요.' 하고 여쭈었더니 '벌써 늦었지. 마구간지기들이 많이 고생했다더군.' 하면서 데리고 나가셨습니다……."

궁에서 일하는 사람들은 크레도의 아들인 '엘리고'와 '사노'의 악명을 잘 알고 있었다. 크레도는 명마 중의 명마였지만 그 빌어먹을 성질머리 때문에 다룰 수 있는 사람이 별로 없었고, 두 아들 놈도 아빠와 성질이 비슷했다.

병사들을 추궁해야 나올 것은 없었다. 왕은 그들을 모조리 내

44

보내고 위그와 방을 뒤져 보기 시작했다.

얼마 지나지 않아, 왕은 침대 아래 박아 놓은 긴 나무 상자를 발견했다. 상자를 열자마자 시종장의 입에서 나직한 탄식이 흘러나왔다.

"……폐, 폐하…….."

낯익은 물건들이 두서없이 놓여 있었다. 레아가 오후에 입고 있던 드레스, 신발이 있었고, 왕이 그동안 선물했던 몇 벌의 옷, 장신구들도 줄지어 튀어나왔다.

상자 안에서 물건이 하나씩 더 나올 때마다 왕의 얼굴은 점점 딱딱하게 굳어 갔다. 위그는 상자 구석에서 왕이 서임식 때 하사한 반지와 검, 사슬 갑옷, 그리고 박차까지 발견하고는 자신이 잘못이라도 한 것처럼 진땀을 흘렸다. 그것은 왕이 레아에게 올랑드 영지를 넘겨주었다는 증표이자 기사 서임을 증명하는 물건들로, 이것을 돌려주었다는 것은, 왕과의 신종 계약을 해지하겠다는 의미였다.

결국 이 방의 숙녀께서는 왕과 모든 인연을 끊고 도망쳤다는 뜻이었다. 왕에게 아무런 작별 인사도 없이.

"이건……?"

옷 사이에 우단으로 곱게 감싸인 뭉치가 들어 있었다. 펼쳐 본 왕은 그대로 움직임을 멈췄다.

"이런…… 미친!"

왕의 입에서 그답지 않게 막소리가 튀어나왔다. 왕의 손에는 검게 손때가 탄 막대기가 하나 들려 있었다. 위에 작은 옹이구멍이 있는 막대기.

"폐, 폐하! 설마……!"

45

한 박자 늦게 막대의 정체를 눈치챈 위그는 새파랗게 질렸다.

왕은 어깨의 브로치를 빼 뾰족한 끝을 옹이 속으로 가만히 넣어 보았다.

달각달각, 달그락.

제기랄. 너무나 또렷해서 잘못 들을 수가 없는 소리.

……레아, 이 제정신이 아닌 여자. 미친 게 아니고서야.

왕은 두 손으로 나뭇가지를 쥔 채 차가운 목소리로 물었다.

"위그. 이것은 내가 모욕감을 느껴야 할 일인가. 아니면 죄책감을 느껴야 할 일인가."

"폐, 폐하."

"혹은…… 감사함을 느껴야 할 일인가?"

위그는 이 사태를 어떻게 설명해야 할지 알 수 없었다.

"폐하. 세, 세상의 모든 일은 신의 섭리에 속한 일입니다. 제가 어찌 감히 가타부타 입을 댈 수 있사오리까."

"위그, 그대가 몸을 사리는 건 알겠는데, 좋아, 그러면 신의 섭리 안에서 내가 그들을 쫓아가야 하나, 말아야 하나? 그대의 의견 정도는 말해 보게."

하지만 안전 제일주의를 지향하는 위그는 그대로 꿀 먹은 벙어리가 되었다. 왕이 한숨을 쉬며 다시 물었다.

"현재, 나는 레아 다크레에게 구속력을 행사할 수 있겠는가? 그게 법적으로 합당한가?"

이 역시 대답할 수 없었다. 아, 차라리 까탈쟁이 노가레 대법관이라도 있으면 속 시원하게 대답이라도 해 줄 텐데. 위그는 입술을 자근자근 씹으며 진땀을 뺐다. 연애 문제라면 얼마든지 상담을 할 수 있지만, 이건 경우가 달라도 너무 다르지 않은가.

위그는 궁중 연애 유행을 선도하는 기수로, 그가 암암리에 엮어 준 커플이 한둘이 아니었다. 물론 중간에 판이 깨지는 경우도 적진 않으나, 이렇게 황당한 결말은 처음이었다.

폐하께서는 당연히 이들을 끌고 오고 싶겠지만, 두 사람이 무슨 죄를 지었는지 묻는다면, 할 말이 없었다.

원치 않는 여자를 강제해 억지 결혼을 한 것이 밝혀지면 혼인 무효에 이를 수 있고, 남의 약혼녀를 억지로 뺏는 것도 죄가 될 수 있다.

하지만 상대와 결혼하기 싫어서 파혼하고 다른 자와 결혼하겠다는 것 자체는 아무 죄가 되지 않는다. 파혼은 왕실이나 귀족 사이에서도 흔하고, 자유민이나 농노 사이에서도 밥 먹듯 벌어지는 일이었다. 심지어 지참금 문제로 결혼을 며칠 앞두고 파혼이 되기도 한다.

다만, 문제는 지금 파혼당한 사람이 왕이라는 점이었다. 왕이라면 당연히 문제가 다르다. 하지만 법적으로 구속력이 있느냐 하면, 여전히 알 수 없었다.

"폐하! 폐하?"

계단 아래에서 씨근덕씨근덕 거센 숨소리가 들리더니 진작 칼퇴근했던 보좌 주교가 헐레벌떡 뛰어 올라온다.

"앙게랑?"

"폐하, 발타 그 개자시…… 발타사르 경이, 그, 그 궁을 떠난 것이 사실입니…… 아이고, 폐하! 설마 손에 든 것이!"

오, 하느님. 오, 하느님. 설마, 설마! 보좌 주교는 그것을 보고 마땅히 표해야 할 예를 표하는 대신 두 팔을 하늘로 쳐들고 정신 사납게 온 방을 빙빙 돌았다. 그 통에 정작 보고해야 할 중요한

47

이야기는 한참 후에 튀어나오고 말았다.

"제가 발타사르 경을 먼발치로 본 것도 같은데, 뫼니에르 다리를 건너서, 망아지 한 필을 끌고, 말을 탄 털북숭이 일꾼하고 같이 가고 있기에……."

왕의 움직임이 딱 멈춘다.

"털북숭이 일꾼이라 했나?"

"예, 그런데 그 일꾼이 아무래도 묘하게 낯이 익더란 말입니다아아……? 아아?"

말을 하던 보좌 주교의 얼굴에 뒤늦게 아차 싶은 표정이 떠올랐다. 그는 레아 다크레가 신의 창조 질서를 거스르는 남장도 아무렇지도 않게 해치우는, 소위 '신앙심과 도덕심이 상당히 부족한' 여자이며, 변장 기술도 귀신같았다는 점을 뒤늦게 기억해 냈다.

"그들이 어느 방향으로 가던가? 올랑드 쪽인가?"

"아닙니다. 반대쪽인 센 강 하구 방향으로 내려가고 있었습니다."

"알랭, 말과 기사들을 준비해."

왕은 나뭇가지를 노려보며 짧게 내뱉었다.

"일단, 성전기사단으로 간다."

✝ ✝ ✝

두 사람은 사방이 깜깜해질 때까지 계속 달렸다. 하지만 멀리 갈 수는 없었다. 레아는 말을 타고 장거리를 다녀 본 경험이 없었고, 사노나 엘리고는 아직 안정적인 보법 훈련이 되지 않았다. 그래서 허리든 엉덩이든 허벅지든 어딜 만지는지 구별이 되지 않을 정도로 아팠다.

문제는 눈에 띄지 않는 길로만 가다 보니 묵을 집이 없다는 점이었다. 두 사람은 해가 완전히 떨어져서 달빛으로 길을 더듬게 될 즈음에야 외딴 농부의 집을 한 채 발견하고 안도의 한숨을 쉬게 되었다.

하룻밤 잠자리를 빌리고 내일 도시락까지 얻어 가는 비용으로 그로 은화를 절반으로 잘라 내밀었다. 엄청난 숙박비에 눈이 돌아간 농부는 남은 반쪽 동전을 마저 준다면 일주일이건 보름이건 우리를 다 쫓아내고 묵어도 좋다며 유혹했고, 부부 침대까지 내드리겠다고 앞장서서 제안했다. 발타는 사양 한번 않고 냉큼 그 제안을 받아들였다.

노숙을 안 하게 된 것은 다행인데, 그와 별개로 레아는 아쉬워 죽을 지경이었다. 털보 남자로 변장하고 있었기 때문에 연인 행세도, 부부 행세도 불가능했던 것이다. 아, 물론 남장을 안 했어도, 발타 님 성격이면 부부 행세는 하늘이 두 쪽 나도 불가능했을 것 같긴 하다.

어쨌든 두 사람은 행색으로 보나, 끌고 다니는 말로 보나 무기로 보나 의심할 바 없는 기사와 시종이라, 농부의 집에서는 두 사람의 관계에 대해 아무런 의심도 하지 않았다.

"시종 나리께서는 어디서 주무시렵니까? 통로에 빈자리가 있는데, 거기 널판과 짚단을 좀 놓아 드릴까요?"

"거기선 내가, 아, 아니, 좁아도 위에서 같이 잘 테니 염려 말게."

다락에 있는 부부 침대 건너편 바닥에는, 시골 농가가 대체로

49

그렇듯 돼지우리와 닭장이 있었다. 돼지 세 마리와 오리 일곱 마리, 닭과 병아리들이 오밀조밀 모여 씰룩씰룩 엉덩이를 비비대고 있었다. 건방진 망아지 두 마리와 회춘한 크레도 영감도 마구간이 없다 보니 우리 옆에 대충 묶여 있다. 아무리 잘 곳이 없어도, 통로에서 돼지와 말들의 엉덩이를 보면서 잠을 자고 싶지는 않았다.

좁은 사다리를 타고 다락 침대로 올라간 두 사람은 자못 난감한 신음을 토했다. 아래를 기둥으로 받친 난간 형태의 침대였는데, 앞이 훤히 트여 있고 커튼 한 장 없었다. 굴러떨어지지 않게 난간 기둥 몇 개를 얼기설기 박아 둔 게 고작이고, 상상 이상으로 비좁기까지 했다.

짚단은 눅눅했고, 시트와 베개는 없었고, 이불은 별로 크지 않고, 두껍지 않고, 깨끗하지 않고, 향기롭지 않았다. 그런데 그것이 이 집에서 가장 좋은 침대라는 건 확실했다.

두 사람은 그동안 자신이 사용했던 침대가 얼마나 호사스러운 것이었던가를 새삼 깨달았다. 이에 비하면 올랑드에서 쓰던 침내나 소박하고 청빈하다는 성전기사단의 침대조차 왕의 침대처럼 느껴질 지경이었다. 잘 말린 짚단과 보송보송한 시트와 두꺼운 담요, 거기에 향긋한 라벤더 주머니까지 추가된 침대란 그 얼마나 아름다운가.

하지만 허리가 녹아내릴 정도로 고된 판에 침대의 품질을 따질 여유가 없었다. 레아는 옷도 벗지 못한 채 짚단 위에 뻗어 버렸다.

"아이고, 허리야. 사노 이 망할 놈의 자식, 아이고 아파⋯⋯."

"저, 저런?"

아래에서 올려다보는 부부의 눈이 둥그레진다. 그러잖아도 늙은 농부 내외는 집에 기사를 모셔 본 적이 없었기 때문에 시종이나 하인이 기사와 같은 침대를 사용하는 것이 옳은가, 마구간 옆에서 짚단을 깔고 자게 해야 하나 혼란스러워하던 중이었다.

그런데 저 버르장머리 없는 놈이 기사님보다 먼저 벌러덩 침대에 누워?

늙은 아낙의 눈에 쌍심지가 켜진다. 저놈의 버르장머리! 노파의 소리 없는 고함이 쩌렁쩌렁 울리는 것 같다. 왜인지 저 할머니, 그 짧은 순간에 발타 님의 편이 되어 버린 듯했다.

레아는 아차 싶어 꾸물꾸물 자리에서 일어났다가 다시 죽는소리를 하며 엎어졌다. 발타가 옆에서 웃는다.

"일어날 거 없어. 힘들었을 테니 그냥 누워 있게."

"아이고…… 죄송합니다, 나리. 얼른 주무십쇼. 오늘 많이 힘드셨을 텐데요."

"그래. 많이 힘들었어. 긴 하루였네. 자네도 피곤할 테니 푹 쉬게."

아래층이 부산해졌다. 늙은 농부 내외가 큼직한 판자와 짚단을 가져와 임시 침상을 만들고 그 위에 낡은 옷과 망토 따위를 깔기 시작했다. 주변에서는 머리통이 굵은 딸과 아들 너덧이 각자 정해진 짚단 위로 올라가 나달나달한 담요 조각을 덮는다.

아이들은 무슨 재미있는 이야기를 하는지 짚을 푸닥거리며 낄낄거렸고, 노부부는 잠 좀 자라면서 욕을 하다가 이내 코를 골았다.

침대 건너편에서는 돼지들이 불청객을 향해 고개를 쭉 **빼고** 꿀

꿀 킁킁 콧김 날리기에 여념이 없고, 닭과 병아리들은 저들끼리 꾸꾸 꼬꼬 삐이삐이 수다판이 벌어졌다.

손님을 위해 특별히 켜 둔 작은 초가 꺼지고, 창으로 들어오는 달빛이 고왔다. 레아는 벽에 바짝 붙었다. 발타는 조심스럽게 겉옷을 벗고, 취침 기도까지 마친 후에, 정말로 조심스럽게 레아의 곁에 누웠다.

상황이 상황이니만큼 몸이 닿지 않게 최대한 조심하는 것 같았지만, 애초에 공간이 좁은 건 손쓸 방법이 없었다. 보통 농가의 부부 침대라는 뜻은, 2인용이라는 게 아니라 둘이 한 몸이 될 정도로 바짝 붙어서 자야 하는 침대라는 뜻이 분명했다.

다른 때 같으면 이것은 하느님께서 우리를 위해 판을 깔아 주신 것이라 확신했을 텐데, 그리 믿기엔 침대의 전면이 너무 훤히 개방되어 있었다. 아래에서 눈 비비며 일어나기만 해도 위에서 자는 모습이 빤히 보인다. 심지어 밖에서 문을 덜컹 열고 들어왔을 때, 재수 없으면 위에서 발이 얽혀 있는 꼴을 볼 수 있는 것이다.

"후우……."

얇은 이불이 더웠다. 레아는 숨을 죽이고 곁에 누운 사내의 얼굴을 가만히 곁눈질했다. 그 역시 잠을 못 이루고 있었다. 조금 답답한지, 가는 한숨 소리가 들린다. 그 숨소리만으로도 레아는 가슴이 터질 듯했다.

촛불이 꺼지고, 아이들도 잠에 빠졌다. 그 집 아이들은 모두 가락가락하며 코를 골았다. 다락의 쪽창을 통해 들어오는 달빛은 부드럽고 은근했다.

그리고 발타 님은, 예나 지금이나 달빛 아래서 가장 아름다운 분이었다.

레아는 이불 속에서 그의 손을 더듬어 꼭 쥐었다. 그의 손이 움
찔 꿈틀거린다. 그의 얼굴에 숨김없는 웃음이 번진다. 어둠 속에
묻혀서 달콤하게, 포근하게, 저리도 황홀하게 웃는다.

"……!"

그가 손을 돌려 가만히 손을 맞잡는다. 두 손으로 살금살금 어
루만지는 그의 손길이 포근하고 부드러웠다. 그는 레아의 손등을
소중한 보물이라도 되는 것처럼 조심조심 어루만졌다.

사람이 사람 손을 잡고 만지는 것만으로도, 가슴이 이렇게 따
뜻해질 수도 있구나. 눈시울이 뜨끈해진다. 생각 같아서는 발타
님을 꼭 안아 드리고 싶은데 상황이 이래서 한스러웠다. 레아는
한숨을 쉬며, 그의 손을 끌어당겨 품에 꼭 끌어안았다.

"……레……아. 아, 잠깐."

갑자기 다급한 목소리가 들린다. 그가 아주 작은 소리로 속삭
였다.

"저, 미, 미안합니다. 그, 오……늘은, 안 됩니다. 아니 당분간
은……. 아, 지금 이러시면……."

그는 몹시 난감해하며 손을 뒤로 빼고 몸을 최대한 띄웠다. 가
슴 벅찬 감격과 행복에 푹 잠겨 있던 레아는 몹시 뻘쭘해졌다.

뭘 하자 한 것도 아닌데 이 무슨 산통 깨지는 말씀을.

멀뚱하게 바라보던 레아는, 뒤늦게 자신이 그에게 무슨 짓을
했는지 알아차렸다.

맞다. 아무리 사랑스러워서 미칠 것 같고, 가슴이 벅차서 터질
것 같아도, 저분의 손을 가슴에 꼬옥 끌어안는 짓 따위는 절대 하
면 안 된다.

그러니까…… 만져 보라고 유혹하는 게 아니라면 말이지…….

갑자기 식은땀이 났다. 발타 님 오해세요! 무, 물론 첫날밤엔 제가, 필요에 의해! 불가항력으로! 어쩔 수 없이! 조신하고 정숙한 숙녀임을 살짝 포기하긴 했지만, 제가 사실 이렇게 숨 쉬듯이 유혹할 수 있는 여자는 아니란 말이에요.

원래, 쫄보들은 유혹을 못 해요! 유혹하는 데 얼마나 엄청난 용기가 필요한지 아시냐고요!

무엇보다, 제정신이 박힌 여자라면 이렇게 털북숭이로 변장해 놓고, 어떻게 사랑하는 분께 들이댈 용기를 내겠어요. 만년의 발정도 꺼지라고 고사 지내는 게 아니라면.

하지만 발타는 레아가 작정하고 유혹했다고 굳세게 믿는 듯한 눈치였다. 억울해 미치겠다. 유혹이라도 진짜 해 봤으면 억울하지도 않지.

아 그래, 어쩌면 '유혹하는 여자'로 찍히는 것도 그리 나쁘진 않을지도 몰라. 인간적으로 그동안 발타 님께 '레아 다크레'의 이미지란 게, 참 거시기했잖아?

성물 도둑, 떠돌이 도망자, 신의 창조 질서의 교란자, 털북숭이 남자, 노가다 세공사, 끓는 쇳물, 망치, 줄, 줄톱, 집게, 송곳, 모루, 칼, 쇳가루, 은가루, 보석 가루, 독한 식초와 모래, 연마제…….

그런 것보단 차라리 유혹자 릴리트의 이미지가 낫지 않을까?

머릿속의 수다쟁이가 다시 시끄러워지며 가슴이 다시 동당동당 뛰기 시작했다.

어느덧 아이들도 잠들고, 돼지들도 닭들도 조용해졌다. 쪽창으로 들어온 뽀얀 달빛이 다락 아래의 풍경을 살그머니 쓰다듬는다. 잠들어 있는 것들의 둥글고 어둑한 윤곽선 위로 은빛 반짝임이 사르르 얹힌다.

······주무세요?

······주무십니까.

뜬금없이 속삭임이 겹친다. 펄럭. 머리 위로 낡은 이불이 훅 기어 올라온다.

달고도 부드러운 어둠 속, 레아는 입속이 녹아 버릴 듯한 입맞춤을 받았다.

✝ ✝ ✝

"쫄보 집안 장녀에, 소리 소문 없이 떼돈을 벌어서 잘 먹고 잘 사는 게 꿈이라 했는데."

모닥불 앞에 앉은 왕이 음울하게 중얼거렸다. 어두침침한 숲 속, 병사들과 함께 왕을 지키고 있던 알랭은 왕이 레아에 대해 말하고 있음을 바로 알아차렸다.

시종 위그가 재빠르게 나서서 대답했다.

"그렇습니다. 돈독이 올랐다는 말을, 너무나 자랑스레, 당당하게 말씀하곤 하셨지요."

"그런데, 이 엄청난 것들을 왜 모두 놓고 간 걸까."

위그는 그의 발치에 놓여 있는 향나무 상자를 가만히 내려다보았다. 앞에 서 있는 호위 기사들의 시선도 그 나무 상자에 가서 꽂힌다.

왕의 추적이 늦어진 이유, 레아 다크레에게 돌려주어야 할 화려한 향나무 궤짝이 왕의 발치에 놓여 있었다.

'폐하, 오랜만에 뵙습니다. 예까지 왕림해 주시다니, 황공하옵니다.'

'오랜만에 보오. 위그.'

왕의 인수증을 들고 출납 담당자가 물건을 찾아오는 동안, 감찰관 위그 드 패로가 다가와 예를 갖춘다. 그는 얼마 전까지 기사단에서 왕실 재무관으로 파견했던 자로, 필립의 천문학적인 군자금 문제를 해결하기 위해 고군분투한 사람이었다.

당연히 왕은 물론이고 발타와도 깊은 친분이 있었다. 하여 그는 참사회에서 발타에게 잔혹한 판결이 내려진 후 오랫동안 속앓이를 했었다.

'발타사르 경은…… 몸이 좀 어떻습니까.'

'그의 몸에 대해 물을 줄은 몰랐소. 현재 발타는 그대들 덕분에 매우 건강하고 행복하게 잘 지내고 있소.'

왕은 평소와 다름없이 평온한 말투로, 사실 그대로 말했다. 하지만, 발타가 나은 것을 알지 못하는 패로는 몹시 거북한 표정을 지었다.

그동안 패로 감찰관을 비롯한 몇몇 기사들이 발타의 소식을 슬그머니 수소문하긴 했지만, 왕의 분노를 반영하기라도 하듯 그에 대한 소식은 손톱만큼도 얻을 수 없었다. 심지어 죽었는지 살았는지조차 알 수 없을 정도로 철통처럼 막혀 있었다.

왕이 말을 돌리듯 묻는다.

'자크 경은 파리 본부에 없는가 보오?'

'교황 성하의 부르심을 받아 푸아티에로 내려가셨습니다.'

'무슨 일이 있소?'

'다음 달쯤 성 요한 기사단의 풀크 드 빌라레 단장과 회동이 있습니

56

다. 통합 제안이 있으실 듯합니다.'

'감찰관이 보시기에 어떻소. 이번엔 통합이 되겠소?'

'글쎄요. 그러기엔 두 기사단의 골이 너무 깊습니다만.'

그 통합을 추진하도록 교황을 들볶고 있는 것이 왕인 줄 뻔히 아는 패로는 그저 씁쓸하게 웃으며 대답했다.

왕은 더 이상 묻지 않았다. 왕이 가장 궁금해하는 내용일 텐데 무관심한 척하는 것인지, 정신이 다른 곳에 가 있는 것인지, 그것까지는 알 수 없었다.

'물목 확인하겠습니다.'

향나무 상자를 가져온 관리자는 감찰관과 왕의 입회하에, 수령 증서의 번호를 확인하고, 사파이어가 박힌 왕관과, 500리브르짜리 인수증을 비롯한 모든 물목을 일일이 검수했다.

왕은 잠시 눈썹을 찌푸렸다. 망치 하나가 대충 쪼갠 장작 같은 막대기에 엉성하게 끼워져 있었다.

이 망치 자루, 원래 이런 모습이었나?

하지만 관리자는 알아차리지 못했다. 수천수만의 물건들을 검사하고 가격 감정을 하다 보니, 아무리 기억력이 좋아도 본래 모양까지는 정확하게 기억하지 못하는 듯했다. 어차피 낡은 망치의 감정가는 2드니에르 푼돈으로 매겨져 있었다.

왕은 그곳에 본래 무엇이 끼워져 있었는지 뒤늦게 눈치채고 얼굴을 돌처럼 굳혔다.

아하, 그동안 감히 나를 깜찍하게 속이셨다 이건가……?

그래 놓고는 그 물건을 남겨 두고 갔다?

천하의 필립이 아주 완벽하게 뒤통수를 맞지 않았는가.

왕은 인수증에 이름을 적고 반지로 인장을 찍은 후, 침착한 목소리로 말했다.

'나 프랑스의 왕 필립. 성전기사단 파리 지부에 맡긴 향나무 상자와 포함된 물건들을 그대로 돌려받았음을 확인하오.'

여자가 직접 만들었다는 향나무 상자는 생각보다 몹시 무거웠다.

"그 여자 성격에 아까워서 어떻게 놓고 갈 수 있었을까. 돈 한 푼에도 그렇게 벌벌 떨었는데. 왕관과 장신구, 500리브르 증서, 그 여자에게는 평생을 모은 거금이었을 텐데."

왕은 딱히 대답을 바라지는 않는 듯, 모닥불만 응시하며 중얼거렸다. 다리가 늘씬하고 꼬리가 긴 얼룩이 사냥개가 왕의 옆에 와서 코를 비비며 꼬리를 친다. 왕은 개의 머리를 쓰다듬으며 머리에 가볍게 입을 맞췄다. 학학학, 학학. 개의 꼬리가 정신없이 돌아간다.

"그렇게 빨리 빠져나갈 수 있다니, 참으로 뒤가 단출한 사람들이 아닌가."

왕은 그답지 않게 혼잣말이 길었다. 어전 시종이 조심스럽게 말을 받았다.

"글쎄 말입니다, 폐하. 밖에서 누군가 빼돌린 게 아니고서야 가능한 일일지요. 몸에 하고 있던 장신구 두세 개 빼면 무일푼 상태 아닙니까."

"왕의 약혼녀를 빼돌린 기사와, 성 십자가를 버리고 도망친 신의 피택자를 대체 어떤 제후가 빼돌린단 말인가? 뭐에 쓰겠다고? 아더 왕이 귀니에브르와 랑슬로 뒤 라크를 용서했던가. 랑슬로를 기사로 받아 주는 제후가 또 있었던가."

폐하, 하지만 경우가 좀 다르지 않습니까. 레아 다크레 양은 왕비마마도 아니고 약혼식도 아직 안 한 상태 아닙니까. 위그는 조심스럽게 눈치를 보며 말을 해 보려다 그대로 입을 다물어 버렸다.

필립은 잠자코 모닥불만 바라보았다. 답답해서 누구에게든 무슨 말이든 하고 싶은데, 눈앞의 시종은 대화 상대로 그리 적절하지 않았다. 그의 아버지 위그 드 부빌이 몽상 페벨에서 전사했고, 그 공을 높이 사 동명의 아들을 최측근 시종으로 삼았지만, 아비와 아들은 많이 달랐다. 일단 입이 아버지처럼 무겁지 않았고 진심 어린 위험한 대답보다는 예의 바른 안전한 대답을 선호했다.

왕은 최측근 심복이 완벽하게 마음에 들기를 바라지는 않았다. 하지만 마음을 터놓는 대화 상대는 꽤 까다롭게 가렸다. 그래서인지, 마음을 터놓는 대화 상대가 거의 없다는 것을 깨닫고 새삼 마음이 무거워졌다.

대법관이나 보좌 주교와는 공무에 대해서는 격의 없이 대화를 나누긴 하지만, 사적인 이야기까지 입에 담지는 않았고, 아들들은 아버지를 존경하고 흠모했지만 두려워했고, 왕은 아들들을 다소 한심하게 여겼다.

자신을 두려워하지 않으면서 거부감 없이 속을 털어놓을 수 있었던 사람은 정말로 다섯 손가락 안에 꼽혔다.

잔느, 기욤…… 앙게랑……은 포함이 될까. 발타사르, 레아…….

……레아.

왕은 쥐고 있던 장작을 모닥불 속으로 던져 넣었다.

"저도 당연히, 당신과 함께 깊은 희락을 나누고 싶기는 합니다."

다음 날 아침, 함께 길을 나선 발타 님이 머뭇대다가 입을 열었다. 발타 님은 누군가와 달리, '고상치 못한 이야기'를 점잖게 돌려 말하는 법을 알고 있었다. 물론 저분이 남녀관계에 달통했다는 생각은 전혀 안 들지만 그래도 궁중 생활의 관록은 무시하지 못하나 보다.

"하지만 이 여정이 언제 끝날지 알 수 없고, 어디에 정착할지 확실히 정해지지 않았는데, 혹시, 음, 먼저 아기라도 생긴다면, 마드무아젤께서 여정 중에 너무 곤혹스러울 것이라 생각했습니다."

"……."

아아, 이렇게 사려 깊게 인내심을 발휘하고 계시는 분께, 난 어제 대체 무슨 짓을 했던가.

순간 사려 깊게 인내심을 발휘하던 분께서 한마디 덧붙인다.

"그리고…… 소리를 안 낼 자신이 없었습니다."

최대한 점잖게 말씀하시는데, 왜 그것마저 이리 외설적으로 느껴지는지. 이제 저분의 말 한 마디, 움직임 하나하나에도 모두 야한 의도가 있는 것만 같다. 웃는 모습, 찡그리는 모습, 먹는 모습, 자는 모습, 기도하는 모습, 심지어 숨 쉬는 것까지도 섹시하게 느껴진다.

망했다. 머릿속이 썩은 거야. 그것도 푹푹 썩었어. 레아는 이러다 길바닥에서 발타 님을 덮치는 사태가 일어날까 두려웠다.

썩은 머릿속 사정을 전혀 모르시는 분이 정중하게 제안한다.

"마드무아젤. 조금만 기다리십시오. 저희가 제대로 안전한 곳에 자리 잡고, 신부님 앞에서 제대로 결혼식까지 올린 후에, 좀 더 편안하고 따뜻한 분위기에서 모시고 싶습니다."

"네……. 사실, 발타 님. 믿지 않으시겠지만, 제가 어제 딱히 유혹을 하려던 건 아니고, 가슴이 너무 벅차고 행복해서, 손이라도 꼭 끌어안고 싶었던 건데……."

"아 예, 그러셨군요."

"오, 오해는 없으셨으면 해서 말이죠. 제가 원래 그렇게 대담하지도 않고 유혹적인 사람도 아니고, 아니 일단, 수염을 이렇게 붙이고 유혹이 가능하겠어요? 천년의 발정도 다 식어 버리겠죠!"

레아는 한숨을 쉬며 아교로 붙여 둔 턱수염과 콧수염을 주르륵 떼어 버렸다. 발타는 당황해서 허둥지둥 주워섬겼다.

"아닙니다! 수염이 얼굴에 가득해도 충분히 유혹적이십니다."

"발타 님…… 저, 그런 건 좀 변태 같아요……."

발타는 얼굴이 새빨개진 채 폭소를 터뜨렸다.

"바라는 걸로 따지면, 제가 마드무아젤보다 백 배는 더 간절히 바라고 있을 겁니다. 어제 민망하게 해 드려서 죄송합니다."

"……."

"얼른 이곳을 벗어나서, 거취가 결정되는 대로 결혼식부터 올리는 게 좋겠습니다."

두 사람은 강을 끼고 되도록 눈에 띄지 않는 길로 이동했다. 농가에서 먹을 것을 챙겨 오긴 했지만, 애초에 짐이 너무 단출했던 만큼, 중간중간 마을이 나오면 필요한 것을 계속 사야 했다.

둘 다 돈이 없었다. 준비 없는 가출의 당연한 결과였다. 발타가 아크레 시절부터 간직하고 있던 묵주 은팔찌를 팔았다. 딱 한 개 팔았다. 입으로는 '옆에 당신이 있으니 괜찮다'고 하면서 어깨를 축 늘어뜨리는 발타를 보며, 레아는 새삼 후회가 되었다.

"아…… 지금 생각하니 아까워서 눈물 나네요. 그 왕관이나 하다못해 마지막으로 입고 있던 옷이나 장신구라도 가져올걸. 엄청 비싼 거였는데!"

"마드무아젤. 폐하의 왕관 정도 되는 물건을 대체 누가 사 주겠습니까? 유대인들도 롬바르디아 은행가들도 모조리 쫓겨났는데. 그렇다고 성전기사단에 파실 겁니까? 물건 보면 단번에 꼬리가 집힐 텐데요?"

"어머나, 제가 바보인가요. 당연히 분해해서 팔아야죠. 다른 물건으로 새로 만들어서 팔 수도 있고요. 그거 하나면 저희 둘이 앙글레테르 산골 마을에서 편안하게 여생을 지낼 수 있었을 텐데."

당당하게 대답하던 레아는 문득 자신이 바보가 맞다는 사실을 깨달았다. 그런 엄청난 물건을 포기하고 온 게 바보 아니면 뭐란 말인가!

계획을 잘 짜서 그 상자부터 돌려받은 후에 도망쳤으면 얼마나 좋았을까. 평소에 그리도 돈타령을 해 놓고, 정작 도망칠 때는 일확천금을 다 걷어차고 온 것이다. 보석이 자르르 박힌 황금 왕관이나 500리브르짜리 증서란 3대가 놀고먹을 수 있는 돈 덩어리인 것을!

레아는 뒤늦게 넋을 놓고 중얼거렸다.

"지금이라도 돌아가서 성전기사단에 잠입해서 상자를 몰래 가져올까요? 강변 쪽 비상구도 아는데……."

레아의 돈독 본능에 발동이 걸리자, 발타는 허둥지둥 사태를 수습하기 시작했다.

"레아, 레아? 제가 나가서 돈 벌어 오겠습니다. 앙글레테르에 정착하면 정말 마상 대회마다 열심히 **뺑뺑**이 돌겠습니다. 있는 장신구들 다 팔아도 됩니다. 섭섭하지 않습니다. 절대 섭섭하지 않아요. 기사단 비상금이라뇨. 절대 그런 생각 하지 마십시오."

"그래도 아깝잖아요! 폐하께서 임무를 완수하면, 그 향나무 상자를 분명히 돌려주기로 하셨단 말이에요! 임무를 차고 넘치도록 완수했는데 왜 돌려줄 생각도 안 하셨을까요?"

"아, 네. 폐하께서는 전에도 대부업자들에게 몇 번이나 돈을 떼어먹……으시던 좀 나쁜 습관이 있으십니다. 어쨌든 파리로는 가실 필요 없으십니다."

발타 님이 이렇게 폐하의 뒷담을 제대로 까는 날이 올 줄이야. 하지만 고리대금업자의 뒤통수까지 치는 악당은 뒷담 좀 까도 되지! 그건 폐하가 정의의 사도라서 한 짓이 아니지 않은가!

"그러니까요! 제가, 그 남자들만 득시글대는 곳에서 자그마치 몇 달이나 굴러다녔고, 그 위험한 동굴에 일주일이나 갇혀서, 죽을 고비를 백 번이나 넘기면서 임무를 완수했는데! 제가 15년간 소중하게 간직해 온 발타 님 슈미즈랑, 속바지랑, 손수건이랑…… 아까워서 어떡해요……."

"마드무아젤, 제가 나중에 슈미즈하고 속바지 양말 다 벗어 드릴 테니까……."

어머나…….

레아는 눈을 동그랗게 뜨고 발타를 바라보았다. 발타도 뒤늦게 입을 다물고 눈동자를 데구르르 굴렸다.

레아는 새삼 걱정이 되었다. 고작 저런 말을 해 놓고 얼굴이 빨개지시면 이 험한 세상을 어떻게 살아가시려나.

빨리 아무 마을에나 정착해서, 저분이 고작 저런 말로 얼굴이 빨개지지 않도록 단련을 시켜 드려야 할 텐데.

레아는 그다지 정숙하지 못한 결심을 하며 열심히 말을 몰았다. 여전히 길은 험하고, 여전히 허리는 아팠다.

† † †

'패로 감찰관, 발타는 현재 기사단에서 파문이 된 상태인데, 그러면 입단을 전제로 그가 이곳에 희사한 재산은 어떻게 처리가 되오?'

왕이 비밀 접견실을 나서며 물었다. 입단한 자의 재산 처분에 대해 묻는 것은 왕이라 해도 결코 적절한 질문이 아니었다. 하지만 패로 경은 왕의 밑에서 오래 일을 했고, 발타 역시 왕의 기사이자 왕의 혈육으로 알려져 있었기 때문에 아주 못 할 질문은 아니었다.

하지만 패로는 깜짝 놀란 표정으로 되물었다.

'폐하, 발타사르 경은 성전기사단에 재산도 영토도 희사하지 않았습니다. 입단하던 날, 성당의 제단에 1천 리브르를 봉헌한 것이 전부입니다. 혹시 그가 이곳에 재산을 희사했다 말했습니까?'

왕의 미간이 크게 접혔다.

'그게 확실하오?'

'물론입니다, 폐하. 제가 시테 궁에서 폐하를 위해 일한 것이 5년이 넘지 않았습니까. 이런 일로 제가 허튼 사실을 고한 적이 있었습니까.'

64

'……'

'저희는 그가 왕실에 희사한 것으로 여겼습니다. 지금이라도 그에게 확인하심이…… 아, 죄송합니다.'

여전히 발타가 말도 못 하고 누워 있다고 생각한 패로가 급하게 고개를 숙였다.

왕은 더 묻지 않고 기사단 본부를 나섰다. 추적이 급하긴 했다. 벌써 해가 떨어져서 사방이 어두컴컴했다.

"위그. 혹시 발타가 재산을 어떻게 처분했는지 지나가듯 말한 바도 없나?"

"아는 바가 없어 송구합니다, 폐하. 저도 놀랐습니다."

위그는 난처한 듯 머리를 긁었다.

위그가 듣기로, 발타 경의 재산은 약 10만 리브르 정도 된다고 했다. 왕의 직할 영지 연수입이 백만 리브르 남짓임을 감안하면, 그리고 10만 유대인에게서 압수한 재산을 경매로 팔아 치운 수입도 그와 비슷한 액수였던 것을 감안하면, 발타 경은 상당한 거부였던 셈이다.

하지만 그는 재산에 대한 욕심이 전혀 없다시피 해서, 왕은 그의 재산이 왕실 재정으로 귀속되지 않을까 은근히 기대하는 눈치였다. 물론 전적으로 발타사르 경의 의지이기에 강제한 적도 없었지만, 그럴 거라고 믿어 마지않았다.

그렇지만 그는 왕실에 재산을 남기지 않았다. 왕은 꽤 실망했으나, 많은 성전기사들이 입단하며 전 재산을 기사단에 희사한다는 것을 알고 있었기에, 일언반구 입에 담지 않았다. 끔찍한 재정 적자에 시달리고 있었지만, 그런 것까지 내색하기에는 왕의 자존

65

심이 허락지 않았다.

다만 왕은, 자신이 발타를 믿는 만큼 발타가 자신을 믿진 않았나 하며 잠시 회의감에 젖기는 했었다.

"나는 그들이 나를 버리고 떠날 거라는 생각을 전혀 못 했다. 내가 보낸다면 모를까. 그런데, 보낼 생각은 전혀 없었는데."

폐하, 발타 경에게 궁에서 나가라고 명령하셨던 게 누군지 잊으셨습니까.

위그는 쓴웃음을 지으며 말을 삼켰다.

하긴, 저분은 결혼 후 발타 경을 다시 곁으로 불러들일 계획이었다. 필요에 의해 진심으로 사랑하는 것이 가능한 분이시니, 그 반대도 가능하다 믿으시는 거겠지. 그리고 그것을 발타 경과 아크레의 숙녀에게 요구하겠다는 거고.

위그는 그것이 얼마나 잔인한 짓인지 왕에게 제대로 납득시킬 자신이 없었다.

"그들은 계속 나를 떠날 생각을 하고 있었는데."

왕은 모닥불을 들여다보며 혼잣말처럼 중얼거렸다.

"나는 왜 떠나지 않을 거라고 확신하고 있었을까……."

혼잣말은 오래가지 않았다. 왕이 고개를 들고 묻는다.

"센 강 하구 방향, 눈에 띄지 않게 숲길로 이동 중이면, 프랑스를 벗어나려는 거겠지."

"그런 것 같습니다, 폐하."

"앙글레테르로 갈 생각인가. 에드와르가 반가워하지 않을 텐데."

피시시 쓴웃음을 내뱉은 왕이, 드디어 명료한 목소리로 명을 내렸다.

"센 강 하구에 도착하기 전에 잡게, 알랭. 수단 방법 가리지 말고."

"예, 폐하."

"두 사람에게 반드시 물어봐야 할 게 있어."

왕이 피로한 목소리로 덧붙였다.

† † †

"조금만 더 가면 센 강 하구에 도착할 겁니다. 항구 마을에는 숙소가 있을 테니, 거기서 며칠 쉬면서 벵상이나 동생분에 대해 알아보도록 하지요. 오늘은 불편해도 조금만 참아 주십시오."

생각보다 여정이 길어졌다. 노르망디까지는 길이 좋은 편이라 어지간히 달리면 2~3일이면 도착하는데, 두 사람은 나흘이 되도록 길바닥 위였다. 말들이 훈련이 덜 되기도 했거니와, 눈에 띄지 않는 길로만 숨어 다닌 것이 가장 큰 이유였다.

중간에 들른 몇몇 여인숙은 늦게 도착해서 빈방이 없었다. 두 사람은 말들을 밖에 매 놓고, 붉은빛이 도는 정체불명의 스튜를 한 그릇씩 사 먹은 후, 짚단을 사서 방구석에서 잠을 청해야 했다.

밤에는 매춘부들이 우르르 들어와 판을 벌일 놈은 벌이고, 쫓겨날 여자들은 쫓겨났다. 여인숙 주인이 포주도 겸하고 있던 듯, 화를 내며 쫓아낸 남자들에게 별 유난을 다 떤다며 다 들리도록 투덜거렸다.

닷새째 밤에는, 늦게까지 마을이 나오지 않아 노숙을 해야 했다. 발타는 노숙에 익숙했고, 레아도 떠돌이 생활을 해 본 적이 있어서 그럭저럭 준비는 할 수 있었다. 그들은 불을 피운 후 마른 풀과 낙엽을 수북하게 모으고 망토를 깔아 잠자리를 마련했다.

그는 레아에게 망토를 덮어 주며 손등에 가볍게 입을 맞추었다.

"제가 깨어 있을 테니 먼저 주무십시오. 이따 피곤하면 깨우겠습니다."

물론 말만 그렇지 끝까지 깨우지 않으리라는 것은 잘 안다. 레아가 중간에 알아서 일어나 교대를 해야 할 것이다.

레아는 망토를 코끝까지 끌어 올리고 그의 뒷모습을 바라보았다. 사슬 갑옷에 쉬르코를 두른 발타는 나무에 기대앉아 있고, 어둠에 파묻힌 새까만 말 세 마리가 그의 주변을 호위하는 것처럼 둘러서 있다. 발타는 모닥불 옆에서 무릎을 꿇고 기도를 드린 후, 편하게 앉아 망을 보기 시작했다.

인적이 드문 숲이나 들에서 혼자 노숙을 한다는 것은, 들짐승들에게 날 잡아 잡수 광고하는 것과 똑같았다. 그래서 여행객들은 어지간하면 떼를 지어 왕래하고 하다못해 두세 명이라도 짝을 지어 다니려 하는 것이다. 그래야 밤에 교대로 불침번이라도 설 수 있으니까.

앙글레테르로 가서 우리 둘이서 살게 되면, 여행 같은 건 절대 다니지 말아야지. 집이랑 작업장에만 콕 박혀서 살아야지. 마을 밖엔 절대 안 나가고, 노숙도 절대 안 하고, 나쁜 짓도 안 하고, 둘이 손 꼭 잡고 조용히 아기 키우면서, 소리 소문 없이 떼돈이나 벌면서 잘 먹고 잘 살아야지.

아! 결정적으로 중요한 문제가 떠올랐다.

앙글레테르에서는 말이 잘 통하려나. 어떡하지. 나는 남부의 오크어도 잘 못 알아듣는데 앙글레테르의 말은 더 많이 다르려나.

뭐, 발타 님한테 밤마다 머리를 맞대고 배우면 되겠지. 오크어든 라틴어든 배울 게 많을수록 좋지 않을까. 이렇게 옆에 나란히 앉아서. 아, 이것 참 괜찮은 계획이다.

나름 알찬 계획을 세우며 그를 곁눈질하던 레아는 문득 새로운 사실을 깨달았다.

발타 님, 이제 보니 뒷모습도 야하게 생기셨구나…….

난데없는 깨달음에 레아는 성호를 긋고 깊이 참회했다.

에휴. 발타 님, 제가 죄가 많습니다. 메아 쿨파…….

하지만 신기한 것은 신기한 것이다. 어떻게 한 사람이 이렇게 극단적으로 다른 분위기를 동시에 풍길 수 있을까?

발타 님은 수도승에게 잘 어울리는, 경건하고 금욕적인 분위기를 갖고 있었다. 오랜 훈련과 절제를 통해 만들어 낸 결과물일 것이다. 색으로 표현하자면, 어느 누구도 발을 디디지 못한 설원처럼 온통 새하얀 색깔이었다.

하지만 최근 발타 님에게 다른 색이 느껴질 때가 있다. 맑은 물이 괴어 있지만 바닥이 보이지 않는 깊은 우물처럼, 혹은 지금 주변을 둘러싸고 있는 짙은 어둠처럼 사람을 홀리는 검은색. 그 나른하고 풍성하며 원초적인 색깔.

가벼운 날숨소리만으로도 머리가 아찔하고, 허리를 살짝 틀어 자세를 고쳐 앉는 것만으로도 아랫배가 화끈 달아오른다. 메아 쿨파, 투우스 쿨파, 참으로 죄 많은 분 같으니. 레아는 수습 불가의 사태가 벌어지기 전에 얼른 눈을 감았다.

컹컹, 컹컹컹, 우오오오, 끼이이잉.

들개들이 짖는 소리가 희미하게 들린다. 설핏 잠이 들었던 레아는 눈을 비비며 억지로 일어났다. 옆에서 발타가 무기를 챙기는 모습이 보였다.

"이게 무슨 소리인가요, 발타 님?"

"……글쎄요. 개들이 떼 지어 짖는 소리 같긴 합니다만……."

"들개 떼일까요? 어떡하죠?"

"불이 있으면 덤비지는 못할 겁니다. 들개 떼나 늑대 떼가 오면 바로 나무에 올라가시면 됩니다. 나머지는 제가 처리할 테니 걱정 마십시오."

발타는 별다른 호들갑도 없이 조용히 말했지만, 이미 자리에서 일어나 허리춤에 찬 무기와 방패를 빠르게 점검하고 갑옷 상태를 확인하고 있었다.

우오오. 컹컹, 컹, 컹컹.

개들이 짖는 소리가 사방에서 점점 크게 울린다. 발타가 어둠 속을 응시하며 뒤도 돌아보지 않고 말한다.

"레아 님, 나무로 올라가세요."

"발타 님은요?"

"절대 내려오지 마세요. 별일은 없을 겁니다만……."

레아는 황급히 곁의 나무를 타고 올랐다. 어릴 때 놀던 가닥이 있어서 순식간에 꼭대기까지 기어 올라가는 모습을 보며, 발타는 그 와중에 웃기 시작했다.

"들개나 늑대 떼면 발타 님도 나무에 올라오세요. 차라리……."

"아닙니다."

"크어엉, 크렁!"

말이 떨어지기가 무섭게 풀숲에서 커다란 개가 튀어나왔다. 온통 새까만 색이라 눈에 거의 띄지 않았다. 히히히힝! 세 마리의 말이 우렁차게 포효했고, 레아가 소리를 지르기도 전에 개가 발타에게 달려들었다.

파앗!

발타의 물결 검이 망설임 없이 개의 목을 관통했다. 깨애애! 개는 바로 바닥에 널브러졌다. 허리가 길고 근육질의 늘씬한 다리에 긴 꼬리를 가진 개. 잘 훈련받은 사냥개 같았다.

"……낯익은 개로군요."

발타가 우울한 목소리로 말했다.

뒤이어 다른 개들이 컹컹대며 몰려오기 시작했고, 두 번째 사냥개가 덤벼들다가 똑같이 쓰러졌다. 삐이익, 삐익. 익숙한 휘파람 소리가 들렸다. 휘파람 소리에 그들을 둘러싼 개들이 주춤대며 뒤로 물러선다.

부스스, 부스스, 파사사사사.

먼발치에서 사람들이 다가오는 소리가 들린다. 한밤중, 숲속에서의 기척은 대낮의 들판에서와 달리 너무나도 선명하다. 커다란 그물에 포위된 것 같다. 레아는 포위망이 조여드는 것을 소리로 느낄 수 있었다.

발타는 나무에 올라간 레아를 올려다보며 쓸쓸하게 웃었다.

"일단, 안전해질 때까지 그곳에서 내려오지 마시십시오, 마드무아젤."

"……."

"폐하께서 오셨습니다."

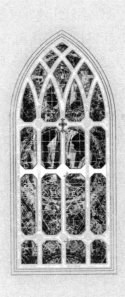

9-3. 사랑했음에 대한 증거

　왕은 적지 않은 병사와 기사들, 그리고 사냥개 무리를 이끌고 두 사람을 추적했다.

　이곳까지 발타와 레아를 추적해 올 수 있었던 것은, 순전히 노련한 사냥개들 덕분이었다. 왕은 사냥을 매우 즐겼고, 잘했다. 그는 매와 사냥개를 직접 조련했는데, 사람보다 사냥개를 더 믿었다. 그리고 개들은 그의 신뢰에 보답해 두 사람을 찾아냈다.

　큰 도시와 대로를 피해 숲길로 다니면 무사히 꼬리를 자를 수 있지 않을까 생각했는데, 오산이었다. 토끼나 노루도 아닌데, 사냥개까지 동원해 가면서 쫓아올 줄은 몰랐다.

　하지만 무엇보다 놀라운, 아니, 암담한 점은 왕이 직접 여기까지 따라왔다는 점이다.

　"보트르 마제스테."

　발타가 먼저 가볍게 고개를 숙여 인사를 한다. 하지만 한 손에 검을 들고 다른 팔에는 방패를 끼운 채, 방어 태세를 철두철미하게 유지하고 있었다.

"예까지 왕림하실 줄은 미처 예상치 못하여, 영접할 준비를 하지 못했습니다. 이렇게 어수선하게 폐하를 맞이하게 되어 송구합니다."

"작별 인사 없이 그냥 떠났더구나. 갈 때 가더라도 인사는 제대로 하고 가야 하지 않겠느냐."

"세 번이나 인사를 청하였는데 중간에서 누군가 말을 가로채어 섭섭함을 안겨 드렸나 봅니다. 이 자리에서 시종의 목을 베어 폐하의 섭섭함을 풀어 드리리까."

"힉. 씨에 발타사르, 내, 내게 왜 이러시오."

"내 신하는 내가 알아서 한다. 네가 나설 것까지는 없어."

아닌 밤중에 모가지가 날아갈 뻔한 어전 시종이 황급히 뒤로 물러난다. 왕과 발타 사이로 차가운 바람이 지나갔다.

레아는 그 모습을 내려다보며 가슴이 타는 듯 아팠다. 두 분은 저런 관계가 아니었다. 가족보다 끈끈한 애정과 신뢰로 엮인 관계 아니었던가.

왕은 허리를 굽혀 목을 관통당한 두 마리의 사냥개를 안아 올렸다. 길쭉한 몸이 아래로 축 늘어진다.

왕은 가라앉은 목소리로 말했다.

"목을 찔렀구나. 너도 각별히 아끼던 아이 아니었느냐."

"주인을 무는 사냥개는 살려 두지 말아야 한다고, 폐하께서 가르쳐 주신 것으로 기억합니다."

"네가 내게 한 짓도 여일하다는 것을 아느냐, 발타사르."

"폐하. 제게 큰 후의를 베푸신 분을 이렇게 떠나게 되어, 그 참

74

담한 마음은 이루 말할 수 없습니다. 폐하를 위해 목숨을 기꺼이 바치고 싶은 마음은 지금도 변함이 없습니다."

"……저 뻔뻔한 개자식!"

"입 닥쳐, 이 배신자!"

뒤에 모인 기사들 사이에서 분노한 고함 소리가 터져 나왔다. 하지만 왕은 고개를 끄덕이며 묵묵히 듣기만 했다.

발타는 여전히 검을 내리지 않은 채 말을 이었다.

"하지만 그와 별개로, 현재 저는 폐하와의 계약에서 자유로워졌음을 부디 기억하여 주시옵소서."

"……."

"또한 발타사르 드 올랑드는 마드무아젤 레아 다크레에게 도누아를 바친 기사로서, 목숨이 다할 때까지 평생 그녀를 보호하며 헌신을 바치기로 맹세를 한 바 있습니다. 이 점 양해하여 주시기를 바랍니다."

……아니, 이게 무슨 말이지?

레아는 눈을 둥그렇게 떴다. 자신은 그런 맹세를 받은 적이 없다. 혹시 혼자서 속으로만 하신 건가? 그렇다면 별 의미가 없는데?

고개를 갸웃하는 순간 갑자기, 신성 재판에서 들었던 말이 떠올랐다.

'청하노니, 발타사르 드 올랑드는 신이 선택한 여인, 레아 다크레를 대신하여 신의 이름으로 싸우기를 요청합니다.'

'저 발타사르 드 올랑드는 이 순간부터 레아 다크레만을 위한 기사가 되어, 제 목숨이 다하는 순간까지 당신을 위해 싸우고, 당신의 생

명과 명예를 보호하며, 신의 선택을 증명할 것입니다. 부디 당신을
위한 기사로 대신 나서는 것을 허락해 주십시오.'

⋯⋯레아 다크레만을 위한 기사가 되어⋯⋯.
⋯⋯목숨이 다하는 순간까지 당신을 위해 싸우고, 당신의 생명
과 명예를 보호하며⋯⋯.
아, 맙소사. 저도 모르게 장탄식이 흘렀다. 그것은 빼도 박도
못하는, 숙녀에 대한 기사의 헌신 맹세였다.
하지만 그 순간에는 아무도 그것을 알아차리지 못했다. 사람들
은 발타가 신성 재판 중 죽을 거라고 생각해서 그런 말을 했다고
만 여겼다. 심지어 레아조차도 그랬다. 그래서 그녀는 '살아 돌아
오라'는 말로 그의 청을 수락했던 것이다.
속에서 뜨거운 것이 울컥 올라와 한 손으로 입을 틀어막았다.
왕을 위시한 몇몇 부하들의 입에서도 나직한 신음이 새어 나왔
다.
"묻겠다, 발타. 너는 그때 기사로서, 그대의 숙녀를 위한 도누
아를⋯⋯ 평생의 헌신을 바치기로 맹세했던 건가?"
"그렇습니다."
"바로 죽을 거라고 생각했으면서?"
"그렇습니다."
"동방의 현인의 언사와 행사에 깊은 헤아림이 없을 리 없으니,
그대가 오래전부터 레아 다크레의 기사가 되기를 원했다고 받아
들여도 큰 어폐는 없으리. 그러한가."
"그렇습니다, 폐하."
저 담백한 대답에도, 뜨거운 눈물이 솟구쳤다. 레아는 당장이

라도 나무 아래로 내려가 발타의 멱살을 붙잡고 싶었다.

누가 당신에게 그런 짓을 하라고 했어요.

대체 나 같은 게 뭐라고. 내까짓 게 뭐라고.

"저 발타사르 드 올랑드, 이제 폐하의 기사가 아니라 마드무아젤 레아 다크레에게 봉사하게 된 기사로서, 폐하께 송구함을 무릅쓰고 아뢰나이다. 제 숙녀께서는 폐하와의 결혼을 원치 않습니다. 프랑크의 전통 법과 교회의 법은, 강제로 이루어진 혼인은 무효로 규정하고 있습니다."

발타의 호수처럼 잔잔한 목소리가 이어졌다.

"한때 동의했어도, 결혼 전까지 그 뜻을 철회하는 자에게는 혼인을 강제할 수 없습니다. 이것은 지중해 일대의 제 국가는 물론, 사라센 지역에까지 두루 통용되는 공통의 법입니다."

"내 작은 솔로몬. 내가 살리카의 법령과 교회법에 대한 강의를 들으러 예까지 온 것은 아니다."

팽팽한 분위기에서도 대화는 계속 이어지고 있었다. 두 사람의 대치는 특이했다. 감정적으로 분노를 돋우거나 폭발하는 대신 점점 냉정하고 차가워지는 방향으로 흘러가고 있었다.

"폐하. 저야말로 여쭙고 싶습니다. 폐하께서는 원하시는 것을 이미 얻으셨습니다. 왕실은 애초에 성 십자가를 되찾는 것이 불가능한 상황이었으나, 레아와 저는 그것을 기어이 폐하의 손에 돌려 드렸습니다. 그렇지 않습니까."

"……."

"폐하께선 원하는 것을 얻으셨으니, 이쯤에서 저희를 보내 주시기를 청합니다. 저희 두 사람은 그 일로 인해 지나칠 만큼 많은 대가를 치렀습니다."

"처음에는 그랬지. 하지만 필요와 목적에 의해 감정이 생길 수도 있다는 것을 알지 않나, 발타?"

"그 필요가 채워지고 목적이 달성되었다고 말씀드리는 것입니다."

"……."

"폐하께서는 성 십자가를 얻으셨고, 기사단에서는 솔로몬의 방에 대한 소유권을 넘길 생각이 없다고 밝혔습니다. 그것은 폐하와 기사단 사이의 일입니다. 레아와의 결혼은 그 분쟁에 아무 관련이 없습니다."

왕은 입매를 딱딱하게 굳히며 한숨을 쉬었다.

"같은 말만 돌고 있다, 발타. 그리고 내 목을 겨눈 검 좀 내려라. 보기 좋지 않다."

"사냥개와 기사들을 몇십 명이나 끌고 오신 폐하께서 어찌 검을 내리라 하십니까. 저는 뒤에 보호해야 할 숙녀가 계십니다."

발타는 끝까지 칼을 내리지 않았고, 왕 역시 검을 뽑아 들고 발타에게 겨누었다.

"너를 검으로 누르기는 쉽지 않겠지만, 너 역시 수십 수백의 화살과 쇠뇌를 한꺼번에 막지는 못할 텐데."

발타가 웃기 시작했다.

"저는 폐하의 살의를 끝까지 믿지 않으려 했습니다만, 쇠뇌 궁사들이 왔으면 믿어 드릴 수밖에 없겠습니다."

"두려움이 없음을 가장할 필요 없다."

"제게 인간적인 두려움이 남아 있었다면 여기까지 올 수도 없었겠지요."

레아는, 지금까지 알고 있던 발타와 전혀 다른 사람을 보는 것 같았다. 늘 왕의 명령에 절대복종하는 사람으로만 생각했는데, 저리도 차갑게 잘라 내는 모습이라니.

아, 하지만 생각해 보면, 발타 님은 아크레의 도살자라는 고약한 별명으로 불린다 했었다.

"그럼 자네는 뒤의 숙녀까지 화살의 공격에 방치할 참인가?"

"그녀를 해친다면, 폐하께서 예까지 오신 보람이 없을 텐데요. 그리고 신의 선택을 받은 여인을 죽인 후폭풍은 어찌하시렵니까."

"……."

"그리고 그쯤 되면, 폐하라고 무사하시겠습니까. 부디 서로에게 좋은 판단을 내려 주시길 바랍니다."

"이 건방진 개자식! 감히!"

뒤에서 다시 욕설이 터졌다. 하지만 두 사람은 서로 평온한 얼굴로 마주 보고 있을 뿐이었다.

왕은 결국 레아의 보호 기사인 발타에게 정식으로 요청했다.

"그래. 이건 자네와 다툴 일이 아니고 레아와 대화로 결정할 일이야. 발타사르. 자네 뒤의 숙녀와 대화를 청한다고 전해."

"병사들의 무기를 모두 이곳에 쌓으시고, 사냥개와 말들을 모두 이곳에 묶은 뒤 병사들을 300보 밖으로 물리십시오. 그러면 마드무아젤께 폐하의 의사를 전달하겠습니다."

"대화 한 번 하기 쉽지 않군."

"상대에게 꽁지깃을 펼쳐 자랑하려는 공작새가 아니라면, 대화하는 데 이렇게 많은 사람을 뒤에 펼쳐 두실 필요가 없습니다, 폐하."

"……살다가 별말을 다 들어."

왕은 손에 든 검을 내리고 뒤를 향해 손짓했다. 사사사사, 사람들이 가볍게 움직이는 소리가 들리더니, 병사들이 앞으로 나와 무기를 쌓고 개들을 나무에 묶기 시작했다. 병사들의 수는 생각보다 많았고, 쇠뇌도 적잖이 동원되었다. 저것들이 정말 작동했으면 두 사람 모두 화살 꽂이가 되어 죽었을 것이다.

레아는 궁사들이 자신을 겨누고 있다는 것도 처음 알았고, 이렇게 많은 병사들이 포위하고 있던 것도 이제야 알았지만, 왜인지 예전처럼 숨 막히게 떨리지는 않았다.

일이 어찌 되든 끝까지 발타 님과 함께 있을 것이다. 어쩌면, 죽는 순간까지 그럴 것이다.

……그래. 그거면 된다.

사람들이 멀찍이 물러난 후, 레아는 엉금엉금 나무 아래로 내려갔다. 왕이 다가와 레아의 손등에 입을 맞춘다.

"갈 때 가시더라도 당신의 물건은 챙기셔야 않겠습니까. 위그, 가져오게."

레아는 설마 왕이 성 유물을 돌려주려나 하는 생각에 숨을 몰아쉬었다. 하지만 위그 경이 두 손으로 받들고 나온 것은 자신이 만든 향나무 상자였다. 레아는 뒤늦게 가슴을 쓸어내렸다.

이, 이런 상황에서도 주고받을 것은 확실히 챙기시는구나.

기본 거래의 룰은 지키시겠다는 건가.

상자를 열자 가장 위에는 놓고 온 게 아까워 땅을 치던 왕관이 놓여 있었다. 가운데 크고 새파란 사파이어가 박혀 있고, 자잘한 루비와 에메랄드가 가장자리에 띠처럼 깔린 아름다운 금관이었다.

레아는 그것을 들고 손을 가늘게 떨었다. 받아야 할 것을 받은 것인데도, 갑자기 횡재를 한 것 같은 기분이었다.

적어도 이게 있으면, 앞으로 먹고사는 문제나 정착 비용의 근심을 덜게 될 것이다. 갑자기 일이 잘 풀리는 것 같아, 저도 모르게 안도의 한숨이 흘러나왔다.

왕관 곁에는 발타사르 드 올랑드가 수취인으로 되어 있는 500리브르 증서가 있었고, 아래에는 레아가 보물처럼 간직해 온 것들이 차곡차곡 쌓여 있었다. 위장용 낡은 공구들, 누군가의 낡은 슈미즈와 속바지에 삭아 떨어져 가는 쇼즈 한 짝까지, 하나도 남김없이.

레아는 궤짝이 떨어지지 않도록 사노의 안장에 얹어 잘 묶은 후, 왕에게 어색하게 고개를 숙였다.

"잊지 않고 돌려주셔서 감사합니다, 깜박 잊으신 줄 알았습니다."

"당연히 돌려 드릴 참이었습니다. 깜박 잊고 가실 줄을 몰랐을 뿐입니다."

작은 가시가 박힌 대화가 시작되었고, 발타와 위그는 대여섯 걸음 뒤로 물러났다. 왕이 정식으로 레아에게 대화를 청했고, 레아가 받아들였기 때문에, 다른 이들은 대화에 끼어들 수 없었다.

"레아, 신의 선택을 받은 여인이여. 꼭 이래야만 했습니까?"

"폐하. 부디 넓은 마음으로 해량하여 주시옵소서. 저는 사랑하는 분과 결혼하고 싶었지, 필요하다는 이유로 피차 사랑이 없는 결혼을 하고 싶지는 않았습니다."

"제가 그대에게 사랑한다고 분명 몇 번이나 말씀드렸는데, 잊으셨나 보군요. 아니면 제 말을 처음부터 믿기 싫었거나."

왕이 차갑게 말했다. 레아는 저도 모르게 목소리를 높였다.

"폐하. 당신은 저를 사랑하시는 게 아닙니다. 신에게 선택받은 여자가 필요하고, 성 유물의 주인이라는 명예가 필요하고, 치유의 이적이 필요하고, 솔로몬의 방의 보화가 필요한 것뿐입니다. 당신은 레아 다크레를 사랑하는 게 아닙니다."

"필요에 의한 사랑은 사랑이 아닙니까? 의지에 의한 사랑은 사랑이 아닙니까? 어째서 필요와 사랑을 기어이 분리하고자 하십니까?"

왕이 생억지를 부린다는 생각은 들지 않았다. 왕이나 영주는 영토와 재산에 묶인 상품으로, 그들의 필요와 결혼은 당연히 하나로 결합되어 있었다. 그들의 가장 중요한 의무는, 후사를 잇는 것과 영지와 재산을 잘 보존하는 것이었다.

하지만 그것이 모든 사람에게 적용되는 상식은 아니었다.

"폐하, 사랑과 필요는 원래 분리되어 있는 것입니다. 제가 떼어 놓은 것이 아니에요!"

"레아, 사내와 여인이 사랑할 때, 필요가 전혀 개입하지 않으리라 생각합니까? 그렇다면 당신은 지나치게 순진한 것입니다. 발타가 당신을 사랑함에, 육욕에 의한 필요가 없었으리라 생각하십니까? 또한, 의지하고 위로받고 감정을 나누고 싶은 필요는, 필요가 아닙니까?"

말문이 막혔다. 왕의 말을 부정할 수 없었다. 발타 님의 저 간절하고도 열렬한 사랑에, 나를 향한 육체의 욕망이, 정서적인 갈망이 없다고 어찌 말할 수 있을까.

그러면 더 많은 필요와 결합되어 있는 왕의 사랑도, 정말 사랑이라 칭할 수 있는 걸까?

레아가 잠시 망설이는 사이, 왕이 냉량한 목소리로 묻는다.

"당신은 아시케나지에서 가톨릭교도로 개종할 때, 성 삼위 하느님과 성모 마리아가 그 순간 저절로 믿어진 것입니까? 아니면 의지로 믿겠다고 결심한 것입니까?"

"그야 당연히 의……."

어물어물 말끝이 흐려졌다. 원했던 대답이었는지, 왕이 보기 좋게 웃는다.

"의지로 믿겠다 결심하는 것이 신앙일진대, 의지로 사랑하겠다 결심하는 것이 어찌 사랑이 아니겠습니까. 벼락처럼 저절로 떨어져야만 진정한 사랑입니까? 감정에 휩쓸리고 변덕에 흔들려야만 진정한 사랑입니까?"

"……."

"마드무아젤. 나는 필요와 책임감, 그리고 의지에 기반한 사랑이, 감정에 의한 사랑보다 더욱 견고하고 신뢰할 만하다고 믿습니다."

레아는 저것이 입에 발린 말이 아니라는 것을 잘 알고 있었다. 뼛속까지 왕다운, 가장 진실한 대답이었다.

실제로 왕은 자신 앞에 몰려온 더러운 거렁뱅이들과 피부병 환자들의 상처에 기꺼이 손을 얹어 기도했고, 필요에 의해 결혼한 아내를 자신의 의지로, 최선을 다해 사랑했다.

그것을 알고 있기에, 레아는 왕에게 함부로 반박할 수 없었다. 왕은 적어도 이 순간, 진실하게 레아를 설득하고 있었다.

하지만 발타의 앞에서 끝끝내 사랑을 주장하는 왕에게, 딱 한 가지는 확인시켜 주고 싶었다.

"폐하, 그럼 제가 신에게 선택된 여자가 아니게 되더라도 사랑하실 수 있겠습니까? 성스러운 나뭇조각이 없어져도 저와 결혼하자 하실 수 있겠습니까?"

"맹세컨대, 제 고백엔 거짓이 없었습니다."

"그럼 제가 지금 그걸 돌려 달라 해도 주실 수 있겠습니까?"

뒤에서 발타의 가는 한숨 소리가 들린다. 하지만 그는 두 사람의 대화를 막지도 않고 끼어들지도 않는다.

왕의 입가로 비틀린 웃음이 지나간다.

"그 성 유물은 선택받은 자의 것이니, 물론 돌려 드릴 수 있습니다. 제 감정의 증명을 위한 용도가 아니라, 신의 선택에 대한 경외와 존중으로서 말입니다. 위그!"

뒤로 물러나 있던 위그가 길쭉한 무언가를 두 손으로 받쳐 들고 앞으로 나온다. 왕은 붉은 우단에 곱게 싸인 막대기를 레아의 앞에 내밀었다.

레아는 눈을 크게 떴다. 이건 너무 의외의 반응이었다. 왕이라면 무슨 핑계를 대서라도 넘겨주지 않으리라 생각했다. 사랑의 증명 따위를 위해선 더더욱.

레아는 이를 꽉 깨물고 내뱉었다.

"그럼, 말씀하신 대로 성 유물이 사라진 뒤에도 제게 동일하게 고백하실 수 있다면, 당신의 마음이 진심이라는 걸 믿겠습니다."

레아는 그것을 받아 들자마자 모닥불 속에 힘껏 집어 던졌다.

"레, 레아!"

"으악! 마드무아젤! 이게 무슨 짓입니까!"

발타는 다급하게 숨을 들이켰고, 위그는 기절할 듯한 얼굴로 비명을 질렀다. 왕은 급하게 불 속으로 손을 넣어 성 유물을 끄집어냈다.

"……으윽."

그가 짧게 신음하며 입술을 깨물었다. 다행히 천으로 둘둘 감겨 있어 겉만 살짝 그을렸을 뿐, 내용물은 무사했고 손도 크게 덴 것 같지는 않았다.

"살다가 이렇게 기가 막힌 일은 처음이군."

왕은 성 유물을 꽉 움켜쥐고 뒤로 물러서며 내뱉었다.

"당신의 사랑 증명 방식은 상당히 파괴적이고 미련하군요. 혹은, 당신이 아시케나지 출신이기 때문에 이런 신성모독적인 방법을 제안하는 것입니까."

"제가 정말 없애 버릴 줄은 모르셨나요? 말로만 그럴 줄 알고 도박이라도 해 보신 건가요?"

왕의 미간이 크게 꿈틀거린다. 예전에 레아의 뺨을 채찍으로 후려칠 때 딱 저런 표정이었다.

하지만 왕은 이제 레아에게 깊이 인내하고 있었고, 레아는 이제 왕에게 속마음을 말하는 것을 두려워하지 않게 되었다.

"폐하, 저는 오래전부터 이것을 불태우거나 세상에서 없애 버리고 싶었습니다. 이 나무와 진심으로 인연을 끊고 싶었습니다. 다만 폐하께서 얼마나 상심하실까 싶어 놔두고 온 것뿐입니다."

"……."

"어쨌든 지금 일로, 폐하께서는 스스로의 마음을 잘 깨닫게 되셨을 테니, 제게 더 이상 그런 마음 없는 고백은 안 하셨으면 좋겠어요."

"마드무아젤, 매우 유감이지만 저는 이렇게 파괴적이고, 사악하며, 불쾌한 증명 방법에는 동조하지 못할 듯합니다. 우리 대화는 예서 끝내는 것으로 하지요."

왕은 불쾌함을 드러내며 말을 끊었다. 레아 역시 더 이상 이야기를 이어 갈 필요를 느끼지 못했다.

"폐하, 그렇다면 이제 저희를 보내 주……."

"아니, 보내 주겠다는 게 아니라 더 이상 말로 설득하지 않겠다는 뜻입니다."

"그러면요? 저를 파리까지 질질 끌고 가시게요? 그랬다간 신의 선택받은 여인이 아니라 썩어 가는 시체와 결혼식을 올리시게 될 텐데요."

"……폐하, 잠시 여쭐 말씀이 있습니다."

잠자코 듣기만 하던 발타가 결국 파행으로 치닫는 대화를 막아선다. 왕의 눈이 가늘어진다. 이 상황에서 제삼자가 끼어드는 것은 무례하고 부적절한 행동이었다.

하지만 발타는 개의치 않았다. 그는 향나무 궤에서 왕관을 꺼내 들더니 왕을 정면으로 응시했다.

"이 왕관을 마드무아젤께 드리는 진짜 이유를 알고 싶습니다, 폐하."

9-4. 꿈, 예언, 환상, 그리고 진실

"이 왕관을 마드무아젤께 드리는 진짜 이유를 알고 싶습니다, 폐하."

아, 아니 이게 무슨 말씀이세요? 발타 님?

레아는 눈을 동그랗게 뜨고 소리 없이 입술만 달싹거렸다.

그건 제가 폐하께 선물 받은 거예요! 깜박 잊으셨나 본데, 제가 당신을 좀 살려 보겠다고 보석 가루를 펑펑 쏟아부은 적이 있거든요. 그래서 폐하께서 그 대가로 주신 거라고요.

레아는 발타가 그 금관을 돌려주라고 할까 봐 조마조마했다. 자존심을 세우기 위해 돌려보내기엔 너무 비싸고 귀한 물건이다. 자그마치 200리브르. 우리가 어디서든 제대로 정착하려면 이 정도 밑천은 있어야 할 것이다.

왕은 단조로운 목소리로 대답했다.

"본디 주인에게 돌려주기로 약속한 것을 돌려주는 데 이유가 필요한가."

레아는 멍하니 눈을 깜박였다.

그러고 보니, 좀 이상하다. 추적이 한시가 급했을 텐데, 그 와 중에 기사단에 들러 상자를 찾아왔다고?

순간, 발타가 긴장한 목소리로 말을 이었다.

"혹, 레아 다크레가 '세 구혼자에게 청혼받은 여인'이라서 왕관 을 넘기시는 것입니까?"

왕의 눈이 더욱 가늘어진다. 레아는 더욱 어리둥절했다.

아니 발타 님, 물론 그 이야기 속에서 청혼을 받은 아가씨가 '신의 선택받은 여인'의 상징인 건 알겠는데, 제가 언제 세 명의 남자한테 청혼을 받았……?

순간 레아는 눈을 크게 떴다.

"서, 설마……?"

……나 정말 세 명의 남자한테 청혼을 받았잖아……?

그것도 예언 그대로, 왕자(필립이라는 인간도 귀여운 왕자 시절이 있었겠 지)와 기사와 상인 세 명에게!

장사꾼은 어디로 튀었는지 알 수 없지만 청혼을 했던 건 분명 했다.

레아는 뒤늦게 깨달은 사실에 얼이 빠져 멍하니 서 있기만 했 다. 머릿속으로, 여기저기서 주워들은 이야기들이 조각조각 튀어 나오기 시작했다.

'존귀한 분이시여, 그렇다면 저희 중 누가 이 귀한 물건을 맡아 거 룩한 임무를 책임지게 되리이까.'

'거룩한 지팡이가 선택받은 자를 인도하리니, 신께서는 한 여자를

선택하셨고, 그 여자는 한 남자를 선택하리라.'

'나는 당신을 여전히 사랑할 것이고, 같은 선물을 다시 바치며 다시 고백할 터이니, 그때는 제대로 대답해 달라고.'

'정원의 아름다운 주인은…… 사죄하며 맹세하지. 나는 반드시 약속을 지킬 터이니, 당신도 약속을 지켜 달라고.'

그 말은, 이 성유물의 진짜 주인이 되려면 '신의 선택을 받은 여자'에게 선택을 받아야 한다는 거고…….

선택을 받는 조건은, 전설에서와 똑같은 선물을 바치며 고백해야 하는 거고……?

아 제기랄! 입에서 저절로 욕이 튀어 나가려 한다.

한편, 옆에서는 발타가 차분하게 왕을 추궁하고 있었다.

"폐하께선, 이 왕관을 레아에게 돌려주고 청혼을 해야 성 십자가의 진정한 주인이 되는 정당성을 확보한다고 믿으시는 겁니다. 그래서 급하게 이걸 찾아서 쫓아오신 거고요. 그렇지 않습니까?"

레아의 눈앞이 점점 노래졌다. 하지만 왕은 눈썹 하나 까딱 않고 대답했다.

"내가 이것을 돌려준 이유는, 그녀에게 이따위 것을 떼어먹은 자로 남을 생각이 없기 때문이다."

"설마 제게 그 말씀을 믿으라는 건 아니겠지요, 폐하."

왕은 시인도 부인도 하지 않았다. 어느 쪽이든 구차해지는 것을 피할 수 없기 때문이었다.

"한 가지만 여쭙겠습니다. 폐하께서 저와 레아를 억지 떼어 놓으려 하셨던 이유가…… 제가 그 예언 속의 기사일 수도 있다고 생각하셔서입니까?"

"그렇다."

왕은 담백하게 시인했다. 발타의 표정이 일그러들었다.

"세상에는 헤아릴 수 없이 많은 기사가 있습니다. 그 많은 기사도 예언 속의 기사가 될 수 있지 않겠습니까?"

"네가 예전에 물은 적이 있지. 내가 즉위하고 너를 만났을 때였던가. 왜 너를 믿느냐고 했지. 그때 내가 뭐라 대답했는지 기억하느냐."

"⋯⋯같은 꿈을 꾸는 자이기 때문이라 하셨습니다."

"너는 알고 있나, 발타? 우리 세 사람이 모두 동일한 꿈을 꾸던 자라는 것을."

"무슨 말씀이십니까?"

발타의 얼굴이 창백해졌다. 왕은 드디어 제대로 웃기 시작했다.

"너는 꿈속 풍경을 기억했고, 레아는 꿈속 이야기를 기억하고 있었다. 왕의 정원에서 직접 확인했지. 당사자는 그저 아는 옛이야기를 꿈으로 꾸었다 생각하는 것 같았지만, 어떤 형태로든 그 꿈을 꾸는 것 자체가 예언에 개입된 자라는 뜻이다. 성전기사 중 그런 꿈을 꾸던 자가 하나라도 있었다던가."

발타의 시선이 레아에게 와 닿는다. 새파랗게 빛나는 눈동자에서, 레아는 그의 충격을 어렴풋이 읽을 수 있었다. 레아의 등으로 식은땀이 흘렀다.

"비약이 심하십니다. 그 꿈은 제 고향 풍경이고, 제가 자란 영지에 대한 유일한 기억입니다."

발타가 차갑게 말을 잘랐다. 왕은 웃으며 고개를 저었다.

"고향 풍경이라고 부득부득 우기는 게 더 이상해. Haute lande는 지역의 이름이 아니다. 너도 오래 찾아봤으니 알겠지. 그건 그저 '높은 곳의 황량한 땅'이란 뜻의 낱말일 뿐이니."

"……."

"네가 말한 풍경은 성모님께서 환상으로 보여 주신 예언 속 장면과 놀랄 만큼 비슷해. 각자 기억하는 내용은 다소 차이가 있겠지만, 내용의 양이나 정확성은, 꿈을 꿀 때마다 일일이 기록해 둔 나를 따를 순 없겠지."

"……."

"나는 그래서 네가 투르 드 봉벡에서 고향 풍경을 실토할 때, 네가 왕실 사람이거나, 그 꿈과 관련 있는 자라고 확신했던 것이고."

"아하……."

발타는 침착함을 유지하려 애썼지만, 검의 끝이 애처롭게 흔들리는 것마저 막을 수는 없었다. 반면, 왕은 완전히 냉정을 되찾았다.

"나는, 제반 상황으로 미루어, 선택의 당사자들이 성 유물의 주변으로 모이고 있다는 합리적인 결론을 내리게 되었다."

레아는 왕의 설명을 들을수록 혼란에 빠져 어쩔 줄 몰랐다.

하지만 레아는 발타처럼 왕의 말이 허황된 비약이라고 단정할 수는 없었다. 왕의 정원에서 돌아와 동생에게 물었을 때, 예상과 전혀 다른 대답이 튀어나왔던 것이다.

'언니, 그 이야기……. 엄마도 모르고 아빠도 모르셨던 것 같은데.'

'동네에서 그 이야기를 아는 사람이 언니 하나밖에 없었을걸? 엄마

나 아빠나 다른 사람들을 붙잡고 '이 꽃 이야기 좀 해 줘.' 하고 졸라
도 아무도 몰랐거든. 그래서 난 언니가 엄마 아빠보다 똑똑하다고 생
각했었지!'

'그 얘기 누구한테 들은 거냐고 물어보면 맨날 웃으면서 '꿈에서 봤
지.' 하고 시치미를 뗐었어. 치사하게.'

심지어 벵상에게도 비슷한 대답을 들었다.

'공방 앞에 있던 꽃? 나도 떠돌이 생활깨나 했지만, 그런 꽃은 너희
집에서 처음 봤었어.'

'아, 제기랄. 전설이고 나발이고 꽃 이름도 모르는데 거기 얽힌 로
맨스 같은 걸 내가 어떻게 알아.'

'말세야 말세! 눈에 뵈는 것마다 연애 이야기를 박아 넣는 것들은
죄다 지옥에나 떨어지라지!'

한 귀로 듣고 흘리긴 했는데, 그때도 뭔가 이상하다 싶기는 했
었다.

그, 그래, 그럼 백번 양보해서, 내가 정말 그 꽃의 이야기를 꿈
으로 꾼 게 사실이라 치자.

그럼 내가 왕실 사람이라 그 꿈을 꿨을 가능성은? 그, 그러니
까 출생의 비밀 같은 거……?

저도 모르게 헛웃음이 튀어나왔다. 아빠는 대대로 아시케나
지 사람이었고, 엄마 역시 아크레에서 대대로 잘나가던 토박이
였다. 두 사람의 결혼식 증인부터 산파 할머니까지 죄다 이웃에
살고 있었다. '출생의 비밀' 따위가 끼어들 틈은 눈곱만큼도 없

었다.

그럼, 나도 정말 그 이야기의 당사자라 그 꿈은 꾼 건가?

설마 내가 진짜로 그 사악한 양다리, 아니 삼다리의 주인공이 었다고? 그럴 리가!

"폐하, 그러면, 다시 여쭙겠습니다."

발타는 검을 내리고 침착한 목소리로 물었다.

"제가 선왕 폐하의 앞에서 칼에 찔리고 고향이 어디인지 부모가 누구인지 취조를 당할 때, 그 곁에서 편지를 읽으셨던 분은 폐하셨습니다. 그때 바로 제가 선왕 폐하의 혈육이라 생각하신 겁니까?"

"아니. 그때는 몰랐다."

"그럼 제가 투르 드 봉벽에 매달려서 토설했던 제 고향에 대한 정보를 들으셨을 때, 그때 아셨던 겁니까."

"그랬다."

"그때 혹시 제가…… 선택을 받을 대상이 될 수도 있다고 생각하셨습니까?"

"……희박하긴 하지만, 그럴 가능성이 있다고 생각했다."

"레아가 저를 만나는 것을 금지하셨던 것도…… 혹시."

"그래. 그녀가 세 명의 구혼자의 이야기를 아는 것을 보고, 레아가 꿈에 나오는 '신이 선택한 여자'일지도 모른다고 막연하게 생각했다. 하지만 내가 신의 선택을 기어코 확신하게 된 것은…….."

"……."

"너와 크레도가 치유되는 이적을 목격했을 때였다."

오만한 왕은 그야말로 오만하게, 그리하여 너무나도 솔직하게 대답했다. 발타의 입술이 다시 완강하게 깨물린다.

"그러면, 저를…… 당신의 손발로 기르고, 당신을 대신하여 성전기사단으로 보내, 독신의 삶을 살도록 서원하게 하신 이유도…… 제가 만에 하나 폐하의 경쟁자가 될 가능성을 처음부터 없애기 위해서였습니까?"

왕은 그 말에는 한참 동안 대답하지 않았다. 레아는 이를 악문 채 두 사람의 얼굴을 번갈아 바라보았다. 그게 사실이면, 왕은 인간도 아니다. 레아는 왕이 거짓말로라도 아니라고 말해 주기를 간절히 빌었다.

하지만 그런 거짓말을 하기에 왕은 지나치게 오만하고, 지나치게 무감했다.

"……그런 이유도 어느 정도는 있었지."

"그러……셨습니까. 그래서……."

후드득, 갑자기 소나기가 내리듯, 순식간에 눈물이 넘쳤다. 새파란 눈동자가 순식간에 폭우에 잠겼다. 왕은 눈을 부릅뜬 채 입을 완강하게 다물었다.

"당신이 사람이야? 어떻게, 어떻게 사람이 그럴 수가 있어요!"

레아는 더 이상 참지 못하고 소리쳤다. 하지만 발타는 흘러내리는 눈물을 닦을 생각도 하지 않고, 다시 물었다.

"폐하. 저는 당신이 저를 진심으로 아끼고 신뢰했다고 믿었습니다."

"하느님께 맹세코, 그건 사실이다. 나는 너를 특별히 총애하고, 가장 아끼고, 깊이 신뢰했다. 천하 없이 귀한 나의 분신이며 또 다른 나로 여겼다."

"……그 역시, 필요에 의하여…… 총애하고 신뢰하셨던 것 아닙니까.”

“그것이 필요해서 생긴 감정이면 안 되는 것이냐. 기어이, 감정과 필요를 분리해야 하는 거냐, 발타?”

발타는 대답하지 않았고, 눈물은 멎지 않았다. 레아의 눈에서도 짠물이 후드드 떨어져 내렸다. 하지만 눈썹을 찌푸린 왕에게서는 눈물이 없었다. 발타는 눈물을 쏟으며 한참을 망설이다 물었다.

“지금까지 궁금했지만, 차마 묻지 못했던 것이 있습니다.”

“무엇인가?”

“……저를 투르 드 봉벡에서 죽이려 했던 것도, 혹 마리 비전하가 아닌, 폐하셨습니까. 경쟁의 싹을 자르기 가장 좋은 기회였잖습니까.”

오, 맙소사. 그것은 상상도 하지 못했던 부분이다. 하지만 그는 지금까지 내내 그런 의문을 품고 있었던 듯했다.

그리고 놀랍게도 왕은 바로 아니라고 대답하지 못했다. 숨 막히는 침묵이 이어졌다. 왕은 한참 침묵 후에 무겁게 입을 열었다.

“……그건 아니다, 발타. 다만…….”

“다만……?”

발타가 말꼬리를 잡는다. 레아는 이를 악물고 부들부들 떨었다. 지금이라도 왕에게 달려들어 저 빌어먹게 아름다운 주둥이를 틀어막고 싶었다.

제기랄, 말하지 마. 그냥 아니라고 말하고 끝내라고! 레아가 속으로 간절히 부르짖는 것과 반대로, 왕은 기어이 입속에 든 말을 내놓고 말았다.

“모른 척하려는 유혹은 잠시 느꼈다. 형님이 내 눈앞에서 독살을 당할 때, 적극적으로 구해 주지 못하고 끝까지 숨어 있던 것처럼."

왕은 고해성사라도 하는 것처럼 차분하게 말했다. 레아는 두 손으로 입을 막고 온몸을 떨었다. 발타는 왕을 바라보며 웃기 시작했다.

"이럴 때는 차라리 거짓말을 해 주시면 좋지 않습니까, 폐하."

"나는 진심으로 아끼는 자에게는 거짓을 말하지 않는다. 너를 내 생명보다 아꼈다는 것이 허언이라 생각하는 거냐."

"⋯⋯."

"형이 죽을 때, 나는 여덟 살이었는데, 숨어 있던 곳에서 극도의 두려움에 떨면서도 내 사명을 위해서 어떤 길이 나은지 얼핏 생각했다. 다른 사람들은 비슷한 상황에서 나처럼 생각하지 않는다는 걸 나중에야 알게 됐어. 나는 형은 구하지 못했지만⋯⋯ 너는 구했다."

"그러면, 그때, 저는 대체 왜 살리신 겁니까?"

"⋯⋯."

"대답하실 용기가 없다면, 더는 묻지 않겠습니다."

왕은 대답하고 싶지 않은 듯했으나, 그의 오만은 이 대답을 회피하는 것을 참을 수 없는 비굴로 받아들였다. 그는 뒤에 서 있는 시종을 향해 손을 들었다.

"위그. 물러나라."

위그는 걱정과 호기심과 두려움이 가득한 표정으로 어둠 속으로 물러났다. 왕은 레아까지 물리지는 못하고, 오연하고 당당하게 대답했다.

"나는, 너를 보자마자⋯⋯."

"……."

"탐이 났다."

"……그 말씀은…… 저를 육체적으로 원하셨다는 뜻입니까."

발타의 말에 왕의 얼굴에 선명한 분노가 지나갔다. 그는 경멸의 기색을 감추지도 않고 차갑게 내뱉었다.

"그런 더러운 의미는 결코 아니다. 다만 레아와 다른 의미로, 너는 눈부셨다."

"……."

"필요, 탐욕, 호의, 애정, 동경. 나에게는 잘 분리되지 않는 감정이다. 나는 너라는 존재 자체가 탐이 났다, 발타."

"놀랍지 않습니다. 당신의 행적과 추구하는 바는 탐욕으로 가득했으니까요. 심지어 성지 수복에 대한 거룩한 열망도 탐욕이며, 당신의 높은 도덕성과 경건함 역시 탐욕임을 아십니까."

"인간은 본래 탐욕하는 존재다. 존재의 근원을 부인하지 마라, 내 작은 솔로몬. 사랑은 탐욕의 가장 아름다운 표현 방식이고, 경건은 탐욕의 가장 숭고한 표현 방식이다. 나는 그렇게 생각한다."

발타는 왕의 말을 더 이상 부인하지 않았다.

모닥불의 불길이 잦아들며 사방은 점점 어두워졌다. 왕은 허리를 굽혀 모닥불에 장작을 더 집어넣었다. 불티가 위로 훅 날아오르며 따닥, 딱, 날카로운 소리를 냈다.

모닥불 앞에서 발타와 왕의 얼굴은 사악하면서도 숭고해 보였다.

"나야말로 묻고 싶다. 너는 왜 그렇게 나에게 모든 것을 걸고 헌신했지? 나는 가끔 너를 이해할 수 없었다."

발타의 눈물이 천천히 멎는다. 위그는 대화가 들리지 않을 정도의 거리에 서서 어둠에 반쯤 파묻힌 채 안절부절못하고, 두 사람 사이에서는 모닥불만 이리저리 흔들렸다.

레아는 이 공간에서 벗어나고 싶었다. 이제는 목이 졸리는 것 같다. 하지만 자신과 왕 사이, 그리고 발타와 왕 사이에는 끊고 가야 할 매듭이 너무 많았다.

세 명의 구혼자. 신이 택한 여인. 그리고 이 모든 것을 탐욕하는 왕.

레아는 왕이 자신을 끝까지 포기하지 않으리라는 불길한 예감이 들었다.

"당신을 연민했습니다, 폐하."

순간 왕의 얼굴이 크게 일그러졌다. 레아 역시 발타가 무슨 말을 하는지 이해할 수 없었다. 왕을 연민해? 저 무쇠 같고 돌덩이 같은, 혈관에 얼음이 흘러 다닐 것만 같은 왕을?

"이유는 알 수 없습니다. 그저 당신의 탐욕이 한없이 불쌍하고, 안쓰럽고, 가련했습니다."

"……."

"하지만 당신이 탐욕하는 것이 레아 다크레이고, 신의 선택이고, 치유의 성 유물이고, 솔로몬 방의 모든 보화이고, 성지 예루살렘이고, 혹은 기적으로 영구히 이어질 생명이라면……."

레아의 등으로 소름이 와싹 돋았다. 영구히 이어질 생명? 상상도 하지 못하던 부분이었다. 순간, 성모 마리아의 예언 한 토막이 떠올랐다.

― 충성스러운 주의 군사여, 그대는 새롭고 완전한 육신으로 영원한

생명을 누리며, 그 마음에 원하는 바를 넘치도록 받으리라.

아, 맙소사. 식은땀이 주르르 흘러내렸다. 치유가 아니라 영원한 생명까지 걸려 있다면, 세상의 모든 사람의 탐욕을 부추길 만하지 않은가. 그러니 왕은 레아를 절대 놓칠 수 없는 것이다.

왕은 부인하지 않았다. 그는 지극히 거룩하고 고귀한 것을 꿈꾸면서도 무저갱과도 같은 탐욕을 부끄러워하지 않았고, 그의 오만은 그것을 숨길 이유조차 알지 못했다.

"……그렇다면 폐하, 저는 더 이상 당신을 가련히 여길 수 없습니다."

"발타, 나는 신의 선택을 받은 프랑스의 왕이며 교회와 가톨릭 신앙의 수호자다. 나를 연민하고 동정하는 것은 용납하지 않는다."

"폐하. 제 생각과 감정은 폐하께 용납받을 필요가 없나이다."

왕은 고개를 끄덕였다.

"하긴. 부질없는 논의구나. 숙녀의 중요한 선택을 목전에 두고 있는 지금."

"폐하, 제 선택은 진작 끝났습니다! 발타 님과 제가 서로 좋아한다는데 더 이상 뭐가 필요한가요?"

레아의 날 선 반응에 왕이 한숨처럼 짧게 웃는다. 레아는 주먹을 꼭 말아 쥐었다.

몸이 주체할 수 없을 만큼 떨렸지만, 이 순간 반드시 오금을 박아 두어야 했다.

"제가 발타 님께 검을 선물 받아야만 그분을 선택할 수 있나요? 아뇨, 선물 따위 없어도, 백 번, 천 번 선택할 수 있죠! 폐하께서 이 왕관을 주신다고 저와 혼인을 강제하실 수 있나요? 아뇨, 뭘 받았든, 뭘 돌려 드렸든, 백 번, 천 번 거절할 수 있어요. 그러니 제발 구름 잡는 얘긴 그만하시고 저희를 보내 주세요."

"구름 잡는 이야기라 말하면서, 세 번째 남자에게 도움을 구하러 찾아가는 겁니까?"

"그게 무슨, 마, 말⋯⋯이죠?"

"지금 노르망디로 가는 것 아닙니까. 그곳에 그대의 형, 아니 오라비인가. 그 황금 이빨의 벵상이라 하는 장사꾼의 배가 있다더군요. 그자가 그대의 약혼자였다는 사실을 제가 몰랐을 것 같습니까?"

눈앞이 아뜩해졌다. 시치미를 떼 보려 했지만 입이 딱 달라붙어 말이 나오지 않았다. 왕은 이제 대놓고 코웃음을 쳤다.

"노르망디는 얼마 전까지 마리니 보좌 주교가 상공회의단의 수장으로 있었던 곳입니다. 설마하니 제 심복의 정보망이 그곳에는 없을 거라 생각했습니까?"

이제는 온몸으로 식은땀이 줄줄 흘러내렸다. 왕이 드디어 웃기 시작했다.

"성스러운 십자가는 제게 있고, 예언에 합당한 선물을 드린 자역시 제가 유일합니다. 게다가 저와 당신은 파혼의 합의도 이루어지지 않아, 여전히 약혼 상태입니다. 제가 당신을 포기할 이유가 있습니까? ⋯⋯알랭!"

왕이 갑자기 고함을 지르며 손을 번쩍 든다. 순간, 소름이 쫙 끼쳤다.

"발타 님!"

레아가 황급히 옆을 돌아보자, 발타는 레아의 손을 확 끌어당겨 자신의 뒤로 보내며 말했다.

"제기랄! 레아, 말에 타요!"

레아는 말들이 묶인 곳으로 황급히 달려갔다. 어느새 발타도 따라와 크레도에 오른다. 왕은 그 자리에 서 있고, 사람들이 달려오는 소리가 올가미처럼 모여든다. 발타가 빠르게 말했다.

"죄송합니다, 제가 방심했습니다. 폐하께서 저렇게 말을 길게 하시는 분이 아닌데."

하긴. 레아 역시 왕이 그답지 않게 구구절절 하는 것이 어색하고 불안했다. 발타의 주의를 분산시키며 시간을 끄느라고 그랬던 모양이다.

"궁사들에게 포위된 것 같습니다. 일단 쇠뇌를 장전하기 전에 뚫고 나가겠습니다. 방패로 최대한 막아 볼 테니, 제 옆에 바짝 붙어 따라오십시오."

레아는 황급히 엘리고에 올라 고삐를 쥐었다. 말들이 몰려오는 소리가 들린다. 레아는 왕에게 배운 대로 한쪽 팔에 방패를 끼우고 측면 화살을 막는 자세를 취했다. 왕은 겨울 내내, 레아에게 필사적으로 기마 방어 방법을 가르쳤었다.

문득 가슴이 심하게 아팠다. 왕은, 정말로 공격 시간을 벌기 위해 아무 말이나 떠들어 댄 것일까?

혹시 자신의 진심을 마지막으로 다 털어놓고 싶었던 것은 아닐까? 적어도 왕은 진지하게 대화에 임했고, 진실하게 대답했다.

빌타가 흰 손으로 얼굴의 얼룩을 문지르며 고함친다.

"엘리고! 사노! 따라와!"

크레도가 무시무시한 속도로 앞장을 서고, 레아가 탄 엘리고도 빠른 속도로 따랐다. 새까만 세 마리의 말은 어둠 속에서 눈에 잘 띄지 않았다. 파사사사, 파사사사, 사방에서 말들이 따라오는 소리가 들린다.

"발타!"

시꺼먼 암흑 속에서 몇 사람이 정면으로 돌격해 온다. 무장을 해제한 줄 알았는데, 아니었다. 그들은 검과 방패를 들고 있었다.

발타는 세 명의 기사와 한꺼번에 격돌했다. 콰아앙, 가슴의 판금 보호대에서 무시무시한 타격음이 들렸다.

콰앙, 쾅, 쩍!

발타는 온 힘을 다해 상대를 가격했다. 그럴 때는 보통 검이 부러지지만, 레아가 만든 검은 쉽게 부러지지 않았다. 대신 공격당한 기사의 판금 보호대가 크게 우그러들었다.

다른 기사는 투구를 얻어맞고, 나머지 한 명은 황급히 옆으로 빠져 도망쳤다.

애초에 그 기사는 발타와 싸울 생각이 없던 듯했다. 그리고 뒤이어 달려온 다른 기사 한 명도 정면에서 철퇴를 얻어맞고 오른팔이 부러졌다.

"포위가 뚫렸습니다. 길을 따라 달리세요. 강이 나올 겁니……. 아!"

피싯, 쩍.

화살이 날아와 박히는 소리가 지척에서 들렸다. 어둠 속에서 들리는 파공음은 거리와 방향을 가늠할 수 없어 충분히 위협적이었다.

"레아! 제 앞으로!"

발타가 황급히 레아의 뒤로 빠지며 엄호하기 시작했다. 화살

소리는 점점 가까워진다.

저 새끼들이 미쳤나. 나는 갑옷도 안 입고 있는데, 깜깜한 어둠 속에서 중구난방 쐈다가 내가 등에 화살이라도 맞고 죽으면 어쩌라고.

레아는 속으로 욕설을 퍼부으며 정신없이 달렸다. 죽어라, 필립, 이 나쁜 새끼, 개새끼! 죽여 버린다. 결혼하겠다는 여자한테 화살을 날려? 죽여 놓고 성 십자가 꺼내 들고 네 힘으로 살려 보게? 그게 네 꼴리는 대로 쓰는 마술 지팡이인 줄 아냐? 한번 해 봐라, 이 미친 새끼야……

뒤에서 발타의 고함 소리가 들렸다.

"레아! 포위망은 뚫렸습니다! 먼저 르아브르 항으로 가세요. 센 강 하구의 항구입니다."

르아브르, 르, 아브르! 잘 모르던 항구 이름이라 레아는 머릿속으로 열심히 되뇌었다. 발타가 빠르게 외쳤다.

"그곳에 당신의 이름을 딴 배가 있을 겁니다. 그걸 타고 출항하세요. 제가 제때 도착하지 못해도 반드시 먼저 출발하세요!"

"네? 그, 그게 무슨 말씀, 바, 발타 님!"

"제가 바로 따라갈 테니까, 어떻게든 찾아갈 테니까, 염려 말고 출발하시란 말입니다!"

제기랄. 발타 님은 또 어떻게 그곳 상황을 알고 있는 거지?

하지만 길게 생각할 여유조차 없어 레아는 이를 악물고 달렸다. 자신이 앞에서 얼쩡대고 있으면 방해밖에 되지 않을 것이다.

레아는 정신없이 달리면서, 넋이 나간 여자처럼 빌고 또 빌었다. 발타 님, 죽지 마세요! 절대 죽지 마세요. 다치지도 마세요!

잡히지도 마세요!

뒤에서 사람들의 고함이 얽히는가 싶더니 사방이 점점 조용해진다.

레아는 잠시 고삐를 잡고 깜깜한 숲을 돌아보았다. 땀이 비 오듯 쏟아지는데, 몸은 극심하게 떨렸다.

따라붙는 사람은 없었다.

포위망을 뚫고 나온 후, 이내 숲이 끝나고 센 강이 나왔다. 길이 넓어지자 엘리고와 사노는 날듯이 달렸다. 뒤에서 따라오는 사람은 없었지만, 레아는 계속 달렸다.

르아브르 항이 어디인지는 알 수 없었지만, 센 강 하구에 있다고 하니 강이 흘러가는 방향대로 계속 달릴 뿐이었다. 달릴수록 강폭이 점점 넓어지고 있었다.

레아는 먹지도 마시지도 않고 말을 바꾸어 가며 쉬지 않고 달렸다. 허리와 엉덩이가 부서져 나가는 것 같고, 배 속이 뒤집힐 것 같았지만 도저히 멈출 수가 없었다.

"아……."

큰 언덕 굽이를 돌고 나니 시야가 툭 트인다. 레아는 헐떡대며 말을 멈췄다.

……여기가, 르아브르인가……?

소금기 섞인 바람이 불며 갯내가 훅 밀려들었다. 아크레만큼이나 큰 항구에 크고 작은 배들이 빼곡하게 묶여 있었고, 해변을 따라 상당히 큰 규모의 마을이 펼쳐져 있었다.

그리고 항구에서 압도적으로 커다란 배는, 여러 개의 삼각돛이 달린 거대한 범선이었다.

LÉA

레아, 레아. 레아…….

레아는 멍청하게 서서 뱃전에 적힌 이름을 읽었다.

틀림없는 자신의 이름이었다.

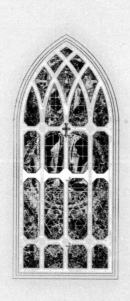

9-5. 노르망디의 두 자매

레아 호.

헛것을 보는 것 같다. 물론 벵상이 배를 산다고는 했는데, 저렇게 어마어마하게 큰 배일 줄은 몰랐다.

벵상이 저렇게 돈을 많이 벌었다고? 꿈에도 몰랐다. 기껏해야 거룻배나 소형 어선 정도나 살 정도일 줄 알았다.

저렇게 규모가 큰 범선이나 갤리선을 사려면 거대한 성채를 짓는 것만큼이나 돈이 많이 든다. 이탈리아의 대상인들이나 은행가들도 돈을 모아서 상선을 건조하는 판인데.

벵상은 대체 언제 저렇게 큰돈을 모았을까?

레아는 말 두 필을 몰고 천천히 배로 다가갔다. 레아 호에서는 시커멓게 그을고 험상궂은 선원들이 오락가락하며 거룻배에 짐을 부리고 있었다.

퉁퉁하고 몸집 좋은 여자 한 명과 금발 머리를 뒤로 틀어 올린 여자가 장부를 들고 물건을 검수하며 잔소리를 해 대고, 상인으로 보이는 이들이 선착장에 줄지어 서서 물건들을 확인하고 수레에 옮겨 싣는다. 사람들로 복작대는 선착장은 활기가 넘쳤다.

왜인지 울컥 눈물이 솟았다.

비틀비틀 말에서 내려 활기찬 바다를 보고, 뒤를 돌아보았다. 발타 님은 여전히 보이지 않는다. 오는 내내 끝없이 뒤를 돌아보아도, 보이지 않는다.

장부를 들여다보던 여자가 목소리를 높이며 화를 낸다.

"사프란은 손대지 마세요! 그건 전량 롱드르(런던)로 들어가야 해. 이건 왜 내린 거야. 이거 한 뭉치에 20리브르예요. 황금보다 더 비싸, 손대지 말라니까! 손대면 죽여 버린다!"

그립고 낯익은 목소리. 레아는 말고삐를 잡은 채 눈물을 떨어뜨리기 시작했다. 머리를 틀어 올린 여자가 잔소리를 하다 말고 뒤를 돌아본다.

"……."

여자가 움직임을 멈춘다. 레아는 고개를 들고 울었다. 어…….
여자의 입이 벌어진다. 손에 들려 있던 장부가 툭 떨어진다.

"레, 레아…… 언니?"

"라셸르."

"레아? 정말 언니 맞아? 정말?"

여자가 비명을 지르며 치마를 걷어쥐고 달려오기 시작했다. 레아! 레아! 벵상 오빠! 레아 언니가 왔어요! 동생의 고함 소리가 부두에 쩅쩅 울렸다.

레아는 천천히 앞으로 걸어갔다. 라셸르가 달려와 레아를 왈칵 끌어안는다.

"이게 뭐야! 언니 꼴이 이게 뭐야!"

"사, 살아 있었구나……. 다행이야, 다행이야."

"이렇게 올 거면, 진작에 오지 왜 이제 와! 왜 이제!"

레아는 한 마디도 하지 못하고 동생을 끌어안고 울었다.

"언니, 언니 소식을 알아볼 때마다 얼마나 무서웠는지 알아? 왕비님이 되실 거라는 둥, 기사단한테 잡혀 끌려갔다는 둥, 폐하한테 잡혀 죽었다는 둥, 아주 괴상한 소문만 돌아서 얼마나 걱정했는지 알아? 가 보지도 못하고, 헛소문은 널을 뛰고, 얼굴을 봤다는 사람은 없고, 대체 무슨 일이 벌어진 건지, 언니가 죽은 건 아닌지, 얼마나 걱정했는데……."

한참 후 소식을 들었는지, 배에서 낯익은 사내가 뛰어내린다.

"레아! 이, 이……!"

레아는 라셀르에게 부축을 받고 선 채 하염없이 울었다. 벵상은 시커멓게 탄 얼굴로 고함을 지른다.

"이, 이, 멍청아, 이 모지리야. 꼴이 이게 뭐야. 잘나가는 왕비 마마 행차가 아니라 무슨 상거지가 왔어!"

벵상은 대뜸 욕설부터 퍼부으며 눈물을 떨어뜨리기 시작했다. 레아도 똑같이 울며 똑같이 욕을 해 주었다.

"입 닥쳐, 이 악마의 주둥아리야……. 숙녀한테 말본새가 대체 왜 이래."

"이건 어디서 온갖 해괴한 소문은 다 퍼뜨려서 사람 부레 다 녹여 놓고 이제 와서 말본새 따지고 자빠졌냐! 그리고 말이야, 좀 알고 떠들라고! 여기서 황금 이빨의 벵상이라 하면 악마의 주둥아리가 아니라 입 한 번 열 때마다 금화가 튀어나오고 콧김 한 번에 후추와 시나몬 가루가 소복소복 쌓이는 줄 안다고! 씨발, 우리

109

는, 너 사고 치고 왕한테 잡혀 죽은 줄 알고…….”

벵상은 말을 맺지 못하고 꺽꺽 소리를 내며 눈을 문질렀다. 옷차림은 아시케나지 마을에 있을 때보다 훨씬 더 호사스러워졌지만, 알맹이는 여전히 주둥이질 만발인 장사꾼이었다.

레아를 꼭 끌어안고 있던 라셸르가 조심스럽게 묻는다.

“언니 혹시…… 발타 님 소식은 알아?”

레아는 천천히 눈을 깜박거리다가 고개를 저었다. 고작 하루 전까지만 해도 그분과 함께 있었는데, 지금은 어디에 계시는지도 모르고, 어떻게 되셨는지도 모른다.

심지어 살아 있는지 돌아가셨는지도 모른다.

레아는 뒤를 돌아보았다. 격렬한 기시감이 느껴졌다.

아크레를 탈출하던 그 긴박한 순간, 나는 다시는 돌아갈 수 없는 고향, 나의 집을 돌아보았다. 발타 님은 그곳에 혼자 서 계셨다.

그리고 그분은 지금도 나를 지키기 위해서 또다시 적진 한가운데 홀로 남으셨다.

나는 왜 그분을 뒤에 두고 혼자 왔을까?

그분이 빨리 가라고 해서? 그분이 싸우는 데 방해가 되니까?

레아는 다시 비틀거리며 말에 올랐다. 따라오려면 진작 따라오셨을 텐데.

“발타 님이 따라오신다고 했는데 안 오셔…….”

“무슨 말이야, 언니? 발타사르 님하고 같이 온 거야?”

“대체 무슨 일이 있었던 거야? 네가 뜬금없이 왕비가 된다는 말이 돌아서 헛소문인 줄로만 알았는데, 갑자기 외간 남자랑 바람을 피웠네, 봉백 탑에 매달려 있네, 몽포콩 교수대에 매달려 있네, 어휴, 그게 오늘 아침에 기사단 노르망디 지부 전서구로 들은 소문이라고."

아무것도 설명할 수 없었다. 레아는 왔던 길을 비틀비틀 되짚어 걸었다.

그를 그곳에 홀로 버려두고 와서는 안 되었다. 아크레의 우리 집 마당에, 신성 재판이 벌어지던 왕의 정원에, 그 칠흑같이 깊은 숲속에.

그 깊고 어두운 두려움 속에 그분 혼자 놔두고 와서는 안 되었다.

"발타 님한테 가 봐야 해."

"뭐? 그게 무슨 말이야?"

"발타 님이 따라오고 있을 거야. 왕의 병사들을 막느라고, 뒤에, 뒤에……."

씨발, 벵상은 욕설을 다시 삼키며 뱃사람들을 향해 고함을 질렀다.

"마르셀! 앙트완! 거기 짐은 대충 정리해 놓고, 사람들 좀 끌고 와! 말들하고!"

"벵상? 네가 왜…… 따라와?"

레아는 무슨 영문인지 몰라 벵상을 멍하니 올려다보았다. 벵상과 라셸르, 그리고 사람들은 웅성웅성하면서도 서둘러 짐을 정리하고 모여들기 시작했다. 벵상은 콧잔등에 잔뜩 주름을 잡으면서 툭 내뱉었다.

"발타사르 경이 레아 호하고 라셸르 호의 진짜 주인이라고, 제기랄."

† † †

필립은 멍하니 위를 올려다보았다. 새벽이 다가오는지, 온통 깜깜하던 숲으로 희미하게 빛이 들며 나무들의 윤곽이 드러나기 시작한다.

나뭇가지 사이로 보이는 회청색 하늘 조각에 필립은 눈이 아팠다.

'폐하! 무고한 희생은 원치 않습니다. 발타사르 드 올랑드, 폐하께 단독 대결을 청합니다!'

발타의 목소리가 환청과도 같이, 귓속에서 윙윙거린다.

"폐하, 귀중한 기사들과 병사들의 목숨을 버리게 하고 싶지 않습니다. 추적을 멈추어 주십시오!"

어둠 속에서, 그의 외침이 뚜렷하게 울려 퍼졌다.

왕은 그의 말이 허언이 아님을 알고 있었다. 기사들과 병사들도 마찬가지였다.

발타는 야간 암습에 유난히 강했다. 어둠 속에서 물체를 식별하는 능력은 인간이 아니라 거의 밤 짐승 같았고, 특히 소리에 대한 감각은 맹금류나 사냥개보다 더 예민한 듯했다.

어두운 숲속에서 그와 싸우는 것은 야행성 맹수와 맹금 떼에 둘러싸여 맨몸으로 싸우는 것과 비슷했다.

하지만 발타라고 해서 모든 공격에서 빠져나갈 수 있는 것도 아니고, 모든 적을 물리칠 수 있는 것도 아니었다.

발타가 적에게 속수무책으로 당했던 경우는, 뒤에 보호해야 할 사람이 있는데, 수백 개의 화살이 사면에서 쏟아지는 상황이었다. 쿠르트레 전투에서 발타가 크게 부상을 입었던 것이 그 때문이었다. 왕을 지키며, 사방에서 무더기로 쏟아지는 화살을 방패로 막고, 몸으로 막으며 활로를 뚫었었다.

맞다. 그때 그는 나를 구하려 했었고…… 나는 그때 알게 된 약점으로, 오늘 그를 제압할 쇠뇌와 사수들을 끌고 왔다. 20의 기사, 30의 병사. 수십 대의 쇠뇌와 사수들. 충분하리라 생각한 건 아니었으나 그를 제압할 유일한 방법이라는 건 잘 알고 있었다.

그런데, 나는 그걸 그들에게 쏘게 할 건가?

……내가, 그런 생각을 했다고?

필립은 갑자기 혼란에 빠졌다. 그가 마음을 결정하기도 전에 사수들은 살을 날리기 시작했다. 픽, 픽 피피피피, 장전된 쇠뇌에서 튀어나온 화살들은 가늘고 날카로운 소리를 내며 허공을 찢었다.

"폐하! 포위망이 뚫렸습니다! 지금 쇠뇌를 발사하고 있사온데……."

빡!

채찍을 얻어맞은 궁사는 얼굴을 감싼 채 그대로 바닥에서 굴렀다. 폐하! 위그가 놀라 외치고, 주변에 있는 이들의 움직임이 그대로 얼어붙었다.

"아직 발사 명령을 내리지 않았다! 그들을 죽일 참인가."

"폐하! 그렇다면, 쇠, 쇠뇌를 왜 가져오라 하신 것입니까? 지금 그들을 멈추지 않으면 바로 돌파해서 숲을 벗어날 것입니다."

"숲을 벗어나면 크레도나 엘리고를 따를 수 없을 겁니다. 저희는 예비 말을 가져오지 않았습니다, 폐하!"

앞쪽에서 희미하게 쇠가 부딪치는 소리가 들린다. 병사들의 고함 소리, 말 울음소리, 레아의 비명 소리가 짤막하게 들리다가 이내 사라진다.

필립은 명치가 아프고 속이 뒤틀렸다. 초조함이나, 불안감이나, 아마도 분노라 불릴 만한 격한 감정이 속에서 돌처럼 뭉친 것 같다. 그의 감정은, 늘 무언가 뭉뚱그려져 있는 듯한 느낌이었고, 오히려 몸의 반응이 명료했다.

"폐하! 마드무아젤께서 포위망을 뚫고 나가셨습니다. 발타사르 경을 막아야 합니까, 마드무아젤을 추적해야 합니까?"

알랭의 고함에, 귀청이 찢어지는 것처럼 아팠다. 필립은 대답하지 못했다. 그리고 병사들은 레아를 쫓지 못했다. 발타가 가장 가까이 따라붙은 자들부터 베어 넘기기 시작했던 것이다.

"폐하! 무고한 희생은 원치 않습니다. 발타사르 드 올랑드, 폐하께 단독 대결을 청합니다!"

어두운 숲속에서, 그의 외침이 비수처럼 와서 박혔다. 왕은 자신의 기사와 병사들이 몇이 남았는지 짐작할 수 없었다. 위그가 왕의 앞을 가로막고 서서 칼을 빼 들었다. 왕은 위그가 기사인 것을 가끔 잊을 때가 있었다.

"청을 받아들인다. 발타."

두 사람을 둘러싼 기사와 병사들은 모닥불에 장작을 몰아넣고 홰를 만들어서 높이 들어 올렸다.

왕은 오른손에 검을 잡고 검신을 왼쪽 팔에 얹었고, 발타는 검을 얼굴 옆에 붙인 상태로 왕을 겨냥했다. 둘 다 강력한 공격을 준비하는 자세였다.

"하앗!"

두 사람의 말이 동시에 내닫는다. 몸이 비스듬하게 어긋나며, 두 사람의 검신이 거의 수평에 가깝게 얽히다가 빙그르르 돌며 순식간에 서로의 검을 밀어낸다. 두 사람은 검의 공격선에서 벗어나려 옆으로 몸을 빼면서, 빠르게 검을 돌려 상대의 공격범위 밖에서 상대의 얼굴과 옆구리를 찌르려 했다.

그리고 거의 동시에, 튕기듯 밖으로 몸을 빼낸 두 사람은 다시 말을 돌려 격돌했다.

두 사람 모두 말을 다루는 데 최고의 기량을 갖고 있었고, 마상 검술에서도 첫손에 꼽힐 만한 실력자들이었다. 발타는 유럽 전역의 마상 시합의 일인자였고, 왕은 발타에게 서임식을 치러 주기 전, 마상 검술과 창술을 직접 가르쳤던 사람이었다.

검의 공격선은 가장 짧은 동선을 그리며 상대의 공격을 물 흐르듯 흘렸고, 검신이 맞닿으면 그것을 흘리듯 옆으로 걷어 내며 동시에 검 끝을 돌려 공격을 시도했다. 그 전환 속도는 자연스러우면서도 눈에 보이지 않을 만큼 빨랐고, 그 공격을 막거나 빠른 속공으로 공격을 차단하는 흐름도 순식간에 이루어졌다. 한 번 맞붙은 그 짧은 순간, 단 한 합에 적어도 일고여덟 번의 공격과 수비, 재공격과 회피가 오갔다.

두 사람 모두 프랑스에서 손꼽히는 기사이자 검의 달인이었기 때문에, 그곳에 모인 기사와 병사들은 두 사람의 승부를 보며 속으로 장탄했다.

발타의 공격은 깨끗하고 극도로 효율적이었다. 그는 그동안 백병전이나 멜레에서 보여 주었던 잔혹하고 야만적인 움직임이 말끔히 제거된, 우아하고 매혹적인 움직임을 보여 주었다. 그의 검은 의전용 승부에서나 보여질 만큼 매끄럽고 아름답게 허공에서 춤을 추었다. 하지만 그 공격선은 대단히 변칙적이며 예측이 힘들었다.

왕의 움직임은 우아하다기보다 절도 있으며 정확했다. 치고 막고 빈틈으로 정확하게 들어가는 공격은, 검술의 교과서처럼 보일 법했다. 공격 공간의 확보, 공격선의 계산, 정확한 타이밍에 치고 빠지기, 공격과 흘림, 재공격과 방어로 반복적으로 이어지는 그의 정교하고 절도 있는 움직임은, 발타와 마찬가지로 극단의 효율을 보여 주었고, 강력한 힘이 넘쳤다.

하지만 승부는 예상대로 이어졌다. 왕은 십수 년 동안 마상 시합과 야전에서 계속 굴러다닌 자의 노련함을 극복하지 못했고, 빈틈을 집요하게 노리는 변칙적인 공격선도 완전히 방어하지 못했다. 특히 발타는 검을 쥔 손목을 갖가지 방법으로 꺾고 돌리거나 뒤집는 것으로 상대의 공격을 무력화시키고, 동시에 가장 치명적인 반격을 하는 기술을 갖고 있었다.

두 사람 모두 철저하게 빈틈을 보이지 않은 채 10여 합이 지났다. 왕의 말 엑스페토와 발타의 말 크레도는 한배에서 나온 형제였지만, 어찌 된 일인지 체력은 크레도가 월등한 것처럼 보였다.

두두두, 드드드드…….

다시 두 필의 말이 엇갈렸다. 왕은 검 끝을 목으로 찔러 넣었고, 발타는 검을 쥔 손목을 안으로 뒤집은 상태로 왕의 검을 받아낸 후 손목을 다시 밖으로 펴서 왕의 검을 순식간에 뒤로 밀어냈다.

동시에 검 손잡이 부분을 왕의 손목과 검 받침 사이에 걸고 아래로 확 끌어 내렸다. 왕의 검이 옆으로 튕겨 나가 바닥에 구른다.

"아! 저런!"

하지만 왕은 검을 놓침과 동시에 왼손으로 단검을 뽑아 역수로 발타의 목을 그대로 찔렀다. 발타는 칼을 쥔 손을 안으로 뒤집어 단검의 공격을 무력화시키는 동시에 검 손잡이의 끝으로 왕의 턱을 후려갈겼다.

빡!

왕의 몸이 크게 휘청하자 발타는 그의 목을 팔로 얽은 후 바닥으로 몸을 날렸다.

두 사람은 동시에 말에서 굴러떨어졌다. 왕은 엎드린 채 바닥에 깔렸고, 그를 타고 앉은 발타는 투구의 잠금쇠를 후려쳐 투구를 벗겨 냈다. 왕은 몸을 힘껏 돌리며 단검으로 역공하려 했으나, 발타는 그의 팔을 무릎으로 짓누르며, 동시에 검을 그의 목으로 힘껏 박아 넣었다.

"악! 폐하!"

기사들 사이에서 기겁한 부르짖음이 터져 나왔다.

검은 왕의 목 바로 옆의 땅에 박혔다. 두 사람 모두 움직임을 멈췄다.

허어, 허어, 헉. 헉. 흐으.

왕과 발타의 거친 숨소리만 어두운 공터를 가로질렀다. 기사들은 뒤늦게 가슴을 쓸어내리며 안도의 숨을 쉬었다.

"……."

왕은 그 자리에 누운 채 눈을 감았다. 발타는 자리에서 일어나 왕의 곁에 꽂은 검을 뽑아 들고 옷을 털었다.

매무시를 정리한 발타는 여전히 흙바닥에 누워 있는 왕을 향해 고개를 숙이고 물었다.

"무슨 생각을 하십니까."

"아까 너희에게 쇠뇌를 쏘는 게 나았을까. 두는 게 나았을까, 그런 생각."

왕은 눈을 감은 채 조용히 대답했다.

"살아 잃는 것과 죽여 갖는 것, 과연 어느 것이 견디기 쉬울까 궁금했다."

"폐하, 보통 사람들은 그렇게 생각하지 않습니다. 안 되는 것을 포기할 줄도 알고요."

"발타, 나는 내가 보통 사람이라 생각한 적이 없다. 간절히 원하는 것을 포기한 적도 없고."

"잘 압니다, 폐하. 하여, 폐하의 시선이 닿지 않는 곳에서 살 생각입니다."

발타는 무릎을 꿇고 왕의 망토 자락에 입을 맞추고 차분하게 말했다.

"폐하의 팔라댕이자 충성스러운 신하였던 발타사르, 폐하께 이만 하직 인사 올립니다."

"······."

"그동안 베푸신 은혜와 호의에 진심으로 감사드립니다. 제가 죽는 날까지, 영원히 잊지 않겠습니다. 성지 탈환의 거룩한 목표를 폐하의 손으로 반드시 이루시기를 간절히 기원하겠습니다. 부디 강녕하십시오."

왕은 눈을 감은 채 하염없이 웃었다. 잘 빚어낸 듯한, 단정하고 아름다운 웃음이었다.

발타는 말고삐를 쥐고 사람들을 헤치며 걸어 나갔고, 사람들은 뒤쫓지 않고 그대로 두었다. 왕은 부상을 입은 것이 아님에도 자리에서 일어날 수 없었다. 그는 팔다리를 움직일 기운조차 없이 온몸이 축 늘어져, 부하들은 급하게 들것을 만들어 왕을 눕혀야 했다.

"시테 궁으로 귀환한다!"

호위대장의 명령에, 사람들은 개와 말들을 끌고 오던 길을 되짚었다. 날이 천천히 밝아 오고 있었다.

✝ ✝ ✝

레아는 엘리고와 사노를 끌고 강변을 따라 걸었다. 벵상과 라셸르가 말을 타고 따랐고, 그 뒤로 두 배의 선원들이 저마다 무기로 쓸 수 있는 것들을 쥐고, 나귀를 타고, 혹은 걸어서 따랐다.

왕의 정식 군대와 맞서서 싸우기라도 하려고?

레아는 그들이 따라오는 것이 기가 막히고 이해도 안 되었지만, 설득할 수도 없고 말릴 기운도 없어서 내버려 두었다. 벵상은 여전히 시끄러웠지만 속이 더 깊어진 것 같았고, 라셸르는 여전히 눈물 많고 다정했지만, 1년도 안 된 사이에 훌쩍 어른이 되어 버린 것 같았다. 두 사람 다 레아에게 그동안 있던 일을 캐묻는 대신, 그저 뒤를 따라와 주고, 물과 먹을 것을 챙겨 주었다.

레아는 자신이 왔던 길을 절반이 훨씬 넘게 되짚어 온 곳에서 걸음을 멈췄다.

저 멀리서 말의 고삐를 잡고 터벅터벅 걸어오는 사람이 보였다. 그 그림자가 유난히 길다는 생각이 들었다. 해는 많이 기울어

119

졌고, 어느 수도원에서인지, 성당에서인지 만과 종이 울리고 있었다.

사내의 걸음은 느릿하고 질질 끌렸다. 그는 가끔 멈추어 서서 말의 목에 이마를 대곤 했다. 온통 새까만 빛깔의 젊은 말이 고개를 빼 들고 큰 소리로 울더니 주인의 머리를 툭툭 박는다. 주둥이로 툭툭, 툭툭, 계속 박아 댄다.

레아는 멀거니 눈만 깜박거렸다. 그가 고개를 든다. 말이 칭얼대듯, 야단치듯 고갯짓을 한다. 그가 고개를 돌려 레아가 서 있는 곳을 바라본다.

그는 그 자리에서 멀거니 서 있기만 한다. 고삐를 잡은 채.

레아는 달리기 시작했다. 고삐를 팽개치고, 신발이 벗겨지는 것도 모른 채 달렸다. 입속으로 들어오는 공기가 달랐다. 발에 감기는 흙이 더 이상 차갑지 않았다. 어느새 봄이 왔던가. 벌써 햇볕이 이렇게 따뜻해졌던가.

멀리서 보이던 발타 님이 점점 가까워진다. 그가 한 걸음, 두 걸음 다가오며 팔을 벌린다.

"마드무아젤!"

"발타 님!"

"레아!"

그는 두 팔을 벌려 레아를 힘껏 끌어안는다. 눈물로 얼룩진 얼굴을 감출 생각도 않고, 레아의 몸이 으스러지도록 끌어안고 뺨을 비볐다. 레아는 그의 목에 매달렸다.

그의 어깨 너머로, 센 강은 반짝이며 흘러 내려가고 있었고, 눈앞의 벌판에는 들풀과 작은 꽃들이 무성했다. 하늘은 푸르고, 새들은 하늘을 날고, 나무에는 어느새 연한 잎이 가득 피어올랐다.

온 천지에 봄 향기가 가득하다.

발타 님은 살아 돌아왔고, 나도 여전히 살아 있다. 그리고 우리는 사랑한다. 그것만으로도 충분히 아름다운 계절이었다.

† † †

파리로 돌아오는 동안, 왕은 급히 구한 마차에서 꼼짝도 못 하고 누워 있었다. 왕의 속내가 어떤지는 짐작할 수 없었다. 왕의 표정은 지금이나, 두 사람을 추적할 때나, 신성 재판에서 이겼을 때나, 발타가 만신창이가 되어 돌아왔을 때나, 몸을 회복했을 때나, 쿠르트레에서 대패했을 때나, 몽상페벨에서 대승을 거두었을 때나 별반 다르지 않았다.

다만 왕은 오는 내내 심하게 열이 났고, 구토와 오심과 오한과 극심한 두통에 시달렸다. 평소 건강한 왕으로서는 드문 일이었다. 그리고 그가 쥐고 있는 치유의 성 십자가 유물은 왕을 전혀 치유해 주지 못했다.

시테 궁에 도착한 왕은 일주일간 침실 밖으로 나오지 못했다. 왕실 의사는 감기 몸살과 체증이 함께 왔다고 진단하고 피를 뽑았다.

노르망디 르아브르 항에 있던 두 대의 배, 성경에 나오는 유명한 자매의 이름을 딴 대형 범선 두 척은, 며칠을 격하여 항구를 떠났다. 두 배의 행선지는 앙글레테르의 포츠머트Portsmouth 항이라 했다.

10부. 솔로몬의 노래

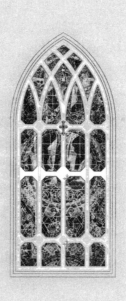

10-1. 솔로몬의 노래

"편히 쉬십시오, 마드무아젤."

깜깜한 어둠 속, 귓가에 속삭이는 소리가 들리고, 이불이 턱 밑까지 올려진다.

그가 잠시 허리를 굽힌다. 잘 자라는 입맞춤이라도 해 주려는 걸까. 기대감에 부풀어 눈을 감고 있노라니 그의 날숨이 뺨으로 설핏 느껴진다.

하지만 그는 망설였고, 입술이나 볼에 입을 맞추는 대신, 이불을 조심조심 여며 주고는 뒤로 물러났다.

달그락. 문이 닫히는 소리가 들린다.

……바보인가?

레아는 눈을 동그랗게 뜨고, 껌껌한 천장만 멀뚱멀뚱 바라보았다.

대체 왜 저러시는 거지? 왜 아무 짓도 안 하고 나가는 거지?

나 같으면 백번 천번 생각해도 절대 그냥 나가지 않을 텐데. 혹시…… 고자신가?

……서, 설마! 그건 아닌 것 같은데.

그래, 발타 님이 문제가 아니고, 어쩌면 내가 문제인지 모른다. 내가 사악하고 몹쓸 유혹자 릴리트인지도 몰라.

원래는 지금 발타 님 같은 반응이 정상적이고 바람직한 것 아니던가. 저분처럼 정숙하고 정결하고 반듯한 분이 많아야 세상이 밝고 건전해지겠지.

아, 제기랄. 난 그따위 바르고 건전한 세상에선 살고 싶지 않아.

피곤이 몰려오는데 복장은 터지고, 가슴은 보글보글한데 잠은 오지 않는다. 파도에 배가 천천히 흔들리고, 덧문을 열어 둔 창에선 밤바람이 솔솔 들어왔다. 어둠이 내려앉은 바다와, 별들이 총총 박힌 밤하늘이 보였다.

레아가 있는 곳은, 갑판 앞쪽 선수루에 위치한 선실이었다. 아마 귀하고 높으신 분들이 타실 때를 대비해서 만들어 둔 장소인 듯, 환하고 조용하고 말끔했으며 장미 나무로 만든 최고급 침대와 가구들이 몇 점 놓여 있었다.

혼자 이런 방을 차지하고 앉은 것이 미안해서 극구 사양했지만, 선원 숙소에 한번 내려가 보니 사양하는 말이 쏙 들어가 버렸다.

선원 숙소는 갑판 아래에 있는 공용 선실이었는데 창고보다 나을 것이 없었다. 그물 침대와 선반 침대 사이로 온갖 짐짝이 뒤엉켜 있고, 인상이 험악한 선원들이 좁은 통로를 헤치고 다니며 쉴 새 없이 욕을 하고 있었다.

위험한 것도 위험한 것이지만, 냄새 냄새 그 냄새가 이루 말로 할 수 없었다. 성전기사단 합숙소는 여기에 비하면 그야말로 천국이었구나. 레아는 겸손하게 손님용 선실로 돌아왔다.

문밖에서 불침번을 서고 있는 발타 님의 기척이 희미하게 들렸다. 주로 몸을 움직일 때 사슬 갑옷이 절그럭대는 소리나, 무기가 벽이나 의자에 닿을 때 나는 소리였다.

레아는 애잔하게 한숨을 쉬었다. 발타 님이 코앞에 있는데 나는 왜 고작 사슬 갑옷 소리에 가슴을 부여잡고 있어야 할까. 이런 기회가 날이면 날마다 오는 것도 아닌데.

"씨에 발타사르? 레비…… 레아는 잡니까?"

얼른 이불을 뒤집어썼다. 벵상이다. 원래 사흘 후 출항 예정이었다가 갑자기 떠나게 되는 바람에 식수와 식량을 허둥지둥 싣느라고 선원들과 몹시 고생했다고 들었다.

"많이 곤하실 테니 주무시겠지. 자네도 피곤할 텐데 자지 않고."

"저야 뭐 놀라 자빠지는 통에 피곤이 싹 달아났지요. 발타 님도 많이 힘드셨을 텐데 눈 좀 붙이시지 않고요."

"숙녀의 방 앞에 불침번도 없이 자러 가라는 건가?"

물론, 발타 님이 불안해하시는 것도 이해는 갔다. 원래 장거리 상선으로 쓰이는 대형 범선이나 노잡이들까지 우글대는 군용 갤리선들에는 여자를 잘 태우지 않는다고 들었다. 여자가 타면 배가 뒤집히네 어쩌네 하는 건 핑계고, 사실 진짜 이유는, 망망대해에 떠 있는 배에서는 치안이나 질서를 유지할 만한 어떠한 보호 장치도 없기 때문이었다.

장거리 항해 선박에서는 선장을 필두로 하는 억센 수컷들의 힘과 위계만이 유일한 질서인데, 그곳에 여자가 한 명 있다고 생각해 보자. 과연 어떤 일이 일어나겠는지. 그 여자가 귀부인이나 공주라 하여 안전을 장담할 수는 없다.

원래 항해를 하다 보면 전염병이나 폭풍, 그 밖의 많은 이유로 죽는 사람들이 나오게 마련이고, 그들은 당연히 바다에 던져진다. 막말로 항해 중인 배 위에서는 아무리 지체 높은 귀부인이라도 무슨 일을 당할 수 있고, 바다에 던져질 수 있다는 뜻이다. 전염병이 돌아서 수장했다고 선원들끼리 입을 맞추면 무슨 재주로 그것을 알아내겠는가. 발타 님이 피곤에 겨워하면서도 끝까지 불침번을 서겠다 한 이유가 그것이었다.

"그럼 발타 님, 선원들에게 돌아가며 불침번을 서게 하면 되지 않겠습니까?"

"설마 그자들을 믿으라는 건가? 이 배에 선원들만 스무 명 가까이 되는 것 같은데?"

"아니 대체 언놈이 감히 선주님한테 집적대고 사고를 치겠습니까? 아니 그건 둘째 치고 놈들도 귓구멍이 뚫려 있으면 백은의 기사님 별명 정도는 알고 있을 텐데요."

"그래도 유비무환이지. 마드무아젤께서도 밖에 내가 있어야 안심하고 주무실 테고. 내가 다른 곳에 있으면 불안해하실 걸세."

"아니, 그게 무슨 말씀이십니까. 들어가서 같이 주무시라는 말씀 아닙니까. 제가 설마하니 다른 방에서 주무시라고 말씀드렸겠습니까?"

올레! 좋다! 잘한다, 벵상!

레아는 주먹을 불끈 움켜쥐고 벵상을 응원했다. 발타 님의 목소리가 확 올라간다.

"자네 제정신인가? 결혼도 안 한 숙녀의 방에 들어가서 자라고?"

"네?"

벵상은 얼빠진 목소리로 되묻더니 한참 후 더듬더듬 물었다.

"……두 분 아직 같이 안 주무셨습니까?"

이번엔 발타 님이 꿀 먹은 벙어리가 되었다. 레아는 이 순간 그의 얼굴을 볼 수만 있다면 전 재산을 바다에 모조리 던져도 좋을 것만 같았다.

괴괴한 침묵이 흐른 후, 발타가 작은 목소리로 대답했다.

"제대로 집이라도 마련해서 모신 다음에…… 신부님 앞에서 제대로 결혼식이라도 올리고."

"아, 예, 예……. 당연히 그러셔야지요."

안에 있던 레아는 저도 모르게 얼굴이 빨개졌다. 놈이 발타 님의 침묵과 대답을 어떻게 해석했는지 모르겠는데, 어쨌든 우리를 비웃고 있다는 것은 확실했다. 아, 창피해. 저 빌어먹을 놈의 모가지를 잡고 짤짤 흔들어 대고 싶다. 물론 그 '빌어먹을 놈'이 벵상인지 발타 님인지는 비밀이다.

"됐고, 그동안 있던 근황 보고나 차근차근 해 보게."

† † †

벵상이 올랑드의 영주님께 뜬금없는 제안을 받은 것은, 올랑드에서 라셀르와 머리를 맞대고 어디로 튈까 심각하게 의논하던 때였다. 알사스로 가는 마을 사람들과 합류할까, 어차피 개종했으니 아예 노르망디로 가서 작은 배나 한 척 얻어서 도망칠까.

발타 경이 상황을 어디까지 알고 있는지, 라셸르의 결혼식 때 꾀었던 말도 혹시 들었던 건지, 벵상은 아무것도 알 수 없었다.

어쨌든, 영주님께서는 몹시 뜬금없게도, 기왕 배를 살 것이면, 성전기사단 노르망디 지부의 사령관에게 편지와 10만 리브르에 해당하는 수령 증서를 보낼 터이니, 그쪽 항구에서 파리 세공사, 아시케나지 마을의 레비의 이름으로 배를 사 두라고 명령한 것이다.

횡재도 이쯤 되면 날벼락을 맞은 것과 마찬가지였다. 벵상은 이 인간이 미쳤나 하고 바라보다가, 정말로 그가 제정신이 아니라는 것을 눈치챘다.

아시케나지 마을이 뒤집혔고, 우리는 무일푼이 됐고, 이분은 그 전날 도깨비놀음처럼 우리 세 남매를 구했고, 아크레에서 아모스 세공방과 뭔가 인연이 좀 있던 눈치였고, 음, 그러고 보니 그 정도면 우리뿐 아니라 이분도 충분히 정신이 빠질 법했다.

발타 님은 생각한 것보다 엄청난 거부였다. 하긴 유럽의 마상 시합을 휩쓸고 다니던 사람이니 당연히 돈이 많을 거라 짐작은 하고 있었다. 하지만 10만 리브르나 모았을 줄은 몰랐다.

그런데 돈이 많은 건 많은 거고, 대체 약을 먹은 게 아니고서야, 이 거금을 왜 모조리 레아의 이름으로 돌려놓겠다는 거지? 그것도 귀금속으로 돌리는 게 아니라 배를 사라고?

아, 혹시 기사단에 입단하실 거라, 재산을 차명으로 돌려놓으려는 건가? 기사단원은 입단 시 개인 재산이 남아 있으면 안 되니 말이다.

그래도 보통은 기사단에 희사하거나, 아니면 자신의 가족이나 가문을 위해 남겨 두지 않나?

아니다. 사실, 이런 것 저런 것 전부 따질 필요가 없다. 이런 횡재는 정신이 나간 사람이 이성을 되찾기 전에 홀랑 집어삼켜서 무를 수 없게 만들어 놔야 하는 법이다. 게다가 얼마 지나지 않아 왕이 왔고, 분위기는 점점 이상해지기 시작했다.

일이 더 복잡해지기 전에 벵상은 라셀르의 손을 붙잡고 튀었다. 심지어 레아에게 인사를 하러 가지도 못했다. 그 동네의 빨강 머리 소녀를 잡아 작별 인사만 남길 수밖에 없었다. 그는 쫓아오지 않았다.

벵상은 성전기사단의 정보력과 위명을 아주 잘 알고 있었기 때문에, 그의 돈을 갖고 튄다거나 장난질을 할 생각은 없었다.

발타 역시 핫바지가 아닌지라, 안전장치를 확실히 걸어 두었다. 노르망디 지부 역시 대규모 은행 업무를 보고 있었는데, 발타는 그곳 사령관인 조프루아 드 샤르네와 친분이 깊었던 것이다.

조프루아는 VIP 고객에 대한 거래 기밀을 철저히 지켰고, 일의 진행 상황도 전서구까지 동원해 가며 바로바로 발타에게 알렸다.

그는 온갖 종류의 절세에도 전문가 중의 전문가여서, 상속과 증여에 달라붙는 어마어마한 세금을 피해 가도록 요령껏 손을 써 주었고, 선박을 계약하는 날, 중도금, 잔금을 지불하는 날, 매번 전문가들을 대동하고 직접 찾아와 계약 조항을 일일이 확인하기까지 했다.

덕분에 벵상은 크게 사기를 당하지도 않고 무사히 거래를 마무리할 수도 있었고, 큰 횡재도 할 수 있었다. 이 정도 대규모 범선을 두 척이나 소유하는 것은 대제후나 도시, 상인 동업조합 정도가 아니면 언감생심 꿈도 꾸지 못할 일이었다.

벵상은 지금까지도 대체 그가 무슨 생각으로 그런 짓을 했는지 알 수 없었다. 아마 발타사르 경 자신도 여전히 모를 것이다.

레아 호와 라셀린 호는 삼각돛과 사각 돛이 여러 개 달린 대규모 범선이었다. 뱅상은 지중해 일대를 꽤 많이 돌아다녀 보았지만, 이렇게 큰 범선은 본 적이 없었다. 갑판 아래는 바닥까지 3층으로 되어 있고, 갑판 위에도 메인 돛대의 앞뒤로 3층에 이르는 선수루와 선미루가 있었다.

베니스의 선박 장인 조합에서 그야말로 모험심과 창의력과 개척정신을 끌어모아 설계를 하고, 최고급 자재를 동원해 영혼을 팔아 가며 건조했다고 하는데, 배가 완성될 즈음, 이 배 두 척을 주문한 은행이 왕에게 돈을 떼이고 파산했다.

하지만 배를 대신 사겠다고 나서는 제후나 도시는 없었다. 한 척에 7만 리브르가 넘는 거금인 데다, 설계 과정부터 모험심과 창의력이 지나치게 반영되어 첫 항해 때 가라앉을지 아닐지 아무도 장담할 수 없기 때문이었다.

다들 선체가 그렇게 높은 범선은 폭풍우 한 번에 뒤집힐 거라고 비웃었고, 저 많은 마스트의 돛을 다 펴고 접다가 바람 다 지나가겠다고 비웃었고, 흘수선이 저렇게 높아서야 암초란 암초는 다 긁고 다닐 거라고 또 비웃었다.

그러다가 배에 대해서는 쥐뿔도 모르는 파리의 귀금속 장사꾼이 덜컥 나섰다. 닳고 닳은 베니스의 조선업계에서는 흥정이 시작될 때까지만 해도 만만한 호구 잡았다는 분위기였다.

하지만 '내 가진 돈은 9만 리브르, 그러니 팔든지 말든지, 대신 현찰 박치기'라는 장사꾼의 첫마디로 시작된 흥정은, 일주일 만에 10만 3천 500리브르로 계약이 끝났다. 파리 장사꾼의 승리였다. '황금 이빨의 벵상'이라는 찬란한 이름을 베니스에 확실하게 각인시키면서.

그는 파리에서 세공사로 이름을 날리는 동생의 이름으로 두 척의 배를 계약하고, 성경에서 유명한 두 자매의 이름을 붙였다.

그 후, 닻과 돛도 구별하지 못하고 배에 대해서는 쥐뿔도 알지 못하던 벵상은 르아브르 항에서 이름난 노선장 고드프리를 고용하는 데 성공했다.

저놈의 기름칠한 주둥이가 몇 해 전 과부가 된 노선장의 외동딸 외제니를 구워삶았다는 소문이 르아브르에 파다하게 돌았다. 외제니가 황금 이빨의 황금 입술에 홀랑 **빠졌다**는 둥, 아니 황금 거시기가 외제니에게 풍덩 **빠졌다**는 둥, 그 짧은 시간 동안 백만 가지 소문이 퍼졌지만, 벵상은 끝내 모르쇠로 일관했다.

다만 남은 이빨이 두 개밖에 없어서 이젠 은퇴해서 놀고먹고 싶다는 노인을 기어이 끌어내 신형 범선을 보여 준 것이 그의 외동딸인 것만은 틀림없었다.

노르망디 앞바다부터 지중해 일대는 물론 우트르메르에 북해까지 샅샅이 누비고 다니던 노선장은, 새로운 형태의 거대 범선을 목격하고는 이내 호승심이 불타올랐다. 고드프리는 자신이 데리고 있던 선원들과 함께라면 몰아 볼 만하다며 나섰다.

그 선원들이란 게, 오랜 항해로 인해 다들 얼굴이 새까맣고 이빨이 듬성듬성했지만, 하나같이 바다에서 평생 굴러먹은 뱃사람의 막장 포스가 풍겼다.

벵상은 그들이 새로운 배에 올라가 능숙하게 돛을 올리고 역풍에서도 이리저리 돛을 움직이며 앞으로 나가고, 줄을 척척 감고 던지고 바람을 가늠하며 욕설로만 이루어진 고함으로 배를 몰아가는 모습을 보며 범접할 수 없는 아우라와 경외감을 느꼈다.

그날 벵상은 서른두 명의 선원들을, 심부름꾼까지 모조리 고용했다.

벵상은 새로 산 배 두 척을 담보로 기사단에서 빚을 내어 플랑드르의 모직물과 귀금속 세공사 동업조합에서 모험 삼아 투자한 상품들을 싣고 첫 번째 항해에 나섰다. 그는 안전한 길만 따라서 북아프리카 해변을 따라 케르(카이로)와 알렉산드리까지 엄벙덤벙 훑었는데 초행이었음에도 제법 큰 수익을 남겼다.

그는 가져간 물건뿐 아니라 팔 수 있는 건 다 팔았다. 파리 귀금속 세공사 동업조합의 이름, 파리의 은 세공사 레비의 이름, 프랑스 왕실 아르장트리 납품업체라는 이름, 하다못해 돈을 빌려준 성전기사단 조프루아 경의 이름까지.

일이 그렇게 되어 벵상은 가지고 간 물건을 대부분 팔아 치우는 데 성공했으며, 꽤 굵직한 거래처를 몇 군데 뚫었고, 그곳에서 부가가치가 높은 향신료나 백반, 염료들을 싣고 돌아올 수 있었다. 성전기사단에 진 빚을 대부분 상환할 수 있을 정도로 성공적인 상행이었다.

그리고 벵상은 두 번째 항해를 마치고 막 노르망디로 돌아온 참이었다. 배에 후추와 육두구와 아니스와 사프란 따위, 이름도 제대로 알지 못하는 엄청난 향신료들을 싣고. 이걸 다 팔아 치우면 얼마나 많은 돈이 떨어질까 열심히 머리를 굴리면서.

그런데 항구에 도착하니 어디서 많이 보던 여자가 거지꼴로 서 있었다.

"그러니까 존경하옵는 선주님. 이제 슬슬 저와 라셀르의 연봉 협상(?)에 임하실 때가 되지 않았습니까?"

두 번째 항해를 성공적으로 마친 지금이야말로, 수익비 협상을 하기에 가장 좋은 시기였다. 게다가 맞춤하게도 뱃일과 상행에 대해서는 자신보다 더 무식 깜깜이신 선주님께서 친히 이곳까지 와 주시지 않았는가.

"선장과 선원들은 항해 이익에 대하여 몇 퍼센트를 가져가는지 벌써 다 정해져 있는데, 이 엄청난 일을 맡아서 성공적으로 이끌었던 황금 이빨의 벵상, 해상무역계의 떠오르는 샛별, 미다스의 손에게 제대로 된 수익을 분배해 주셔야 하지 않겠습니까? 그래야 저도 처자식을 먹여 살리죠."

발타는 눈을 치뜨고 벵상을 바라보았다.

"처자식? 자네 결혼했나?"

"언젠가는 하지 않겠습니까? 성전기사단 출신 기사님도 결혼을 하시고, 고명하신 수도원장님도 애인이 있으시고, 신학 교수님도 아내를 두시고, 마나님에 애인까지 줄줄 거느리시는 주교님도 계시는데, 저처럼 능력 좋고 정력 좋고 잘생긴 사나이가 만년 솔로로 곯아 가라는 법이 있습니까? 주님 보시기에 통탄할 일이지요. 하느님께서는 인간을 그렇게 창조하지 않으셨습니다."

"……."

"물론 저도 장사와 연애에서 나름의 도덕과 원칙이 있습니다. 열매 없는 나무 아래에서는 입을 벌리지 않으며, 돈 되지 않을 일에는 발을 디디지 않으며, 남의 아내가 될 여자는 쳐다보지도 않는 것이죠. 제가 솔로몬이나 솔론이나 소크라테스 같은 소 씨는 아닐지라도 이 정도면 충분히 지혜롭고 현명하지 않습니까?"

"음, 그렇지. 충분히 지혜롭고 현명……."

발타는 심각하게 고민에 빠졌다. 레아에게 구혼했던 세 명의 남자 중 한 명이 이런 놈이라는 것이 몹시 자존심이 상했다.

일단 저자와 동급으로 여겨지는 일부터 용납할 수 없었다. 물론 레아가 이런 놈에게 마음이 흔들렸을 것 같지는 않지만, 이자는 의외로 레아와 매우 끈덕진 인연을 갖고 있었다. 최초이자 최장 약혼자이며, 형제이며, 가족이며, 동료로 15년을 살았으면, 천하 없는 원수라도 미운 정 고운 정이 들지 않겠는가.

"자네 혹시, 레아에게, 무슨…… 선물을 한 적이 있나?"

"예? 선물이요? 오늘 레아 생일입니까? 아닌데……?"

그는 머리를 긁으며 한참 고개를 갸웃거렸다. 발타는 순간 자신이 레아의 생일조차 모르고 있다는 것을 깨닫고 식겁했다.

"레아……의 생일이 언제지?"

"아프릴레스(4월) 20일이죠. 얼마 안 남았네요!"

발타는 눈을 끔벅이며 안도의 한숨을 쉬었다. 다행이다. 아직 안 지났구나. 기사단에서 자란 발타는 그런 사소한 기념일들을 챙기는 것이 낯설었다.

"발타 님 생신은 언제십니까? 레아가 알면 아마 상다리가 부러지게 요리를 해 줄걸요? 아크레에서도 가족 생일하고 부활절 성탄절은 일꾼들까지 배 터지게 먹는 날이었거든요."

아, 비슷한 모습을 봤던 것도 같다. 동네잔치라도 하는 것처럼 푸짐하게 요리를 해서 야단스럽게 먹고 마시는 날이 있었지. 발타는 잠시 머뭇거리다가 얼토당토않은 말을 해 버렸다.

"내 생일 말인가? 어, 음…… 나, 나도 같……은 날이야."

"네! 정말입니까? 그, 그런 엄청난 우연이!"

벵상이 호들갑스럽게 손뼉을 친다.

물론 그런 신통한 우연이 있을 리가. 나이도 정확히 모르는 판에 태어난 날 따위를 기억할 리가.

굳이 우겨 보자면 시테 궁 앞에서 발견된 날이 같은 날이긴 했다. 그, 그래도 그 정도면 충분하지 않을까? 발타는 눈을 질끈 감고 '올해부터 내 생일은 내가 발견된 날이다'라고 되뇌었다.

"……우연이 아니라, 그런 게 음, 운명이고 인연인 게지……."

대답하던 발타는 말도 채 끝맺지 못하고 고개를 확 돌렸다. 레아와 자신이 원래부터 운명적인 관계임을 단단히 어필하고 싶었는데, 그러기에는 내공이 턱없이 부족했다. 얼굴로 열이 확확 올라와서, 발타는 손부채질을 하며 말을 돌렸다.

"그나저나 자네 혹시, 레아에게…… 황금 종류를 선물해 본 적이 있나?"

아, 제기랄. 새로운 자괴감의 파도가 또다시 밀려들었다.

오늘 대체 무슨 날인가. 대체 뭘 확인하고 싶어서? 저자가 설마 황금을 선물한 상인인지 확인해 보려고? 아직 안 했으면 못 하게 막을 건가? 폐하처럼 레아 옆에 접근도 못 하게 쫓아내게? 발타는 이런 말을 입 밖으로 낸 자신의 목을 베어 버리고 싶었다.

오호? 벵상은 힐금힐금 눈웃음을 치며 목소리를 낮추었다.

"레아에게 황금을 선물하시고 싶으시군요? 그야말로 선견지명, 번쩍이는 혜안, 탁월한 선택이십니다! 걔한테는 금 이상 가는 선물이 없어요."

발타의 부끄러움 따위는 아랑곳없이, 벵상의 장광설이 소나기처럼 쏟아지기 시작했다.

"이게 제가 뒤에서 레아를 홍보하려는 건 아닌데, 저 집안에는 면면히 내려오는 몇 가지 본능이 있단 말이죠? 그중 하나가 황금에 대한 초강력 밝힘증입니다! 물론 미남 밝힘증도 쌍벽을……
아, 이건 못 들으신 걸로. 어쨌든 레아는 귀금속을 온 영혼을 바
쳐 가며 사랑합니다. 자신의 직업에 대한 역사적 사명을 띠고 태
어난 장인이지요. 음 여자인 게 들통났으니 장인 자격 박탈인가.
뭐 팜므 솔로 장인이 되면 되니까. 아, 결혼하면 이것도 물 건너
가네요. 물론 제가 이 결혼 반댈세 할 입장이 아니란 건 잘 알고
있습니다. 어쨌든 레아가 금을 좋아하는 건 틀림없는 사실입니
다. 금발에서 금을 추출하는 기술만 있으면 아침마다 자기 머리
를 박박 밀고 있을 거라고 장담할 수 있습니다."

발타는 벌써부터 머리가 지끈지끈 아팠다.

"그래서, 선물해 본 적이 있다는 말인가, 없다는 말인가."

"어, 그게, 제가 레아에게 금을 선물해 본 적이 있느냐 굳이 하
문하신다면, 결론적으로 대략적으로 포괄적으로 말씀드리자면
긍정적인 대답을 해 드릴 수밖에 없사온데, 말하자면 제가 레아
에게 세공품 판매 순익에 대한 수익 배분을 많이 해 주었다는 뜻
이라고도 할 수 있고요, 6 대 4 중에서 레아 앞으로 6이라는 거금
을 배분했는데 전부 플로린 금화와 두카토 금화로만 챙겨서 주었
지요. 아, 인간적으로 필립 폐하의 최근 금화들에 물타기가 많이
되어 있다는 건 아시잖습니까?"

"……."

"어쨌든 매달 수익을 금화로만 준 것도 일종의 금 선물이라고
할 수 있지 않겠습니까? 과거에도 그랬고, 미래에도 그럴 것입니
다. 그리고 이 말씀을 드리기는 좀 거시기하지만, 다 알고 계실
테니 말씀을 드리는데, 제가 한때 레아의 약혼자 아니었겠습니
까? 그런데 저 자신부터가 걸어 다니는 황금 아니겠습니까? 말

을 할 때마다 입에서 금화가 다섯 닢씩 쏟아져 나오고 손을 대는 것마다 금이 되어 버리는 황금 이빨의 벵상! 어쨌든 결론적으로 말씀드리자면, 이러한 나 자신을 한때 그녀에게 바치려 했다는 것 자체가 세상에서 가장 가치 있는 황금을 바쳤었다고 말할 수 있게 되는 것이지요……."

발타는 이제 저놈이 레아에게 황금을 선물했는지 안 했는지 전혀 궁금하지 않았다. 그냥 멱살을 움켜쥐고 바다로 던져 버리고 싶었다.

……저 빌어먹을 인간이 어디서 구라를 쳐.

안에서 몰래 듣고 있던 레아는 분해 죽을 지경이었다. 네놈이 나한테 주기는 뭘 줘. 우리 집에서 털어 간 금화 다 물어내는 것도 빌빌거렸으면서.

하지만 생각해 보면 벵상이 저 '황금 이빨'로 레아와 라셀르를 마을에 정착시키고 무사히 장사를 해서 먹여 살렸던 것을 보면 천금보다 귀한 도움을 받은 것 같기도 했다.

그나저나 발타 님은 왜 저런 걸 묻고 그러신담. 창피하게.

그 마음을 이해하지 못하는 것은 아니었다. 하지만 자신이 이렇게 열렬하게 사랑하는데 저렇게 조바심을 내며 불안해하는 모습을 보니 조금 속이 상했다.

"그나저나, 마드무아젤 라셀르는 어디에 계신가? 자매가 함께 자면서 회포라도 풀게 하면 좋지 않을까?"

"아, 라셀르는 외제니와 함께 르아브르 항에 남았습니다. 며칠 후에 라셀르 호도 노르망디에 입항하거든요. 외제니는 억센 선원이나 능구렁이 상인들에게 꿀릴 거 하나 없는 여장부인데, 글과

숫자를 몰라서 라셸르가 남아 있어야 해요. 라셸르는, 누가 레아 동생 아니랄까 봐 계산이 기가 막히고 꼼꼼하고 똑 부러져서 둘이 손발이 착착 맞습니다. 어쨌든 배 들어오는 대로 바로 따라오라고 했으니, 며칠만 기다리면 자매들이 밤새 수다를 떨며 회포를 풀 수 있을 겁니다."

"아, 그런가."

"아울러 발타 님을 향한 저의 세심하고도 속 깊은 배려였다고 생각해 주시면 고맙겠습니다."

"무슨 배려 말인가?"

발타는 무슨 배려인지 상상도 하지 못한 채 해맑게 물었다.

아 진짜! 저 멍충한 기사님을 어떡하지!

레아는 가슴을 쿵쿵 쳤다. 속에서 천불이 일어 죽겠다, 정말. 허리만 살짝 비틀어도 정신이 혼미해지고 손가락 하나만 까닥여도 색기가 줄줄 흐르는 분이, 저렇게 청순하고 맹한 질문을 하면 어쩌자는 건가.

"어쨌든 저는 이만 들어가 보겠습니다. 피곤하시면 언제든 교대해 드릴 테니 저를 부르시려면 바로 아래층의 선실로 오십쇼."

뱅상의 떨떠름한 목소리가 멀어진다.

촤아아아, 촤르르르. 쏴아아.

문밖은 쥐 죽은 듯 고요하고, 작은 방에는 짙은 어둠이 감돌았다. 작은 창으로는 희미한 달빛만 흘러들었다. 밖에서는 발타가 불침번을 서고 있고, 레아는 잠을 잘 수 없었다.

발타 님.

레아는 눈을 감고 두 손을 깍지 끼워 가슴에 얹은 후, 다시 나직하게 속삭여 보았다.

발타 님.

……사랑하는 발타 님.

입 밖으로 내서 말해 보는 것만으로도 너무너무 좋아서 숨이 막힌다. 발타 님. 발타 님. 입술을 달싹거릴 때마다 숨이 조금씩 가빠지는 것 같다.

우리는 언제쯤 되어야 편하게 손을 잡고, 뺨을 어루만지고, 아무 때나 입을 맞출 수 있을까? 레아는 발타를 보면, 하루 종일 그저 웃을 수 있을 것만 같았다. 아니, 종일 눈물이 날 것 같기도 했다.

이렇게 감정이 널을 뛰면 제명에 못 죽을 것 같다. 필립 폐하처럼 감정이 말라비틀어져도 문제지만, 나처럼 폭포처럼 넘쳐도 문제다. 바라보기만 해도 눈물이 나오고 웃음이 나오고 하면 그게 제정신일까.

결혼하면, 우린 어떻게 살게 될까?

조금만 상상해도 훤히 보이는 장면들이 너무나 달고 행복해, 레아는 발이 붕붕 뜨는 것만 같다. 뺨과 귓불이 화끈거리고, 손과 발이 간지러워진다. 레아는 저도 모르게 두 팔로 가슴을 꼭 감싸 안았다.

밖에서 가늘게 흥얼대는 소리가 들리는 것 같다.

내 사랑, 일어나요. 내 아름다운 신부여, 내게로 오세요.

레아는 눈을 반쯤 감은 채 웃었다. 라셀르의 결혼식 때 동네가 떠나가도록 불렀던 유행가. 솔로몬 대왕의 사랑시 '아가雅歌'를 따서 만들었다는, 풍기문란을 유발하는 그 노래.

발타 님은 저 가사를 다 알고도 저렇게 흥얼대시는 걸까.

……정말 용감하시다!

그대여, 내게 입 맞춰 주세요. 당신의 입술은 포도주보다 달콤해.

그래요, 나는 그대의 입술로 흘러 들어가는 포도주랍니다.

레아는 노래 뒷부분을 입속으로 속살거렸다. 깜깜한 어둠 속에
확 생기가 돈다. 숨을 길게 들이쉴 때마다 저 부드러운 목소리가
배 속을 간질이고, 달콤한 공기가 허파를 꽉 채우는 것 같았다.

당신의 눈동자는 깊고도 맑은 호수 같고,

당신의 입술은 붉은 실을 문 것 같고,

당신의 뺨은 붉게 물든 석류 같아라.

레아는 중간중간 귀를 기울였다. 발타는 레아가 잠이 들었다고
생각하는지, 정말 무심하게 흥얼거릴 뿐이었다.

다만 그 목소리는 이렇게나 부드럽고, 이렇게나 달콤하고, 솔
로몬의 노래는 이렇게나 야할 뿐이다.

당신의 목덜미는 하얀 상아로 깎은 조각 같고,

당신의 머리카락은 눈부시게 흘러내리는 비단실 같고,

당신의 허리는 백합화로 질끈 묶은 밀 짚단 같아라.

당신의 가슴은 종려나무에 달린 탐스러운 야자송이 같고,

142

당신의 배꼽은 달콤한 포도주를 부은 동그란 술잔 같고,
당신의 허벅지는 장인이 깎아 만든 매끈한 구슬 같아라.

레아는 함빡 터지려는 웃음을 참으며 가슴을 꼭 눌렀다. 저렇게나 점잖고 수줍음 많으신 분이, 이렇게 적나라하고 야한 노래를 부르시면서, 대체 무슨 상상을 하고 계실까.

발타 님의 모습이 궁금해. 살짝 민망해하실까. 어쩌면 설레실까. 얼굴은 붉히고 계실까. 아니면 방문 틈을 힐끔거리면서 달뜬 한숨이라도 몰래 삼키고 계실까.

나는 그대 목에 걸린 몰약 주머니,
그대 가슴 사이에서 밤을 지샌다오.
그대가 드리운 머리카락에 나는 그만 매여 버렸네.

레아는 저도 모르게 가사를 함께 흥얼거렸다. 목소리가 밖으로 새 나간 것일까. 갑자기 밖에서 흥얼대는 소리가 멈칫한다. 당황한 듯, 몸을 부스럭대며 움직이는 소리가 들렸다.

"아, 저…… 주무시는 줄 알았습니다. ……조용히 하겠습니다."

잠긴 듯, 갈라진 듯한 목소리. 저분은 숙녀께서 잠자기 글러 먹었다는 걸 아직도 눈치 못 채신 건가?

레아는 자신이 음란 마귀 릴리트가 된 것만 같았다. 이 어둠이, 이 작은 방이 너무나도 은밀하고 특별하게 느껴졌다. 천국도 지옥도 연옥도, 이 세상조차 아닌, 사랑하는 사람들만을 위해 하느님께서 특별히 창조하신 비밀 공간처럼 생각되었다.

그녀는 살그머니 자리에서 일어났다. 사박, 사박 맨발로 걸어 방문 앞에 섰다. 그리고 문틈에 입술을 대고, 벌새가 속살대듯, 아몬드 꽃잎이 하느작하느작 내려앉듯 노래했다.

그대의 숨결은 짙은 향료보다 더 향기롭고,
그대의 혀 밑에는 꿀과 포도주가 괴어 있다오.
나는 그대의 품에서 몰약과 발삼을 거두고,
달콤한 꿀을 먹고 향긋한 포도주를 마실 거라오.

어두운 복도에서 혼자 앉아 계시는 발타 님과 문 하나를 사이에 두고, 레아는 소곤소곤 노래했다. 노래는 꿀처럼 달게 혀에 감겼다.

북풍아 일어나라 남풍아 오라, 우리의 정원에 향기를 날려라.

아아, 문밖에서 발타 님이 노래를 받는다. 그는 술람밋의 목동 아가씨와 사랑에 빠진 솔로몬 대왕처럼, 이렇게 부드럽게, 이렇게 달게, 이렇게나 격정에 넘쳐서 노래한다.

우리, 아름다운 과일나무 가득한 그곳에 가서,
종려나무에 매달린 야자를 따서 맛보고,
동산에 숨겨진 맑은 샘에서 시원한 물을 마시려 하네.

레아는 살그머니 문을 열었다. 발타가 문 앞에 서서 레아를 내려다본다. 그는 슈미즈 한 장만 걸치고 맨발로 서서 자신을 말끄러미 올려다보는 레아를 말없이 응시했다. 미소를 살짝 머금은 발타 님은 아주 낯선 얼굴을 하고 있었다.

그대여, 내게 입 맞춰 주세요. 당신의 입술은 포도주보다 달콤해.
그래요, 나는 그대의 입술로 흘러 들어가는 포도주랍니다.

레아는 활짝 웃으며 그를 향해 팔을 벌렸다. 그가 레아를 품에 힘껏 안는다. 레아는 몸이 으스러지는 것 같았다.

그가 고개를 숙이고 다급하게 입술을 맞댄다. 그가 자신에게 입을 맞추기 위해서 옆으로 고개를 꺾는 그 모습이, 그 턱의 비스듬한 각도가, 자신을 향해 내려오는 곧고 매끈한 콧대가, 파란 눈동자를 반쯤 덮고 있는 눈꺼풀이, 숨결에 따라 미세하게 파르르 떨리는 하얀 속눈썹이 레아는 미치도록 좋았다.

내 사랑, 일어나요. 내 아름다운 신부여, 내게로 오세요.

어깨를 감았던 그의 팔이 레아의 허리를 더듬어 자신의 몸으로 끌어당긴다. 늘 호수처럼 잔잔하고 담백할 듯하던 사내의 열기는 이국적이고 신비로웠다. 온몸으로 느껴지는 그의 욕망에 레아는 숨 막히게 기쁘고 황홀했다.

짙은 어둠이 두 사람을 감싸 안았다. 신이 연인들을 위해 만드신 또 다른 세상이었다.

† † †

"아윽, 흐으읍."

간신히 몸을 일으키던 레아는 저도 모르게 비명 같은 신음을 삼켰다. 온몸이 부서져 나가는 것 같은데, 특히 허리 아래는 몽둥이로 흠씬 두들겨 맞은 것처럼 아팠다.

아, 벌써 아침인가.

창문으로 새벽 햇빛이 희미하게 들어오고 있었다. 쏴아아, 쏴아, 파도 소리가 들린다. 시끄럽게 우는 수탉 소리만 없으면 한없이 늦잠을 자게 될 줄 알았는데, 그것도 아닌 모양이다. 햇빛이 들면 저절로 눈이 뜨이는 것은, 썩 좋은 습관이 아닌 것 같다.

하지만 레아와 달리 발타는 여전히 단잠에 빠져 있었다.

……아, 발타 님은 아침잠이 많다고 하셨던가.

아니, 그냥 잠이 많다고 하셨나?

레아는 이불만 한 겹 두른 채 옆에 누워 있는 사내를 가만히 내려다보았다. 그새 꽤 길게 자란 은빛 머리카락이 이리저리 뻗쳐 있었고, 손으로는 이불을 동그랗게 말아 꼭 감싸 쥐고 있었다.

침대 옆에는 발타가 급하게 벗어 던진 갑옷과 무기, 겉옷, 속옷, 쇼스 나부랭이가 널려 있었다. 신발과 슬리퍼는 대체 어느 구석에 박혀 있는지도 모를 참이었다.

사람들이 돌아다니기 전에 발타 님을 방에서 내보내야 할 텐데, 이걸 대체 어쩌지. 저런 얼굴로 주무시다니, 반칙 아닌가. 대체 어떻게 깨우라고.

"으음."

레아를 찾아 더듬대는 손길이 느껴진다. 그의 품에 몸을 붙이자, 그의 팔과 다리가 레아의 허리와 다리를 포도 넝쿨처럼 휘어 감는다. 아아, 레아. 좋아해요. 너무, 너무 좋아. 여전히 단잠에 빠져 있는 그가 한없이 달콤한 목소리로 중얼거린다.

두 사람이 제대로 된 관계를 가진 것은, 사실 생 루이 별궁에서라기보다 어젯밤이 맞을 것이다. 발타 님은 그때 절규하듯 말했었다. 당신을 보고 싶고, 당신을 만지고 싶다고. 당신의 몸을 남김없이 만져 보고 구석구석 입 맞추고 싶다고 했었다.

그리고 발타 님은 어제 그 한 맺힌 소원을 원 없이 이루었다.

자신의 욕망을 숨기고 짓밟도록, 오랜 세월 너무 강압적으로 교육받아 온 분. 그 욕망이 너무 크고 강렬했기에, 발타 님은 그것을 아예 으스러질 때까지 짓밟아야 했고, 그 처절한 고통까지 삶의 일부로 받아들여야 했다.

그가 괴로움을 필사적으로 내색하지 않기 때문에, 레아는 그의 순결 서약이나 독신 서원에는 당연히 그의 성향이 반영되었을 거라고 추측했다.

하지만 어젯밤의 그는 자신이 본래 원하는 것이 어떠한 것이었는지 똑똑히 보여 주었다. 깊이 숨겨 두었던, 짓눌린 열망의 덩어리를 그는 주춤대며, 하나씩 드러내 보였다. 여전히 죄스러워하며, 정말 이래도 되는지 걱정하며, 하지만 집요하게, 믿을 수 없는 인내심을 가지고, 그는 연인의 몸을 샅샅이 탐색하고, 한껏 탐닉했다.

'아, 레아. 당신은…… 너무 아름답습니다. 상상했던 것보다 훨씬 더…….'

그녀를 숭배하듯 올려다보며, 떨리는 손으로 조심조심 어루만지며, 그가 넋이 나간 목소리로 속삭였다.

레아는 그의 말을 이해할 수 없었다. 오히려 정말 아름다운 것은 발타 님이었다. 달빛 아래에서 하얗게 드러난 그의 몸은, 아름답다거나 조화롭다는 느낌을 넘어, 정신이 아뜩할 정도로 신비로웠다.

인간이 완벽하게 창조되었음을 증명하기 위해 신께서 특별히 빚어 세상에 내놓은 존재 아닐까. 아름다움이 극에 달하면, 경외감을 넘어 초월적인 존재로 느껴진다는 것을 레아는 처음 알았다.

자신은 그저 평범했고, 다른 사람들에게 아름답다는 말도 거의 들어 본 적이 없었다. 오죽하면 그 긴 세월 남장을 하고 살아도 의심조차 받지 않았을까. 레아는 발타가 자신을 안으며 실망할까 걱정스러웠다.

'실망이라뇨, 그게 무슨 말도 안 되는. 당신은 아름다워요. 숨을 쉴 수가 없어…….'

그는 레아의 앞에 엎드려, 손과 발에 입을 맞추었다. 그리고 고개를 들어 황홀하게, 숭배하는 것처럼 오래오래 바라보았다.

'저는, 늘 당신 꿈을 꾸었습니다.'

'어떤 꿈이요?'

'당신을…….'

그의 타는 듯한 갈증에 맞닥뜨린 레아는 자신도 목이 타들어 가는 것 같았다. 자신이 사내들의 꿈속을 헤집고 돌아다닌다는 유혹의 마귀 릴리트가 된 듯한 기분에 사로잡혔다.

레아는 허리를 숙여 그의 손을 잡고 자신의 심장이 뛰는 곳에 대고 지그시 눌렀다. 레……아. 레아! 그의 입에서 다급한 신음이 튀어 올랐다. 레아는 그의 입술에 자신의 입술을 닿을락 말락 대고 속삭였다.

'저를 어떻게 하시는 꿈이요?'

'아, 용서하십시오. 그건 차마 말씀드릴 수가……'

'용서 못 하겠다면요, 발타 님?'

레아가 사르르 눈웃음을 치자, 발타의 입술 사이로, 열기에 바싹 마른 목소리가 흘러나왔다.

'저……는 꿈속에서 아주 더럽고…… 믿을 수 없을 만큼 음탕했습니다. 제가 아닌 것처럼.'

발타는 그런 욕망이 자신의 일부라는 것을 아직 받아들이지 못하고 있었다.

'궁금하네요? 그게 대체…… 어떤 짓일까요?'

그의 목울대가 느릿느릿 아래위로 움직였다. 레아는 그의 손을 가슴에서 배, 하반신으로 살그머니 미끄러뜨리며 웃었다.

'이것 참 난감한 문제가 생겼네요, 발타 님.'

'무슨……?'

'사실은 제가요, 발타 님이 음란해지기를 밤마다 빌었던 범인이랍니다. 그런데 이렇게 확실하게 기도의 응답을 받았으니, 저는 감사의 기도를 드려야 할까요, 참회의 기도를 드려야 할까요?'

발타가 거세게 숨을 몰아쉬며 레아를 올려다본다. 열기로 번들거리는 새파란 눈동자는 활활 불타오르는 얼음처럼 기묘하고 야릇했다. 레아는 그의 이마에 입 맞추며 속삭였다.

'저는 감사의 기도가 맞는 것 같은데……'

'……레아.'

'발타 님은 지금 저와 함께 꿈속에 들어온 거예요. 자, 이제 보여주세요. 꿈속에서 당신이 저한테 어떤 짓을 하셨었는지.'

넋을 놓은 듯한 그의 얼굴로 핏기가 몰려든다. 레아는 허리를 굽혀 그의 귓불을 가만히 깨물며 속삭였다.

'너무너무 알고 싶어요. 당신의 더럽고 음탕한 짓이라는 거.'

레아는 자신의 몸을 내려다보았다.

불을 과하게 질렀어…….

온통 흐드러진 꽃밭이었다. 환기창으로 들어온 빛이 몸을 환하게 비추고 있어서인지 더욱 볼만했다. 레아는 머리를 감싸고 앓는 소리를 냈다.

어젯밤에 정말 미쳤나 보다. 난 대체 무슨 정신머리로 그따위 말을 지껄인 걸까?

그나저나 이 자국이 다 사라지려면 대체 며칠이나 걸릴까.

"……레아?"

잠에 취한 듯 몽롱한 목소리가 들린다. 돌아보니 그가 눈을 반쯤 뜨고 올려다보고 있었다. 불길이 빠져나간, 시리도록 맑고 새파란 바다의 빛깔. 그가 나른하고 다정하게 웃어 보인다.

"꿈만 같습니다. 일어났는데 당신이 옆에 있다니."

"어쩌죠, 발타 님? 이거 꿈인데?"

"이게 꿈이면, 영원히 깨지 않기를."

그가 팔을 뻗어 레아를 끌어당겨 포근하게 끌어안는다. 이마에, 뺨에, 입술에 입맞춤이 빗방울처럼 톡톡톡 내려앉는다.

그는 봄비처럼 부드럽게 레아에게 스며들었다. 레아는 일렁이는 물속에 잠겨 있는 것 같았다. 그의 몸이, 팔과 다리가, 손가락이 포도 넝쿨처럼 레아를 빙그르르 휘돌며 타고 오른다. 그는 레아의 몸 구석구석을 간질이고 더듬고 희롱하는 따뜻한 바닷물 같았다.

그의 젖은 날숨이 달고, 그의 끈적한 목소리가 달고, 그의 달뜬 신음이 달다. 그는 함께 나누는 황홀한 쾌감에 여전히 몸 둘 바 몰라 했다. 그 수줍고도 애처로운 욕구가 레아는 달고, 달고, 달았다.

두 사람의 가쁜 호흡이 허공에서 한참 뒤얽혔다. 그가 레아의 품으로 무너져 내린다. 거친 숨소리 사이로, 그의 고백이 스며들었다.

"레아…… 나의 아름다운 여왕님, 내 영혼의 유일한 폭군이여."

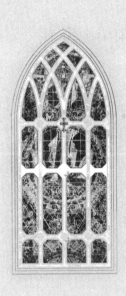

10-2. 뱃멀미

"……거처를 마련해서 편안하게 모신 다음에에? 신부님 모시고 결혼식이라도 한 다음에에? 예이, 예이."

문을 열고 나가니 문밖에서 팔짱을 끼고 서 있던 뱅상이 콧방귀를 뀐다. 하마터면 레아는 기절할 뻔했다.

"네가 왜 여기 서 있어! 이 음침한 자식, 대체 뭔 좋은 소릴 듣겠다고!"

"아오 쓰…… 이게 누굴 변태 취급을 해. 남들 떡 치는 소릴 백날 들어 봐야 내가 뭐가 좋겠어? 나는 숙녀가 홀로 주무시는 방에 불침번도 안 세워 놓고 어디로 튀어 버린 몹쓸 기사님 대신 망 좀 봐 주고 있던 것뿐이야."

아, 맞다. 둘 다 정신이 빠져서 불침번이 아무도 없었다는 걸 잊어버렸다.

"세상에 고약한 기사님이네. 그런데 그 기사님이 네 고용주님이다?"

"서류에는 선주가 네 이름으로 돼 있어. 그 기사님은 서류상으로 론 땡전 하나 없는 무일푼이야. 난 너한테만 잘 보이면 돼."

"너 그게 말이 된다고 생각하냐. 진짜로 갑님한테 잘리고 싶어?"

"원래 갑님은 욕하라고 있는 거야. 그런 재미도 없이 이 풍진 세상 어떻게 사냐? 그리고 이익 배분 협상 어제 끝났고 도장 다 찍었다 이거야. 아무리 발타 님이라도 황금알을 낳는 날 쫓아내겠냐 어쩌겠냐. 언제까지 마상 시합 뻥뻥이 돌면서 돈 벌게 할 건데? 그런 목숨 건 노가다를 몇 살까지 할 수 있을 것 같아?"

생각해 보니, 그도 그렇다. 발타 님이 늙어서까지 마상 시합에서 목숨 걸고 싸우게 할 순 없다.

그, 그러면 나라도 벌면 되지⋯⋯라는 생각을 하기가 무섭게 벵상이 콧등에 주름을 쫙 잡으며 비죽거렸다.

"그리고 너도 말야, 남자가 못 벌면 내가 벌면 된다! 그러고 싶지? 넌 레아 다크레 이름으로는 세공사 장인 노릇 못 해. 결혼하면 팜므 솔로 장인도 못 될 거고. 파리 아시케나지 세공사 레비의 이름으로 물건 팔아먹으려면 내가 있어야 하고. 그러니까 너하고 기사님은 나한테 잘 보여야지. 안 그래?"

이 자식하고 떠들고 있으니 자꾸 뭔가 말려드는 것 같아, 레아는 머리가 지끈거렸다. 발타 님은 말이 너무 적고, 이 자식은 너무 많다. 마침 타이밍 좋게 배 속에서 꼬르르르 소리가 울려 퍼졌다.

벵상이 편한 건, 배에서 이런 소리가 나도, 실수로 방귀를 뀌어도 피차 신경도 쓰지 않는다는 것이었다.

154

그가 몸을 돌리더니 선반에 얹어 둔 쟁반을 내렸다.

"황금 이빨의 벵상 님의 사려 깊고 배려심 넘치는 돌봄을 찬양할지어다. 우린 식사 다 끝났어. 일단 너는 방에서 뭐라도 좀 먹고, 기사님 좀 깨워서 옷이라도 좀 주워 입히라고! 오늘 오후쯤 포츠머트 항에 들어갈 건데, 고결하신 기사님께서 지켜 드려야 할 숙녀의 방에서 홀라당 벗고 퍼질러 주무시는 꼴을 만천하에 보여줄 거야? 뭐, 네가 정 자랑하고 싶다면야 말리지는 않겠는데, 우리야 원래 사회적 명예와 체면이라는 거 별로 없지만 저분은 좀 있으실걸? 좀 많으실걸? 타격이 크실걸? 그리고 여기 선원들이 생긴 건 좀 험하고 입도 좀 험하고 하는 짓도 좀 험해도, 마음은 비단결…… 흠, 같아서, 어쨌든 백은의 기사님에 대한 열렬한 경외심과 존경심은 갖고 있으니까, 그걸 깎아 먹을 짓은 안 하는 게 좋고, 기왕 그런 짓을 했으면 안 들키는 게 좋겠지? 그치 아우님?"

발타 님 옷 좀 입히고 밥이나 먹이라는 말을 더럽게 시끄럽게 한다.

그가 아침잠이 많다는 것은 사실이었다. 그는 실오라기 하나 걸치지 않은 몸에, 이불 한 장만 돌돌 감고, 행복에 겨운 얼굴로 계속 잠을 잤다. 중간중간 나직하게 끙끙대는 소리까지 아주 완벽했다.

레아는 쟁반을 든 채 홀린 듯이 그의 얼굴을 바라보았다. 세상에, 저런 모습을 보면서 어떻게 깨워. 배에 불이라도 나기 전에는 못 깨우겠다. 여기가 악덕 고용주가 눈을 부라리고 있는 시테 궁도 아니고 말이다.

주무세요, 발타 님! 낮이든 밤이든 꼴리는 대로 주무세요! 저는 발타 님 구경이나 하면서 밥이나 먹을 테니까!

레아는 침대 옆에 앉아 혼자 점심을 먹었다. 벵상이 갖다 준 것은 악명 높은 선원들의 먹거리가 아닌, 갓 구운 듯한 말랑말랑한 빵과 고기와 향신채가 들어 있는 짭짤한 스튜와 마른 과일, 초절임, 그리고 포도주였다.

벵상은 레아와 마찬가지로 '소시민적 쾌락주의자'였다. 그러니까 살면서 지갑이 허락하는 한, 누릴 수 있는 즐거움은 최대한 다 누리자 주의였기 때문에 먹는 것에도 꽤 신경을 쓰는 편이었다. 그리고 르아브르 항과 포츠머트 항은 말랑한 빵이 돌덩이가 되기 전에 도착할 만한 거리이기도 했다.

어젯밤의 과로가 너무 심했는지, 하나같이 맛있어서 눈물이 날 지경이었다. 생각해 보니 쫓기는 동안은 밥도 제대로 못 챙겨 먹었다. 먹어도 먹어도 허기가 졌다.

레아는 자신의 몫을 모조리 먹어 치우고도, 발타의 몫을 힐끔거렸다. 배가 고파서 미칠 지경이라, 빵 끝을 조금 떼어 먹고, 스튜에 적셔 조금 더 떼어 먹고, 결국 한숨을 쉬며 빵을 통째로 집어 들었다.

다 먹고 식당에서 다시 갖다 드려야겠다.

레아는 그릇에 묻은 스튜 국물을 빵으로 싹싹 긁어 가며, 손가락까지 빨아 가며 열심히 먹었다. 와인이 어느 동네 것인지는 모르겠는데 무척 잘 익었다. 그것마저 발타 몫까지 홀랑 마셔 버렸다.

그리고 더 믿을 수 없는 것은, 옆에서 이렇게 걸신들린 것처럼 먹고 있는데, 발타 님은 잘도 주무신다는 거였다. 숲에서 망을 보실 때는 풀잎 바스락대는 소리에도 예민하게 반응하더니, 지금은 살아 있는 무방비 인간 그 자체였다.

배를 두드리며 식사를 마친 레아는 쟁반을 들고 살금살금 복도로 나섰다. 어디에 뭐가 있는지 선상 탐험부터 한 후에 식당에서 먹을 것을 챙겨서 감쪽같이 갖다 두면 완전범죄 성공이다. 레아는 쟁반을 들고 흥얼대며 사슴처럼 복도를 뛰었다.

"앗! 고, 고귀한 숙녀께서는 이런 곳에 함부로 오시면 안 됩니다!"

평소대로 웃통을 벗고 쌍소리를 하며 돌아다니던 선원들은 드레스를 입은 배의 주인을 보자 천장까지 펄쩍 뛰었다. 고귀? 내가? 몇 달 전까지만 해도 사람 취급 못 받는 이교도였는데 이런 말도 다 들어 보네. 잘했다, 벵상. 역시 돈이 좋긴 좋구나.

레아는 선원들의 식당을 찾아 배의 아래층 위층을 이리저리 헤매며 돌아다녔다. 아래층으로 내려갈수록 습하고 퀴퀴한 냄새가 났고, 파도에 배가 흔들릴 때마다 속이 울렁거렸다. 슬슬 취기가 올라오는 것 같았다.

천신만고 끝에 식량을 쌓아 둔 창고를 찾아 몇 가지 음식을 챙겨 들어가니, 발타는 어느새 사슬 갑옷까지 챙겨 입고 침대에 앉아 있었다.

그의 옆에는 왕이 돌려준 향나무 궤짝이 얹혀 있었다. 그가 고개를 돌려 희미하게 웃는다.

"식사라도 하고 오셨습니까. 많이 시장하셨죠."

"네. 발타 님 시장하실까 봐 몇 가지 챙겨 왔어요."

그가 빙그레 웃으며 대답했다.

157

"정말 고맙습니다. 제가 당신을 챙겨 드려야 하는데, 대낮까지 누워서 자다가 침대에서 식사를 받다니, 면목이 없습니다."

발타는 쟁반을 받아 탁자에 놓은 후 레아의 뺨에 입을 맞춰 주었다. 그의 얼굴로 은은하게 홍조가 번지고 있었다.

"……이런 호사를 바란 건 정말 아닌데, 너무 행복합니다."

갑자기 밀려오는 양심의 가책에 레아는 우물쭈물했다. 죄송해요, 발타 님. 실은 제가 당신 밥까지 다 먹어 치워서 어쩔 수 없이 챙겨 온 거예요.

하지만 지금 와서 진실을 고백할 수도 없었다. 양심의 가책을 덜자고 이분의 감동을 퇴색하게 할 순 없잖은가. 레아는 얌전하게 웃어 보였다.

발타가 식사를 하는 동안, 레아는 침대에 놓인 향나무 상자를 살펴보았다. 왕에게 뺏겼을 때와 별반 차이가 없었다.

레아는 발타가 한참 들여다보고 있던 물건을 꺼냈다.

500리브르 증서를 제외하면 이 향나무 상자에서 가장 귀하고 비싼 물건인 사파이어 왕관이었다. 레아가 만들어서 왕에게 판매한 장신구 중 가장 고가의 물건이기도 했다.

……언짢으신가.

레아는 발타의 표정이 마음에 걸렸다. 자신은 그저 이것을 돈으로만 생각해서 따로따로 분해해 작은 물건을 만들어 팔아먹을 생각만 하고 있었다. 어디 가서 일을 다시 시작하려면 밑천이 있어야 하기 때문이었다.

하지만 발타가 언짢아하는 것도 이해가 되었다. 자그마치 예언과 관계된 물건이고, 왕이 어떤 의도로 이것을 돌려주었는지 알기 때문이었다. 왕이 리옹에서 이것을 처음 주었을 때는 그래도 마음의 빚을 갚고 싶어서 준 것이지만, 두 번째 돌려줄 때는 분명 '선택받은 여자'에게 '구혼 선물'의 의미로 준 것이었다.

스스로를 잘 아는 레아는 자신이 특별한 여자라는 예언을 여전히, 도무지 믿을 수가 없었지만, 왕의 신념은 또 별개의 문제였다.

내가 발타 님이라면 이따위 것, 꼴도 보기 싫겠지.

레아는 왕관을 들고 조심스럽게 물었다.

"……바다에 던져 버릴까요?"

발타가 움직임을 멈춘다. 그는 눈을 크게 뜨고 레아의 손에 들린 왕관과 레아의 얼굴을 응시했다.

"왜…… 그런 말씀을 하시는 겁니까?"

"발타 님 언짢으셨던 거 아니에요? 폐하께서 청혼 선물로 주셨던 거라서? 그, 꿈에서 나오는? 마리아 님인지 라파엘 대천사님인지가 보여 준 환상에 나오는 내용대로의 선물이라서요?"

"……그럴 리가요. 아닙니다. 바다에 던지다뇨, 절대 그러지 마십시오."

레아는 그의 눈을 말끄러미 들여다보았다. 다정하게 미소 짓고 있는 그의 얼굴에서 복합적인 감정이 희미하게 느껴졌다.

"잘 어울리실 것 같다는 생각을 해 봤습니다. 왕관을 쓰신 것을 뵌 적이 없어서 한번 상상을 해 봤어요. 아름다우셨을 겁니다."

레아는 눈을 깜박였다. 그의 말에 끌려서 저도 모르게 왕관을 머리에 써 볼 뻔했다. 그리고 '예뻐요?'라고 물어볼 뻔했다.

그는 지금 고귀하고 높은 왕비의 자리를 내치고 온 레아를 보며, 마냥 기뻐하지는 못하는 것이다. 두 사람 사이에는 고맙다 미안하다라는 말이 오가기에는 너무 많은 것이 얽혀 있지만, 발타는 자신이 얻은 행복만큼, 레아가 좋은 것을 포기했다고 생각하는 것 같았다.

그리고 발타 역시 형제나 아버지보다 깊이 믿었던 왕을 잃었다. 사랑하는 여인이 만들고, 인생을 걸고 섬겼던 왕이 썼던 왕관을 보고 있으면, 당연히 속이 복잡할 만했다.

레아는 조그맣게 중얼거렸다.

"저는, 그런 의미로 받은 선물을 갖고 싶지는 않아요. 임무 수행에 대한 대가로 돌려받은 거라고만 생각했었는데, 제 생각이 짧았어요. 마음 아프게 해 드려서 미안해요."

발타는 한참 후, 자신의 마음을 인정했다.

"……제가 마음이 좁아서 죄송합니다. 그렇게 생각하면 안 된다고 마음을 다잡아도, 목구멍에 걸린 가시처럼 계속 어딘가가 따가웠습니다. 당신이 정성껏 만드신 것이고, 당신이 정당하게 돌려받으신 것이니 신경 쓰지 마십시오. 당신을 원망하는 것도 아니고, 폐하를 원망하는 것도 아닙니다."

그나마 그가 자신의 마음을 억누르지 않고 솔직하게 털어놓는 것이 다행스러웠다. 레아는 한숨을 쉬며 말했다.

"그러면 포츠머트에 내려서, 바로 조각내서 금하고 보석을 따로 팔거나, 벵상한테 부탁해서 대영주님이나 앙글레테르 왕실 쪽에 팔아 보라고 할게요."

"아니에요, 아닙니다. 제가 괜한 말씀을 드렸습니다. 이건 당신이 심혈을 기울여 만드신 물건입니다. 조각내서 팔다뇨. 절대 그러지 마세요. 너무 아깝습니다."

그럼 어떻게 하는 게 좋을까? 레아는 관을 두 손에 든 채 눈을 깜박이다가 팔을 앞으로 쭉 내밀었다. 그의 머리 위에 자신이 만든 관이 얌전히 얹혔다. 자신이 상상했던 것보다 훨씬 아름다워,

레아는 저도 모르게 활짝 웃었다.

"정말 잘 어울리세요, 발타 님."

발타는 너무나 당황해서 입을 벌린 채 말을 잇지 못했다. 레아는 그의 손을 잡아끌고 입을 맞추며 말했다.

"저는 당신의 여왕이 될 테니, 당신은 나의 왕이 되어 주세요, 발타 님."

발타의 눈동자가 바닷물에 아득히 잠겼다. 발타는 레아를 안고 입을 맞추었다. 그래서 레아는 그의 얼굴을 제대로 볼 수 없었다.

발타 님은 왕관을 벗어 들고 소중하게 가슴에 안았다. 긴 속눈썹에 물방울이 맺혀 있었다. 정말 기사답지 못한 나의 기사님. 레아는 그것을 다시 두 손으로 들어 대관식이라도 하듯, 그의 머리에 엄숙하게 얹어 주었다.

"……예언은 이렇게 허망하게 결말이 난 거네요. 소녀는 세 명의 구혼자를 만나긴 한 것 같은데……."

"예. 그렇군요."

"왕자가 선물한 왕관은 훨씬 잘 어울리는 아름다운 분에게 보내 버렸고,"

"……."

"상인은 황금 선물 따위 주지 않고 황금 이빨로 때울 생각만 하다가 다른 여자에게 가 버렸고."

"가 버렸습니까?"

"저 자식, 선장 따님하고 사고 친 게 틀림없어요. 결혼 안 하면 선장 영감님이 모가지 따 버릴 것 같던데요."

레아의 심드렁한 말에 발타가 웃음을 터뜨렸다. 그러다가 그가 문득 웃음을 멈추고 씁쓸하게 말했다.

"······기사······도, 소녀에게 검을 드린 적이 없습니다. 받기만 했는데."

"왜요. 발타 님께 신종 서약할 때 저한테 검 주셨잖아요."

레아는 호신용으로 늘 몸에 붙이고 다니는 단검을 꺼내 들었다. 그나마 신종 서약할 때 단검이나마 받은 것이 다행이었다. 발타의 당황한 목소리가 바로 튀어나왔다.

"아, 그, 그딴 걸······ 대, 대체 누가 검이라고·······."

"왜 이러세요. 단검 무시하세요? 단검도 검이에요. 검!"

발타는 뭔가 반박하려는 듯 입술을 달싹거리다가, 이내 입을 다물었다. 잠시 후 그의 얼굴에 안도의 빛이 퍼졌고, 뒤이어 안도한 것을 부끄러워하는 듯한 홍조가 퍼졌다.

저렇게 수줍음이 많은 분이, 정말 어떻게 그렇게 억세고 험한 기사로 살아오셨던 걸까. 레아는 발타를 볼 때마다 자꾸 보호해 주고 싶다는 느낌이 들었다.

세상에, 마상 시합의 일인자 기사님에게 보호본능이라니. 남들이 알면 사방천지 비웃음이나 당할 일이지만, 그래도 이런 모습을 볼 때마다 따뜻하게 안아 주고 싶고, 꽁꽁 보살펴 주고만 싶었다.

"그럼, 동화 속의 소녀는 기사님의 선물만 받은 게 되는 거예요. 그렇죠?"

"아, 예······."

"그리고 놀랍게도 아무런 일도 일어나지 않았네요. 성 십자가는 더 이상 치유의 이적을 일으키지 못할 거고, 저희는 더 이상 쫓기지 않을 거고, 폐하께서는 소원대로 성 십자가 유물을 얻게 되셨죠.”

“예.”

“세상이 뒤집히거나 종말이 오지도 않았고, 저희는 조용히 숨어서 잘 먹고 잘 살 일만 남았죠. 제가 바란 완벽한 해피 엔딩이에요.”

이교도 출신의 엉터리 개종자 레아 다크레는 예언을 믿지 않았고, 그래서 이따위 뜬구름 잡는 이야기 따위는 얼마든지 왜곡하고 엉터리로 해석해 줄 수 있었다. 발타 님을 위해서라면. 이분이 행복해질 수만 있으면 얼마든지.

“정말 그렇군요, 레아.”

“네. 일어난 일이라곤 저희가 안심하고 사랑할 수 있게 된 것뿐이고요.”

“저는, 기적은 그것으로 충분한 것 같습니다.”

“인간이 만들어 낸 것은 기적이라고 하지 않지요, 발타 님.”

“그럼…… 뭐라고 할까요, 저희 사랑은.”

음. 글쎄. 기적이 아니면 뭘까.

레아의 아름답고도 유일한 왕은 왕관을 쓰고, 두 손을 모은 채 조용히 대답을 기다렸다. 그의 아름답고도 유일한 여왕은 고개를 들고 환히 웃으며 입을 열었다.

“그럼, 우리가 만든 운명이라고 해 둘까요, 우리 사랑은.”

† † †

포츠머트 항이 가까워지고 있다는 고함이 들린다. 창밖으로 안개가 자욱하더니, 이내 소나기가 쏟아지기 시작했다.

발타는 식사를 거의 하지 못했다. 가슴이 벅차서 입에 아무것도 안 들어간다고 했다. 반대로 감격의 입맛이 솟아오른 레아는 남은 것을 먹어도 되느냐 물었고, 발타는 깜짝 놀라며 먹던 것을 내려놓았다.

그리고 과식이 빚은 후폭풍은 그리 아름답지 못했다. 항구에 도착하기 전에 파도를 만난 레아 호는, 이 거대한 배에 아직 익숙하지 못한 선원들이 갈팡질팡하는 덕에 계속 기우뚱대며 흔들렸다.

레아는 입을 막고 밖으로 튀어 나갔다. 항구를 코앞에 두고 뱃멀미가 시작되었다.

어떡해, 이런 꼴은 발타 님께 죽어도 보여 주고 싶지 않았는데.

그녀는 소나기를 쫄딱 맞으며 갑판 난간에 매달려 계속 토했다. 한번 멀미가 시작되자 바닥이 조금 기우뚱하기만 해도 속이 뒤집혔다. 온몸이 바다에 풍덩 빠진 것처럼 젖었지만, 신경 쓸 겨를조차 없었다.

발타는 뒤에 서서 안절부절못했다. 뱃멀미를 심하게 하시는군요. 눈 감고 누워 계시겠습니까? 많이 젖었는데 마른 옷으로 갈아입으시고 제 망토라도 두르고 있으시겠습니까. 뜨거운 물이라도 갖다 드릴까요.

레아는 결국 배가 항구에 들어서서 짐들을 모두 내릴 때까지 침대에 늘어져 있어야 했다. 대체 뭘 잘못 드셨느냐, 피가 마르게 걱정하던 발타는 벵상과 선원들을 쥐 잡듯 잡기 시작했고, 결국 레아가 점심때 한꺼번에 3인분을 먹어 치운 사실이 밝혀지고 말았다.

벵상은 발타 앞이라서 필사적으로 입을 틀어막고 있었고, 발타는 그럴 리가 없다는 듯한 표정으로 끝도 없이 물었다. 혹시 어디 아픈 것 아니냐, 먼저 가셨던 하루 이틀 동안 아무것도 못 드셨느냐, 멀미 때문에 계속 토해서 속이 빈 것이냐…….

죽고 싶다, 죽고 싶다, 죽고 싶다.

레아는 이불을 뒤집어썼다. 공명정대하신 하느님께서는 남장을 하며 창조 질서를 교란한 여자가, 우아하고 아름답다는 이야기를 듣는 꼴을 못 보시는 분이 틀림없었다.

레아는 퀭한 몰골로 발타의 부축을 받으며 비틀비틀 배에서 내렸다. 혼자서 3인분을 먹어 치운 숙녀로 순식간에 낙인이 찍힌 레아는 최대한 발타와 멀찍이 떨어져 혼자만의 시간을 갖고 싶었지만, 일단 어지러워서 혼자 걸을 수가 없었다.

문제는 배에서 내려서 가장 가까운 여인숙에 들어가 침대에 누웠는데도 울렁증이 가라앉지 않는다는 것이었다. 먹으면 토하고, 하지만 배는 미친 듯이 고프고, 그래서 또 먹으면 또 토했다. 그리고 침대에 누워 있는데도 거센 파도에 휘둘리는 것처럼 온 세상이 빙빙 돌았다.

노선장과 선원들은 선주가 어떻게 될까 봐 노심초사했다. 그들은 배를 지키는 천사와 배를 흔드는 마귀가 있다고 믿었고, 뱃멀미를 일으키는 마귀도 따로 있다고 믿었다. 그리고 그 빌어먹을 마귀 새끼가 하필이면 가장 만만해 보이는 선주에게 달라붙었다고 믿었다.

그래서 선원들은 레아의 방문 앞을 지나갈 때마다 열심히 성호를 긋고 귀한 소금을 뿌려 대며 빨리 떨어져 나가기를 빌었다. 이제 막 두 번째 항해를 성공적으로 마쳤는데, 선주에게 배를 흔드는 마귀 새끼 따위가 달라붙어 있다는 소문이 나면 큰일이었다. 뱃멀미 마귀가 자신에게 옮겨붙을까 봐 노심초사하는 선원들은 레아의 방 근처에는 얼씬도 하지 않았다. 뱃사람들에게는 이상한 미신이 많았다.

벵상과 일행은 벌써 짐을 챙겨 들고 마차를 대절해 롱드르로 영업을 떠났는데, 같이 거주지를 알아보러 돌아다녀야 할 레아는 여인숙에서 한 걸음도 움직이지 못했다. 레아가 널브러져 있으니, 발타 역시 꼼짝도 할 수 없었다.

그리고 그것이 뱃멀미가 아닐 수도 있다는 것을 알게 된 것은, 3인분씩 먹고 토하기를 대엿새나 더 반복한 후였다.

깨달음은 아무런 예고도 없이, 번개처럼 찾아왔다.

"자, 잠깐, 지금 달거리가 일주일이나 감감무소식이잖아……?"

갑자기 눈앞이 깜깜해졌다. 그래, 뱃멀미에 힘들고 그동안 지쳐서 밀린 거겠지, 라고 아무리 생각해 보아도 불길하기만 했다. 레아는 식은땀을 줄줄 흘리며 날짜를 계산해 보려 애썼다.

자, 침착해. 레아. 정신 똑바로 차리고, 잘 생각해 보는 거야.

그러니까, 같이 잤던 게 언제 적 일이지?

올해 부활절 신년맞이 직전, 제기랄, 벌써 그게 작년 일이 되어 버렸네. 벌써 4주일이 다 되어 가는 건가?

그, 그러면 이게 정말, 입덧일 수도 있는 걸까? 원래 입덧을 이렇게 빨리 시작하는 건가?

제기랄, 그걸 내가 어떻게 알아.

그저 생각나는 건, 라셸르를 가졌던 엄마가 종일 황소처럼 무시무시하게 먹고, 뱃멀미를 하는 것처럼 어지럽다고 종일 이리

비틀 저리 비틀 하고, 종일 어딘가에서 무언가를 토하던 장면뿐이었다.

문득, 딸은 엄마를 닮는다는 불길한 말이 떠올랐다.

오 마이 갓. 그럼 그 장면이 나에게 예비된 미래인가?

레아는 이불을 뒤집어쓴 채 안절부절못했다. 이것은 전혀 예상에 없던 일이다.

그러고 보니 이상하다. 나는 왜 이것을 예상하지 못했을까? 남자와 여자가 함께 거사를 치르면, 언젠가 아기가 생기는 것이 당연한 일이 아닌가?

물론 레아는 발타의 아기를 갖는 것을 간절히 바라긴 했다. 옛날 옛날 올랑드라는 마을에 독신과 순결의 맹세를 하신 아름다운 기사님이 살고 계셨는데, 어느 날 갑자기 내 아이를 낳아 줘……아니, 당신의 아이를 낳게 해 줘, 라고 유혹하던 얼빠진 여자가 나타났다.

결혼하지 못하더라도, 그의 아기만이라도 낳아서 기르고 싶었다고? 제기랄. 대체 아빠도 없는 아이를 데리고 어떻게 먹고살 생각이었지? 그 여자의 대가리를 망치로 깨서 한번 들여다보고 싶다.

하지만 발타는 확실히 임신을 신경 쓰고 있기는 했다. 얼른 정착할 곳을 찾아 결혼식을 하고, 집이라도 구한 다음에 편안히 모시고(?) 싶다고 했고, 유혹에 딱 두 번 넘어가긴 했지만, 용케 잘 참고 있었다. 다른 나라에 살러 왔으면 거취를 정하는 것이 가장 급했기 때문이었다.

아무리 돈이 많아도, 소속 지역이 없으면 떠돌이에 불과하다. 여인숙을 전전하며, 혹은 배 위에서 아기를 낳아 기를 수는 없지 않은가.

발타 님의 반응이 제일 걱정이 되었다.

"……무, 뭐라고 하셨습니까, 마드무아젤?"

촤아아. 그의 손에 들린 나무 대야가 바닥에 떨어지며 마룻바닥이 물바다가 되어 버렸다. 몸을 씻을 따뜻한 물과 수건을 챙겨 들어오던 발타는 그것들을 모조리 놓친 채 입만 벌리고 있다.

레아는 고개를 폭 수그리고 아주 작은 소리로 되풀이했다.

"그, 그러니까. 제가 그날 3인분이나 먹고 토했던 건 시, 식탐도 아니고, 뱃멀미도 아니었다고요. 제가 원래 그렇게 많이 먹지는 않거든요……. 진짜예요. 아무래도……."

말을 하면서도 괜히 풀이 죽었다. 대체 나는 왜 이렇게 궁상스럽게 변명을 하고 있는 거지?

자, 레아 이 바보야. 당당하게 고개를 들고 말해! 내가 당신의 아이를 가졌다! 나의 미친 입맛은 그 때문이다!

하지만 입이 떨어지지 않았다. 아직 결혼식을 올리지 못한 상태이다 보니, 뭔가 큰 실수를 저지른 것만 같았다. 사람들이 알게 되면 뒤에서 침을 뱉고 손가락질을 하겠지.

솔직히 발타 님 입장에선 짜증이 날 수도 있겠다. 나도 내가 이렇게 멍청하게 느껴지는데.

"……확실합니까, 레아? 대, 대체 어, 언제……."

그가 더듬대는 목소리로 물었다.

언제냐고 물으면 무슨 소용이지? 되돌아가서 무를 수 있는 것도 아닌데. 어깨가 축 처지면서 맥이 빠졌다.

언제 생겼는지야, 조금만 생각하면 뻔하지 않나? 우리가 같이 밤을 보낸 건 딱 이틀이었는데, 벌써 입덧을 시작한 걸 보면, 첫 번째 같이 밤을 보냈을 때 생긴 거지. 생 루이 궁에서, 정말 둘 다 죽음을 각오하고 저질렀던 그날.

물론 방심했다기보다, 멍청했다기보다, 둘 다 별로 살고 싶은 생각이 없어서 생긴 사태이긴 했다. 살다 보면, 내일 따위는 없을 것 같은 날, 무덤 속에 파묻힌 듯한 순간이 있지 않은가.

발타와 레아에게는 그때 파스카의 밤이 그랬다.

그리고 우습게도, 그날 그 어두운 무덤 속에서 새로운 생명이 생겼다.

"……."

발타는 눈을 크게 뜬 채 레아를 한참 내려다보기만 했다. 레아는 눈시울이 욱신대는 것을 억지로 참았다.

그가 좀 더 다르게 반응해 주리라고 기대했다. 자신의 아기를 원하지 않는 걸까. 결혼을 바로 한다더니, 빈말이었나. 계획에 없던 일이 마음에 안 드는 걸까. 발타의 반응이 예상 밖이라 레아는 무릎을 두 팔로 감싸 안고 턱을 무릎에 댔다. 눈물이 울컥 넘치려는 것을, 레아는 눈을 부릅뜨고 막았다.

"……믿어지지 않습니다."

말이 떨어지기가 무섭게, 레아는 그의 품으로 확 끌려 들어갔다. 입속으로 그가 거칠게 밀려들어 왔다. 그가 끌어안은 어깨가, 가슴이 짓뭉개지는 것처럼 아팠다.

아파, 아파요, 아파 발타 님.

입술이 짓눌린 상태로 외쳤지만, 발타 님은 듣지 못한 것 같았다. 그는 완전히 정신이 나간 것 같았다. 으윽. 흑. 그의 목에서 이상한 소리가 흘러나왔다.

"저와 당신의 아이라니……. 저는, 감히, 상상도……."

그는 자리에서 무릎을 접고 레아의 두 다리를 감싸 안았다. 레아의 다리를 가리고 있는 하얀 잠옷에 커다란 물 얼룩이 번졌다. 레아는 겁먹은 목소리로 물었다.

"……발타 님. 기쁘세요?"

"어떻게 기쁘지 않을 수 있습니까! 가슴이 터질 것 같아서 숨도 못 쉬겠는데……."

그가 기가 막힌다는 듯 큰 소리로 외치며 레아의 발에 입을 맞추었다. 그는 무슨 말을 해야 할지 모르는 듯한 얼굴로, 입술을 떨며 주섬주섬 말했다.

"꿈만 같습니다. 어, 어떻게, 무슨 말을 해야 할지……. 당신과 함께 우리 아이를 기르며 살아가는 날이 정말 올 거라니, 믿기지 않아서……."

그의 목소리가 다시 물에 잠긴다. 그도 기뻐한다는 것을 알게 되니, 참았던 눈물이 쏟아지기 시작했다. 레아는 안심하고 소리 내어 울었다.

발타 님을 닮은 아들, 발타 님을 닮은 딸. 우리 두 사람의 아이들. 당신과 함께 단단히 엮여서 매일매일 이어지는 삶.

아아, 지금까지 구질구질하게 버텨서 살아남기를, 참말로 잘했다.

† † †

그날 이후, 발타는 정신이 반쯤 빠져 버렸다. 창밖을 멍하니 바라보다가 갑자기 입을 틀어막고 웃고, 그러다가 들키면 화들짝 놀라 방 밖으로 튀어 나가기도 했다.

밤에 자다가도 갑자기 웃음을 터뜨리며 레아를 꽉 껴안고 입을 맞추기도 했고, 깜깜한 어둠 속에서 울 것 같은 표정으로 하염없이 레아를 바라보기도 했다. 그러다가 잠이 깬 레아에게 들키면 허둥지둥 돌아눕기 일쑤였다.

레아가 아기 옷을 한두 벌씩 만들어 향나무 상자 안에 넣어 두면, 그것을 몰래 열어 보고는, 옷을 펼쳐 앞뒤로 돌려 보고 뺨에 대 보고 가끔 입도 맞춘다. 그때마다 우는 것도 아니고 웃는 것도 아닌 괴상한 표정을 짓곤 했다. 그러다가 레아와 눈이 마주치기라도 하면 얼굴이 시뻘게지며 죽고 싶은 표정을 지었다.

결국 견디다 못한 발타가 긴 한숨과 함께 이상 증세를 실토하기 시작했다.

"당신 안에서 제 아이가 자라고 있다고 생각을 하면, 가슴이 터질 것 같습니다."

"주무시는 모습만 봐도 감정이 파도처럼 오르내리고, 눈시울이 시큰해질 때가 있습니다. 티를 안 내려고 노력하고 있습니다."

사랑하는 여자가 자신의 아이를 품고 있다는 것은, 남자들에게도 극단의 감정을 불러일으키는 걸까. 하지만 유럽 최고의 기사에게 이런 반응을 예상했던 건 아니라, 레아는 조금 당황스러웠다.

"어, 여기…… 이름을 새겨 두셨군요."

오늘 아침, 향나무 상자를 열어 본 발타 님은 뚜껑 안쪽에 새로 덧댄 가로대를 발견하고 놀란 목소리로 말했다.

171

LÉA D'ACRE   BALTHASAR DE HAULANDE

가로대의 양쪽에는 두 개의 이름이 멋진 장식체로 조각되어 있었다. 레아가 어제 공들여 다듬고 조각한 것으로, 그 아래쪽에는 단장의 홀에 새겨져 있던 구절도 같이 새겨 넣었다.

VIRGA TVA ET BACVLVS TVVS DVCVNT NOS.
당신의 막대기와 지팡이가 우리를 인도하시나이다.

결코 함께할 수 없을 것 같던 우리가 운명적인 힘에 이끌려 기어이 하나가 된 것처럼, 이 두 개의 이름도 결국엔 이렇게 나란히 새겨질 수 있게 되었다. 생 루이 별궁에서 이야기를 나눌 때만 해도, 이런 날이 정말 올 거라고 상상도 하지 못했는데. 새삼스럽게 가슴이 벅찼다.

손끝으로 글자를 천천히 만져 보던 발타가 고개를 들며 희미하게 웃는다.

"……이렇게 저희 이름을 나란히 적어 놔도 괜찮은 날이 정말 오는군요."

발타 님은 다시 목멘 소리를 하며 잠시 눈을 감고 성호를 긋는다. 속에서 또 뭔가 북받치시나 보다.

레아는 임산부보다 감정의 기복이 심해진 이 사나이를 대체 어떻게 해야 할지 알 수 없었다. 레아는 부러 입을 비죽이며 그의 감동에 찬물을 끼얹으려 노력했다.

"저희 이름은 이렇게 뚝 떨어져 있는데 무슨 말씀이세요. 보세요!"

"그러고 보니, 이름을 왜 이렇게 뚝 떼어 두신 겁니까. 바짝 붙여 놓으실 수도 있었을 텐데요."

"아기 이름 새길 곳은 남겨 두어야 하잖아요."

"아기 이름……을 말입니까? 저희 아기 이름……이요?"

아니, 왜 그렇게 이상한 얼굴로 물어보세요? 아니, 저희 아기 이름이지, 그럼 옆집 강아지 이름이겠어요? 설마 우리 불쌍한 아기에게 이름도 안 지어 주실 생각이셨나요? 레아는 저 똑똑하다는 분이 점점 바보가 되어 가고 있는 것 같아 걱정이 되었다.

"네. 아들을 낳으면 이름을 발타사르라고 하고 싶어요. 아들은 아빠 이름을 물려받아야 하니까요. 딸 이름은 발타 님이 제일 예쁜 이름으로 좀 생각해 보세요."

"제, 제 이름을 물려받을 아들이요……?"

발타의 얼굴이 더욱 멍청해진다. 이젠 눈가도 불그레해지기 시작했다. 아, 제기랄. 이게 아닌데. 레아의 간절한 바람과 달리 사태는 점점 악화 일로를 치닫고 있었다.

발타는 입술을 찌그러뜨린 채 두 사람의 이름이 새겨진 가로대와 레아의 얼굴을 번갈아 바라보았다. 레아는 속으로 간절히 빌었다. 제발 울지만 마세요. 눈물 흘리는 남자 멋지다고 생각했던 거 잘못했어요. 다시는 안 그럴게요. 일주일간 빵과 물만 먹으면서 참회할 테니까 제발.

폐하께서는 우는 여자에 대한 대처법을 몰라 왕비마마께 과외를 받았다는데, 그럼 우는 남자 대처법은 대체 누구에게 가서 배워야 한단 말인가.

레아의 간절한 기도가 가납되었는지, 발타는 고개를 숙이고 눈물을 떨구는 대신, 고개를 들고 레아를 향해 부드럽게 웃어 보인다.

"레아."

그는 레아를 향해 팔을 벌렸고, 레아가 멈칫멈칫 그에게 다가가 몸을 기대자, 그의 손이 어깨와 허리를 부드럽게 감싸 안는다.

그는 레아에게 입술을 맞댄 채 속삭였다.

"저는 당신의 이름보다 아름다운 이름은 알지 못해요."

그의 따뜻한 웃음소리가 레아의 몸속으로 봄비처럼 흡수되는 것 같았다.

"딸 낳으면, 레아라고 해요."

† † †

향료가 가득 실린 짐수레들을 끌고 출발한 벵상은 열흘 만에 수레를 싹 비우고 돌아왔고, 라셸르와 고드프리 선장의 딸 외제니도 비슷한 시기에 포츠머트로 입항했다.

선원들은 여인숙 아래층을 모조리 빌려 종일 술을 퍼마셨다. 돈깨나 틀어쥔 상행단이 왔다는 소문에, 매춘부들과 양아치 장사꾼들과 거지 떼와 엉터리 탁발 수도사들이 종일 주변에서 얼쩡대며 소란을 피웠다.

라셸르와 레아의 감격적인 해후는 얼마 가지 않았다. 긴급 사태를 알게 된 라셸르는 결혼도 하기 전에 언니를 임신시킨 기사님을 무섭게 노려보았고, 벵상은 머리를 짚은 채 고개를 절레절레 흔들었다.

"라셸르, 아니야. 내가 유혹한 거야. 내가! 내가! 내가 먼저!"

레아가 아무리 외쳐 봐도 발타의 명예 회복에는 큰 도움이 되

174

지 않았다. 그는 최근 기사의 명예 따위는 쓰레기통에 처박은 듯하여, 회복할 명예가 남아 있는지조차 알 수 없긴 했다.

하지만 눈물의 상봉도 비난의 눈 흘김도 돈 앞에선 오래가지는 못했다. 네 사람은 바로 돈 세는 일에 매달려야 했다. 벵상의 황금 이빨이 앙글레테르에서 대체 무슨 활극을 벌였는지, 향료 무게만큼 은을 쓸어 담아 왔다.

그들은 며칠 동안 머리를 맞댄 채 금과 은의 무게를 달고, 동전을 세고, 비용을 빼고, 비율대로 수익 배분을 해야 했다.

레아와 라셀르, 벵상은 이렇게 많은 단위의 돈을 계산해 본 적이 없어서 로마 숫자가 빼곡한 장부와 커다란 밀랍판과 첨필을 들고 패닉에 빠졌다.

보다 못한 전직 회계실 말뚝 직원이 나섰다. 다만 발타는 계산이 무척 빨랐지만, 계산 방법이 기사단의 기밀 사항이었기 때문에, 칸막이를 치고 혼자 일을 해야 했다.

그래도 그 덕에 딱 이틀 만에 융자금 상환 처리와 선원들에 대한 수익 배분까지 모두 끝났다. 순수익의 2할을 배당받은 벵상이 하늘을 우러러보며 감격에 찬 목소리로 말했다.

"향료와 염료 장사가 최고야. 세공품보다 그게 나은 것 같아."

발타 역시 꽤 얼떨떨한 눈치였다. 마상 시합에서 1년 동안 벌었던 돈보다 많은 돈을, 한 번의 상행으로 단번에 손에 쥐게 된 것이다. 말이야 바른 말이지, 마상 시합이라는 게, 목숨을 건 고급 막노동 아니었던가.

"그러고 보니, 이게 덜 위험하고 수입이 더 좋지 않은가. 사실 마상 시합은 목숨과 전 재산이 걸린 도박판과 다름없거든."

발타는 진지하게 장사꾼으로의 전직을 고려하기 시작했다. 벵상은 고새를 못 참고 주둥이를 털기 시작했다.

"덜 위험하진 않죠. 폭풍에 배가 뒤집히거나 해적에게 털리면 저희는 전원 몰살이고, 선주님은 천문학적인 빚을 지고 산뜻하게 파산하시는 거죠."

"……심란한 소리 작작 해."

쏘아붙이던 레아는 한숨을 쉬며 입을 다물었다. 우아하고 정숙한 숙녀가 되기에는 너무 멀리 왔지만, 그래도 발타 님 앞에서 본 모습을 다 보여 주고 싶지는 않았다.

레아는 크게 심호흡을 한 후 차분한 목소리로 물었다.

"그런데 벵상, 우리 어디에 자리 잡으면 좋을까? 기왕이면 사람도 많고 살기도 편한 대도시가 좋겠는데."

"음……."

"나는 세공사 일을 계속하고 싶거든. 그러니까 아무래도 금수저들이 많이 계신 곳이 좋겠지?"

"……."

"그리고 배도 있으니 항구 도시 중에서 골라 보면 어떨까."

"……음."

"하지만 필립 폐하에게 절대 들키지 않아야 해. 프랑스 사람이 없는 지역이면 좋겠고, 성전기사단이 없으면 더 좋겠어."

레아는 말을 하다 말고 입을 다물었다. 벵상의 얼굴에는 씨발씨발 하는 욕이 둥실둥실 떠 있었다. 다만 고용주이자 유럽 최고 칼잡이께서 옆에 계시니 입 밖으로 튀어나오지는 못하는 것뿐이었다.

후아. 벵상은 크게 한숨을 쉬더니 순순히 대답해 주었다.

"아, 그래. 그 모든 조건에 잘 맞는 곳이 있긴 해."

176

"어디?"

"바그다드나 알렉산드리가 딱이다, 어때? 아크레나 시돈도 괜찮지? 필립 폐하나 기사단은 발도 디디지 못하고, 금수저도 많고, 잘 아는 곳이니 살기도 편하고, 배도 잘 드나들고? 이야, 생각할수록 딱이네. 그치?"

이제는 레아의 혓바닥 위로 욕설이 둥실둥실 떠올랐다. 뒤늦게 발타가 흠흠, 헛기침을 하며 애로사항을 설명하기 시작했다.

"일단, 마드무아젤. 롱드르를 염두에 두셨다면 재고해 주십시오. 성전기사단 앙글레테르 본부의 기욤 드 라 모르 단장은 에드와르 폐하와 매우 돈독한 관계입니다. 그리고 이곳 왕실에는 프랑스 왕실 사람들이 많습니다. 눈에 안 띌 수는 없어요."

레아의 어깨가 축 늘어졌다. 그 기회를 못 넘기고 벵상이 또 촐싹대고 나선다.

"여기 왕비마마께서 필립 폐하의 동생 마르그리트 공주님 아니시냐, 그분이 파리 세공사 레비를 아시더라고. 그래서 네 이름을 팔고 이번에 첫 거래를 트지 않았겠냐? 그래서 이렇게 대박을 치지 않았겠냐."

"……고 와중에 내 이름까지 팔았냐!"

레아의 얼굴이 썩어 들어가건 말건, 발타의 주먹에 힘이 들어가건 말건, 벵상의 장광설이 이어졌다.

"그래 겸사겸사 분위기 파악 좀 해 봤는데, 마마께서 프랑스에 계신 루이 오라버니(에브뢰 백작)에게 뻔질나게 소식을 보내잖겠어? 그런데 루이 백작께서 한창 필립 폐하의 딸랑이 노선을 타는 중이고요? 네가 여기 정착하면 그 소식이 필립 폐하 귀에 들어갈까, 안 들어갈까?"

에브뢰 백작께서 폐하의 딸랑이인 건 모르겠지만 네놈이 발타님 딸랑이가 된 건 확실히 알겠고, 내 행적이 벌써 웨스트민스테 궁에 들어간 것도 자알 알겠다.

"마드무아젤. 에드와르 태자님과 마담 루와얄(프랑스 왕의 장녀 경칭, 이사벨르 공주)의 국혼도 올해 말쯤 있을 겁니다. 시테 궁에서 따라온 수행원들도 모두 이곳에 정착할 텐데, 그중에서 우리를 못 알아볼 사람은 없을 거예요."

오호. 잘 하면 필립 폐하와 길바닥에서 마주칠 수도 있겠네.

레아는 왕의 식탁에서 자주 보았던 이사벨르 공주를 떠올리며 한숨을 쉬었다. 아버지를 닮아 눈부시게 아름답고 아버지만큼이나 차가운 분위기를 가진 소녀로, 올해 열두 살이었다.

왕실 여자라면 결혼하기에 이른 나이도 아니었다. 왕실의 소년소녀들은 그보다 더 어린 나이에도 결혼해서, 양가를 중재하고 화평을 유지하는 책임을 짊어지곤 했다.

발타가 한숨을 쉬며 마지막으로 쐐기를 박았다.

"게다가 기사단 본부나 지부, 기사관들은 롱드르 같은 대도시와 남부 해안가에 많이 모여 있는 편입니다. 그러니 안전을 위해서라면 북부 내륙 시골 마을에서 신분을 감추고 살아야 할 겁니다."

갑자기 뱅상의 다급한 목소리가 끼어든다.

"아이고, 씨에 발타사르! 그건 곤란합니다. 일단 신분을 감추시면 어느 영지에서든 제대로 정착하기 어려우실 거고요, 저희도 제대로 돈을 못 벌게 됩니다! 이제 저희는 떠돌이 보따리장수도 아니고, 거상! 거상이란 말이죠! 저런 대형 상선들로! 거친 바다를 누비며! 무역을 하려면 왕실이나 대제후들을 상대하는 대도시에 자리를 잡아야 합니다. 그게 안 된다면 얼른 다른 나라라도 알아보셔야 하지요. 폐하의 영향력이 비교적 덜한 곳으로 베니스나 플로랑스(피렌체), 아예 동방의 콘스탄티노플 쪽도 고려해 보실 수 있습니다. 무엇보다 발타 님은 신분을 감추고 시골에 묻혀 살기엔 좀 지나치게 거물이십니다…….”

저놈의 주둥이 좀 쫑쫑 묶어 버리면 소원이 없겠다. 레아는 시무룩하니 말을 막았다.

“저, 발타 님. 집을 구하는 것은 아주 급한 일은 아니니까 좀 천천히 알아보면 어떨까요? 저도 발타 님하고 같이 여기저기 돌아다니면서 제대로 알아보고…….”

“마드무아젤. 저희처럼 왕과 갈등을 빚고 모국을 떠난 사람들에겐, 다른 제후에게 소속되어 법적인 보호를 받는 게 굉장히 중요합니다. 그래야 결혼식도 올릴 수 있고요. 그…… 우, 우리 아기가 태어나기 전에 혼인성사는 드려야 하지 않겠습니까. 제가 최대한 빨리 안전한 곳을 물색하고 영주님들과 협상을 해 보겠습니다.”

발타가 손을 토닥이며 조심스럽게 말했다. 고작 ‘우리 아기’라는 말씀을 하시는데도 그 새하얀 얼굴이 불그레하게 달아오른다. 그게 또 눈꼴시었는지 벵상이 얄기죽얄기죽 덧붙였다.

“이보시죠, 아우님? 몇 달만 있으면 배가 산더미처럼 나올 텐데 돌아다니긴 어딜 다니시게요? 너님은 여기서 얌전히 기다리셔야 하고요? 댁은 이제 짤짤대고 싸돌아다니는 거 다 글렀고요? 침대에 얌전히 누워서 매끼 3인분씩 식사나 하셔야 하고요?”

빡!

엉덩이를 호되게 걷어차인 벵상이 얌전히 입을 다물었다. 정숙하고 우아한 숙녀로 산다는 것은, 진실로 너무나 어려운 일이었다.

† † †

발타는 레아와 라셀르, 그리고 외제니가 머무를 조용한 하숙집을 마련한 후 길을 나섰다. 한시라도 빨리 출발해야 하는데, 막상 떠나려니 발이 떨어지지 않는 듯 반나절을 꾸물거렸다.

"시간이 좀 걸릴 수 있습니다. 지역에 대한 정보도 수소문해야 하고, 영주님들을 만나 뵙고 사정을 말하고 협상도 해야 하니까요. 조금 불편하셔도 마음 편히 기다려 주세요."

"그래도 겨울에 아기가 나올 텐데, 그 전에는 와 주시면 좋겠는데……."

레아는 풀이 죽어 중얼거렸다. 되도록 씩씩하게 인사를 하고 싶었지만, 심란하고 겁이 났다. 남편을 전쟁터에 보내고 혼자 남아 성을 지키는 기사의 부인들이란 그 얼마나 위풍당당한가. 나 같은 쫄보가 과연 용감한 기사의 용감한 아내가 될 수 있으려나.

시들시들한 레아의 얼굴을 본 발타가 손을 꼭 잡고 달랜다.

"마드무아젤. 당연히 그 전에 돌아와서 곁을 지켜 드릴 겁니다. 자주 편지 드릴 거고, 결정이 되든 안 되든 가을에는 돌아오겠습니다. 시중들 하녀들과 호위 기사들을 고용해 두었으니 너무 염려 마시고요. 외제니나 동생분께서도 옆을 지켜 주실 겁니다."

"천하의 레아 다크레가 왜 답지 않게 무서운 척을 하지? 레아 네가 쇳물이 든 도가니를 들고 뛰쳐나가서 본때 있게 구갸갸갸 소리 한 번 제대로 질러 주시면 온 동네 싸그리 평정인데.

180

이야, 아크레와 아시케나지 마을을 쌍으로 제패하던 파워를 여기서도……."

순간, 발타의 칼끝이 벵상의 턱 밑에 닿는다.

"벵상, 연약한 숙녀를 모욕함을 멈추지 않으면, 이 검이 자네를 멈추게 할 걸세. 내가 모시는 숙녀께 경칭을 쓰게."

벵상 놈의 입이 딱 벌어진 채 그대로 멈추었다. 온 세상이 조용해졌다.

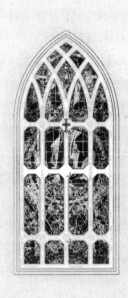

10-3. 푸아티에 회담

"교황 성하, 저희 성 요한 기사단은 성전기사단을 통합해야 할 이유를 여전히 이해하지 못하겠습니다!"

성 요한 기사단 단장 풀크 드 빌라레의 날카로운 목소리가 회담장을 쨍쨍 울린다. 이에 질세라, 자크 단장의 우렁찬 목소리가 뒤를 이었다.

"저희 성전기사단의 생각도 같습니다! 두 기사단은 각자 맡은 바가 달라 서로 부족함을 보완하는 것이 더욱 효율적이었습니다. 구태여 통합할 이유가 없습니다."

푸아티에 임시 교황저의 회의실에서는 두 기사단의 통합을 위한 회의가 진행되는 중이었다. 클레망 교황의 부드러운 목소리가 두 사람의 말을 막았다.

"양 기사단의 통합은 필립 폐하께서 차기 십자군 총사령관의 직위를 수락하시며 요청한 조건입니다. 그동안 우트르메르에서 두 기사단은 서로 경쟁하며 좋은 결과를 내기도 했지만 많은 분란을 야기하고 불필요한 힘을 소모하기도 하였던 바……."

"성하! 그게 대체 무슨 말씀이십니까?"

"오, 두 분 단장이여, 진정하세요. 저는 지금 두 기사단의 그간 노력과 희생을 폄훼하고자 함이 아닙니다. 다만 두 기사단이 하나가 되어 하나의 십자군 깃발 아래 일사불란하게 참전하는 것이야말로 주님께서 가장 원하시는 성전聖戰이며……."

……제기랄. 필립 그 빌어먹을 놈한테 들들 볶이셨군그래.

레몽은 대놓고 미간을 구겼다. 교황 성하 앞이니 태도에 유의하라는 경고를 받았지만, 그 역시 숙부처럼 하고 싶은 말을 다 터뜨려야 직성이 풀리는 성격이라 입속에서 욕설이 부글부글 끓었다.

현재 필립 역시 푸아티에에 와 있고, 당연히 이 회의에 참석하고 싶어 했다. 하지만 두 단장을 함께 회담장에 앉히기까지 진저리 나게 고생한 교황이, 단장끼리의 합의가 우선이라며 뜯어말렸다는 후문이었다. 왕까지 왔다가는 콧대 높고 오만하며 서로 못잡아먹어 안달인 세 명이 무슨 짓을 저지를지 몰랐다.

교황의 사근사근한 목소리가 이어졌다.

"예루살렘의 상실로 성지 수호와 순례객 보호 임무가 중단된 이상, 두 기사단을 통합해 통수권을 총사령관에게 위임함이 합당할 것입니다. 그대들은 성지 탈환을 위해 협력해야 할 의무가 있습니다. 성지 수복에는 때가 있고, 우리는 더 이상 주님을 기다리시게 할 수 없습니다."

교황은 외교관 출신답게 어르고 눙치는 화법에 능했다. 하지만 아무리 미사여구로 포장해 봤자 요지는 '필립이 9차 십자군 대장 할 테니까, 니들은 합병해서 통수권이나 넘겨!'가 되시겠다.

미쳤나. 대체 누가 저런 합병안에 찬성을 해. 양측 기사단에서 운용하는 군대와 재산 규모가 프랑스 왕실의 수십 배인데 그걸 털도 안 뽑고 홀랑 드시게?

이쯤 되니 발타 놈을 잘 키워서 단장으로 밀어 올리려던 필립 의 꿍꿍이는 애교로 보일 지경이다. 얼굴만 뺀들뺀들한 마귀 새 끼 같은 게 어디서 감히 낯짝을 들이대, 들이대길. 카악 퉷. 레몽 은 속으로 백만 번쯤 침을 뱉었다.

"교황 성하! 왕의 요구는 파렴치하기 짝이 없습니다! 우트르메 르에서 2백 년 동안, 저희처럼 많은 피를 흘린 곳이 있으면 나와 보라 하십시오! 왕은 지금 탐욕에 절어 미친…… 이성을 잃은 겁 니다!"

격분한 자크 단장이 회의실이 떠나가라 고함을 질러 대면서, 분위기는 점점 망해 가기 시작했다. 교황의 표정이 점점 일그러 져 가는데도, 자크의 기세는 누그러지지 않았다.

하지만 레몽을 위시한 단원들은 단장의 태도가 과하다고 생각 하지 않았다. 저 과격한 반응은 단장의 대쪽 같은 성품과 기사단 에 대한 자부심 때문이라 믿었다.

현재 기사단에서는 왕의 친척인 클레망 교황에 대한 불신이 팽 배했다. 왕에게 잡혀 로마에도 가지 못하는 꼭두각시 교황이라는 말까지 공공연히 돌았다.

'회초리의 풀크'라는 별명의 빌라레 단장도 반박을 시작했다.

"성하. 저희 성 요한 기사단 역시 2백 년 동안, 의료 기사단으 로서의 임무를 잘 감당해 왔습니다. 저는 대규모 원정을 섣불리 시작하기보다, 우트르메르에 작은 전초기지들부터 확보하는 것이 순서라고 생각합니다."

이태 전, 숙부 기욤 드 빌라레의 뒤를 이어 성 요한 기사단의 단장이 된 그는 날카로운 콧대에 싸늘해 보이는 회청색 눈동자가 매서운 중년 사내였는데, 동방의 전제군주 같은 태도와 상대를 매질하는 듯한 언변으로 꽤 유명했다.

"특히 저희는 예루살렘 왕국 상실 후 존립 이유를 잃은 성전기사단과 달리, 여전히 극빈자의 구호와 의료 활동을 이어 가고 있습니다. 동등한 통합을 논할 상황도 아니고, 제삼자에게 지휘권을 양도할 상황은 더욱 아닌 듯합니다."

그 말에 자크 단장의 얼굴이 시뻘게졌다. 뒤에 서 있는 단원들의 얼굴도 붉으락푸르락한다. 레몽은, 교황 성하 앞이 아니었으면, 기사단 전원이 풀크 저 양아치 새끼한테 바로 칼을 뽑아 들었을 것이라 확신했다.

"풀크, 자네 말 다했나! 우리가 목숨 걸고 전방에서 싸울 때 너희는 환자 핑계만 대며 후방에 박혀 있지 않았나! 너희는 기사라는 말을 들을 자격조차 없어! 아크레 공방전 때 우리 단장은 아크레의 성벽에서 전사했다! 그대들의 단장은 대체 어디 숨어 있었나!"

"후방 지원의 중요함도 모르는 자가 2만 기사단의 수장 자리에 앉아 있다니, 믿을 수가 없군요. 게다가 우리 부단장이 그대들의 단장을 구하느라 목숨을 바친 것을 잊었습니까? 성전기사단에 돌대가리만 모였다는 소문을 제가 믿지 않으려고 그렇게 노력했는데 이것 참 부질없습니다."

꼬랑지에 달린 킥, 하는 비웃음까지 아주 완벽했다.

자크 단장이 성질대로 쏟아 내고 뒤끝 없이 푸는 것과 달리, 풀크는 상대가 제일 아파할 말만 골라서 찔러 대는 재능이 있었다. 시테 궁의 필립은 그나마 말을 신중하게 고르며 감정의 절제가 훌륭해 불필요한 마찰은 잘 일으키지 않았다. 풀크에 비하면 필립이 신사로 보일 지경이었다.

결국 자크가 교황 앞으로 나와 두 팔을 들어 올렸다.

"우리 기사단은 저따위 쥐새끼들과 어깨를 나란히 해 승리하느니, 우리끼리 돌격하다 명예롭게 목숨을 잃는 쪽을 택하겠습니다, 성하!"

"자크 경, 풀크 경. 그대들은 신께 받은 사명을 위해 모든 욕구와 감정과 혈기를 죽이기로 서약한 자들 아닙니까. 감정으로 하느님의 일을 망치는 것은 큰 죄가 될 것입니다."

"저들과 치욕스럽게 함께 싸우느니, 저자들의 목부터 베고 하느님 앞에서 명예로이 죄를 청하겠나이다, 성하!"

이, 이…… 빌어먹을 것들을 진짜.

교황은 관자놀이를 지그시 눌러 두통을 달랬다. 생각 같아선 두 인간을 모조리 파문하고 단장들을 갈아 치우고 싶다. 물론 단장 선출이나 참사회는 두 기사단 모두 철저하게 독립적으로 운영되기 때문에 교황은 관여하지 않는 것이 관례였다.

간신히 성사시킨 이번 회담도, 결국 결렬인가.

두 기사단은 교황의 명에만 복종한다고 하지만, 말짱 헛소리다. 단장이라는 작자들부터, 도무지 곱게 말을 들어 먹지를 않는다.

재작년 리옹의 비밀 회담은 자크가 판을 엎었고, 작년 푸아티에 통합 회담은 풀크 단장이 소환령에 불응하며 파토가 났다. 빌라레 단장은 로도스 섬을 거점으로 삼으려 온갖 공을 들이는 중이라, 프랑스나 성전기사단 쪽은 신경도 쓰지 않고 있었다.

하지만 이번까지 허탕을 칠 수는 없었다. 그래 간신히 어르고 달래 불러 놨더니 교황 앞에서 물고 뜯고 아주 난리가 났다. 원래부터 앙숙이던 두 기사단은 아크레 퇴각 후 시프르에서 서로 다른 왕을 옹립하며 맞붙는 바람에 돌이킬 수 없을 만큼 사이가 갈라졌다.

하지만 필립은 두 기사단의 통합 통수권을 확실히 움켜쥔 후에야 출정기를 올릴 것이다.

차라리 낙타를 바늘귀에 밀어 넣으라 하지……. 베르트랑은 턱을 괸 채 푹푹 곯아 가는 속을 다스렸다.

자크가 앞으로 나서며 고개를 숙인다.

"성하, 이 어려운 제안이 십자군 총사령관 내정자이신 필립 폐하의 요청이라 하시니, 저 자크 드 몰레, 성전기사단의 총단장으로서 감히 한 가지 제안을 드리나이다."

"무엇입니까, 자크 경?"

"차라리 저희에게 십자군의 지휘권을 넘기시고, 각국 병사들과 재정 통솔권을 위탁하시면 어떻겠습니까?"

와우, 이건 숙부님께서 선 넘으셨다. 레몽은 속으로 혀를 찼다.

아니나 다를까. 교황과 풀크 경의 얼굴이 돌처럼 굳었다. 아무리 성전기사단이 돈이 많고 용맹한 병사가 많아도, 일개 기사단 단장이 왕들과 대제후들을 자기 수하로 부리겠다는 생각 자체가 오만방자함의 극치였다.

하지만 성지 탈환을 위한 신념에 사로잡힌 자크는 자신이 구상한 청사진을 펼치는 데 주저함이 없었다.

"앙글레테르, 신성로마제국, 시실리왕국, 프랑스와 에스파니아 왕국이 힘을 합쳐 1만 5천의 기사와 5만의 병사를 동원해 주신다면, 이들을 비밀히 시프르 섬으로 인솔해, 아크레와 시돈을 공격하겠습니다. 저희 기사단 1천 5백의 기사와 2만의 병사들도 전원 투입될 것입니다. 예루살렘 탈환을 위해서는 이 방법이 가장……."

"몰레 단장에게, 이 말을 먼저 해야 할 것 같군요."

교황이 등을 뒤로 기대며 피곤한 듯 손을 젓는다.

"아직 보류 중이긴 하지만, 성전기사단에 대한 조사 의뢰가 있었어요. 정식 고발은 아니고 의문 제기 쪽에 가깝긴 하지만……."

갑자기 분위기가 싸늘하게 가라앉았다. 단장이 딱딱하게 굳은 얼굴로 교황의 앞에 나가 허리를 숙였다.

"대체 누가 말씀입니까? 무슨 의문 말씀입니까?"

"현재 시테 궁의 폐하께서도 푸아티에에 와 계신 것은 알고 있겠지요. 그대들의 입단식에 포함된 몇 가지 이교적 요소에 대해 정식으로 조사를 청하셨습니다. 하지만 나는 그에 대해 전혀 알지 못하는 바, 별도로 그대를 만나 자세한 해명을 듣고 답변을 드릴 참이었어요. 이런 상황에서, 폐하께서 어렵게 수락하신 총지휘권을 내놓으라 하면 상당히 난감합니다, 몰레 단장."

자크의 얼굴이 허옇게 질렸다. 뒤에 서 있는 다른 성전기사단의 표정들도 하나같이 돌덩이처럼 굳었다.

이건 자크 단장의 건방진 제안에 대해 교황이 대놓고 한 대 후려친 것이다.

원래 비밀 입단식은 기사단뿐 아니라 어지간한 동업조합에도 대부분 존재했다. 역사가 길고 폐쇄적인 집단일수록 기괴한 과정이 늘어나게 마련이었다. 구성원들은 그런 과정을 통해 끈끈한 결속력과 동지 의식을 갖게 된다. 목숨 걸고 비밀을 지켜야 하는 것도 비슷했다. 기사단의 비밀 입단식 역시 그 연장선에 있는 것으로 여겨졌다.

"성하! 모함입니다! 저희의 입단식에서는 그 어떠한 이교적 절차도 없습니다. 지금 필립 폐하께서 자신의 목적을 위해 저희 기사단을 협박하는 것이 분명합니다!"

"자크 경, 지금 내게 그런 식으로 따지기 전에, 비밀 입단식의 과정에 대한 자세한 설명을 먼저 해 주어야 할 것입니다."

교황은 십자군 출정을 간절히 바라지만, 몰레 단장을 지휘관으로 세울 생각은 전혀 없었다. 차라리 엎었으면 엎었지! 성 요한 기사단 앞에서 이런 운을 뗀다는 것 자체가 자크에 대한 경고였다.

그것을 눈치챈 자크가 이를 부드득 갈며 단언했다.

"그런 과정은 전혀 없습니다. 근거 없이 날조된 헛소문이 도는 모양인데, 저희의 입단 절차는 떳떳하게 공개되어 있습니다. 성모님에 대한 맹세와 그리스도의 거룩한 수의, 그리고 세례 요한의 유골에 세 번 입 맞추고 충성을 맹세하는 것 외에는 특별한 것이 없습니다. 이교도적인 의식이라뇨! 그런 헛소문을 유포하는 자가 있으면 지옥 끝까지라도 따라가 처단할 것입니다."

"그게 사실이라면 다행이군요. 시테 궁에 별일이 아니라 전할 수 있게 되어 기쁩니다. 파리로 돌아가시기 전에 제게 한 번 들러 절차에 대한 자세한 설명을 해 주시기 바랍니다."

베르트랑은 고개를 끄덕이며 한숨을 쉬었다.

한번 위협적으로 찔러보긴 했지만, 베르트랑은 이런 종류의 사소한 문젯거리들이 피곤했다. 외교관 출신의 그는 작은 문제를 파헤쳐 크게 키우고 싶은 생각이 눈곱만큼도 없었다.

하지만 기사단에 대한 난데없는 공격에, 몰레 단장은 분을 참을 수 없었다.

"필립 폐하께서 저희를 고소한 근거가 무엇입니까? 보니파스 선대 교황 성하를 고발할 때처럼, 어중이떠중이 잔뜩 끌어 대서, 헛소문만 주워 모아 고발하신 것입니까?"

"말이 과해요, 자크 경. 증인이 있습니다. 두 명 이상의 증인이라는 법적 근거를 채운 증언을 근거로 하고 있습니다."

"증인이요? 그 증인들이 대체 누구입니까! 설마……."

"자크 경, 지금 나에게 왕의 정보원들 이름까지 보고하라고 취조하는 겁니까?"

인내심이 바닥난 교황이 싸늘하게 쏘아붙였다. 몰레는 아차 싶은 얼굴로 고개를 숙이고 사죄했다.

교황은 자리에서 일어나 두 사람을 향해 손을 저으며 내뱉었다.

"오늘 회담은 더 이상 이어지기 어려울 것 같으니 두 분 단장님과 형제들은 숙소로 돌아가 쉬도록 하세요. 회담 속개일은 추후 통보하지요."

그나마 단장의 위신을 생각해 막다른 골목까지 몰지는 않은 게 다행이랄까. 풀크 드 빌라레가 복도에서 혀를 차며 나름 위로를 던진다.

"시테 궁의 주인께서 무리수를 두는군요. ……모쪼록 건투를

191

기원합니다."

† † †

"발타, 발타아아! 함께 지낸 정으로 목숨이라도 살려 내보냈더니, 기어이 우리의 뒤통수에 칼을 박아!"

제라르의 격앙된 목소리가 터졌다. 숙소에 모인 참사회 단원들도 분에 겨워 어찌할 바를 몰랐다.

"발타…… 네 이놈. 용서하지 않겠다."

단장의 거친 숨소리도 천장까지 뻗쳐 올라가는 것 같았다. 레몽도 이를 갈며 목소리를 높였다.

"단장님의 말씀이 옳았습니다. 그날 혀를 끊고 눈을 뽑는 게 아니라 아예 목을 쳤어야 했습니다. 아니, 입단식 절차를 거부했을 때부터 규율대로 목을 치고 끝을 냈어야 합니다!"

입단식의 통과의례를 거부하고도 유일하게 입단을 허락받을 정도로 기대와 신뢰를 한 몸에 받았던 자가, 결국은 멋지게 뒤통수를 치고 가장 큰 보물을 강탈했다. 그래도 관용을 베풀어 목숨만은 붙여 내보냈더니 왕에게 그 중요한 비밀을 털어놓았다.

기밀을 외부에 누설하는 자는 결단코 죽는다. 기사단에서 크고 작은 죄로 파문을 당한다 해도, 그 기밀을 죽을 때까지 유지해야 하는 의무는 영원히 사라지지 않는다. 비밀을 누설한 자는 그게 언제이든 어디에 살든, 반드시 죽임을 당하게 되어 있다.

"내가 그렇게도 아꼈건만, 고작 이교도 계집에게 눈이 멀어서, 우리를 팔아먹었단 말이지!"

"왕의 약혼녀라 했던 그 이교도 출신 세공사도, 그날 인정사정보지 말고 목을 베었어야 했습니다!"

조제 드 긴느의 한 맺힌 목소리가 이어졌다.

발타 외의 다른 중인 한 명은 묻지 않아도 뻔했다. 성전기사단 본부에 첩자로 들어와 몇 달 동안이나 붙어 있던 간덩이 큰 여자. 왕의 약혼녀가 되지 않았으면 진작에 쥐도 새도 모르게 목이 따였을 그 여자였다.

그리고 그들은 필립의 고발에도 극심한 분노를 느꼈다. 기사단의 비밀 입단식에 대해서까지 왈가왈부하다니. 그것은 단원들에게 절대 불가침의 영역으로 여겨졌다.

자크가 노여움이 지글대는 목소리로 물었다.

"레몽! 왕의 약혼녀가 약혼을 파하고, 새해가 된 지 1주일 만에 궁을 나갔다 했던가."

"그렇습니다, 단장님. 약혼식 직전에 일어난 일이라, 없던 말로 하고 지나가게 된 모양입니다."

정보 수집을 총괄하고 있던 레몽이 빠르게 대답했다.

그동안 기사단의 차세대 지도자 중 한 명으로 길러지던 레몽은 발타에게 계속 밀려서 속앓이를 하고 있었는데, 이제는 명실공히 단장의 오른팔로서 자신의 입지를 넓혀 가고 있었다. 내년쯤에는 파리 본부나 알짜 노르망디, 아키텐 지부 등에서 승진이 유력시되고 있었다.

"발타의 상황에 대해 알아낸 게 있나?"

"지금은 시테 궁에 있는 것 같습니다. 왕이 퐁텐블로 별궁을 발타에게 주기로 했다더군요. 내부 수리도 마쳤다고 들었습니다. 여자와 함께 도망쳤다는 뜬소문도 있습니다만 왕이 입단속을 너무 심하게 해서, 정확한 정보는 거의 입수할 수 없습니다."

"별 웃긴 소문도 다 있군. 움직이지도 못하는 발타를 무슨 재주로 데리고 도망을 가. 그나저나 성 십자가 치유 이적에 대한 소식은 없나?"

"여자가 왕명에 따라 일주일 동안 병자들을 치유하러 다녔다는데, 모조리 실패했다 합니다. 망신살이 뻗친 거죠. 뻔뻔하고 사악한 여자 같으니."

감찰관 패로가 차갑게 내뱉었다. 다들 그럴 줄 알았다는 얼굴로 입술을 비틀며 고개를 끄덕였다.

그들은 왕과 발타의 주장을 거짓으로 결론 내렸고, '신의 진정한 선택을 받은 자는 성전기사단'이라고 굳세게 믿고 있었다.

다만, 판결에 대놓고 불복하지는 못했다. 예전 왕실과 마찬가지로, 열두 명의 정예기사가 단 한 명에게 패배했다는 것 자체가 크나큰 치욕이었기 때문이었다. 단장이 씁쓸하게 덧붙였다.

"그날 재판은, 그저 마상 시합이었을 뿐이다. 발타는 최고의 기사였고. 그게 다야."

기사단 내부에서는 암묵적으로 그렇게 결론이 내려졌다. 그렇게 정당화시키지 않고서는, 기사단이 성 십자가를 뺏긴 충격을 감당할 수 없었다.

조제가 조심스럽게 입을 열었다.

"혹시 여자가 발타와 도망친 게 아니고. 왕이 증인들을 안전한 곳으로 피신시킨 것 아니겠습니까?"

듣고 보니 그럴 법도 했다. 왕이 두 명의 증언을 제시했다 했지. 증인의 안전 확보는 매우 중요했다. 특히 비밀 입단식처럼 증인 확보가 거의 불가능할 경우는 더욱 그랬다.

하지만 보통 그러면 시테 궁에 깊이 감춰 두는 것이 상식 아닌가? 성전기사단만큼은 아니지만, 시테 궁 역시 파리에서는 꽤 안전한 지역에 속했다.

아, 아니군. 얼마 전에 왕이 폭도한테 쫓겨서 기사단으로 피난을 온 적도 있었지. 그렇다면 이해가 된다. 자크는 코웃음을 숨기지 않고 명을 내렸다.

"레몽, 프랑스 각 지부에 모두 연락을 넣어. 그래서 그 두 사람의 행적을 최대한 수소문해서 알아봐."

"예!"

"두 증인은 반드시 우리 손으로 반드시 잡아들여서 처단한다. 빠른 시일 내로."

정이 많은 자크는, 그동안 발타를 마음에서 끊어 내는 것이 힘들었다. 특히 신성 재판에서 그가 구하려는 여자가 아크레 출신의 세공사라는 걸 알고부터는 그를 증오하기가 더욱 힘들었다. 어떤 변명이라도 듣고 싶었고, 벌을 내린다 해도 영구적인 고통보다는 편안한 죽음이라도 선사해 주고 싶었다.

발타가 끔찍한 형벌을 받고 만신창이로 내쳐졌을 때, 단장은 뒤에서 가슴을 치며 눈물을 흘렸다. 그가 죽을 때까지 겪어야 할 지옥 같은 고통을 떠올리며 다른 형제들 몰래 이를 악물었던 것이 한두 번이 아니었다.

하지만 이제는 다 끝났다. 그를 친아들 이상으로 아끼고 사랑했던 자신이 증오스럽고, 그를 위해 흘렸던 눈물이 멍청하게 느껴졌다.

두 사람은 반드시 우리 손으로 잡아내 처단할 것이다. 성전기사단은 유럽에서 최고의 정보망을 갖고 있으니 불가능한 일이 아니다. 더욱이 남의 도움 없이는 움직일 수도, 앞을 볼 수도 없게

195

된 발타는 더 이상 두려워할 존재가 아니었다.

발타, 이제 너를 불쌍히 여길 때는 지났구나.

✝ ✝ ✝

"단장님, 노르망디 신임 단장 조프루아 드 샤르네 경에게 편지
가 도착했습니다!"

노르망디 루앙 지부에서 장문의 답장이 도착한 것은, 몰레 단
장과 일행이 푸아티에에서 소득 없는 회담을 마치고, 필립의 주
장이 과장된 소문이며 모함이라고 소명한 후, 파리로 귀환한 지
딱 보름 후의 일이었다.

「자크 드 몰레, 성전기사단의 고귀한 단장이시여,
당신의 손에 존경의 마음을 담아 입맞춤을 보냅니다.
단장님께서 요청하신 바, 레아 다크레라 하는 여인에 대하여 도움이
될 만한 정보가 있음을 기쁘게 생각합니다……」

조프루아가 보낸 편지는 꽤 놀라운 내용을 담고 있었다. 발타
가 입단하기 전, 파리의 아시케나지 세공사 레비의 이름으로 대
형 범선을 두 척 사 두었다는 것, 그리고 레비의 형제들은 그동안
꽤 성공적인 상행을 해 나가고 있다는 소식이었다.

거기까지는 그저 금융 업무의 연장일 뿐이었다. 여자 문제든
재산 처분 문제든, 어쨌든 '고객의 사적인 영역'이었기 때문에 참
사회에 왈가왈부 말을 옮길 일은 아니었다.

하지만 발타가 파문자가 되고 기사단의 비밀까지 팔아먹었다

면 사정이 달라진다. 조프루아는 자신이 조사했던 모든 내용을 참사회에 자세히 알려야만 했다.

조프루아는 발 빠르게 추적꾼을 붙이는 과정에서 레아라는 여자가 거지꼴로 혼자서 르아브르 항에 도착했으며, 며칠 후 남매 모두가 포츠머트 항으로 떠났다는 정보를 입수했다.

노르망디 지부에서 알아낸 소식은 거기까지였다.

레몽이 편지를 낭독하는 동안 귀를 기울이던 참사회 회원들은 고개를 갸웃했다.

"설마, 그렇게 의심 많은 왕이 중요한 증인을 앙글레테르에 숨기려 한 걸까요? 에드와르 왕과 사이가 좋지도 않으면서?"

자크는 팔짱을 끼고 생각에 잠겼다. 햇볕에 그을려 검붉어진 얼굴, 적갈색 기운이 감도는 반백의 머리카락과 가슴까지 닿는 수염으로 인해 그의 인상은 한층 험악해 보였다.

"확실한 것은, 지금 우리 기사단에서 첩자 노릇을 한 세공사 레비 아니, 레아 다크레라는 여자가 노르망디를 거쳐 앙글레테르로 건너갔다는 것이고. 발타는 지금 퐁텐블로에 있는지, 혹은 다른 곳에 있는지 거취가 확실치 않다는 것이다."

레몽이 앞으로 나서서 빠르게 말했다.

"일단 퐁텐블로로 사람을 보내 상황을 알아보도록 하겠습니다."

"인원을 충분히 지원할 테니, 최대한 빨리, 조용히 두 사람을 찾아내서 이리로 끌고 와."

"옛! 알겠습니다. 만약 반항이 심하면 목숨을 거두어도 됩니까?"

단장은 잠시 생각에 잠겼다가 굳은 표정으로 입을 열었다.

"발타가 퐁텐블로에 있다면, 굳이 목을 치거나 살려서 끌고 와서 문제를 일으킬 필요가 없다. 잠입하여 흔적 없이 독을 쓰면 될 것이다. 다만 여자는 성 십자가를 회수해야 하니 살려서 데려오도록."

"아……."

자크의 말에 모인 사람들의 얼굴에 환희와 기대감이 스며 나오기 시작했다.

그렇다. 필립에게, 아니 신의 선택자라고 하는 여인에게 빼앗긴 기사단의 보물을 찾아올 절호의 기회다.

감찰관 패로가 조심스럽게 반대 의견을 내었다.

"단장님. 프랑스 기사가 앙글레테르의 영토에서 사람을 강제로 끌고 간 것을 에드와르 폐하께서 알게 되면 문제가 생길 수 있습니다."

"런던 본부 단장인 기욤 드 라 모르 경은 에드와르 폐하와 친분이 깊다. 기욤에게 명령서를 써 주겠다."

"예!"

"조프루아 경의 보고가 사실이라면, 현재 그 여자와 상선은 에드와르 폐하에게도, 필립 폐하에게도 속해 있지 않아. 지금 그 여자는 돈 많은 떠돌이 도망자일 뿐이야."

모인 사람들은 고개를 끄덕였다. 어느 제후나 왕에게 소속되지 않은 떠돌이는 법의 보호를 받지 못하는 자들로, 누구 손에 끌려가 돈을 빼앗기고 죽음을 당해도 호소할 곳이 없다. 외국으로 도망친 자들이 추적자들에게 끌려가거나 목숨을 잃어도 그 나라의 왕이 관여하지 않는 것은, 그 죽은 자가 왕에게 속한 신민이 아니고

'떠돌이'이기 때문이었다.

지금 그 여자가 어떤 보물을 갖고 있는지 알려진다면 전 세계의 자객과 기사, 부랑배들이 포츠머트로 몰려드는 건 시간문제일 것이다.

"성 삼위 하느님의 이름으로, 그대들에게 명하노니……."

몰레 단장은 두 손을 들고 엄숙하게 말했다. 크고 작은 흉터가 가득한 그의 턱이 오만하게 쳐들리며, 크게 부릅뜬 두 눈이 맹렬하게 빛을 뿜었다.

"발타의 부음과 레아 다크레의 성 십자가를 내게 가져오라!"

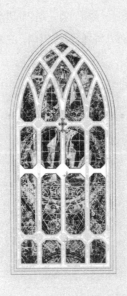

10-4. 러브 레터

여름으로 들어서는 초입, 포츠머트 항구에는 비가 잦았다.

레아는 하루 중 절반을 하숙집 침대 위에 널브러져 있었다. 더위를 별로 타지 않던 레아였지만, 몸이 천근만근 무거워서 견딜 수 없었다. 바닷가라서 습해서 그런가? 비가 많아서 그런가?

그래도 아크레에서는 이러지 않았는데.

내 몸이 문제지, 뭐.

레아는 살면서 '가만히 있어도 이렇게 기분이 나쁜' 적이 없었다. 손발이 계속 둥둥 부어 있는 기분이고, 입맛은 미치게 도는데 조금이라도 비위가 거슬리면 바로 토했다.

뱅상이 누린내 비린내 오만 잡내를 잡아 줄 거라며, 귀한 향신료들을 열 종류가 넘게 챙겨 놓고 출항했는데, 그 향신료들을 몇 겹으로 처덕처덕 발라서 요리를 해도 누린내 한 줄기만 스며 나오면 바로 속이 뒤집혔다.

아니, 아직 배는 얼마 나오지도 않았는데 대체 이게 무슨 유난이람. 말도 안 통하고 붙잡고 설득을 할 수도 없고. 이러지 말라고 배를 한 대 쥐어박고 싶을 지경이었다.

물론 사랑하는 발타 님의 아기에게 절대 그런 짓을 할 수는 없다. 레아는 꿀밤 대신 두 손으로 배를 살살 어루만져 주었다. 벌써 석 달이 넘어가는데, 배는 이제야 나올랑 말랑 하는 중이다. 물론 혼자 느끼는 것이지 남이 보기에는 여전히 티도 안 났다. 살그머니 웃음이 나왔다.

"그나마 발타 님이 안 계시니 다행인 걸까. 이렇게 별나게 유난을 떠는 걸 안 보셔도 되니까. ……아, 미안해 아가야!"

말을 하다 말고 얼른 고개를 저었다. 발타 님의 아기가 열심히 자라느라고 이러는 건데, 이런 나쁜 말을 하면 안 되지, 응.

레아는 어질어질 사방이 도는 중에도 자리에 누워서 배를 가만히 도닥이며 듣지도 못할 아기에게 말을 걸었다. 주로 아빠 자랑이었다. 아기는 아직 수다쟁이 엄마의 폭주를 막을 힘이 없었다.

아기야, 너 아빠가 얼마나 잘생기고 멋진지 아니? 프랑스에서 최고의 미남일 거야. 물론 필립 폐하가 프랑스 최고 미남이라는 소문이 있지만, 내가 볼 땐 아니야. 세상에서 네 아빠처럼 요정같이 아름다운 사람은 본 적이 없어. 내가 성 삼위 하느님의 이름을 걸고 맹세할 수 있단다.

그리고 네 아빠는 유럽 최고의 기사시란다. 마상 시합에서 네 아빠를 이길 수 있는 사람이 없어. 새까만 군마를 타고 싸울 때 모습이 얼마나 멋진지 아니?

아는 것도 엄청 많고 똑똑해. 의사 선생님보다 아는 치료법이 많고, 사라센의 비법도 많이 알고, 약초에 대해서는 거의 도사란다. 프랑스에 올랑드라고 하는 아빠의 작은 영지가 있었는데, 그곳에 약초밭이 있었어. 아빠는 그 많은 약초의 효능과 부작용들을 다 알고 계셨단다.

음, 다만 게을러서 그걸 못 써먹었지. 그래, 아빠가 좀 잠이 많고 게으르긴 하지만 그 자는 모습이, 아, 씨, 제기랄 너무, 너무, 너무 근사한 거야…….

아빠는 파리대학의 신학 교수들만큼이나 똑똑하고, 책도 많이 읽고, 다른 나라 말도 많이 안단다. 대체 나이도 젊은 분이 어쩌다 그렇게 똑똑해졌는지 모르겠어.

그런 아빠가 왜 나 같은 귀금속 세공사를 사랑하게 됐을까. 정말 세기적인 미스터리라니까.

아니야, 그래도 그날 밤에 내가 세상에서 제일 예쁘다고 했어. 내가 그동안 꿈속에서 갈고닦은 유혹의 기술이 빛을 발한 게 틀림없어. 아빠 눈에 뭐가 씌었거나. 나중에 나이 많이 먹어서도 예쁘다고 해 주면 좋을 텐데.

나는 말이야, 네 아빠가 늙어서 호호 할아버지 꼬부랑 영감님이 되어도 멋지다 잘생겼다 해 줄 거야. 왜냐하면 그때도 분명히 멋지고 잘생겼을 테니까. 어차피 늙어서도 머리카락 색깔은 똑같을 거 아니니. 그리고 그때 머리 밀었을 때 봤는데, 네 아빠는 대머리라도 괜찮겠더라.

그리고 이런 말 하긴 좀 그런데, 네 아빠는, 음, 울 때 예뻐. 아주 정신 빠지게 예뻐. 아니, 딱히 울리고 싶다는 건 아닌데, 눈물을 뚝뚝 떨어뜨리면서 그 얼굴을 감추려고 고개를 옆으로 돌릴 때 그 옆얼굴이 환장하게 예뻐서 아주 내가 미친다.

오 맙소사, 하느님. 이거 제가 미친 거죠. 아기한테 함부로 해줄 말은 아닌 거 같은데 제가 왜 이럴까요.

레아는 성호를 긋고 짧게 참회 기도를 했다. 하지만 아멘, 하는 말이 떨어지기가 무섭게, 똑같은 상황이 되풀이되었다. 말 안 통하는 아기가 설득되지 않는 것처럼, 머릿속에 사는 수다쟁이 레아도 설득되지 않는다.

아기야. 네 아빠가 얼마나 섹시한지 아니? 밤에 얼마나 대단한 줄 아니? 아직 두 번밖에 못 해 봐서 좀 서툴고 나름 참는 게 그 지경이니 제대로 발동 걸리면 사람 하나 태워 죽이겠더라. 폐하는 그런 사람한테 어떻게 독신 서원을 시킬 생각을 했을까. 정말 몹쓸 인간 아니니…….

이쯤 되면 레아는 한숨을 쉬며 자리에서 일어난다. 안 돼. 이런 몹쓸 생각만 하면 배 속의 아기에게 음란 마귀 릴리트가 달라붙을지도 모르고, 뿔 달린 아기가 태어날지도 몰라.

하느님, 건강한 아기, 예쁜 아기가 태어나게 해 주세요. 발타 님을 닮으면 참 좋겠어요. 아기 낳을 때 엄청나게 아프다는데, 그래도 괜찮아요. 발타 님을 닮은 작은 아기가 나오면, 아, 느낌이 어떨까요. 나를 통해 세상에 나온 아주 작은 발타 님. 나의 피와 살로 정성껏, 이렇게 힘들게 길러 낸 아주 작고 작은 발타 님.

레아는 기도를 멈추고 눈을 떴다. 눈물이 괴고 콧날이 시큰하다. 감정의 기복이 심해져서일까? 하지만 내가 낳고, 젖을 먹이고, 옷을 입히고, 품에 꼭 안아서 기를 발타 님의 작은 아기를 생각만 하면 가슴이 벅차올라 목이 메고 만다.

"언니, 발타 님한테 편지 왔어!"

노크도 없이 문이 벌컥 열리며 라셸르가 뛰어 들어온다.

그사이 라셸르는 무척 많이 변했다. 늘 아기 같고 어리다고 생각했는데 어른이 다 되어 있었다. 약혼자 다니엘을 잃은 아픔과 그늘도 더 이상 느껴지지 않았다.

레아는 어지러움을 무릅쓰고 침대에서 일어나 앉았다.

편지를 받는 것만으로도, 레아는 믿을 수 없을 만큼 행복해졌다. 밀랍으로 봉한 봉투에 발타의 나뭇가지 모양 인장이 갸름하게 박혀 있는 것을 보면 가슴이 터질 정도로 두근거렸다.

발타는 그동안 몇 번 편지를 보냈는데, 길잡이를 한 명 고용해서 함께 다니고 있고, 어느 정도 규모가 있는 상단과 합류해 동행하는 중이라 했다. 상단 사람들은 지역 특성도 잘 알고 영주님 내외나 지역 주교님 같은 윗분들과도 친분이 있어서 크게 도움이 된다고도 했다.

그리고 그 바쁜 와중에도 짬짬이 편지를 써서, 인편으로 포츠머트의 하숙집으로 보내곤 했다. 한 지역에 오래 머무르지 못해서 왕래가 잦은 편은 아니었지만, 그래도 한 달에 두 번 정도는 편지를 받을 수 있었다.

그리고 편지 속에서, 발타는 평소보다 말이 많고, 평소보다 용기가 있었다.

레아는 초조하게 편지를 펼쳐 들고 읽기 시작했다. 옆에서 시중을 드는 하녀 세 명이 눈을 반짝거리며 침대 옆으로 모여들었다. 라셸르는 물론이고 외제니와 하숙집 주인아주머니까지 슬금슬금 기어들어 와서 귀를 쫑긋 세우고 있다.

지금 이 하숙집에서 발타의 편지를 오매불망 기다리는 것은 레아 혼자만이 아니었다. 이 집에 있는 여자들은 모조리 발타의 열렬한 팬이 되어 있었다. 레아 혼자 그 편지를 읽는다는 것은 절대 용납받을 수 없는 일이었다.

「사랑하는 레아, 내 영혼의 주인이신 아름다운 숙녀여.
당신의 아름다운 손에, 달콤한 입술에 깊은 입맞춤을 보냅니다.
제 마음은 여전히 당신이 계시는 아담한 방, 따스한 침대 곁을 떠나지 못하고 있습니다.」

레아가 소리 내서 읽기 시작하자, 모인 여자들은 벌써 꺅꺅 소리를 지르고 입을 틀어막고 발을 동동 구르며 야단이 났다. 고귀한 숙녀나 귀부인들과 달리, 기사들이 늘어놓는 미사여구나 사랑표현에 익숙하지 못한 많은 여자들은-거기엔 레아도 포함되어 있다- 발타 님의 다정하고 간질간질하는 말투에 번번이 자지러지곤 했다.

"어머나, 너무 낭만적이야! 너무 멋있어!"

빨개진 두 볼을 감싸고 눈물까지 글썽거리는 것은, 열일곱이 채 되지 않은 하숙집의 딸이었다. 진짜 과부 외제니와 과부 아닌 과부 라셸르도 서로 손을 꼭 잡고 꺅꺅 소리에 동참하고 있었다.

레아는 처음에는 이런 편지를 받는 것이 외제니나 라셸르에게 너무 미안했는데, 이제는 미안해한 것이 무색할 지경이 되었다. 편지를 혼자 몰래 읽을라치면 두 사람이 앞장서서 레아의 모가지를 틀어잡고 양쪽으로 탈탈 흔들어 댔다. 그 좋은 걸 언니만 보니? 언니만 봐? 인간적으로 그러면 안 되지! 다음에는 우리가 출입문 지키고 있다가 압수할 거야!

발타 님은 모르신다. 이런 상황을 상상도 못 하신다. 그러니까 이런 위험한 수위의 말을 겁도 없이 적어 보내시는 것이다.

「당신의 건강이 어떤지 궁금합니다. 당신의 몸은 어떤지, 속이 불편한 것은 좀 멈추셨을지, 손발이 붓고 있다고 했는데, 조금 가라앉으셨을지.

레아, 의사나 약초 전문가들의 여러 가지 처방이 있을 것입니다만, 저 역시 치료와 약초를 조금이나마 공부한 자로서 조심스럽게 말씀드리건대, 배 속에 아기가 있을 때는 되도록 어떤 약초도 사용하지 말기를 바랍니다. 소화가 되지 않고 두통이 심해진다 해도 사혈이나 수은 증기 같은 치료도 하지 않는 것이 좋습니다. 차라리 맑은 물에 레몬즙을 조금 섞어 드시고 편안히 누워 계시는 것이 속을 가라앉히는 데 더 효과적일 것입니다.

하느님께서 당신과 아기를 잘 보호해 주시기를 아침과 밤에 늘 기도드리고 있습니다.

저는 건강하고 평온하게 여정을 이어 가고 있습니다. 당신을 생각할 때마다 가슴이 심하게 뛰고 시시때때로 몸이 달아올라 곤란해지는 것만 제외한다면 말이지요. 음, 정숙한 숙녀분께 이런 말씀을 드리기는 부끄럽지만, 제 솔직한 마음은 알려 드리고 싶었습니다. 부디 제가 수치도 명예도 모르는 기사라고 나무라지 말아 주시기를……」

발타 님은 편지에서 깜짝 놀랄 정도로 과감한 애정 표현을 할 때가 있다. 이 편지를 혼자 읽을 거라고 철석같이 믿고 계실 테니까!

그렇다고 눈을 반짝이는 여자들에게 둘러싸인 작금의 이 상황을 솔직하게 털어놓을 수도 없다. 발타 님은 기겁하실 것이고, 템즈 강에 몸을 던지고 싶어질 것이고, 무엇보다 다시는 이렇게 간질간질 낯 뜨거운 사랑 고백을 하지 못하게 될 테니까. 그것은 레아의 인생에 너무나도 치명적인 손해가 될 것이다.

그나저나 정숙한 숙녀라고 하니 참으로 민망하고나. 우리가 아직 혼인성사도 못 드린 속도위반 커플이라는 건 만천하가 다 아는 일인데.

물론 이 편지를 쓰신 분은 원래 정숙한 분이 맞을 것이다. 이성을 잃어버린 릴리트가 머리에 꽃을 달고 덤비지 않았다면, 발타 님은 지금까지도 당연히 고결하고도 명예롭게 순결을 지키고 계셨을 것이다.

물론 그랬다면 난 지금쯤 파리에서 다른 남자의 아내가 되어 있었을 것이고.

인생 진짜 한 끗 차이다. 아무렴.

「저는 지금 노팅엄셔라고 하는 지역의 셔우드라 하는 숲을 지나고 있습니다. 활 잘 쏘는 로빈이라는 자가 동료 형제들과 지내던 곳이라 합니다. 아마 부랑배나 도적 떼의 이야기를 재미있게 꾸민 것 같은데, 그자가 사자 심장의 리샤르 대왕을 따라 십자군 원정에도 참가했었다는군요.

믿거나 말거나지만 그런 이야기는 어쩐지 믿고 싶어지지요. 그가 살아 있다면 활쏘기 시합이라도 청해 보고 싶을 정도로 무척 재미있는 이야기였습니다.

돌아가면 당신과 아기에게 해 줄 이야기를 많이 모아 두고 있습니다. 행여 잊어버리게 될까 해서 매일 밤 하나씩 헤아리며 점검을 하곤

합니다. 그동안 제가 모아 둔 이야기만으로도 우리의 긴 밤은 지루할
틈이 없을 것입니다.」

그리고 그는 자신이 지나온 곳에 대한 정보들을 편지로 꽤 자
세하게 전해 주곤 했다.

「이 숲의 주변에는 부랑자들 천지입니다. 흉년이 들어서 먹을 것이
없으니 숲의 주인 허락도 없이 들어와 과일을 따 가거나 밀렵을 하곤
합니다. 혼자 여행하는 자들을 죽이고 약탈하는 도둑 떼도 있다곤
합니다만, 저는 동행하는 무리의 규모도 있고, 그들이 고용한 용병
도 몇 명 있다 보니 활을 쏘거나 약탈을 하는 도적들은 만나지 못했
습니다.
레아, 이런 이야기를 자세히 들려드리고 싶지만, 오히려 당신이 저를
위하여 근심할까, 그 근심이 지나쳐 당신의 몸과 마음을 병들게 할까,
그게 더 걱정이 됩니다. 당신의 염려와 사랑에 깊이 감사합니다만, 부디
아무 염려 마십시오. 저는 방랑 생활에 익숙해서 풍찬노숙이 크게 불
편하지 않고, 든든한 일행과 동행 중이며, 위험을 잘 피할 줄도 압니
다.」

발타의 편지는 여정을 따라 계속 이어졌다. 이것은 발타가 레
아에게 제공하는 지역에 대한 자세한 정보이기도 했다.
레아는 그의 묘사와 설명 덕에, 그가 방문한 지역에 대한 세세
한 정보들을 자세히 알 수 있었다. 지역의 영주님과 그 일가에 대
해, 마을의 규모, 주요 산업, 풍경과 지리적인 여건, 강이 가까운
지, 바다에서 얼마나 먼지, 치안이 어떠하며 사람들의 분위기나

풍속이 어떠한지, 풍요한지 가난한지, 외인에 대해 친절한지 배타적인지 차근차근 나열되어 있어서, 레아는 그가 보고 듣는 곳들의 풍광을 고스란히 느낄 수 있었다.

더욱이 한 글자 한 글자 한껏 정성을 들여서 쓴 그의 문장은 눈으로 보는 것만으로도 아름다운 노래를 듣는 것 같았다.

「셔우드 숲은 나무가 굵고 울창해서 그늘이 짙습니다. 한여름이지만 크게 덥지 않고 바람이 잘 돌아 시원하지요. 나무 사이로 오가는 바람 소리가 가히 일품입니다. 해가 떨어지면 음침하고 으스스한 분위기가 나긴 합니다만, 함께 숲을 통과하는 무리와 불을 피워 두고 두 명씩 불침번을 서게 하면 크게 염려할 일은 없습니다.

저는 오늘 불침번을 서면서 당신을 생각하며 편지를 씁니다. 고개를 들어 위를 올려다보면 우리가 쉬고 있는 공터 위로 동그랗게 밤하늘이 보입니다. 그곳으로 달과 여러 별자리의 별들이 위치를 바꾸어 가며 얼굴을 내밀지요.

밤의 적막은 그리 무섭기만 한 것은 아닙니다. 당신을 생각하면, 이 어둠도 달고 부드러운 장막처럼 느껴지지요. 저는 밤의 장막 안에 숨어, 당신의 품에 안겨 있다는 상상을 해 봅니다. 당신을 닮은 아름다운 밤의 요정이 거대한 망토로 이 숲을 빙그르르 감싸 안고 있다는 상상도 해 봅니다. 그러면 이 어둠이, 적막감이 왜인지 포근하고 따뜻하게 느껴집니다.

모닥불이 따닥따닥 튀는 소리, 찌르르 찌르르, 치치 치치, 가까이서 벌레가 우는 소리, 먼 데서 들리는 후우어 후우어, 꼬리가 길고 속이 빈 듯한 부엉이 울음소리. 밤이면 제 오감은 늘 활짝 열리는 듯합니다.

믿기지 않겠지만 레아, 저는 눈을 감고도 이것이 쥐의 소리인지, 벌레의 소리인지, 혹은 작은 오소리나 승냥이가 멀찍이서 오가는 소리인지 가늠할 수 있습니다. 저는 이제 소리만으로 어둠에 잠긴 숲속에서 많은 생명체가 일어나 돌아다니는 모습을 볼 수 있을 듯합니다.

그 장면이 얼마나 환희에 넘치며 신비한지 모릅니다. 당신에게도 제가 느끼고 있는 이 신비로운 풍경을 보여 드리고 싶습니다. 이 많은 생명체를 빚은 하느님께서도 이 장면을 보시면서 틀림없이, 참으로 아름답고 보기 좋구나, 하실 거라 생각합니다.

그래서 저는 감히 생각합니다. 저희를 만드신 하느님께서, 저희 두 사람이 서로 사랑하고, 한 몸이 되어 아기를 낳고, 그 아이들을 기르며 주님께 감사하며 하루하루 살아간다면, 그 역시 애틋하고 보기 좋게 여겨 주시지 않을까 하고요.

못나고 미욱한 제 눈으로 보아도 당신은 그렇게나 사랑스럽고 아름다운데, 그렇게나 생명력이 넘치고 눈부시게 반짝이는데, 당신을 만드신 하느님께서 보시기엔 얼마나 어여쁘고 사랑스럽겠습니까.

아아, 레아. 당신을 생각하니 다시 가슴이 떨립니다. 보고 싶습니다. 힘껏 안고 싶습니다, 레아. 당신이 지금 제 곁에 있다면 제 욕심껏 품에 안고, 깊이 입 맞추고 싶습니다.」

아아, 난 몰라. 어떡해 어떡해. 아가씨, 너무 좋으시겠어요. 기사님이 이렇게 말씀해 주시다니, 행복하시겠어요. 아이고, 세상에. 기사님이 우째 이렇게 지고지순하고 멋지게 글을 써 주실꼬.

레아의 주변에서는 아주 야단이 났다.

레아는 더 이상 읽기가 어려웠다. 목이 메고 눈물이 자꾸 쏟아지려 했다. 레아가 한 손으로 입을 가리고 편지를 라셀르에게 내밀자, 라셀르가 얼른 받아 대신 읽기 시작했다.

「당신의 배가 조금씩 나오고 있다고 하셨지요. 지금은 조금 더 많이 나왔을까요. 정말, 정말 보고 싶습니다. 얼마나 신비로울까요. 상상만 해도 감격스러워 눈물이 나올 것 같습니다.

제, 제가 사내답지 못하게 눈물이 흔한 것은 알고 있습니다만, 부디 그런 저를 창피하게 여기지는 말아 주십시오. 저는 당신과 관련된 일이면, 감정이 북받치거나 감상적으로 변할 때가 많습니다. 이것은 아무리 노력해도 잘 고쳐지지 않습니다.

우리의 아이가 매일 자라 가는 그 신비로운 과정을 당신 곁에서 함께하고 싶습니다. 당신과 아기를 위해 기도하고, 매일 입 맞추고 어루만지며, 사랑한다고, 얼른 보고 싶다고 말해 주고 싶습니다.」

상상만 해도 숨 막히게 행복하다. 이 아이를 무사히 낳아서, 이렇게 사랑하는 발타 님의 아이를, 그분과 함께 키워 간다는 상상만 해도 목이 멘다. 이렇게 행복해도 괜찮을까 싶을 정도로.

나는 이 행복을 위해서 그 긴 시간을 쫓기며 살았고, 발타 님은 그 끔찍한 고통을 이겨 내야 했다. 죽음보다 힘들었던 긴 시간을 버텨 내셔야 했다. 그걸 생각하면 발타 님께 너무 미안하고 고마워서 도무지 눈물을 주체할 수 없었다.

이분은 그런 지독한 고통을 겪고서도, 어떻게 나를 이렇게 변함없이 사랑하실 수 있을까.

「나의 레아. 밤이 많이 기울었습니다. 곧 달빛이 희미해지고, 숲의 나뭇잎들과 가지 사이로 노란 아침 햇살이 내려앉겠지요.

저는 왜인지, 환한 햇빛 아래서는 제 마음을 솔직하게 털어놓는 것을 망설이게 됩니다. 밤에 쓴 편지들을 낮에 다시 읽어 볼 때면, 어찌나 낯이 뜨거운지 당신께 보내야 할까 늘 고민하게 됩니다. 그래도 제 소식을 기다리는 당신을 위해 큰 용기를 내어 밀랍 인봉을 하여 보내곤 하지요.

그러하오니 이 편지에 쓰인 내용들이 우스울지라도 이해해 주세요. 소심하고 용기 없는 저를 불쌍히 여기신다면, 이 편지의 얼빠진 고백들을 부디 비웃지만 말아 주시기를 부탁합니다.

이 편지에 제 입맞춤을, 열렬한 사랑을, 애타는 한숨을 동봉합니다. 당신을 향한 제 뜨겁고 간절한 마음을 함께 담습니다. 이것들이 부디 당신에게 고스란히 전해지기를.

되도록 가을 전에는 거취를 결정하여 돌아가겠습니다. 모쪼록 염려 마시고, 부디 건강하시고, 편안한 마음으로 기다려 주세요.

당신의 발에, 당신이 품고 있는 작은 생명에게,
나의 경외와 사랑을 담아 입맞춤을 보냅니다.

당신의 미천한 기사 발타사르 드 올랑드.」

레아의 흐느낌이 멈추지 않자, 라셸르가 옆으로 다가앉아 레아의 등을 토닥이며 달래 주었다.

레아는 자신이 이렇게 행복한 것이, 발타에게 이렇게 깊고 열렬한 사랑을 받는 것이 라셸르에게도 미안했지만, 라셸르는 레아를 꼭 끌어안으며 함께 콧물을 훌쩍이며 웃어 주었다.

"언니, 언제까지 울고 있을 거야? 발타 님에게 편지 받았다는 확인 쪽지하고 답장 써 줘야지. 지금 요 옆에서 배달꾼이 기다리고 있단 말이야."

레아는 비척비척 자리에서 일어나 창가로 다가갔다. 머리카락이 듬성듬성하고 이빨이 거뭇한 중년 사내가 두 손을 모으고 힐끔대며 창문을 올려다보고 서 있다. 노팅엄셔에서 말을 타고 꼬박 이틀을 달려왔고, 오늘 바로 돌아가야 답장을 전해 줄 수 있다고 하니 서둘러야 했다.

레아는 편지가 올 때마다 바로 읽고 그에 대한 답장을 정성껏 쓰려고 했지만, 늘 시간이 촉박해서 안타까웠다. 발타의 일행은 한곳에 머무르는 기간이 며칠 되지 않아, 배달꾼들은 말을 타고 달려왔다가 바로 돌아가야만 했다.

게다가 레아는 글자를 읽을 줄은 알았지만 쓰는 법은 제대로 배우지 못해서, 답장을 쓸 때마다 늘 쭈뼛거리곤 했다. 발타 님처럼 멋진 글을 써 보낼 자신이 없었다. 써 봤댔자, 침대에 늘어져서 아기한테 떠들어 대던 헛소리나 쓰지 않으면 다행이다.

답장을 한 줄씩 읽으실 때마다 나에 대한 환상이 산산조각 날 텐데 어쩌지?

레아는 고민고민하며, 머리를 쥐어짜 답장을 썼다.

「나는 건강하게 잘 있으며, 식사도 잘 하고 있다. 어지럼증도 조만간 나

214

아질 것이다. 우리 어머니도 배가 나오기 시작하며 어지럼증이 가라앉았고 입덧도 나아지셨다. 너무 염려하지 마라. 배는 조금 나왔지만, 거의 눈에 띄지 않고, 창피해서 당신에게 별로 보여 주고 싶지도 않다.

손발이 붓는 것은, 다른 여자들에게 물어보니 다들 그렇다고 한다. 라셀르와 시중드는 아이들이 주물러 주고 있고, 어지럼증이 덜하면 정원이나 바닷가를 산책하려 한다.

나도 당신이 너무나 보고 싶고 그립다. 꿈에서라도 당신을 보고 싶다.

나도 당신을 사랑한다. 만날 날이 오기만 기다린다⋯⋯」

발타의 절절하고 애정 넘치는 편지에 비하면 너무나 간단하고 무성의해 보이는 편지였다. 너무 속상했지만 그것이 레아의 한계였다. 레아의 작문 실력으로는 '용건만 간단히'로 통하는 짤막한 내용밖에 쓸 수 없었다.

레아는 눈물을 그렁그렁 매단 채 양피지에 서명을 하고 잘 접어 밀랍으로 봉했다. 그리고 노팅엄셔의 배달꾼을 불러 편지를 전하고 실링 은화 두 닢을 꺼내 수고비로 주었다.

물론 배달료는 발타에게 받을 터이지만, 그래도 이렇게 행복한 날에는 무엇이든지 씀풍씀풍 퍼 주고 싶었다. 자신은 아무래도 못 말리는 기분파인 것 같다. 발타의 편지를 받는 날이면 얼마나 통이 커지고 헤퍼지는지 몰랐다.

배달꾼 제프는 2실링에 입이 벌쭉 째져서 고개를 열 번쯤 꾸벅이며 아래로 내려갔다.

은발의 아름다운 기사님에게서는 출발할 때 2실링, 확인 쪽지 받으면 또 2실링, 저 여자에게서도 2실링. 이 정도면 횡재라 할 만했다.

제프는 콧노래를 부르며 말을 몰고 포구 쪽으로 향했다. 출발하기 전에 포구 어귀의 식당에 들러 시금털털한 에일 한 잔과 생선이 든 파이 한 조각, 그리고 뜨끈한 고기 스튜라도 먹으면 딱좋을 것이다.

때마침 항구에 새로운 배가 도착했는지, 사람들이 떼 지어 내리고 있었다.

제프는 하선하는 사람들을 바라보며 고개를 갸웃거렸다. 완전 무장한 기사들이, 그것도 열두서너 명이 떼 지어 선착장에 내리고 있었다.

하얀 쉬르코에 붉은 십자가, 희고 검은 보쌍 방패.

성전기사단 단원들이었다.

† † †

"언니가 나한테 미안할 게 뭐가 있어. 언니가 좋으면 나도 좋은 거고, 언니가 행복하면 나도 행복한 기야! 다음엔 절대 미안하다는 말 하지 마!"

동생은 1년 사이에 얼마나 마음고생을 했는지 10년은 어른스러워진 것 같았다.

"난 레아 언니가 좋은 분을 만난 것 같아서 너무너무 기뻐."

동생의 진심이 느껴졌다. 레아는 더더욱 라셸르에게 미안해졌다.

"너는 결혼하고 싶은 사람 없어, 라셸르?"

"없어."

동생의 대답이 너무나 단호해서 쓴웃음이 나올 지경이었다.

"그러면 나중에 괜찮은 자유민 좀 소개해 달라고 할까? 벵상이나, 아니, 발타 님에게라도 한번 부탁해 볼까? 어쩌면 평판이 좋은 기사님이나 좋은 조건의 장인하고 충분히 재혼도 할 수 있을……."

"언니, 나는 결혼 안 하고 살 거야."

난데없는 말에 레아는 깜짝 놀랐다. 너무 태연하고 밝아서 다니엘을 잃은 슬픔을 잊고 잘 살아가는 줄 알았다.

"무슨 말이야, 라셸르……. 언제까지 힘든 거 끌어안고 혼자 살 건데?"

결혼하지 않고 여자 혼자 사는 게 얼마나 고달프고 위험한지 모르는 사람은 없다. 하다못해 프랑스 왕보다도 부유하고 넓은 영토를 가진 알리에노르 마마께서도, 이혼하자마자 재혼을 해야만 했다. 젊은 과부는 나쁘지 않은 조건의 재혼 자리도 많이 들어온다.

"라셸르, 다니엘을 못 잊어서 그래? 지금도 많이 힘들어?"

"글쎄. 물론 다니엘네 집안이 그렇게 몰살당한 건 아직도 마음 아프고 남편이 죽었으니 여러 가지로 힘들긴 했지만, 내가 다니엘을 좋아해서 힘들거나 그랬던 건 아니야."

레아는 멍하니 눈만 깜박거렸다. 지나간 일이지만, 뒤통수를 한 대 맞은 기분이었다.

하지만 곰곰이 생각해 보니, 라셸르는 되도록 빨리 결혼하고 싶다고는 했지만, 다니엘을 사랑한다는 말은 단 한 번도 한 적이 없었다. 마을 최고의 미인이었던 라셸르를 미친 듯이 따라다닌 것은 다니엘이었고, 라셸르가 그것을 내치지 않아 결혼까지 쭉 진행된 것뿐이었다.

물론 아버지와 다니엘 어머니 사이의 비하인드 스토리가 놀랍긴 했지만, 그것이 두 사람의 결혼에 무슨 영향을 끼친 것 같지는 않았다.

"좋아하지도 않는 사람인데 왜 빨리 결혼하고 싶다고 했어?"

라셀르는 그저 웃기만 했다. 망설임은 길었다. 그녀는 한참 후 한숨을 쉬며 대답했다.

"언니한테 계속 얹혀 있기에 너무 미안했어. 언니를 빨리 놓아 보내 주어야 한다는 생각에 마음이 급하기도 했고, 좋아하는 사람하고 결혼할 수 있는 것도 아니었고……."

"응? 뭐뭐? 너 아시케나지 마을에 좋아하는 사람 있었어?"

레아는 연속으로 뒤통수를 계속 맞은 것 같아 정신이 얼떨떨했다.

"뭐야, 누구야! 누군데! 왜 안 되는데?"

"아휴, 언니! 이게 무슨 뒷북이람!"

"왜 우리한테 말 안 했어? 한마디만 했으면 나나 벵상이 바로 다리를 나 줬을 텐데! 네가 뭐기 부족해서! 너처럼 예쁘고 착하고 똑똑하고 집안 좋은 신붓감이 많기나 했어? 오빠들도 잘나가고 돈이 없는 집도 아니었는데!"

레아는 펄쩍 뛰다가 갑자기 목소리를 낮췄다.

"아, 혹시 우리 집에 나무 타고 올라온 남자들 중에 네가 좋아하는 사람 있었어? 어떡하지, 내가 타고 올라오는 놈마다 기계장치로 작신작신 패서 돌려보냈는데!"

"아, 맞아 그랬지. 진짜 많이들 두들겨 맞고 쫓겨났었지."

라셀르가 깔깔대고 웃으며 고개를 저었다.

"그중엔 없었어, 언니! 그리고 다 지났는데 이제 와서 알아서 뭐 할 거야?"

"라셸르……?"

"차라리 잘됐지 뭐. 그냥 앞으로도 외제니 언니처럼 혼자 살려고. 죽은 남편이 그리워서 평생 과부로 혼자 산다고 하면 크게 귀찮게 안 한대. 되게 편하대."

동생이 다시 킬킬대고 웃는다. 하지만 레아는 별로 웃을 마음이 나지 않았다.

"대체 누군데 이렇게 감쪽같이……. 이름이라도 좀 말해 봐라."

"티 안 내고 마음 접느라고 힘들었어. 그러니까 그만 물어봐, 언니."

라셸르는 가늘게 한숨을 쉬며 웃는다. 동문서답이 더 마음 아팠다. 대체 누구였을까.

"다니엘도 나쁘지 않았어. 성미는 좀 급하지만 착하고 성실하다고 생각했지. 결혼하면 언니를 놔줄 수 있다고 생각했었어."

"아니 글쎄, 놔주긴 대체 뭘 놔줘. 네가 나를 붙잡고 있었던 것도 아니고……."

"아니긴 뭐가 아니야. 진작 결혼했어야 하는데 짐짝처럼 얹혀 있던 거 맞지! 언니는 찾아야 할 사람이 있는데, 나 기르느라고 묶여 있던 거였잖아……."

"묶여 있긴 뭘 묶여 있어. 찾아야 할 사람이 있기는 뭐가……."

"언니가 아크레 떠난 다음부터 발타 님 찾아서 떠나려고 오랫동안 준비했던 거 모를 줄 알아?"

레아는 멍청하게 앉아서 입만 뻐끔거렸다.

맙소사, 그건 어떻게 알았지? 감쪽같이 숨기고 있다고 생각했는데 어떻게 들통이 났던 걸까?

"어, 라셸르, 잠깐만, 너……."

레아의 등으로 천천히 차가운 물이 흘러내렸다.

아, 그래. 라셸르가, 나를 발타 님에게…… 보내야 한다고 생각했다는 건…….

아크레를 떠난 다음부터……?

그러고 보니, 세 구혼자와 꽃 이야기를 물었을 때, 레아 자신도 잊었던 이야기를 잘 기억하고 있었다. 잊어버린 줄 알았던 엄마 아빠에 대한 이야기가 동생의 입에서 툭툭 튀어나오기도 했었다.

레아는 입술을 파르르 떨며 물었다.

"라셸르…… 너, 너, 혹시 아크레에서 있었던 일, 다 기억해?"

라셸르가 희미하게 웃었다. 부인하지 않는다. 모른 척하지 않는다. 레아는 정신이 아뜩해지는 것만 같았다.

"언제, 언제부터? 어디까지?"

"……."

"우리가 아시케나지 마을에 도착했던 거 기억나?"

"……당연히 기억나지."

망설이던 동생이 한숨을 쉬며 입을 열었다. 뒤이어 동생이 마음속에 깊이 묻어 두었던 기억들이 하나하나 끌려 나오기 시작했다.

"마르세유 항에 도착해서 오랫동안 거지꼴로 돌아다니다가 아빠의 고향이라는 파리로 온 거, 기억나. 비가 왔고, 배고프고, 추웠던 거 기억나. 벵상 오빠하고 언니가 싸우던 내용까지 다 기억나. 벵상 오빠가 뜨거운 죽하고 빵하고 고기를 주었던 거 기억나. 언니하고 나한테 따뜻한 망토를 꼭꼭 둘러 주면서 장작 두 단을 한꺼번에 밀어 넣고 난로가 터질 정도로 불을 피워 주었던 기억이 나.”

“……또?”

“언니가 밤마다 울던 기억이 나. 그래서 나도 너무 무섭고 울고 싶었는데, 절대 울지 않으려고 했던 거 기억나. 그때 낯선 환경 때문인지, 너무 무섭고 힘들었던 기억이 나. 눈만 붙였다 하면 무서운 꿈을 꾸고, 자꾸 이상한 것들이 보이고, 이상한 소리가 들리는 거 같아서 언니가 안 볼 때 혼자 매일 울었던 기억이 나.”

“…….”

레아는 동생의 손을 잡고 조심스럽게 물었다.

“그럼, 아크레에서 일은?”

“언니가 나를 늘 돌봐 주던 기억이 나, 언니가 세공방에서 노래하면서 일을 하고, 요리를 하고, 동물과 꽃을 기르고, 나와 놀아 주고, 엄마를 돌보고, 아름다운 기사님이 나무 아래 숨어서 그런 언니를 매일 애타게 바라보던 기억이 나.”

“…….”

“엄마가 내 동생을 낳던 날, 언니가 칼을 짊어지고 나를 안아 주고 나가던 기억이 나고, 기사님들이 왔던 기억이 나. 아궁이에 숨어 있던 기억이 나고, 아빠가 돌아가시던 기억이 나고, 언니와 도망치던 기억이 나고, 하얀 머리의 기사님이 아몬드 꽃이 눈처럼 쏟아지는 뒤뜰에서 서서 우릴 바라보던 기억이 나.”

라셀르의 눈에 천천히 눈물이 괴었다. 라셀르의 기억은 놀랄 만큼 자세하고 길었다. 레아는 조금씩 숨이 가빠 오는 것을 느꼈다.

“세이렌 호에서……의 기억은?”

"기사님의 까만 말을 팔았던 기억이 나. 그 뚱뚱하고 욕심 많은 모젤 선장, 아빠 친구라던 그 나쁜 인간의 얼굴도 기억나. 기사님들이 올라오고, 우리는 침대 밑의 비밀 공간으로 도망쳤던 기억이 나."

"라, 라셸르……. 라셸르."

"목이 말라서, 너무 목이 마르고 배고파서, 온몸이 너무 아프고, 세상이 온통 깜깜해지면서 끝없이 어디론가 떨어지던 기억이 나."

라셸르, 라셸르! 아, 어떡해. 레아는 두려움에 질려 동생의 입을 막고 싶었다. 하지만 라셸르는 너무나도 담담하고 태연하게 말을 이었다.

"그리고 눈을 뜨니까, 언니는 울고 있었고, 머리가 하얀 기사님이 나에게 물을 먹이고 계셨어."

"아……."

"그리고 황금으로 가득한 거대한 방을 봤고, 뭔가 중요한 막대기를 갖고 바다에 뛰어들었던 기억이 나."

다행히, 라셸르는 여전히 그때 자신에게 어떤 일이 일어났는지 모르는 듯했다.

"그러면, 왜 여태까지 모르는 척했던 거야?"

"너무 무서웠으니까. 나도 쫄보 집안의 딸이란 걸 잊은 모양인데, 나도 언니만큼이나 무섭고 정신이 없었어. 하지만 언니는 나를 위해 힘들게 버텨 주었고, 내가 할 수 있는 일은 무섭지 않은 척, 참는 것밖에 없었어."

동생은 눈물이 괸 눈으로 생긋 웃었다.

그랬구나. 너도 그랬었구나…….

레아는 동생을 꼭 껴안아 주었다. 구김 없이 행복하게 잘 자라 왔다 생각한 동생도, 자신과 비슷한 고통 속에서 살고 있었다. 그 럼에도 서로를 위해서 자신의 고통을 숨기고 살았던 걸 생각하니 눈시울이 시큰했다.

라셸르는 레아의 등을 토닥이면서도 눈물을 흘리지는 않았다.

"그때 벵상 오빠나 마망 실비아가 아니었으면 정말 적응하기 힘들었을 거야. 벵상 오빠는 내가 몰래 우는 걸 알고선 시도 때도 없이 허튼소리를 하면서 웃겨 주고, 유령이나 귀신을 쫓는 방법 이 서른다섯 가지나 있다면서 매일 광대 짓을 해 주고, 장사 나갔 다 오면 맛있는 과자를 사 와서 쥐여 주고 달래 줬어. 언니한테는 비밀로 하라면서. 그렇게 매일 울다가 웃느라고 무서운 것들을 천천히 잊어버리고, 넘기면서 살아가게 된 거야."

맞다, 라셸르는 아크레를 떠난 후부터 밤마다 악몽을 꾸고 가 위에 눌리고 경기를 하고, 허공을 보며 헛소리를 하기도 했었 다. 벵상은 자신의 잘못을 딸들에게 갚기라도 하려는 듯, 그때 마다 이해할 수 없는 유쾌함으로 힘든 상황을 넘어가게 해 주었 었다.

문득 짚이는 것이 있다. 라셸르의 마음에 있던 사람에 대해 어 렴풋이 감이 잡힐락 말락 했다. 하지만 입 밖으로 내서 확인을 할 수는 없었다. 라셸르가 손가락을 레아의 입술 위에 갖다 대고 고 개를 살살 저었던 것이다.

기가 막혀서 말도 안 나왔다. 그런데 이상하게 화는 나지 않았 다. 그냥 속이 둔하게 아팠다. 위로를 해야 할까, 미련하다 해야 할까.

동생은 이미 지나간 일을 멀찍이 돌아보는 듯, 담담했다.

"나는 언니가 발타 님을 만나게 되고, 이렇게 결혼하게 돼서 너무 다행이고, 너무 기쁘게 생각해. 정말이야."

대체 이걸 어떻게 생각해야 할지 몰랐다. 그러면 라셀르도 아시케나지 마을에서 발타 님을 만났을 때, 그 아크레에서 레아 언니를 좋아하던 그 기사님, 아니 에퀴에르인 걸 단번에 알아보았다는 건가?

워낙 눈에 띄는 외모이니 알아볼 수는 있다. 하지만 나와 발타 님이 결혼을 해야 한다고 생각했다는 건 좀 너무 나갔던 거 아닌가?

레아는 문득, 라셀르가 발타를 볼 때마다, 왕을 배알하는 것처럼 바닥에 엎드리거나 낮은 자세를 취하던 기억이 났다. 인사를 받는 사람이 당황할 정도로.

레아의 등 뒤로 다시 서늘한 바람이 일기 시작했다.

"그런데, 라셀르…… 있잖아, 내가 잘못 본 건지도 모르는데……."

"응?"

"나는 왜 네가 발타 님을 굉장히 무시워하는 것 같지……'?"

라셀르의 새파란 눈이 커다랗게 벌어지며, 입이 꼭 다물린다.

다시 멀미가 오는 것처럼 사방이 빙빙 돌았다. 라셀르는 대답하지 못한다. 큰 파도에 배가 출렁대는 것처럼 천장이, 바닥이, 벽이 온통 빙글빙글 돌았고, 속이 뒤집히는 것 같다. 머리가 깨질 듯 왕왕거린다.

"언니! 레아 언니!"

라셀르의 목소리가 쟁쟁거린다. 쇠가 갈리는 소리, 부딪치는 소리, 날카로운 비명이 사방에서 치솟아 자신을 찌르는 것 같다. 이상해. 이상해. 레아는 이 이상한 감각이 미치도록 무서웠다.

언니! 이, 일어나! 일어나라고!

이제 라셀르의 목소리도 제대로 들리지 않는다. 온몸이 와들와들 떨렸다. 머리를 감싸 안고 고개를 무릎 사이에 파묻는 순간, 문 쪽에서 커다랗게 쾅쾅대는 소리가 들렸다.

문 열어! 당장, 문 열지 못해?

쾅당!

레아는 소리가 난 쪽을 향해 멀거니 눈을 돌렸다. 문짝이 떨어져 나갔고, 그 뒤에는 매우 익숙한 옷차림의 사람들이 무리 지어 서 있었다.

"언니! 피해! 도망가!"

라셀르는 새파랗게 질려 레아에게 고함을 질렀다.

사슬 갑옷, 하얀 쉬르코, 눈이 아프도록 선명한 붉은 파테 십자가, 희고 검은 보쌍 방패. 아주 오래된, 하지만 한시도 잊을 수 없었던 어떤 장면. 라셀르는 두 번 생각할 것도 없이 가장 앞에 서 있는 병사의 앞을 막아서며 외쳤다.

"레아 언니! 피해! 누가 좀 도와줘요! 밖에 아무도 없…… 악!"

앞에 선 기사 한 명이 방패로 라셀르의 머리를 후려갈겼다. 정신을 잃은 라셀르는 피를 쏟으며 저 방구석으로 나가떨어진다.

"라셀르!"

레아는 자리에서 벌떡 일어나 무기가 될 만한 것을 찾아 두리번거렸다. 순간 투구로 얼굴을 완전히 가린 기사 한 명이 쿵쿵대며 다가와 레아의 두 팔을 뒤로 거칠게 꺾어 몸을 바닥에 눌렀다.

복도에는 호위로 고용된 노기사와 병사 두 명이 피를 흘리며 쓰러져 있고, 방구석에 나동그라진 라셀르는 움직이지 않는다.

······라, 라셸르······? 라셸르!

······발타······ 님?

머리채가 잡혀 고개가 뒤로 꺾이더니 이내 이마가 벽에 세게 부딪친다. 세상이 점점 검게 물들어 가며, 사람들의 고함과 비명이 점점 아련하게 멀어졌다.

11부. 왕과 기사의 거래

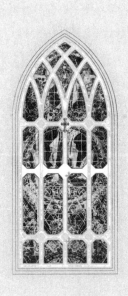

11-1. 고양이의 방

르아브르에 레아 호가 입항하던 날은 비가 몹시 내려 진창이었다. 무장한 기사 한 명이 말을 끌고 급하게 선착장에 내렸다.

뒤따라 내린 몇몇 사람들이 그를 붙잡고 만류했지만, 기사는 그들을 뿌리치고 말에 올라 달리기 시작했다. 잠시 후 무리 중 한 명이 커다란 자루들을 대강 말에 싣고는 기사의 뒤를 따랐다.

"씨에! 씨에 드 올랑드! 발타 님! 아 씨바, 환장하겠다. 제, 제발 좀 기다리시라고요!"

벵상은 앞서 달려가는 기사의 등짝에 대고 숨넘어가도록 고함을 질렀다. 저렇게 앞뒤 모르고 가서 어쩌려고. 일단은 바짓가랑이를 붙잡고 말려야 하는데, 그놈의 바짓가랑이기 잡히지 않는다.

뒤에서 죽어 가는 소리가 너무 시끄러워서, 발타는 할 수 없이 말을 세웠다. 사노와 엘리고를 끌고 오는 벵상도 몰골이 엉망진

창이었다.

"어, 어차, 피 아, 아무리 달려도 오늘 안에는 루앙까지 못 가십니다. 제발."

"하, 하지만, 내가…… 소식을 너무 늦게 받아서……."

비에 흠뻑 젖은 발타의 얼굴에선 이미 혈색이라곤 찾아볼 수 없었다.

발타는 동행하는 상단의 일정 때문에 노팅엄셔에서 길게 머무르지 못하고 북쪽으로 이동하는 중이었다. 그래서 레아가 보낸 편지와 포츠머트에서 있었던 근황은 결국 요크셔에 도착해서야 전해지게 되었다.

그나마 편지 배달꾼이 기를 쓰고 요크셔까지 따라와서 소식을 전해 주었기 망정이지 안 그랬으면 다음 달까지 깜깜하게 모를 뻔했다.

발타는 바로 여행을 접고 밤낮으로 쉬지 않고 포츠머트로 달려왔지만, 그때는 레아가 끌려간 지 이미 열흘이 지난 후였다.

레아가 그렇게 잡혀가도 크게 문제가 되지 않은 것은, 레아가 프랑스 사람으로 현재 앙글레테르의 보호를 받지 못하는 신분이기 때문이었다. 그리고 총단장의 명령서를 받은 포츠머트 지부의 성전기사들까지 출동했으니 누구도 트집을 잡을 수 없었다.

영국의 성전기사단은 에드와르 폐하의 에코스(Écosse, 스코틀랜드) 원정에 큰 도움을 준 이후로, 왕의 전폭적인 지지와 막강한 권력을 누리고 있었다. 그런 상황이니, 도망자 여자 하나쯤 붙잡아 넘겨주는 건 일도 아니었다.

"늦게 오신 게 왜 발타 님의 탓이겠습니까. 일이 더럽게 돌아가려니 그런 거죠! 어차피 지금은 따라잡아 **뺏어** 오긴 글렀으니까, 계획을 잘 짜서 어디부터 갈지 결정해 보자고요."

"……."

"그리고 일단, 뭐라도 제대로 된 걸 드셔야 합니다. 이러다가
는 레아를 찾는 건 고사하고 발타 님이 먼저 쓰러지실 겁니다. 배
에서 아무것도 못 드셨잖습니까. 요크셔에서 오실 때도 거의 못
드셨죠? 저 앞의 언덕도 넘기 전에 쓰러지실 겁니다."

"……자네는, 걱정도 안 되나? ……먹을 게 들어가?"

"주둥이가 멀쩡한데 왜 밥이 안 들어가야 합니까? 그런 것까지
죄책감을 느끼시면, 레아 못 구하십니다. 레아가 들었으면 모지
리 멍청이 돌대가리라고 와다다다 쏟아 냈을 텐데, 아, 이건 제가
그렇게 생각한다는 게 아니고 레아가, 아마도? 물론 기사님이 하
신 말씀은 레아에게 비밀로 해 드리지요. 공짜는 아니고 1파운
드."

그는 대놓고 고용주를 돌려 까다가 다시 바짓가랑이에 매달려
살살 달래기 시작했다.

"아무리 서두른다고 해도, 방법이 나오진 않잖습니까? 저희 두
사람이 센 강변에 줄줄이 포진한 기사단 지부들 수백 곳을, 문짝
하나하나 모조리 깨부수면서 '야! 다 나와!' 하면서 족치고 돌아다
닐 건 아니잖습니까? 정말 꼭대기에서 지하실까지 모조리 뒤지
고 다니실 겁니까? 아니면 밤마다 그 삼엄한 경비를 뚫고 잠입해
서 레아가 있나 없나 조사하시겠습니까? 그럴 거 아니잖습니까.
저, 호, 혹시 그러실 거면 지는 빼 주십쇼. 자, 발타 님, 그러니까
캄다운, 캄다운. 다시 말하건대, 제가 레아에게 관심이나 애정이
없어서 이런 말을 하는 게 아니오라, 아니 애정은 없습니다. 아
니, 애정이 없다고는 할 수 없지만, 그, 형제애라고 하는 것이죠,

그게. 오, 그 이름도 아름답다, 브라덜-후드!"

발타는 말을 멈춘 채 그대로 더 서 있었다. 빗줄기는 점점 더 거세지고, 길은 아예 진창이 되어 가는데도, 발타는 꼼짝도 하지 않고 그 비를 다 맞으며 내처 서 있었다.

한참 후, 그는 머리카락을 타고 줄줄 흘러내리는 빗물을 걷어내며 고개를 끄덕였다.

"자네 말이 맞네. 내가 제대로 먹고 마시고 정신을 차려야 레아를 찾을 수 있겠지."

문제는 레아가 어느 지부로 끌려갔는지 알 수 없다는 점이었다. 포츠머트 인근의 기사단 지부에서 병력이 동원된 건 확실했지만, 레아가 프랑스로 끌려갔다는 것 말고는 아무것도 알아낼 수 없었다.

일단 기사단의 파문자는 단원과 대화와 접견이 금지되어 있었고, 앙글레테르 쪽에서는 발타의 인맥이 전무했다. 파리에서 단장이 직접 와서 끌고 가지는 않았을 듯한데, 노르망디 지부에서 출동했을까.

하지만 문제는 노르망디 지역의 지부와 기사관만 해도 수십 개에 이른다는 점이었다. 셰르부르 항 인근의 지부? 조프루아 드 샤르네 경이 계시는 루앙 쪽일까? 르아브르 쪽일까. 아니면 아예 바로 파리 본부로 끌고 갔을까.

그는 범람할 듯 무섭게 넘실거리는 센 강을 응시하며 결론을 내렸다.

"노르망디 지부 책임자의 명이 없이는 기사들이 단체로 움직이지 못했을 것이니, 일단 조프루아 경이 있는 루앙으로 가지. 센 강변이 아니라 숲길로 질러가는 게 좋겠어."

루앙까지는 준마로 꼬박 달려도 하룻길이었다. 하지만 폭우가 와서 센 강이 여기저기 범람했고, 강변으로 이어진 길들은 거의 늪지처럼 변해서 속도가 더뎠다. 벵상이 얼른 고개를 끄덕였다.

"알겠습니다. 강 쪽이 진창이니 차라리 조금 위험해도 숲길로 질러가는 게 나을 듯합니다. 이런 빗속에 영업 나오는 강도나 도둑이 있으면 미친놈이겠죠."

강도나 도둑도 정신머리가 제대로 박혀 있으면, 무장한 기사한테는 덤비지 않는다. 떼로 덤빈다면 조금 털어먹을 가능성이 있겠지만, 적어도 동료 열 명 이상의 목숨을 바쳐야 기사를 털어먹을 수 있을 테니, 아예 덤빌 생각을 안 하는 것이다.

발타 역시 오랜 세월 방랑기사로 살아왔지만, 도둑이나 강도, 부랑자와 시비가 걸리거나 공격을 당해 본 적은 한 번도 없었다. 벵상이 흠뻑 젖은 쉬르코의 앞자락을 쥐어짜는, 정말 부질없는 짓을 되풀이하며 계속 구시렁거린다.

"그나저나 날씨는 왜 이렇게 해마다 지랄인지, 센 강에 홍수 나서 다리 떠내려간 게 10년밖에 안 됐는데 작년에도 이러고, 올해도 이러네요. 하느님께서 대체 누구한테 천벌을 내린다고 이러시는 걸까요."

사람들은 최근 들어 잦아진 홍수와 가뭄, 냉해를 신의 징벌이라 말했다. 하지만 누가, 무엇을 잘못해서 징벌이 내려지는지는 아무도 자신 있게 말하지 못했다.

발타는 자신과 레아에게 끝없이 이어지는 고통스러운 일들이 누군가의 잘못 때문이 아닐까, 어떤 일에 대한 징벌이 아닐까 하며 의심하지 않으려 애썼다.

이것이 정말 신의 징벌이라면, 발타는 더는 버틸 자신이 없었
다.

† † †

"기사단에서 파문당한 자와는 대면하지 못한다고 전하시오, 벵
상."

문 너머에서 들리는 조프루아 드 샤르네의 목소리는 차갑고 딱
딱했으나, 그 목소리의 끝은 가늘게 떨리고 있었다. 조프루아는
애써 목소리를 가다듬으며 말을 이었다.

"한때 기사단의 형제였다가 파문당한 자, 특히 기사단의 재물
을 횡령했거나, 기사단을 배신하고 적의 세력과 내통한 자들과는
만남과 대화가 금지되어 있소. 나는 발타사르라는 자가 온 것을
보지 못했고, 이곳에 온 것도 듣지 못했소."

조프루아는 새하얗게 질린 얼굴로, 하지만 필사적으로 몸을 버
티며 냉랭하게 내뱉었다. 뒤에 서 있는 자신의 시종도 상황은 비
슷해 보였다. 귀신이라도 본 것같이 새파랗게 질린 얼굴이었다.

단장의 명령대로라면 지금 발타를 붙잡아 목을 쳐서 파리로 가
져가야 했다. 하지만 저렇게 멀쩡하게 회복된 발타를 만나게 될
줄은 몰랐다. 지금 그의 목을 치려면, 루앙 지부에 있는 기사들을
모두 동원해도 성공하리라는 보장이 없었다.

무엇보다 조프루아는, 지금 발타의 목을 치고 싶지 않았다.

조프루아 드 샤르네 경은 56세의 중견 기사로, 기사단에서 풍
부한 관록을 자랑하고 있었다. 시돈의 최전선에서 기욤 단장과

함께 싸우기도 했고, 발타와도 개인적인 친분이 깊었다. 하여 발타의 개인적 부탁에 도움을 아끼지 않았고, 그가 끔찍한 징벌을 받을 때도, 속으로 몹시 딱하게 여겼다. 감히 입 밖에 내지는 못했지만.

발타가 살아남을 거라는 생각은 별로 하지 않았다. 눈을 빼는 것은 전쟁 포로나 첩자들에게 내리는 기본적인 징벌이고, 혀 절단형은 이교의 가르침을 베푼 자나 위증자에게 가장 기본적으로 가해지는 벌이다.

팔다리를 못 쓰게 하는 것은, 적의 강력한 전사들을 무력화하기 위해 오래전부터 쓰이던 방법이었다. 한 명을 그렇게 돌려보내면 적어도 서너 명의 적군 병력을 묶을 수 있고, 모국에 돌려보내면 수십 수백의 사람들에게 좌절과 절망감을 전파하는 존재가 된다.

하지만 그 모든 일을 한꺼번에 당하는 경우가 많은 것은 아니었다. 그 정도까지 죄가 크면 보통은 목이 매달리거나, 거열형이나 팽형에 처해지게 마련이었다. 실제로 파리에서는 금화를 위조했다는 이유만으로도 팽형을 당하곤 했다.

참사회에는 발타를 아끼는 고참들이 적지 않았다. 조프루아 역시 그중 하나였다. 그는 발타가 '더듬이와 다리가 모조리 떨어진 벌레처럼 지내고 있다'는 소식을 들었을 때, 혼자 가슴을 치며 눈물을 떨어뜨렸다.

하지만 저렇게 완벽하게 회복되어 서 있는 것을 보니, 기쁘다기보다 기절할 것 같았다. 그의 앞에서 쓰러지지 않고 버티는 것 자체만으로도 한계였다. 조프루아는 덜덜 떨리는 손으로 쉬르코 자락에 새겨진 십자가 무늬를 꽉 움켜쥐었다.

235

그 여자가 정말 신의 이적을 보였구나.

나는, 우리 기사단은 혹시 하느님께 큰 죄를 지은 것은 아닐까.

자크 단장은 발타가 이렇게 완벽하게 회복된 것을 보셨으면, 그런 명령을 내리셨을까.

파리 지부에서 온 몰레 총단장의 편지에서는 격렬한 분노와 위급한 상황이 고스란히 느껴졌다. 내용을 요약하면 '두 명의 첩자로 인해 비밀 입단식의 과정들이 누설되었고, 이단으로 몰릴 위험에 처했다. 그러니 왕의 증인 발타사르와 레아 다크레를 빨리 찾아 신속히 처단하되, 십자가를 찾지 못하면 여자의 목숨은 붙여서 파리로 데려오라'는 것이었다.

그래서 조프루아는 명대로 여자를 잡아 신속히 파리로 보냈다. 여자를 호위하던 노기사는 부상을 입고 기다시피 도망쳤고, 다른 용병들도 고작 몇 합 만에 항복하거나 팔다리가 부러진 채 줄행랑을 놓았다.

성 십자가는 찾을 수 없었다. 그녀가 머무르던 방을 바닥까지 두드려 가며 샅샅이 뒤졌으나 보석으로 치장된 성물함이나 유골함은 없었고, 성 십자가도 없었다. 비슷한 나무 막대기조차 발견하지 못했다.

그리고 열흘 만에 발타가 루앙 지부에 나타났다.

"첩자라니, 기밀 누설이라니, 무슨 말인지 이해할 수 없네, 벵상."

직접 대화를 나누지 못하는 조프루아와 발타는 벵상을 중간에 끼운 채 기묘한 대화를 시작했다.

"벵상, 나는 첩자가 아닐세. 삼위일체 하느님의 이름으로 맹세코, 한 마디도 발설하지 않았어. 뭘 잘못 알고 있는 분들이 계시는 듯한데."

설마. 저 말이 사실일까? 조프루아는 지그시 눈썹을 찌푸렸다.

……정말 사실이면 어쩌지? 큰 희생을 감수하며 발타의 목을 베어 가지고 갔는데, 입단식의 비밀을 누설한 증인이 발타가 아니고 다른 사람이었다면?

오, 맙소사. 그러면 우리는 무고한 그리스도 교도를 죽인 게 된다.

발타는 기사단에서는 파문자였지만, 그에 상응하는 벌을 충분히 받았고, 여전히 프랑스 왕의 신민이며 그리스도 교도다.

그런 자를 무고하게 죽이는 것은 사형에 해당하는 죄였다. 기사단 내규에서든, 프랑스의 법에서든, 교회법에서든.

게다가 신께서 여자를 선택하셨고, 신의 뜻대로 발타를 낫게 하신 게 맞다면, 기사단의 행동은 하느님의 뜻을 크게 거스르고, 신의 분노를 격발한 짓이 된다. 과연 이 일을 어쩐단 말인가.

여인에게서 치유 이적이 없었다는 정보만으로 신성 재판의 결과를 불신했던 것이 큰 문제였다. 조프루아는 초조해졌다. 신의 뜻으로 완전히 회복된 발타가 다시 붙잡혀 죽는 사태가 벌어질까 두려웠다.

결국 조프루아는 한 걸음 물러섰다.

"벵상, 나는 당신이 잡혀간 누군가를 구하기 위해 파리의 탕플 수도원으로 달려갈 거라면, 그 미친 짓은 목숨을 걸고 뜯어말릴 생각이오."

조프루아는 말을 하면서도, 자신의 판단이 두려움에 의한 것이 아니기를 빌었다. 사령관의 태도 변화를 감지한 벵상은 재빨리 발타에게 눈짓했다.

레아는 파리 본부로 끌려간 모양입니다, 발타 님!

"어째서 그게 미친 짓이 될까, 벵상? 자신이 아끼는 자나 가족이라면, 그 누구라도 구하려고 최선을 다하지 않겠는가."

"벵상, 황금을 낳는 거상이여. 인질이 잡혀 있으면 생 미셸 대천사라도 싸울 수 없소. 헛되고 무익한 희생만 늘리게 될 것이오."

"그녀가 살 수 있는 방법이 있겠나, 벵상?"

조프루아는 씁쓸하게 고개를 저었다. 증언을 인멸하기 위해, 여자는 어차피 죽을 것이다. 왕에게 무엇을 일러바쳤는지 시시콜콜 알아낼 필요도 없이, 죽일 것이다.

잠시라도 목숨을 붙여 놓는다면, 그것은 순전히 성 십자가를 되찾기 위해서일 것이다. 자크 경처럼 기사단에 대한 자부심이 넘치고, 성모님께 받은 임무를 중시하던 사람이라면, 그것을 자신의 대에서 잃었다는 자책을 도저히 견디지 못할 것이다.

그리고 명실공히 자크의 오른팔이 된 레몽은 적의 포로에게서 정보를 털어 내는 데 탁월한 재주를 갖고 있었다. 그는 원하는 정보를 얻지 못했던 적이 거의 없었다.

"벵상, 그대의 누이동생이 살 수 있는 방법이라면…… 왕이 성전기사단을 무고誣告했음을 실토하고, 공개적으로 사죄한 후, 여자가 가져간 물건을 돌려주는 정도라면…… 타협을 시도해 볼 만할 게요. 그런데, 과연 그것이 가능하겠소?"

발타는 눈앞이 시커멓게 차오르는 것을 느꼈다. 가능한 방법이 아니었다. 레아는 왕이 기사단 본부로 직접 밀어 넣은 첩자가 맞고, 기사단 비밀 입단식의 과정들을 왕에게 소상히 알린 것도 레아가 맞을 것이다.

"하지만 그녀는, 음, 제 동생은, 신성 재판에서……."

"두 번의 신성 재판이 각각 다른 결과를 말한다면 납득이 안 될 수도 있고, 대전사의 기량이 지나치게 뛰어나면 판결이 억울하게 느껴질 수도 있지. 그러면 다시 찾아와야겠다는 생각이 당연히 들지 않겠소, 파리의 거상이여."

조프루아 경이 말을 흘린다. 구체적이지는 않지만 충분히 짐작할 수 있다. 기사단은 성 십자가 조각을 원한다. 레아에게 기어이 그것을 돌려받을 생각이다.

물론 레아가 그 귀한 유물을 왕에게 대가 없이 넘기고 도망쳤다는 건 상상조차 하지 못한다.

발타는 그녀에게 성 십자가 조각이 없다는 것을 말하려다가 그만두었다. 그녀가 갖고 있다고 착각하게 두는 것이 그녀의 생존에 더 유리했다.

그녀가 살아 있는가, 하는 애타는 물음에, 조프루아 경이 머뭇거리며 대답했다.

"기사단은 창날을 얻기 전에 거푸집을 깨 버리는 어리석음을 범하지는 않소. 다만."

두 사람은 초조하게 조프루아 경의 뒷말을 기다렸다. 그는 한참을 지체하다가 침중한 목소리로 덧붙였다.

"그대 동생의 무탈함까지 장담할 수는 없소."

† † †

작명 센스가 개뿔이야. 정말 돌대가리 아니야?

어떻게 이따위 방에 이렇게 예쁜 이름을 붙여 줄 수가 있지.

레아는 필사적으로 욕을 해 보려 애썼다. 그렇게라도 하지 않으면 무서워서 기절할 것만 같았다. 그래서 레아는 몸을 와들와들 떨면서도 하잘것없는 투덜거림을 이어 가며, 무서움을 잊으려 애썼다.

지금 레아가 있는 방은, 탕플 탑의 지하에서도 가장 안쪽에 있는 방이었다. 발타가 일하던 탕플 탑에 대해선 비밀 회의실과 비밀 금고, 솔로몬의 방과 비밀 탈출로까지 완벽하게 꿰고 있다고 생각했지만, 아니었다. 어디선가 비밀의 방이 자꾸 나타났다.

지하에는 조사를 위한 비밀의 방, 즉 고문실이 있었는데, 놀랍게도 '고양이의 방'이라는 이름이 붙어 있었다. 물론 방의 실제 분위기는 귀여운 이름과는 매우 거리가 멀었다.

이곳은 레아가 보았던 모든 장소 중 가장 습하고, 음침하고, 퀴퀴했다. 창문도 없고 환기 구멍도 없었다. 사방 돌벽과 바닥은 곰팡이와 이끼가 두껍게 돋아 있었고, 무겁고 습한 공기는 형언할 수 없는 냄새로 가득했다.

레아는 그 싸하고 지릿한 냄새에 계속 헛구역질을 했는데, 먹은 것이 없다 보니 올라오는 것도 없었다. 병사들은 엄살을 부린다며 몇 번이나 발길질을 했다. 하지만 레아는 정신이 나갈 정도로 겁에 질려, 아픈 것조차 제대로 느끼지 못했다.

"이 방에는 고양이의 방이라는 이름이 붙어 있는데 말이지요, 마드무아젤 레아."

채찍을 살랑살랑 흔들며 기사다운 척, 친절하게 설명해 주시는 저 빨강 머리 개자식의 이름을, 레아는 아주 자알 알고 있다.

레몽 드 툴루즈, 자크 단장의 조카이자 아들처럼 아끼는 최측근 기사다. 발타 님이 기사단을 떠난 지금, 젊은 세대에서 차세대 단장 후보로 떠오르는 기대주 정도 되는 것 같았다. 그동안 발타 님에 가려져서 빛을 못 보았던……?

빛을 못 보긴 개뿔이, 발타 님 발바닥 그림자도 못 될 놈이 어딜 감히. 성전기사단에 이렇게 인재가 없나.

"정확히 말하자면 그냥 고양이의 방이 아니라…… 발정 난 고양이의 방이라고 합니다. 제가 붙인 이름인데, 근사하죠?"

"……?"

왜냐고 물어보려던 레아는 냉큼 입을 다물고 고개를 돌렸다. 대놓고 물어봐 달라는 놈에게 얌전히 물어봐 줄 줄 알고. 레몽은 조금 기분이 상한 듯 콧방귀를 뀌었다.

"용맹한 기사들은 고문을 당해도 우렁차게 고함을 지르거나 굳세게 참을 것 같지요? 오, 천만에요. 눈물 콧물 질질대며 울부짖는 소리는 오밤중에 발정 난 고양이 울음소리랑 아주 비슷하답니다."

"……."

"아 물론, 마드무아젤께서 저한테 잘 협조하시면 그렇게까지 울 일은 없으실 거고."

몸이 주체할 수 없이 떨렸다. 이런 고문실에 매달리게 될까 봐 평생 도망만 다니며 살았는데, 결국 이 지경이라니…….

"나는 기사단에서 정보를 채집하는 자이고, 아크레에서부터 포로들의 입에서 정보 뽑아내는 일을 오래 했어요. 시끄러운 괭이 울음소리 정도는 이제 트루바두르의 노래처럼 적당히 즐길 수 있

241

게 됐죠."

"으……."

"아무리 의지가 굳센 자들이라도, 몸에 약간의 자극만 주면, 다 같이 무너지게 되어 있지요. 신께서는 인간의 몸을 그리 강건하게 만들진 않으셨어요. 공평하게도."

레몽은 눈을 반짝이며 생동감 있게 웃었다. 그는 그 '정보를 뽑아내는 일'을 몹시 좋아하는 것 같았다.

"발타가 파문당하기 직전에 마지막으로 들어왔던 방도 이 방이었지요. 지렁이처럼 꿈틀꿈틀 기고, 온몸을 이리저리 비틀면서, 명예도 수치심도 모른 채 울며 애걸했죠. 그냥 죽여 달라고. 제발 그냥 목을 매달아서 죽여 달라고……. 아, 혀가 남아 있을 때까지만 그랬다는 겁니다. 그의 비명 역시, 발정 난 고양이 울부짖음과 크게 다르지 않았지요."

레아는 다시 헛구역질을 하기 시작했다.

발타 님은, 그 시간을 어떻게 버텨 내고 내 곁에 돌아오신 걸까.

나는, 내가 그를 사랑한 게 정말 잘한 걸까.

레아는 더는 참을 수 없었다. 저자는 그렇게 끔찍한 고통을 당하고 쫓겨난 동료에게 최소한의 동정심마저도 느끼지 못하는 걸까. 레아는 숨을 헐떡대며 쏘아붙였다.

"당신도…… 발타 님한테 찔렸을 때, 발정 난 고양이처럼 울었죠……."

그의 표정이 싹 변한다. 분노를 잘 참지 못하는 다혈질 사내는 쇠장갑을 낀 채로 크게 손을 휘둘렀다. 붕, 엄청난 타격감과 함께 몸이 옆으로 확 기울어졌다.

"개 같은 년. 입 다물어. 지금 어떤 상황인지 아직 인식이 안 돼?"

손목에 묶인 쇠사슬 덕에, 그나마 더럽고 끈적대는 바닥에 머리를 박는 참사는 피할 수 있었다. 그랬다가는 분명히 다시 구역질을 했을 것이다.

레몽이 머리채를 잡아 올리고 묻는다.

"네가 왕의 첩자 노릇을 한 건 알고 있어. 여자 주제에 아주 감쪽같이 잘도 숨어 있었지. 수도승 기사들이라 해서, 여자를 가만히 놔둘 거라고 생각한 건가? 아님 우리가 밤마다 돌아가며 예뻐해 줄 거라고 기대했던 건가?"

"······."

"왕한테 입단식의 비밀을 떠벌린 것도 모자라 이단이라고 증언을 하실 거라고? 그냥 깜찍한 쥐새끼인 줄 알았는데, 아주 간덩이가 부어터진 쥐새끼였다 이거지."

그는 생각보다 말이 많았다. 레아는 그가 스스럼없이 기사단의 기밀을 언급하는 것을 보며, 자신이 조만간 죽으리라는 것을 직감했다. 그녀는 필사적으로 혐의를 부인했다.

"제가 그 일을 어떻게 알아요? 보지도 못하는 비밀 입단식에 대해서 제가 뭘 안다고 증언을 해요? 저는 모르는 일이에요!"

자신이 왕의 첩자로 활동한 건 사실이지만, 현장에서 들키진 않았다. 확실한 증거 따윈 없다. 왕이 뻔뻔하게도 기욤 드 보주 단장에게 혐의를 뒤집어씌우지 않았던가.

물론 레몽은 레아의 이런 반응을 충분히 예상하고 있었던 듯했다.

"그래. 그렇게 나와 줘야죠, 아가씨. 네년이 왕에게 어떤 내용

243

을 쏘삭였는지 하나하나 샅샅이 자알 생각해서 알려 주셔야겠고…… 그보다 더 중요한 건…….”

그가 손으로 레아의 옆구리를 쿡쿡 찔렀다. 소름이 쫙 끼쳤다.

“당신이 훔쳐 간, 성 십자가 유물이 어디 있는지 알려 주셔야겠어. 네가 머무르던 방과 하숙집을 홀라당 다 뒤집어 봤는데, 성물함은 고사하고 나뭇조각 비슷한 것도 없더라고?”

“……그건 제가 안 갖고…… 이럴 줄 알고 다른 사람에게……
악!”

레아는 말을 잇지도 못한 채 입을 딱 벌렸다. 쫘악. 그의 손에 들린 채찍이 레아의 가슴을 가로질렀던 것이다. 슈미즈를 걸치고 있기는 했지만 통증은 어마어마했다.

레아는 비명조차 지를 수 없었다. 고양이 울음소리는 고사하고, 너무 아파서 눈물만 줄줄 흘러나왔다. 딱 세 대 만에 핏방울이 하얀 슈미즈 위로 스며 올라오기 시작했다.

레몽은 웃고 있었다. 그는, 정말 진심으로 즐거워하고 있었다.

“이봐요, 아가씨. 어떻게 그렇게 예측에서 한 걸음도 벗어나지 못하는 대답을 하실까. 잃어버렸다, 아니면 다른 사람에게 주었다, 이 둘 중의 하나일 거라고 생각하고 있었는데.”

“…….”

“그럼 이제 누구한테 주었다 하시려나? 아마 폐하께 드렸다고 하겠지?”

“……저, 정말 폐하께 놓고 왔…….”

“씨발, 창의력을 좀 발휘해 봐. 그걸 내가 정말 믿을 거라고 생각하는 거야? 하긴. 당연히 우리가 칼 들고 쫓아갈 수 없는 사람에게 주었다고 해야겠지. 그래야 우리가 아크레 너희 집에 찾아

244

갔을 때처럼, 개죽음을 당하지 않을 테니까. 안 그래?"

우, 우리 집에 왔던 사람들 중 이 개새끼도 있었구나.

뒤늦은 분노로 눈앞이 하얗게 변했다. 하긴, 아크레에서도 정보를 담당하고 있었다고 했지. 레아는 이를 악물고 내뱉었다.

"정말, 정말이에요. 이렇게 쫓기기 싫어서…… 폐하께 넘기고……."

"그래그래. 알았어. 요 예쁜 입술이 열리려면 아직은 작은 도움이 필요하겠네. 처음에 며칠은 다 그래요. 고귀한 숙녀 행세를 얼마나 할 수 있을지는 모르겠지만."

그가 콧노래를 흥얼거리며 옆에 있는 둥그런 판의 손잡이를 돌렸다. 끼기기 끼기기 끼기기. 낡고 녹슨 쇠가 갈리는 소리가 나면서, 레아의 팔이 위로 들어 올려졌다. 천장에는 도르래가 달렸고, 레아의 팔은 계속 위로 올라갔다.

이내 레아의 발이 허공에 둥실 떠올랐다. 몸이 허공에 뜨는 순간, 사슬이 묶인 손과 겨드랑이, 어깻죽지가 찢겨 나가는 것처럼 아팠다. 저놈은 아직 아무 짓도 안 했는데 벌써부터 눈물이 줄줄 흘러나온다.

이런 순간을 피하기 위해 차라리 발타 님 손에 깔끔하게 죽고 싶어 했던 적도 있었는데.

순간 생각이 뚝 끊어진다. 천장 가까이 끌려 올라간 몸이 훅, 아래로 떨어지다가 철컹, 멈춘다. 아아악! 입이 딱 벌어진다. 팔과 옆구리가, 뱃가죽이 찢기는 것 같다. 이내 눈앞으로 새까만 안개가 차오르기 시삭했나.

"이제, 생각이 좀 바뀌셨을까? 아가씨?"

"정말 안 갖고 있어요. 그런 거 상선에 가득 채워다 줘도 한 조각도 안 가질 거예요."

"제발, 믿을 만한 거짓말을 해야 믿는 시늉이라도 하죠?"

그는 채찍의 손잡이 끝으로 눈물이 줄줄 흘러내리는 레아의 뺨을 가만히 어루만지더니 그것을 천천히 아래로 끌어 내렸다. 채찍의 손잡이는 레아의 입술과 목과 쇄골을 지나 점점 아래쪽으로 느릿하게 유영하듯 기어 내려갔다.

레아는 이를 악물었다. 온몸에 소름이 쫙 돋는다. 비명이 터지려는 걸 참기 위해 입술이 터지도록 깨물어야 했다. 그가 눈을 번들거리며 이를 허옇게 드러내고 웃더니 그녀의 몸 위에 엄숙하게 십자가를 그었다.

"음란한 릴리트, 순결한 그리스도의 기사를 파멸에 이르게 한 어여쁘고 음탕한 몸뚱이여. 그 추하고 너덜너덜한 본질을 곧 드러낼지어다."

씨, 이, 개…… 개 같은 새끼가, 미쳤어.

하지만 레아의 분노는 손톱만큼의 용기도 가져다주지 못했다. 레아가 할 수 있는 것은 그저 그 끔찍한 감촉을 피하려고 허공에 매달린 몸을 애처롭게 이리저리 비틀어 대는 것뿐이었다. 그것도 오래가지는 못했다. 이내 쩍, 하는 소리와 함께 허벅지 쪽으로 불로 지지는 것 같은 통증이 들이박혔다. 숨이 턱 막히면서 입이 저절로 벌어지며 다시 눈물이 솟구쳤다.

나는 아니에요. 없어, 정말이에요. 제발 살려 주세요. 나는 정말 없어요. 입에서 저절로 비참한 애걸이 흘러나왔다. 레아는 이렇게 극도로 무기력하게 매달려 질질 짜고 비는 일밖에 할 수 없는 자신이 한심한 걸 넘어 너무나 벌레처럼 느껴졌다.

그나마 만족스러운 반응인 듯, 그가 건들대며 웃는다. 그는 레아가 매달린 이 방에 혼자 들어와 있다. 그가 무슨 짓을 해도 아무도 모른다. 그것이 레아를 극도의 공포로 몰아넣었다.

그리고 저 사람은 자신이 상대에게 주는 공포를 아주 잘 알고 있고, 심지어 자신의 힘을 제대로 즐기고 있는 것 같았다. 잘나가는 차세대 단장 후보라지만, 인격이 제대로 된 사람처럼 느껴지지는 않았다.

"그리스도 교도인 귀족이나 왕족들은 취조를 한다 해도 피를 내거나 뼈를 상하게 하지 않는 것이 예의이고, 귀부인이나 숙녀들은 고문을 당해도 명예를 지켜 주는 것이 원칙이라지. 하지만 그게 잘 지켜질 거라고 믿는 바보는 없겠지요?"

"……제, 제발 살려 주세요, 있으면 지, 진작 드렸을 건데, 하지만 정말 없단 말이에요. 시. 시테 섬으로, 가서 물어보, 보면, 되잖아. 필립, 그, 개, 개새끼한테, 가서……! 물어보면, 흐윽, 윽, 으윽."

"오, 이 숙녀님 말본새 좀 보게. 아아주 좋아."

레몽은 미친 듯이 웃음을 터뜨리더니, 레아의 머리채를 잡아 얼굴을 바짝 끌어당겼다.

"필립이 우리를 이단 혐의로 조사를 요청했어. 교황께서 혐의 없음으로 처리해서 넘기긴 했지만, 우리는 용납할 수 없지. 그런데 네 헛소리만 믿고 시테 궁까지 가서 '당신이 자칭 신의 선택을 받은 여자에게서 성 십자가를 탈취했나? 우리에게 돌려주겠나?'라고 물어보란 말인가?"

레아는 이를 악물고 몸을 비틀었다. 다시 구역질이 치민다. 하지만 이자의 얼굴에 구토라도 했다간 정말 무슨 짓을 당할지 몰라서 필사적으로 숨을 참았다. 이제 이게 입덧으로 인한 구역질인지 공포로 인한 구역질인지도 구별이 되지 않았다.

247

"잘 생각해 봐. 예전에 툴루즈의 카타리 교도 중 '선택받은 성결한 자'로서, 교리에 따라 순결을 지킨 고귀한 숙녀들이 한둘이 아니었단 말이지? 알비 십자군들이 그들을 잡아서 아무리 개종을 권고해도, 숙녀들께서는 너무나도 고결하고 꿋꿋하게 그 잘난 신앙을 지키셨더란 말이야."

레아는 점점 두려워졌다. 저자는 아직 말로만 조곤조곤 떠들어 대는데, 자신의 눈에서는 이미 눈물이 줄줄 떨어지고 있었다. 그 모습을 본 레몽이 비죽대며 웃는다.

"다만 그 고귀하고 명예로운 동정녀들께서는, 화형을 당하기 전에 특별실에 모셔져 있는 동안, 고귀함이나 명예랄 게 전혀 남지 않게 되었어. 수많은 기사와 사제, 병사와 미천한 하인들에게 알 만한 짓을 쉴 새 없이 당하고, 매달려서 똥오줌을 줄줄 지릴 정도로 고문을 당하다 보니, 그걸 수치스러워할 정신머리도 싸그리 날아가 버렸거든."

"으, 흐으, 흑, 흐으……."

"아, 물론 윗선에선 그녀들의 명예를 위하여, 그곳에서 겪었던 일에 대해 어떤 기록도 남기지 못하게 자알 조치해 주었지. 그 얼마나 자비로운가……. 당신이 원하는 것도 그런 건가요, 고귀한 아가씨?"

아니, 아니, 아니에요. 나는 그 고귀한 숙녀들이 신앙의 이름으로 이겨 냈던 일들을 맨정신으로 겪을 자신이 없어. 손톱만큼도 없어. 난 그렇게 꿋꿋하지도 않고, 고귀하지도 못하고, 그렇게 거룩하고 높은 이상을 지키려는 것도 아니라고요.

내가, 그리고 발타 님이 원한 건 아주 작은 거였다. 너무 사소하고 하찮아서 먼지처럼 느껴지는 행복이었다. 발타 님은, 그저 내가 아기를 낳는다는 사실 하나로도 눈물까지 흘리며 행복해했다. 결혼한 남자 여자들이 다 낳는 아기 하나만으로도.

그런데 우리가 원하는 그 티끌처럼 작은 행복을 위해서, 이 쫄보는 대체 얼마나 용감해져야만 하는 걸까.

"마드무아젤. 그리 죽을 자들은 죽고, 살 사람은 또 살아야지. 그래야 이 한세상 재미나게 살아가지 않겠어? 폐하의 총애받는 노가레 대법관의 할아버지도 그렇게 불에 타서 돌아가셨지만, 그 손자는 지금 왕궁과 교황청을 오가면서 잘 먹고 잘 살고 있지 않습니까? 물론 그 일로 성격이 살짝 망가진 것 같긴 하지만 말입니다."

다시 끼기기기 소리가 나면서 도르래가 올라갔다. 텅, 하는 소리와 함께 몸이 아래로 내려지고, 바닥에 동댕이쳐지기 전에 확 멈춘다. 팔이, 어깻죽지가 이미 찢어지고 있는 듯한 환각이 들기 시작했다. 반나절만 이렇게 매달려 있으면, 두 팔을 영원히 못 쓸 것 같다.

"자, 이제 네가 왕의 귓속에 쏘삭였던 내용들과, 그 성 십자가 조각이 어디 있는지 실토할 생각이 들었나?"

"……."

어떻게든, 살아남자.

눈물을 뚝뚝 떨구며, 레아는 결심했다.

내가 지키고 싶은 것은 나의 발타 님, 그분의 온전한 인생, 그분이 받아야 마땅할 행복, 그분이 나에게 주신 천하보다 귀한 작은 생명 하나, 그뿐이었다.

아프게 하려면 마음대로 해. 내가 싹싹 빈다고 안 할 거 아니잖아. 존엄성이나 명예 따위, 뺏어 가고 싶으면 맘대로 해. 나는 애

249

초에 이교도 출신 천한 여자고, 겁도 많고, 남들이 칭송할 만큼 아름다운 여자도, 고결하고 정숙한 여자도 아니야. 목숨을 바칠 만한 대단한 신념 같은 것도 없어.

끼끼끼끼. 끼끼기. 낡은 도르래 소리와 함께 몸이 다시 올라간다. 레아는 겁에 질려 정신이 나갈 것 같으면서도 이를 악물었다.

하지만 발타 님, 다른 건 다 모르고, 어떻게든 살아남아 볼게요. 포기 안 할게요.

저 새끼들이 원하는 대답이 있으면 해 주고, 개처럼 기라고 하면 기고, 울라고 하면 울고, 빌라고 하면 빌고. 실토하라고 할 게 있으면 하고, 무슨 짓을 하든, 무슨 짓을 당하든, 어쨌든 살아남을게요. 아기와 함께 기어이 살아남아서…… 당신을 다시 만날게요.

다시 만나면, 그냥 아무것도 묻지 말고, 살아남아 줘서 고맙다고, 그렇게만 말해 줘요…….

천장까지 매달린 여자의 얼굴에서 눈물이 폭포처럼 쏟아져 내렸다. 레몽은 여자가 정신을 잃지 않은 것을 확인한 후, 낡은 도르래의 손잡이를 놓았다.

† † †

발타와 벵상은 거의 쉬지 않고 파리로 달렸다.

발타는 레아와 함께 묵었던 농가에 다시 들렀다. 늙은 농사꾼 내외가 반색을 하며 간 쓸개 다 빼 줄 것처럼 환영한다. 지난번에 뵈었던 그 시종에 대해서 시시콜콜하게 묻다가, 얼굴이 시커멓게 변하는 기사님을 보고 눈치 빠르게 입을 다문다.

"그때처럼 이분 나리님도 다락 침대에 같이 잠자리를 마련해 드릴까요?"

벵상이 눈을 뱅그르르 돌리며 고용주를 바라보았다. 고용주의 눈빛이 몹시 단호해졌다.

벵상은 자기가 돈을 내고도 마구간 옆의 짚단에서 잠을 청해야 했다. 인생은 원래 더럽고 치사한 것이었다. 크레도와 엘리고, 사노 이 빌어먹을 삼부자는 크릉크릉 콧김을 뿜으며 밤새 벵상을 비웃었다.

오랜만에 발타는 꿈을 꾸었다. 발타는 이제 꿈을 꾸면서도 그 것이 꿈인 것을 인식했다.

어릴 때는 종종 꾸었지만, 최근에는 거의 꾸지 않았던 고향 풍경이 눈앞으로 펼쳐졌다.

아니, 폐하께서는 이것이 고향의 꿈이 아니라 성모 마리아가 보여 주었던 환상이라고 했던가.

하지만 발타는 여전히 이곳이 자신이 살던 고향처럼 느껴졌다. 자신이 선왕의 사생아라는 것 역시 여전히 받아들이기 어려웠다.

발타는 꿈속에서 가만히 엎드려 있었다. 가슴이 터질 것처럼 답답하고 숨이 막힌다.

정원 풍경은 그대로다. 강으로 둥글게 둘러싸인 먼 들판, 새하얀, 혹은 색색의 꽃들, 먼발치로 자그마하게 보이는 하얀 성.

그리고 자신은 나무 그늘 흙무더기 속에서 무언가를 끌어안고 엎드려 있다.

……?

251

품에 든 것은, 아주 오래된, 돌처럼 변한 머리뼈였다. 그것을 보는 순간 가슴이 바위에 짓눌리는 듯, 숨을 쉴 수 없었다. 그 감정이 너무 거대해서, 감정의 정체가 무엇인지 분별할 수조차 없었다.

어디선가 새가 한 마리 날아와 발타의 어깨에 앉는다. 위로라도 해 주려는 걸까. 새가 머리를 톡톡 기댄다. 왜인지 눈물이 쏟아질 듯했다.

나무 위로 천천히 올라가 본다. 어린 시절이다. 자신의 몸이 지금보다 자그마하다는 것이 느껴진다. 늘 앉던 나뭇가지에 기대앉은 발타는, 그곳에 못 보던 작은 구멍이 생겨난 것을 발견했다.

발타는 이제 천천히 정원을 걷는다. 어린 발타는 이 정원을 사랑했고, 고요함을 좋아했다. 그리고 그의 들판은 넓고 아름다웠다.

새와 함께 꽃밭을 한참 걷던 발타는, 들판의 끝자락을 감싸고 도는 얕은 강을 건너 뒤를 돌아본다.

나무 아래, 아까 보지 못했던 누군가가 와 있다. 그 누군가는, 아까 자신과 똑같은 모습으로 엎드려 있다.

"레아⋯⋯?"

발타는 두 손으로 입을 틀어막았다. 파리 본부로 끌려간 레아가 그곳에 있었다.

레아, 레아도 혹시 지금 꿈을 꾸는 걸까? 레아! 레아아! 발타가 애타게 고함을 지르는데, 레아는 그 소리를 듣지 못한 채 엎드려 울부짖기만 한다.

레아의 얼굴로, 몸으로 천천히 핏물이 스며 나온다. 끔찍하게 고통스러운 듯 그녀가 몸을 이상하게 비틀며 신음한다. 아아악,

아아, 살려 주세요. 살려 주세요. 발타는 지금 그녀가 끔찍한 고통에 휘말려 있는 것을 알아차렸다.

하지만 발타는 그 자리에서 한 걸음도 나갈 수 없었다. 아무리 고함을 지르고 애를 써도, 발 앞을 막아선 이 얕은 강물을 건널 수 없다.

"레아! 레아아! 레아!"

발타는 강 너머에서 울부짖었다. 고함이 치미는 것과 동시에, 강물이 솟아오르기 시작한다. 발타는 강물 앞에서 돌이 된 것처럼 도무지 움직일 수 없다. 끔찍하게 무기력하다. 이름을 부르는 것 말고는 아무것도 할 수 없다.

너무 고통스러웠는지, 레아는 그만 정신을 놓아 버린다. 그녀의 몸은 이제 꼼짝도 하지 않는다.

발타는 레아가 삶을 포기할까 말까 망설이는 중이라는 것을 직감했다.

"레아, 레아아! 안 돼, 안 됩니다. 제발, 조금만, 조금만 더 버텨 주세요. 아아, 제발, 나를 위해서라도. 미안해, 나를 위해서라도 조금만 더 버텨 주세요!"

그녀가 어떤 고초를 겪고 있을지 발타는 너무나 잘 알고 있었다. 버텨 달라는 게 얼마나 잔인한 말인지도 안다. 하지만 그렇게밖에 말할 수 없었다.

"버텨 줘요. 제발! 제가, 제가 당신을 구하러 가겠습니다! 미안해요……."

발타는 눈물을 흘리며 울부짖었다. 이미 피투성이가 되어 바닥에 엎드린 레아는 시체처럼 늘어져 움직이지 못한다. 하지만 발타가 악을 쓰는 소리를 들었는지, 억지로 꿈틀대며 고개를 든다.

"내가 갈게요. 기다려요. 내가 너무 늦었지. 나를 용서해요. 반드시 당신을 찾아갈 테니까, 제발 기다려요……."

순간 발타는 자신을 묶은 발이 풀린 것을 느꼈다. 그는 눈앞의 강에 뛰어들었다. 자신을 막으려는 듯 사정없이 솟구치는 물이, 발타가 손을 한 번 휘두르며 허우적대는 순간, 순식간에 잠잠하게 가라앉았다.

강을 건넌 발타는 레아가 쓰러져 있는 곳으로 달려갔다. 그리고 그녀의 앞에 무릎을 꿇고 피투성이가 된 몸을 끌어안았다.

살아 줘, 살아만, 제발, 살아만……?

"오, 하느님, 하느님! 안 돼! 안 됩니다!"

쩡, 소리와 함께 품에 안긴 여자가 부서지기 시작했다. 발타는 기겁하며 고함을 질렀다. 레아는 어느새 돌이 되어 있었고, 비와 바람과 열과 추위에 산산이 풍화되어 가고 있었다.

큰 바람이 몰려오기 시작했다. 레아는 아까의 그 흙더미처럼 부서져 바람에 휩쓸렸다. 발타는 레아의 머리를 끌어안은 채 울부짖었다. 하지만 결국 그의 품에 남은 것은, 아까 품에 안고 있던 것과 동일한 하얀 두골뿐이었다.

"안 돼! 안 됩니다. 레아, 아아……."

그가 울부짖는 소리에 따라 주변의 강물이 미친 듯이 일렁이고 춤을 추고, 광풍이 일어 정원의 모든 꽃과 나뭇잎을 휘감아 올렸다.

발타는 이 상태 그대로, 영원히 묻히고 싶었다. 그의 마음을 알아듣기라도 한 듯 사방에서 강물이 하늘 높이 솟아올라 그의 주변을, 이제 폐허가 되어 버린 아름다운 정원을 뒤덮기 시작했다.

'발타 님.'

"레아, 죽지 마세요. 제발 포기하지 말고 돌아오세요. 나를 위해서라도, 미안해, 나를 위해서라도 돌아오세요. 버텨 주세요."

발타는 목소리가 들리는 곳을 향해 오열했다. 오래전 레아가 자신의 꿈에서 애타게 울부짖었던 것처럼.

사방이 조용해졌다. 레아가, 혹시 레아가 들었을까? 발타는 숨막히는 침묵 속에서, 레아의 대답을 기다렸다.

순간 아주 가느다랗고 꺼져 가는 목소리가, 흐느낌과 신음이 뒤섞인 아주 희미한 목소리가 들렸다.

"그래요. 발타 님, 당신이 원한다면, 돌아갈게요. 도망치지 않고…… 조금 더 버텨 볼게요……."

"발타 님! 아이고, 이게 무슨 일이람! 아이고 발타 니이임!"

벵상은 허둥지둥 다락 침대 위로 뛰어 올라갔다. 발타가 발작을 일으켰다. 온몸을 고통스럽게 뒤틀며 울부짖고 있었다. 사이사이 튀어나오는 낱말은 단 하나였다.

"레아, 레아. 레아아아아!"

꿈에 레아가 나온 걸까. 꿈에 레아가 죽기라도 한 걸까. 그는 눈을 꽉 감은 채 고통스럽게 비명을 지르며 울부짖었다.

늙은 농부 부부와 아이들도 모조리 잠을 깼고, 돼지와 닭과 오리, 말 세 마리도 모조리 일어나서 발굽을 뚜드럭댄다.

발타의 눈에서 줄줄 쏟아진 눈물은 얼굴을 엉망으로 뒤덮고, 그것도 모자라 베개까지 흠뻑 적셨다. 하지만 아무리 깨워도 정신을 차리지 못했다.

몇 달 전에 끔찍한 일을 당했었다 하더니, 그때 일을 꿈에서 다시 겪는 건가?

255

아이고, 맙소사. 세상에 그런 악몽이 어디 있어.

벵상은 결국 바닥에 쫄아 붙은 용기를 끌어모아 발타의 따귀를 후려갈겼다. 쫘악! 눈물로 흠뻑 젖은 얼굴에서 아주 차지게 달라붙는 소리가 났다.

"에그머니, 저 쳐 죽일 놈!"

아래에서 노파가 대놓고 욕을 한다. 벵상은 이 아름다운 기사님이 저 할머니부터 손녀까지 모조리 홀린 것을 알고 속으로 탄식했다. 에휴, 이 죄 많은 분 같으니.

하지만 결국 이분이 영혼까지 팔아 가며 사랑하는 사람은, 별로 미인 소리도 못 듣고, 고귀하지도 않고, 딸린 영지 한 조각 없는 이교도 출신 자유민의 딸이다. 세상은 참 알 수 없는 것이다. 벵상은 사심을 약간 담아, 아니 좀 많이 담아 두어 대를 더 때렸다.

"아아…….."

눈꺼풀이 꿈틀대나 싶더니 이내 그가 천천히 눈을 뜬다. 푸른 보석 조각처럼 신비한 눈이 드러난다. 벵상은 황급히 뒤로 물러 앉으며 물었다.

"저, 무, 무슨 나쁜 꿈이라도 꾸셨습니까?"

"……레아가 나왔어. 그런데 상태가, 좋……지는 않은 것 같아."

발타는 말이 씨가 될까 봐 레아가 죽어 가고 있다는 말은 차마입에 담지 못했다. 벵상은 한숨을 쉬며 손수건을 건넸다.

"당연하죠, 납치돼서 기사단 본부에 끌려갔는데 거기서 술 먹고 고기 뜯고 새끼들아 풍악을 울려라 그러고 있겠습니까. 겁에질려서 정신이 없으니, 발타 님 꿈속에까지 침범해서 울고 짜고

하는 거겠죠. 걔가 원래 대대로 쫄보 집안이긴 합니다."

발타는 벵상을 보면 가끔 종잡을 수가 없었다. 이제는 이런 반응이 화가 난다기보다 궁금했다.

"자넨 레아를 좋아했었다면서 잘도 그렇게 말하는군. 걱정이 되지도 않나?"

"아니 좋아했었다는 게 아니라 현재도 좋아합니다. 아, 그게 브라덜-후드! 저는 레아를 향한 가족애와 형제애와 인류애로 꽉 차 있습니다. 당연히 걱정도 됩니다……."

그가 한숨을 쉬며 말했다.

"하지만 지금 저까지 여기서 우거지 죽상을 하고 발타 님 기분을 진창으로 처박아서 판단력을 잃게 만들면, 레아는 누가 구합니까? 솔직히 까놓고 말씀드리면, 저는 레아를 구할 방법이 눈곱만큼도 없고, 그나마 가능성 있는 분이 발타 님인데, 제가 또 발타 님이 정신줄을 놓지 않도록 붙잡아 주는 일 정도는 할 수 있단 말이죠? 이것이 바로 사이좋은 협력과 시너지의 대표적인 사례 아니겠습니까?"

발타는 고개를 흔들며 정신을 차리려 애썼다. 저 빌어먹을 장사꾼이 레아를 좋아하던 전 약혼자이자 그의 형제라는 이름으로 살아오던 사람이라는 걸 떠올릴 때마다 치졸하게 짜증이 치솟곤 했는데, 이자가 없었으면 큰일 날 뻔했다 싶다. 이자가 레아를 구하려는 노력과 마음도 진심인 걸 잘 아니, 짜증을 내색도 할 수 없었다.

그가 발타에게 손수건을 내밀며 말했다.

"꿈은, 너무 신경 쓰지 마십시오. 레아는 그래도 잘 살아서 버텨 줄 겁니다."

257

꾸덕꾸덕 말라 가는 손수건은 냄새가 지독해서, 발타는 얼굴을 닦을 엄두가 나지 않았다.

"레아는 그렇게 겁쟁이이고 쫄보지만, 누구보다 용감하게 잘 도망 다녔고, 음, 말에 어폐가 있군요. 누구보다 열심히 자기 인생을 살아왔어요. 한 번도 자포자기한 적이 없었죠. 발타 님을 그렇게 사랑하니, 버텨 줄 겁니다. 그러니 얼른 파리에 가셔서 레아를 구할 수를 내셔야지요. 이성을 잃고 탕플 수도원으로 달려가서 문짝 걷어차면서 '늬들 다 나와! 늬들 내 손에 다 죽었어!' 하다가 모조리 개죽음당하게 하지 마시고요."

"……."

"다시 말씀드리건대, 저는 탕플 수도원까지 따라가 드리지는 못합니다. 의리 없다 비겁하다 하셔도 소용없습니다. 저는 기사가 아니고 장사꾼…… 아니 거상이니까요."

발타는 천천히 고개를 끄덕이며 쓴웃음을 지었다.

벵상이 꾸역꾸역 따라온 것이 천만다행이라는 생각이 들었다. 그는 이렇게 허튼소리를 하고, 실소를 터뜨리게 해서, 이성을 잃고 넘어가려는 마디마디에 오금을 박아 주었다. 그러지 않았으면 자신은 진작 길바닥에서 탈진해 쓰러졌거나, 수백 개의 기사단 지부마다 뒤집고 다니다가 결국은 모가지가 날아갔을 것이다.

이성이 돌아온 발타의 머릿속이 점점 명료하게 맑아진다.

탕플 수도원으로 가서는 안 된다. 그랬다간 문제가 악화될 것이고, 인질인 레아가 있는 상태에서 나는 속수무책으로 잡혀 함께 죽게 될 것이다. 그쪽에서 가장 바라는 사태가 그것이겠지.

왕이 교황에게 의문을 제기했던 이교의 혐의는 자칫하면 큰 문제가 될 수 있는 사안이었고, 현재 별일 없이 넘어갔다 해도 기사

258

단 측에서는 당연히 수단 방법 가리지 않고 입막음을 하려 들 것이다.

원래는 그 나쁜 전통에 대해 제대로 소명하고 그것을 고치겠다고 말하는 것이 당연하지만, 기사단은 그렇게 하지 않았다. 그리고 무고한 자들을 죽여 입막음을 하려 했다. 아크레에서처럼.

발타는 이제 그들을 용서할 생각이 없었다.

어느새 창문으로 햇살이 쨍하니 밀려들고 있었다. 발타는 희미하게 웃으며 고개를 끄덕였다.

"좋은 충고 고맙네. 그럼 든든히 식사부터 하고 파리로 출발하도록 하지."

† † †

레아는 실토할 수 있는 사실은 모조리 털어놓았다. 500리브르 증서가 든 상자를 돌려받으려고 첩자로 고용된 것과, 우연히 비밀 공간을 알게 되고, 그곳에서 갇히게 되고, 정말 본의 아니게 입단식까지 참관하게 된 것, 그리고 솔로몬의 방으로 불리는 가장 비밀스러운 창고를 본 것과, 그 사실을 왕에게 알려 준 것까지 모조리.

애초에 레아는 고문을 피하기 위해서라면, 자신이 아는 사실과 모르는 사실을 모조리 실토할 만반의 준비가 되어 있었다. 더욱이 왕이 그 증언들을 토대로 교황청에 조사까지 의뢰했다 하니, 자신이 숨겨 봐야 아무 소용이 없다는 말이었다.

하지만 레몽은 실토를 들으면서도 딱히 반가워하지 않았다. 그녀가 입을 털었던 정보의 내용은 이미 대충 알려진 듯했고, 기사단에서는 레아가 증언을 못 하도록 영원히 입을 막을 계획인 듯했다. 그러니 왕에게 무슨 고자질을 했노라 실토를 해도 큰 의미가 없는 것이다.

다만, 레아는 두 가지는 말하지 않았다.

발타와 관련된 정보는 '푸아티에 궁에 가신다는 말까지만 들었다' 하며 모르쇠로 버텼다. 다행히 레몽 역시 왕이 발타를 푸아티에 별궁에 숨겼다고 믿고, 비밀리에 그쪽을 쑤석대는 눈치였다.

레아의 일행 중 은발의 기사님이 한 분 있었다는 말을 포츠머트 지부의 병사들이 하숙집에서 주워들은 모양인데, 우습게도 레아의 호위를 위해 고용되었다가 부상을 입은 백발의 노기사가 엉뚱한 오해를 뒤집어쓰고 도망쳐 주었다. 그나마 불행 중 다행이라고 할 수 있었다.

레아는 왕에게 성 십자가를 넘겼다는 말도 더 이상 하지 않았다. 레몽의 말을 잘 분석한 결과, 현재 자신의 목숨을 붙여 주고 있는 것이 그 성 십자가였다. 기사단은 성 십자가를 회수하기 전까지는, 그녀를 죽이지 못한다.

레아는 그것을 깨달은 순간부터 십자가의 행방에 대해서는 입을 꽉 다물었고, 그것을 알게 된 순간부터 레몽은 더욱 잔혹해졌다.

"입을 안 여는 놈이 있으면 열게 하는 좋은 방법이 있어. 가죽자루에 넣어 돌에 매달아 그믐날 밤에 센 강에 던지면, 가라앉을 때는 그 입이 저절로 벌어지지. 아, 지하 통로에 파묻는 방법도 있어. 조금만 버티면 누군가가 빼내 주긴 해. 한 천 년 정도 지나서? 아, 하, 하하하, 참으로 재미있지 않은가."

저 따위의 말을 농담이라고 하네……. 넌 웃기냐, 미친 새끼야.

레아는 속으로 욕설을 중얼대다 깜박 정신을 잃었다. 매달린 채 정신을 잃는 시간이 점점 길어졌다. 잠깐 정신을 놓았다고 생각했는데, 거의 하루가 다 지나간 적도 있었다.

정신을 놓고 횡설수설할 때도 많아졌다. 레아는 이제 방금 무슨 말을 했는지도 자꾸 잊어버렸다.

그런데…… 정말 여기서 살아 나갈 수 있으려나.

레아는 어느 순간부터, 자신이 살아 있는 것처럼 느껴지지 않았다. 계속 매달려 있어서, 몸에 감각이 없는 부분이 너무 많아졌다. 정신도 멍하고, 눈도 잘 보이지 않고, 귀도 잘 들리지 않았다. 그나마 어느 날부터 입덧이 가라앉은 것이 불행 중 다행이었다.

몸은 성한 곳보다 멍들거나 피딱지가 얹힌 곳이 훨씬 많았고 계속 열이 났다. 눈이 퉁퉁 부어 앞도 잘 보이지 않았다. 손에 감각이 없는 걸 보면, 손가락도 썩어 가는지 모른다.

그럼 세공사도 못 하게 되는 건가.

레아는 손톱이 빠지고 시커멓게 죽어 가는 손을 올려다보고 조금 울었다. 하지만 목에서 꺽꺽대는 소리만 나올 뿐, 눈물은 나오지 않았다.

레아는 더 자주 정신을 잃었다. 하루의 절반 이상을 의식이 없는 상태로 보내는 것 같았다.

대신 꿈을 꾸었다. 아름다운 천국 동산이 눈앞에 펼쳐지고, 나비와 새들이, 나무가, 꽃들이 손짓하며 자신을 부르는 꿈이었다.

꿈속이지만, 레아는 확실히 느낄 수 있었다.

이곳은 삶과 죽음 사이의 경계선이고, 나는 그 사이에 서 있다. 만약 내가 여기서 버티기를 포기하고 편안한 길을 택한다면, 그대로 숨이 끊어질 것이다.

끔찍한 삶과, 평안한 죽음 사이에서 선택할 수 있는 것이다.

천천히 눈물이 괸다. 슬퍼서가 아니라 홀가분해서. 기뻐서가 아니라 다행스러워서.

그냥 본능적으로 알 수 있다. 여기서 고양이의 방으로 돌아가는 것만 포기하면 된다. 현실로 돌아가는 대신, 그냥 정신을 놓고 포기하면, 이 끔찍한 고통은 끝난다.

더 살아야 할 이유가 있을까? 온몸이 깨지고 찢어지고, 몸이 만신창이가 되었으니, 이제 살아나도 성하게 사람 구실 할 수 없을 것 같은데.

이제 레아가 하고 싶은 말은 한마디뿐이었다.

발타 님, 쉬고 싶어요. 이제 그만 아프고 싶어요.

쫄보는 고통과 두려움에 너무 약했다. 유혹은 너무 달콤했다. 한심해도 어쩔 수 없다. 레아는 눈물을 흘리며 고백했다.

발타 님, 나 너무 아프고, 무서워요…….

당신도 저였다면 당연히 도망가고 싶지 않았겠어요? 그만 아프고 편안해지고 싶지 않았겠어요?

……아니구나.

레아는 희미하게 웃으며 눈물을 떨궜다. 발타 님은 나 같은 쫄보와 다른 분이다. 그분은 달콤하고 편안한 죽음 대신 비참하고 고통스러운 삶을 잠자코 견뎌 주셨다.

그리고 보면, 그 역시 사랑이었다. 고맙다거나 미안하다는 말로 표현할 수조차 없는 거대하고 압도적인 사랑이었다.

눈물이 멈추지 않아, 레아는 계속 울었다. 내가 죽으면, 우리 아기가 죽으면 발타 님은 어떻게 버티실까? 견디실 수는 있을까. 우리 아기를 그렇게 보고 싶어 하셨는데.

"……아아?"

퍼뜩, 눈이 떠졌다. 시커멓게 곰팡이와 이끼가 낀 고문실의 돌벽과 자신에게 찬물을 끼얹고 있는 레몽 경이 보였다. 레아는 입에서 나오는 대로 지껄이는 목소리를 방치했다.

"하숙집, 치, 침대 뒤집으면, 향나무, 상, 상자에, 조각이 되어 있는 향나무 상자에, 서, 성 유물, 숨겨, 두, 두……."

끼기기기기, 끼리리리리. 천천히 도르래가 내려오기 시작했다.

고문이 멈췄고, 레아는 다시 정신을 잃었다. 정신을 놓으면서도, 그것을 찾으러 오가는 며칠 동안은 고문을 안 당할 수도 있겠구나, 하는 생각밖에 들지 않았다. 중간에 폭우라도 와서 길이 엉망이 되면 하루 이틀 정도 더.

한 번만 더 버텨 보자. 먼 미래 따위는 모른다. 그저, 하루, 하루씩만 더 버텨 보자. 그것이 레아가 할 수 있는 최선의 노력이었다.

깜박, 다시 정신이 아득하게 멀어진다. 죽음이 가까워졌는지, '이젠 그만 편안해지고 싶다' 하는 달콤한 목소리는 이제 넝쿨처럼 온몸을 칭칭 감아 올라온다.

순간, 멀리서 희미한 목소리가 들렸다.

레아! 레아…… 레아.

그립고 익숙한 목소리. 레아는 억지로 몸을 비척거리며 고개를 들고 사방을 둘러보았다.

레아! 레아, 레아아아!

레아는, 아득하게 먼 정원의 경계 너머, 너른 강 건너 누군가 서서 자신을 부르고 있는 것을 발견했다. 그의 고함 소리에 따라 강물이 극심하게 출렁댄다.

치솟는 물결 사이로 희미하게 보이는 사람은 바로 발타 님이었다.

11-2. 왕과 기사의 거래

"접견을 청한 자가 누군가. 중요한 일이라 하던가?"

취침 기도를 끝내고 옷을 갈아입은 후 잠자리에 든 필립은, 침대 베일 밖에서 들리는 접견 요청에 잠시 고민했다.

최근 아들딸의 결혼 문제로 신경을 과히 썼더니 피곤하고 나른했다. 아직 30대 후반인 왕은 여전히 체력에 자신이 있었으나, 정신적으로 몹시 피로하면 육체가 탈진하는 것을 가끔 느끼곤 했다.

당연히 이 무례한 접견 요청을 물리고 싶었으나, 위그의 목소리가 필요 이상으로 떨리는 것이 마음에 걸렸다. 아니나 다를까.

"접견 요청자는 발타사르 드 올랑드 경입니다."

잠이 확 달아났다.

"오랜만에 뵙습니다, 폐하. 그간 강녕하셨습니까."

접견실 홀에 홀로 서 있는 사람은 자신이 알고 있는 발타가 아닌 것 같았다. 몸이 많이 야위었고, 안색은 핏기 하나 없이 새하얗고 눈이 쑥 꺼졌는데, 눈동자에서 시퍼런 불길이 일고 있었다.

비에 젖었다가 제대로 말리지 않은 사슬 갑옷에서는 쇳내가 났고, 쉬르코와 망토는 빗물에 젖었다 마르기를 반복했는지 지저분한 진흙물 자국이 고스란히 남아 있었다. 무기는 밖에 풀어 두고 왔으나, 몸에서는 사람 하나는 너끈히 죽일 만한 살기가 뻗쳐오르고 있었다. 다만 그 살기의 대상이 자신이 아니라는 건 바로 알 수 있었다.

왕은 그가 허리를 굽혀 손에 입을 맞추려는 것을, 손을 거두어들이는 것으로 점잖게 거절했다.

"누구 덕에 새해 벽두부터 강녕했지."

"송구합니다, 폐하."

새해가 시작된 지 벌써 석 달 반이나 지나 한여름이 되어 가는데도, 왕은 두 사람이 준 충격에서 자유로워지지 못했다. 손을 거둔 것에 발타가 별다른 반응을 보이지는 않아 왕은 기분이 약간 언짢았다.

왕은 잠시 생각에 잠겼다. 자신과 검을 맞댄 후 도망친 기사, 약혼식을 앞둔 여자를 데리고 도주한 신하. 왕이 이에 대해 과민할 정도로 입단속을 해서 없던 일로 무마하기는 했지만, 그것이 발타를 용서했다는 말은 아니었다. 물론 그것에 간통이나 배신이라 이름 붙일 수는 없다 해도 왕에게 큰 모욕을 준 행동은 맞기 때문이었다.

"성전기사단 입단식의 이단 요소에 대한 조사를 교황 성하께 요청하셨다 들었습니다."

"아하, 그것을 따지러 앙글레테르에서 시테 섬까지 어려운 걸음을 하셨나? 파리에 이단 논쟁을 할 신학자가 모자랄까 봐? 그것도 죽을 위험을 무릅쓰고? 이것 참 대단히 고맙군."

왕은 어이가 없어서 코웃음을 쳤다. 숲에서의 결투야 기사들의 수도 한정적이고 1 대 1 대결이었다지만, 시테 궁 한복판에 혼자 들어왔다는 건 사정이 다르다. 나를 잡아 죽이라는 말이 아닌가.

하지만 왕은 굳이 그렇게까지 할 생각은 없었다. 너그럽게 용서했다는 것이 아니라, 레아가 두 사람의 생명을 위한 대가를 이미 충분히 지불했다고 인정했기 때문이었다.

원하던 것을 모두 얻은 것은 아니지만, 필립이 성 십자가를 획득하는 것으로 왕실의 오랜 숙원은 이루어졌다. 레아의 양보는 그들을 추적하지 않고 내버려 두어야 할 구실도 되어 주었다. 생각할수록 탁월한 결단이었다.

하지만 성전기사단과도 연을 끊은 발타가 이런 일로 시테 궁에 올 줄은 상상도 하지 못했다. 왕은 팔짱을 낀 채 냉랭하게 내뱉었다.

"……그 하찮은 소식이 어떻게 앙글레테르까지 들어갔는지 모르겠지만, 나는 신앙을 수호하는 프랑스의 왕으로서 할 일을 한 것뿐이다. 그리고 베르트랑은 혐의가 없다고 한마디 하고 끝냈지."

"기사단 측에서 증인들의 입을 막으려는 것 같습니다."

"발타, 나는 오늘 피곤해. 용건을 말해."

왕은 감정 없는 목소리로 말했다. 발타는 더 이상 에두르지 않고 바로 말했다.

"기사단에서 증거인멸을 위해 레아를 납치해 갔습니다. 지금 파리 지부에 갇혀 있는 것 같습니다. 제가 자리를 비운 사이에 있던 일이라 손을 쓸 수 없었습니다."

왕은 움직임을 멈췄다. 조용히 발타를 응시하던 그는 빠르게 성호를 긋고 고개를 숙였다. 짤막한 기도문이 흘러나오는 것 같았으나, 발타는 그가 무엇을 기도하는지는 듣지 못했다.

"……맹세컨대, 나는 레아의 이름을 언급하지 않았다, 발타."

"정황상 쉽게 짐작할 수 있었을 듯합니다."

"레아가 유일한 증인이라 생각하면 오산이다. 내 정보력이 그렇게 빈궁하진 않아."

왕은 기사단과 발타에 대한 비웃음을 숨기지 않고 대답했다. 발타는 왕의 발치로 내려가 무릎을 꿇고 이마를 바닥에 댔다.

"도와주십시오, 폐하."

"……."

"레아는 제 아이를 갖고 있습니다. 오래 견딜 만한 상태가 아닙니다. 부디 레아를 구해 주십시오."

왕은 그의 둥그렇게 구부러진 등을 가만히 내려다보았다. 발타의 아기가 있었던가. 실감이 나지 않았다. 그답지 않은 짓을 했다는 생각이 들다가, 이내 그다운 짓이란 또 무엇인가 싶기도 했다. 왕이 생각하는 발타다움이란, 왕이 오래전부터 계획하고 강제로 만들어 낸 것에 가까웠다.

"네가 이렇게 뻔뻔한 자인 줄은 내 미처 몰랐다."

"폐하께서 제게 무엇을 요구하셔도 받아들일 테니, 제발 구해 주십시오."

"무엇을 요구하든 받아들인다……?"

"예, 폐하."

"그런 말은 함부로 하는 게 아니다. 네 목숨을 달라고 하면 어쩔 것이며, 그녀를 달라고 하면 어쩔 것이냐. 이번엔 결혼식 전날 빼돌려서 도망칠 것인가?"

발타는 이마를 바닥에 댄 채 조용히 대답했다.

"폐하께서 제 목숨을 원하신다면 드리겠습니다. 기사단이 했던 것처럼 제 눈과 혀와 팔다리를 원하신다면, 그 역시 드리겠습니다. 레아를 원하신다면 그녀가 안전하고 평안한지만 확인한 후 제가 떠나겠습니다. 절대 찾을 수 없는 곳에 가서 숨어 살겠습니다. 그녀가 목숨을 구하고 안전하고 편하게 살 수만 있다면 무엇이든."

왕은 그의 처절하고 비통한 대답이 너무나도 담백하게 흘러나오는 것을 보며, 그가 이미 왕이 요구할 것들에 대해 수많은 상황을 가정하고, 곱씹고, 시뮬레이션을 해 봤다는 것을 알아차렸다.

"그 짓을 다시 겪겠다는 미친 소리를 지껄이는 걸 보니, 견딜 만 했었나, 너는."

왕이 말라붙은 목소리로 쏘아붙였다.

"나나 레아는 그리 견딜 만하지 않았다. 그따위 헛소리는 용납하지 않겠다."

발타는 자신이 그렇게 처참하게 돌아왔을 때, 왕 역시 레아만큼이나 깊이 고통스러워했음을 기억했다. 왕은 애써 심드렁해졌다.

"그런데 일이 그리되면, 너희 둘이 도망가기 직전의 상황과 달라질 게 없는데?"

269

"그렇습니다, 폐하."

"그럼, 너는 그때 둘이 도망쳤던 일을 후회하느냐."

"후회하지 않습니다, 폐하."

대답은 단정하고 단호했다. 왕은 이제 억지로라도 웃을 마음이 들지 않았다. 왕은 이럴 때 발타가 두렵고, 증오스럽고, 한편으로는 견딜 수 없이 불쌍했다. 뒤엉킨 감정은 여전히 분리하기 어려웠지만, 각각의 감정은 너무나도 선명했다.

왕은 허락도 거절도 하지 않은 채 천천히 운을 뗐다.

"내가 가서 명령을 하든, 부탁을 하든 그들이 납치를 인정할 리 없고, 순순히 내어 줄 리도 없다. 충분한 반대급부를 제공해야 할 것인데, 그 역시 염두에 둔 내용이 있느냐."

"예, 폐하."

"그들이 무엇을 요구하리라 생각하느냐."

발타가 고개를 들어 올린다. 피골이 상접했다 할 만큼 바싹 곯은 그의 얼굴은 레아가 사라진 후 그가 겪었던 극도의 고통을 의미했다. 하지만 그 모든 것을 잠재우고 왕의 앞에 나타난 그는 무서울 정도로 침착했다.

"폐하께서 잘못된 정보로 기사단의 명예를 훼손했음에 대한 공개적인 인정과 사죄를 원할 것입니다."

"아하, 그리고 넌 내가 그걸 승낙하리라 믿고 찾아왔고? 이거 놀랍군. 더 있나?"

발타는 왕을 올려다보며 잠시 침묵했다. 아마도 왕이 절대 승낙하지 않을 조건이겠지만, 레아가 살아 나오기 위해서는 이 카드를 빼 놓으면 협상이 되지 않을 것이다. 선택의 여지라는 것이 애초부터 없었다. 발타의 바싹 말라 허옇게 일어난 입술이 기어이 떨리기 시작했다.

"성 십자가 유물의 반환……입니다, 폐하."

와하하하하하하. 왕은 홍소를 터뜨렸다. 경멸이 가득한 왕의 웃음에서 발타는 모멸감조차 느끼지 못했다.

"네가 많이 오만해졌구나. 너나 레아의 목숨을 열 번 스무 번 거둬들인다 해서 그 가치가 갈음이 될 거라 생각하나."

"……."

"단잠을 깨운 것까지는 용서하겠다. 물러가라."

왕이 자리에서 일어났다. 발타의 목소리가 위로 치솟았다.

"폐하! 그렇다면, 그만한 가치가 있는 일을 시키십시오! 발타사르 드 올랑드의 가치는 폐하께서 가장 잘 아실 것입니다."

왕의 걸음이 잠시 멎었다. 발타는 왕이 맨발에 슬리퍼만 신고 잠옷 위에 가운만 걸친 채 접견실에 나왔다는 것을 뒤늦게 알았다. 왕은 움직이지 않았다. 그가 웃고 있는 것일까. 노하셨을까. 발타는 왕의 표정이 궁금했지만 차마 고개를 들어 볼 수는 없었다.

"위그! 생 루이 궁에 이자의 잠자리를 마련해 줘라. 갈아입을 옷과 장미 기름을 부은 목욕물도. 몰골이 흉악해서 봐 줄 수가 없다."

왕이 그의 옆을 스쳐 지나가며 냉랭하게 내뱉는다.

"거래 조건은, 차차 생각해 보도록 하지."

† † †

"이게 대체 무슨 뜻이겠소, 형제들? 왕이 나를 한 번 보자 하는

데, 대체 이게 무슨 뜻이라 생각하오? 지금 폐하와 우리들이 머리 맞대고 도란도란 밥 먹고 수다나 떨 사이는 아닌 듯한데. 안 그렇소?"

자크 단장은 어전 시종이 들고 온 왕의 편지를 동료 단원들 앞에서 팔랑대며 실소했다. 푸아티에에서의 일로 감정이 크게 상한 단장과 단원들은 경멸과 분노가 뒤섞인 표정을 지어 보였다. 왕의 편지를 받을 때의 정중한 예의 따위는 이제 없었다.

"푸아티에에서 감히 그 따위로 우리를 공격해 놓고, 어디서 이 따위 팔자 좋은 헛소리를 하고 자빠졌지. 할 말이 있으면 이리로 오라 하든가! 시테 궁과 탕플 수도원이 이역만리에 있는 줄 알겠네!"

"레몽 형제, 문밖에서 어전 시종이 답변을 기다리고 있소. 목소리 낮추시오."

"조제 경. 저희 용맹한 기사들이 언제부터 시종의 입 따위를 두려워하여 할 말을 못 하게 되었습니까? 저희는 그렇게 비겁한 교육을 받은 적이 없습니다!"

레몽이 큰 소리로 외치자 나이 지긋한 몇몇 단원들이 보이지 않게 눈썹을 찌푸리며 혀를 찼다.

대체 언제부터 예의와 신중함이 비겁이 되고, 무례와 폭력이 용기가 되었을까. 발타가 사라진 후, 차세대 단장 후보로 첫손에 꼽히게 된 레몽은, 숙부의 비호와 후원에 힘입어 나날이 목소리가 커지고 있었다.

레몽은 무재武才가 뛰어난 기사였다. 어느 전투에서건 믿을 수 없는 용맹함으로 앞서 싸웠고, 탁월한 무훈을 세운 적도 있었다. 무엇보다, 적군에게 정보를 수집하는 능력은 타의 추종을 불허했다.

다만 욱하는 것을 도무지 참지 못해 종종 폭력 사태를 일으켰고, 그로 인해 징계를 받은 적도 꽤 있었다. 기사단의 특성상 가벼운 폭력을 너그러이 넘기는 경향이 있었음에도 그랬다.

게다가 고집불통으로 소문난 숙부 자크 단장보다 더 지독한 고집불통이었다. 타협과 양보를 비겁과 불신이라 생각했고, 적을 이해하려는 노력을 배교라고 생각했다. 중도파나 온건파를 배신자 비겁자라며 비난했고, 자신의 의견에 반대하는 자를 찍어 두고 말끝마다 배교자 아니냐며 괴롭혔다.

문제는, 레몽 같은 '정의로운 강경파'의 목소리가 커지면, 중도적 의견이나 자유로운 분위기가 점점 위축된다는 점이었다. 더욱이 자크 단장이 자신의 조카를 적극 키워 주고 있기 때문에, 대놓고 나무라기가 더 어려웠다.

그들은 신중하게 상황을 파악하고 소리 없이 어려운 일들을 처리하던 발타를 떠올리며 그의 처지를 몰래 안타까워하곤 했다.

한껏 비웃기를 마친 단장은 밖에서 대기하고 있는 왕의 시종을 불러들였다.

"위그 경, 폐하께서 무슨 일로 나를 보자 하시는지 귀띔을 좀 해 주겠소? 사실 폐하의 말씀대로 서로 머리를 맞대고 앉아 편안하게 식사나 하기엔, 최근 좀 여러 가지 문제가 쌓여 있는지라."

문밖에서 왕에 대해 쏟아져 나오는 오만 모욕을 모두 듣고 있던 위그는 불쾌한 기색 한 자락 없이 공손하고 품위 있는 표정을 지어 보였다.

"그러잖아도 폐하께서 기사단에 대헤 약간의 오해가 있으셔서, 푸아티에에서 불쾌한 언급이 다소 오갔던 바, 서로 진솔한 대화로 앙금을 푸시고 예전처럼 좋은 관계로 회복하시기를 바라고 계십니다."

뒤에서 몇몇 사람이 대놓고 코웃음을 친다. 자크의 얼굴에도 냉소가 뚜렷하다. 우리 기사단 입단식이 이교적이라고 대놓고 터뜨린 주제에 말 한마디로 오해를 풀겠다? 엎드려서 사죄를 해도 부족할 판에?

위그는 그들이 왕의 사신을 대하는 태도를 보며 분을 참을 수 없었다. 이들이 오만방자하네, 사치하네 하는 소문은 많았지만, 그래도 왕의 사신에게 이럴 수는 없었다. 사신에게 대하는 태도는 곧 왕에게 대하는 태도였다.

아무래도 이곳 단장이나 고위 단원들은 저들이 왕이나 대제후쯤 된다고 착각하는 모양이었다. 그러나 관록 있는 어전 시종은 표정을 잘 감추었고, 단장은 특유의 고집스러운 목소리로 답했다.

"폐하께서 몸소 오해를 풀고자 하신다니 다행스럽고 기쁘오. 우리 기사단은 그간 숱한 무고와 모함에 시달렸으나, 잘못된 매듭을 직접 풀고자 용기 있게 내미는 손을 거절할 만큼 옹졸하진 않소. 잘못의 인정과 사과, 화해의 제안이야말로 가장 기사답고 명예로운 행위라 생각하오."

"……아, 예……."

"시테 궁과 탕플 수도원은 지척이니, 언제든 들러 우리 형제들과 함께 친교의 식사를 나누실 수 있을 것이오. 풀어야 할 오해라는 게 있다면 그때 풀어 주시면 될 테고. 폐하께 그리 전해 주길 바라오."

위그는 기가 막혀서 잠시 입이 떨어지지 않았다. 요는, 네가 잘

못했다 하니 너그러운 우리가 봐준다, 그러니 직접 와서 공개적으로 사과해, 라는 말이었다.

일국의 왕에게 일개 기사단 단장이 전하는 말치고는 지나치게 오만방자했다. 하지만 자크 단장이나 레몽 같은 강경파가 주도하는 분위기에 휩쓸린 참사회는 문제를 인식하지 못했다. 그마저도 기사단의 당당함과 명예를 지키는 것으로 받아들였다.

위그는 기사단 본부에서 오간 대화를 토씨 하나 빼지 않고 고스란히 전했다. 그는 프랑스 안에서 작은 국가 행세를 하려는 오만한 기사단을 위해 말 한 마디라도 더하거나 빼 주고 싶지 않았다.

왕은 별다른 반응 없이, 그저 오래 침묵했다.

† † †

"레아라는 여자는 아직 실토를 안 하고 있나?"

고양이의 방으로 내려온 자크 단장과 제라르 드 빌리에가 여자를 내려다보며 묻는다. 제라르는 피투성이가 되어 축 늘어진 여자의 상태를 보고 대놓고 눈썹을 찌푸렸다.

레몽은 고양이의 방에 윗사람들이 들어올 때마다 은근히 짜증스러웠다. 그러면 취조하는 자를 원하는 대로 다룰 수 없는데, 이번에는 방해 세력이 왜 이렇게 많이 꼬이는지 모르겠다.

단장의 재촉은 나날이 불이 붙는데 제라르나 몇몇 단원들은 명색 '신의 선택을 받은 여자'라는 허명에 넘어가 걸핏하면 여자의 상태를 살폈고, '처단할 때 하더라도 여성에게 지나치게 심한 처

275

사는 삼가라'고 잔소리를 해 댔다.

솜방망이로는 백날 두들겨 봤자 제대로 된 사실이 나오지 않는다는 걸 알 만한 나이는 지나지 않았을까, 제라르 경? 쓸 만한 정보가 채찍 몇 대로 술술 편하게 나오는 줄로만 아는 늙은 꼰대들. 물정 모르고 속 편하게 헛소리나 찍찍 해 대는 새파란 초짜들.

저 여자는 생각보다 독했다. 파리에 도착한 지 보름이 훌쩍 넘어가는데도 끈질기게 버티고 있다. 첫날부터 겁에 질려 내가 안 갖고 있다, 왕에게 줬다 어쩌고 하며 눈물 바람을 할 때, 하루나 이틀이면 상황 끝내고 십자가 회수하고 여자를 땅속에 파묻을 수 있을 줄 알았다.

하지만 여자는, 자신이 십자가를 뺏기면 죽는다는 것을 눈치채자마자 버티기 시작했다.

게다가 여자는 정 죽겠다 싶자, 가짜 고백으로 감히 자신에게 똥개 훈련까지 시켰다. 그것 하나만으로도 곱게 죽긴 글렀다.

여자의 고백에 포츠머트 하숙집에서 향나무 궤짝을 찾아 가져온 것이 어제였다. 부하들을 독촉해 샅샅이 찾아보라 했더니, 통째로 봉해 가장 빠른 말을 동원해 파리 본부로 보냈다.

상자는 예전에 그녀를 끌고 올 때 이미 수색을 했던 것이라 했고, 그 안에는 옷가지나 손수건, 공구 나부랭이밖에 없었다고도 했다.

나중에 알고 보니, 그것은 왕이 예전에 맡겼다가 찾아갔던 정체를 알 수 없던 향나무 상자와 동일한 것이라 했다. 세공사 출신인 여자가 직접 만든 상자라고 했는데, 솜씨 하나는 감탄스러웠다.

레몽은 그녀의 앞에서 향나무 상자를 뒤집었다. 안에 든 것은 시시한 것뿐이었다. 새로 지은 속옷들이 몇 벌, 손수건이 몇 장, 그리고 그 밑에는 낡아서 사그라들 것 같은 옷가지와 너덜너덜해서 걸레로도 쓰이지 않을 것 같은 속옷, 밑창이 해져 도저히 신을 수 없을 것만 같은 낡아 빠진 가죽 신발, 망치나 줄, 줄톱 따위의 시뻘겋게 녹이 슨 공구들이 있었다.

그리고 향나무 상자의 뚜껑 안쪽에는 500리브르를 맡겼다는 증서가 붙어 있었다. 수취인이 발타 드 올랑드로 되어 있는 증서였다. 레몽은 수취인의 이름을 사정없이 비웃었고, 가로대에 새겨진 발타와 레아의 이름을 보며 또 사정없이 비웃었다.

문제는, 그 안에 성 십자가 조각이 없다는 것이었다. 여자는 그 안에 있다고, 잘 찾아보라 우겼고, 나중에는 '제가 없는 사이에 누가 훔쳐 간 모양이다'라고 하며 발뺌을 했다.

"이 개 같은 년이 감히 나를 속여? 미쳐서 겁대가리가 날아갔지?"

레몽은 불같이 화가 치밀었다. 겁도 없이 자신을 능멸한 대가가 어떤 것인지 똑똑히 알 필요가 있었다. 그는 여자를 미친 듯이 두들겨 댄 후, 그녀의 앞에서 그 상자 안에 든 것을 하나하나 태우기 시작했다. 여자는 낡은 옷가지들이 타오를 때마다 몸을 꿈틀거렸다.

"모조리 잿더미로 만들어 줄 테니 죽기 전에 잘 봐 두라고."

그는 그녀가 평생 모았을 것이 분명한 500리브르 증서도 잘게 칼질을 해서 불태웠고, 여자가 나란히 새겨 둔 발타와 레아의 이름도 칼로 파헤쳐서 흔적도 없애 버렸다. 여자는 두 사람의 이름이 파헤쳐질 때 몹시 버둥거리며 눈물을 흘렸다. 그래도 화를 견디지 못한 레몽은 향나무 궤짝을 미친 듯 난도질한 후 불 속으로 던져 넣었다.

여자는 눈을 부릅뜨고 몸을 격렬하게 비틀었다.

"안 돼, 안 돼, 하지 마, 하지 마세요……."

"아직도 지랄할 힘이 남아 있었나?"

레몽은 여자의 허벅지에 불에 달군 쇠를 가져다 댔고, 여자는 몸을 뒤틀며 찢어지는 듯한 고함을 지르더니 이내 몸을 축 늘어뜨렸다.

머리채를 잡아 고개를 들어 보니, 여자는 이미 의식을 잃었다.

여자는 이틀 가까이 의식을 찾지 못했다. 열이 펄펄 끓고, 출혈이 멎지 않는데, 의식 없이 계속 헛소리를 지껄이는 걸 보니 금방 죽을 듯했다.

단장이 들어와 그녀의 참혹한 모습을 보고 잠시 눈썹을 찌푸리더니, 성 십자가를 회수하지도 못하고 숨이 끊어지면 어쩌느냐 역정을 냈다. 고문 기술 중 가장 중요한 점은 대상을 죽이지 않는 것, 치명적인 상처를 피하면서 가장 큰 고통을 주는 것이었다.

제기랄, 간단하게 끝날 일이었는데.

레몽이 부드득 이를 가는 순간, 밖에서 비밀 통로가 열리는 소리가 나더니 누군가 급하게 내려오는 소리가 들린다. 잠시 밖에 나간 제라르가 당황한 얼굴로 다급하게 되돌아왔다.

"단장님! 시테 궁의 폐하께서 와 계십니다! 그, 그런데……."

그의 얼굴은 더 이상 창백할 수 없을 만큼 새하얗게 질려 있었다. 그는 악마라도 마주친 것처럼 몸을 떨며 간신히 말했다.

"바, 발타사르 올랑드 경이 함께 와 있습니다……."

"그대들에 대한 잘못된 정보를 들었던 듯하오. 교황 성하께서 전혀 혐의가 없다 하시니, 혹여 그 일로 기사단의 명예가 실추되었으면, 심심한 유감의 뜻을 전하는 바요, 단장."

이렇게 무성의한, 사과조차 아닌 유감 표명에도 모여든 단원들은 분노할 생각조차 하지 못했다.

왕을 모시고 서 있는 장신의 은발 기사 때문이었다. 그는 완벽하게 회복된 몸으로, 예전과 동일한 움직임으로 왕을 모시고 서 있었다.

"이, 이게 무슨……."

그가 접견실로 들어오는 것을 본 순간부터, 단원들은 기절할 것 같은 표정을 지었다. 사람들은 저도 모르게 다리를 휘청거렸고 손을 떨었다. 몸을 돌려 황급히 성호를 긋는 사람들도 있었다. 레몽은 충격을 받아, 저자가 발타가 아닌 그와 매우 닮은 사람이 아닐까 생각했지만 아무리 봐도 발타가 틀림없었다.

하지만 그에게 섣불리 말을 걸거나 확인할 수 없었다. 파문자는 교제할 수 없고 대화도 할 수 없었다. 단장 역시 그에게 직접 말을 걸지 못하고 눈만 한참 부릅뜨고 있었다.

"파문자는 이곳에 들어오지 못합니다, 폐하."

"발타는 기사단의 파문자이기 전에 나의 호위 기사요, 단장."

다시 한번 불꽃이 튀어 올랐다. 프랑스 왕의 권한이 위인가, 기사단의 권한이 위인가. 단장은 그러나 기사단의 권위를 지키기 위해서라면 털끝만큼도 물러서지 않았다.

"이곳은 저희의 본부이며 성전기사단의 영역입니다, 폐하. 이곳의 규율에 따라, 저자는 이곳에 들어오지 못합니다. 양해해 주십시오."

왕은 무표정했고, 뒤에 서 있는 호위 기사들의 얼굴에서는 이글이글 분노가 불타올랐다.

파리와 일 드 프랑스, 그리고 오를레앙은 위그 카페의 후계자들이 대대로 지배하던 영지로, 프랑스 왕가의 근거지이자 가장 강력한 지지기반이었다.

그런데 그곳에서 성전기사단은, 자신들을 받아 준 왕에게 자신들의 규칙을 들이대며 호위 기사를 내보내라고 명령한 것이다.

일촉즉발의 팽팽한 힘겨루기가 허공에서 이루어졌다. 발타가 왕을 향해 허리를 굽히고 조용히 고했다.

"폐하. 저들이 제게 궁금한 것들이 있을 터입니다. 서로의 입과 귀를 빌려 오해와 묵은 감정을 풀 기회를 허락하소서."

"……."

"이번 푸아티에 건도 사소한 오해로 이렇게 불필요한 갈등이 빚어지지 않았습니까. 정보를 제대로 교환하고 마음을 다한 사의謝意와 관용이 오가게 되면, 하느님께서 원하시는 화평의 장이 자연스럽게 열리게 될 것입니다."

기사단에게 들으라고 하는 말이다. 자신을 잠시 이곳에 머물도록 양해해 준다면, 당신들은 가장 궁금한 것을 알게 될 것이고, 사과도 받고, 이단의 오해도 풀 수 있고, 왕도 체면을 살리고, 서로 편안한 관계를 복원하게 될 것이다.

'단장님, 궁금하신 게 있으면, 왕이나 다른 사람을 통해서라도 물어보십시오. 그러면 제가 성의껏 궁금증과 오해를 풀어 드리겠습니다.'

280

발타의 변함없는 새파란 눈동자는 단장에게 그렇게 말하고 있었다.

자크는 발타의 말에서 불가항력의 설득력을 느꼈다. 발타의 타협을 끌어내는 능력은 여전히 감탄스러웠다. 그는 양측에 이익이 되는 포인트를 잘 잡아내서 분쟁의 요소를 최소한으로 덜어 내고, 교활하다 싶을 정도로 현명하게 타협안을 제안한다. 발타는 진심으로 아까운 인재였다.

단장은 쓴웃음을 지으며 왕에게 고개를 돌렸다.

"폐하, 지금 폐하를 호위하고 서 있는 은발의 기사가 어떻게 치료를 받았는지 알고 싶습니다."

"저는 올해 신년 부활절 새벽에 치유를 받았습니다. 신께 선택받은 레아 다크레 양이 저를 위해 성 십자가를 놓고 기도하셨고, 얼마 지나지 않아 끊어진 팔과 다리에 근육이 다시 연결되고, 갑자기 눈 안에서, 입안에서 무엇인가 차오르는 기이한 느낌이 있었습니다. 하지만 영문을 알 수는 없었습니다. 눈앞에 폐하와 수십의 기사와 시종들이 서 있는 것이 환히 보이는데도, 사실 저도 믿을 수 없었습니다."

그리고 그는 생각난 듯 덧붙였다.

"제가 오늘 타고 온 말 크레도 역시 한쪽 눈을 잃고 뒷다리 한쪽을 못 쓰게 되었다가, 그날 아침 많은 귀족과 기사들 앞에서 치유되었습니다. 레아 다크레 양이 크레도의 상처에 성 유물을 놓고 기도한 직후에 일어난 일입니다."

그날 있었던 많은 일과 증인들의 이름이 나열되었다. 하지만 굳이 증인까지도 필요 없었다. 발타의 원래 상태를 가장 잘 알던 이들이었기에, 단원들 역시 증인이 될 수밖에 없었다.

왕이 점잖은 목소리로 말했다.

"나와 발타는 지금 그 신의 선택을 받은 여인을 애타게 찾는 중이오. 사람들 눈에 띄지 않도록 편안히 모실 거처를 구하던 중이었는데 갑자기 사라졌거든."

접견실은 이제 쥐 죽은 듯 조용해졌다.

왕이 이곳에 온 진짜 용건이 무엇인지 이제야 알겠다. 하지만 지금 말 한 마디라도 할 수 있을 리가 없다.

신의 선택을 받아 정말로, 치유의 기적을 행한 여자.

증거까지 저렇게 확실하게 눈앞에 나타났으니, 두려움이 드는 것은 당연했다.

그런데 지금 우리들은 그녀에게 무슨 짓을 하고 있었지?

단장과 주변에 모여 있는 고위 단원들의 눈동자가 뱅그르르 굴러간다. 왕은 그들의 분위기를 가만히 살펴보다가 말을 돌린다.

"내, 그대들에 대한 잘못된 정보로 그대들을 곤란케 한 것을 유감스럽게 생각하고, 그 일이 정말 '헛소문이었다면' 내 진심으로 사과하겠소."

조건부 사과였지만, 그 조건이 너무 타당했기에 자크는 고개를 끄덕일 수밖에 없었다.

"폐하의 사과를 기꺼이 받아들입니다. 오해는 쌓아 두어 좋을 것이 없고, 화해는 미뤄 두어 좋을 것이 없다는 옛말도 있지 않습니까. 그런 의미에서, 어떤 고약한 자들이 폐하의 귀에 그런 망발을 지껄였는지 알려 주신다면, 저희가 기꺼이 오해를 풀고……."

"랑그독 출신의 에스키외 드 플로리앙이라 하는 자요. 감옥에 박혀 있다가 수감 중인 자에게 소문을 들었다 했지. 그래서 가스코뉴 지부의 파문자 단원 두엇을 수소문해서 확인과 검증까지 해 보았던 거요."

"······예?"

"파문자는 어딘가의 장이라고 하는 자와 크리스티앙이라 하는 자였소. 그 외에 신부님도 계셨지. 그자들은 내게 헛소문을 유포 한 죄로 잡아내어 크게 단죄할 터이니, 이것으로 우리 화해의 제 단의 기초석을 삼을까 하오."

단장의 얼굴이 하얗게 질렸다. 뒤의 레몽을 비롯한 다른 몇몇 사람들도 마찬가지였다. 에스키외는 모르지만 장이나 크리스티 앙은 알고 있다. 그들은 기사단 파문자로, 징벌을 받고 도피 중인 이들이었다.

"폐하께서 말씀하신 증인이······ 신의 선택을 받은 여인, 레아 다크레가 아니었단 말입니까?"

왕의 무표정한 얼굴이 기웃한다.

"그녀가 당신들의 입단식을 어찌 안단 말이오? 레아는 내가 그 대들의 회의실에 데리고 들어갔을 때 거의 정신을 잃을 만큼 놀 라던데. 아, 알고도 연극을 했을 수는 있겠지만, 내 보기에 그녀 는 생각하는 게 얼굴에 너무 바로바로 나타나서, 연극에 전혀 소 질이 없소."

레몽과 다른 몇몇 단원들의 입이 꿈틀거렸다. 레아 당사자가 왕의 첩자로 들어왔다고 다 실토했는데, 저렇게 뻔뻔하게 거짓말 을 하다니.

하지만 그렇게 반박을 할 순 없었다. 성 십자가만 회수하면 그 녀를 죽여 증언을 못 하게 입을 막을 생각인데, 여기까지 끌고 왔 다고 알려 줄 순 없었다. 게다가 지금 만신창이인 꼴을 보였다가는 '고문에 의해 엉터리로 진술을 한 것이다'라고 주장할 게 뻔했다. 뻔뻔한 왕이라면 백번이라도 그럴 수 있을 것이다.

"어쨌든 자크 경, 레아는 그대들의 비밀에 대해 아는 바도 없고, 나에게 뭔가를 언급한 적도 없소. 이 역시 오해였다면 풀고 가는 것이 좋겠구려."

"……그, 그렇습니까. 그렇다면 발타사르 경은."

"발타 역시, 그대들 앞에서 하느님의 이름으로 맹세한 비밀 유지의 서약을 지켜서, 기사단의 비밀은 내게 일언반구도 언급하지 않았소. 하느님의 이름으로 맹세할 수 있소. 그대들이 믿든 말든, 그것까지는 내 알 바 아니고."

"그렇습니까."

자크 단장은 욕설이 튀어나오려는 것을 간신히 집어삼켰다. 신앙의 수호자라는 왕이 하느님을 걸고 맹세한다는 말은 아마 사실일 것이다.

왕은, 종종 지나치게 이성적이고 계산적이어서 비인간적으로 보일 때도 있었지만, 그가 깊은 신심을 가진 자라는 것은 부인할 수 없었다. 왕은 하느님의 이름을 걸고 하는 맹세에서만큼은 허언이 없었다. 그가 무심하게 덧붙인다.

"그리고…… 내가 알기로 발타는 입단식을 제대로 치르지 못한 것으로 아는데, 뭘 알고 증언을 하겠소. 애초에 증인이 될 자격조차 없는 것을."

제기랄. 모인 이들의 얼굴이 시커멓게 가라앉았다.

생각해 보니 왕의 말이 맞다. 발타는 비밀 입단식을 치르지 못했다. 첫 번째 시련조차 실제로 이행되는지, 아브라함의 시험처럼 실행 직전에 멈추는 것인지 확인조차 하지 않고 목을 그었다.

증인의 자격이 주어질 리 없다.

……발타가 입단식의 비밀을 지켰던 것은, 그의 의지와 상관없이 사실일지도 모른다.

"어쨌든, 내가 그대들에 대한 오해를 풀기 위해, 또한 '내가 보호하고 있던 숙녀'와 내 팔라댕이었던 기사에 대한 오해를 풀기 위해 나름 노력하고 있다는 것만 알아주시오."

이제 기사단 측 분위기는 완전히 얼어붙었다. 몇몇 사람들은 시커멓게 된 얼굴로 성호를 그었고, 몇몇 사람들은 소맷자락을 끌어 올려 이마와 목덜미로 흐르는 땀을 닦았다. 그 여자를 너무나 당연하게 범인이라 생각했는데, 아닐 수도 있었다.

접견실은, 이미 스무 명이 넘는 기사들이 왕과 단장의 뒤쪽에서 포진하고 서 있는데, 바닥에 바늘 하나가 떨어져도 들릴 정도로 쥐 죽은 듯 조용했다.

"그러니, 이제 그대들이 끌고 간 여자를 내주시오."

왕은 갑자기 창을 내지르듯 단장에게 집어 던졌다. 저렇게 조용한 말투로, 저렇게 평온한 얼굴로. 사람들에게 두려움을 불러일으키는, 왕의 독특한 화법 중 하나였다.

제기랄. 알고 왔구나.

단장의 주변이 크게 술렁거렸다. 하지만 여기서 인정을 하면 끝장이다. 지금 여자의 몰골은 말이 아니다. 그대로 보냈다가는 무슨 일이 벌어질지 모른다.

죄 없는 여자에게 아니, 일단 현재까지는 죄가 입증되지 않은 여자에게, 그것도 신의 선택을 받아 놀라운 신의 기적까지 나타낸 여자에게 우리가 저질러 놓은 일을 어떻게 내보이란 말인가.

285

왕이 그것을 알고 있다 해도, 우리를 조사할 순 없다. 뒤져서 끌어낼 수도 없다. 아니라고 잡아떼는 방법밖에 없다. 단장은 마음을 단단히 다잡고 웃음을 머금었다.

그녀는 돌아가지 못한다. 그녀에게 죄가 없다 하면, 이제 기사단에게 죄가 돌아오기 때문에.

여자에게는 안됐지만, 그녀는 예정대로 이곳에서 처단이 되는 것 말고는 수습할 방법이 없었다. 모인 사람들의 마음속으로 비슷한 생각이 스쳐 지나갔다. 자크와 제라르, 그리고 레몽과 몇몇 단원 사이로 빠른 눈짓이 오고 갔다.

"폐하. 무슨 말씀이신지 모르겠습니다. 저희가 누구를 끌고 왔다는 말씀이신지."

"어차피 항구의 숙소에서 노르망디 지부의 기사들을 보았다는 증인이 적지 않으니, 무익한 논쟁은 접어 둡시다, 자크."

"폐하, 저희가 포츠머트로 사람을 보낸 이유는 롱드르 지부에서 에드와르 폐하의 에코스 원정과 관련된 몇 가지 요청을……."

"나는 포츠머트 항이라는 말을 한 적이 없소, 단장. 보통은 도브르(도버) 항이라 생각할 텐데."

왕은 피곤한 듯 손을 저으며 대답했다. 분위기는 다시 얼어붙었다.

"레아를 돌려보내시오. 그녀는 그 일에 대하여 아는 바가 없고, 증인도 아니었으니 보내시오."

"오해시라고 말씀드렸습니다, 폐하. 저희는 그녀를 잡아 온 바가 없습니다."

이 모든 일의 진행은 발타가 예상했던 대로 돌아가고 있다. 왕은 가늘게 한숨을 쉬었다. 발타가 왕이었으면 어떤 통치자가 되

286

었을지 왕은 가끔 궁금했고, 그런 상상을 하고 난 후면 으레 지독하게 피곤했다.

발타는 그들이 모르는 일이라고 되풀이해 우길수록 레아를 구하기 어려우리라 했다. 제 입으로 우긴 말이 있으니 기어이 몰래 죽여 증거를 인멸하게 될 것이라고. 그러니 협상은 초반부에, 바로 가장 큰 협상 카드를 내밀어야 할 거라 했다.

"신의 선택을 받은 여인을 돌려보낸다면, 그대들이 가장 원하는 것을 돌려주겠소."

발타는 손에 들고 있던, 보석으로 화려하게 치장된 성물함을 바쳤다. 왕실의 백합 문양과 왕실에서 자주 쓰이는 그리핀, 그리고 그리핀에 내려앉는 새의 무늬가 새겨진 아름다운 성물함이었다.

성물함 안에는, 공단에 곱게 싸인 성 십자가 조각이 놓여 있었다. 모인 사람들이 황급히 자리에 엎드려 성호를 긋는다. 설마 이 물건이 여기서 나타날 줄은 몰랐다.

"왜 이것이 폐하께 있습니까!"

"레아가 내게 넘기고 떠났으니 당연히 내게 있었지. 이것이 내게 있어야 옳다는 것이 신의 선택을 받은 여인의 판단이었소. 그런데 레아가 성 십자가를 나에게 주었단 말을 안 했었소?"

"……."

레몽은 목구멍에서 튀어나오려는 욕설을 간신히 집어삼켰다. 제기랄. 씨발, 제기랄! 이 미친 소리가 정말이었나. 그 여자가 정말로 그런 미친 짓을 했단 말인가. 여자가 거짓말을 했던 게 아니었나?

아니 그런데, 이 귀한 것을 어떻게 아무렇지도 않게 왕에게 넘기고 떠날 수 있지?

여기 모인 사람들 중에서 레아의 마음을 이해할 수 있는 사람은 아무도 없었다. 특히 성전기사단은 예루살렘 수호와 이 물건의 보호에 자신들의 정체성을 의탁하고 있었으므로, 이것을 아무렇지도 않게 넘겨준 여자가 너무나 이해되지 않았다. 심지어, 재산에 대한 욕심이 전혀 없는 발타마저도 레아의 마음을 완전히 이해하기 어려웠다.

왕은 성 십자가를 두 손으로 들고 경건한 태도로 입을 맞춘 후 다시 성물함에 담아 단장의 앞으로 내밀었다.

"확인해도 좋소, 자크."

이미 단장의 손은 눈에 띄게 떨리고 있었다. 자신이 예전에 보았던 그 모양이 맞는지 찬찬히 확인하고, 브로치 핀을 빼서 구멍에 넣어 확인한다. 달그락, 달그락, 소리가 들린다.

모여 선 사람들의 눈에 눈물이 고인다. 몇십 년 만에 친견하는 세상에서 가장 귀하고 가치 있는 성물. 그들은 지금 이것을 눈앞에 둔 채 어찌할 바를 몰랐다.

왕실에서도 이것을 되찾기 위해 얼마나 많은 희생을 치르고, 얼마나 고뇌하며 절망했던가. 필립이 신성 재판에서 이것을 차지하게 되었을 때 드물게, 정말 드물게 그의 얼굴에 번졌던 놀라운 환희의 표정을 자크는 아직도 잊지 못했다.

하지만 지금 왕은 그것을 포기하겠다는 것이다. 여자를 구하기 위해. 오로지, 여자를 구하기 위해 최고의 미끼를 던진 것이다.

마지막으로 왕이 쐐기를 박았다.

"그녀가 죽지만 않았으면, 법적으로 그대들에게 어떠한 문제도 제기하지 않겠소. 하느님의 이름으로 맹세하오. 그러니, 그녀를 돌려주길 부탁하오."

왕이 떠난 직후, 루앙에서 급한 편지가 한 통 도착했다. 노르망디 지부의 조프루아 드 샤르네 경이 보낸 편지로, 배달꾼은 강변의 대로가 홍수로 진창이 되어 발이 묶였었노라 변명했다.

편지에는 조프루아 경이, 몸이 멀쩡하게 회복된 발타사르 드 올랑드 경을 보았다는 내용과, 그것이 '신의 선택을 받은 여자'라 주장하는 레아 다크레가 행한 치유의 이적이었다는 내용이 담겨 있었다. 그녀에 대한 판단과 처우를 재고하기를 간절히 요청한다는 말이 덧붙었다.

† † †

탕플 수도원을 빠져나오는 왕의 행렬은 조용했다. 건물 밖에 세워 둔 마차까지 왕이 앞장을 서고, 발타가 정신을 잃은 레아를 안고 뒤를 따랐다. 그 뒤로 호위 기사들의 행렬이 조용히 이어졌다.

그 누구도, 한 마디도 입 밖에 내지 않았다. 왕에게든 발타에게든 말을 붙일 수조차 없었다. 왕과 발타 두 사람 모두 하얀 돌로 깎아 만든 가면을 쓰고 있는 것만 같았다.

왕과 레아를 안은 발타가 마차에 오르고 사람들은 시테 궁을 향해 말을 몰았다. 자정이 한참 넘은 시각. 거리에는 사람들이 거의 없었고, 달빛이 파리 시내의 높고 낮은 집들의 지붕들을 비추었다. 달빛 아래서는 난잡하고 지저분한 것들이 눈에 잘 띄지 않아 파리 시내가 차분하고 정갈하게 느껴졌다.

왕은 발타에게 한 마디도 건넬 수 없었다. 그는 레아를 무릎에 눕히고 한쪽 팔로 그녀의 고개를 감싸 받쳐 안은 채 조용히 그녀의 얼굴을 내려다보기만 했다. 가는 신음과 헐떡이는 숨소리, 그리고 낡은 쇳내 혹은 오래된 피비린내가 옅게 풍겼다.

왕은 그 낯선 장면에서, 강렬한 기시감을 느꼈다.

생 루이 별궁으로 올라와 레아를 침대에 눕힌 발타는 하녀나 시종, 의사들도 물리친 채 레아의 몸을 꼼꼼하게 살폈다. 뜨거운 물수건으로 핏자국을 모두 닦아 내며 몸의 상처를 살피고, 약초를 붙이고 옷을 갈아입혔다.

말없이 방을 드나들며 처치를 하는 발타는 이상할 정도로 조용하고 침착했다. 여자가 정신을 차릴 때까지 아무것도 느끼지 않기로 작정한 것 같았다. 그는 아슬아슬한 줄 위에 서 있는 것 같았다. 자신이 이성을 잃고 감정적으로 행동하면 여자를 영원히 잃을 것임을 아는 것이다.

왕은 늦은 시각까지 잠자리에 들지 않고 생 루이 궁의 침실 앞에 서 있다가, 복도를 천천히 오가다가, 생트 샤펠로 들어갔다. 달빛을 받은 색색의 스테인드글라스는 그 화려함을 잃은 대신 더 장엄하고 신비로우며 깊은 두려움을 불러일으켰다. 왕은 그것이 신의 본질과 더 가깝다고 생각했다.

그는 색유리를 투과한 창백한 달빛을 받으며 시간 가는 줄 모르고 서 있었다.

"폐하, 이곳에 계셨습니까."

"음."

상태가 어떠한지 딱히 묻지도, 말하지도 않는다. 당장 죽는대도 이상하지 않지만, 지금까지 버텨 줬고, 발타가 직접 치료를 맡았으니 살 수도 있다. 왕은 발타가 어지간한 의사보다 치료 솜씨가 좋다는 건 알고 있었다.

"레아는 별일 없으면 차차 회복될 것입니다. 심려치 마시고 들어가서 주무십시오."

"아이는."

"죽었습니다."

두 손을 모으고 짤막하게 대답하는 발타에게 드디어 왕이 몸을 돌렸다. 왕은 고개를 숙인 채 그저 묵묵히 서 있는 기사를 보며 한참 동안 무슨 말인가를 하려다 결국 한숨을 쉬었다.

"……이럴 때는 무슨 말을 해야 할지 모르겠어."

"……."

"내가 딸들을 잃었을 때, 다들 잔느에게 내가 위로를 해야 한다 했지. 하지만 그때도 내 입에서는 아무 말도 안 나와서, 나는 그녀에게 죄를 지은 기분이었지."

왕이 첫딸을 잃었을 때, 딸은 여섯 살이었고, 둘째 딸을 잃었을 때는 아이는 네 살이었다. 발타는 조용히 대답했다.

"그때는 폐하 역시 위로를 받아야 할 분이었습니다. 그뿐입니다."

"너에게 무엇이 위로가 되겠느냐."

"당신께서 레아를 살리기 위해 큰 희생과 양보를 하신 것이, 제게는 가장 큰 위로입니다, 깊이 감사드립니다."

발타는 자리에 엎드려서 그의 발에 입을 맞추었다. 왕은 그를 만류하지 않았다. 실제로 왕의 희생은 뼈가 시리도록 아팠다. 앞으로 그것을 찾아올 기회는 다시는 없으리라는 것을, 왕은 잘 알

291

고 있었다.

"나는 네게 레아를 넘기겠다 한 적이 없다. 레아는 현재 내 울타리 안에, 내 보호하에 들어온 여자다. 나는 그녀를 위해 큰 대가를 치렀고, 이는 그녀가 말했던 '마음의 증명' 정도는 될 것이다."

촛불조차 켜지 않은, 그저 달빛만 색색의 조각으로 내려앉은 생트 샤펠은 이제 적막했다. 발타가 고개를 든다. 달빛을 받은 그의 흰 머리카락이 반짝이고 있었다. 그의 푸른 눈동자에 써늘한 기운이 감돌았다.

"폐하께서 지불하신 대가를 제가 어떻게 갚아야 하는지 말씀해 주십시오."

발타는 성 유물이 왕의 마음을 증명하는 용도로 쓰이는 것을 결코 원하지 않았다.

하지만 이제는 그 말을 입 밖에 낼 수 없다. 왕은 피눈물 나는 대가를 치르고 레아를 제 울타리로 끌고 왔으니, 이제는 절대 포기하지 않을 것이다.

당신은, 성 십자가가 아닌 레아라는 여자를 정말 원하는 겁니까? 아니면 레아가 신의 선택을 받았다는 자체만으로도 탐욕의 대상이 되는 겁니까?

왕이 원하는 대가를 치르고, 레아를 왕에게서 되찾는 것이 과연 가능할까. 아니, 어쩌면 왕은 자신에게 레아를 떠나 영원히 잠적하라고 요구할 수도 있다.

레아를 살릴 수만 있다면 모든 것을 감수하겠다고 각오했지만, 막상 때가 되니 두려움을 주체할 수 없다. 고양이의 방에 끌려가 수레바퀴에 사지를 묶였을 때, 딱 그때의 느낌이었다.

왕의 담담한 목소리가 들렸다.

"성경에, 레아와 라셸르(라헬)라는 유명한 자매가 있지. 라반의 두 딸, 자코브(야곱)의 아내."

"예."

"자코브는 사랑하는 아내를 얻기 위해, 어떻게 했는지 기억나나."

"레아를 위해 7년, 라셸르를 위해 7년 동안 숙부를 위해 봉사했습니다."

"그랬지."

왕의 목소리 끝에 긴장감이 서린다. 그는 지금 거대한 것을, 자신이 아직 확신조차 하지 못하는 어떤 일을 맡기려 하고 있었다.

"너 역시 레아를 위해, 내게 7년을 봉사하되……."

"……예."

"그 기간 안에 성전기사단을 해체하여 내 발 앞에 바쳐라. 나는 네 도움이 반드시 필요하다. 그리고 오늘 내가 잃은 것을 나의 손에 돌려라."

"……."

"위선자, 악인, 이교도들을 척결하는 것은 신의 공의를 세우는 일이며, 신께서 가장 강력히 바라는 일이다. 이는 신성 프랑스의 왕이며, 교회와 신앙의 수호자로서 내가 마땅히 할 바이다. 이 일이 그들에게 고통받아 온 나의 숙녀에게 깊은 위로가 되리라 믿는다."

탐욕이 아닌, 정의와 깊은 위로…….

그 말에 왕의 진심이 깃들어 있다는 것을 알기에, 발타는 그것을 기어이 부정하고 싶었다. 자신의 추악한 마음과 정면으로 조우한 발타는 잠자코 고개를 숙였다. 왕은 다시 물었다.

"너는 그들이 여전히 옳다고 생각하고 있는 것이냐."

"아닙니다. 그들이 잘못된 길로 가고 있는 것은 사실입니다. 그들은 자신이 무엇을 믿으며, 무엇을 섬기며, 무엇을 위해 그렇게 처절하게 자신과 주변을 희생시키는지 알지 못합니다."

하지만 발타는 여전히 가부를 말하지 않았다. 왕은 인장을 찍듯 눌러 말했다.

"임무를 완수하면, 너는 그 즉시 레아를 데리고 떠나도 좋다. 하겠느냐."

"……하겠습니다."

드디어 발타가 제안을 받아들인다. 준비되어 있던 것처럼 평온한 목소리였다. 뒤이어 그의 조용한 질문이 따라왔다.

"일을 성사시키지 못하면, 저희는 어찌 됩니까."

"네 절박했던 입의 열매대로 너는 혼자 떠나야 할 것이고, 눈에 띄지 않는 곳에서 소리 소문 없이 살아가야 할 것이다."

"예, 폐하."

"원망스러운가?"

"그렇지 않습니다. 폐하께 말할 수 없는 은혜와 관용을 입었음을 어찌 모르겠습니까."

발타는 느릿하게 대답했다.

"생 루이 궁은 앞으로 레아의 거처가 될 것이다. 너는 그녀를 네 여자가 아닌, 왕이 보호하는 숙녀이자 신의 선택을 받은 여인으로서, 마담 루와얄의 위位에 준하여 예우해야 할 것이다. 치료자로서 돌보는 것은 허용하되, 지난번과 같은 불미스러운 일이 생기면, 이젠 내가 너희를 몽포콩의 교수대에 매달 것이다."

발타는 고개를 들어 어둠에 잠긴 왕의 얼굴을 바라보았다. 어둡고 신비한 빛에 잠긴 왕은 햇빛 아래서 보았을 때보다 더욱 장엄하고 두려우며 잔혹한 존재로 보였다.

왕의 제안은 선택 사항이 아니다. 발타가 제안을 거부하면 레아와의 관계는 그대로 종말을 맞게 된다. 왕의 제안 속에서, 레아는 좋은 미끼이기도 했다.

다만, 한 가지 위안이 되는 점도 있다. 그녀를 미끼로 걸었기 때문에, 왕 역시 그 기간 동안은 그녀의 보호자로 남을 수밖에 없다. 발타는 드디어 희미하게 웃었다.

"말씀하신 모든 조건을 받아들이겠습니다, 폐하."

"진지하게 묻겠다. 솔직히 답해라. 발타 너는 성전기사단을 상대하는 것이 가능하겠나?"

하지만 왕은 이내, 발타가 자신에게 망설임 없이 검을 겨누었고, 그 전에 열두 명의 동료들에게 크나큰 상처를 안겼다는 것을 떠올렸다.

"가능 불가능을 고를 상황은 아닌 듯합니다, 폐하."

"……"

"이성은 감정 위에, 신앙은 이성 위에, 옳은 신앙은 그른 신앙 위에 존재합니다. 어느 쪽이든 신의 뜻을 어긴 자들이 파멸하게 될 것이로되, 저는 제가 신의 뜻 안에 서 있다고 믿습니다. 폐하께서는 크게 심려치 마십시오."

왕은 발타의 단호한 대답을 들으며, 그가 자신의 모든 고뇌와 망설임에 단단히 고삐를 채우고 생트 샤펠로 들어왔음을 알았다.

왕은 발타의 진창이 된 속마음만큼은 절대 들여다보고 싶지 않았다. 부디 그가 고삐를 끝까지 잘 쥐고 있기만 바랄 뿐이었다.

새벽 햇살이 동쪽에서 비스듬하게 들어오며, 스테인드글라스가 화려한 색깔을 조각조각 드러내기 시작했다. 이곳은 생트 샤펠, 찬란하고 장엄한, 고요하고 정지된, 혹은 세상과 괴리된 듯한 공간. 신의 비밀 장소였다.

왕은 발타의 머리 위에 손을 얹고 엄숙하게 말했다.

"발타사르 드 올랑드, 그대는 교회와 신앙의 수호자이자 신성 프랑스의 왕 필립에게 속한 기사로서, 주군의 새로운 명에 따라, 신의 영광을 드러내고 신의 뜻을 이루는 자가 될지어다. 성 삼위 하느님의 은혜와 동정 성모 마리아의 자비와 생 미셸 대천사의 수호가 오늘의 맹세 위에, 그대의 머리 위에, 그리고 그대가 걸어갈 신앙의 길 위에 영원히 임할지라."

왕과 기사 사이에 새로운 계약이 성사되었다. 발타는 왕의 손에 입을 맞추었고, 왕은 이제 거절하지 않았다.

11-3. 생 루이 궁의 숙녀

레아는 어느 순간 자신이 더 이상 고양이의 방에 매달려 있지 않다는 것을 깨달았다. 무슨 일인지 생각할 겨를도 없이, 그냥 편해져서 좋다, 라는 생각만 들었다.

솔직히 말하면 자신이 무슨 일로 고양이의 방에 매달려 있었는지도 잊어버렸고, 그동안 무슨 생각을 했는지도 모르겠고, 어쩐지 이름과 나이마저 잊은 것 같다.

그저 기억나는 건, 고양이의 방이라는 예쁜 이름과 그곳에 상주하는 어떤 개새끼뿐이었고, 느껴지는 건 자신의 몸뚱이가 이제는 푹신한 곳에 뉘어 있고, 주변은 환하고, 공기는 신선하고, 장미꽃 향기가 솔솔 풍긴다는 점이었다.

아, 천국이다…….

……이런, 결국 죽었나?

하지만 몸을 움직이던 레아는, 몹시 현실적인 이유로 이곳이 천국이 아니라는 것을 알게 되었다. 팔과 어깨와 겨드랑이가 아니, 등과 허리까지 칼로 헤집히는 것처럼 아팠다.

입을 딱 벌리고 비명을 질렀는데, 소리가 나오지 않았다. 잔뜩 말라비틀어진 목구멍에서는 숨조차 제대로 쉬어지지 않고 꺽꺽 소리만 나왔다.

제기랄! 안 죽었구나.

안 죽은 것을 알고도 욕부터 튀어나온 이유는, 너무 아팠기 때문이었다. 소극적 쾌락주의자(?)인 레아는, 먼지 부스러기 같은 즐거움이라도 샅샅이 발라먹고, 눈곱만 한 아픔이라도 천리만리 피하자는 신념을 갖고 살았는데, 현재 레아의 몸은 머리카락과 눈썹만 빼놓고 아프지 않은 곳이 없었다.

그나마 손가락 발가락이 움직여지는 걸 보니 팔다리가 마비된 건 아니다. 얼굴 대부분을 붕대로 감아 두어 앞은 보이지 않는데, 빛과 어두움이 감지되는 걸 보니, 그나마 최악의 상황은 아닌 것 같다.

레아는 몽롱하니 쏟아지는 졸음과, 치즈처럼 부옇게 엉기는 기억들과 싸우며, 애써 일의 경과를 추측해 보려 애썼다.

발타 님, 혹은 누군가가 자신을 구하러 왔던 기억은 없다. 어느 순간부터 기억이 끊어졌다.

"……아…… ."

열심히 기억을 더듬던 레아는, 자신이 매우 중요한 것을 잊어버리고 있었다는 걸 알게 되었다.

아니다. 사실은 자신의 마음이 그 사실을 잊어버리려고 무척 노력하던 것인지도 모른다. 레아는 두려움에 떨며, 천천히 아랫배로 손을 가져갔다.

298

"……."

느낌이 달랐다. 정신을 잃었을 때 일이 벌어진 듯했다. 기억은 없지만, 그냥 알 수 있었다.

레아는 아랫배를 감싸 안고 허리를 천천히 구부렸다. 허어. 흐으, 흐. 입에서 계속 이상한 소리가 나왔다. 말라 버린 줄 알았던 눈에서 새로 눈물이 나왔다. 미안해. 미안, 미안해. 정말 미안해. 레아는 제대로 나오지도 않는 목소리로 색색거리며 계속 흐느꼈다.

"정신이 들었나."

뒤에서 갑자기 익숙한 목소리가 들렸다. 뒤에 사람이 있는 줄 몰랐던 레아는 화들짝 놀라 몸을 돌리다가 다시 비명을 질렀다. 몸을 움직일 때마다 어깨가 너무나 아팠다.

"폐, 폐하……."

대체 왜 지금 왕의 목소리가 나오는 걸까. 설마,

나를 구한 것이, 발타 님이 아니고 왕이었나?

왜? ……왕이, 대체 왜……?

레아가 기겁해서 얼굴에 감긴 붕대를 풀려고 더듬거리자, 그녀의 손을 누가 얼른 잡아챈다. 다시 눈시울이 울컥 뜨거워진다.

이 손은 발타 님의 손이었다. 아무 소리도 들리지 않지만, 알 수 있었다. 발타 님은 무서울 정도로 침묵하며 아주 조심스럽게 얼굴에 감긴 붕대를 풀었다.

눈을 뜨자 익숙한 풍경이 눈에 들어왔다. 예전에 발타 님이 계시던 생 루이 궁, 그곳의 가장 안쪽 공간에 만들어진 침실.

이젠 그곳에 자신이 누워 있었고, 자신의 앞에는 왕이 있었다. 그리고 붕대를 풀어 준 발타 님은 어느 새 왕의 뒤로 물러나 있었다. 손에 얼룩진 붕대를 든 채.

레아는 이 상황이 이해가 되지 않았지만, 어떻게든 납득하려 애를 썼다. 두 사람은 레아의 혼란한 시선을 조용히 인내해 주었다.

무슨 일이 일어났을지 천천히 짐작이 되면서, 눈물도 서서히 말라붙기 시작했다. 발타 님과 할 말이 산더미 같다고 생각했는데, 이런 상황이 되니 입이 돌덩어리처럼 굳어 버렸다.

왕은 그런 레아의 얼굴을 물끄러미 바라보더니, 그대로 몸을 돌려 문을 열고 밖으로 나갔다.

"상태를 살펴서 바로 알려라. 하녀나 다른 의사가 필요하면 보내겠다."

발타가 침대 곁으로 가까이 다가와 앉는다. 바로 방문이 열리더니, 예전에 레아를 시중들었던 하녀 마르그리트가 뜨거운 물과 몇 가지 약용 연고, 약초들, 그리고 붕대와 새 침구 따위를 들고 안으로 들어선다.

하지만 그 물건들을 탁자 위에 얹어 놓고도 마르그리트는 눈치껏 밖으로 나갈 생각을 하지 않는다. 단둘이 있는 시간은 허락되지 않는 듯했다.

나는 죽지 않고 살아났고, 발타 님도 옆에 계시는데, 상황은 도망치기 전의 그 암담한 때로 고스란히 돌아온 것 같았다.

"레아, 움직이지 마십시오. 근육이 많이 상했습니다. 한동안 누워서 상처가 아물기를 기다리셔야 합니다."

"……발타 님. 저, 제, 제가 드릴 말씀이……."

하지만 말을 꺼내기도 전에 눈시울이 시큰하고 목이 메었다. 그가 편지에서 소곤소곤 고백했던 말들이 떠올랐다. 그는 레아가 자신의 아기를 품은 일에 대해, 그렇게나 감격하고 신비로워했었다. 이제 그에게 무어라고 말을 해야 할까.

발타는 레아의 퉁퉁 부은 얼굴을 가만가만 쓰다듬었다.

"괜찮습니다, 마드무아젤. 말씀 안 하셔도 괜찮습니다. ……괜찮아요."

그는 레아가 무슨 말을 할지 이미 알고 있었다. 그는 물기가 가득 스민 눈으로, 그저 괜찮다며 어깨를 쓰다듬어 주었다.

하지만 레아는 괜찮지 않았다. 입술을 달싹거리면서, 무슨 말이든 하려고 애썼다. 레아에게 존재하는 모든 극단의 감정이 한꺼번에 튀어나오려 아우성을 쳤다.

발타 님, 나는 당신의 아기를 잃었어요…….

하지만 아무 말도 나오지 않았다. 발타는 그녀의 손을 꼭 잡고 진심을 담아 말했다.

"당신이 이렇게 살아나신 것이 다행입니다. 그렇게 힘든데 버텨 주셔서, 그것만으로도 저는 고맙습니다."

발타는 아무것도 묻지 않았다. 그녀가 소원했던 것처럼, 그저 살아 줘서, 버텨 줘서 고맙다고만 했다. 그리고 어깨를 감싸 안고 깃털로 어루만지듯 살그머니 쓰다듬어 주었다. 그제야 뒤늦은 눈물이 터졌다. 발타는 그렇게 레아의 울음을 한참 받아 주었다.

눈물과 울음은 오래가지 못했다. 몸이 지나치게 엉망이라 바로 탈진해서 축 늘어졌다. 그는 레아를 편안히 눕히고, 레아의 오른손을 두 손으로 꼭 감싸 쥐었다. 그의 움직임은 너무나도 조심스럽고 애처로웠다.

그는 고개를 비스듬히 돌리고, 자책하듯 말했다.

"당신은 왜 이렇게 계속 아프고 고통스럽고 힘들까요. 그리고 나는 왜 당신을 번번이 지키지 못할까요. 나는 왜 결정적일 때,

당신의 곁에 없었을까요."

아니에요. 아니에요. 레아는 힘없이 고개를 저었다.

"바, 발타 님, 당신은…… 늘 제 곁에 있었어요……."

"……."

"발타 님은 늘 늦기 전에 와 주었어요. 내가 어디에 있든, 무엇을 하든, 당신은 늘 늦기 전에 제 곁에 와 주었어요. 그리고 제 문제를 대신 짊어지거나, 대신 대가를 치르거나, 대신 아파해 주었어요."

그는 레아의 얼굴을 물끄러미 내려다보았다. 레아가 그렇게 생각하고 있던 걸 몰랐던 모양이다. 그는 몹시 어색하고 낯선 얼굴로 빠르게 눈을 깜박였다. 그의 마음을 단단하게 묶어 놓던 무언가가, 레아의 난데없는 고백에 툭 끊어진 것 같았다.

"그리고 발타 님은 저한테 아무 대가도 요구하지 않고 그냥 사랑하기만 하셨어요. 그렇게 멍청하게 끝도 없이 사랑하기만 했어요. 저는, 신께서 인간을 사랑하셨으면 꼭 발타 님처럼 그렇게 사랑하셨을 거라고 늘 생각했어요. 그러니 제발 그런 말씀 하지 마세요……."

레아는 힘겹게 손을 뻗어 그의 뺨을 살그머니 문질렀다. 그의 눈물과 자신의 손가락이 창백한 뺨에서 만들어 내는 궤적이, 애처롭고 아름다웠다.

발타는 레아의 손을 붙잡아 입술 위에서 지그시 눌렀다. 그가 레아의 손바닥에 오랫동안 입을 맞추는 동안 그의 눈물은 레아의 팔꿈치까지 흘러내렸다.

레아는 어쩐지 그가 작별 인사를 하는 것처럼 느껴졌다.

그를 다시 만난 것은 일주일 정도 지난 후, 레아가 얼추 몸을 회복하고, 어깨도 다리도 움직이고, 생트 샤펠과 그랑드 살르로 연결된 복도를 어정어정 돌아다닐 수 있게 되면서부터였다.

발타는 생트 샤펠 한가운데 홀로 서 있었다. 기도를 하는 것도 아니고 돌아다니는 것도 아니고, 그저 형형색색의 유리를 통해 쏟아져 내리는 빛무리의 한가운데 서서, 천장을 올려다보고 있었다.

그의 시선은, 금빛 백합 문양이 새겨진 까마득하게 높은 천장의 꼭대기를 지나, 아득하게 먼 곳을 향해 있었다.

발타 님은 지금 무슨 생각을 하고 계실까.

레아는 성당의 문을 닫았다. 이곳에는 늘 신비한 분위기가 감돌았다. 지상에 지어졌으나 세상에 속해 있지 않은 공간이 있다면, 바로 이곳일 것이다. 세상에 속한 사람들이 드나들지만 인간적인 요소들이 완벽하게 소거된 신의 공간이 있다면, 그 역시 생트 샤펠일 것이다.

하지만 레아는 이곳이 천국 같다거나 따뜻하다 느낀 적은 없다. 이곳에 존재하는 극한의 아름다움은, 장엄하고 신비로우나 차갑고 결정화되어 있으며, 너무 단단해서 아무도 받아들일 수 없는 것처럼 느껴졌다.

이 공간은, 어쩌면 왕과 가장 많이 닮은 듯했다.

발타의 은빛 머리카락과 하얀 쉬르코 위로 무수한 색의 조각들이 쏟아져 내린다. 압도적이고 장엄한 빛의 향연 속에서, 발타는 인간을 넘어선 존재처럼 눈부셨다.

레아는 이 성당 자체가 거대한 하나의 보석처럼 느껴졌다. 그리고 그녀는 지금 무수한 단면을 가진 보석의 내부에 발타와 단둘이 서 있는 것 같았다.

그가 고개를 돌리고 빙긋 웃어 보인다.

"마드무아젤. 드릴 말씀이 있습니다."

왕과 기사의 새로운 계약에 대해 알게 된 레아는 고개를 수그린 채, 가만히 눈만 끔벅거렸다. 이제는 눈물도 나오지 않았다.

나는 이제 발타 님을 부리기 위한 미끼가 된 건가?

아니, 어쩌면 나라는 인간 자체가 왕의 탐욕의 대상이 된 건지도 모르지.

왕이 탐욕하는 대상에는 신성한 것과 세속적인 것이 모두 포함되어 있다. 그중 레아 다크레라는 인간은, 세속적으로는 아무 가치가 없으니, 아마 신성한 쪽의 탐욕의 대상이 되었을 것이다.

하지만 그것도 내가 성 십자가 조각을 갖고 있을 때의 일이지. 아무것도 없는 여자에게 왜 계속 집착하시는 걸까. 그것도 성 십자가를 자기 손으로 기사단에 돌려주기까지 하면서.

레아가 아는 왕이라면, 그 성유물은 죽는 한이 있어도 포기하지 않았을 것이다. 그것을 돌려보내며 왕이 얼마나 고뇌하고 아파했을지 짐작도 되지 않는다. 그런데 왜? 대체 왜? 설마, 한때 '신의 선택을 받았던 여인'이라는, 허울뿐인 이름표가 그보다 탐이 났던 걸까?

레아는 왕의 마음을 죽을 때까지 이해하지 못할 것 같았다.

"마드무아젤, 저는 당신이 회복될 때까지 돌보는 것을 허락받았습니다. 하지만 급한 처치는 끝났고, 이제는 다른 분들이 돌보실 것입니다. 당신은 치료가 끝난 후에도, 계속 시테 궁의 생 루이 별궁에서 거하시게 될 겁니다.”

발타는 벌써 레아에게 거리를 두기 시작했다. 레아는 그렇게 힘겹게 살아 돌아온 것이 더 이상 기쁘게 느껴지지 않았다.

상황은 충분히 이해했다. 레아는 고양이의 방에 매달려 있는 동안에는 막연하게 발타 님이나, 벵상이나 누구라도 자신을 구해 주러 올 거라고 믿었다.

하지만 지금 와서 생각하니, 그것은 너무 막연하고 무모한 희망이었다. 왕의 결단과 양보 없이는 레아가 살아날 방법이 전혀 없었다.

그래. 발타 님은 반드시 선택할 수밖에 없던 길을 선택하셨다.

그럼, 나는 그 엉망으로 뒤틀리고 꼬인 것을 완벽하게, 멋지게, 근사하게 펴 놓으면 되겠다. 나는 파리 제일의 귀금속 세공사다. 이리저리 뒤틀리고 어지러이 뻗어 나간 쇳덩어리를 가장 매끈하고 아름답게 다듬는 일이야말로 내가 세상에서 가장 잘하는 짓 아닌가.

레아는 발타를 올려다보며 빙긋 웃어 보였다. 아직 피멍이 가시지 않아 웃을 때마다 뺨이 아팠지만 더 힘껏 웃었다.

“7년만 기다리면 되나요?”

“…….”

“기다리죠, 뭐. 까짓거.”

발타의 눈이 천천히 흐려지기 시작했다. 하지만 그는 대답하지 못했다. 조건은 지독했다. 세상에서 가장 크고 강하고 부요한 집단. 왕과 영토가 없으나 이미 왕보다 더 강대하고 높은 곳에 있는, 프랑스 내의 또 다른 거대한 왕국.

발타 님은 대체 어떤 마음으로 그런 무모하고 기가 막힌 약속을 하셨을까? 그것이 이루어질 거라고 생각한 걸까? 아니면 그냥 나를 구하기 위해서 다짜고짜 앞뒤 가리지 않고 한 약속일까.

레아는 여러 가지 경우의 수와, 그가 감수해야 했을 여러 가지 결과들을, 그가 어떤 마음으로 받아들이고 왕과 거래했을지 차마 상상할 수 없었다.

"저도 할게요."

"……예?"

발타는 기가 막힌 표정을 지었다. 레아는 더 장난스럽게 웃어 보였다. 왜인지 자꾸, 자꾸 웃음이 나왔다. 쫄보 레아, 무서움을 이기기 위해 수다쟁이가 된 레아. 그 대책 없이 시끄러운 레아는, 이제 자신을 사랑하기 위해 모든 것을 버린 누군가를 위해, 쫄보 인생에서 존재해 본 적이 없는 용기를 내 보려 한다.

"이제 우리는, 바닥의 바닥까지 내려왔어요. 제가 아무리 상상해도, 더 이상 떨어질 곳이 남아 있지 않은 것 같아요. 그러면 올라갈 일만 남은 것 아닌가요."

"……."

"음, 그런데 제가 인내심이 얄팍해서 7년은 못 기다릴 거 같아요. 기다리다 늙어 죽을 거라고요! 제가 힘을 합치면 절반……쯤으로 줄일 수도 있지 않을까요?"

"저하고 무슨 일을 같이하시려고요. 제 임무에서 세공 기술이나 요리 기술이 필요할 것 같진 않습니다만……."

"왜 이러세요. 저도 엄연히 정식으로 서임받은 기사예요. 이분이 사람 몹시 무시하시네."

"아. 예, 예."

발타의 얼굴로 희미하게 혈색이 올라오는 것을, 그리고 웃음을 참으려는 듯 입술 끝이 꿈틀거리는 것을 레아는 놓치지 않았다.

"이래 봬도 다재다능한 종기사가 될 수 있답니다. 이젠 말도 잘 타고, 돈도 잘 벌고, 무기 관리도 잘 하고, 갑옷에 녹 한 톨 올라오지 않도록 빤질빤질 기름까지 발라 드리죠. 빵도 잘 굽지요. 사람이 먹고사는 일만큼이나 중요한 게 어디 있나요. 게다가 글도 읽을 줄 알고 숫자 계산도 잘한답니다."

"레아, 폐하께서 불미스러운 일은 벌이지 말라고 하셨습니다."

"어머나 세상에, 착하고 성실한 종기사가 되는 것이 불미스러운 일이라면, 아크레에서도 시테 궁에서도 탕플 수도원에서도 불미스러운 일투성이였겠네요! 폐하나 자크 단장님이나 레몽 그 새끼도 불미스…… 걔는 불미스러운 일 좀 당해 봐야 해요. 어쨌든 온 세상이 불미스럽…….".

"흐……."

발타가 기어이 입을 틀어막고 몸을 돌렸다. 어깨가 한참 들썩거렸다. 레아는 생트 샤펠이 갑자기 연인들을 위한 근사한 데이트 장소로 느껴졌다.

장담하는데, 폐하께서는 이곳에서 잔느 왕비마마와 불미스러운 데이트를 했을 것이다. 적어도 뽀뽀는 했을 것이다. 그리 생각하니, 레아는 이 거룩하고 장엄한 장소를 종종 기꺼이 누려 주어야겠다는 생각이 들었다.

레아를 침실까지 에스코트한 발타는 인사를 하기 위해 손을 내밀었다. 하지만 레아는 그가 손에 입을 맞추도록 얌전히 손을 내미는 대신 얼굴을 비죽 내밀었다.

왕의 메인 홀인 그랑드 살르가 빤히 보이고, 시종과 하인 하녀들이 무시로 드나드는 복도였다. 발타는 얼굴을 딱딱하게 굳히고, 고개를 옆으로 돌렸다.

"마드무아젤. 다시 말씀드리건대, 폐하께서 불미스러운 일은⋯⋯."

"어머나, 발타 님. 키스는 불미스러운 일이 아니에요. 인사죠, 인사. 여긴 성전기사단이 아니라 피나모르(fin'amor, 궁정식 연애)가 넘치는 파리 시테 궁인걸요? 자코브가 어여쁜 사촌에게 장가가려고 7년간 양을 치면서, 솔직히 삼촌 몰래 키스 한 번 안 해 봤겠어요? 인사는요, 저언혀 불미스럽지 않아요."

레아는 눈을 동그랗게 뜨고 열심히 반박했다. 아직 다 낫지도 않은 얼룩덜룩 물든 얼굴로, 새파란 눈을 반짝이면서.

발타는 성경에 나오는 자코브의 연인이 레아가 아니라 동생 라셸르였다고 진실을 알려 주는 대신, 뺨에 가볍게 입을 맞춰 주었다.

레아의 볼에 발그레하게 꽃이 핀다. 그렇다. 그저 인사였다.

† † †

"폐하, 제가 발타 님의 종기사가 되어 볼까 합니다."

"쿨럭."

식사 중에 터진 폭탄 발언에, 왕이 마시던 와인을 뿜었다. 단정하고 엄격한 자세를 한시도 흐트러뜨리는 일이 없던 왕이!

식탁에 앉아 있는 사람들은 레아의 발언에 놀라야 할지, 왕이 보인 모습에 놀라야 할지 몰랐다. 하인들이 달려와 식탁을 빠르게 닦아 정리하는 동안, 사람들은 빵과 고기 조각을 손에 쥔 채 그대로 얼어붙었다.

왕의 식사 자리는 최근 꽤 사람이 많아졌다. 나바르에 가 있는 태자 루이 부부나 부인의 몸이 좋지 않아 집에서 칩거하다시피 하는 발루아 백 샤를 정도를 제외하면 왕의 일가와 형제, 관료들은 번갈아 가며 함께 식사를 하곤 했다.

레아는 왕의 곁에 앉아야만 했던 예전과 달리 마담 루와얄, 즉 이사벨르 공주의 옆자리에 앉았고, 발타는 에퀴에르 트랑샹으로서 왕의 식사 시중을 드는 중이었다.

"아하, 하, 하하."

왕은 기가 막힌다는 듯 실소하며 뒤를 돌아보았다.

"발타사르 경, 나의 숙녀께서 그대의 종기사를 하겠다고 해. 어찌 생각하나?"

"저 역시 그 건에 대하여 곰곰이 생각해 본 바, 득이 매우 많은 계약이라고 생각하게 되었습니다."

마음의 준비를 하고 있던 발타는 매우 침착하고, 자연스럽게 대답했다.

"허, 이건 또 뭐지."

왕은 다시 웃었다. 사람들은 여전히 고기를 쥔 채 안절부절못했다.

그러잖아도 왕이 주재하는 식사 자리는 썰렁하기로 소문이 파다했다. 그나마 잔느 왕비가 살아 있을 때는 분위기가 훨씬 좋았고, 앙게랑 보좌 주교라도 있었으면 넉살 좋고 매끄럽게 대화를 이끌어 가 어색함이나마 없애 주련만, 유일한 구세주마저 아키텐으로 파견을 나가서 지금 시테 궁에 없었다.

"폐하, 저는 발타사르 경의 종기사가 되어야 할 역사적인 사명

309

과 신이 내린 운명을 품고 태어났답니다. 일단 제가 정식으로 서임받은 기사가 아니겠습니까?"

사실 레아는 출신 성분으로 보나 교양으로 보나 이 식탁의 대화에 끼어들 레벨은 아니었다. 하지만 이판사판 인생 바닥을 찍어 본 수다쟁이는 요새 별로 무서운 게 없었다.

게다가 그녀에게는 전가의 보도인 '수다쟁이 면책 특권'이 있지 않은가. 폐지되었다는 말을 들은 적이 없으니 아직 유효하겠지. 그러구러, 그녀는 딱딱하게 얼어붙은 좌중을 향해 '레아 다크레가 발타사르 경에게 고용되어야 할 이유'를 하나하나 늘어놓기 시작했다.

왕은 웃음을 멈추고 옆의 장미 향유를 떨어뜨린 물그릇에 손을 넣어 거칠게 철벅거렸다. 그리고 수건에 손을 닦고 두 사람을 가만히 응시했다.

사람들은 왕이 웃어넘기거나 격노하는 사이에서 고심하고 있다는 것을 눈치챘다. 둘러앉은 사람들은 팽팽한 긴장감으로 목이 졸리는 것 같았다.

"폐하! 폐하! 급보입니다."

시종 한 명이 침묵을 깨고 황급히 뛰어든다. 그의 뒤에는 빗길에 급하게 말을 달려온 듯, 다리와 옷자락에 진흙물이 잔뜩 튀긴 사신이 한 명 서 있었다.

"앙글레테르의 에드와르 폐하께서 에코스 원정 중에 급서하셨습니다."

모인 자들은 크게 놀랐고 왕 역시 눈을 치뜨고 물었다.

"무슨 일로? 교전 중 전사했나?"

"설사병 때문으로 보입니다. 며칠 사이에 몸이 급격히 쇠약해졌다고 합니다."

전쟁 통에 죽어 나가는 자들 중 실제 교전 중에 죽는 자보다 돌림병이나 식중독, 설사병 따위로 죽는 일이 훨씬 많았다. 그리고 천하 없이 건강하고 용맹한 왕이라도 그런 죽음을 피해 갈 수 없었다.

왕은 손을 닦고 엄숙하게 성호를 그은 후, 죽은 에드와르의 영혼을 위해 짤막하게 기도했다. 왕의 얼굴에는 죽은 자를 위한 애도나 안타까움은 없었다. 에드와르의 죽음에 대한 기쁨을 내색하지 않는 것이 필립으로서는 최선의 예우였다.

에드와르는 필립 왕의 봉신이기도 했지만, 그를 몹시 괴롭히던 원수이기도 했다. 황금알을 낳는 플랑드르 지역을 매개로 한 앙글레테르와의 전쟁은 필립의 치세 동안 지긋지긋 끝도 없이 이어졌다.

결국 필립의 여동생 마르그리트와 에드와르 왕이 결혼하고, 필립의 외동딸 이사벨르가 에드와르 왕자와 약혼하는 것으로 간신히 전쟁을 마무리한 참이었다.

다른 이들도 손에 쥔 음식들을 내려놓고 물그릇에 손가락을 닦은 후 서둘러 성호를 그었다. 물론 그들에게도 애도의 기색은 크지 않았다.

왕의 시선이 이사벨르 공주를 향했다. 열두 살의 소녀는 살짝 긴장한 얼굴로, 하지만 태연한 표정을 유지하려 애쓰며 물었다.

"아바마마, 제 결혼은 어찌 되는 것입니까?"

"결혼은 예정대로 진행된다. 다만 이제는 왕자비로 가는 게 아니라 왕비로 가는 것이겠지. 네게 나쁜 일은 아니니 염려할 것 없다, 이사벨르."

"염려하지 않습니다, 아바마마. 저는 프랑스의 마담 루와얄로
서, 앙글레테르에서 프랑스를 위해 해야 할 일과 책임을 잘 수행
하겠습니다."

왕의 얼굴에 희미한 웃음이 서렸다.

"조만간 에드와르가 내게 오마주를 바치러 파 드 칼레(도버 해협)
를 건널 것이다. 그때 네 결혼식에 대해 의논을 해도 좋고, 그곳
에서 결혼식을 올려도 좋을 것이다."

왕은 자신과 외모와 성격을 빼닮은 딸을 흡족해했다.

딸은 아버지의 생각이나 행동방식을 배우고 닮으려 애썼고, 그
래서인지 사람들은 저 아름다운 열두 살 소녀를 부왕만큼이나 두
려워했다.

왕의 시선이 뒤늦게 레아와 발타를 향했다. 레아는 왕이 노를
발할 타이밍을 놓친 것을 알아차렸다. 왕은 예상외의 낭보에 너
그러워졌고, 무엇보다 레아에게 '온갖 잡다한 발언에 대한 면책
특권'이 있음을 잘 기억하고 있었다.

왕은 두 사람을 향해 가볍게 웃어 보이며 입을 열었다.

"레아 다크레, 그대가 감히 나의 팔라댕의 종기사가 되고 싶은
모양이군. 하지만 그대는 종기사가 되기 위한 소양이 한참 부족
해. 특히 체스 실력이 형편없더군."

왕은 다시 식사를 시작했고, 사람들은 그제야 한숨 돌리며 다
시 음식을 입에 넣기 시작했다.

잠시 후, 왕의 지엄한 명령이 떨어졌다.

"체스를 잘 두지 못하면, 기사로서 그런 망신이 없어. 발타, 시
테 궁에서 망신스러운 소문이 들리지 않도록, 신경 써서 잘 가르

치게."

　왕의 허락이 떨어졌다. 운이 좋았다. 시중을 들던 발타와 식탁
에 앉아 있던 레아는 왕에게 말없이 고개를 숙이는 것으로 감사
를 표했다.

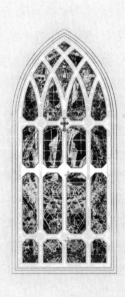

11-4. 시테 궁의 여름

1) 나이롱 환자와 변태 의사

레아는 그해 여름 내내 생 루이 별궁에서 지내며 몸을 추슬렀다. 안심하고 편히 자고, 고기도 많이 먹고, 발타의 '국적을 알 수 없는 동서양 잡탕 치료법'까지 합쳐지니 몸은 빠르게 회복되었다.

그렇다고 이제 다 나았어요, 랄라리랄라 하면서 침실 밖으로 뛰어 돌아다니는 바보짓을 하지는 않았다. 그러니까, 발타 님에게 정정당당 합법적으로 맨살을 보여 줄 절호의 기회를 이렇게 날려 먹고 싶지는 않았다.

이제 두 사람은 '불미스러운 짓' 혹은 '망신스러운 짓'을 해서는 안 되는 상태가 되었지만, 서로 사랑하는 피 끓는 청춘남녀가 어떻게 그렇게 살겠냐. 신부님 수녀님도 아니지 않은가. 그나마 자애로우신 폐하께서 치료는 해도 된다 하지 않았나! 치료는!

레아는 이 합법적인 유혹의 기회를 최대한 이용하려고 노력했다. 치료를 위해서 이렇게 치맛자락이나 소맷자락을 살살살 끝까지 걷어 보이는 것만으로도, 내공이 약한 발타 님은 충분히 시험에 들었다.

레몽 새끼 나쁜 새끼, 안 보이는 곳까지 골고루도 패 놨다. 그래도 어쨌든 감사합니다.

물론 발타도 꼭 치료가 필요한 부분만 손을 대는 건 아니었다. 치료를 하다 보면 손이 떨릴 수도 있고, 좀 미끄러질 수도 있는 것이지. 마르그리트도 위그 경도 분명히 그렇게 생각할 거라고 레아는 믿어 마지않았다.

나이롱 환자와 변태 의사의 조합이란 썩 합이 좋기는 했지만, 문제는 레아가 이렇게 어리숙하게, 혹은 촌스럽게, 혹은 티 나게 유혹할 때마다 발타가 너무 심하게 부끄러워했고-싫어했다는 건 절대 아니다- 또 다른 문제는 상처가 너무 빨리, 잘 낫고 있다는 점이었다.

아무리 생각해도 레아 다크레는 다시 태어나기 전에는 가냘프고 연약한 고귀한 숙녀 따위는 못 될 팔자 같다. 이렇게 튼튼한 통뼈에 이렇게 쇠심줄 같은 근육에, 이다지도 강력한 명줄을 보라.

레아는 가끔 자신이 가냘프고 여리여리한 숙녀로 태어났으면 어땠을까, 상상해 보았다. 그렇게 기운차게 망치를 휘두르고 줄질을 하고 쇳물을 들고 다니는 자유민 세공사보다는, 바람이 불면 휭 날아가는 그런 섬세하고 연약하고 고귀한 숙녀.

음. 발타 님 눈에는 그게 더 예뻐 보이지 않을까?

……아, 물론 그랬다간 고양이의 방에서 진작에 죽었겠구나.

아니지, 그 방에 입성도 하기 전에, 탕플 탑에서 굶어 죽었거나, 아시케나지 마을에서 맞아 죽었거나, 떠돌이 생활 중에 길바닥에서 죽었거나, 세이렌 호 선창에서 목말라 죽었거나, 아크레에서 집에 가다 칼 맞아 죽었겠다. 아, 진짜 인생 파란만장하다.

그와 별개로, 발타 님 눈에 콩깍지가 단단히 씌워진 것은 사실인 듯했다. 이렇게 멍들고 부어터진 얼굴마저 사랑스러워 보인다니, 변태가 아닌지 좀 걱정스럽긴 하지만 그래도 얼마나 고마운가.

레아는 크고 작은 돌들이 멋스럽게 깔린 생트 샤펠의 안뜰을 창으로 내려다보며, 저 돌마당에서 뛰어다니다 엎어지면 전치 몇 주 정도 나올까 열심히 고민했다. 이 멍이 다 사라지고 이 피딱지가 다 떨어지면 합법적인 유혹 방법이 없어지는 것이다.

이러구러 시테 궁의 사람들은 팔다리가 얼룩덜룩한 여자가 시테 궁 이곳저곳을 쑤석이며 돌아다니는 것을 여름 내내 지켜봐야 했다.

여자는 약간 어그적대는 걸음걸이로 걷다가 주변을 두리번두리번 살펴보고, 풀밭이나 돌이 깔린 마당에서 철퍼덕 소리를 내며 넘어지곤 했다.

아야야, 아이 씨, 가끔 비명도 질러 본다. 그 모습이 너무 어색하고 이상해서, 무려 신의 선택을 받은 고귀한 숙녀가 넘어지는 데도 도저히 부축을 해 줄 생각이 들지 않았다.

그것은 발타도 마찬가지였다. 왕을 모시고 왕의 정원에 들어왔던 발타는 풀밭에 엎어져 있는 레아를 멀뚱하게 내려다보며 몹시 난해한 표정을 지었다. '여자가 넘어지면 부축하고 괜찮은지 물어야 한다'는 입력 사항에 충실한 왕만 손을 내밀어 주었다.

"일부러 넘어질 정도가 된 걸 보니 꽤 건강해졌군. 다행이야."

왕의 정원은 여전히 아름다웠고, 시테 궁은 평화로웠다.

2) 그 숙녀의 하루 일과

레아는 정원을 돌아다니거나 1층의 주방을 구경하거나 생트 샤펠에 살금살금 들어가서 스테인드 글라스를 구경했다. 조각조각 나뉘어진 창마다 구약성경의 내용을 담고 있었다.

아시케나지 출신인 레아는 대부분의 내용을 자세히 알고 있었다. 그래서 그림책을 보는 기분으로 하나하나 들여다보곤 했다. 이 이야기들을 들려주었던 아빠가 보셨으면 얼마나 기뻐하셨을까 싶다.

레아는 이곳에서 왕과 발타를 가끔 만났다. 생트 샤펠에서 창을 구경하다가 왕을 만나면 그는 으레 무엇을 보느냐 물었고, 레아는 자신이 보는 유리창에 표현된 내용을 손짓 발짓 해 가며 드라마틱하게 설명해 주었다. 왕은 그 이야기를 끝까지 흥미진진하게 들어 주곤 했다.

왕은 미사에 자주 참석했고, 시종 한두 명만 달고 단출하게 들어와 제단 앞에 무릎 꿇고 기도하고 있을 때도 많았다. 발타는 늘 그 뒤에 서서 두 손을 모으고 고개를 숙이고 있었다.

두 사람 모두 뭘 저렇게 열심히 기도하는지 궁금했지만 묻지는 않았다. 엄연히 개인의 프라이버시 영역이었기 때문이다.

신의 선택을 받았다는 여자는, 기도하는 대신 구경했다. 고상한 말로 '관조했다'라는 말을 쓰고 싶었지만, 그러지 못했다. 왕의 고해 사제인 기욤 윙베르 신부님의 말에 의하면, 구경은 인간의 일이고 관조는 신의 영역이라 했다. 그 차이는 알지 못했다.

레아는 생트 샤펠의 수백 개 아름다운 창들을 구경했고, 그곳에 새겨진 수천 년 전 인간들의 이야기들을 구경했고, 자신의 삶이 흘러온 모습을 구경했다.

왕과 발타는 생 루이 별궁에 가끔 들렀다. 손이 심심한 레아는 작은 작업 책상을 가져다 놓고 공구 몇 가지와 금속 조각, 혹은 산호나 나뭇조각 따위로 세공 작업을 했다.

그녀는 주물이 아닌 단조세공을 했기 때문에, 생 루이 궁에서는 계속 통통대는 망치 소리와 사각대는 톱질, 줄질 소리가 들렸다. 왕과 발타는 레아가 무언가를 한참 두드리고 자르고 갈아 내는 지루한 과정을 반나절 동안 구경하다 나가곤 했다.

레아는 발타와 위그, 그리고 왕에게 주석으로 만든 술잔을 하나씩 선물했다. 발타는 그것을 허리에 차는 주머니에 넣고 다녔다. 불룩한 모양새가 썩 좋지 않아, 레아는 선물한 것을 후회했다.

식사 시간이 되면, 발타가 레아를 에스코트해서 왕의 식탁으로 모셨다. 왕은 음식에서도 사치스러운 취향을 갖고 있어서 향신료나 염료를 넣어 화려하게 꾸민 고기 요리를 매일 올리도록 했다. 레아가 난생처음 보는 귀한 음식이 식탁에 넘치도록 쌓이곤 했다.

식사에 초대받은 남자들, 특히 기사들은 많이 먹는 것도 남성다운 능력이라 생각해서 배가 터지도록 먹는 경쟁을 벌였다.

소시민적 쾌락주의자인 레아 역시 생전 구경하지 못했던 요리가 나오면 배가 터지게 먹으려 했지만, 괴수처럼 먹어 대는 기사들을 당할 수는 없었다. 그 어마어마한 운동량에도 배가 나온 기사들이 많은 이유를 알 것 같았다. 발타는 식사 사중을 드느라 함께 식사를 하지 못했다. 그래서 레아는 그가 괴수처럼 먹는 모습을 끝까지 볼 수 없었다.

평민 출신이자 도망친 전 약혼녀인 레아는 놀랍게도 왕의 식탁에서 어색하지 않게, 적절한 예우를 받으며 제법 잘 어울리고 있었다. 왕이 레아에게 '마담 루와얄의 위에 준하도록' 대우하라는 명령이 워낙 지엄했기 때문이었다.

막내 로베르 왕자는 천진했고, 이사벨르 공주는 깍듯했으며 샤를 왕자는 정중했고, 마리니 보좌 주교는 화술이 뛰어나 왕이 썰렁하게 만들어 놓은 분위기를 매끄럽게 바꾸어 넘기곤 했다. 레아를 백안시하던 발루아 백작마저 은근한 경멸조차 내색할 수 없었다.

식사가 끝날 무렵이면, 국물이나 음식 찌꺼기가 묻은 트랑슈와르가 식탁 옆에 산더미처럼 쌓였고, 하인들은 그 접시 빵들과 남은 음식들을 가져가 파리 성내의 빈민들에게 나누어 주었다.

주방 쪽 성문에서는 식사가 끝날 때마다 누더기를 걸친 노숙자와 빈민들이 길게 줄을 서 있곤 했다. 왕은 빈민들에게 음식을 나눠 주는 일이나 빈민 급식소를 운영하는 일에 각별히 신경을 썼다.

그는 불쌍한 자들을 보며 눈물을 흘리는 것보다, 구제 시스템을 만들고 책임감을 갖고 지속해 나가는 것이야말로 진정한 사랑의 표현이라 믿었다. 필립 왕에게 있어, 백성에 대한 사랑은 가장 이성적인 영역에 속했다.

식사가 끝나면 레아는 왕의 체스 타임에 관람객으로 앉아 있어야 했다. 하얗고 까만 대리석으로 만든 체스였다. 레아는 자신이 만들었던 아몬드 알 체스를 가끔 생각했다. 이걸 누가 가지고 있는지 이젠 기억이 잘 나지 않았다.

왕의 상대는 매일 바뀌었다. 가끔 발타가 상대할 때도 있었다. 눈 빠지게 아름다운 남자 둘이, 정말 전쟁도 아닌 전쟁에서 심각하게 고뇌하고 진지하게 사색하는 모습을 구경하노라면, 죽지 않고 살아 돌아오길 잘했다, 하는 생각이 들었다.

왕은 자신의 게임이 끝나면, 으레 발타와 레아를 마주 앉혀 체스를 두게 했다. 진심으로 고약한 취미였다. 왕에게는 인정사정 없던 발타는 레아에게는 어떻게든 한 번이라도 져 주려고 무척 노력했다.

하지만 레아의 수는 너무나 단순하고 속이 보여서 져 주기도 쉽지 않았다. 가끔 행마법을 까먹어 적에게 이게 맞느냐고 묻기도 했다.

예의 바른 발타는 한숨을 잘 참아 주었지만, 예의도 없고 가차도 없는 왕은 '눈 감고 손가락으로 튕겨도 그보단 나은 수가 나올 텐데'라며 시니컬하게 비웃었다.

저 잘생긴 인간을 가끔 먼지가 나도록 때려 주고 싶은 것만 빼면, 그리고 전 유럽을 돈으로 지배하는 기사단을 무찔러야 한다는 허무맹랑한 임무만 빼면, 그해 여름 시테 궁에서 레아의 삶은 매우 평화로웠다.

3) 레아 세공방

뱅상과 라셸르는 노르망디에서 파리로 돌아왔다. 유대인 세공사가 빠져나간 빈자리에, 가톨릭교도로 개종해서 돌아온 뱅상은 쫓겨난 사람들이 관리하던 거래선과 쫓겨나지 않았던 직인들을 모조리 쓸어 모으기 시작했다.

뱅상과 라셸르는 왕의 허락을 받고 시테 궁으로 와서 레아를 접견했다. 라셸르는 아기를 잃고 만신창이가 된 레아를 끌어안고 많이 울었다.

뱅상은 레아의 구출 작전에 자신이 얼마나 혁혁한 공헌을 했는지 반나절 동안 떠들어 댄 후, 온몸이 퉁퉁 부어 누워 있는 환자에게 새로운 사업 구상을 펼치기 시작했다.

"우리가 다시 손만 잡으면, 돈을 쓸어 모을 기회가 열릴 것 같은데 말이야. 위기는 즉 기회라고 했잖아? 지금 파리에 귀금속 세공 장인들이랑 상인들이랑 은 환전상들이랑 왕창 추방당했단 말이지……? 경쟁자들이 엄청 사라진 거야!"

"그 경쟁자가 다 우리 마을 사람들이었다는 건 아냐?"

"평생 떠돌이가 내 마을이 어딨어. 이제 내 마을은 파리 시테 섬이고 르아브르 항구예요. 다만 내 마음의 유일한 고향은 바로 레아 다크레……."

아아, 익숙하다 이 헛소리. 레아는 시큰둥하게 물었다.

"외제니한테도 차였냐. 또 뭔 잘못을 했기에?"

"무슨 말이야! 내가 외제니한테 무슨 잘못을 해! 티끌만큼도! 손끝 하나도 대지 않았다고!"

벵상이 기겁하며 열심히 고개를 젓는다. 자신과 외제니는 애초 아무 관계도 아니었단다. 손 한 번 잡아 본 적 없고, 키스 한 번 해 본 적 없으니, 자신은 그녀에게 욕먹을 만한 짓을 결단코 저지른 적이 없다고 열심히 항변했다.

……바로 그게 욕먹을 짓인 줄 정말 모르는 걸까?

아니면 혹시 그때 할례 잘못 받아서 정말 고자가 된 건 아닐까. 물론 그렇다고 해도 심각하게 유감스럽지는 않았다.

벵상은 그녀에게 '고용주를 잃은 직인들을 끌어모아 대규모 공방을 내서 대대적으로 돈을 벌어 보자.' 하며 꼬드기기 시작했다.

원래 벵상은 혼자 판을 벌여 혼자 다 해 먹고 싶은데, 문제는 놈이 무늬만 장인이지 실력이 하나도 없다는 거였다. 실력이 되어야 직인들을 가르치고 부려 먹지.

반면 레아 다크레는 실력이야 차고 넘치는데 장인 인증서가 없었다. 그동안 장인 특허를 유지하기 위해 매년 5리브르씩 갖다 바친 걸 생각하면 아까워 죽겠다.

어쨌든 벵상은, 자신이 영업 사장을 하고 레아가 직인들과 대량 생산(?)을 해서 떼돈을 벌자고 유혹하기 시작했다. 이제는 큰 배도 두 척이나 있으니 해외시장(?)까지 개척할 수 있다고, 귀금속 유행의 최첨단을 달리는 파리에서, 최고 레벨 세공사가 민든 작품이면, 어딜 가든 사람들이 떼 지어 몰려와 사재기를 할 거라며 가슴을 펑펑 쳤다.

"그 돈으로 알렉산드리에서 동방의 향신료와 희귀한 염료를 싣고 와서 유럽에 풀면, 우리는 앙글레테르 에드와르 폐하에 버금가는 부자가 되는 거라고!"

필립 폐하는 하도 빚이 많아서 뱅상의 기준으로 부자가 아니었다. 어쨌든 돈에 눈이 어두운 레아는 그만 솔깃해지고 말았다.

"그런데 파리 시내에서 개업했다가 성전기사단 눈에 띄면 어쩌지? 잡혀가면 어쩌지?"

"레아, 이건 걱정도 팔자여. 아주 세상 걱정 다 짊어지고 가는 어린양이지. 아니 늙은 양인가. 아우 씨, 왜 때려. 이제 그 새끼들은 널 잡아갈 구실이 없어. 너도 고생할 만큼 했고, 시발 주고받을 것도 다 끝났잖아! 잡아갈 구실도 없이 왜 사람을 끌고 가, 죽을라고."

"음, 그, 그건 그렇지만, 사람이 말이야……."

"단장이나 툴루즈의 레몽이라는 그 개새끼가 나와서 깽판이라도 치면, 날 불러! 날 부르라고!"

"그럼 네가 칼 들고 달려와서 싸워 줄 거야?"

레아가 진심으로 놀라, 조금은 감동하며 눈을 동그랗게 뜨고 묻자 그가 가슴을 내밀며 당당하게 말했다.

"미쳤냐, 발타 님을 부르지. 자고로 거상은 돈 잃을 곳엔 베팅 안 하고, 질 싸움에는 끼어들지 않고, 최악의 상황에도 필승의 방법을 생각하지."

"그게 발타 님을 부르는 거야?"

"그라췌. 왕궁이 코앞이잖아. 폐하를 부를 수도 있지."

그럼 그렇지……. 저딴 걸 약혼자나 형이라 부르던 시절이 있었다. 아련하다 그 시절.

"종기사보다는 아무래도 세공방이 낫겠나?"

"아, 그게, 일단 제가 체스의 교양을 쌓는 데 제 머리로는 시간이 좀 걸릴 것 같사와, 당분간 세공방에서 좀 더 내공을 닦은 후에……."

"그대는 세공사인 게 잘 어울려. 일하는 게 보기 좋아. 그대 원하는 대로."

왕은 의외로 선선히 허락했다. 아마 발타 님이 하루 종일 궁에서 일하시니, 어떻게든 떼어 놓으려는 사악한 속셈인 듯했다. 세공방에 정신이 팔려서 종기사가 되겠느니 어쩌겠느니 헛소리를 안 하게 되면 더 좋고.

하지만 반대로 생각하면, 또 왕과 마주칠 일도 없어지는 것이다. 저 점잖고 냉정하고 속으로 욕심이 드글드글한 왕은 자신의 딜레마를 해결하기 위해 해괴한 조건을 내걸었다.

'궁에서 식사 시간에 부르면 스튜가 식기 전에 바로 달려올 수 있는 거리', 즉 시테 궁에서 유대인 거리 이내로만 세공방을 내도록 허락했고, 고결한 숙녀의 명예와 안전과 불미스러운 제반 일들을 방지하기 위해, 하녀 마르그리트가 항상 세공방에 상주해야 하며, 레아의 이름을 걸어야 한다는 조건을 달았다. 저녁 시간에 궁에 돌아와 다음 날 아침까지 머물러야 한다는 조건도 있었다.

조건을 전해 들은 발타 님의 얼굴도 해괴하게 변했다. 그러잖아도 왕은 예전처럼 발타 님을 1인 3역으로 새벽부터 밤중까지 열심히 뺑뺑이를 돌리는 중이었다. 그것도 모자라 사생활 보장까지 안 해 주다니. 진심 악덕 고용주였다.

레아는 시테 궁에 온 지 두 달 만에 몸을 털고 일어나, 시테 궁에서 엎어지면 코 닿을 곳에 있는 세공방에 출근을 시작했다.

파리 세공사 동업조합에서는 레아 다크레에게 팜프 솔로 자격으로 귀금속 세공사 증서를 내주었고, 억세기로 소문난 대장장이 동업조합에서도 갑옷과 무기를 제작할 수 있다는 증서를 발급해주었다.

대체 어떤 인간이 그 억세고 자존심 강한 장인들을 그렇게 협박하고 들볶았는지 모르겠지만……. 아니, 사실 뻔하다. 그래서 레아와 벵상은 왕을 위해 성당에 귀한 초를 바치며 사심을 담아 감사 기도를 드렸다.

레아의 새로운 세공방 대문에는 예전에 사용하던 나뭇가지 모양의 무늬가 그려졌고, 그곳에서 제작되는 세공품마다 같은 모양의 작은 각인이 새겨지기 시작했다.

레아에게 은의 결정은, 여전히 '가장 순수하고 거룩하며 지켜주어야 할 가치가 있는 이상향'의 상징으로 남아 있었다. 성전기사단과 이렇게 최악으로 갈라진 지금까지도.

레아 세공방으로 반가운 손님이 찾아왔다. 올랑드 영지에서 상경한(?) 젊은 부부였다. 이름하여 파스칼과 붉은 머리 카미유인데, 새 영주님께서 세공방을 시테 섬에 열었다는 말을 듣고 한달음에 달려왔다. 느려 터진 시시 영감님까지 우야우야 모시고.

파스칼은 아시케나지 마을의 레비 세공사가 레아 다크레라는 여자로 변신한 것을 보고 입을 하마처럼 벌리고 몇 번이나 성호를 그었지만, 카미유는 '아무래도 이상해서 여자 아닐까 하고 생각했다. 그래도 의리상 아무에게도 말하지 않았다'고 털어놓았다. 역시 눈치 하나는 무섭게 빠르고 입도 무섭게 무겁고, 의리도 있는 멋진 소녀, 아니 부인이었다.

파스칼은 세공사 레비의 '무엇이든 만들어 내는 솜씨'를 숭배했고, 카미유는 세공방에서 하인 하녀로 일하는 것이 코딱지만 한 밀밭에서 잡초를 뽑는 것보다 훨씬 수지맞다는 것을 알아차렸다. 두 사람은 일당 2드니에르에 레아 다크레에게 영혼을 팔아 치우고 그녀의 수족이 되기로 맹세했다.

시시 영감님은 오랜만에 만난 주인을 보며 반가워했지만, 이제 많이 늙어서 아무 일도 하지 못했다. 사람을 태우는 건 고사하고, 제 먹을 건초라도 지워 놓으면 고개를 위로 빼 들고 늑대인 척 구슬프게 울었다.

대체 뭐에 쓰려고 데려온 건지 알 수 없어서, 레아는 다시 올랑드로 돌려보냈다. 올 때는 제 발로 걸어온 시시 영감은 갈 때는 크레도가 끄는 수레를 타고 갔다. 호강에 겨워 요강에 똥 싸게 생겼다.

꽃을 좋아하는 레아는 새로운 세공방이 너무 좁아 정원이 없는 것이 불만이었다. 그래서 공방 앞에 항아리들을 늘어놓고 여기저기 얻어 온 꽃씨를 뿌렸다.

세공방 주변은 자잘자잘하고 화사한 꽃들로 가득해졌다. 운이 좋게도, 꽃씨 중 희귀종인 튤리파가 끼어 있어서, 낯익은 꽃이 무더위에 고개를 내밀었다. 꼭 아크레로 되돌아온 기분이라, 레아는 눈물을 글썽이며 반가워했다.

튤리파가 피었다는 말에, 왕이 친히 세공방까지 와서 구경하더니, 백합과 비슷한 구석이 있지만, 근본적으로 우아함과 고상함과 순결함이 부족하다 어쩌고 개진상을 떨고 갔다.

꽃과 나무들은 쨍한 햇빛과 폭우 속에서 무럭무럭 자랐다. 바글바글 시끌시끌한 왕궁 앞 바리에리 거리의 세공방은 어느새 삭막함을 벗고, 화사하고 싱그러워졌다.

발타는 세공방 앞을 지날 때마다 꽃들을 보는 척하며 문틈을 흘끔거리고, 담벼락 뒤에 숨어 고개를 빼꼼 내민 채 어떻게든 레아를 보려고 애를 썼다.

일하는 직인들이나 카미유가 발견하고 '오셨으면 들어가 보시죠!' 한마디 할라치면, '공무 수행 중일세.' 하며 뒷걸음질했고, 마르그리트가 소맷자락을 잡아끌며 '세공사님! 시테 궁에서 기사님이 오셨어요!' 하고 외치면 기겁하며 손을 뿌리치고 줄행랑을 놓았다. 뒤에 남은 크레도는 주인의 뒷모습을 몹시 한심하게 바라보며 콧방귀를 뀌었다.

† † †

그해 여름이 가기 전, 푸아티에의 클레망 교황은, 왕이 제시한 이단 혐의에 대해, 자크 단장의 말만 듣고 어물쩍 무혐의 처리로 넘겼다. 그는 문제가 커져서 시끄러워지는 것을 가장 싫어했고, 교황청의 권위도 지키고 싶었고, 자신을 쥐고 흔들려는 왕에게 적당히 오금을 박고 싶기도 했다.

하지만 들고 일어난 건 왕이 아니라 엉뚱하게도 자크 단장이었다.

"성하, 저희 성전기사단은 왕에게 무고하게 이단 혐의를 받았습니다! 진실을 밝혀서 저희의 명예를 회복해 주십시오."

아니 최선을 다해 무마해 줬더니 이건 무슨 헛소리지?

클레망 교황은 이마를 짚으며 한숨을 쉬었다. 필립 왕이 함부

328

로 나대지 못하게 교황 성하께서 오금 좀 박아 주십시오, 하는 것 같은데, 아니 그것도 상대를 봐 가면서 해야 할 것 아닌가! 기사단 총회에서 '기사단의 비밀에 대해 어떤 논의도 금한다'는 법규를 재확인하는 경고문까지 발송했다면 뒤가 아주 깨끗한 것 같지는 않은데 대체 무슨 패기로 이따위 소릴 지껄이냔 말이다.

이놈이나 저놈이나 아주 진절머리가 난다. 중간에서 다리를 놓거나 말리기엔 양측이 너무 강적이었고, 양측의 의사를 지혜롭게 조정하는 일은 너무나 힘에 부쳤다.

결국 교황은 몰레 단장에게 '가을에 제대로 조사해 볼 터이니 증거를 준비해 두었다가 그때 결백함을 밝히면 된다'며 달랠 수밖에 없었다. 그리고 시테 궁에 편지를 보내, '왕이 제시한 정체불명의 의심에 대해 가을에 조사를 시작할 것이며, 기사단의 명예 회복 요청에 따라 결백을 입증할 소명 기회를 주겠다.'라고 통고했다.

편지를 받은 왕은, 낭독하는 사람의 목소리가 갈라질 때까지 되풀이해서 편지를 읽게 했다. 왕은 소름이 끼칠 정도로 무표정했고, 단장과 반대로 속마음을 한 자락도 밖으로 내비치지 않았다.

레아는 가끔 궁금했다. 왕은 마음속의 격한 풍랑을 대체 어떻게 다스리는 걸까. 분노든, 슬픔이든, 기쁨이든, 뭐든. 아무리 강철이나 대리석처럼 보여도 왕 역시 사람 아닌가.

보통 사람이라면, 자신의 마음을 가까운 사람들과 나누려는 게 본능 아닌가?

하지만 왕은 그런 본능이 없는 것 같았다. 아니면 상상할 수 없는 인내심으로 참고 있거나, 혹은 왕이 되기 위해 자신을 너무나 혹독하게 다스려 왔거나.

혹은, 남을 전혀 믿지 못해서 극단적으로 과묵해질 수도 있겠지. 누구라도 자신의 속을 드러내 보이면 상처받는 것을 피할 순 없을 테니까.

비밀을 지키는 것과 별개로, 자신의 내면을 남에게 스스럼없이 내보이는 것은 상당히 용기가 필요한 일인 듯했다.

오, 그렇다면, 속마음을 수다로 탈탈 털어 내야 직성이 풀리는 레아 다크레라는 여자는 상처를 두려워하지 않는 대단히 용감한 사람이란 뜻인가!

좋군. 프랑스에서 손꼽히는 기사인 왕보다 용감한 여자란!

4) 모뷔송 수녀원

가을 초입, 레아는 왕과 발타와 함께 모뷔송 수녀원을 방문했다. 물론 왕과 단풍놀이를 갈 생각은 눈곱만큼도 없었고, 순전히 발타의 꾀임이었다.

"십자가 현양 축일 특별 미사가 있는데, 선택받은 여인께서 동행하신다면 큰 은총 아니겠습니까. 수녀원장께서도 마드무아젤을 무척 뵙고 싶어 하십니다."

그게 나랑 무슨 상관인데요? 라는 말이 톡 튀어 나가려는 순간, 발타가 은근히 웃으며 덧붙였다.

"제가 밀착 수행하도록 허락을 받았습니다. 모뷔송은 풍광이 몹시 아름다워 한 번쯤 꼭 모시고 싶었던 곳입니다."

레아는 말이 떨어지기가 무섭게 엉덩이를 털고 일어났다.

가끔 발타 님이 설득의 귀재라고 실감하는 게, 상대가 원하는 것을 기가 막히게 잡아 코앞에 들이댄다는 점이다.

사실 그녀는 여름 내내 왕이 시테 궁을 비우기만 손꼽아 기다리고 있었다. 아직 치료가 끝나지 않았으니 닥터 발타는 궁에 남겨 두셔야 한다는 그럴듯한 핑계까지 만들어 두었다. 그렇게만 되면 바야흐로 '닥터 발타의 특별 치료 주간!'이 펼쳐지는 것이다!

하지만 왕과 발타는 신학자, 법관들과 밤이고 낮이고 토론을 벌였다. 아니, 댁들이 머리에 먹물이 많이 든 건 알겠는데, 피 끓는 사나이들이 그러면 안 되지! 폐하! 사냥 좋아하신다면서요! 사냥광이라면서! 왜 사냥 안 나가!

하지만 왕은 여름 내내 시테 궁에서 꼼짝도 하지 않았다.

생각보다 단출한 행렬이었다. 왕의 아들들이나 동생들은 눈에 띄지 않았고, 시종인 위그 드 부빌과 서기국의 장 마야르 경, 호위대장 알랭과 기사들, 보병들이 열두어 명 따랐다. 왕의 깃발은 보이지 않았다.

레아는 일행 중 왕의 실무진도 몇몇 알아볼 수 있었다. 왕의 측근 중 한 명인 기욤 드 노가레 대법관과 왕실 대변인이자 법관인 기욤 드 플레지앙, 샹슬리에(인장의 수호자, 국새 담당관) 오세르 대주교 벨페르슈나 나르본 대주교인 실 에이슬랭 드 몽테규 정도는 알아볼 수 있었다.

그 많은 행렬 중 여자는 단 한 명이었다. 수녀원인데 하다못해 결혼을 앞둔 딸이나 며느리들이라도 동행을 권해 보는 게 맞지 않을까?

……뭔가 이상했다.

모뷔송 수녀원장 블랑쉬는 레아를 따로 불러 극진히 대접했다. 부담스러울 정도의 예우 끝에, 치유의 십자가로 지병을 치유해 달라는 부탁이 자연스럽게 따라 나왔다.

역시 이럴 줄 알았다. 레아는 한숨을 쉬었다. 자신이 레아라는 사람이 아니라 성 유물에 딸려 있는 손잡이나 꼬리표가 된 것 같았다.

이젠 갖고 있지 않다고 말해도 수녀원장은 믿지 않았고, 그게 사실인 것을 알게 되자 대놓고 실망하는 기색을 드러냈다. 심지어 어디 있느냐 노골적으로 추궁하기까지 했다. 레아는 시테 궁의 사람들이 자신에게 얼마나 예의 바르게 대하고 있는지 실감했다.

이곳에서 다른 이들과 합류하기로 약속했던 건지, 시간 차를 두고 도미니크 파의 복장을 한 수사들과 학자로 보이는 사람들, 관료들도 속속 도착했다. 남들의 눈을 속이기 위해 별도로 모여 합류한 듯싶었다.

합류자들 중에서 레아가 알아볼 수 있는 사람은 사법원의 수장인 라울 프렐이라든가 왕의 고해 사제이자 파리의 왕립 종교 재판소의 소장인 기욤 윙베르 신부 정도였다. 하지만 그 정도 알아볼 수 있다는 것 자체가, 파란만장한 인생을 증명하는 것 같아 레아는 조금 착잡했다.

특별미사는 핑계였다. 그들은 주변 사람을 모두 물리고 회의실로 모였다. 안건은 대충 '성 십자가 현양의 날, 성 십자가를 뺏긴 왕과 성 십자가를 뺏어 오려는 기사가 성 십자가를 뺏은 기사단의 손에서 성 십자가를 다시 찾아오려는 계획'쯤 되는 것 같다.

속았다. 이런 데 따라오면서 몰래 연애 행각을 벌일 수 있을 거라 믿었다니.

그래, 발타 님이 거짓말을 한 건 아니지. 그냥 모뷔송의 아름다운 풍광을 보여 주고 싶다고만 하셨으니까. 바보 릴리트 한 마리가 혼자 제 발등 찍은 거지, 응······.

수녀원장에게 붙잡혀 있던 레아 역시 호출을 피할 수 없었다. 회의실 문 앞에서 미적대며 혼자 서 있노라니, 왕과 발타 님의 목소리가 설핏설핏 귀에 잡힌다. 다른 사람들의 목소리는 잘 구별이 되지 않았다.

토막 난 낱말들만 이리저리 튕겨 나와 긴 복도에서 흩어졌다. 성전기사단, 자크, 기욤 전 단장, 클레망, 변호, 무혐의, 고소, 고발, 혐의, 이단, 증거품 압수, 결단, 전국에서, 모든 지부에서, 증거의 확보, 증인의 확보······.

주변 바람이 점점 차가워지는 것 같다. 출발할 때는 햇살이 따가워 여름처럼 느껴졌는데, 왜 이렇게 한기가 느껴지는지 모르겠다. 레아는 고개를 폭 수그리고 소맷자락을 쥐어뜯으며 한숨을 쉬었다.

"마드무아젤. 계셨으면 들어오시지 않고요. 그러잖아도 너무 안 오셔서 지금 찾으러 가려던 참입니다."

발타가 회의실 문을 열고 나와 깜짝 놀란 표정을 짓는다. 레아는 그의 얼굴을 물끄러미 올려다보았다.

이분이 왜 이상한 핑계까지 대며 나를 여기까지 데려왔는지 알 것 같다.

이 회의에는 내가 필요하다. 아니, 이번 일에는 내가 필요하다. 입단식을 바로 옆에서, 가장 정확하게 관찰한 유일한 외부 증인이니까. 비밀 엄수의 맹세에도 얽매이지 않은 증인.

그러니, 내가 안 가겠다고 고집을 부렸으면, 병사들에게 강제로 끌려왔을 게 분명하다.

그래서 발타 님은 그 상황이나마 피하게 해 주려고, 나들이 가는 기분으로 즐겁게 올 수 있도록 해 준 것이다.

나는 아마 기사단과의 싸움에 참전해야만 할 것이다. 그렇다면, 다시 그들의 표적이 되는 건 당연지사다. 이제 지겨운 것을 넘어 구토가 날 지경이다.

평화를 누린 기간은 딱 두세 달밖에 되지 않았다. 이 알량한 평화를 위해 우리는 얼마나 큰 대가를 치러야 했나.

하지만 피할 수 없다는 것도 알고 있었다. 레아는 발타에게 빙긋 웃어 보이며 물었다.

"제가 그들을 조사하는 과정 내내 대질 증언을 해야 한다는 거죠? 종교 재판장에 나가서 공개 증언을 해야 할 수도 있는 거고요?"

레아는 최대한 아무렇지도 않게, 밝은 목소리를 내려고 애썼다. 하지만 목소리가 떨리는 것은 어쩔 수 없었다.

발타가 두 손을 꼭 잡더니 살며시 웃는다.

"아뇨. 안 그러셔도 됩니다. 그러지 마시라고 말씀드리려고 제가 모시고 오겠다 했습니다."

"……발타 님?"

334

"당신께 그 고통을 다시 떠올리게 할 생각은 없어요. 조금이라도 싫으면 안 하셔도 됩니다."

"당연히 싫죠. 조금이 아니라 진저리 나게 싫죠. 그 사람들을 생각하면 이제 구토가 나요."

"당연히 그러시겠지요. 그러니⋯⋯."

발타의 눈이 흐려지며, 레아를 잡은 손에 지그시 힘이 들어간다. 그는 레아의 고통을 세상에서 가장 잘 이해하고 공감할 수 있는 사람일 것이다.

하지만 레아는 고개를 들고 단호한 목소리로 말했다.

"그렇지만 발타 님은 정면에서 싸우실 거잖아요. 제가 거절하든 말든, 뒤에 숨든 말든."

"그렇습니다. 하지만 제가 전장에 나가 싸운다 하여 당신이 함께 고통을 당할 이유는 없지요."

그는 희미하게 웃으며 덧붙였다.

"레아, 이것은 제 할 일이라 하는 겁니다. 저는 제가 결정한 대로 행동하고, 뒷감당을 하는 것뿐입니다. 당신은 제 결정에 책임질 필요도 없고, 부담을 가질 필요는 더더욱 없습니다."

하지만 레아의 생각은 달랐다.

"그건 우리가 아무 관계가 없는 남이라는 말이랑 뭐가 다른가요."

발타의 얼굴에서 웃음이 사라졌다.

레아는 그의 손바닥으로 땀이 배어 나오고 있다는 것을 알아차렸다. 그 역시 긴장하고 두려워하고 있었다. 레아는 용기를 내어 말했다.

"저는 기사단이 옳든 그르든, 정의롭든 사악하든 상관없어요.

신의 뜻을 이루겠다고 희생하고 싶은 생각도 없어요. 하지
만⋯⋯."

"⋯⋯."

"저는 당신을 사랑하고, 그 사랑을 위해서는 무엇이든 해요.
사랑해서 함께하게 된 사람들의 삶은, 어느 순간부터 분리할 수
없게 되는걸요."

발타가 천천히 눈을 깜박거린다. 반쯤 감긴 눈꺼풀 아래 잠긴
그의 눈동자가 유난히 더 반짝거리는 듯 느껴졌다. 레아는 그의
떨림이 완전히 가라앉은 것을 알게 되었다.

"저는 이제 발타 님 혼자 모든 짐을 지게 두지 않을 거예요. 이
렇게 당신과 함께하고 싶어서 그 힘든 시간을 버텨 냈으니까요."

"그러시겠습니까."

목이 잠긴 발타는 길게 대답하지 못했다. 레아는 활짝 웃으며
그의 손을 끌어당겼다.

"네. 그러니까 같이 가요, 우리."

† † †

회의장은 다소 어수선했다. 대부분 사람들은 긴 회의에 지친
듯 자세가 흐트러져 있었는데, 왕 혼자만 여전히 허리를 꼿꼿하
게 펴고 앉아 있었다. 노가레 대법관은 허리를 둥글게 굽히고 잉
크 묻은 손톱을 물어뜯으며 문장을 고치고 있었고, 마야르 서기
관은 아이고 아이고 소리를 내며 허리를 두드리고 있었다. 윙베
르 신부나 몇몇 관리들의 자세는 의자 뒤로 조금씩 늘어졌는데
대놓고 기지개를 켜거나 하품을 하는 사람도 있었다.

하지만 자세히 보면, 회의실에는 묘한 긴장감이 흐르고 있었다. 왕의 얼굴에서는 옅은 홍분의 빛이 감돌고 있었고, 신부들의 얼굴은 딱딱하게 긴장되어 있거나 창백하게 질려 있었다. 노가레 법관의 얼굴이 왕의 표정과 개중 가까웠다.

그리고 발타의 표정에선 두려움을 이겨 낸 평온함이 느껴졌다. 레아는 그것이 오히려 더 두려웠다.

"레아 다크레 양입니다. 폐하의 가장 중요한 증인이 될 분입니다."

간단한 인사와 소개가 끝났다. 이런 회의에 참석하는 것이 처음이라 레아는 조금 긴장했지만, 긴장은 의외로 금방 사라졌다. 식사 시간에 한두 번쯤 보았던 이들이 대부분이었다. 다들 레아를 보며 고개를 끄덕, 하는 것으로 알은척을 한다. 발타의 말이 이어졌다.

"청을 드릴 것이 있습니다.3 그녀는 이미 성전기사단에 끌려가 심한 고초를 당한 바가 있습니다. 그러니 직접 대질은 최대한 피할 수 있게 해 주시고, 신문 기록은 최대한 말소시키는 방법으로 증인을 보호해 주시면 감사하겠습니다."

"발타, 그녀가 어려움을 겪었던 것은 나도 잘 알고 있다. 그리고 증인이 그녀만 있는 것은 아니다. 몇 해에 걸쳐 정보를 모았기 때문에 증인이 적지는 않아."

"……예, 폐하."

"하지만 비밀 입단식을 외부인으로서 직접 관찰한 것은 레아 다크레가 유일하며, 비밀 엄수의 맹세에 매이지 않은 자도 그녀가 유일하다. 그녀가 끔찍한 고통을 반추케 되는 것은 나 역시 원치 않으나, 상황이 이러하니 대질 조사는 피하기 어려울 것이다."

왕다운 대답이었다. 새삼스럽지는 않았다. 하지만 실제로 레몽 경이나 고양이의 방에서 만났던 사람들을 다시 봐야 한다고 생각하니 저절로 오금이 오그라들었다.

기욤 드 노가레가 잉크 얼룩이 묻은 손을 닦으며 덧붙였다.

"마드무아젤, 당신은 입단식뿐 아니라 그들의 비밀 자료와 증거들을 자세히 살펴볼 수 있었던 유일한 증인입니다. 당신의 진술은 다른 증언의 진위를 판단하는 기준이 될 수 있습니다. 쉽지 않으실 줄은 알지만, 모쪼록 협조를 부탁드립니다."

대법관의 목소리는 까랑까랑하고 딱딱한 편이었으나 법관 특유의 조리 있고 사무적인 어투라, 레아는 오히려 마음이 편해졌다.

"필요하면 얼마든지 하겠습니다. 다만 조사할 때, 대질 심문 때는 언제나 발타 님과 함께 들어갈 수 있게 해 주세요."

순간 그곳에 모인 몇몇 사람들의 눈썹이 확 찌푸려진다. 대놓고 혀를 차는 소리도 들린다. 레아가 왕의 약혼녀였던 것을 알고 있던 사람들이 대부분이라 무척 고까운 모양이었다.

하지만 왕은 손을 들어 그들의 반응을 누른 후 무덤덤하게 고개를 끄덕였다.

"좋다. 어차피 발타는 조사관으로서 동석하게 될 것이다. 기사단의 파문자로 증언을 하는 것보다, 신학자들과 함께 조사관이 되는 것이 더욱 유용하기 때문이야. 물론 기사단 출신이니 정식 조사관은 될 수 없지만, 그건 중요하지 않을 테고."

조사관은 증인을 겸하지 못한다. 레아는 발타가 자신보다 훨씬 큰 짐을 짊어졌음을 깨달았다. 증인보다 더 큰 증오의 대상이 될 자리에 발타가 자청했다. 이번 싸움에 진검을 꺼내 든 것이다.

"대신 요청대로 신문 기록에서 증인 레아 다크레의 실명을 기록하지 않는 것으로 하겠네. 그것이 장기적으로 그대를 보호할 수 있겠지. 장 마야르? 알겠나?"

"예, 폐하! 서기국 기록관들에게 확실히 알려 두겠습니다."

장이 재빨리 대답했다. 레아의 얼굴이 조금 풀리는 것을 본 왕이 손뼉을 딱딱 쳤다.

"그럼 합의가 된 것으로 알겠어. 발타. 의자를 가져와 숙녀분을 내 옆자리로 모시게."

레아는 그 순간부터 자신이 이 모임에 받아들여졌다는 것을 알았다. 일개 왕실기사의 시종이 아닌, 성전기사단에 맞설 동료로서. 심장이 크게 뛰었다.

레아는 머뭇거리다 손을 들었다.

"저, 폐하. 한 가지 여쭤봐도 됩니까?"

"말하라."

"그들이 입단식 때 이상한 짓을 한 건 맞는데요, 시토 수도회나 성전기사단이나 성 요한 기사단은 재판권이 교황청에 있지 않습니까? 교황께서 가을에 진상을 조사한다고도 하셨고요."

판결이 나오면 처형이나 징벌을 내리는 건 왕과 영주들이었지만, 성직자와 기사단의 재판 권한 자체는 교황청에 있었다. 그것은 세금 면제와 쌍벽을 이루는 면책 특권이라 할 만했다. 왕은 냉랭하게 대답했다.

"클레망이 명색 '교황의 검'을 제 손으로 부러뜨릴 수 있겠나. 재판은 형식적으로 끝내고 참회와 보속으로 때워 버리겠지. 그렇게 되면 우린 전혀 손을 쓸 수 없게 돼."

"그러면 어떻게 하나요? 푸아티에의 교황 성하와 다시 싸우셔
야 하나요?"

왕이 쓴웃음을 짓는다. 성직자에게 세금을 매기고, 베르나르
세세라는 골칫거리 주교 한 명을 왕실 법정에 세우려 했다가 십
수 년 동안 로마 교황청과 끔찍한 혈투를 벌여야 했던 '교회와 신
앙의 수호자'에게, 레아의 말은 악몽을 소환하는 것과 다를 바 없
었다.

기욤 드 노가레가 나서서 대답했다.

"이와 관련된 적절한 법 조항이 남아 있습니다. 80년 전에 반
포되었다가 사문화된 법령을 기억해 낸 자가 있었지요. 지금 이
곳에 와 있습니다."

기욤 경이 고개를 끄덕이자, 발타 님이 자리에서 일어난다.

"80여 년 전 툴루즈의 알비 지역에 카타리 파 이단이 번성했을
때, 그를 염려했던 오노리오(호노리우스 3세) 선대 교황 성하께서 프
랑스의 거점 지역 종교 재판소에 특권을 주신 바 있습니다."

"……."

"이단 혐의가 있을 경우에 한해서, 면책 특권을 무효화하고 프
랑스 왕립 종교 재판소가 재판권을 행사할 수 있다."

세상에 맙소사.

저도 모르게 턱이 덜그럭 내려앉았다. 발타 님은 대체 어떻게
이걸 아셨을까? 저런 것까지 기억하고 있는 건 진짜 반칙 아닌
가. 아군이었을 때는 가장 든든하고, 적이 되었을 때는 가장 두려
워할 유형의 사람이 아닐까 싶었다.

발타 님의 정체는 대체 뭘까? 어떻게 사람이 저렇게 잘생겼으
면서 어떻게 저렇게 잘 싸우고, 그것도 모자라 저렇게 똑똑하기

조차 할 수 있단 말인가. 한 번 인생에 저 세 가지 능력을 다 얻기 위해서 대체 발타 님은 무엇을 포기해야 했을까.

혹시 여자 보는 눈을 포기하고 얻은 능력일까.

레아는 잠시 얼빠진 생각에 잠겼다가 퍼뜩 정신을 차렸다. 다른 사람들은 저렇게 진지하고 심각한데 혼자만 멍청하고 한심한 생각에 잠겨 있는 것 같았다.

노가레 대법관이 딱딱한 어조로 설명을 이어 갔다.

"왕실 법률 팀은 몇 달에 걸쳐서 그 법안이 폐지되었는지 여부를 샅샅이 조사했습니다. 교황청의 정식 교서와 편지, 문서들, 법령들을 산더미같이 찾아보았지요."

"그래서, 결론이 어찌 되는가, 기욤."

"오노리오 교황 성하의 법령은 현재까지 폐기된 적이 없으며, 따라서 그들의 면책 특권 무효 조항은 현재까지 유효합니다."

"그 말은, 성전기사단의 이단 문제는, 교황청이 아니라 프랑스 왕립 종교 재판소에서도 재판을 주재할 수 있다는 뜻인가?"

"그렇습니다, 폐하. 기사단의 본부가 파리에 있으니, 이곳에 계신 기욤 윙베르 소장님의 관할이 되겠지요."

"……하지만 폐하, 이 방법은 시간 싸움입니다. 교황 성하께서 먼저 재판을 여셔서 그들을 무죄 방면하시면, 시테 궁에서는 더 이상 손을 쓸 수 없습니다."

기욤 경의 대답에 뒤이어 발타 님이 오금을 박듯이 눌러 말한다. 왕은 고개를 가볍게 끄덕였다.

"잘 알고 있네. 그러니 이렇게 서두르고 있는 것이고."

수도원의 하인들이 식사를 들고 왔으나 시중은 들지 못하고 음식만 내려놓고 물러갔다. 사람들은 잉크 자국으로 얼룩진 손으로 먹고 마시며 회의를 계속 이어 나갔다.

노가레 대법관은 무수히 뜯어고치고 가필한 소장訴狀 초안과 각 지역 담당 관리에게 보낼 긴급 공문 초안을 마무리해서 왕에게 바쳤고, 왕은 말없이 고개를 끄덕였다. 마야르 서기관과 두 명의 기록관이 부지런히 필사해 만든 사본들이 옆에 쌓였다. 왕은 필사본마다 일일이 서명하고, 맞은편에 있는 신부에게 말했다.

"샹슬리에, 인장을 내주시오."

"폐하, 다시 한번 숙고해 주십시오. 이건 너무 위험합니다. 프랑스 전역의 기사들은 물론이고, 외국에 있는 기사단 단원들을 무슨 재주로 막아 내겠습니까!"

떨리는 목소리가 터져 나왔다. 아까 창문을 통해 계속 들렸던 목소리, 질 에이슬랭 드 몽테규, 나르본의 주교님이었다.

"나르본의 주교여, 나는 그대에게 신학적, 법리적 자문을 구한 것이지, 그대의 허락을 받고자 한 게 아니오."

"폐하! 소환령 이상은 무리입니다. 게다가 그들은 현재 푸아티에 교황청에 조사와 재판을 청해 둔 상태입니다. 양측의 반발이 극심할 것입니다!"

"피에르 벨페르슈 대주교님, 교황께서 사건을 덮기 위해 애쓰고 계심을 모르십니까?"

"기욤 대법관의 말이 맞소. 기사단은 베르트랑의 검이고 베르트랑의 금고이니 손을 댈 리 없지."

왕의 목소리와 대법관, 그리고 국새의 출납을 맡은 대주교의 목소리가 뒤섞였다. 발타는 필요한 정보는 제공했지만 싸우는 판에는 끼어들지 않았고, 레아는 조금 신기한 기분으로 그들의 난전을 지켜보았다.

"피에르, 질, 그럼 진지하게 묻겠소. 우리가 그들의 신병을 확보하지 못한 채, 그들을 프랑스 종교 재판소에 세울 수 있을 것 같소? 그들은 나의 소환령을 무시할 게 분명한데?"

"하지만 그 와중에 군사적 충돌이 있으면 어찌 감당하시겠습니까? 왕실의 군대나 재정만으로는 감당할 수 없습니다!"

왕의 목소리가 서릿발처럼 차가워진다.

"질 에이슬랭! 누가 그대에게 국새의 출납을 결정할 권한을 주었나? 기욤, 도장 가져오게!"

노가레 대법관이 자리에서 벌떡 일어나 질 에이슬랭과 피에르 대주교 옆으로 다가갔다. 좌중이 크게 술렁거린다. 기욤 경? 어리둥절한 주교들이 술렁대는 사이, 대법관은 그들의 손아귀에서 왕의 인장을 잡아 빼냈다.

"기욤! 이 미친……! 뭐 하는 짓이오! 놔!"

몸싸움은 얼마 가지 않았다. 원래 노가레 경이 왕의 사냥개로 불린다는 건 알고 있었지만, 정말 사냥개처럼 낚아채는 꼴은 또 처음이었다.

분위기는 노트르담 성당 앞의 코미디처럼 흘러가기 시작했다. 옆에 있던 발타가 당황해하는 것과 별개로, 레아는 웃음을 참느라 애를 먹어야 했다.

소동은 금방 잦아들었다. 질 에이슬랭이나 피에르 대주교와 달리, 기욤은 저래 봬도 기사였고 기사의 이름값 정도는 했다. 그는 구겨진 쉬르코 자락을 단정히 다듬고 머리카락과 수염을 토닥토닥 정리한 후, 왕에게 나가 인장을 바쳤다. 두 명의 주교는 기가막혀서 헛웃음만 터뜨렸다.

왕은 도장을 받아 들고 첫 번째 공문에 밀랍 인장을 박으며 내뱉었다.

"기욤 드 노가레 경을 왕의 인장의 관리자로 내정하오. 현 관리자인 오세르 주교 피에르 드 벨페르슈는, 시테 궁에 돌아가는 대로 기욤 경에게 업무 이관을 하도록 하시오."

도깨비놀음 같은 승진에 기욤 경은 얼떨떨한 얼굴로 왕에게 허리를 굽혀 예를 표했고, 다른 사람들은 얼빠진 얼굴로 그들의 모습을 지켜보았다. 웃어야 할지 손뼉이라도 쳐야 할지 모를 지경이었다.

노가레 대법관은 아나니 사태부터 유대인 추방까지 온갖 골치 아픈 현장을 진두지휘한 왕의 일등공신이었다. 이 상황은 예견된 일이었는지도 모른다. 왕은 기욤 경의 실무 능력 중에서도 속전속결 해법과 단호한 추진력을 가장 좋아했다.

더 이상의 반대는 없었다. 왕은 공문의 초안과 각 지역 관리들에게 보낼 명령서 사본을 살핀 후 일일이 서명을 하고 도장을 찍었다. 서기관들이 인장이 찍힌 명령서에 각 지역 담당관들의 이름을 적고 보안 편지라는 표시를 하여 왕의 앞에 쌓자, 왕은 그것을 봉하고 그 위에 세 군데의 밀랍 인장을 찍었다. 벌써 달이 높이 솟아올랐다.

"이번 일은 비밀리에 신속하게 처리하는 것이 관건이네. 파레이유 경을 부르게."

호위대장이 긴장한 얼굴로 들어온다. 그 역시 이번 회의가 어떤 내용인지 잘 알고 있는 듯했다. 왕은 자신의 앞에 쌓인, 봉인된 봉투들을 가리켰다.

"알랭, 이 편지들을 봉함에 적힌 지역 담당관들에게 보내게.

반드시 세네샬이나 바이이[3] 본인에게만 전달되어야 하네. 시종이나 부인, 가족도 안 돼. 최대한 신속하게 전달하고, 받는 이들에게도 내용에 대하여는 절대 비밀을 엄수하라 전하게."

"옛, 명심하겠습니다."

서신을 전할 전령들은 한밤에 출발했다.

† † †

시테 궁으로 돌아왔을 때, 정원에서는 이미 시원한 바람이 불고 있었다. 레아는 단 며칠 만에 벌써 이렇게 공기가 써늘해졌나 고개를 갸웃했다. 햇볕은 여전히 이리도 따가운데, 옷깃으로 스며드는 바람은 벌써 스산하고 매웠다.

그날 저녁, 왕은 발타와 체스를 두었다. 레아는 곁의 탁자에서 작은 칼로 묵주용 나무 구슬을 다듬고 있었다. 따그락, 따그락, 돌로 만든 체스 판에 돌로 만든 체스의 말이 얹히는 소리는 맑으면서도 차가웠다. 사그락, 사그락, 나무 깎는 소리는 따뜻하고 부드러웠으나 차가운 소리를 상쇄하기에는 너무나도 가늘고 약했다.

체스를 두는 동안, 두 사람은 말이 거의 없어서, 접견실은 조용했다. 문득 생각난 듯, 왕은 탁자 아래에서 주석으로 된 작은 통을 꺼냈다.

"에드와르가 나와 이사벨르에게 보낸 예물 중에 이런 게 있었어. 좀 들지. 레아? 그대도 와서 맛 좀 보겠나?"

---

3) Sénéchal, Bailif. 왕이 직접 파견한 각 지역 담당관

작은 보석과 카메오로 장식된 주석 통은 사탕 상자였다. 레아는 아직 사탕을 먹어 본 적은 없지만, 어떤 것인지는 알고는 있었다. 장미, 라벤더, 레몬 향이 나는 달콤한 보석 같은 것으로, 입에 넣으면 입속으로 단맛이 가득 고이는데, 그 맛이 꿀보다 향긋하고 산뜻하다고 했다.

레아는 그 붉은빛이 감도는 보석을 입에 넣었다. 뭐라 말할 수 없는 황홀한 단맛이 입안 가득히 퍼졌다. 오, 하느님 맙소사. 이것이야말로 천국의 맛 아닌가! 레아는 확신했다. 신께서 인간에게 내린 지고한 축복과 행복과 기쁨과 사랑을 맛으로 표현한다면 딱 이런 맛이 될 것이다. 자신이 만약 트루베르라면, 사랑 찬가가 아니라 사탕 찬가를 백 개쯤 지었을 것이다.

왕은 주석 상자를 발타에게 밀어 주었고, 그는 노랗고 동그란 사탕을 하나 꺼냈다. 하지만 그것을 입에 넣는 대신 손에 들고 한참 동안 바라보기만 했다. 그가 무슨 생각을 하는지 알 수 없었다.

그는 사탕을 입에 넣었고, 잠시 미소를 지었다. 달콤함 때문일까. 아니, 아마득하게 그리운 기억을 떠올리는 것인지도 모른다.

"……."

잠시 후, 그는 한 손으로 눈을 가리고 고개를 숙였다. 손가락 사이로 맺힌 눈물이 소리 없이 떨어졌다. 왕은 그 모습을 물끄러미 바라보면서도, 가늘게 한숨을 삼키면서도, 끝내 아무것도 묻지 않았다.

레아는 체스 판 위로 생기는 동그란 얼룩들을 보며, 불현듯 실감했다.

아…… 정말 여름이 다 갔구나.

편안하고 느긋한, 혹은 매우 평범한, 다시 말하자면 천국과도 같은 여름이었다.

5) 카트린 드 쿠르트네, 라틴 여제의 죽음

성 루카 축일을 엿새 앞둔 목요일(10월 12일), 라틴 제국의 여제 카트린 드 쿠르트네가 죽었다.

'이번 돌팔이 사기꾼은 신의 선택까지 사칭했나 보네요, 샤를?'

레아가 예전에 성 십자가를 들고 가서 그녀를 위해 기도하다 치유에 실패했을 때, 그녀는 가는 손가락을 까닥이며 우아하게 빈정거렸었다. '그렇지 않소, 부인!' 샤를 공이 레아의 이적을 설명했을 때, 여제의 경멸은 더욱 심해졌다.

'이교도 아시케나지 출신의 세공사 마담께서 하느님께 선택을 받았다고요? 아, 이 세상에는 하느님의 이름까지 팔아먹는 용감한 자들이 워낙 많으니 말이죠.'

발루아 백의 저택에 머무르는 동안, 레아는 말로 쉴 새 없이 채찍질을 당했다. 레아가 성 십자가를 갖고 있다는 사실에 대해 가장 큰 자괴감을 안긴 분이 카트린 여제였고, 시테 궁에 돌아가 펑펑 울게 만들었던 것도 그녀였다.
그런데 레아는 이제 관에 누워 있는 저 작고 깡마른 여자에게 별다른 유감이 느껴지지 않았다. 죽은 자는 남을 아프게 할 수 없으니, 저절로 착한 사람이 되는 법이다.

그러고 보면 죽음의 효과란 자못 놀랍지 않은가. 착해진 망자에게는 적당한 예를 갖추는 것이 마땅할진저. 그래서 레아는 여제의 장례식에 기꺼이 참석했다.

여제는 시테 섬 남쪽 생 자크 거리 인근의 자코뱅 수녀원에 안치되어 있다가 이튿날 노트르담에서 장례 미사를 드린 후, 왕족들의 마지막 안식처로 유명한 모뷔송 수도원을 향해 출발했다.

성전기사단의 기사들이 운구를 맡았다. 붉은 십자가가 그려진 정복 차림의 기사들이 말에 높이 올라 관을 호송하는 풍경은 장엄하고 위풍당당했다.

끝도 없이 이어지는 거대한 운구 행렬은 그 자체로도 근사한 볼거리였다. 그래서인지 장례식에는 손님들 외에도 백성들이 구름처럼 몰려와 여제의 마지막 길을 배웅했다.

레아는 그 장면이 이상하게 느껴졌다. 라틴 제국은 4차 십자군이 같은 편인 비잔틴 콘스탄티노플을 점령하고 만든 나라였다. 그 당시에도 통탄할 일이라고 말들이 많았고, 라틴 제국의 황제는 몇 대 안 가서 금방 제위를 잃어버리고 떠돌이 생활을 하게 되었다.

그런데 폐하께선 어째서 그런 여자를 동생과 결혼까지 시키고, 이렇게 대대적으로 장례식까지 거행해 주는 걸까? 영토도 백성도 없는 나라의 제위가 무슨 의미가 있는지, '명분보다 실리' 파인 레아는 잘 이해할 수 없었다.

"운구 행렬이 정말 장하네요. 행렬로만 보면 알리에노르 왕비님이 부럽잖으시겠어요. 그렇죠, 발타 님?"

"알리에노르 님을 무슨 재주로 보셨는진 모르겠지만, 저분을 비꼬시는 건 잘 알겠습니다."

"아, 제가 좀 안 꼬이게 생겼나요. 저분 치료하러 갔다가 신의 이름을 등쳐 먹는 사기꾼 소리를 귀에 못이 박히도록 들었는데? 그러니 저분도 이 정도 뒷담은 감수하셔야 무사히 천국에 가시겠죠?"

그래 놓고는 누가 소심한 쫄보 아니랄까 봐 얼른 성호를 긋고 짧게 참회 기도를 올렸다. 망자에 대해 불경한 말을 해서 악마가 붙을까 봐 겁이 났다.

발타는 이해가 간다는 듯 진지한 얼굴로 고개를 끄덕였다.

"역시, 그런 깊은 이유가 있었군요."

"보통 사람들은 그런 걸 깊은 이유라고 하진 않아요. 그냥 꽁했다고 하지요. 발타 님 콩깍지도 그 정도면 병이에요, 병."

"좋은 병이군요. 그 병은 영원히 안 나았으면 좋겠으니 치료해 주지 마십시오."

그런 말을 들으면서도 좋다고 웃는다. 속도 없으시지. 레아는 코를 실룩거리며 웃음을 참았다.

"저는 솔직히, 나라도 백성도 없는 황제가 무슨 의미인지 이해가 잘 안 가요. 그렇게 따지면 누가 황제 못 하겠어요? 저도 영토 없고 백성도 없는 랄라리랄라 제국의 여제라고 주장할 수도 있잖아요."

말해 놓고 보니 그럴듯하나. 랄라리랄라 제국이라니. 상상은 본격 발동이 걸렸다.

"발타 님, 만약에 레아 호나 라셀르 호를 타고 계속 바다 위를 돌아다니면서 살아간다면요, 그것도 영토라고 할 수 있지 않을까요?"

"……예?"

"꼭 흙에다 농사를 지어야만 나라란 법은 없잖아요. 꼭 영토가 한 자리에 붙어 있으리란 법도 없잖아요? 움직이는 배도 랄라리랄라 제국이 될 수도 있는 거죠. 스스로 장사하거나 일해서 먹고 살 수 있는 나라라면, 라틴 제국보다 낫지 않나요?"

"좋군요. 랄라리랄라 제국. 그럼 저는 그곳의 백성이 되는 겁니까?"

이분은 자신이 10만 리브르짜리 배의 선주라는 것을 가끔 잊어버리시는 것 같다.

"무슨 말이에요. 공동 황제죠."

"아주 작은 나라겠군요."

"작지만 안전한 나라죠. 망망대해로 줄행랑을 놓으면 끝이잖아요. 넓은 바다에서 저희 배 한 척을 무슨 재주로 찾아내겠어요?"

발타는 장례 행렬과 레아를 번갈아 바라보다가 빙긋 웃으며 고개를 끄덕였다.

레아는 문득, 그가 자신에게 배를 사 주었던 원래 용도가 그것이었음을 떠올렸다. 역시 작은 솔로몬이라는 별명을 가진 분다운 선견지명이로다. 물론 그 배에 랄라리랄라 제국이라는 이름이 붙을 줄은 모르셨겠지만.

적어도 레아의 랄라리랄라 제국은 발을 디딜 수 있는 실체가 있고, 그 나라를 이루는 사람이 있고, 그 사람들 사이에는 따뜻한 사랑과 믿음이 있다. 그것만으로도 랄라리랄라 제국은 라틴 제국보다 좋은 나라라는 생각이 들었다.

장엄한 운구 행렬의 앞장을 선 이는 왕과 자크 드 몰레 단장이었다.

왕은 며칠 전, 푸아티에에 있는 자크 단장에게 편지를 보내 '라틴 여제의 임종이 가까웠으니 기사단 단원들께서 참석하여 그녀의 마지막 길을 빛내 준다면 감사하겠다'고 정중하게 청했다. 단장과 고위 단원들은 '이단 혐의를 풀기 위한 재판'을 위해 푸아티에에서 대기하던 중이었다.

자크는 그 부탁을 기꺼이 받아들였다. 단장은 왕의 제안이 무언의 사죄와 화해 요청이라 여겼고, 이 요청을 받아들이면 다시 예전의 좋은 관계로 돌아갈 수 있으리라 믿었다.

자크는 고위 단원들을 모두 이끌고 파리로 올라와 그녀의 장례식을 빛내 주었다. 기사단의 기사들이 여제의 운구를 맡았고, 자크는 왕의 곁에 나란히 앉아, 오랜 친구처럼 스스럼없이 대화를 나누었다.

"폐하, 며칠 내로 푸아티에에서 기사단이 정식으로 소명하는 절차가 있을 것입니다. 성하께서 '그대들의 결백을 증명하길 원한다'고 친히 말씀하시면서 증인과 증거를 총동원하여 저희의 결백을 명명백백 밝히라 하셨습니다."

"나 역시 그리되기를 바라오, 자크."

"예. 저희는 세간에 나도는 헛소문을 바로잡고, 무엇보다 폐하의 오해를 풀 수 있게 되어 진심으로 기쁘게 생각합니다."

자크는 조만간 열릴 교황청의 이단 재판 역시 기사단 측의 완승을 확신했다. 클레망 교황은 왕의 친척이고 왕이 추대한 교황이지만, 전적으로 왕의 편은 아니었다.

클레망이 가장 원하는 것은 교황의 입지를 넓히는 것이지, 왕을 돕는 것이 아니었다. 그러니 고작 소문 몇 마디로, 교황의 강력한 기반인 성전기사단에게 이단 판결을 내릴 이유가 없다.

하지만 왕을 조심할 필요는 있었다. 필립과 노가레 대법관, 그리고 마리니 보좌 주교는 언론 플레이에 강하고 백성을 선동하는 데 천부적인 자들이었다.

필립이 쳐 내기로 결심한 자는 온갖 중상 비방과 괴소문에 시달리며, 평판이 바닥에 처박힌 후 몰락했다. 적으로서의 필립은 상대하기 가장 까다롭고 끈덕진 상대였다. 자크가 필립의 요청에 선선히 응한 것은, 이쯤에서 왕과 화해해야 한다는 직감이 발동했기 때문이었다.

그날 라틴 여제의 시신은 모뷔송 수도원으로 갔고, 그녀의 영혼은 그보다 훨씬 먼 곳으로 떠났다.

이튿날 새벽, 프랑스 전역의 성전기사단 지부는 왕의 병사들에게 대대적인 습격을 받았다.

12부. 그들이 믿던 신

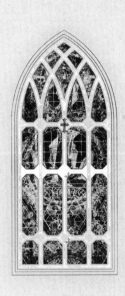

12-1. 13일의 금요일

옥토브레스 열셋째 날(10월 13일) 금요일. 프랑스 전역의 성전기사단 지부는 왕의 병사들에 의해 대대적인 습격을 받았다.

새벽이었다. 첫닭도 울지 않았고, 첫 미사 종도 울리기 전이었다. 무장한 왕의 병사들과 용병들이 성전기사단 파리 본부를 공격했다. 문을 지키던 초병들은 종을 치기도 전에 쓰러졌다. 왕의 병사들은 단원들의 숙소 안으로 최대한 조용히, 신속하게 몰려들어갔다.

기욤 드 노가레가 병사들을 진두지휘했고 발타는 병사들을 이끌고 단장이 있는 숙소로 진입했다.

그들 중 기사단 고위 단원들의 숙소나 내부 사정을 잘 아는 자는 많지 않았다. 특히 비밀 회의실의 출구를 아는 자들은 고위 단원들뿐이라, 레아의 도움이 아니었으면 이번 기습 체포 작전은 상당히 어렵게 진행이 되었을 것이다.

왕의 병사들은 고위 단원들의 숙소부터 기습하여 무방비 상태인 기사들을 체포했다. 슈미즈 차림으로 끌려 나온 그들은 대부분 맨발이었고, 새벽 추위에 우들우들 떨고 있었다.

몰레 단장도 예외는 아니었다. 단장은 그나마 겉옷은 걸치고 신발 정도는 신고 나왔지만 충격은 비슷했다. 몇몇 기사들이 끌려 나오면서 욕설을 퍼붓는 것을, 병사들이 입을 후려쳐서 다물게 했다.

끌려 나온 단원 중 얼굴이 피투성이가 되어 있는 자들이 적지 않았다. 레몽은 그도 모자라 아예 앞니가 두 개 나갔다. 하지만 그 잘난 목통은 그러고도 수그러들지 않았다.

"이게 무슨 일인가, 노가레 대법관! 대체 무슨 일이냐 물었소!"

단장은 단원들이 결박당한 채 복도에 줄지어 서 있는 것을 보고 엄한 목소리로 호통쳤다. 사실 끌려온 단원들은 노했다기보다 놀란 것이 더 컸다. 이곳은 전 유럽에서 가장 강력한 기사들이 모여 있는 난공불락의 요새 성전기사단의 본부였다.

노가레가 왕의 인장이 찍힌 체포 명령서를 위로 들어 올리며 큰 소리로 외쳤다.

"나 노가레의 기욤은 폐하의 인장 관리자이자 대리인으로서, 성전기사단 단원들에게 이단과 우상 숭배 혐의로 인한 긴급 체포령이 발동되었음을 알린다."

"개소리 작작 해! 무슨 꿍꿍이로 이 미친 지랄을 하는진 모르지만, 우리는 이 건에 대해 교황 성하께 억울함을 호소했고, 이미 푸아티에서 재판 절차가 시작되었다! 우리는 그곳에서 재판을 받을 것이니 헛짓거리는 집어치워!"

레몽이 독기가 바짝 오른 얼굴로 악을 썼다. 입 닥쳐! 기욤은 눈썹을 찌푸리고 한마디 했지만, 레몽의 고함에 묻혀 버렸다.

"왕의 딸랑이 새끼 너나 닥쳐! 프랑스 왕립 재판소가 대체 무슨 권한으로 우릴 재판해? 우리를 재판할 분은 교황 성하뿐이시다! 당장 포박을 풀어! 죽여 버릴 테다, 노가레!"

"이단 혐의에 관한 재판은, 80년 전 오노리오 교황께서 반포하신 카타리 이교도에 대한 특별법령에 의거해, 프랑스 왕립 종교 재판소에서 재판을 진행할 수 있소! 그대들의 재판관은 푸아티에의 교황 성하가 아니라, 파리의 종교 재판소 소장 기욤 윙베르가 될 것이오!"

기욤은 사무적인 어조로 맞받아쳤다. 그는 평소에는 신경질적이고 소심한 듯 보였지만, 결정적인 상황에서는 왕의 사냥개답게 가장 앞장서 싸웠다.

발타는 노가레 대법관을 보면 생각이 많아지곤 했다. 그는 조부가 카타리 교도로 화형당한 이후 집안이 영락하여, 어린 시절 모진 고생을 했다 들었다. 그가 관료로서 출세한 것은 순전히 그의 실무 능력과 왕에 대한 절대적인 충성심 덕분이었다.

그는 정통 가톨릭교도였으되 교황의 재판과 교권에 대해 반감이 지독했고, 왕과 마찬가지로 합리적이고 이성적인 판단력과 단호한 추진력을 가진 인간이었다.

아직 체포하지 못한 자들이 남아 있어서인지, 이곳저곳에서 싸움이 벌어졌다. 하지만 비무장 기사와 무장 기사가 싸움이 될 리 없었다. 게다가 왕의 정식 체포령이니 함부로 맞서 싸울 수도 없었다.

357

복도가 결박된 단원들로 가득해지자, 기욤은 모뷔송 수도원에서 작성된 왕의 명령서를 낭독하기 시작했다.

신께서는 우리 왕국 안에 신앙의 대적자가 존재하는 것을 기뻐하지 않노라…….
참으로 끔찍하고 비참한 일이로다. 그대들은 끔찍하고 가증하며 혐오스러운 범죄와 인간이기를 포기한 짓들을 저질렀다…….

왕은 기사단의 모든 죄악이 신뢰할 만한 증인들에 의해 확인되었다 공언하며, '우상에게 희생을 바치고, 정결한 공기를 더럽히며 그리스도를 고통스럽게 한다'며 맹비난을 퍼부었다. 명령서의 행간마다 '끔찍한 신성 모독자이자 거대 범죄 집단인 성전기사단'에 대한 극도의 증오와 정의로운 분노가 들끓고 있었다.

아울러 재판을 받을 동안 그들의 모든 재산을 압류해 충실하게 보관해 두겠다고 덧붙였다.

단원들의 얼굴이 시뻘겋게 끓어올랐다. 기사단은 지금까지 신에 대한 충성과 명예만으로 살아온 자들이었다. 죽으면 죽었지 이따위 모욕을 당할 수는 없었다.

"이건 모함이야! 이런 새빨간 거짓말이 어디 있어! 필립, 이 개자식을! 노가레! 이 왕의 더러운 개새끼, 네놈이 감히 무슨 수작을 하는지 아나! 왕이고 나발이고 죽여 버릴 테다!"

단장의 뒤에 묶여 있던 레몽이 다시 고함을 질렀다. 발타는 말없이 그에게 다가가 입에 재갈을 물렸다. 레몽이 기괴한 소리를 질러 대기 시작했다. 노가레는 차갑게 덧붙였다.

"네놈에게 혀가 끊어졌던 자가 네놈의 혀를 끊으리란 생각은 하지 못하나? 조용히 하게."

레몽은 눈을 희번덕대며 핏줄을 세웠지만, 저 빌어먹을 사냥개라면 충분히 그럴 수도 있으리라 여겼는지 이내 입을 다물었다.

발타는 속으로 한숨을 쉬었다. 기욤 저 인간도 왕과 꽤 많이 닮은 것 같다.

단원들은 일단 반항을 멈추고 잠잠해졌다. 슬슬 분위기 파악이된다. 이건 기사들이 결박을 풀어서 왕의 기사들을 물리친다고끝날 문제가 아니다.

자그마치 이단 소송이다. 이단으로 낙인찍히면 정말 끝장이다. 남프랑스의 대귀족들이 포진했던 카타리 교단 같은 거대 세력도 이단으로 찍힌 후 얼마 가지 않아 모조리 몰살당하지 않았던가.

하지만 단원들은 억울해 미칠 지경이었다. 카타리 교도들은 정말 이해하기 어려운 교리를 신봉했고, 교황을 등진 세력이었다. 성전기사단이 신실한 그리스도의 전사라는 사실은 만천하가 다안다. 그동안 우트르메르에서 흘린 피, 천국에 쌓아 둔 적들의 수급이 우리의 헌신을 증명하지 않는가.

뒤늦게 단장의 얼굴이 창백하게 변했다.

잠깐, 설마? 그럼…… 푸아티에에 가 있던 우리를 날짜에 맞춰파리로 불러들였던 이유가, 바로 이 일 때문이었나?

왕은 용의주도했다. 푸아티에에서 재판이 성사되지 못하도록장례식 핑계까지 대며 파리로 불러들인 것부터, 장례식 때 친한척해서 방심하게 만들고, 새벽에 본부를 기습해서 전력을 단번에무력화시키는 것까지, 성공 가능성이 가장 높은 방법을 정하고 밀어붙인 것이다.

그것도 모르고 어제 왕과 나란히 앉아 즐겁게 대화를 나눈 자신을 죽여 버리고 싶다.

"용서하지 않겠다, 필립. 네놈이 과연 누구를 건드렸는지, 감히 어떤 집단을 건드렸는지 알게 해 주마."

자크는 이를 갈며 씹어뱉었다.

"……우리 기사단에 1만 5천에서 2만에 이르는 병사가 있음을 모르나? 그중 최정예 기사만 무려 1500명이다. 필립, 네가 그들 모두와 싸워서 이길 수 있을 것 같은가?"

프랑스 내에 있는 기사단 지부와 기사관만 해도 1200곳이 넘고, 유럽에 흩어진 지부와 기사관들을 합치면 3천에 가깝다. 기사단에게 우호적인 대영주들과 왕들이 유럽과 지중해 전역에 포진했다.

무엇보다 교황의 분노를 어떻게 감당할 생각이지?

"교황 성하께서 네놈 생각대로, 네놈의 손아귀에서 얌전히 움직여 줄 거라 생각하나? 네놈이 미치지 않고서야, 그 전부를 어떻게 상대하려고 우리에게 이따위 짓을 하는 건가, 필립! 아직 새파랗게 젊은 놈이, 감히 겁도 없이……!"

순간 노가레 경의 건조하다 못해 말라비틀어진 목소리가 들린다.

"단장님, 조용히 하시는 게 좋을 겁니다. 괜히 힘 빼지 마시고요."

"교황 성하께서 왕을 그냥 둘 것 같은! 네놈을 그냥 둘 것 같은가!"

"한 번 파문당한 거, 두 번은 못 당하겠습니까. 한 번 손댄 거,

두 번은 못 대겠습니까."

"기욤, 네 이놈! 네가 감히……."

"교황 성하께도 손을 댔는데, 기사단 단장이라고 못 대겠습니까. 머리채 잡혀서 질질 끌려다니다가 얼마 안 남은 머리카락마저 몽땅 뽑히기 전에 조용히 하시죠."

기욤이 진지한 표정으로 단장의 말을 잘랐다. 단장의 얼굴은 분노로 시뻘겋게 변했지만, 결국 입을 다물게 하는 데는 성공했다.

기욤은 정통 가톨릭교도임에도, 교회 역사에서 전례가 없는 아나니 사건을 진두지휘한 장본인이었다. 교황에게 폭행을 가하고 질질 끌고 다니다가 감옥에 박아 넣은 인간에게 파문 따위가 협박이 될 리가 없다.

당시 파문당했던 사람들은 대부분 철회가 되었지만 기욤 드 노가레와 시아라 콜론나는 '사탄의 새끼'라는 저주와 함께 철회에서 제외되어, 여전히 파문자 신분이었다.

다만 그는 여전히 공포의 대상이기도 했다. 보니파스 교황의 뒤를 이은 두 명의 교황은 자신도 그런 일을 당할까 봐 극도로 몸을 사리고 있었다. 더욱이 현 교황은 프랑스령 푸아티에에 있었다.

잡혀 온 단원들은 기사들뿐이 아니었다. 부사관들을 비롯한 실무진이나 농장이나 축사에 속한 농부들, 대장장이들도 끌려오기 시작했다. 그들은 무슨 일이 있는지도 모르는 채 어리둥절해서, 반항조차 하지 못하고 끌려왔다.

파리 지부에서 붙잡힐 자들은 다 잡혔다. 140명의 기사와 단원들 중 138명이 체포되었다. 정식 기사단원, 특히 고위 단원 중 잡히지 않은 사람은, 무슨 일인지 때마침 자리를 비운 제라르 드 빌리에와 조제 드 긴느 정도였다.

발타는 점호에 엄격한 기사단 숙소에서, 그것도 파리 본부에서 프랑스 지역 단장과 중견 간부가 밤에 자리를 비웠다는 것이 신경이 쓰였다. 두 사람 모두 신중하고 위기에 대한 감이 몹시 좋은 사람이었다.

특히 제라르는 발이 넓은 것으로 보나 서열로 보나 차기 단장을 헤아릴 때 세 손가락 안에 꼽히는 사람이었다. 몰레 단장의 후광 덕에 차세대 젊은 단장으로 거론되곤 하는 레몽 따위와는, 가지고 있는 파급력 자체가 달랐다.

아무래도 염려스럽다.

† † †

"아, 찾았다! 여기예요!"

그 시간, 레아는 센 강변의 웃자란 풀밭을 헤치고 있었다. 머리를 질끈 묶고, 다른 병사들과 같이 사슬 갑옷으로 무장한 상태였다.

눈에 띄지 않는 바위틈에 숨어 있는 출구를 발견한 건 정오가 지나서였다. 왕실기사 앙투안 드 가스코뉴와 병사들이 감탄 어린 목소리로 말했다.

"이, 이런 곳에 통로가 있었군요."

"딱 바위처럼 보입니다. 모르는 자들이면 절대 알아채지 못하겠군요."

그들은 레아가 찾아낸 기사단의 비밀 통로로 진입해 샅샅이 검사했다. 혹시 사람이 숨어 있지 않을까 구석구석 살폈으나 통로에는 아무도 없었다.

다만, 솔로몬의 방 보화를 옮기던 중, 통로에 숨긴 듯한 물건이 몇 개 발견되었다. 그중 가장 중요한 물건은 은으로 만든 조상彫像 속에 숨겨 둔 두골이었다. 레아는 그것이 단장의 홀과 같은 성물함에 들어 있던 것임을 바로 알아차렸다.

점검이 끝난 후, 그들은 출구를 나무판자로 막고 돌무더기까지 잔뜩 쌓아 올려 안에서 아무도 빠져나오지 못하도록 만들었다.

일을 마친 레아와 병사들은 성전기사단으로 향했다. 문을 지키는 병사들은 더 이상 붉은 십자가가 새겨진 단복을 입고 있지 않았다. 그들은 푸른 바탕에 백합이 새겨진 망토를 입고 있었다.

경내로 들어가니, 결박된 기사들과 단원들이 땅바닥에 무릎을 꿇고 앉아 있고, 파레이유 대장과 무장한 병사들이 그들을 몇 겹으로 포위하고 있었다.

수색조는 나머지 병사들을 이끌고 건물들을 수색하는 중이었다. 노가레 대법관은 단원들의 숙소를, 발타는 회계실을 위시한 탕플 탑 통제 구역의 수색을 진두지휘하고 있었다.

레아가 말없이 발타의 뒷모습을 바라보고 있는데, 그가 무엇을 느낀 것처럼 뒤를 돌아본다. 그가 잠시 눈을 깜박이더니 푸스스 웃으며 한숨을 쉰다. 그러면서도 반가워하는 기색은 감추지 못한다.

참 이상한 일이다. 이렇게 무장을 하고 투구까지 쓰고 있는데, 발타 님은 나를 어떻게 알아보신 걸까.

레아가 합류하면서, 조사는 빠르게 진행되었다. 비밀 공간에 대해서는 레아가 가장 잘 알고 있던 덕이었다. 레아는 비밀 회의실 통로의 문 여는 법을 일러 주고, 그 뒤의 금고와 탈출로, 지하실에 있는 고양이의 방으로 연결되는 다른 통로들도 모두 안내했다.

그리고 가장 마지막으로, 금고의 돌벽 뒤에 숨겨진 솔로몬의 방을 열었다.

천장까지 온갖 보물이 꽉 차 있던 거대한 방은 텅 비어 있었다.

"……한발 늦었군."

노가레 대법관이 미간을 구기며 혀를 찼다.

제라르 드 빌리에와 조제 드 긴느가 왜 말없이 사라졌는지 이제야 알 듯했다.

위기에 대한 감이 좋은 사람들이라 했다. 하룻밤 만에 그 많은 재산을 다 옮겼을 리는 없고, 본격적으로 이단 재판이 시작되기 전에 기사단의 주요 재산을 옮겨 놓은 게 아닐까. 시프르 섬에서 단장이 전 재산을 가지고 파리로 왔을 때, 그것을 탕플 탑에 미리 옮겨 놓았듯이.

그나마 바깥쪽의 금고에는 다른 영주나 귀족, 상인들이 맡겨 놓은 재산들과 금괴, 은괴들이 여전히 남아 있었다. 하지만 레아가 느끼기로, 그곳에서도 이미 상당한 금액이 빠져나간 것으로 느껴졌다.

기욤 대법관과 병사들은 고위 단원의 숙소와 탕플 탑을 수색하면서 중요 서류와 장부들을 압수했고, 사치품과 귀중품도 함께 거둬들였다. 일반 단원들은 물품을 거의 소지할 수 없었지만, 단장이나 지부장, 사령관 같은 고위 단원들의 호사는 왕의 그것에 못지않았다.

기욤은 수색과 압수가 끝난 장소마다 출구에 못을 박은 후 왕의 인장으로 봉했다. 기욤은 이곳에 있는 기사단 재산을 시테 궁으로 모두 실어 나르려면 줄잡아 일주일은 걸릴 것 같다고 예상했다.

단원들은 탕플 탑에 있는 방에 나뉘어 갇히게 되었다. 기사들은 사슬에 묶인 상태로 무겁게 걸음을 옮겼다.

레아는 그들을 곁눈질하며 가늘게 한숨을 쉬었다. 대부분의 단원은 속옷 차림에 맨발이었고, 피투성이가 된 채 발을 질질 끌며 걷는 자들도 있었다.

하지만 의외로 크게 다친 자들은 없었다. 습격이 너무나 급작스러웠고, 제대로 싸울 준비조차 하기 전에 붙잡혔기 때문이었다. 심지어 그들은 유대인 추방 때 죽었던 불쌍한 다니엘만큼도 싸우지 못했다. 왕은 이런 점까지 염두에 두고 새벽 기습을 감행한 듯했다.

그래도 그들의 얼굴에선 당혹감은 있을지언정 절망이나 공포는 느껴지지 않았다. 이글대는 분노, 혹은 '어디까지 가는가 보자.' 하는 냉소까지 엿보였다. 슬슬 이성이 돌아오자, 필립 왕이 저지른 미친 짓의 결과가 빤히 보였던 것이다.

자크는 발타와 기욤을 노려보며 쏘아붙였다.

"기욤! 발타! 너희와 필립은 판단을 잘못했어. 우리에게 죄가 없음은 하느님이 아시고, 온 세상 사람들이 다 안다. 교황 성하와 온 유럽에 포진한 우리 형제들이 가만히 있을 것 같은가?"

자크는 이 어이없는 상황을 받아들인 후, 오히려 자신만만해졌다. 어떤 제후라도 성전기사단과 정면으로 싸울 생각을 하지 못한다. 어느 쪽으로든 상대가 되지 않기 때문에.

소문이 퍼졌는지, 기사단 본부 앞으로 사람들이 하나둘 모여들기 시작했다. 밤이 되자 사람들은 탕플 대로를 메울 정도로 빼곡하게 몰려들었고, 사방 밝혀 둔 횃불 덕에 일대는 대낮처럼 밝았다.

사람들의 얼굴에는 충격과 공포가 가득했다. 저분들이 무슨 죄를 지었답니까? 설마요, 그럴 리가 없어요. 글쎄 아무 죄도 없이 그럴 리가요. 서로 옆의 사람을 붙잡고 무슨 일인지 물어 댔지만, 알려진 사실이라곤, 노가레 법관이 공포한 내용이 전부였다.

"마드무아젤께서 고생이 많으셨습니다. 덕분에 시간을 많이 절약할 수 있었습니다."

길고도 긴 하루가 끝났다. 노가레 대법관이 다가와 딱딱하지만 예의 바르게 인사를 하고 물러난다. 그는 이 엄청난 일을 해치우고도 흥분하는 기색 하나 없이, 입을 꽉 다문 채 병사들을 이끌고 시테 궁으로 향했다.

하긴. 앞으로 닥칠 후폭풍을 생각하면 흥분은커녕 두통이 해일처럼 밀려오겠지.

이번 건은 아나니 사건보다 더 큰 파장을 불러올 것이고, 새로운 단장을 올리거나 요한 기사단과 통합 정도로 간단하게 일이 끝나지도 않을 것이다.

문제는, 이 판을 짜신 분 중 한 분이 발타 님이라는 거다. 레아는 머릿속이 복잡했다.

"발타 님, 고생하셨습니다. 그래도 오늘 제일 어려운 작전을 성공적으로 끝내서 다행이에요."

"글쎄요. 일단 절반의 성공이라고는 할 수 있겠습니다만……."

그다지 웃음기가 없는 얼굴이었다. 절반의 성공이라. 하긴, 솔로몬의 방이 비어 있으니, 완전한 성공이라고 할 수는 없겠다.

일단 제라르 경하고 조제 경부터 잡아야 할 텐데. 둘 다 만날느릿하니 점잖게 허허, 웃기만 해서 몰랐는데, 알고 보니 무척 재빠른 분들이셨다.

특히 프랑스 지부 단장인 제라르 경은 정보망과 인맥이 단단한분이었다. 기사단의 서열로 세 손가락에 꼽히는 제라르 경과 침착하고 신중한 실무자 조제 경이 대규모 재산을 가지고 잠적했다는 것만으로도 이번 기습은 빛이 바랜 것 같았다.

레아는 발타와 말 머리를 나란히 해 시테 궁으로 향했다. 발타의 마음이 얼마나 괴로울까 염려했는데, 그의 얼굴에서는 레아가생각한 어떤 표정도 보이지 않았다. 흥분이나 들뜬 기색도, 자책이나 괴로워하는 기색도 없이 그저 덤덤했다.

시테 궁에 도착하니 이미 자정이 넘었는데, 회의실에는 여전히불이 켜져 있었다.

기욤과 발타, 레아는 그랑드 살르로 올라가, 기다리고 있던 왕에게 성전기사단 본부를 접수했음을 보고했다.

단장 자크 드 몰레를 위시한 단원 138명을 구금했고, 그곳에서압수해 온 재산과 장부들은 시테 궁 왕실 금고인 투르 다르장으로 이송하는 중이며, 제라르 경과 조제 경이 솔로몬의 방 재산을들고 잠적한 상태라 속히 추적이 필요하다 아뢰었다.

왕은 자리에서 일어나 그들의 어깨에 일일이 손을 얹고 치하했다.

"그대들의 노고를 깊이 치하하며, 진심으로 고맙게 여긴다."

"황공하옵니다, 폐하."

"첫 단추를 성공적으로 끼웠으니, 차후에 진행될 일들도 순탄하게 진행될 것이라 믿는다. 하느님께서도 당신의 이름을 더럽히는 얼룩을 제거하는 일에 칭찬을 아끼지 아니하실 것이다. 주께서 그대들에게 강복하시기를."

"황공하옵니다, 폐하."

필립은 깊이 고개를 숙인 세 사람을 가만히 내려다보았다.

이번 일은 발타의 공도 레아의 공도 컸지만, 일을 진두지휘해서 성사시킨 것은 기욤 드 노가레였다.

필립은 오래전부터 느끼고 있었다. 기욤과 발타는 자신의 명을 받들 때, 충성심이나 능력 차이로 설명할 수 없는 확연한 차이가 있었다.

그들이 물러난 후, 필립은 홀로 앉아 생각에 잠겼다.

발타는 기욤, 혹은 앙게랑과 어떤 점이 다를까.

그동안 굳이 헤집어 생각해 본 것은 아니지만 사실 왕에게 오랫동안 묵혀 둔 숙제와도 같은 의문이었다.

기욤은 기사 서임을 받긴 했으나, 몽펠리에 대학의 법학 교수였던 이력이 증명하듯, 전형적인 학자형 관료였다. 기질적으로 예민하고 정확한 것을 선호하며, 익숙하지 않은 일에 대한 불안감이 큰 자로, 불안을 느끼거나 당황하면 머리카락을 잡아 뽑거나 손을 비틀거나 쥐어뜯는 습관마저 있었다.

머리카락 뽑는 습관은 아이러니하게도 머리가 벗겨지기 시작하면서 사라졌지만, 손끝을 쥐어뜯는 습관은 인장의 수호자 자리에 오른 후에도 사라지지 않았다.

그는 그 외에도 정돈되지 않은 책상이라든가, 옷의 주름이 비뚤어진 것이라든가, 옷에 얼룩이 묻는 것을 몹시 싫어해서 쉴 새 없이 닦고 정돈하는 습관이 있었다. 종일 문서를 작성하면서도 잉크가 손톱 사이나 옷에 묻으면 심하게 괴로워했다.

하지만 필립이 원하는 바가 있을 때, 그것을 무서운 추진력으로 현실화시키는 자 역시 기욤이었다. 가능 불가능을 따지는 대신 가능하게 할 방법을 기어이 찾아내고, 구체적인 중간 과정을 계획하고, 여론을 형성하고, 욕먹고 돌 맞을 짓거리들을 앞장서서 해치우고, 그 모든 과정을 보고서로 만들어 올렸다.

그는 왕의 사냥개라는 욕을 자주 먹었지만, 그것조차 칭찬으로 여기는 것 같았다. 자신을 전적으로 신뢰하고 지지하는 주인을 위해 불구덩이 속이라도 기꺼이 뛰어들고, 뒤의 주인 하나만 믿고 맹수를 향해 돌진해 그 목줄기를 물어뜯고, 사냥감을 기어이 주인의 발 앞에 물어다 놓는 사냥개.

이런 신하를 만난 것은 통치자로서 큰 복이다. 그리고 그들 역시 자신과 같은 왕을 만난 것이 축복일 것이다. 필립은 진심으로 그렇게 생각했다.

필립은 기욤 개인의 충성심과 능력만을 보았다. 그는 기욤의 약점이 될 만한 성격이나 이상한 습관들을 문제라고 생각조차 하지 않았다. 비귀족 출신의 부르주아지라는 것도, 심지어 이교도로 화형당한 카타리 교도의 손자라는 흠 따위도 일언반구 입에 담지 않았다.

앙게랑 르포르티에 마리니 역시 평민 출신 부르주아지였고, 부정부패나 여자 문제, 청탁과 관련된 잡음, 낭비벽 따위로 욕을 먹고 있었다. 그러나 그는 직속 관료 제도를 정착시키려는 필립에게 반드시 필요한 인재였다.

앙게랑은 넓은 인맥과 그물 같은 정보망으로 왕의 직영지가 된 곳을 통제하고 세금을 거두어들였고, 수익이 될 만한 오만 가지 방법을 만들어 냈고, 놀라운 언변으로 사람들을 선동하고 여론을 만들어 냈다. 노가레가 이성적인 설득 방법으로 지식인들의 여론을 이끌었다면, 앙게랑은 감성팔이 호소로 사람들의 마음을 휘어잡았다.

미식에 대한 지나친 탐닉으로 살이 붙기 전, 앙게랑은 대단히 매력적인 사내였고, 지금도 그의 풍부하고 폭넓은 지식과 재치 있고 유려한 화술은 여전했다.

다만, 세 사람 중 가장 생각의 깊이가 있고 다방면으로 재능이 많았던 발타는, 오히려 이런 면에서 전혀 두각을 나타내지 않았다. 유능했으되, 두 사람과 확실히 결이 다른 신하였다.

필립은 발타와 자신과의 관계를 잠시 되짚어 보았다. 혈연, 무한한 신뢰와 애정, 호의와 감사, 그리고 은혜와 보은으로 이루어진 관계, 누구보다 끈끈했지만, 기욤과 같은 절대적인 신뢰-충성의 관계는 아니었다.

그들과의 본질적인 차이는 과연 무엇일까…….

필립은 가슴이 조금 답답해졌다.

필립은 그랑드 살르의 문을 열고 천천히 밖으로 나갔다. 문을 지키던 병사가 따라오려는 것을 막고 혼자 걸었다. 좋은 소식을 들었음에도 답답함은 가시지 않았다.

정원으로 내려갈까 하던 왕은, 생트 샤펠 성당의 문을 열고 들어갔다. 그는 달빛에 담긴 생트 샤펠의 분위기를 좋아해서 밤에 종종 혼자 기도하러 들어오곤 했다.

바닥에는 짙은 어둠과 부드럽게 숨이 죽은 색깔 조각이 드문드문 깔려 있었다.

그리고 신비롭고 우아한 색의 조각들 사이에, 길고 검은 그림자가 우뚝하니 서 있다. 일순 죽음의 대천사라는 생각이 들었다.

"……."

필립은 검은 형체가 사람의 인영임을 알아차렸다. 손을 모으고 나란히 서 있는 두 사람의 뒷모습이었다.

그들은 대화조차 없이, 그저 어스름한 빛과 어둠 사이에서 고요히 서 있다. 이 공간 안에 있어서일까, 그들에게선 마땅히 느껴져야 할 색色이 느껴지지 않았다. 지금 이곳은 신이 임재한 지성소처럼 지극히 경건하고 성스러웠다.

필립은 문을 다시 열고 나가지도 못한 채, 어둠 속에 파묻혀 내처 서 있었다.

"……기도하러 오셨습니까."

발타가 뒤를 돌아보며 묻는다. 얼굴은 보이지 않았지만, 그들이 그다지 놀라지 않았다는 것은 알 수 있었다. 필립은 그곳에 서 있는 두 사람이 다른 세상에 서 있는 것처럼 몹시 낯설게 느껴졌다.

"혹시 기도하시러 오신 거라면, 저희가 지금 나가겠습니다."

"아니."

필립은 몸을 돌려 아래층으로 내려가 생트 샤펠의 안뜰로 내려섰다. 돌로 깨끗하게 깔아 둔 마당이 하얗게 빛났다. 신심이 깊은 왕은 성당 주변과 담장의 확장 공사를 가장 먼저 시작해 성당 주변은 정갈하게 정돈이 되어 있었다.

필립은 뒷짐을 진 채 어슬렁어슬렁 거닐었고, 호위도 없이 걷는 왕이 신경 쓰였는지, 두 사람이 따라 내려와 함께 걸었다. 칼도 제대로 못 잡는 여자가 프랑스에서 첫손에 꼽히는 무장인 왕을 호위한답시고 주춤대고 따라오는 꼴을 보니 코웃음이 나왔다.

여자는 늘 그랬다. 무슨 짓을 하든 코웃음이 나왔다. 하지만 그러면서도 계속 하는 짓거리를 보게 된다. 잔느 때도 그랬었다. 하는 짓이 코웃음이 나오고 늘 어이가 없어 웃게 되었는데, 그 하는 짓을 밑도 끝도 없이, 하염없이 보고 있게 된다. 필립은 그녀가 숨을 거두는 순간까지, 단 한 번도 그녀의 행동에서 지루함이나 권태를 느껴 본 적이 없었다.

잔느는 그렇게 자신의 마음을 낚아챘고, 저 여자도 자신의 마음에 낚싯줄을 드리워 낚아채나 싶더니, 자신이 가장 아끼던 보석을 낚아챘다.

필립은 이제 누구를 미워하는 것이 옳은지 알 수 없게 되었다. 그저 심하게 피곤했다.

새까만 밤하늘을, 새하얀 새 한 마리가 가로지른다.

"폐하!"

벌써 새벽달이 한참 기울어진 시각, 전서구를 담당하는 관원이 급하게 안으로 뛰어 들어온다. 그는 시테 궁으로 뛰어 들어가려다가 성당 앞에 서 있는 사람이 왕인 것을 보고 급하게 무릎을 꿇었다.

"푸아투와 아키텐 지부가 접수됐습니다. 곤네빌 단장과 패로 감찰관도 그곳에서 생포되었다고 합니다. 기사와 단원들 40여 명도 생포되었습니다."

잠시 후 또 다른 전서구가 날아들었고, 이번에는 잠들었던 위그마저 뛰어나왔다. 그는 수면용 모자를 쓰고 있는 것을 깜박 잊은 채 왕에게 머리를 숙였다. 루앙 지부의 접수 소식과 노르망디 사령관 조프루아 드 샤르네 및 그곳 단원들의 체포 소식이었다.

필립과 발타, 레아는 포석이 깔린 샌트 샤펠 앞마당에 서서 하늘을 보며 전서구들을 기다렸다. 한 곳에서 보통 대여섯 마리의 전서구들을 한꺼번에 보내기 때문에, 비둘기들은 유성이 떨어지듯 시테 궁 정원으로 계속 날아들었다.

각 지부에서 크게 전투가 벌어졌다는 소식은 없었다. 아무래도 새벽의 기습과 이단 혐의로 세속 법정에 고발되었다는 충격이 컸던 듯했다.

필립은 그 소식을 들으며 속으로 되뇌었다. 이것은 기뻐해야 마땅하다. 이것은 옳은 일이니 기뻐함이 마땅하고 마땅하다.

필립은 뒤를 따르고 있는 은발의 기사를 향해 물었다.

"발타, 오늘 기사단 본부에 가서 수색과 체포 작업을 할 때 괴로웠나?"

이 질문은 하지 말았어야 한다 생각하면서도 묻지 않고 견딜 수 없었다. 고개를 들어 올린 여자의 눈에는 맹렬한 비난이 서려 있다. 하지만 질문을 받은 본인은 담담했다.

"성전기사단은 제가 어렸을 때부터 자란 곳이고, 그곳 단원들은 제 형제와 가족, 숙부님, 아버지와 같은 분들입니다. 당연히 기뻐할 수는 없었습니다."

"앞으로 이런 일이 한참 이어질 터인데 견디기 괜찮겠나?"

왕답지 않은 질문이라 생각했는지, 발타의 눈썹이 의아한 듯 안으로 모였다. 의외로 발타의 얼굴은 평온했다.

"폐하. 그들은 저와 긴 여정을 함께한 즐거운 길동무였으나, 이제 갈림길이 나왔고, 각자 목표하는 길이 달라 동행이 끝났습니다. 그들과의 따뜻한 추억은 감사히 잘 간직하고 있으나, 그것과 이 일은 별개의 일입니다."

"이 정도면 갈라져 헤어져 끝난 정도가 아니지 않나?"

"길동무들이 다음 갈림길에서 강도로 나타날 수도 있겠지요. 저는 강도에게 검을 빼 들었을 뿐입니다. 어쩌면 그들의 눈에는 제가 강도처럼 보일 수도 있겠지요. 확실한 것은, 좋은 길동무로서의 관계는 끝났다는 점입니다."

"길동무라. 너는 그러면 네 인생에서 만난 이들을 모두 길동무라 생각했던 것이냐."

"어차피 인간의 삶이란 홀로 길 위를 떠도는 것 아닙니까."

발타는 잠시 대답을 망설였으나 딱히 부인하지는 않았다.

필립은 새삼 신기했다. 저렇게 차고 잔혹한 말을, 저렇게 따뜻하고 애정 어린 말투로 이야기할 수 있다니. 필립은 '그럼 나도 그 길동무 중 한 명인가?' 하고 묻고 싶었으나 차마 묻지는 못했다. 내가 혹시 그를 두려워하고 있나. 왕은 불현듯 의아해졌다. 결국 다르게 돌려돌려 물어볼 수밖에 없었다.

"그러면, 네 곁의 숙녀도 다음 갈림길까지의 길동무라 할 수 있을까."

……치졸하다, 필립.

필립은 그 말을 입 밖에 낸 자신을 경멸하며 쓰게 웃었다.

그 질문이 나오리라 예상했는지, 발타는 눈을 반쯤 감고 가볍게 고개를 숙였다. 일순 그가 웃는 것처럼 느껴졌다.

"아무리 여정이 길고 갈림길이 많아도, 영혼을 몸에서 분리할 수는 없습니다, 폐하."

여자의 당황한 듯한 얼굴이, 달빛을 받아 새파랗게 반짝이는 눈동자가 필립의 시선을 유난히 잡아끌었다.

필립은 이제야, 발타와 기욤, 혹은 앙게랑과의 차이가 조금 이해가 되는 듯했다.

발타의 본질은, 세상을 떠도는 방랑객이고 관조자였다. 사람과의 관계에 깊게 엮이지 않는다. 많은 이가 이 재능 많은 소년을 어렸을 때부터 여러 형태로 잡아 두려 했지만, 어느 순간 물이 빠져나가듯 손가락 사이로 흘러 나가 버린다.

그는 사람들과 함께 깊은 관계를 오랫동안 맺고 살면서도, 주변인들의 삶을 한 걸음 떨어져서 냉정하게 지켜보는 느낌이 들곤 했다. 자신에게 가신이라는 이름으로 매여 있는 동안도, 성전기사단에 속해 있을 때도, 그의 본질은 변함이 없었다.

그것이 그가 보여 주었던 지혜의 근원일까. 그것이, 저렇게 따뜻하고 다정한 자가 한편으로는 그렇게도 차갑고 잔인해질 수 있는 이유였을까.

필립은 그 사실을 지금에야 깨달았다. 깨달음은 꽤 아파서, 잠시 손을 가슴에 대고 지그시 눌러야 했다.

그는 발타의 곁에 선 여자에게 시선을 돌렸다. 어쩌다 저 아름답고 눈부신 사내의 영혼이 되어 버린 여자. 세상에 발붙이는 대신 떠돌며 관조하는 사내의 영혼을 유일하게 붙잡아 둔 여자.

기이한 일이었다. 필립은 자신의 영혼도 속절없이 끌려와 바닥에 팽개쳐진 듯한 기분이었다. 속이 뜨겁게 끓어오른다. 몸이 불길에 휩싸인 듯한 느낌. 이 난데없는 고통은 이제 낯설지 않다.

그것을 깨닫는 순간, 필립은 영문도 정체도 알 수 없는 격렬한 감정을 느꼈다. 심한 분노, 강렬한 탐심, 열렬한 애정, 혹은 심한 공허감과 비슷했으나, 필립은 그것에 어떤 이름도 붙이지 않고 내버려 두었다.

감정에 이름을 붙이지 않으면, 그것은 사라진다.

태초부터 존재하지 않았던 것처럼.

"꼬끼오! 꼬끼오오-!"

잠시 후 축사의 닭이 큰 소리로 새벽을 알렸고, 뒤이어 생트 샤펠의 종탑에서도 종이 울리기 시작했다. 그사이, 등에 깃발을 꽂은 전령들과 전서구들이 속속 도착했다.

레아는 새들이 날아오는 어스름한 새벽하늘을 보며, 발타 님의 약속이 어쩌면 가능할 수도 있겠다 하는 생각을 했다.

기습 작전은 성공적으로 끝났다.

다만, 그것은 끝이 아니라 시작이었다.

12-2. 폭풍 전야

왕은 신학자들과 백성과 귀족, 지식인들을 대상으로 여론전을 시작했다. 왕은 예전의 왕들과 달리 여론에 민감했고, 여론을 자신에게 유리하게 만들어 교황을 압박할 수 있기를 바랐다. 예전에 보니파스 교황을 죽음에 이르게 한 아나니 사태 때 이미 잘 써먹었던 방법이었다.

인장의 수호자 직책을 맡게 된 노가레 대법관과 파리 종교 재판소 소장인 기욤 윙베르 신부는 바로 다음 날 아침, 노트르담 대성당의 단상에 섰다. 그들은 대학의 신학 교수, 총장들과 노트르담 대성당의 참사회원들을 불러 성전기사단에 대한 고소장 전문을 낭독하고, 그늘의 비밀 입단식에서 이루어지는 끔찍한 이단 행위와 문란한 전통을 낱낱이 까발렸다.

"……충격적이게도, 그들은 입단식에서 그리스도를 세 번 부인해야 했으며, 십자고상의 그리스도를 발로 밟고 심지어 그 위에 침을 뱉거나 소변을 보아야 했습니다……."

"……그들은 자신을 이끈 선배 단원들에게 평화의 입맞춤을 한후, 복종의 태도를 증명하기 위해 배꼽과 허리와 엉덩이, 심지어성기에 입을 맞추어야 했으며, 선배 기사들의 요구가 있을 경우, 언제든지 상대가 되어 주어야 했습니다……."

"……기사단의 사제는 성체에 축성을 하는 대신 알려지지 않은이상한 유물에 축성을 했으며, 성체성사와 고해성사의 효력을 부인하는 행동을 취하곤 했습니다……."

"……가장 끔찍한 죄는, 바포메라고 하는 우상의 그림과 정체를 알 수 없는 두개골을 숭배했다는 점입니다……."

단상에 올라간 기욤 대법관은 카랑카랑 목청을 높여 그들의 죄상을 길게 고했다. 고발 내용 중에는 민망하고 수치스러운 내용도 적지 않아 성당 여기저기서 짧은 침음과 헛기침이 튀어나왔다.

이 일에 이미 충분한 사전 조사가 이루어졌으며, 신원이 확실한 증인들의 존재도 밝혀졌다. 노가레는, 왕이 그 증거를 얻기 위해 기사단원이 갇힌 감옥이나 기사단 본부에 첩자를 집어넣었고, 그들로부터 여러 가지 정황 증거들을 입수했음을 조목조목 밝혔다.

다만 레아에 대한 언급은 '우연히 그곳에 입회하게 되었던 기사단 내부의 비밀 증인'이라는 말로 무마되었다. 발타는 레아의 이름이 기록에 남는 것을 막기 위해 마야르 서기관에게 포고문을 받아 최후까지 확인해야 했다.

"이미 모든 증거가 취합된 바, 이들의 악한 행위를 차단할 수있게 됨을 다행으로 여깁니다. 이는 그리스도께서 더러운 성전을

378

깨끗케 하신 것처럼, 신앙의 수호자이신 폐하께서 신성 프랑스를 정결하게 하는 일이 될 것입니다."

파장은 어마어마했다. 내용 자체로만 보면 거의 악성 루머 수준이었지만 고발 내용이 사실이라면 이건 보통 큰 사건이 아니다. 노트르담에 모인 신학자와 참사회 회원들은 당황하기 시작했다.

소문은 들불처럼 퍼져 나갔다. 파리는 입소문이 빠른 도시이고, 그러잖아도 어제 왕실 병사들이 성전기사단으로 난입하여 큰 소동이 났던 일은, 이미 소문이 파다했다.

거리에서 꽃과 음료를 파는 여자들과, 동전 한 닢에 파리 시내 배달꾼 노릇을 하는 맨발의 소년들이 노트르담 성당 앞으로 빼곡히 모여들었다.

그들은 열심히 귀동냥을 하다가, 눈 빠지게 소식을 기다리는 상인들과 귀족들에게 달음질했다. 왕궁 앞 바리에리 거리를 빡빡하게 채운 가게들부터 포목상 거리, 칼렝드르 거리, 유대인 거리, 마르모제 거리, 샹제르 다리의 환전상들까지 다니며 소년들은 큰 소리로 외쳤다.

이단이래요, 성전기사단이 이단, 기사들이 몰래 우상을 섬겼대요. 십자가에 침을 뱉고 오줌을 쌌대요. 우상에 입을 맞추고 거기에 축성한 허리띠를 차고 다녔대요. 남자들끼리 시도 때도 없이 붙어먹었대요. 소돔이 따로 없었대요. 왕이 첩자를 잠입시켜서 오랫동안 증거를 모았대요. 이단이래요, 이단.

파리 시민들은 큰 충격에 빠졌다. 그들의 머릿속에는 성전기사단은 하느님의 전사이고, 고결하고 명예로운 믿음의 수호자라는 확신이 바위처럼 박혀 있었다.

그런데 그들이 우상을 섬겼다니! 이단이라니!

그 시각, 기사단 단원들은 제 손으로 쌓아 올린 난공불락의 요새에 갇혀 있었다. 파리뿐 아니라 프랑스 각지에서 잡힌 성전기사단 단원들은 파리로 끌려오기도 했지만, 호송이 어려운 경우 캉이나 루앙, 혹은 지조르 같은 지부에 갇혀 있기도 했다.

안타깝게도, 갇힌 자들은 당연히 스스로를 변호할 수 없었다.

레아는 그날 오전 노트르담의 공청회에 참가해서 노가레 대법관과 신학 교수들이 설전을 벌이는 것을 지켜보았다. 노가레는 별명에 걸맞게 사냥개처럼 물어뜯고 송곳을 내리찍듯이 싸웠다.

발타는 신학 교수들 뒤에 앉아 있었으나 나서지 않았고, 마리니 보좌 주교의 친척이자 파리 신학 교수 출신인 니콜라 드 프루빌르 추기경이 나서서 지원 연설을 했다. 이쯤 되면 사뭇 기 싸움이었다.

오후에는 무거워진 머리를 식힐 겸 세공방에 나갔다. 하지만 주변에서 종일 그 일로 떠들어 대는 소리를 들어야만 했다. 심지어 직인들마저 그 이야기를 떠들어 대느라 일을 못 할 지경이었다.

다음 날은 일요일이었다. 기욤 윙베르 신부가 속한 도미니크회에서 지원 사격에 나섰다. '교황의 검'을 기어이 부러뜨리려는 '교회와 신앙의 수호자'께서는 교계 쪽으로도 발이 넓었고, 동원할 수 있는 연줄이란 연줄은 모조리 동원했다.

심지어 왕은 성문을 개방해 백성들을 왕의 정원으로 초대했다. 여론전에서 우위를 점하기 위해서 왕은 수단 방법을 가리지 않았다.

상황이 궁금했던 백성들은 시테 궁 안으로 구름처럼 몰려들었다. 윙베르 종교 재판소장을 위시한 도미니크회의 수사들과 왕실 대변인들은, 백성들 앞에서 노트르담에서 언급했던 그 끔찍하고 추잡한 기사단의 죄목을 조목조목 되풀이했다.

그리고 그들이 그동안 누렸던 오만함과 사치, 신의 군사라 하면서 우트르메르를 잃은 현재 그들이 돈놀이, 이자놀이 말고 하는 일이 무엇인가, 하는 질책에 이르기까지 강도 높은 비판을 이어 갔다. 레아가 보기에 왕의 주변에는 여론전의 귀재들이 득시글거렸다.

"아니, 세상에…… 어떻게 성전기사님들이 그럴 수가……."

백성들 사이로 큰 충격과 배신감이 휩쓸고 지나갔다. 충격은 파리 전체로, 아니, 프랑스 각지로 일파만파 퍼져 나갔다.

그동안 기사단에게 바쳤던 존경에 대한 반작용이 시작되었다.

"아니 세공사님, 세상에, 그 기사님들 말예요. 사람들이 어떻게 그럴 수가 있대요……."

"으으…… 카미유, 그만그만! 쪼오옴!"

레아는 '아니 세공사님, 세상에'로 시작되는 말을 어제부터 벌써 백 번쯤 듣는 것 같았다.

그 소리가 듣기 싫어서 레아는 결국 밖으로 나와 의자에 퍼져 앉았다. 차라리 꽃이나 나비하고 수다를 떨고 말지.

그나마 세공방 앞 화단에 각색 꽃들이 곱게 피어오른 모습을 보니 기분이 조금 나아졌다. 몇 년만 지나면 이곳도 아크레의 공방처럼 화려한 꽃 무더기에 파묻히게 될지도 모른다.

"……아까 정원에서 마드무아젤을 뵈었……."

발타 님?

세상 무겁던 몸이 저도 모르게 튀어 오른다. 그의 목소리라면 바람결의 모깃소리 같아도 몸이 바로 반응을 한다. 아니나 다를까, 궁의 정문 쪽에서 몹시 잘생기고 꽤 낯익은 사내가 다가오고 있다.

"발타 님!"

반가워서 활짝 웃으려던 얼굴이 이내 주글주글 구겨졌다. 뒤에 왕이 따라오고 있다.

아니 일국의 왕이라는 작자가 왜 이렇게 채신머리도 없이 시장통에 들락거리지? 아니, 뭐 왕궁 바로 앞이 시장통이긴 하지만, 그래도 올랑드 같은 작은 동네 영주님도 아니고, 그냥 성에서 좀 진득하게 좌정하고 계시면 안 되시겠느냐고요. 누가 댁을 반가워한다고.

하지만 왕은 원래 시테 궁 밖을 쏘다니는 것을 좋아했다. 시장 구경도 좋아하고, 쇼핑도 좋아했다. 그는 약간 관종 성향이 있었다. 물론 관종을 좋아하는 사람은 없겠지만, 잘생긴 경우는 조금 예외이고, 싸돌아다니는 걸 좋아하는 개인적 취향까지 뭐라 할 수는 없었다.

그러니까 이 불쌍한 연인들의 하찮은 유사 데이트 쪼가리마저 방해하지만 않으면 말이다!

레아는 뽀뽀도 제대로 못 하고, 손조차 제대로 못 잡는 불쌍한 연인들의 데이트를 방해하는 행위는 불지옥에 떨어질 큰 죄라고 확신했다.

"왕의 정원에서 있었던 설교는 들었나? 도미니크 수사들의 공개 설교가 있었는데."

"예이, 예이."

레아는 입을 비죽거리며 고개를 끄덕였다.

이번 사건의 핵심 인물이 된 레아는, 관련 집회에 싫건 좋건 참가해야 했는데, 그때마다 남장을 하고 발타의 시종 자격으로 들어가곤 했다. 사람이 많이 모이는 곳에 '신의 선택을 받은 여인' 자격으로 들어가면 무슨 일이 생길지 모르기 때문이었다. 무엇보다 레아는 사람들에게 둘러싸여 '하느님께 선택을 받은 나 아크레의 레아는 그대를 위해 안수하고, 하느님께서는 치유하시도다……' 그런 말을 왕처럼 장엄하게 해치울 자신이 없었다.

물론 신부님께 '창조 질서 교란의 죄'를 미리 고해하고 용서를 받는 것을 잊지는 않았다. 그나마 레아는 키도 멀끔하게 크고, 칼도 단검도 갑옷도 번드르해서, 남이 보면 제법 기사의 시종처럼 보이긴 했다. 중요한 것은 얼굴을 사슬 면갑이나 두건으로 대부분 가릴 수 있다는 점이었다.

발타는 그런 레아를 볼 때마다, 딱하다는 듯 가끔 손수건을 내주며 속삭이곤 했다. 덥죠. 저도 어려서 이렇게 지내서 힘든 거 알아요. 얼굴이 따갑고 빨갛게 붓기도 해요. 밤에 물수건으로 찜질도 하시고, 중간중간 땀이라도 자주 닦아 주세요.

왕은 그런 꼴을 볼 때마다 대놓고 코웃음을 치곤 했다. 하지만 땀에 젖은 숙녀에게 손수건을 건네주거나 필요한 대화를 나누는 것까지 '불미스러운 짓'이라고 우길 순 없었는지, 별다른 잔소리를 하지는 못했다.

그리고 보면 '불미스러운 짓'의 기준도 정확하지 않았다. 손잡는 것부터 금지인지, 인사할 때의 가벼운 키스부터 금지인지, 입속에 혀를 넣는 것부터 금지인지, 옷 속에 손을 넣는 것부터 금지인지, 다른 것 속에 다른 것을 넣는 것만 금지인지.

레아는 들키지만 않으면 무엇이든 불미스럽지 않다고 생각했지만, 고지식한 기사님께서는 그 범위를 최대한 넓게 잡아 봐야 딱 인사의 입맞춤까지라고만 생각하는 것 같았다. 이성을 잃고 폭주하는 릴리트에게 최대한 입맞춤까지 양보한다 해도, 혀의 접촉 여부는 늘 갈팡질팡하시는 것 같았다. 이분은 고자들의 기사단에서 너무 오래 살았다. 기준을 갑자기 끌어 올리면 가랑이가 째지게 마련이니 레아가 참는 수밖에 없었다.

확실한 건, 생트 샤펠에서 함께 있다가 들켰는데 지금까지 두 사람이 무사하다는 점이다. 그 말은, 컴컴한 데서 단둘이 만나 함께 서 있는 정도는 '불미스럽지 않은 행위'라는 데 왕도 암묵적으로 동의했다는 뜻이었다. 아 정말이지 너무너무 고마워서 눈물이 다 난다.

연인들끼리 뽀뽀도 못 해 먹을 빌어먹을 세상. 만약 그때 릴리트 모드가 발동했으면 우리 둘은 사이좋게 몽포콩 교수대에 매달려 있었겠지. 생각만 해도 짜릿하다. 레아는 왕을 맹하니 올려다보며 그런 생각이나 하고 있었다.

"그대에게 줄 게 있어서 가져왔네. 성전기사단에서 압수한 물건 중에 낯익은 게 있어서."

왕은 뒤에 따라오는 시종에게 손을 내밀었다. 시커먼 나무 궤짝이 튀어나왔다.

"이걸 포츠머트 하숙집에서 압수당했었다지."

레아는 얼빠진 얼굴로 왕의 손에 들린 것을 바라보았다. 겉이 시커멓게 그을어서 예전의 아취가 모조리 사라지긴 했지만, 분명 레아가 직접 만들었던 그 향나무 상자였다.

왕에게 뺏겼다가, 돌려받았다가, 기사단에 뺏겼다가, 눈앞에서 불쏘시개가 되었던 놈이 이렇게 만신창이가 되어 돌아왔다. 레아는 얼빠진 얼굴로 중얼거렸다.

"……불에 다 탄 줄 알았는데……."

레몽, 그 빌어먹을 놈이 상자를 뒤집어엎어 불에 처박았더랬다. 왕관은 발타 님에게 드린 후라 불행 중 다행이었지만, 500리브르 증서를 비롯해 레아가 귀하게 간직하던 것은 모조리 잿더미가 되었다. 그때 레아는 가로대에 새겨 둔 발타와 자신의 이름에 레몽이 칼질을 하고 불에 집어 던지는 것을 보며 정신을 잃었었다.

정신을 차린 후에도 불탄 것들을 아까워하거나 마음 아파할 경황조차 없었다. 솔직히 말하면, 두 번 다시 보고 싶지 않았다.

그런데 이렇게 뜬금없이 다시 돌아오다니. 기분이 이상한 걸 넘어 뭔가에 홀린 것 같고, 두려운 마음도 들었다. 떨리는 목소리로 물었다.

"저…… 주시는 거예요?"

"그럼 내가 이걸 누구에게 주겠나. 받기 싫으면 도끼로 찍어서 장작으로 쓰든가."

같은 말을 해도 참 정떨어지게 하는 재주가 있으신 분. 나 같으면 '자네가 정성껏 만든 것이니 안의 칼자국 같은 건 잘 메우고 다듬어서 다시 쓰면 되지 않겠나.' 이렇게 입 발린 위로라도 해 줄 텐데. 돈 드는 것도 아니고.

아, 물론 그러면 필립 폐하가 아니지. 뭘 잘못 드신 게 아니고

서야……

"그래도 자네가 정성껏 만든 상자 아닌가. 안의 칼자국은 흉하지 않게 메우고 겉면을 잘 깎아서 다듬는다면 다시 쓸 수 있을 걸세."

……폐하가 뭔가 잘못 드신 게 맞구나.

레아는 왕이 이런 반응을 보여 주면 반가운 게 아니라 겁이 났다.

"……감사합니다. 저, 정말…… 귀신에 홀린 것 같아서……. 죽은 사람이 살아서 돌아온 기분이에요."

"좋다는 건가, 나쁘다는 건가."

레아는 대답하지 못했다. 모르겠다. 정말 모르겠다.

"어? 이거 뺏겼다더니 어떻게 찾았냐? 야, 진짜 이놈도 팔자 한번 파란만장……. 헉, 폐하! 보, 보트르 마제스테."

안에서 일하던 벵상이 문밖으로 고개를 비쭉 내밀었다가 왕을 보고 기겁하며 고개를 숙였다. 레아는 형체조차 알아볼 수 없게 난도질당한 가로대의 글자를 들여다보며 힘없이 중얼거렸다.

"레, 레몽 그 개새……가 안에 있던 거 다 태웠어……. 내가 보는 앞에서……."

"야, 아무리 그래도 이렇게 풀이 죽을 건 뭐야. 무슨 중뿔나게 근사한 게 들었다고. 그럼 이참에 신상품으로 싹 채우면 되잖아. 구하기 어려운 것도 아니고, 발타 님한테 입고 있는 속옷이나 가끔씩 좀 벗어 달라고 하면 되는 거 아냐? 기왕이면 아래위 세트로, 꽃무늬 자수 손수건이나 밑창에 구멍 난 신발도…… 헉? 발타 님 계셨습니까? 제가 뒤에 계신 걸 미처 못 뵈어서……."

문 뒤에서 귀를 쫑긋하고 있던 카미유는 황금 이빨의 주인 나리께서 기사님과 세공사님을 엿 먹이려고 일부러 저러는 것이라고 확신했다. 아니나 다를까, 기겁한 기사님이 눈을 치뜨고 이를 악문 채 들릴락 말락 협박한다.

"⋯⋯자네, 지금 나를 놀리는 건가? 죽고 싶은가?"

"노, 놀리다뇨! 주, 죽고 싶다뇨! 당연히! 저는 그저, 늘, 오로지, 돈을 많이 벌어 하느님의 일을 하는 분들을 도와드리는 것을 지상 목표로 하는 안전제일주의의 소심한 거상으로서, 그런 식으로 목숨을 함부로 내던질 리가 없사와, 저, 꼭 발타 님께서 벗어 주실 필요는 없사옵고, 체면상 좀 거시기하면 기꺼이 제가 대신 벗어 드릴 수는 있습니다. 플랑드르산 모직물이나 이탈리아산 모직물이나 양모라는 건 다 똑같고, 발타 님 속옷이나 제 속옷이나 속옷이라는 건 다 똑같지 않겠습니까? 물론 레아가 누구의 속옷을 더 좋아할지는 별개입니다만⋯⋯."

카미유는 저 보물 상자 안에 들어 있던 것이 기사님의 속옷과 낡은 신발이었다는 사실에 큰 충격을 받았다. 물론, 기사와 숙녀 사이에 오가는 정표 중에 가터 끈 같은 게 있다는 말은 들은 적이 있지만, 아래위 세트 속옷이라니, 구멍 난 신발이라니, 숙녀의 취향은 참으로 신비로웠다. 속옷의 옛 주인은 창피해서 얼굴도 들지 못했고, 세공사께서는 그저 처량하기만 했다.

"중요한 거 다 탔어. 우리 아빠가 물려준 공구도 하나도 안 남고⋯⋯."

"그깃도 이 황금 이빨의 거상께서 사 주시! 몇 푼이나 한다고! 이 거상께서 그 정도는 얼마든지⋯⋯."

"그 개자식이 500리브르 증서도 태웠어, 그거 기사단에서 어떻게 받지⋯⋯?"

그 말이 떨어지기가 무섭게 세 남자의 안색이 돌덩이처럼 굳었다.

500리브르는 평생 '소리 소문 없이 떼돈이나 벌며 가늘고 길게 잘 먹고 잘 살자'가 모토인 레아가 평생 모은 재산이었다. 세 남자 모두 그 사실을 잘 알고 있었다.

카미유도 심장이 덜컹했다. 500리브르면 어마어마하게 큰돈이다. 파스칼과 자신이 한 달간 세공방에서 죽어라 일해 주고 둘이 합쳐 플로린 금화(약 12리브르) 딱 한 닢 받는데, 사실 그것도 후히 쳐주는 거라 감지덕지인데, 500리브르! 500리브르라니!

이제 세 남자의 얼굴에는 레몽이라는 놈을 죽여 버리겠다는 살의가 불타올랐다.

물론, 이제 '자칭 거상' 벵상은 그보다 더 많은 돈을 벌고 있고, 그 '자칭 거상'을 고용한 발타사르 경은 거대한 상선 두 척의 선주이며, 나머지 한 남자는 빚이 좀 과하게 많긴 하지만 연 수입이 100만 리브르에 가까운 분이시다. 하지만 세 사람 모두 500리브르가 아까워 어쩔 줄을 몰라 했다.

"그 개새끼, 진짜로 죽여 버려! 야야, 울지 마! 내가 줄게, 그까짓 500리브르!"

벵상이 가장 먼저 나섰다. 세공사 마담의 눈이 동그래지며 고랑고랑 넘칠 것 같던 눈물이 딱 멎었다. 세공사님은 이런 일에는 절대 사양하지 않는다. 자신 이상으로 실리적인 고용주 마담께서는 돈이 걸린 일에서는 자존심 따위 하나도 없다.

외려 대놓고 불쾌한 내색을 한 것은 발타사르 경이었다.

"자네가 왜 나서지? 레아가 잃은 돈은 내가 알아서 줄 테니 자넨 빠지게."

388

"아니, 제가 주겠다는데 발타 경께서 왜 그러십니까?"

뒤이어 두 사람을 비웃듯 앞으로 나선 왕이, '국가를 위해 노고를 아끼지 않고 고문까지 받은 신하를 위한 위로금 및 치료비'라며 1000리브르를 지불하겠다고 선언했다.

그리고 '돈에는 귀천이 없다'는 소신을 가진 세공사 마담은, 자신의 신념에 따라, 누구의 돈도 사양하지 않았다.

카미유는 그날, 세공사 마담께서 500리브르를 잃고 눈 깜짝할 사이에 2000리브르를 벌어들이는 것을 현장에서 지켜보았다. 영문은 알 수 없지만, 참으로 신묘막측한 돈벌이였다.

왕이 몸을 돌리며 한마디 한다.

"당분간 세공방은 가짜 오라비에게 맡겨 두고, 내일부터는 발타와 함께 노트르담의 회담, 그리고 기욤 윙베르가 주재하는 재판에 동석하도록 하게."

이게 진짜 용건이구나. 레아는 상자를 끌어안은 채 물었다.

"무슨 일이 있으신가요?"

"……이단 신문이 곧 시작될 거야."

† † †

콰작, 콰작, 쾅쾅쾅, 쩍쩍.

카미유는 깜짝 놀라 소리가 난 쪽으로 허둥지둥 달려갔다. 세공사 마담의 작업실에서 뭔가 부서지는 소리와 기괴한 고함 소리가 뒤엉켜 들리고 있다. 문은 안으로 단단히 잠겨 있었다.

제발 이러지 마! 보고 싶지 않아! 내가 그때 어떤 마음이었는지 알면서 이래? 그때 다 포기했는데 왜 이제 와서 이래! 무서워! 달라붙지 마! 제발 그만 좀 쫓아다니라고!

울며 외치는 목소리 사이사이, 콱콱, 쩍, 나무 부서지는 소리도 계속 끼어들었다. 카미유는 문틈으로 세공사님의 방을 들여다보다가 몸이 땅땅 얼어붙었다.

세공사 마담께서는 아까 돌려받은 시커먼 상자를 망치와 도끼로 후려 패고 있었다. 눈물이 얽힌 얼굴로, 몸을 부르르 떨면서.

카미유가 바짝 얼어서 지켜보는 사이, 그녀는 발치에 굴러다니던 각목을 들고 그곳에 새겨진 글자를 들여다보더니 다시 쭈그리고 앉아 울기 시작했다. 가슴이 녹아내릴 것 같은 흐느낌이었다.

잠시 후, 눈물을 문지르며 일어난 레아는 이를 악물고 그 각목을 뚝 부러뜨린다.

카미유는 속으로 혀를 찼다. 저 상자를 잃으실 때 끔찍하게 고생을 하셨고, 소중한 아기도 잃었다고 들었다. 아마 대놓고 말은 못 하지만 돈 500리브르보다 그것이 더 큰 고통이었을 것이다.

하지만 저렇게 화풀이를 한다고 무슨 소용이 있나. 칼질해 태운 놈이 나쁘지 상자가 무슨 죄인가. 게다가 위로금 2000리브르를 받으실 때는 그렇게 좋아하셨으면서.

그 야단을 하는 와중에 뭔가를 또 흘렸는지, 바닥을 더듬대며 또 한참 부산을 떤다. 그러더니 자포자기한 듯 바닥에 주저앉아 고개를 숙이고는 심각하게 한숨을 쉬기 시작했다.

한참 후 작업실 밖으로 나온 그녀의 손에는 시커먼 장작이 한 묶음 들려 있다. 그녀는 손에 들린 것을 장작더미 위에 얹어 놓더니, 손을 탁탁 소리 나게 털며 안으로 들어온다.

"다들 알아서 들어가. 저녁 먹으라고 부르지도 말고."

세공사님은 다시 작업장으로 들어가더니, 금고에서 잘 다듬어 놓은 은판 하나와 은줄을 꺼내 책상에 올려놓는다. 그리고 은의 무게를 재고 고정틀과 줄톱과 줄 그리고 크고 작은 집게와 끌을 주섬주섬 끄집어낸다. 세공사님께서 새 작업을 시작하셨다는 뜻이었다.

카미유는 조심스럽게 뒤로 물러났다. 파스칼과 다른 직인들이 눈짓으로 무슨 일이냐 묻지만 그냥 어깨만 으쓱할 뿐이었다.

그날 직인들은 만과 종이 울리자마자 퇴근을 했고, 레아는 혼자 늦게까지 남아 작업을 계속했다. 카미유는 저녁이라도 갖다 드릴까 잠시 고민하다가 고개를 젓고 방으로 올라갔다.

카미유와 파스칼은 세공방이 있는 건물의 천장이 낮은 다락방에 살고 있고, 중간층에 있는 조금 넓고 높은 방에는 마담 외제니와 마담 라셀르가 함께 살고 있었다. 벵상 나리께선 '자칭 거상'답게 근처의 하숙집을 따로 얻어 살고 있었는데, 꼭 여기에 와서 두 끼 밥을 다 얻어먹고 노닥이다 가는 통에 밉상도 그런 밉상이 없었다.

카미유는 길가로 난 좁은 창의 덧문을 열고 거리를 내려다보았다. 궁궐의 담벼락과 바리에리 거리가 환히 내려다보이는 곳에 있는 공방이라, 궁으로 드나드는 사람들도 빤히 보였다. 왕궁 앞 활기찬 거리 풍경은 언제 봐도 재미있는 구경거리였다.

아, 공방 근처에서 서성이고 있는 사람들이 있다. 흘깃 보기만 해도 누군지 알 수 있다. 왕의 기사라는 발타사르 경과 마르그리트라는 생 루이 별궁의 하녀였다. 발타사르 경은 키가 크고 머리카락이 워낙 눈에 띄어서, 투구를 벗고 있으면 멀리서도 눈에 잘

띄었다.

마르그리트는 카미유와도 구면인데, 궁궐 밥을 오래 먹어서인지 눈치가 보통이 아니었다. 잠시 같이 있는 척하다가 기사님에게 손가락을 까닥 흔들어 보이고 얼른 옆으로 빠져 준다.

왕궁의 각 문에서, 초병의 교대 시간을 알리는 뿔 나팔 소리가 들린다. 얼마 지나지 않아 세공사님은 작업실 문을 잠그고, 인적이 드물어진 거리로 나온다. 고된 일과를 마친 그녀는 끙 소리를 내며 힘껏 기지개를 켜고, 다리를 이리저리 돌리며 폴짝폴짝 뛴다.

세공사님은 혼자 있을 때도 가만히 있는 법이 없다. 꽃이나 시장통 강아지를 상대로 수다를 떨거나 노래라도 하고, 그게 아니면 춤이라도 춘다. 입버릇처럼 쫄보 쫄보 하면서, 실은 남의 눈 따위는 가뿐하게 무시하는 대범한 신경줄의 소유자였다.

그녀가 달밤에 체조를 하는 동안, 기사님은 기둥 뒤에 숨어서 점잖게 기다려 준다. 그의 손에는 이미 왕궁에서 꺾어 온 가느다란 가을꽃이 몇 송이 들려 있다. 그는 이곳에 올 때마다 왕궁 정원에서 꺾은 꽃들을 옷자락에 숨겨 오곤 했다.

하지만 그는 세공사님이 정성껏 가꾼 꽃들만큼은 불면 날아갈세라 애지중지했다. 기사님은 세공사님이 담벼락으로 일부러 밀어 둔 게 틀림없는 항아리의 꽃들을 구경하고, 가끔 허리를 굽혀 그곳에서 풍기는 꽃향기에 심취한 표정을 짓기도 한다.

그는 오늘따라 바람에 휘청휘청하는 꽃과 줄기들을 걱정스럽게 들여다본다. 그는 장작더미에서 적당한 막대기를 하나 가져와 조심조심 줄기의 뒤에 꽂아 준다. 그러고는 그 꽃들을 가만가만 쓰다듬고는, 가슴을 지그시 누르며 한숨을 쉰다.

그 설렘이 멀리서 보는 사람에게까지 전해진다. 그는 어쩌면 이 기다리는 순간을 진심으로 즐기고 있는지도 모르겠다.

이제 세공사님은 양쪽으로 귀엽게 틀어 묶은 머리를 코이프로 잘 감싸 단정하게 매만지더니, 옷매무시를 가다듬고, 뺨을 탁탁 쳐 가며 웃는 연습까지 한다. 그리고 그쯤 되면 기사님이 기둥 옆에서 슬그머니 모습을 드러낸다. 서로 뻔히 알면서 기사님은 지나가는 길인 척, 세공사님은 깜짝 놀란 척을 한다.

기사님은 예의 바르게 인사를 한 후 점잖게 꽃을 내민다. 작은 가을꽃 서너 송이지만 세공사님은 두 손으로 꼭 받아 들고 꽃에 입을 맞춘다. 그리고 귀 옆의 머리 장식에 꽂고 기사님을 향해 고개를 들어 보인다. 기사님의 얼굴에 주체할 수 없는 웃음이 번진다.

하지만 그들은 다른 연인처럼 끌어안고 자연스럽게 입을 맞추지는 못한다. 그저 밤길이 위험해서 모시러 왔다고 말을 하며 손을 내밀 뿐이다.

다시 말하건대 궁의 정문은 엎어지면 코 닿을 곳이고, 세공사님이 소리만 지르면 달려올 사람들이 이 거리에만 열 명이 넘게 있다. 하지만 기사님은 늘 피곤한 몸을 끌고 이곳까지 와서 그녀를 에스코트한다.

세공사님은 그의 손 위에 자신의 손을 얹는 대신 조금 꾸물대며 허리에 매달린 주머니에서 무언가를 내어 보인다. 기사님은 그녀의 손에 있는 것을 물끄러미 들여다본다. 아아, 기사님의 입에서 나직한 탄성이 들린다. 그 탄성이 나른하고 야한 신음처럼 들린다.

그녀의 손가락 사이로 은으로 만든 긴 사슬이 아래로 내려와

393

달빛에 반짝거린다. 아하. 아까 세공사님이 깊은 고뇌에 빠졌던 이유가 뭔지 알겠다. 기사님 선물을 만들려고 그랬던 거였구나. 카미유는 뒤늦게 고개를 끄덕였다.

500리브르라는 거금을 기꺼이 내주었던 일에 대한 보답일까. 그것까진 알 수 없었다. 다만 그녀가 벵상 나리나 시테 궁의 주인을 위해서는 아무것도 만들어 주지 않으리라는 것은 확실했다.

기사는 여자의 손에 들린 것을 홀린 듯이 들여다보았고, 세공사는 뒤늦게 자신의 손이 지저분한 것을 알고 당황한다. 그녀는 얼른 양쪽 손을 번갈아 가며 치맛자락에 문지른다.

기사는 길 한 귀퉁이에서 고개를 숙이고, 여자는 그의 목에 목걸이를 걸어 준다. 달빛을 받아, 목걸이의 푸른 반짝임이 설핏 느껴진다.

기사는 그 목걸이가 몹시 마음에 드는지 그것을 한참 들여다보고, 입을 맞추고, 옷 속으로 소중하게 집어넣은 후 그 부분을 지그시 누른다. 그의 아름다운 얼굴 위로 행복한 미소가 번져 간다.

카미유는 그 기사님이 원래 아름다운 분이라고 생각하곤 했지만, 세공사님에게만 보여 주는 저 수줍은 듯한, 숨김없는 웃음은 가슴이 저릴 만큼 눈부시고 황홀했다.

저 웃음의 주인공이 된다면 느낌이 어떨까?

카미유는 간혹 궁금했다. 하지만 그 기분을 알기 위해 세공사님이 되고 싶지는 않았다. 그동안 세공사님이 얼마나 길고 끔찍한 고생을 했는지는, 이미 황금 이빨의 거상 나리에게 자세히 들었다.

기사님은 그녀를 향해 깊이 고개를 숙이고, 다시 손을 앞으로 내민다. 이제 세공사님은 그의 손에 자신의 손을 얹고 궁을 향해 걸음을 옮기기 시작한다. 이 순간, 그녀는 시테 궁의 마담 루와얄보다 아름답고 기품 있어 보인다.

그녀는 시테 궁의 생 루이 별궁에 살고, 기사님은 그 아래층에 있는 병사들의 방에서, 다른 호위 기사와 병사들과 함께 머무른다. 두 사람만 함께하는 시간은 고작 세공방 앞에서 성문 앞까지. 아무리 천천히 걸어도 토끼 꼬리만큼이나 짧게 느껴진다.

두 사람은 느릿느릿 걷는다. 손을 잡고, 어깨를 붙이고, 가끔 고개를 돌리고 무슨 이야기를 나누기도 한다. 웃기도 하고 실쭉하기도 한다. 세공사님은 고개를 옆으로 기울여 기사님의 팔에 기댄 자세로 걷는다. 두 사람 모두 전혀 불편함을 느끼지 못하는 것 같다. 아주 잠깐씩 팔짱을 끼기도 한다.

인적이 드물어진 바리에리 거리로 하얀 달빛이 쏟아진다. 거리에 깔린 울퉁불퉁한 돌들이 달빛을 받자 오팔 보석이 빼곡히 깔린 것처럼 반짝거린다. 두 사람은 이제 바리에리 거리가 아닌 천국의 거리를 걷는 듯하다.

기사님은 성의 정문 앞에 이르러서는 정중하게 허리를 굽히고 세공사님의 손등에 입을 맞춘다. 그리고 그녀의 손을 두 손으로 꼭 감싸 잡았다가 천천히 놓아 드린다. 그 작은 움직임 한 자락에서조차 설레고 아쉬운 마음이 고스란히 느껴졌다.

……나이 잔뜩 먹고 하는 연애가 저렇게 애틋할 일인가.

카미유는 저도 모르게 키득키득 웃었다.

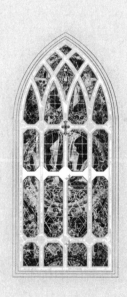

12-3. 암호, 바포메

BAFOMET

파리에서 있었던 일은, 이제 기사단 지부나 기사관이 있던 각 지역에서 동시다발로 진행되기 시작했다. 소문은 충격과 배신감의 크기만큼이나 빠르게 퍼졌고, 기사들을 믿거나 지지하는 움직임도 빠르게 확산되기 시작했다.

그중 가장 격렬한 반응을 보인 곳은 푸아티에 교황청이었다.

"필립! 감히 내 앞에서, 나를 빤히 보면서 내 등에 칼을 박아?"

이번 사태에 자크 단장만큼이나 분격한 사람은 클레망 교황이었다. 그는 교황청 재판을 며칠 앞둔 기사단 단원들이 대거 체포된 소식을 듣고 충격에 잠을 이루지 못했다.

필립은 교황의 친척이며 강력한 지지자였지만, 클레망은 왕의 도구로만 쓰일 생각은 없었다. 물론 보니파스처럼 왕과 정면 대결을 하다가 끝장나고 싶은 건 아니지만, 그래도 교황권이 왕권

보다 우위에 있던 '그때 그 시절'에 향수를 느끼는 것은 어쩔 수 없었다.

하지만 문제는 필립이, 상대하기 어려운 왕으로 첫손에 꼽힌다는 점이었다.

'긴밀한 동지이며 후원자이자 가장 큰 적수.'

필립은 할아버지 생 루이만큼은 아니지만, 신심이 깊은 왕임은 확실했다. 그럼에도 그의 통치 방식은 생 루이 혹은 선왕들과는 완전히 다른 방향으로 나가고 있었다.

그는 나라를 운영하는 데 예전과는 전혀 다른 방식을 도입하려 하고 있다. 가신이나 제후에게 땅을 분할해서 자치권을 허용하는 게 아니라, 자신이 모든 지역에 관리를 파견해서 월급을 줘 가며 일을 시키고, 혼자 다 다스릴 생각을 한다.

그동안 교회에서 이단 재판을 하면, 국가에서 그 징벌을 대신 집행해 주었다. 종교적 판단은 교회의 법정에서, 손에 피를 묻히는 집행은 국가에서. 이것은 오랫동안 이어진 합리적 분업이자 협업 아니었던가!

그리고 교회는 국가에 세금을 내지 않았다. 어디 감히 세속의 왕이 하느님께 바쳐진 예물을 탐낸단 말인가.

하지만 필립은 군자금을 핑계로 성직자들과 교회에 기어이 세금을 때려 박았고, 이제는 교회가 맡았던 이단 재판까지 가로채겠다고 날치고 있다. 그것도 교황의 가장 강력한 검인 성전기사단을 공격하기 위해서!

"하느님이 두렵지 않은가, 필립 이 저주받을 자여, 어딜 감히!"

보좌하고 있던 추기경들이 그의 얼굴을 흘끔거리다가 이내 시선을 돌렸다.

자, 생각하자, 베르트랑. 지금 내가 이 상황에서 어떻게 반응해야 할 것인가.

필립은 대체 무슨 생각으로 이 일을 벌인 것인가. 대체 그가 정말로 원하는 게 뭘까.

십자군을 위한 포석인가? 그는 십자군에 정말 출정하긴 할 것인가.

혹은, 왕실의 파산을 막을 기사단의 황금인가? 설마 그게 가능하리라 믿는 걸까?

혹은, 정말 그의 말대로, 신앙과 교회의 수호자로서 프랑스의 이단을 뿌리 뽑기 위해서인가.

베르트랑은 입술을 힘껏 깨물었다. 비릿한 쇠 맛이 느껴졌다.

† † †

"폐하. 이번 일은 속도가 관건이 될 것입니다. 푸아티에에서 반응하기 전에 최대한 빠르게 일을 진행시켜 결론을 내려야 합니다. 그래야 교황청의 입지와 발언권이 최소화됩니다. 그들의 죄를 성직자들과 백성에게 알려야 합니다."

2층 그랑 샹브르에서 왕과 다섯 명의 최측근 신하들이 모였다. 회의의 주재자인 왕의 주변으로, 종교 재판소 소장 기욤 윙베르, 왕의 사냥개 기욤 드 노가레 대법관, 앙게랑 드 마리니 보좌 주교, 그리고 왕실 대변인 기욤 드 플레지앙이 앉아 있고 가장 말석에는 발타사르라 불리는 왕의 측근 기사가 앉아 있다. 촛불을 대낮처럼 밝혀 두었지만, 분위기는 어둡고 무거웠다.

"놓친 자산을 추적하느라 시간을 낭비할 순 없습니다. 우상 숭배에 대한 자백을 신속히 확보해 빠르게 유죄 판결을 이끌어 내는 데 총력을 기울이셔야 합니다. 그래야 기사단의 해체, 압류 자산 처분과 추적을 진행할 수 있습니다."

"푸아티에 교황청에서는 어떻게 반응이 나올 것 같은가, 발타?"

"성하께서는 신중하신 분입니다만, 기사단을 포기하진 못하실 것입니다. 추기경 회의의 반발도 거셀 것이니, 절차 문제나 재판권 문제로 폐하를 막고자 할 것입니다."

"흠. 그러면?"

"푸아티에에 심어 둔 프랑스파 추기경들께 제대로 목소리를 내라 촉구하십시오. 적어도 두 달, 올해 성탄 축일까지는 교황청의 반발을 묶어 두셔야 합니다."

"두 달이라."

"예. 그리고 그 전에 반드시 이단에 관한 자백이 나와서, 폐하의 손에서 재판이 마무리되어야 할 것입니다. 더 늦어지면 결과를 장담할 수 없습니다."

"우상 숭배에 관한 자백은 수가 적소, 발타 경. 대부분 남색이나 매춘, 금지된 이자 징수, 단원들 사이에 공개적으로 행해진 고해성사 집전 정도는 인정하고 있소만."

노가레 대법관이 메마른 목소리로 말했다. 발타는 단호하게 고개를 저었다.

"성적인 문란 행위는 입방아에 오르내리긴 좋지만, 기사단이 해체될 만한 사안은 아닙니다. 개인적으로 참회를 하고 사면을 받을 정도에 불과하죠."

"……"

400

"승패는 배교와 우상 숭배 입증 여부로 갈릴 것입니다. 개인이 아니라 '기사단'에서 우상 숭배를 강제했다는 결론이 나면, 기사단을 해체할 수 있는 조건이 됩니다. 입단식의 증언이 그래서 중요합니다."

은발의 기사는 가장 말석에 앉아 있고 나이도 가장 젊어 보였지만, 그의 발언이 가장 파장이 깊고 무거웠다. 그는 일의 진행 방향에 대해 판을 짜서 왕에게 제시할 수 있는 몇 안 되는 참모 중 하나였다.

모인 자들의 미간에 주름이 잡힌다. 마리니 보좌 주교가 그늘진 얼굴로 고개를 끄덕였다.

"……하긴, 남색이나 매춘 따위야 전장에서 밥 먹듯 일어나는 일이니. 우트르메르에선 병사들이 이동하는 여인숙마다 매춘부와 미동이 득시글댔다 들었소. 그런 일이 까발려지는 건 수치스러운 일이겠지만, 기사단 해체까지 말하긴 어려울 게요."

"그렇습니다. 하지만 십자고상에 침을 뱉고 짓밟거나, 바포메라고 하는 이상한 그림이나 정체를 알 수 없는 유골에 축성한 허리띠와 검을 받는 것은 명백히 배교이자 우상 숭배적인 요소죠. 그것도 '단장과 참사회 회원들이 참가한 입단식'에서라면 개인의 죄를 넘어서서, 기사단 자체의 죄가 됩니다."

기욤 윙베르 신부가 단언하더니 발타를 향해 고개를 돌렸다.

"발타, 내 툭 터놓고 묻겠네. 자네, 입단식 때 그 그림을 보았나."

"아뇨, 보지 못했습니다."

윙베르 신부는 고개를 저으며 한숨을 쉬었다.

"아 물론, 입단식에 대해 하느님의 이름을 걸고 발설하지 않겠

401

다고 맹세를 한 건 알지만, 자네는 파계하여 쫓겨났으니 더 이상 그 맹세에 매이지 않게 되었잖은가? 게다가 이것은 하느님의 정의를 세우기 위해서…….”

“아뇨. 저는 그 입단식을 정식으로 통과하지 못했습니다.”

윙베르 신부와 플레지앙 대변인의 시선이 미심쩍게 변한다.

“그런데 어떻게 입단이 되었을까.”

“어릴 때 하느님을 모욕하는 행위를 하지 않겠다고 맹세했다는 말을 받아들이고 예외적으로 입단을 허락해 주셨습니다. 몰레 단장님과 시테 궁에서 함께 일했던 패로 감찰관님의 호의를 입었습니다.”

“허. 어릴 때 맹세가 방패막이가 된 것인가. 감사할 일이군…….”

플레지앙이 중얼거리자 발타는 태연하게 고개를 저었다.

“아닙니다. 저는 그런 맹세는 한 적 없습니다. 다만, 그리스도를 세 번이나 부인하고 십자고상에 침을 뱉는 것을 보는 것보다, 거짓말을 한 번 하고 목에 칼을 박는 것이 주님께 덜 죄송할 것 같았습니다.”

갑자기 분위기가 썰렁해졌다. 와, 하, 와하하하하하! 왕은 폭소를 터뜨렸고, 대주교와 보좌 주교는 기가 막혀 헛웃음을 지었다. 자신의 목까지 따 놓고 하는 말 좀 봐라. 하지만 왕이 발타사르 경을 유난히 아꼈던 것이 조금은 이해가 가는 기분이었다.

왕이 노가레 대법관에게 물었다.

“그 바포메라는 그림은 행방은 어찌 되었나?”

“사라졌습니다. 가장 결정적인 증거가 될 것이었는데…….”

노가레 대법관이 자신 없는 목소리로 대답하며 손가락의 관절을 비틀었다. 깡마른 마디에서 꾸덕꾸덕 소리가 들렸다.

"잠적한 제라르 드 빌리에 경과 조제 드 긴느 경이 '솔로몬의 방'의 중요한 재산들을 빼서 다른 비밀 장소로 옮기던 것으로 추측됩니다."

"그렇다면 다른 증거품은 없소, 대법관?"

"그 종이와 함께 있던 유골을 회수하긴 했지만, 증거품이 될 수 있을진 확실치 않소. 세례 요한의 유골이라는 말이 있어서."

왕이 쓴웃음을 지으며 대답했다.

'폐하, 이 유골은 원래 단장의 홀과 '바포메' 신상의 그림이 든 성물함에 함께 들어 있던 것입니다. 최종 발견된 곳은 비상 탈출구의 바위틈이었고요. 좀 어울리지 않는 곳에 숨겨져 있긴 했습니다……'

'어울리지 않는 곳? 어디 말인가?'

'은으로 만들어진 주물 조상인데, 그게, 여성의 가슴 모양…… 하여간 여기저기 변태들이 문제야, 아, 어쨌든 유골은 그 안에 숨겨져 있었습니다. 급하게 탈출하느라 숨겨 놓고 간 듯합니다……'

"그것이 세례 요한의 유골이라는 것을 확인받은 바가 있습니까?"

윙베르 신부의 질문에, 발타가 나서서 대답했다.

"없습니다. 입수 경로를 당당히 밝힐 수 없어 교황청에 진위 증명을 요청하지 못한 것으로 알고 있습니다. 예루살렘 성전 본부의 지하 동굴을 수색해서 그 재물을 실어 온 일은 교황 성하는 물론, 일반 단원도 모르는 기밀 사항이었으니까요."

발타는 짧게 한숨을 쉬며 덧붙였다.

"성인들의 유골을 모두 신뢰하기는 어렵습니다만, 그것이 세례 요한의 것으로 알려져 있다면, 그게 진짜든 가짜든 문제를 삼을 순 없습니다. 진짜로 믿었다 하면 그만이니까요. 속은 것은 멍청한 것이지 이단으로 몰려 처형될 일은 아닙니다."

"결국 유죄를 확증하려면 바포메라고 하는 종이를 증거로 들이대야 한다 이건가?"

"예, 폐하. 현재는 그것만이 결정적이고 가장 확실한 증거입니다."

발타의 단호한 대답에 세 명의 기욤이 한꺼번에 한숨을 쉬었다. 증언을 해 줄 수 있는 외부인 중 그 그림을 확실하게 본 사람을 어디서 찾는단 말인가.

"좋소. 그럼, 바포메에 대해 제대로 된 증언을 들어 보도록 하겠소."

"제대로 된 증언이요?"

왕의 말에 기욤 드 플레지앙이 두꺼비처럼 커다란 눈을 껌벅거렸다. 왕이 뒤에 서 있는 어전 시종을 향해 손을 든다.

"이 일에 대해 제대로 증언할 수 있는 자는 세상에 딱 한 명밖에 없지. 위그! 지금 바리에리 거리의 은나무 세공방에서 아크레의 숙녀를 모셔 오게."

† † †

파리에서 번개처럼 일이 진행되는 며칠 동안, 푸아티에 교황청에서는 시간이 얼어붙은 것 같았다.

새로운 소식이 전해질 때마다 베르트랑은 시시각각 새로운 지옥에 처박히는 기분이었다. 기사단의 체포 소식, 노트르담과 시테 궁의 공개 설교와 비판, 여론 형성, 왕이 각 지역 제후와 왕들에게 보낸 '기사단 체포'를 독려하는 편지까지. 이 모든 일이 고작 사나흘 만에 전해진 일이었다.

그와 정면으로 맞서지 못하는 처지에 치가 떨렸지만, 맞섰을 때 교황청이 잃어야 할 것들을 생각하면, 절대 경거망동해선 안 된다.

하지만 필립에게 끝까지 고분고분 끌려다닐 생각은 없었다. 성전기사단은 교황이 절대 놓쳐서는 안 될 교황만의 검이고, 권력이었다. 특히 그들이 소유한 엄청난 자산을 필립에게 그대로 넘겨줄 생각은 손톱만큼도 없었다.

그는 두 주먹을 꽉 움켜쥐었다. 아래로 처져서 유약하고 부드러워 보이는 눈매에 무서운 살기가 돌았다.

체포 소식이 전해진 지 3일째 되는 날, 클레망 교황은 추기경 회의를 소집했다.

추기경들의 의견은 반으로 갈렸다. 이미 로마파와 프랑스파로 나뉘어 있던 추기경단은, 이제 화해가 불가능할 지경이 되었다. 로마파 추기경들은 당장 그들을 파문하라고 야단이었다.

"필립 그 이단자와 측근들에게 속히 파문령을 내리시고 무고한 기사들을 석방해 주십시오, 성하!"

반대로 프랑스파 추기경들은 콧방귀만 뀌고 있다. 심지어 두 세력은 가까이 있으려고도 하지 않, 홍해가 갈라진 것처럼 쫙 나뉘어 있었다.

"그 재판은 프랑스의 왕립 종교 재판소가 아닌, 바로 여기! 푸아티에의 교황청에서 열려야 합니다. 어딜 감히 끼어든단 말입니까!"

"파문으론 부족합니다. 이번에야말로 프랑스 전역에 성사 금지령을 내리심이 마땅합니다!"

마땅하고 마땅하고 마땅하다! 그걸 누가 모르나!

베르트랑 역시 시테 궁의 그 빌어먹을 것들을 파문하고 모가지에 사탄의 자식이라는 팻말을 걸어 조리돌림을 하고 싶어 죽을 지경이었다.

하지만 교황은 그렇게 강경한 수를 밀어붙일 자신이 없었다. 그가 가장 바라는 형태는, 상대의 기분을 긁지 않고 절충하고 협상하여 타협에 이르는 방법이었다. 무엇보다 선대 교황이 겪었던 끔찍한 사태를 되풀이할 자신이 없었다.

여든한 살 노교황이 삼중관을 쓰고 교황의 자리에 앉아 왕의 체포령에 맞서다가 뺨을 맞고 병사들에게 질질 끌려다닌 것도 끔찍했지만, 더욱 끔찍한 것은 필립이 퍼트린 흑색선전이었다.

교황위 찬탈 혐의, 선대 교황 셀레스틴의 독살 혐의, 콘클라베 매수와 선거 조작 혐의, 도박 중독, 여성 편력, 매춘 혐의에 배교와 이단 숭배. 그 혐의가 사실이든 아니든, 이미 퍼진 내용을 거둬들일 수는 없었다.

물론 필립이 그렇게 대응하지 않았으면, 강경한 교권 우월주의자였던 보니파스가 필립을 완전히 짓뭉개고 퇴위까지 밀어붙였을 것이다. 아나니 사태는 프랑스 전 지역 파문을 공포하기 하루 전에 벌어진 일이었으니까.

아나니 사태는 사실 보니파스가 자초한 면이 있었고, 지는 쪽이 모든 것을 잃는 게임이 될 수밖에 없었다. 거기서 냉정하고 신속한 필립이 승리한 것뿐이었다.

아이러니하게도 필립이 그렇게 무지막지하게 교황을 끌어내릴 수 있었던 힘은, 종교적인 자부심과 선택받은 자로서의 사명감이었다. 게다가 지금 필립과 완전히 등을 돌렸다간, 모처럼 추진되는 9차 십자군이 흐지부지될 것이 뻔했다. 이제는 프랑스를 제외하면 유럽 어느 나라에서도 십자군에 흥미를 보이지 않는다. 베르트랑은 이마를 짚고 신음했다.

"아직…… 파문은 안 될 것이오, 선대 교황이 왕과 프랑스 전체에 파문령을 내리려다…… 교서까지 다 써 놓고 아나니에서 어떤 일을 겪었는지 잊었소?"

"하지만 성하! 이미 왕은 기사단에 대해 온갖 끔찍한 여론을 불러일으키고 있습니다. 어떻게든 그를 멈춰 세우지 않으면……."

하지만 교황은 한숨을 쉬며 손을 저을 뿐이었다.

"성청聖廳의 권위가 한 시대에 두 번이나 추락하게 할 수는 없소. 지금 그에게 정면으로 맞서는 것은 지나치게 위험하니……."

교황은 결국 한 걸음 뒤로 물러섰다. 우남 상탐[4]의 시대는 이미 저물었다. 클레망은 이것은 비겁이 아니라 시대의 변화를 받아들이는 지혜이며, 교권을 지켜 내는 가장 안전한 방법이라 믿기로 했다.

"파문은 잠시 보류하고, 왕에게 경고의 칙서를 보내도록 하겠소."

"성하."

"그는 교활하고 생각이 많은 자요. 앞으로 일을 빌이고 뒤로 협상을 청할 수도 있소. 이달 말까지 상황을 예의 주시하되, 왕의

---

4) Unam Sanctam. 세속 권력은 교회 권력에 복종해야 한다는 보니파스 8세의 교서

잘못에 대해서는 반드시 올바른 가르침을 내리도록 하겠소."

추기경들의 술렁임은 천천히 잦아들었다. 예전 같으면 열 번이라도 파문령이 내려질 일이었지만, 그들 역시 필립을 잘 알고 있었다. 교황이 일보 후퇴를 결정했다면 그 또한 따를 수밖에 없었다.

† † †

"이렇게 머리에는 뿔이 두 개 있고, 소나 염소 같은 얼굴에 귀가 양옆으로 있고……."

가죽 앞치마를 두른 채 불려 온 세공사는 양피지 위에 서슴없이 그림을 그리기 시작했다. 세공사는 채식이나 삽화 전문가만큼은 아니지만 그림을 무척 잘 그리고 기억력도 뛰어났다.

한때 어전 시종 앞에서 고개도 못 들고 바짝 얼어 있던 여자는 이제 왕, 대법관, 보좌 주교, 종교 재판소장 같은 사람들에게 둘러싸여 있으면서도 눈썹 하나 까닥 않을 정도가 되었다.

"이 그림을 봤을 때 충격이 어찌나 컸는지, 작은 점 하나까지도 기억하고 있거든요."

물론 그림만 기억하는 건 아니었다. 그때 갇혀서 얼마나 충격을 받았고, 얼마나 좌절했고, 얼마나 배가 고팠고, 얼마나 추웠는지, 그다지 궁금하지 않은 기억들까지 모조리 소환되었다.

그 난감한 기억들에 발타는 안절부절못했고, 마리니 보좌 주교는 열심히 맞장구를 치며 분위기를 띄웠다. 적어도 보좌 주교가 있으면, 왕과 노가레 대법관이 만들어 내는 극강의 썰렁함만큼은 피할 수 있었다.

"······기괴한 그림이군."

완성된 그림을 보며 왕이 눈썹을 찌푸렸다.

양피지 위에는 정체를 알 수 없는 사람이 그려져 있다. 아니, 사람이라기보다 짐승 머리에 사람 몸을 한 괴물이었다.

머리는 거대한 뿔을 가진 소, 혹은 염소의 모습이었다. 정수리 한가운데는 횃불 형상의 나무가 솟았고, 뿔 아래에는 두 귀가 쭝긋하다.

얼굴에는 수염이 달려 있었는데, 몸통에는 여성의 유방을 갖고 있었다. 짐승과 인간, 남자와 여자가 섞인 기괴한 모습이었다. 등에는 커다란 날개까지 달려 있었다.

그가 가진 지팡이에는 흰 뱀과 검은 뱀이 감겨 있고, 바닥에는 물이 빙 돌아 흐르며, 물고기들이 헤엄치고 있었다. 하늘에는 검은 달과 하얀 달, 검은 별과 하얀 별이 있었고, 배경에도 어두움과 빛이 함께 있었다.

그리고 그 아래쪽에 다소 흘려 쓴 듯한 장식체로 뜻을 알 수 없는 글자들이 씌어 있었다.

〈BA FO MET〉

그림을 다 그린 레아는 작지만 단호한 목소리로 말했다.

"종이가 삭아서 그림이나 글씨가 희미해지긴 했지만, 딱 이 정도 크기의 종이에 이런 모양의 그림이었어요. 남아 있는 글자는 이 글자가 전부였고요."

사람들은 그림을 들여다보며 황급히 성호를 긋고 기도를 올렸다. 눈 감고 봐도 사악한 냄새가 풀풀 풍겼다. 기욤 윙베르가 팔짱을 끼고 심각한 목소리로 물었다.

"그런데, 이 바포메라는 것이 무얼 뜻하는 겁니까? 제가 아는 이교의 신 중에는 이런 이름을 가진 신은 없었습니다."

"저 역시 이런 이름을 가진 신은 처음입니다. 혹 비슷한 이름을 들어 본 분 계십니까?"

"신의 이름이 아니라 암호 아닐까요?"

"아! 기사단에서 쓰는 암호! 기사단에서는 어음을 암호로 작성하지 않습니까."

하지만 암호 체계를 잘 알고 있던 발타 역시, '바포메'라는 낱말에 대해서는 아는 바가 없었다.

"이 낱말은 기사단에서 사용되던 암호는 아닙니다. 풀어도 아무런 의미가 없습니다."

발타는 팔짱을 끼고 그림을 한참 응시한다. 뭔가 할 말이 있는 듯하지만, 굳게 다물린 입은 끝내 열리지 않는다. 바포메, 바포메. 이 그림은 아무래도 이상했다.

기욤 윙베르 신부가 나섰다.

"이 낱말 때문에 그간의 기록들을 찾아보긴 했습니다. 예전에 살라딘과의 전투에 참전한 랑그도크 지역의 트루바두르 한 명이 바포메트Bafometz라는 이름을 언급한 적이 있습니다."

"트루바두르 '가보당'의 오크어 노래 말씀이십니까."

랑그도크 출신의 노가레 대법관이 기억을 더듬으며 말했다.

……*e Dieus er honratz e servitz*
on Bafometz era grazitz…….

지금 바포메가 섬김을 받는 이곳에서도,
하느님께서는 영광과 경배를 받을지로다.

노가레 대법관의 설명이 끝나자 윙베르 신부가 말을 이었다.

"그 사람 말고도 후대의 음유시인들 역시 아주 가끔 바포메, 바포메트Bafomet, Bafometz라는 낱말을 언급하긴 했습니다만, 그 뜻은 모호합니다. 다만 그림에 쓰인 글자, 그리고 지금 기사단 단원들 중 몇 명이 실토한 바포메Baphomet는 같은 대상을 가리키는 것이 확실해 보입니다."

"아, 기사단은 그렇게 소중한 정보를 저들이 앞장서서 질질 흘리고 있으면서, 무슨 거창한 비밀을 지키겠다고 사람들을 고문하고 죽이고 그 난리를 피운 겁니까. 존경스럽게도."

마리니 보좌 주교는 세련된 몸짓으로 그들을 비웃다가 노가레 법관에게 다시 물었다.

"그런데 제가 듣기로 그것이 마호메트나 살라딘을 말한다는 의견도 있다고 들었습니다. 오크어로는 마호메트를 비슷하게 발음한다던데? 마호메트의 오크어 사투리가 바포메와 비슷하오, 기욤?"

마리니 보좌 주교가 머리를 기웃하며 물었다. 노가레 대법관이 딱 잘라 말했다.

"그렇지 않소. 마호메트라는 말을 입에 담기 싫어하여 특이하게 발음하는 자들은 있긴 하오만, 그 이름을 바포메로 바꾸어 쓰는 자는 한 명도 보지 못했소. 살라흐 앗딘과도 발음의 유사성이 없소."

"우트르메르에서도 사라센들은 마호메트를 신으로 섬겼던 건 아닙니다. 마호메트를 이런 그림으로 그려 숭배했다가는, 그림을 다 그리기도 전에 손목이 잘렸을 겁니다."

"전체적으로 보면 악한 세력이나, 악한 사람이나, 혹은 악령을 지칭하는 것으로 보입니다."

모인 이들은 서로 아는 정보를 내놓으며 저 괴물의 정체를 추론하려 했으나, 오리무중이었다.

레아는 눈만 멀뚱거리며 오가는 말에 귀를 기울였다. 어차피 자신이 끼어들 판은 아니긴 했지만, 프랑스에서 손꼽히게 똑똑한 법학자 신학자들도 이렇게 헤매고 있는 걸 보니 신기하기는 했다.

왕이 레아를 향해 시선을 돌린다.

"세공사. 그대가 아는 이방의 악신 중 비슷한 이름을 가진 신은 없었나?"

"없는데요."

"이봐. 좀 성의 있게 생각 좀 해서 대답해 봐."

왕이 한숨을 쉬며 한마디 한다. 레아는 눈동자만 굴리다가 멈칫대며 입을 열었다.

"유대 옛이야기에 나오는 것 정도만 들어 봤어요. 성경에 나온다는 이방 신들이요. 바알이나 아세라, 아스타롯, 아스모대오스, 크모스, 밀콤, 아, 아담의 유혹자 릴리트도 알죠. ……이 그림과 연결될 만한 건 아론의 지팡이에 매달린 치유의 구리 뱀 느후스탄이나, 두 뿔을 가진 바알이나, 저주받은 아자젤의 염소나, 물에 사는 거대한 용 레비아탄도 정도……? 하지만 바포메는 들어 본 적이 없어요."

사람들이 놀란 눈으로 레아를 바라보았다. 윙베르 신부가 눈을 가늘게 하고 묻는다.

"숙녀께서는 그 내용들을 어찌 그리 잘 알고 계십니까? 어디서 그런 이교적인 내용을 들으셨지요?"

아차. 입 다물고 있을걸. 신의 선택을 받았다는 여자가 이런 이야기를 줄줄 읊고 있으면 얼마나 수상할까. 순간 발타가 대신 나서서 변명해 주었다.

"마드무아젤 레아는 아시케나지였다가 개종한 자로, 아크레에서도 오래 살았습니다. 확인할 수는 없지만, 그녀의 아버지가 대제사장 차독의 후손이라는 말이 있습니다. 그 덕에 레아는 유대 전승에 해박하며, 히브리어와 라틴어도 읽을 줄 압니다."

"오……."

윙베르 신부가 애매한 감탄사를 흘렸다. 딱히 존중의 느낌은 없었지만, 미심쩍은 기색은 풀렸다.

노가레 대법관이 건조한 목소리로 말했다.

"대제사장 집안 출신도 바포메라는 신을 모른단 말이죠. 아쉽군요."

노가레 대법관은 예나 지금이나 레아에게 한결같은 태도를 보이는 몇 안 되는 사람이었다. 그녀가 이교도 세공사일 때나, 개종자 세공사일 때나, 신에게 선택받은 여자일 때나, 왕에게 청혼받은 여자일 때나, 발타와 사고를 쳤을 때나, 한결같이 '건조하다 못해 말라비틀어진 태도'로 '적당한 예의'를 갖추어 주었다.

레아는 사람들이 뒤에서 험담하고 비웃는 노가레 대법관이 오히려 편안했다. 그는 이성적이고 합리적인 사람으로, 풍부한 감수성이나 따뜻한 공감 따위는 쥐뿔도 없지만 적어도 편견과 선입견으로 사람을 부당하게 차별하지는 않았다.

레아는 자신의 잡탕 지식을 이것저것 주워섬기려다가 일단 입을 다물었다. 이렇게 신학자와 종교 재판소장과 대법관이 우글우글하는 자리에서 이교나 이단에 대한 언급을 함부로 했다가 잘못 찍히기라도 하면, 재수 없으면 화형이고, 재수가 좋아 봐야 혀 절단형이다. 그저 조심조심 입조심. 더욱이 이교도 출신 개종자라면, 말 한 마디만 잘못해도 나중에 무슨 덤터기를 쓰게 될지 몰랐다.

그래도 발타 님이 이렇게 조용한 건 좀 이상한데? 이쪽으로 지식이 가장 많을 것 같은 발타 님 역시 이상할 정도로 입을 다물고 있었다.

아하. 발타 님도 입조심을 하고 계시는구나.

하지만 다들 이렇게 입을 다물고 있으면 아무런 결론도 나오지 않을 텐데.

레아는 눈을 뱅그르르 돌려 왕의 눈치를 슬쩍 보았다.

"저, 폐하. 별로 쓸데없어 보이지만 조금은 필요할 듯한 제안을 하나 드리고 싶사온데……."

"……말하라."

또 무슨 뻘소리를 하려고? 하는 표정을, 왕은 이제 굳이 숨기지 않는다. 왕을 깊이 알게 될수록 그가 나름(?) 표정이 풍부한 남자라는 것을 알게 된다.

이쯤 되면 레아에게 수다쟁이 면책 특권을 준 것을 하루에 열 번쯤 후회할 것 같은데, 이상한 건 그 특권을 아직도 취소하지 않는다는 점이고, 더 이상한 건 레아의 그 장한 수다를 늘 주의 깊게 경청해 준다는 점이다. 어쨌든, 있는 것은 써먹어 주는 것이 도리다.

"지금 여기 모여 계신 분들께, 그리고 이 회의에서 오가는 모든 정보에 대해서, 제게 허락해 주신…… 그…… 특별한 권한을 적용해 주시면 안 되나요?"

"말을 똑바로 하게. 그대에게 대체 무슨 특별 권한을?"

"그…… 저, 수, 수다쟁이 면책 특권……."

푸하……. 좌중에 앉아 있던 누군가가, 아마도 앙게랑 보좌 주교가 웃음을 터뜨리다가 황급히 삼켜 넣는다. 왕 역시 실소를 감추지 않는다.

"이상한 헛소리는 아크레의 숙녀만으로도 지나치게 충분한데."

이제 분위기는 말할 수 없이 썰렁해졌다. 아하? 문득 왕이 정색한다.

"레아, 혹시 내 앞에서 말하기 두려워할 만한 내용을 알고 있나?"

"아뇨! 저 같은 세공사가 알긴 뭘 알겠어요. 하지만 여기 계신 분들은 신학이나 성경이나 법률 쪽에선 전문가 중의 전문가 아니신가요."

"……."

"하지만 아무래도 걸린 사안이 이단 재판이다 보니 말 한 마디, 정보 한 가지 잘못 입에 담았다가 원고에서 바로 피고가 될 수도 있고, 조사관 신분으로 서 있다가 다음 날 고양이의 방에 매달리는 사태가 벌어질 수도 있잖아요? 그럼 뭔가를 알아도 말을 못 하죠. 아 그게, 여기 계신 분들이 저 같은 쫄보라서 입을 억지로 다무는 게 아니라, '아, 이 이야기는 그리 중요한 정보가 아닐 거야.' 하는 생각이 무럭무럭 일면서, 입이 저절로 다물리는 거예요."

"아하."

"그러니까 사소한 정보라도 자유롭게 오갈 수 있도록 작은 특권을 허락해 주십사, 감히 부탁드리는 겁니다, 폐하."

왕은 흥미롭다는 듯 몸을 앞으로 기울이더니 레아와 발타를 번갈아 바라보고 이내 눈을 가늘게 뜬다. 레아가 이런 황당한 청을 넣는 이유가, 발타를 보호하기 위함임을 짐작한 것 같았다.

"폐하, 이렇게 모여 앉아서 바르고 경건한 대화만 나누다가는 백 년이 가도 수수께끼는 절대 풀 수 없을 거예요. 그러니 폐하께서 제게 허락하셨던 것처럼 이 자리에서도…… 수다쟁이의 면책 특권……을 허락해 주신다면, 그, 조금 불신앙적이고, 사악하고, 야해 빠지…… 비도덕적이고, 그러니까, 입에 담기엔 거시기한 모든 정보가 오갈 수 있죠. 그러면 진실에 한 걸음 더 가까워지는 거죠."

"내가 그런 거시…… 부적절한 의견들을 막았었던가?"

"그, 그게 아니오라……."

왕은 픽 웃으며 고개를 끄덕였다.

"좋다. 그대의 요청대로 이 자리에서 오간 모든 정보와 대화는, 그것이 어떤 내용이든 책임을 묻지 않겠다. 프랑스의 왕인 나의 명예와, 프랑스를 지키시는 생 미셸 대천사의 이름을 걸고 약속하지. 그러니 그대들은 어떤 내용이든 자유롭게 말하라, 그리고 이 수수께끼를 풀어라."

"아, 가, 감사합니다, 폐하, 제가 이 면책 특권을 너무 우려먹는 것 같아 황공하옵니다……."

이번에는 마리니 보좌 주교가 폭소를 터뜨리며 말을 얹는다.

"하, 하하, 그러게 말입니다. 아주 본전을 뽑으시는 것 같습니다. 그때 폐하께서 상당히 밑지는 거래를 하신 듯합니다.”

“……보좌 주교님도 그런 기회가 오면 얼른 잡으세요.”

“아 저런, 폐하께선 그리 만만한 분이 아니십니다, 제가 폐하 밑에서 일한 시간이 자그마치 15년쯤 된다고 할 수 있는데, 아직도 어전에서 입이 꽁꽁 얼어 있지 않습니까?”

어전에서 나름 할 말 다 하고 사는 인간이 너스레를 떨며 웃는다. 마리니 보좌 주교는 노가레 대법관과 달리 유쾌하고 유들유들한 성격이었다.

“어쨌든 감사드려야겠군요. 저희도 마드무아젤 덕분에 좀 편하게 묻어가게 되었으니. 기탄없이 떠오르는 대로 나오는 말에서, 하찮은 작은 정보들 중에서, 중요한 실마리가 종종 발견되는 법이지요.”

분위기가 자유로워지자, 발타는 그림을 들어 올리며 천천히 말문을 열었다.

“저는 이 바포메, 라는 글자와 그림을 조금 다르게 접근해 보고 싶습니다.”

“일단, 저는 바포메가 진짜 신의 이름이 아닌 암호라는 생각을 합니다. 그림 역시 어떤 대상에 대한 힌트를 모아서 그려 둔 그림 같습니다.”

“저도 그렇게 생각했어요. 짐승과 인간이 한 몸에 있는 신들은 들어 봤지만, 남자와 여자가 한 몸에 있는 신 따위는 한 번도…….”

“아 물론, 남성과 여성이 한 몸에 있는 신들이 아예 없지는 않습니다. 여신이었다가 시대가 바뀌며 남신으로 바뀐 아스타로(아스타로트) 같은 경우를 제외해도, 남신이면서 여성의 속성을 지니게 된 신들도 있긴 합니다."

"······와, 그런 신이 정말 있어요?"

레아는 눈을 동그랗게 떴다. 다른 분들도 귀를 쫑긋 기울이는 걸 보니 손꼽히는 지식인들만 모여 있지만, 이쪽 이야기는 꽤 생소한 것 같았다.

하긴 이분들은 정통 신학자나 엘리트 코스를 잘 밟으신 분들일 테니, 누구처럼 코란 같은 것도 함부로 안 읽어 봤을 거고, 온갖 이교도 책들이나 여자 그림이 잘려 나간 의술 서적이나 연애소설 따위도 안 읽어 보셨을 테지. 당연히 모를 수 있다.

발타는 기억을 더듬으며 설명을 시작했다.

"그리스 올랑프의 신들 중 제우스의 전령이자 치유의 신이자 저승의 안내자인 에르메스(헤르메스)라는 신이 있다는 건 아실 겁니다."

"그렇소. 제우스나 에르메스는 성 바오로 사도의 편지에서도 그 이름이 언급됩니다."

윙베르 신부가 거들었다.

"에르메스와 아프로디트(아프로디테) 여신 사이에서 나온 아들 에르마프로디트(헤르마프로디토스)는 여성과 남성이 한 몸에 있습니다."

"사악하도다, 창조 질서의 교란자들이여. 참으로 흉한 것들을 만들어 신으로 섬겼구려."

사람들이 진저리를 치며 성호를 그었다. 레아는 모인 사람들이 내공이 약한 것인지, 약한 척하는 것인지 조금 의심스러워졌다. 발타의 설명이 이어졌다.

"에르메스 신의 원조 격이라 할 수 있는 바빌로니아 의술과 지혜의 신이자 길잡이의 신 역시 남신에게 여성의 명칭이 붙어 있습니다. 그리고 예전에 비단이 들어오던 우트르메르 동쪽의 먼 나라에서도 뱀 형상의, 남자와 여자가 한 몸이었던 신들이 있다고 들었습니다."

평이하게 말을 잇던 발타는 잠시 눈썹을 찌푸리다가 조심스러운 목소리로 덧붙였다.

"전령사 가브리엘 대천사도 여성이라는 주장이 있습니다."

"천사들은 여성도 남성도 아니오. 여성이자 남성이라는 것과, 여성도 남성도 아닌 무성이라는 것은 하늘과 땅처럼 다르오. 전자는 기괴하고, 후자는 거룩한 것이지."

윙베르 신부가 차갑게 쏘아붙였다. 분위기가 싸늘하게 변하려는 것을, 보좌 주교가 얼른 무마했다.

"하하, 그런 주장도 있다는 것이지요. 우리 둥글게 둥글게 갑시다. 발타사르 경은 그저 정보를 제공할 뿐이지 믿는다는 것도 아니지 않소?"

"윙베르 신부, 지금은 정보를 얻을 때이지 논쟁과 치죄를 말할 때는 아니오. 발타, 자유롭게 계속 말하도록."

왕이 면책권에 대하여 재삼 확인하며 오금을 박는다.

"기욤 재판장님, 창세기와 에녹의 서에는 천사들과 인간의 여인들과의 혼혈에 대한 언급도 있지 않습니까. 창세기에서는 네필림이라는 거인 족속이 천사들과 인간 여인들의 혼혈이라 말합니다. 이는 아낙 자손, 혹은 다윗 대왕과 맞섰던 골리앗의 먼 조상에 해당하죠."

역시 이럴 줄 알았다. 레아는 속으로 끙, 한숨을 삼켰다.

419

발타 님은 위험한 발언을 극도로 자제하는 편이지만, 작정하고 말하면 이렇게 위험 수위를 출렁출렁 넘나들 거라고 생각했다. 방어막을 치지 않았으면 바로 사달이 났겠어.

레아는 얼른 말을 다른 곳으로 돌렸다.

"저, 그런데 발타 님, 이렇게 커다란 두 개의 뿔은, 보통 바알 신을 뜻하지 않나요?"

"보통은 그렇습니다."

"그러면 이 바포메의 '바'가 혹시 바알의 앞 자 아닐까요? 그래서 바알 포메. Baal-Formet를 줄인 말? 라틴어 포르메트는 형태나 모양을 만든다는 말이고, 포르메formæ는 모습, 형상이란 뜻이면…… 바알의 형상……? 이라는 뜻일까요?"

레아가 주워섬기자 사람들의 눈이 커진다. 발타가 빙긋 웃으며 시인한다.

"예. 그렇게 해석할 수도 있습니다만……."

왕이 허리를 굽히며 그림을 들여다보더니 고개를 갸웃한다.

"하지만 이 그림 속의 몸은 명백한 여성이지. 바알이 여성형 신인 적이 있었나?"

"아닙니다, 폐하. 바알은 늘 강력한 남성형 신이었습니다. 아내를 거느린."

윙베르 신부가 말했다. 하지만 발타 님은 바로 고개를 저었다.

"다르게 해석이 될 여지도 있습니다. 바빌로니아의 주신이었던 바알, 혹은 벨은 원래 고유 명사가 아니라 '신'을 뜻하는 일반 명사였으니까요. 원래는 '바알' 뒤에 붙는 게 진짜 이름이었습니다."

기욤 드 노가레는 궁정 연애 가십보다 10배는 더 진지하게 눈을 빛내며 듣고 있었다. 그는 기본적으로 지식에 대한 갈망이 강한 사람인 듯했다.

왕 역시 표정을 감추고는 있었지만 꽤 흥미가 있는 듯했다. 계속하게. 왕이 발타에게 손짓했다.

"바알 신의 본래 이름은 '하다드'로 처음에는 '바알 하다드'로 불리다가 꼬리가 떨어져 나가고 '바알'만 남아서 고유 명사처럼 쓰이게 된 겁니다. 그 전에는 아다드, 혹은 이쉬쿠르 등의 이름으로 불린 신인데 엘, 엘릴 혹은 엔릴이라는 최고신의 아들로 폭풍을 주관하죠."

"아하. 그렇다면…….."

"물론 바알 자체를 일반 명사로 쓴 경우도 있습니다. 성경에서도…… 판관기나 역대기, 예레미야, 호세아서 등에서도 신들, 혹은 주인이라는 의미의 일반 명사로 쓰인 경우도 있죠. 그렇다면 바알 포메는……."

레아의 등으로도 진땀이 흐르기 시작했다. 그, 그럼 설마……?

"'신의 형상'이라는 의미가 됩니다."

"……신의 형상?"

왕이 나직하게 되풀이했고, 회의실에 팽팽한 긴장감이 차올랐다.

〈신의 형상〉

듣기만 해도 두려움이 차오르는 말이다. 하느님께서는 신의 형상이랍시고 뭔가를 만드는 것에 크게 진노하신다고 들었다. 시나이산에서 십계명을 받을 때, 기다리던 백성들이 금으로 송아지를 만들었다가 그 자리에서 저주를 받아 모조리 죽을 뻔했다는 이야기도 귀에 못이 박히도록 들었다.

421

어느새 좌중에는 무거운 두려움이 내려앉는다. 발타는 잠시 말을 아끼다가 결심한 듯 입을 열었다.

"그리고 이 '신의 형상' 그림은, 하느님도 아니고, 우리가 알고 있는 바알 신도 아닌, 다른 어떤 신에 대한 힌트를 모아 놓은 것 같습니다."

12-4. 난상 토론 - 그들이 믿던 신

"다른 신에 대한 힌트라. 대담한 가정이군. 짐작이 가는 바가 있나?"

왕이 몸을 앞으로 당기며 물었다.

"뱀이 휘감긴 지팡이 형상은 보통 아론의 지팡이에 걸린 치유의 구리뱀 상징으로 알고 계시겠지만, 이방의 신화에서도 많이 보이며, 대체로 치유와 지혜를 나타냅니다."

"……계속하게."

"물고기와 검은 강이 있는 것을 보면 물과 관련된 신, 그리고 하늘 위의 흰 달과 땅 아래의 검은 달은, 저승과 이승을 드나드는 신……일 것으로 심삭이 됩니다. 머리에 솟은…… 이것이 불인지 나무인지는 알 수 없는데, 나무라고 본다면…… 치유의 신과 연관된 나무나 신성수神聖樹, 즉 에덴의 생명나무나 이방 신화의 세계수와 관계있는 신일 것이고, 이 조건들에 양성적 특성이 추가 되면, 범위가 꽤 좁혀질 듯합니다."

사람들의 눈이 번득이는 것이 보인다. 너무나 난해했던 그림이, 힌트 하나가 나오자 갑자기 자루의 아귀 끈이 당겨지듯 주르르 범위가 좁혀진다.

윙베르 신부님이 말라붙은 입술을 핥으며 나직하게 묻는다.

"……그래서, 그 특성에 근접한 이방 신이 있나?"

"아까 말씀드린 그리스의 에르메스가 있습니다. 로마의 메르쿠리우스로, 제우스의 전령이며 저승길과 여행자의 안내자이고, 지혜자이며 치유자로 알려져 있습니다. 그림에 나온 두 개의 뿔 대신 두 개의 작은 날개가 달린 모자를 쓰고 있죠. 그리고 이 그림과 비슷한 카두케우스라는 두 마리의 뱀이 감긴 지팡이를 짚고 다닙니다."

"하지만…… 에르메스는 남신일세."

"그 아들 에르마프로디트가 여성의 가슴과 성기, 그리고 남성의 성기를 동시에 갖고 있습니다. 에르메스라는 신에게 여성의 속성을 간접적인 방식으로 부여했다고 해석할 수 있습니다."

"……."

"다음은 이집트의 토트라는 신이 있습니다. 따오기의 신으로 알려져 있는데 지혜와 의술, 과학의 신이고 망자를 명부로 이끄는 안내자입니다. 머리에 쓴 관에 두 마리의 뱀 형상이 있고, 두 개의 뿔도 있습니다. 그리고 태양신 라의 나무를 지키는 임무를 맡고 있죠. 다만 토트는 의심할 여지가 없는 남신입니다. 여신으로 해석될 여지가 거의 없습니다."

"낯선 이름이군. 이집트라. 그리고? 더 있나?"

왕이 그답지 않게 채근한다. 사람들의 눈빛이 긴장으로 바짝 당겨져 있다.

"그보다 더 오래된 옛 신이며, 두 신의 원형으로 추측되는 신이 있습니다."

"……."

"'닌기쉬지다'라고 하는, 바빌로니아 이전 시대의 치유와 지혜와 물의 신이 있습니다. 이름 자체가 '생명나무의 주인'이라는 뜻인데, 남신이긴 합니다만, 해석에 따라서는 '생명나무의 여인'으로 해석될 수도 있습니다. '닌'이라는 말이 여성에게 쓰이는 경칭이기도 해서요."

"그 역시 처음 들어 보는군. 계속하게."

"말 그대로 생명나무를 지키는 신이며, 죽은 자의 저승길 안내자이며, 지혜와 의술의 신입니다. 두 마리의 뱀이 감긴 지팡이와 용을 상징으로 사용합니다. 이름이나 두 마리 뱀의 형상으로 보면 여성형과 남성형 양측으로 현현했다는 추측도 가능합니다. 어깨에 있는 두 개의 뿔에서 물이 흐르는 것으로 보아 물을 다스리는 능력이나 성스러운 물로 치유하는 능력이 있는 것으로 보입니다. 물과 지혜의 주관자인 창조신 엔키 혹은 에아의 아들로 알려져 있지만 명계의 신과 연결되는 계보도 있어서 정확하지 않습니다."

사람들의 시선은 이상한 짐승이 그려진 양피지와, 바포메라는 글자와, 발타의 얼굴을 빠르게 오간다. 노가레 대법관이 손가락 끝을 꾹꾹 눌러 대다가 묻는다.

"발타사르 경, 그대는 대체 그런 것들을 어디서 다 알아낸 게요?"

"기억이 미천하여 정확한 출전까지 대기는 어렵습니다. 죄송합니다."

"발타는 탕플 수도원에 몇 년 숨어 있는 동안 도서관에서 살았다고 하더군. 그곳의 장서를 대부분 다 읽었다고 들었네. 그리고 아크레에서도."

다행히 왕이 대신 나서서 대답해 준 덕에 수상한 눈초리는 거두어졌다. 왕이 팔짱을 끼며 묻는다.

"그 신들이 전부인가?"

발타는 조금 더 길게 망설였다. 하지만 아무래도 그 말을 해야 마무리가 되겠다 싶었는지 무겁게 입을 열었다.

"마지막으로…… 라파엘 대천사가 있습니다, 폐하."

"네 이놈!"

쾅, 소리가 나며 윙베르 소장이 벌떡 일어났다. 왕의 얼굴도 납빛으로 가라앉고, 유들유들한 마리니 보좌 주교도, 플레지앙 대변인도 당황한 기색을 감추지 못했다.

윙베르 소장은 따귀라도 후려칠 듯한 기세로 외쳤다.

"네 이놈, 라파엘 대천사는 하느님의 치유 능력을 행하시는 신의 사자다! 어딜 감히!"

레아는 저도 모르게 자리에서 벌떡 일어났다.

"윙베르 신부님! 폐하께서 자유롭게 말씀하라고 하셨습니다!"

"그따위 미친 소리를 하라고 폐하께서 면책권을 주신 게 아니오, 마드무아젤!"

"모든 사실을 다 꺼내 놔야 근거라도 찾을 수 있죠! 못 할 건 뭔가요? 제가 대신 해요?"

"마드무아젤, 진정하십시오. 이건 어디까지나 알고 있는 정보로……."

426

"라파엘 대천사가 그 이방 신들과 비슷하면 비슷하다고 왜 말을 못 하나요? 라파엘은 '치유의 신'이라는 뜻이기도 하잖아요."

"'라파-엘'의 뜻은 '하느님께서 치유하신다'는 뜻이오!"

"왜 그렇게만 해석하세요? 히브리 말은 제가 더 잘 알아요. 라파는 치료한다는 거고, 엘이나 엘로힘, 엘로하는 바알, 데오스, 데우스처럼 그냥 신이라는 뜻이라고요! 천사라는 뜻으로도 쓰고, 다른 신에게도 쓰고 심지어 악령에게도 쓸 때가 있어요! 하느님을 지칭하는 진짜 이름이 따로 있다는 건 신부님도 아시잖아요."

레아는 문득 말을 멈추고 눈을 크게 떴다.

맞다. 기사단이나 십자군의 표어인 DEUS VVLT(신께서 원하신다), 단장의 지팡이 검집에 새겨져 있던 DEUS ELIGIT(신께서 선택하신다), DEVS SANAT(신께서 치유하신다). 이 모두 하느님이 아니라 다른 '신', 다른 '주'를 돌려서 말하는 것일 수도 있다.

예언 속의 '데우스'는 어쩌면 하느님이 아니라 처음 들어 본 이상한 이름의 신인지도 모른다. 한번 의심하기 시작하니 모든 것이 다 의심스러웠다. 윙베르 신부가 엄하게 호통을 쳤다.

"어디 감히 그 거룩한 이름을 함부로 입에 담고자 하나!"

"제대로 알아야 입에 담죠! 하느님의 진짜 이름을 읽을 줄 아는 사람은 이제 온 세상에 한 명도 없는데 무슨 재주로 입에 담아요?"

저도 모르게 목소리가 바락 높아지자 윙베르 신부가 움찔 놀란다. 너무나 거룩하여 읽는 법조차 영원히 알 수 없게 된 이름. 유대인 마을뿐 아니라 교회에서도 신의 이름을 추측하여 입에 담는 것은 금기 중의 금기였다.

"마드무아젤. 자칫하면 신성모독이 될 수 있습니다……. 주의해 주십시오."

발타가 조금 떨리는 목소리로 끼어들었다. 레아는 기가 막혀서 말이 안 나왔다. 위험 수위로 치면 당신이 하신 말씀 수위가 10배는 더 높은데요?

"발타 님, 여기서 아무 말도 못 하게 입을 막으시면, 저희는 하느님의 이름처럼 바포메의 정체도 영원히, 아무것도 모르게 될 거예요. 그래서 후대 사람들에게는 정체를 알 수 없는 마귀 한 마리만 더 만들어 주는 꼴이 되겠죠!"

윙베르 신부가 레아를 노려보며 입술을 푸들푸들 떤다. 왕의 표정도 딱딱해지고, 유들거리던 마리니 보좌 주교까지 입을 꾹 다물고 생각에 잠겼다. 분위기 한번 제대로 살벌해졌다.

레아는 왕을 슬그머니 곁눈질했다. 눈이 딱 마주친다. 왕은 예의 그 뚫어지게 바라보는 시선으로 레아를 응시하고 있었다.

"폐하……."

"계속하라, 아시케나지, 내 용감한 기사여. 대천사 라파엘에 대한 전승을 아는 대로 말하라."

자신이 이교도 출신임을 주장하는 순간, 왕의 호칭이 바뀌었다. 용감한 기사? 나를 비꼬는 걸까. 그를 언짢게 한 것일까. 등으로 식은땀이 흘러내렸지만 여기서 멈출 수는 없었다.

"좀 이상하지만, 저희 유대의 전승에서 대천사 라파엘은 뱀과 연관이 있어요. 라파엘은 여섯 개의 날개가 있는 커룹(그룹, 케루빔) 천사인데, 에덴 동쪽에서 생명나무……를 지켜요. 나그네의 안내자이고, 사람이 죽으면 영혼들을 이끌어서 에덴 서쪽 바위의 골짜기에 모아 두고 하느님 앞에 나가기 전까지 관리한다고 해요."

"……그것은 외경인 에녹서에서도 나오는 내용이긴 하오. 그리고?"

"이 그림에서 나온 물고기……와도 관련이 있어요. 그건 성경 토빗 서에 나오죠. 물고기로 토비트의 눈을 고쳐 주고, 악마 아스모대오스를 봉인해서 물리치는 거요. 또 솔로몬 성전과도 관계가 깊죠. 솔로몬 대왕이 성전을 지을 때, 마귀를 부려서 지을 수 있도록 라파엘 대천사가 마귀를 봉인할 인장을 주었다는 전설이 있거든요."

레아는 아버지에게서 전해 들은 이야기를 더듬으며 이야기를 계속했다. 그러고 보면 아빠가 유대인의 전승에 대해 자신에게 얼마나 열심히 전해 주었는지 알 것 같다.

"그리고 모세가 이집트를 탈출할 때 열 가지 기적을 보였던 아론의 지팡이도 라파엘이 지켰던 생명나무로 만들어진 거라는 말이 있대요. 이집트를 탈출한 다음에 광야에서 불뱀에 물려 죽어 가던 우리 민족을 살린 구리뱀도 라파엘 대천사가 받은 죽음과 삶의 권능이었다고 해요. 그 구리뱀이 달렸던 지팡이도 대제사장 아론의 지팡이였다고 하고요."

"마드무아젤, 천사들이 불의 검으로 지키고 있는 에덴의 생명나무가 어찌 인간의 세상에 존재하게 되었습니까?"

기욤 드 노가레 경이 묻는다. 의외로 그의 목소리에는 비난의 기색이 없다. 그는 순수하게 궁금해서, 정보를 알기 위해 묻고 있다.

레아는 이 회담장에서 종교적인 금기와 가장 멀리 떨어져 있는 사람이 있다면, 그건 발타 님이 아니라 노가레 대법관일지도 모른다고 생각했다.

레아의 대답을 기다리느라 회의장에 침묵이 내려앉았다. 그 내용에 관한 미쉬나, 탈무드, 미드라쉬 등의 유대 전승과 기록들은 몹시 방대하고 어려웠다. 자칭 대제사장 집안이라는 자부심이 넘치는 아버지가 아무리 열성적으로 알려 주었어도, 제대로 기억나지 않는 부분이 많았다.

"제가 아는 부분부터 먼저 대답해 보도록 하겠습니다. 마드무이젤께서는 부족한 부분을 채워 주십시오."

레아가 진땀을 흘리며 우물쭈물하자, 발타 님이 대신 나서서 대답을 이어 갔다.

"'인간에게 전해진 에덴의 생명나무' 전승에 대해서는, 아시는 분도 계시겠지만, 야코부스 신부님의 전승 수록집 '성인전' 중의 '황금 전설' 부분에서도 자세히 다루고 있습니다. 판본마다 수록 내용이 다소 차이는 있습니다만 뼈대는 같고, 마드무아젤이 말해 준 아시케나지 전승과 겹치는 내용도 있습니다……."

발타와 레아는 서로 번갈아 가며, '황금 전설'에 나오는 내용과 유대 전승을 설명하기 시작했다.

"아담이 늙어 허약하게 되자, 아담의 아들 '셋'이 낙원 문으로 가서 자비의 나무의 기름을 달라고 애걸합니다. 자비의 나무라고는 하지만 정황으로 보아 천사들이 지키는 생명나무로 보는 데 이견이 없는 듯합니다. 미카엘 대천사는 때가 되지 않았다며 거절하지만, 다른 천사는 그 가지를 주어 심게 했지요. 셋은 아버지 아담의 무덤에 그것을 심었고, 그 나무는 자라서 솔로몬의 시대까지 이르렀다고 야코부스는 기록하고 있습니다."

"아버지가 말씀해 주신 미쉬나, 탈무드, 미드라쉬 같은 기록에, 이집트에서 엄청난 기적을 보였던 모세하고 형인 대제사장 아론의 지팡이가 에덴동산의 나무로 만들어졌다는 내용이 있대요. 그 지팡이는 신께서 창조의 여섯째 날에 만든 나무로 만든 것이고, 아담이 에덴에서 쫓겨날 때 주셨다고 해요."

"당시 지팡이는 가장의 권위를 상징하는 물건으로서, 아담의 자손들에게 대대로 이어져 내려오다가 이집트에 머무르던 시절, 모세의 장인이 될 이드로의 손으로 넘어갔다고 합니다."

"그런데 이드로가요, 그 지팡이를 땅에 꽂았더니 완전히 박혀서 뽑을 수 없게 되었다고 해요. 아무도 그걸 뽑지 못했대요. 그런데 나중에 모세가 와서 그걸 뽑으니까 확 뽑히더라는 거예요! 무슨 엑스칼리버처럼……. 아, 어쨌든 그래서 모세가 그것으로 지팡이를 만들었다고 들었어요."

"탈출기(출애굽기)에서는 신의 기적을 이루는 지팡이에 대하여, 모세의 것이라고도 하고 그의 형인 대제사장 아론의 것이라고도 하는데, 두 사람의 지팡이가 실제로는 같은 것이라는 의견과 같은 나무로 만들어진 것이라는 의견이 있습니다……."

설명이 이어질수록 좌중으로 무거운 침묵이 내려앉는다. 이런……. 누구의 입에서인지 모르겠지만, 나직한 침음과 함께 혀 차는 소리가 흘러나왔다. 왕이 팔짱을 끼고 묻는다.

"발타, 그대가 예전에 마상 시합을 끝내고, 부르고뉴 성에서 필사해 왔다는 성인전의 황금 전설 부분이 바로 그 내용인가?"

"그렇습니다. 판본별로 다소 차이가 있고…… 유대 전승과 겹치기도 합니다."

"좋아, 계속하게."

"훗날, 신께서 저희 아론 대제사장을 선택하셨다는 증거로 그

431

지팡이에서 싹이 나게 하셨지요. 그 싹이 난 지팡이는 성막의 지성소 가장 깊은 곳에 안치되었고요. 지성소는 가장 거룩한 곳이라 대제사장도 1년에 한 번밖에 못 들어가는 곳인데요, 유대인들에게 가장 귀한 보물 세 개를 그곳에 놔두는 게 규칙이었어요. 그 보물 세 개가 뭐냐 하면 십계명 돌판과, 40년간 하늘에서 내려 주신 만나가 든 항아리, 그리고 아론의 지팡이였죠."

"야코부스의 기록에서는, 솔로몬 대왕이 크게 자라난 그 나무로 궁을 건축하다 연못에 던졌는데, 후일 그곳이 샘이 되었고, 라파엘 대천사가 가끔 그 샘에 내려와 사람들을 치료했다고 기록되어 있습니다. 그곳이 바로 성경에 나오는 치유의 연못 브드스다(베데스다)입니다."

"그 지팡이를 비롯한 성전의 엄청난 보물들은, 나라가 망하기 전에 대부분 다른 곳으로 옮겨졌다고 해요. 바빌로니아의 네부카드네자르(느부갓네살) 왕이 털어 간 것은 솔로몬 성전에 원래 있던 보물 중에 빙산의 일각이고, 요시야 왕이나 제사장이자 예언자였던 예레미야가 성전 근처의 지하 동굴에 숨겨 두었다는 얘기가 전해지고 있어요. 저희 마을 사람들에겐 공공연한 비밀이었죠."

왕이 손을 들어 말을 끊는다.

"발타, 그 말은, 우리 왕실기사와 성전기사가 보았던 동굴에 있던 보화들, 기사단에서 말없이 그들의 창고로 옮긴 그 보화가 예레미야가 숨긴 솔로몬의 보화라는 걸 뒷받침하는 거겠지?"

"그렇습니다. 성전기사단도 당연히 그렇게 생각하고 있습니다."

"그러면, 그 지팡이가…… 혹시…… 성 십자가 조각이 아니라,

유대인의 보물, 아론의 지팡이였다고 볼 수도 있는 건가?"

갑자기 회의실이 한겨울처럼 얼어붙었다. 하지만 발타는 당황하는 기색 하나 없이, 차분하게 고개를 끄덕였다.

"저는 그럴 가능성도 없지 않다고 생각합니다. 두 분 기사께서 친견하신 분이 성모님이 아니라 라파엘 대천사일 수도 있다는 말을 들을 때부터, 성 십자가가 아닌 아론의 지팡이나 라파엘과 관련된 치유의 성물일 수도 있다고 생각했습니다."

이제 분위기는 써늘한 것을 넘어 살벌해지기 시작했다. 왕이 무거운 목소리로 묻는다.

"……성 십자가가, 아니라, 대제사장 아론의…… 지팡이……일 수도 있다? 정말 그래서 아론의 자손인 그대가 선택이 되었던 것인가?"

"아뇨, 절대 아뇨! 폐하, 전 그 선택을 받고 싶지 않다고 백 번쯤 말씀드렸습니다!"

조금쯤은 예의 없는 말투, 하지만 깊은 생각에 잠긴 왕과 다른 사람들은 그것을 트집 잡을 경황이 없어 보였다. 윙베르 신부가 날카롭게 벼려진 목소리로 반박했다.

"하지만 이 그림은, 도저히 라파엘 대천사라 볼 수 없소. 아무리 이것이 정체를 숨긴 암호라고 해도. 닝기쉬다, 토트, 에르메스, 혹은 다른 이름 모를 악신 중 하나라면 모를까."

"좀 다르게 생각할 수도 있습니다. 윙베르 신부님."

발타는 잠시 심호흡을 한 후, 결심한 듯 입을 열었다.

"부정하기엔, 대천사 라파엘과 그 신들과의 공통점이 너무 많습니다. 이 그림이 나타내는 신은, 시대에 따라 이름만 달라진 같은 존재라는 가정도 가능합니다……."

쾅! 드디어 폭발한 윙베르 신부가 책상을 치며 자리에서 일어났다.

"네 이놈! 죽고 싶은가! 하느님의 사역자 라파엘이 더러운 이방 신들과 같은 존재라는 말을, 감히 어디서 입에 담아!"

하지만 의외로 발타는 흔들리지 않고 꿋꿋하게 주장을 고수했다.

"윙베르 신부님, 그 많은 가나안의 이방 신들, 로마와 희랍의 신들, 그 이전의 신들은, 그들이 행하던 전통들은 모두 어디로 사라졌겠습니까? 토트와 에르메스, 닌기쉬지다와 라파엘 대천사에게 그렇게도 많은 공통점이 있으면, 이름만 다른 같은 존재일 수도 있다는 가정을 해 볼 수도 있다고 생각합니다."

"생각, 가정, 좋지! 그럼 다른 신들이 라파엘 신을 흉내 내어 만들어졌다는 뜻인가?"

"그렇게 보기엔, 등장하는 시기상 닌기쉬지다가 가장 앞선 신입니다. 그다음이 토트 신이고……."

"그대는 그러면 이 그림이 그 이상한 이름의 신이며, 대천사 라파엘이 그들의 이름 흉내 내어 만들어진, 같은 존재라고 믿는 것인가!"

"아닙니다, 윙베르 신부님. 생각과 믿음은 다릅니다. 이론상 그렇게 생각할 수도 있다는……."

"그만! 거기까지만 하라, 발타사르."

왕이 한 손을 들어 올리며 차갑게 내뱉었다. 이제 노한 기색을 감추지도 않는다. 발타는 표정 없이 그대로 입을 다물었다.

면책권은 여기까지구나.

레아는 가슴을 졸이며 한숨을 쉬었다. 왕은 엄한 목소리로 호통쳤다.

"발타! 정보를 알고 있는 것과, 그럴 수도 있다고 생각하는 것은 다르다. 실제 그럴 수 있다는 가능성을 고려하는 것 자체가 사악한 이교도의 관념이다. 나는, 나의 팔라댕이 그따위 위험한 이교적 관념을 갖고 있었다는 것 자체를 믿을 수 없다. 발타사르, 그대는 대체 어떤 하느님을 섬기고 있었던 것인가?"

왕의 서릿발 같은 힐난에 발타는 말을 멈추고 깊이 고개를 숙였다.

"폐하, 저는 삼위일체 하느님을 믿으며 사도들의 고백을 일점일획 어긋남 없이 제 마음의 고백으로 받아들입니다. 그저 여기저기 얻은 지식으로, 머릿속에서 유희를 즐기던 습관이 있어서 생각으로만 가정했을 뿐으로, 그것을 믿는다는 말은 결코 아닙니다."

"네 많은 지식이 너를 망쳤구나. 그따위 말을 입에 담으면서도, 네가 감히 그리스도교도라 할 것인가. 지금 탕플 탑에 매달려 있는 너의 옛 형제들과 네가 다른 게 무엇인가!"

"폐하, 제가 부주의하여 크게 실수하였습니다. 앞으로는 이런 일이 없도록 하겠습니다."

"네 본래의 깊은 신심을 알지 못하고 그 말만 들었다면, 쉽게 넘어가지 못했을 것이다. 자숙하고 근신하라."

"예, 폐하."

레아는 바짝 쪼그라붙은 가슴을 부여잡고 눈치를 보았다. 비난은 발타에게만 쏠렸고, 레아에게는 비껴갔다.

괜히 면책권 같은 이야기를 해서 발타 님의 입을 열게 했나?

하지만 왜인지 발타 님은 면책권 따위가 없었어도, 이 이야기를 어떻게든 기어이 했을 것만 같다. 나에게 들려주기 위해서든, 폐하께 들려주기 위해서든.

왕이 조금 누그러진 목소리로 말했다.

"발타사르, 내 작은 솔로몬. 여기 있는 자들 중, 이교와 옛 철학에 대한 그대의 방대한 지식을 모르는 자는 없고, 나 역시 이곳에서의 모든 대화에 면책권을 허했다. 하나, 방금 그대는 용납될 수 없는 말을 입에 담았다. 면책의 약속은 지키겠으나, 교회와 신앙의 수호자로서 완전히 묵과하기도 어렵다. 기욤 윙베르 신부, 지금 생트 샤펠로 가서, 그에게 죄를 고백받고 사죄경을 베풀어 주시오."

왕의 명령에 발타는 무표정하게 자리에서 일어나 왕에게 고개를 숙였다. 윙베르 신부는 분을 참는 듯한 얼굴로 앞장을 섰다.

"위그! 마실 것!"

왕의 짧은 명령에, 위그가 하인들과 함께 들어와 포도주와 마른 과일, 그리고 사탕이 담긴 은접시를 내놓았다.

왕은 그것에 손도 대지 않고 자리에서 일어났다. 플레지앙 대변인도 살벌한 분위기가 거북했는지 긴 소맷자락을 말아 쥐고 슬금슬금 왕의 뒤를 따라 빠져나간다.

넓은 회의실에는 인장의 수호자 노가레 대법관과 보좌 주교, 그리고 레아만 덩그러니 남겨졌다. 레아는 문밖을 바라보며 안절부절못했다.

"폐하의 나무람은 마음에 두지 마십시오, 마드무아젤."

마른 과일 조각을 집어 든 대법관은 피딱지가 얹힌 엄지손가락 끝을 응시하며 중얼거렸다.

"폐하께서 발타사르 경을 꾸짖으시고 고해성사를 명한 이유는

436

윙베르 신부의 입을 막기 위함입니다. 발타사르 경을 보호하기 위함이지요. 그의 발언이 문제가 될 소지가 있고, 그 방면에서 깐깐한 윙베르가 있었으니, 아예 말을 못 하게 안전장치를 걸어 두시려는 겁니다."

아, 맞다, 고해성사를 들으면 그 일에 대해서는 발설하지 못하게 되는구나. 윙베르 신부님은 현재 필립 폐하의 고해 사제이기도 했다.

"하지만, 폐하께서도 용납하지 못하셨는걸요……. 나중에라도 지금 나온 말이 문제가 될까 봐 걱정이에요."

"폐하께선 약속을 지키실 것입니다. 저 역시 그럴 것입니다."

"……"

"저는 죄에 대한 정보를 다루고 법에 의거하여 판단하는 자입니다. 저는 실재하는 정보를 다루지, 없는 정보를 제가 지어내진 않고, 이미 존재하는 사실이나 정보와 싸우지도 않습니다. 라파엘 대천사에게 그런 전승이 있다는데 그것을 제가 어쩔 것입니까?"

"……"

"그 전승이 다른 신들의 전승과 비슷하다는데, 그것을 또 제가 어쩔 것입니까? 라파엘이라는 이름을 떼고 본다면 충분히 같은 신으로 보일 수도 있다는 말이 틀린 말은 아니지 않습니까. 그걸, 우리가 어찌할 것입니까."

"기욤 경."

"저 역시 발타사르 경과 함께 일한 기간이 길고, 그를 신뢰하고 아끼고, 그의 방대한 지식을 깊이 존중합니다. 그가 다른 곳에서는 이런 이야기를 절대 입에 담지 않으리라는 것도 알고 있습니다. 그러니 마드무아젤께서는 과히 염려하지 마시라는 겁니다.

플레지앙 대변인에게도 입단속을 해 두겠습니다. 자네도 입 다물게, 앙게랑."

마리니 보좌 주교가 사탕을 손가락으로 집어 햇빛에 이리저리 비춰 보며 싱긋 웃는다.

"그건 그렇죠. 파문을 간신히 철회받은 보좌 주교나, 왕실 대변인이나, 아직도 파문 상태인 왕실 대법관이 이런 얘기 떠들고 다녀서 무얼 하겠습니까? 안 그래, 기욤?"

"파문이 자랑인가. 앙게랑 자네는 그래도 파문이 철회됐잖은가."

기욤 대법관이 날카롭게 맞받아쳤다.

아나니 사태의 지휘자인 기욤 경 역시 독실한 가톨릭교도라, 파문 상태를 당연히 달가워하지는 않는다. 이분과 불꽃 따귀의 장본인인 시아라 콜론나 공은 파문 철회에서 제외되셨는데, 파문자란 이교도와 그리스도 교도의 중간쯤에 있는 인간인지라, 제대로 된 인간 대접을 못 받을 때가 종종 있었다. 게다가 교황 성하부터 돼지치기에 이르기까지 오만 사람으로부터 '사탄의 자식 노가레'라는 욕을 먹는 것 역시, 이 소심한 대법관님께 큰 상처이긴 할 것이다.

레아는 노가레 대법관이 자신과 같은 '쫄보 과'라는 느낌을 자주 받는데, 그래도 그의 행동은 놀랄 만큼 단호했다. 그의 대담하고 뚝심 있는 추진력은 왕에 대한 전적인 신뢰와, 왕이 '하느님의 정의를 실현하는 자'라는 확신에 기반을 두고 있는 듯했다.

앙게랑 보좌 주교가 히죽히죽 웃었다.

"오, 우리 노가레의 기욤 경께서는 파문에 신경 쓰고 계셨나? 고해성사를 못 봐서 마음에 걸리나? 일단 나한테 말해 놔 봐, 그럼 내가 머릿속에 자네의 어마어마한 죄과를 차곡차곡 잘 모아 났다가 자네 파문 철회되는 날, 한꺼번에 처리하도록 하지…….. 오, 앙게랑 보좌 주교님, 제가 성 수요일에 여인과 동침했습니다, 지난 금요일에 고기를 먹었습니다, 지나가는 여자를 보며 몹쓸 생각을 했습니다……. 아, 으하하하, 미안, 농담! 알아, 자네가 고자만큼이나 깨끗하다는 거 잘 알아, 이봐! 미쳤어, 주석 잔을 던지면 어쩌자는 거야! 이 사탄의 자식 같으니! 내 머리통 깰 거야?"

"못 깰 것 같은가. 더러운 바람둥이 앙게랑. 숙녀 앞에서 작작 좀 해. 그따위로 살다가 고발이라도 당하면, 불륜이라면 치를 떠시는 폐하께서 퍽도 좋아하시겠지! 이 방에서 자네 재판이라도 열려서 여자들이 떼로 몰려와서 자네 머리채라도 잡아 뜯으면 아주 볼만할 거야."

두 사람은 동갑내기로 사석에서는 꽤 친한 듯이 보였다.

"에이 그래도 고자 소리 듣는 것보단 바람둥이 소리 듣는 게 백배 낫지. 그리고 말야, 내가 머리채 잡혀서 한 뭉텅이 빠져도 자네보다는 훨씬 풍성할걸? 그런데 자넨 언제까지 혼자 지내? 이마가 나날이 넓어지고 있는데 성만 근사하게 지으면 다야? 고향에 갈 시간도 없잖아. 그 큰 집은 뭐에 쓰려고?"

"거, 사람 말 좀 가려 하게! ……내 성에 가 봤나?"

노가레 대법관의 목소리가 확 올라가다가 확 누그러진다. 고향에 성을 짓는다는 이야기는 들어 봤다.

대놓고 자랑할 만한 일은 아닌데, 속으로는 어지간히 자랑스러웠던 모양이다. 이런 걸 보면 마리니 보좌 주교는 사람을 어르고 눙치고 흔드는 기술이 보통이 아니다. 보좌 주교가 싱긋 웃는다.

"남부 지역 순회하면서 자네가 집 짓는다기에 찾아가 봤지. 공 많이 들였더라고? 고향 쪽이면 부를 사람도 많겠네. 카타리 레몽 의 손자라서 째지게 고생하던 코찔찔이 기욤이 출세했다고 동네 방네 소문이 쫙 났던걸. 마르실라그, 카르비송, 콩제니 또 어디 야, 그 기름진 영지들에, 그 근사한 성에, 노가레 마을에 노가레 이름이 새겨진 종들이 새벽마다 노가레 노가레 울리는 걸 상상해 봐! 폐하의 특별 보너스도, 거 전부 몇만 리브르야? 이야, 그 정 도면 파문도 감수할 만하지……. 매일 흥청망청 모여서 놀기에 딱 좋겠어. 나 좀 초대해."

"그 말 좀……! 은퇴하면 내려가서 조용히 쉴 생각일세. 바람 둥이 따위는 초대 안 해."

앙게랑 보좌 주교는 사탕을 위로 휙 던져 입으로 받아먹으며 신랄하게 콧방귀를 뀌었다.

"댁 같은 일 중독자가 무슨 은퇴야. 죽는 날이 은퇴지……. 아, 저거저거 눈 좀 봐라. 이러다 등짝에 칼 던지겠네."

"고향에 가면 아내와 아이들과 조용히 소리 소문 없이 살 생각 이야."

"그래, 한번 해 보시게. 조용히 소리 소문 없이 사는 게 가능한 지. 결혼 두 번 해 보고 얻은 결론으로는, 별로 가능할 거 같지 않아. ……뭐, 부인에게 쫓겨나지만 않는다면 말이지."

"거, 사람, 말 좀!"

"내가 못 할 말 했나? 인장의 수호자로 깜짝 승진도 했고, 돈도 많이 벌었으면서 승진 턱도 안 낸 주제에……."

노가레 대법관은 앙게랑 보좌 주교가 온몸에 두르고 있는 최고

440

급 보석과 귀금속 장신구, 황금으로 테를 두른 거들, 보석을 주르르 박은 샤프롱과 동방의 비단 쉬르코를 아래위로 훑어보더니 쌀쌀맞게 내뱉었다.

"부정부패 관리 따위에게 그런 소리 듣고 싶지 않네."

"한턱내기 싫으면 싫다고 해!"

"맞네. 자네에겐 내기 싫어."

"수전노 같으니! 그러니까 머리가 계속 빠지지. 네 몸에 붙은 머리카락도 네가 창피해서 도망치는 거야. 봐 봐, 내 풍성한 머리카락을……."

"……앙게랑!"

"보라, 머리카락이 출애굽을 하여 홍해를 건너니 장관이로다, 나중에는 자네 눈썹도 수염도 겨털도 거시기 털도 모조리 도망갈…… 엄청 볼만할……. 으악!"

"앙게랑 르포르티에! 자네야말로 제정신인가! 숙녀 앞에서 이 무슨 미친 소릴!"

"아 시발, 저 새끼가 미쳤나……! 기욤, 칼, 내려, 내리라고! 오, 하느님, 저를 구원하소서!"

노가레 대법관이 검을 빼 들고 휘둘러 댄다. 흥, 흥, 후웅. 죽음의 대천사가 대낫을 휘두르는 것 같다. 기겁한 레아는 그 와중에 은쟁반에서 사탕을 몇 개 움켜쥐고 허둥지둥 밖으로 도망쳤다. 왕이 때맞춰 들어오지 않았으면 대법관께서는 틀림없이 보좌 주교의 목을 땄을 것이다.

"기욤. 칼 집어넣고 자리에 앉게."

왕은 이런 다툼이 익숙한지 한마디 하고는 내버려 둘 뿐이다.

　　† † †

　문밖에 서서 사탕을 먹고 있노라니 고해성사를 마친 발타와 윙베르 신부가 생트 샤펠에서 나온다. 윙베르 신부는 레아에게 내키지 않는다는 티를 조금 내면서도, 그래도 정중하게 인사를 하고 지나간다.

　발타가 레아의 앞에서 멈춰 선다. 그의 얼굴은 여전히 무미하고 담백했다. 불쾌하거나 후회의 표정도 보이지 않는다. 레아는 조심스럽게 물었다.

　"굳이…… 그렇게 속마음을 다 털어 말씀하신 이유가 있겠죠, 발타 님."

　발타는 그 질문에 조금 당황한 듯했다. 레아는 한 걸음 더 다가갔다.

　"아마 원래의 발타 님이면 위험한 발언은 입 밖으로 내지 않으셨겠지요."

　"이것도 원래의 저입니다, 레아. 신앙과 별개로, 하면 안 될 상상을 하는 고약한 습관을 가진 것도 발타사르 드 올랑드의 또 다른 모습입니다."

　"그 말씀을 안 하셨으면, 그런 고약한 습관이 존재하는 줄도 몰랐겠지요."

　"인간들의 내면은 본래 고약한 구석이 많습니다. 다들 알면서 말을 안 할 뿐이지요. 그렇다고 고약한 내면이 사라지는 건 아니죠."

　"……."

　"가령, 제가 당신을 보며 어떤 고약한 상상을 하는지, 말로 하

442

지 않아도 알고 계시지 않습니까. 다른 사람들이라고 모르겠습니까. 다른 연인들이라고 사정이 다르겠습니까.”

“하지만 그걸 입 밖에 내서 말하거나 실행하진 않죠.”

“레아. 저희가 영원히 그것을 말하거나 실행하지 못하는 사이이겠습니까. 사랑하고 신뢰하는 자들끼리는 자신의 모든 모습을 보여 주는 것이 당연합니다.”

레아는 차분하게 대답하는 발타를 보며, 그의 목덜미와 귓가로 불그레한 기운이 옅게 퍼져 가는 것을 보며, 그가 어쩌면 이 순간을 오래 기다려 왔던 게 아닐까 하는 생각이 들었다.

그는 지금 레아와의 사랑에 대한 이야기를 하는 동시에, 왕에 대한 이야기를 하고 있다.

그는 시선을 아래로 내리며 조용하게 덧붙였다.

“제가 당신을 사랑할 때 두려움이나 부끄러움 없이 제 모든 모습을 보여 드리는 것은, 신뢰와 애정의 표현이자 인간으로서의 예의라고 생각합니다. 당신 역시 그렇지 않습니까.”

그리고 그는 기다리고 있었다. 자신을 가장 신뢰하던 왕에게 자신의 이 매혹적이고 위험한 생각을 드러내게 될 순간을.

“발타 님, 폐하께 이 말씀을 드리고 싶었던 거죠, 오래전부터.”

발타는 대답하는 대신 빙그레 웃는다. 그랬다. 아까 그의 발언은 실수도 뭣도 아니었다. 그저, 왕에게 오랫동안 하고 싶은 말이었다.

“발타 님은, 그동안 겉으로 조심스럽게 만들어 낸 가짜 발타사르가 아닌 진짜 발타 님을, 온전한 발타 님의 모습을 보여 드리는 것이 폐하에 대한 인간적인 예의라고 생각하신 거죠. 그렇죠?”

그의 미소가 더욱 부드러워진다.

"마드무아젤께 감사드릴 뿐입니다. 이런 안전한 면책권이 없이는, 그런 말은 영원히 입에 담지 못했겠지요."

그리고 레아는 불현듯 깨달았다.

발타 님은 왕과 작별을 준비하고 있다. 그래서 인간적인 예의로, 도리로, 자신이 본디 어떠한 자인지, 속에 어떤 생각을 품고 있던 자인지 한 번쯤은 제대로 알려 드리고 싶어 하는 것이다.

실제 모습이 아닌 환상만 남겨 두는 것도 좋겠지만, 정말 의미 있는 사이였다면, 헤어지기 전에 내가 누구인지 고스란히 보여 주고 싶다는 마음도 이해가 간다.

······거룩한 고해성사처럼.

"거짓된, 위장된 자신으로 사랑받기보다, 진실한 모습으로 미움받는 것이 더 나을지도 모르겠습니다. 진실한 모습조차 사랑하고 아껴 주시길 바라긴 하지만, 아니라도 어쩔 수 없다고 생각했습니다."

레아는 어쩐지 눈이 따가워지는 것 같았다. 나의 기사님은 여전히 아름답고, 세상에서 가장 용감하다. 레아는 짐짓 엄한 목소리로 말했다.

"그래도, 몹쓸 말을 내보낸 고약한 혀에는 정결례가 필요할 것 같네요. 혀 내밀어 보세요. 영성체하실 때처럼. 아아."

"네······?"

발타는 영문도 모른 채, 조금은 어색해하면서도 무릎을 바닥에 대고 얌전히 혀를 내밀었다. 레아는 엄숙한 표정으로 손에 쥐고 있던 것을 그의 혀에 얹어 주었다.

장미 향이 나는, 조금은 끈적해진 마지막 사탕이었다.

† † †

회의장에서는 사람들이 발타와 레아를 기다리고 있었다. 아까의 격앙된 분위기는 씻은 듯이 사라지고, 왕이 만들어 내는 특유의 냉정하고 차분한 분위기가 회의장을 지배하고 있었다.

발타와 레아가 자리에 앉자, 윙베르 신부가 침착하게 결론을 내렸다.

"아까 있었던 그 지식의 유희, 발타사르 경의 가정은 듣지 아니한 것으로 하겠습니다. 그 그림은, 바포메라는 이름의 이교의 신에 대한 형상이며, 기사단은 그 우상을 오랜 세월 동안 비밀리에 섬겼다고 보는 것이 타당할 것입니다."

"……."

글쎄. 그러면 문제는 간단해 보이지만, 진실은 영원히 파묻히지 않을까. 레아는 속으로 고개를 저었다.

무엇보다 저 결론으로는 기사들의 자백을 끌어내기가 쉽지 않을 것이다. 입단식에 이상한 부분이 분명 있었지만, 그들은 자신이 이교도라거나 우상 숭배자라는 생각은 손톱만큼도 하지 않을 것이다.

그들은 바포메가 뭔지도 모르고, 그 유골은 세례 요한의 것으로 알고 있다. 입단식의 해프닝은 그저 눈물의 참회와 보속으로 흘려보낼 단발성 죄목이며 어떤 심술궂은 선배가 만든 고약한 전통에 불과하다 여길 것이다.

그들은 하느님께 거룩한 사명을 받은 전사라는 자부심만으로 살아가는 자들이었다. 그 자부심과 명예가 그들이 가진 것의 전부였다. 그러니 그들에게 우상 숭배를 인정하라는 말은, 자신이

445

인간이 아닌 돼지라고 인정하라는 것과 똑같은 말이었다.

그들은 그저 발언권 없는 신입이고, 입단식에의 이해할 수 없는 명령에 복종한 것뿐이다. 복종은 곧 충성이며 신앙이라 배워왔기에.

……일이 길어질 수도 있겠구나.

하지만 레아는 더 이상 입을 열지 않았다. 회의 석상에서의 면책 특권이 끝났기 때문에.

레아는 발타를 잠시 곁눈질했고, 시선을 느낀 그가 고개를 돌리자 시선이 맞닿았다. 그 짧은 순간, 레아는 발타 역시 자신과 비슷한 생각을 하고 있음을 알아차렸다.

화가 나지는 않았다. 옅은 서글픔만 살짝 피어올랐다.

이제 회의장에 남은 것은 기욤 윙베르 신부의 카랑카랑하고 단호한 목소리뿐이었다.

"……다만 아쉬운 것은, 결정적 증거가 될 그 그림이 현재 남아 있지 않아, 오로지 증언에만 의지해야 한다는 점입니다. 하지만 두 명의 도망자를 추적하고 있으니 조만간 증거는 확보될 것이라 믿으며, 증언을 확보하는 것 역시 크게 어렵지는 않으리라 여겨지니 과히 염려치는 마소서……."

발타와 레아는 바포메에 대해서 두 번 다시 입을 열지 않았다.

12-5. 취조

며칠간 집중적인 여론몰이를 끝낸 후, 필립은 바로 죄인 신문을 시작했다. 탕플 수도원을 접수한 지 딱 6일 만의 일이었다. 당연히 교황청의 의견 따위는 묻지도 않았다.

조사관들에게 하달된 취조 지침은 다음과 같았다.

〈기사단의 죄과에 대한 사실 관계를 최대한 주의 깊게, 그리고 정확하게 조사한다. 필요한 경우 신체의 고통을 허하되, 알고 있는 모든 가능한 방법을 동원한다.

성모 마리아 대축일 보름 전(11월 24일)까지 모든 심문을 완료하여 결과를 보고한다.〉

윙베르 신부와 노가레 대법관은 바로 조사에 착수했다. 기사단 본부의 지하 고문실에서였다. 그곳에는 '조사를 수월하게 해 주는 도구'들이 잘 갖추어져 있었고, 소리가 빠져나가지 않아서 비명이 외부에 들릴까 하는 부담이 덜했다.

다만 노가레가 그 방에 들어가자마자 구토를 하는 바람에-그의 놀랄 만한 충성심으로도 구역질을 완전히 막을 수는 없었다- 바닥의 미끈대는 오물과 이끼를 모조리 걷어 내고 약초를 태워 냄새를 뺀 후에야 조사가 시작되었다.

같은 신앙의 형제들을 신문할 경우, 사지의 절단이나 뼈를 부러뜨리는 것, 많은 피를 흘리게 하여 사망에 이르는 사태를 지양하라는 규정이 있지만, 당연히 제대로 지켜지지 않았다.

"폐하, 우상 숭배에 관하여는 증언이 드물거나 중구난방입니다. 그림의 원본이 필요합니다. 그들이 증언을 부인하면 증거 자체가 사라집니다. 수색에 박차를 가해야 할 듯합니다."

기욤 경이 불만스럽게 말했다. 그는 열 명의 증언보다 한 개의 증거를 더 신봉했는데, 언제든 뒤집힐 수 있는 증언보다 변하지 않는 사물의 웅변이야말로 가장 믿을 만하다 생각했다. 그는 인간의 증언보다 물적 증거를 더욱 신뢰한다는 점에서 왕과 비슷했다.

"제가 가짜 그림을 그려서 들이대면 어떨까요?"

레아가 용기를 내어 한 말에, 잠시 침묵이 흘렀다. 아무도 제대로 된 반응을 보이지 않았다. 왕이 잠시 고개를 돌리고 헛기침을 한 것이 전부였다.

심지어 레아가 유일하게 믿었던 발타마저도 점잖게 외면하고 만다. 어쩐지 선량한 사람을 등쳐 먹는 사기꾼이 된 기분이 들어 조금 울적해졌다. 하지만 포기하지 않고 다른 방법을 제시했다.

"그럼 독방에 갇힌 고위 단원들에게, '단장이나 부단장이 그림에 대해 실토했다' 하며 동반 실토를 유도하면요? 단장에게는 부

단장이 실토했다, 부단장에게는 단장이 실토했다, 단장이 너를 팔았다…….”

“……그런 속임에 넘어가겠습니까?”

윙베르 신부가 미간을 구기며 중얼거린다. 경멸까지는 아니라도, 이렇게 잔머리를 굴리는 방법은 무시당하는 분위기였다. 내는 의견마다 무시를 당하니 천하무적 수다쟁이도 풀이 죽었다. 그 와중에 발타 님까지 날 지질한 사기꾼처럼 보시면 어떡하지 하는 걱정이 들었다.

다행히 의리 있는 발타 님은 레아의 의견에 동조해 주었다.

“정보가 차단된 상태로 독방에 갇혀 있으면, 안 믿을 이유가 없습니다. 열 명 정도만이라도 그림과 관련된 자백이 나오면 기사단 자체 관습이라 주장할 수 있을 겁니다.”

“흠.”

“폐하. 서두르셔야 합니다. 늦어도 2~3주 안에 중간발표를 통해 여론을 만드셔야 하고 다음 달 말이 되기 전에는 자백과 증거를 확보해 재판을 마무리하셔야 합니다.”

“발타, 그건 너무 촉박하지 않은가?”

왕이 말을 멈춰 세웠다. 하지만 발타는 강경하게 주장했다.

“시일을 끌면 푸아티에서 반격할 것입니다. 지금 교황께선 상황을 보느라 망설이겠지만, 상실감과 분노가 두려움을 이겨 내는 시기가 조만간 올 것입니다.”

“나는 베르트랑을 교황으로 밀어 올리기 위해 최선을 다했다. 그는 지금까지 매우 협조적이었어. 그런데 이번에 뒤통수를 칠까?”

“두 분은 혈연이나 충성 서약이 아닌 이익으로 맺어진 동업 관계입니다. 시테 궁과 교황청의 밀월은 이익이 갈리는 순간 깨지는 게 당연합니다. 성하께선 조만간 폐하의 재판을 막으실 것이고, 교황청과 전쟁을 하지 않으면서 그것을 차단할 방법은, 현재로선 속전속결밖에 없습니다."

윙베르 신부는 조금 질린 얼굴로 발타를 응시했다. 그와 함께 일을 해 본 적이 별로 없어서 처음에는 마찰을 빚었지만, 판을 짜고, 일의 방향을 짚고, 그 경과까지 눈으로 보는 것처럼 헤아리는 능력은 혀를 내두를 정도였다.

"발타사르 경, 우리 역시 최대한 빨리 자백을 이끌어 낼 것이네만, 그들은 의지가 굳고 신체가 강건한 기사들이야. 현재 상태로 보면 그들의 입이 그리 쉽게 열릴 것 같지는 않네."

"신체와 의지가 굳으면 정신부터 무너뜨리십시오."

"정신을? 어떻게?"

"식사를 주는 하인이나 자백해서 풀려난 준단원들을 투입해서, 백성들에게 떠도는 온갖 모욕적인 소문을 부풀려 전하게 하십시오. 몸과 마음을 함께 무너뜨려야 일이 빨리 진행될 것입니다."

사람들의 감탄 어린 시선이 발타에게 집중된다. 하지만 레아는 왜인지 바늘로 가슴을 쿡쿡 찔리는 것 같았다.

"그래서 우상 숭배와 관련된 증언이 모이면 교황청에서 끼어들기 전에 이단 판결을 내고, 기사단을 해체하고, 참회한 단원들을 사면한 후에 민간인으로 환속시키는 절차를 진행해야 합니다."

"사면과 환속? 우상을 숭배한 이단자들에게? 참회를 한다 해도, 이단자는 장기 수감은 피할 수 없지."

왕은 싸늘하게 말을 잘랐고, 윙베르 신부와 노가레 대법관의 눈썹도 우그러든다. 발타는 빠른 목소리로 말을 이었다.

"그들에게 우호적인 협상책을 제시해야 그나마 저항감이 적어져서 양보할 가능성이 생깁니다. 퇴로를 막으면 그들은 명예와 자부심을 위해서라도 버틸 것입니다. 그러면 일이 무한정 늘어지게 될 것입니다."

"······."

레아는 아무 말도 하지 못하고 그의 옆모습만 흘끔거렸다.

발타 님은, 이런 사람이었구나. 이렇게 위에서 내려다보듯 판을 짜고 말을 놓고 운용하는 사람. 나처럼 한 치 앞도 못 본 채 풍랑에 휩쓸리고 허우적대는 사람이 아니라, 관조하고 미래를 읽는 사람. 그래서 많은 사람의 운명을 좌지우지할 수 있는 사람.

기욤 신부님이 그랬던가. 인간에게는 관조라는 말은 어울리지 않는다고. 하지만 발타 님은 정말로 세상을 관조하는 사람이 아닐까.

부하나 동료로 삼으면 한없이 든든하고, 남의 부하이면 한없이 탐이 나고, 적이 되면 한없이 두려울 것 같은 존재.

하지만 레아는 그런 발타가 탐이 나지도 않고, 든든하지도 않고, 두렵지도 않았다. 그저 한없이 딱하고 불쌍할 뿐이었다.

"신앙의 시시비비는 정책으로 이용될 수 없는 일이다, 발타."

왕은 딱 잘라 거절했다.

† † †

프랑스 지부 단장인 제라르 드 빌리에가 잡혔다. 제라르 말고도 각지에서 도주한 단원들 속속 체포되어 들어오고 있었다. 레아는 왕이 구축해 놓은 정보망과 감시망이 얼마나 촘촘한지 새삼

실감했다.

제라르 경은, 사람이 감쪽같이 숨어 사는 것이 얼마나 힘든지 잘 몰랐던 것 같다. 그 고귀하고 긍지 높은 분은, 돼지치기로 변장해서 계속 파리 인근에서 숨어 다녔다고 했다. 원래는 다른 지역의 기사단으로 도망쳐 몸을 숨기려 했는데 다른 지역도 똑같은 꼴이라는 소식을 듣게 되어 파리 주변에서 방황하고 있었던 듯했다.

잡혀 왔을 당시, 그는 이미 사람 몰골이 아니었다. 사흘 넘게 굶어서 도망칠 기운이 없어진 그는 순순히 두 팔을 내밀어 사슬에 묶였다. 그는 탕플 탑에 들어오자마자 빵과 물부터 허겁지겁 먹고, 그의 옆에 묶여 있던 단장을 뒤늦게 알아보고 그제야 짐승처럼 울부짖었다.

'단장의 홀은 조제가 가지고 있소.' 하는 말로 솔로몬의 방 재산을 빼돌렸음을 간접적으로 시인했으나, 문제는 그도 조제가 어디로 잠적했는지 전혀 알지 못한다는 점이었다. 그는 조제의 행선지가 노르망디 방향이었던 것 같다고 아는 대로 털어놓았지만, 그 정보 자체가 이미 열흘이 지난 정보인지라 아무 소용도 없었다.

조제는 어떻게든 배를 타고 프랑스를 벗어나야 한다고 했고, 제라르는 그것이 더 위험하니 남아서 추이를 지켜보는 것이 낫겠다 하였다.

두 사람은 의견의 일치를 보지 못했고, 결국 조제는 일단 바다로 나갔다가 사태가 진정되면 파리로 돌아오겠다고 제안했다. 제라르는 어쩔 수 없이 허락했다. 그들이 급하게 빼돌린 솔로몬 방의 물건들을 안전하게 숨겨 둘 방법이 없었고, 조제는 매우 정직하고 신중한 인격자로, 기사단 내에서도 인망이 높았다.

그들은 왕이 회의를 열었던 모뷔송 수도원 앞에서 다급하게 헤어졌다. 접선 방법 따위는 의논조차 하지 않았다. 아무라도 붙잡혀 고문이라도 당하면 접선 방법 따위는 고스란히 털리기 때문에 더 위험했다.

향후 계획 따위는 없었다. 한 치 앞을 알 수 없는 형국이었다. 재산을 보존해 무사히 살아남는 것, 그것만이 그들의 유일한 목표였다.

제라르가 조사를 받기 시작하던 날, 레아도 첫 출두 명령을 받았다.

"우우으으으, 으아아아."

레아가 조사실로 내려갔을 때, 지하의 길고 어두운 복도에선 탁하고 거친 신음이 길게 꼬리를 휘저으며 돌아다니고 있었다.

"아, 아으으, 이교라니, 아니야! 우상 숭배라니, 기욤, 기요오…… 우리에게 그런 습관이 있을 리가, 으아악!"

익숙한 목소리. 자크 단장이었다. 또 다른 비명과 신음이 그 뒤를 따라 긴 복도를 휘감았다. 레아는 저도 모르게 귀를 틀어막았다.

고양이의 방에는 기욤 드 노가레와 윙베르 신부, 고문 집행관 그리고 종교 재판소의 서기가 앉아 있었다. 그들은 지극히 사무적인 얼굴로, 벽에 매달린 자들의 뭉개진 목소리에 귀를 기울이는 중이었다.

고문 집행관은 장 드 장빌이라 하는 자로. 그 일을 꽤 오래 한 전문가였다. 레몽과 눈빛이 비슷했고, 아무 감정이 없어 보였다.

그 역시 '사람을 죽이지 않으면서 최대한 고통스럽게 하는 방법'들을 잘 알고 있었다.

"몰라, 몰라, 하느님께 맹세코, 정말 몰라, 으, 흐으으, 아악!"

숯불이 타오르는 작은 화로 위로 기름칠한 발꿈치를 고정해 둔 기사가 온몸을 비틀며 울부짖고 있었다. 솔로몬 방의 재산을 빼돌려 탈출했던 제라르 드 빌리에, 그 온화하고 사려 깊은 프랑스 지역 단장이었다. 조제가, 어디 있는지 제발 나도 알고 싶어, 흐으아아⋯⋯. 그의 처절한 부르짖음에, 레아는 온몸이 오그라드는 것 같았다.

팔이 뒤로 꺾인 채 허공에 매달린 사람도 있었다. 자크 단장과 그의 조카 레몽이었다. 천장에서 확 떨어지다가 갑자기 허공에 멈춰 설 때, 온몸에 가해지는 고통이 얼마나 끔찍한지 레아도 잘 알고 있었다.

그 충격을 더하기 위해 단장의 다리에는 쇠뭉치가 매달려 있었고, 젊은 레몽은 끔찍하게도 고환에 쇠로 만든 추를 매달아 두었다. 그 때문인지 레몽은 한 번 떨어질 때마다 눈을 까뒤집고 비명을 질렀다. 으아아악, 우와아아아악. 레아는 귀를 틀어막고 이를 악물었다.

내가 우트르메르에서 이 기사님들을 선망의 눈으로 바라볼 때, 이런 날이 올 거라고 상상이나 했던가.

그들은 고통을 두려워하지 않던 신의 전사들이었다. 특히 사라센들과 칼을 맞대고 싸웠던 고위 단원들은, 고문에 대비한 훈련까지 받으며, 몸과 마음을 강철같이 단련시킨 자들이었다.

하지만 인간의 육체는 의지만큼 강건하지 못했다. 목숨을 잃을 정도의 고문은 금했다 하더라도, 그보다 더 잔인한 방법은 얼마든지 개발될 수 있었다. 사람의 잔혹한 상상력은 끝이 없었다.

"첩자가 들어왔나……. 우리가 거짓말을 하는지 보려고?"

레몽의 탁한 목소리가 흘러나왔다. 그는 레아에게 침을 뱉었고, 그로 인해 다시 한번 더 천장까지 올라갔다가 추락했다.

철컹, 허공에서 사슬이 멈췄을 때, 그가 다시 찢어지는 비명을 지르더니 눈을 뒤집고 정신을 잃는다. 잠시 후 그의 사타구니에서 탁한 핏물이 줄줄 흘러내리기 시작했다.

죽고 싶다. 나가고 싶다. 당장, 당장 나가고 싶다.

레아는 그가 자신과 똑같은 일을 당하면 속이 시원할 거라 생각했고, 살아생전 너희도 제발 똑같은 일을 당하라고 쉴 새 없이 저주를 퍼부었다. 하지만 막상 소원이 이루어지니 전혀 속이 시원하지 않았다. 제발 저 사람들을 내려서 치료라도 해 주었으면 하는 생각뿐이었다.

한 사람은 바닥에 있는 기계에 묶여 있었다. 조사관들의 말로 미루어 보면, 아키텐과 푸아투의 지역 단장이며 기품 있는 대귀족이라 소문난 조프루아 드 곤네빌인 듯했다.

그의 팔과 다리는 끈으로 묶여 있고, 그 끈은 양쪽의 톱니바퀴에 연결되어 있다. 하인 두 명이 양쪽에서 톱니바퀴를 천천히, 아주 천천히 돌린다. 이미 고문을 당할 만큼 당했는지, 그의 몸 역시 성해 보이지 않는다.

저 고문대 위에서는 온몸의 근육과 인대가 아주 천천히 찢겨 나간다. 죽이거나 불구를 만드는 것이 목적이 아니라 티 나지 않게 고통을 주려는 목적이므로, 하인들은 아주 느릿하게 톱니를 돌린다.

"우으으, 으아……. 아니야, 나는 아니, 우리는 아니…… 아아."

그는 신체가 건장한 사내였으나 단 1주의 고문으로 만신창이가 되었다. 아아악, 하, 하느님! 저, 저를……. 이를 악물고 참아 보려던 그가 끝내 눈자위를 뒤집고 까무러친다. 그는 눈을 하얗게 뜬 채 몸을 벌벌 떨며 발작한다.

신분이 높다 하여 예우하는 일은 없었다. 조사관들은 오히려 그들이 가진 정보를 생각하며 더욱 가혹한 고문을 가했다. 그들이 묻는 것은 한 가지였다.

"너희가 범한 이교의 습속과, 너희가 비밀리에 습관적으로 범하던 모든 죄를 고백해라."

"없어, 없어, 없어어어! 이 사탄의 자식, 사탄의…… 노가아아레!"

이곳은 매달린 사람에게도, 매단 사람에게도 똑같은 지옥이었다. 정신이 나간 틈을 타 의지를 벗어난 말들이 가끔씩 새어 나온다.

"입단식…… 때, 나, 나는 시키는 대로 십자가에 치, 침을…….'"

"나, 나는…… 신입, 내 시, 시종, 로베르를, 가, 강제로, 그렇게, 하지만…….'"

"레몽, 형제!! 굴복하지 마, 마……아아아악!"

토막토막 튀어나온 말에 고문은 집요해지고, 서기관은 한 글자도 빼놓지 않으려는 듯 빠르게 받아 적는다. 노가레 대법관은 눈도 깜박이지 않은 채 그들을 바라보며 서 있다. 어금니를 꼭 물고 있는지 턱의 관절에 팽팽하게 근육이 솟아 있다.

레아는 그 역시 자신처럼 이 자리를 버티고 있다는 것을 깨달았다. 하지만 그는 왕의 사냥개이고, 사냥개는 주인을 위해서 무슨 짓이든 할 것이다. 눈썹을 잔뜩 찌푸리고 팔짱을 낀 기욤 윙베르 신부가 오히려 더 여유 있어 보인다.

레아는 갑자기 극렬한 현기증을 느꼈다. 앞이 노래지면서 식은 땀이 주르르 흘러내렸다. 머리카락이 곤두서고, 구역질이 치솟으려 한다. 죽을 것 같다. 숨을 쉴 수 없다.

미쳤다. 여기서 버틸 수 있다고 생각했다니. 발타 님이 나를 위해 이런 임무를 맡았으니, 나도 당연히 이 정도까지는 감수해야 한다고 막연하게 생각했다.

그럴 수 있을 리가. 어느 순간 정신이 멍해지면서, 자신이 똑같은 고문을 당하는 기분이 들었다.

"잠시 멈춰라."

대법관의 냉랭한 목소리가 들렸다. 레아는 하도 정신이 없어서 그가 손을 내밀고 있다는 것도 바로 알아차리지 못했다. 그의 손끝도 벌겋게 까지고 피가 맺혀 있는 것을 보며, 레아는 또 눈물이 났다.

"이렇게 괴로워하실 줄 몰랐습니다. 일단 나가시죠."

문밖으로 나온 레아는 어두컴컴한 복도에서 벽에 이마를 대고 눈물을 쏟기 시작했다.

이럴 줄 몰랐어? 태연하게 버틸 수 있을 거라고 생각했어? 이 멍청한 년, 바보 같은 년. 차라리 인간 말종 레몽처럼, 복수해서 속 시원하다고 웃을 수 있으면 좋잖아. 레아는 이끼 낀 벽에 이마를 박은 채 계속 울었다.

"레아! 마드무아젤! 왜……! 괜찮으십니까!"

익숙한 목소리에 긴장이 탁 풀렸다. 취조실로 내려오던 발타가 황급히 달려와 무너지는 몸을 부축해 주었다. 고양이의 방에서 시작된 비명은 꼬리가 긴 뱀처럼 지하 복도를 지나 계단까지 기어오르고 있었다. 레아는 귀를 틀어막은 채 우들우들 떨었다.

"여기 와 계실 줄은 몰랐습니다. 올라갈까요? 아, 맙소사. 레아, 마드무아젤! 숨 좀 쉬어 보세요."

눈물범벅이 되어 걸어 보려던 레아는 몇 걸음 딛기도 전에 바닥에 주저앉았다. 숨 막히고 죽을 것 같은 공포에, 레아는 여전히 속수무책이었다.

발타는 레아가 이렇게 반응하는 이유를 짐작한 듯, 조사실 안으로 들어갔다. 몇 마디 이야기 나누는 소리가 들리고, 안에서 딱딱 손뼉을 치는 소리가 들린다.

윙베르 신부가 하인들을 이끌고 잠시 방을 비운다. 레아는 신부님이 문 뒤에 주저앉아 있는 자신을 모른 척 지나쳐 준 것이 오히려 고마웠다.

"이렇게 고통스러운 걸 왜 하겠다고 하셨습니까."

발타는 눈물이 줄줄 흘리고 있는 레아를 가만히 안고 어깨를 다독여 주었다. 레아는 그의 가슴에 이마를 대고 숨죽여 흐느끼며 말했다.

"임무를 끝내기 위해서 제가 할 수 있는 건 다 해야 한다고 생각했어요."

······당신을 죽어도 포기할 수 없어서.

레아는 그 말을 삼켜 넣었다. 구질구질하게 느껴졌다. 그래서 다른 것을 물었다. 각오를 새롭게 다질 만한. 용기를 불러일으킬 만한.

"발타 님, 우리 이렇게 해야만 함께할 수 있는 거······ 맞죠?"

용기를 불러일으킬 만한 대답은 나오지 않았다. 대신 발타의 얼굴이 천천히 일그러진다. 레아는 말한 것을 후회했다. 이 일의 판을 짜고 이끌어 가는 발타 님에게도, 이 취조 과정은 큰 고통이었다.

그렇다. 사실 이분께 기사단의 형제들은 '다음 갈림길까지 동행하는 길동무' 따위가 아니었다. 그가 옛 동료들을 완벽하게 증오할 수는 없다는 것도 확실했다.

레아는 지금껏 자신을 숨 막히게 옥죄던 질문을 기어이 의식의 수면 위로 끄집어냈다.

우리는 정말 이래도 되는 걸까?

불현듯 두려워졌다. 우리가 사랑을 위해 무고한 자들을 이교도로 모는 건 아닐까?

하지만 발타에게 그것을 직접 물을 수는 없었다. 그것은 너무 잔인한 질문이었다. 그래서 레아는 다른 것을 물었다.

"발타 님, 저 사람들을 정말 이교도라고 할 수 있어요······?"

발타는 대답하지 않았다. 레아가 삼킨 가책을 쉽게 읽은 듯했다. 레아는 기다렸다. 그의 심장 소리를 들으며, 마음을 진정시키며, 그저 기다렸다.

그는 낮은 목소리로 어렵게 입을 열었다.

"객관적으로 보아도, 그들의 비밀 입단식에는 분명 이교도로 몰릴 만한 요소가 있습니다."

레아는 안도의 한숨을 쉬었다. 그리고 그 대답에 안도하는 자신이 끝도 없이 사악하게 느껴졌다. 발타는 자신의 견해를 천천히 말해 주었다.

"바포메 그림은, 처음에 누가 넣었는지 전혀 알 수 없습니다. 동굴에서 가져올 때부터 모셔져 있었다고 하는데, 그렇다면 성모 마리아께서 애초부터 넣어 두었다는 말이 되죠. 그렇다면 의심하고 거부하기가 정말 어려웠을 것입니다."

사람들은 그것을 이해할 수 없었다. 하지만 버릴 용기도 없었다. 그래서 그 이교적인 그림은 비밀스러운 전통으로 스며들었다.

전통은 힘이 세다. 합리적인 이유나 상식을 이길 만큼 세다. 그리하여 이해할 수 없는, 혹은 기이한 전통은 어느덧 신앙의 이름을 얻고 섬김의 대상이 되어 간다.

발타는 그것이 이 사태의 본질이라고 생각했다.

"그럼 발타 님, 이교도를 저렇게 만드는 것이 정말 하느님의 뜻일까요?"

레아는 위험한 질문을 기어이 입에 담았다. 발타는 쓰게 웃으며 고개를 저었다.

"레아. 그건 함부로 대답하기 어려운 문제입니다."

"물론 전쟁에서 사람이 사람을 죽이기도 하고, 죄인은 사형을 당할 수도 있죠. 하지만 필요한 답을 얻어 내려고 사람을 죽이고, 이교도를 죽이고, 그게 정말…… 신의 뜻일까요? 정말 하느님이 저런 걸 원하신다고요?"

"레아!"

발타는 레아가 무슨 말을 할지 짐작한 듯 다급하게 말을 막으려 했다. 이곳은 이단 심문 장소이고, 이곳에 면책 특권은 존재하지 않았다.

하지만 레아는 그 말을 삼킬 생각이 없었다.

"그렇다면…… 전 그런 하느님은 믿지 않겠어요……."

발타의 눈이 커다래진다. 그리고 놀랍게도, 그런 말을 하면 안 된다고 나무라지 않았다. 얼굴에는 비난의 빛조차 없다. 레아는 다시 천천히, 또박또박 되풀이했다.

"제가 아무리 쫄보라도…… 제가 믿는 신이 정말 그런 분이면…… 믿지 않을 거예요……."

그는 말 한 마디 없이 두 손으로 뺨을 쓰다듬어 줄 뿐이었다. 손길은 느리고 따뜻했다.

레아는 그의 손바닥과 자신의 뺨이 함께 축축해지는 것을 느끼며, 깊은 안도감을 느꼈다.

이 세상에서 신을 버린다는 것은, 철저하게 혼자가 된다는 것이었다.

하지만 적어도 발타 님은, 그럼에도 불구하고 나를 버리지 않겠구나.

그것은 죽음보다 깊고 무거운 안도감이었다.

† † †

"네놈이 여기에 왜 왔어! 더러운 놈! 배신자!"

거세게 식식대는 소리와 욕설이 한꺼번에 터져 나왔다.

발타는 취조실 안으로 들어갔고, 레아는 취조실 문 밖에 있는 작은 의자에 앉았다. 쇠사슬이 끼륵끼륵 돌아가는 소리가 들린다. 매달려 있는 그들을 편하게 내려 주는 모양이었다. 관용책을 주장하던 발타는 기사들을 고문할 생각이 없어 보였다.

"레봉, 기사난이 날 어떤 꼴로 쫓아냈는지, 레아에게 무슨 짓을 했는지 잊었나? 그런 경우는 배신이라 하지는 않지. 복수라면 모를까. ……아, 물론 복수를 하러 온 건 아니야."

"……무슨 말을…… 하고 싶은 거지, 발타?"

461

단장의 목소리가 탁하게 갈라져 나왔다. 그렇게 고통을 겪으면서도 끝까지 꿋꿋함을 지키려 애쓰는 그 목소리를 레아는 견딜 수 없었다.

"단장님. 일이 이렇게 된 것은 저도 마음이 아픕니다. 아마 우트르메르를 상실한 순간부터, 단장님께서는 성전기사단이 존속하기 어렵다고 느끼셨을 겁니다. 그러니 9차 십자군 출정에 그렇게 매달리셨겠지요."

"네 이놈!"

제라르의 노성이 터졌다. 하지만 놀랍게도 단장은 부인하지 않았다.

"단장님, 저는 신속히 이 재판을 마무리해 형제들의 고통을 멈추게 하고 싶습니다."

"누가 네놈의 형제란 말이냐. 저주받을 놈. 더러운 악마 새끼 같으니."

하지만 발타는 그들의 저주를 신경 쓰지 않았다. 낮은 목소리로 더욱 빠르게 말했다.

"폐하께서 내려오시기 전에 이야기를 마무리해야 합니다. 부디 잘 생각해 주십시오."

"……."

"재판이 길어지면 고통스러운 것은 형제들뿐입니다. 기사단은 어차피 해체의 수순을 밟게 될 것이니, 지금, 아직 협상할 수 있을 때 자산 처분권을 놓고 폐하와 협상해 주십시오. 그러면 죄를 인정하고 참회하실 때, 아주 짧은 기간의 수감 정도로 마무리하실 수 있습니다. 적어도 당신들의 명예는 일부나마 남겨질 것이고, 우트르메르에서의 공적도 인정받을 것입니다. 그러면 은퇴해

462

서 편안히 여생을 보낼 수 있도록 제가 중재하겠습니다.”

“네, 네놈이…… 미쳤구나……. 발타! 기사단의 자산을 넘겨? 죄를 인정해? 우리가 대체 무슨 죄를 지었지? 네가 필립 그 탐욕스러운 악마의 앞잡이가 되어, 하느님의 거룩한 창고에 눈독을 들이느냐!”

고문실은 그들이 내뿜는 증오심으로 순식간에 들어찼다. 발타는 그들 앞에 허리를 숙였다.

“제가 여기까지 와서 그런 술수를 부리겠습니까. 폐하와 협상할 수 있는 시기는 지금뿐입니다. 교황 성하께서 개입하시면, 폐하께선 더 이상 기사단과 직접 협상하지 못할 것입니다. 가장 유리한 조건을 걸 수 있는 시기는 지금뿐입니다. 푸아티에서 당신들을 조사할 전권 특사가 오고 있습니다.”

“아아……! 역시 교황 성하께서…….”

그들의 입에서 환희의 부르짖음이 터졌다. 발타는 고개를 저으며 단호하게 말했다.

“희망을 꺾어서 죄송하지만, 특사 중 한 분은 에티엔 드 쉬스 추기경입니다. 교황청의 재무 관리 총책임자란 말입니다. 그게 무슨 뜻인지 아시겠습니까! 교황청에서 기사단의 자산에 대한 권한을 행사하겠다는 뜻입니다!”

“닥쳐라. 그건 사악한 필립의 손에서 우리를 보호하기 위한 조처다!”

그르릉대는 목소리로 곤네빌 단장이 씹어뱉었다. 발타는 안타까운 듯 한숨을 쉬었다.

“성하께서는 형제들을 끝까지 보호하실 수 없습니다. 저는 형제들께서 기사단의 자산에 집착하기보다 명예와 평안한 여생을 지키시기를 간절히 바랍니다. 지금이라면 폐하에게 협상을, 아니, 양보를 청할 수 있습니다."

"입 닥쳐! 왕의 더러운 앞잡이 주제에 우릴 위해 주는 척하지 마라. 더럽고 사악하고 가증한 네놈을 형제라 부를 때가 있었다는 게 치욕스럽다!"

단장은 우렁차게 외치며 발타를 향해 핏물 섞인 침을 뱉었다.

"네놈의 감언이설은 언제 들어도 참으로 그럴듯했다. 우리의 보호자는 교황 성하지 네놈이 아니다. 너는 그들의 알량한 앞잡이에 불과해."

"……제발, 단장님. 지금 이러실 시간이 없습니다."

"기사단의 진짜 재산은 진작 빼돌렸음을 알 텐데? 다른 이들에게 맡은 재산은 돌려주어야 할 것이고……. 그 빼돌린 재산을 찾아오라고 필립이 너를 매질하더냐?"

레몽이 비아냥거리는데도, 발타는 화조차 내지 않았다.

"레몽 형제. 그 자산 역시, 지금은 어느 정도 협상이 가능해. 하지만 며칠만 지나면, 기사단은 협상 테이블에 앉지도 못하게 돼."

"누가 네 형제야! 이 사악한 악마 같은 자식! 지옥에나 떨어져라."

레몽은 생각나는 대로 욕을 퍼부었다. 자크 단장이 다시 침을 뱉으며 씹어뱉었다.

"……우리는 이대로 당하지 않는다. 세계 각지의 형제들을 모아 우리를 팔아먹은 네놈의 목부터 따 버릴 것이다."

"…….."

"그리고 교황 성하께서 우리를 구해 주시면, 그때는 우리의 힘으로 우트르메르를 수복할 것이다. 필립, 탐욕의 영이여. 노가레, 이 사탄의 자식. 윙베르 신부! 발타, 앙게랑, 레아, 그 사악한 이교도 아시케나지 계집까지 영원히 저주나 받아라."

"내 작은 솔로몬, 자네는 왜 이곳에서 쓸데없이 욕을 먹고 있지? 몸을 풀어 주니 혀에서 욕도 풀리는 모양이군. 저들의 몸을 다시 위로 올려라."

어느새 내려온 것인지, 왕과 노가레 대법관, 윙베르 신부가 문 앞에 서 있었다. 뒤따라온 장 드 장빌이 사슬을 감아 올려 그들을 다시 허공에 띄웠다. 무거운 신음이 지하 고문실과 복도를 채웠다.

왕의 뒤를 돌아보며 냉랭한 얼굴로 묻는다.

"발타사르, 자네는 어째서 저자들을 걱정하지? 갈림길이 나와서 헤어진 동행자에 불과하다 하지 않았나."

"교황청에서 개입하기 전에 재판이 마무리되어야, 가장 적은 희생으로 재판이 끝나기 때문입니다. 자백에 대한 선처를 약속하실 때입니다, 폐하."

왕의 미간이 잠시 꿈틀했다. 왕 역시 속전속결을 원했지만, 발타의 조바심은 어딘가 거슬렸다. 그는 발타의 말을 곰곰이 곱씹다가 심기를 거스르는 낱말을 기어이 찾아냈다.

"'가장 적은 희생'이라, 너와 레아에게 모진 고통을 안긴 자들에게 정이라도 남았나? 기억력이 나쁜 건가, 미련한 건가."

"불필요한 희생을 굳이 만들 필요는 없지 않습니까?"

"아하, 그래. 옛 형제를 염려하는 갸륵한 마음은 잘 알겠네. 참작하지."

왕은 발타가 그들을 구제하려는 시도를 모두 걸러 내기로 작정했다. 딱히 발타를 나무랄 생각은 들지 않았다. 발타 역시 연약한 부분이 있을 뿐이고. 그가 할 수 없으면, 자신이 하면 된다고 생각했다.

비밀 협상은 결렬되었다.

"기욤에게 그대가 쓰러졌다는 말을 들었다. 몸은 괜찮아졌나."

왕이 레아에게 다가와 손을 내민다. 레아는 그를 따라 긴 계단을 올랐다. 발타는 착 가라앉은 표정으로 뒤를 따랐다. 계단 중간쯤 이르렀을 때, 왕이 레아에게 툭 내뱉었다.

"옳은 일을 하고 있는지 회의감이 들었나? 이런 일이 하느님의 뜻인지 의심스러워졌나?"

기욤 경은 아까의 횡설수설 울부짖음까지 귀담아들은 걸까? 레아는 말없이 고개만 끄덕였다. 다시 눈물이 차오르며 가슴이 짓눌리는 것 같았다. 왕이 차갑게 웃었다.

"당연히 그대는 옳은 일을 하고 있다. 신께서 원하시니 우리가 행하는 것이다. 신의 뜻이 아니라면 내가, 우리가 이런 짓을 할 이유가 무엇인가."

아아, 감탄스럽다. 왕은 언제나 확신에 차 있고 단호하다. 그것이 그가 가진 힘의 원천이었다.

레아는 조금 안도했다. 그 말이 발타 님과 자신이 사랑해도 괜찮다는 말처럼 들렸다. 그래서 스스로에게 깊은 환멸감이 들었다. 아무리 용기를 내고 싶어도 자꾸 도망치고 싶었다. 눈물이 방울방울 볼을 타고 내렸다. 왕이 손을 놓고 수건을 내밀며 내뱉었다.

"레아, 그대 역시 이교도로 몰리고 싶지 않으면 그런 의심은 입 밖에 내지 마라. 그리고 조사가 진행 중이고, 그대의 도움이 필요하니 진정되는 대로 다시 합류하도록."

"폐하, 마드무아젤께서는 몸이 좋지 않습니다! 처소에서 쉬게 해 주십시오."

발타가 분노에 찬 목소리로 청했다. 왕은 눈썹을 찌푸렸고, 발타는 조금 더 강경해졌다.

"폐하, 레아 역시 저곳에서 큰 괴로움을 겪고 간신히 나온 사람입니다. 지금도 저들의 모습을 보고 너무 괴로워서 견디지 못하고 나온 것입니다."

"어째서 견디지 못한다는 건가? 그녀는 지금 고문을 당하는 게 아니야."

"폐하. 그녀가 어떤 상태로 버티고 있는지 제발 헤아려 주십시오. 대질 신문에서 그녀를 제외해 주시기를 청합니다."

발타의 강경한 태도에 놀랐는지, 왕은 그를 빤히 응시했다.

"이번 일이 발타 네게는 고통이 될 수 있다는 건 이해한다. 너는 이곳에서 자랐고, 이곳에 진심을 터놓은 동료들이 많이 있어서, 나는 계속 그것을 염려했지. 하지만 레아에게 어째서 이 과정이 고통이 되는가?"

……뭐?

레아는 입을 멍하니 벌리고 그를 올려다보았다. 당연한 것은 너무나 당연하여 오히려 설명할 수 없다. 하지만 왕은 진심으로 의아해하고 있다.

"레아 그대는 기사단과 오로지 악연으로만 연결되어 있었다. 부모가 억울하게 죽고 평생을 쫓겨 다녔으며, 얼마 전에는 모진 고통까지 겪었지. 이 과정은 그대로서는 깊은 원한을 푸는 과정

일 터인데, 그대에게는 이 일이 통쾌하고 시원한 일이 아니었는
가?"

레아는 입술을 지그시 깨물었다.

왕은 취조 과정에 레아를 참가시키는 것이 그녀를 위한 일이라
믿고 있다. 레아 개인으로 보면 오랫동안 맺힌 한을 푸는 일이며,
왕의 입장에서는 정의를 세우는 일이라 확신하고 있었다. 왕은
레아와 전혀 다른 세계에 사는 듯했다.

레아는 입술을 지그시 깨물며 고개를 저었다.

"······아닙니다. 저에게는 끔찍한 고통입니다."

"그대가 겪었던 고통을 상기시키기 때문인가?"

"아닙니다. 그들의 고통이 생생하게 느껴지기 때문에 괴로운
겁니다, 폐하."

왕은 입을 다물고 미간을 찌푸렸다. 레아는 그를 납득시킬 수
없으리라는 것을 깨달았다.

왕은 애초부터 그 부분이 결핍된 인간이었다. 안맹으로 태어난
아이에게 무지개를 설명할 수 없듯이, 왕에게 타인의 고통에 저
도 모르게 공감이 되어 생기는 아픔을 설명할 순 없었다. 그 대상
이 자신의 철천지원수라 해도.

레아는 이제 죽을 만큼 피곤했고, 더 이상 그에게 설명할 자신
을 잃어버렸다.

"폐하. 그냥 제가 이해가 안 되시면, 이해하시는 척이라도 해
주세요······."

"이해하는 척해야 할 만큼 나의 배려가 부족했던 건가?"

"······."

왕은 한숨을 쉬며 발타에게 레아의 손을 넘겨주었다.

"그대가 괴로웠다니 유감이야. 괴롭힐 생각은 없었어. 발타사르 경, 생 루이 궁의 숙녀를 처소까지 모시고, 마르그리트에게 편히 살피도록 명해 두게. 앞으로는 레아 대신 자네가 입회하고 그 내용을 별도로 기록해서 레아에게 전달하여 내용의 진위 여부를 확인하도록 하게."

지나치게 이성적인 왕은 레아의 고통을 끝내 납득할 수 없었고, 그래서 레아에게 사과도 할 수 없었다.

다만 레아를 배려하고 싶었던 왕은, 그녀의 부탁을 수락했다.

그날 이후 레아는 취조실에 내려가는 대신, 심문 기록을 읽어 보고 그 사실관계를 확인하거나 회의에 참석해 의견을 내게 되었다. 회의에 참석하는 것도 괴롭기는 했지만, 그나마 견디기가 쉬웠다. 아이러니하게도 가장 발언권이 없는 레아가 가장 중요한 참고인이자 증인이어서 회의에 빠질 수는 없었다.

본의 아니게 폭풍의 중심이 된 듯한 기분이었다. 진심으로 궁금했다.

어째서 신께서는 나같이 소심하고 먼지 같은 쫄보를 폭풍의 한가운데 몰아넣으시는 걸까?

신께서는 인간에게 장난치시는 걸 좋아하시는 걸까?

아니, 레아는 얼른 고개를 저었다. 차라리 이 모든 일이 신의 저주이길 빌었다. 이것이 그저 누군가의 장난이라면 너무 비참하고 슬플 것이다.

신의 장난보다는 신의 저주가 낫다. 차라리 낫다. 그나마 낫다.

……지금 취조실에 매달려 있는 사람들도 그렇게 느낄 것이다.

레아는 자신이 발타에게 했던, 그 위험하고 두려운 말을 가끔
생각했다.

'제가 아무리 쫄보라도 제가 믿는 신이 정말 그런 분이면······.'
'······전 그런 하느님은 믿지 않겠어요······.'

레아는 자신의 용기가 한껏 스며든 말을 보물처럼 깊이 간직했
다. 자신이 일생 동안 했던 말 중에서 가장 큰 용기가 필요했던
말. 쫄보 레아의 심장에 박힌, 가장 단단한 보석이었다.

† † †

취조는 파리뿐 아니라 전국 각 지역, 즉 바이외, 샤몽, 캉, 카
르카송, 상스 등의 지역 종교 재판소에서 동시다발로 빠르게 진
행되었다.

고위 단원들의 취조에 이어 일반 단원, 준단원들의 조사도 이
어졌다. 대부분 후방 지원 부대로, 우트르메르는커녕 바다 구경
조차 해 보지 못한 하사관이나 농부, 대장장이, 하인, 목수, 요리
사, 목동 같은 사람들이었는데, 이들 중에선 비밀 입단식 자체를
모르는 이가 대부분이었다.

그들은 팔이 꺾여 매달리기도 전에 눈물 콧물을 쏟으며 알고
있는 것을 닥치는 대로 주워섬겼다.

"아아악, 몰라요, 나는 그런 것 몰라! 저는 평생 여기서 농사만
지었⋯⋯ 아이고, 살려 주십쇼!"

"제가 뭐라고 고백하면 되나요? 그대로 말할게요······. 으아

470

아악!"

그들은 알든 모르든 닥치는 대로 털어놓으려 들었다. 그들은 애초에 버티고 자시고 할 생각이 없었다. 하지만 애석하게도 그들은 아는 것이 아무것도 없었다.

그들의 엉터리 증언도 종교 재판소 서기에 의해 정식으로 기록되었고, 매일 밤 이어지는 회의를 통해 왕에게 보고되었다.

회의에 참석한 레아는 취합된 기록들 중에서, 이런 내용은 있었고, 이런 내용은 고문으로 인한 허위 증언 같다고 의견을 밝혔다. 하지만 그녀의 의견 역시, 윙베르 신부와 왕에게 모두 받아들여지는 것은 아니었다. 증언에서 선택되는 내용은 왕에게 유리한 내용들뿐이었다.

"쉽게 입을 여는 자들은 아는 것이 없고, 아는 자들은 쉽게 입을 열지 않습니다만…….."

신문을 시작한 지 일주일째 되던 날, 기욤 윙베르 신부가 경과를 보고했다.

"……결국은 입을 열기 시작했습니다, 폐하."

그들은 생각보다 빨리 무너졌다. 용맹하고 고결한 신의 전사라는 정체성과 명예를 부정당하고, 더러운 남색가들의 소굴, 우상 숭배자들로 몰린 충격이 그들을 무너뜨린 결정적인 원인이었다.

고통으로 미쳐 버린 형제들이 비명을 지르며 웃다 울다 하는 소리를 종일 듣고 있던 단원들은 하나씩 고통에 굴복하기 시작했다.

'모든 성인의 대축일'을 일주일 앞두고(현 10월 25일), 왕은 성전기사단 파리 본부에서 파리대학의 학생들과 종교지도자, 법률학자

의 회합을 열고 기사들에게 자신의 죄를 공개 자백하도록 명했
다.

"저는 입단할 때 성 베드로처럼 그리스도를 세 번 부인하고 십
자가에 소변을 보고 발로 밟은 것을 인정합니다. 그러나 바로 참
회하고 용서를…… 진심으로 그런 것은 아니었습니다."
"저는 입단 시, 선배 기사들의 요구에 따라 배꼽과 엉덩이, 하
반신에 음란한 입맞춤을 했고, 선배 형제들께서 원할 때마다……
다만 제가 원해서 했던 일은 아니며…….
"저희는 고양이 머리, 아니 사람 머리를 한 우상에 입을 맞추
었고…….
"저는 바포메라 불리는 이상한 그림에 충성을 맹세했습니
다……. 나중에 참회하여…….

그들의 실토는 치욕적인 비밀들로 점철되어 있었다. 백 명에
이르는 단원이 남색과 관련된 내용을 실토했고 우상 숭배와 관련
된 내용을 언급한 기사도 한두 명은 아니었다. 이 모든 내용은 레
아의 증언과 크게 다르지 않았다.
이 내용을 밝히는 과정에서 스물다섯 명의 단원들이 숨을 거두
었다. 스스로 목숨을 끊은 자도 있었다. 그들은 마지막 고해성사
마저 허락받지 못했다.
환갑이 넘은 노단장은 수치심에 눈물까지 흘리며 각 지부의 형
제들에게 편지를 썼다.

「나 몰레의 자크, 성전기사단의 34대 단장은

472

성전기사단의 동료와 형제들에게 감히 말하노니,

우리의 해묵은 죄악을 고백함으로

이 악행을 지금이라도 멈출 수 있게 되어 하느님께 감사하노라.

형제들이여, 그대들도 비밀리에, 부지불식간에 행했던 불미한 죄를 고백하고 용서를 받으라.

하느님의 자비와 용서가 사랑하는 형제들의 머리에 임하기를.」

기사단에 뒤집어씌워진 혐의는 기정사실로 확정되었고, 헛소문처럼 떠돌던 더러운 소문들은 진실이 되었다. 그들은 고귀함과 명예, 사명감과 정체성을 순식간에 잃었다.

이제 남은 것은, 그들의 권력의 토대였던 거대한 재산뿐이었다.

왕은 그들이 실토한 내용을 교황청으로 보냈다. 그리고 유럽 각지의 왕과 제후들에게도 각 나라의 성전기사단원들을 체포하여 조사하고 그들의 재산을 압수하라고 촉구했다.

고작 2주. 모든 것이 뒤집혔다. 자비와 선처는 없었다.

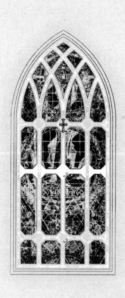

12-6. 신성하고도 길고도 지루한 아수라장

1) 힘겨루기

클레망 교황은 얼굴이 하얗게 되어 손을 부들부들 떨었다. 이렇게 휘몰아치듯 빠르게 일이 진행될 줄 몰랐다.

"내가 너무 신중하게 대응한 것일까? 그에 대한 반대 입장을 좀 더 빨리 밝혔어야 했을까?"

그는 필립이 뒤로 협상을 청해 오지 않을까, 희망을 걸고 있었다. 경과를 보아 가며 대응해도 늦지 않으리라 여겼다. 판단 실책이었다.

……아니다. 사실은 두려워 머뭇거린 것에 불과했다.

베르트랑은 그때까지만 해도 필사적으로 침착해지려 애썼다. 하지만 필립이 유럽 각지의 왕과 대제후들에게 성전기사들을 체포하고 재산을 압류해 두라고 촉구했을 때는 도저히 참을 수가 없었다.

"필립, 네 이놈! 감히, 네가 감히이이이!"

그는 식사를 하다 주먹으로 식탁을 내리치고 편지를 갈가리 찢으며 노호했다.

"그가 스스로 자중하고 협상을 청하길 기다린 인내가 헛되도다. 안토니오! 작성해 두었던 칙서를 당장 시테 궁으로 보내시오!"

교황의 칙서는 만성절 이틀 전(현 10월 27일)에 파리에 당도했다.

「그대의 최근 행보는 교황과 교회의 권위에 정면으로 도전한 일이며, 조부 생 루이 대왕의 명성에 먹칠을 한 것이오. 하지만 지금이라도 성전기사단원과 압류한 자산을 교황청에 넘기면 그 실책을 용서할 것이오.

이단 재판은 교황청에서 맡겠소. 그러니 이후의 재판 권한을 넘기는 것으로 그대의 과오를 씻도록 하시오.」

유한 성격의 교황치고는 꽤 준절한 나무람이었다. 하지만 이 칙서를 전할 두 명의 추기경은, 시테 궁에 와서도 왕을 배알하지 못했다.

"궁에 계시지 않아 접견하기 어렵습니다, 예하."

심지어 파리 본부에 갇힌 기사들을 면담조차 하지 못하고, 호위대에게 문전박대를 당하기까지 했다. 두 명의 특사는 빈손으로 푸아티에로 돌아가야 했다.

푸아티에는 발칵 뒤집혔다. 교황의 전권 사신이 이렇게 무참하게 무시를 당할 줄 아무도 상상하지 못했다.

로마파 추기경들이 특히 거세게 반발했다. 추기경 열 명이 나서서 '프랑스파 추기경들을 모조리 갈아 치우라, 안 그러면 우리가 총사퇴하겠다!' '왕과 주변의 측근 관리들, 신부들, 신학자들을 모조리 파문하라.' 하며 시위를 시작했다.

안토니오 추기경과 교황의 조카인 베랑제 추기경이 강경하게 말했다.

"성하, 더 이상 물러나시면 안 됩니다! 그들의 이단 판결을 이곳 교황청에서 내리는 것이 옳다는 칙서를 발표하시고, 이곳에서 다시 재판을 하셔야 합니다!"

"하지만 베랑제 추기경, 지금 파리 종교 재판소에서 이단 판결을 내지 않았소? 게다가 소르본 신학부의 교수들도 다 넘어가서 이단과 우상 숭배라는 데 의견을 보탰어. 이 상황에서 여기서 그것을 다시 따지기 시작하면 어차피 진흙탕 싸움이오."

교황은 극도로 피로한 얼굴로 입술을 짓씹었다. 여름에 푸아티에에서 필립이 정식 조사를 의뢰했을 때, 확실하게 판결을 내리고 끝냈어야 했다. 베르트랑은 그때 제대로 일을 처리하지 않고 유야무야 덮은 것이 후회스러워 피눈물을 흘렸다.

"지금은 그들의 유무죄에 집중할 때가 아니오. 이단 재판의 권한을 찾아오는 게 먼저요."

"성하! 그건 왕과의 정면대결이 됩니다. 특히 필립 그자와 정면으로 부딪쳤다가는……."

안토니오 추기경은 말끝을 흐렸다.

길고 무거운 전쟁의 예감. 이것은 보니파스 교황이 무참하게 패배했던 교·속 전쟁의 2차전이 될 수도 있다. 교황은 이제 분노보다 공포가 위로 올라오는 것을 느꼈다. 그가 떨리는 목소리로 말했다.

"필립의 노를 촉발하지 않을 선을……. 아나니 사태를 다시 촉발했다간……."

"하지만 성하, 지금 물러나시면 성전기사단을 완전히 잃으실 겁니다. 손에 남는 것 하나 없이."

강경파 베랑제 프레돌 추기경이 꿋꿋하게 말했다.

베르트랑은 길게 침묵했다. 필립과 맞대결하는 일만큼은 정말로 피하고 싶었지만, 여기서 물러난다면 교황청은 그야말로 왕의 꼭두각시로 전락하고 말 것이었다.

클레망은 거의 사흘 밤을 새워 가며 고뇌에 빠졌다. 이 난관을 타개할 묘수가 있을 것인가. 그는 외교관으로서 쌓아 온 역량과 경험을 필사적으로 쥐어 짜냈다.

사흘 후 밖으로 나오자, 몇 걸음 내딛기도 전에 온 세상이 빙글빙글 돌았다.

"교, 교황 성하! 괜찮으십니까!"

곁에 서 있던 안토니오 추기경과 베랑제 추기경이 휘청대는 교황을 부축했다. 그는 두 사람의 손을 뿌리치고 차가운 대리석 바닥에 주저앉은 채 길게 한숨을 쉬었다. 하, 하, 하하하하. 갑작스러운 교황의 웃음소리에, 두 사람은 기겁했다.

"성하, 무슨, 무슨 일이십니까!"

"안토니오. 베랑제. 주님께서 좋은 생각을 허락하셨소. 하, 하, 하하하하하."

교황은 진심으로 웃고 있었다.

"일단 교황청에서는 필립이 가고자 하는 방향으로 힘을 실어 줄 것이오. 지금 그리스도 교도인 모든 왕과 제후들에게 칙서를 내려, 그들의 지역에서 성전기사단원을 체포, 구금하고, 자산을 압수해서 보관하도록 명하시오."

"예?"

골수 교황 지지자인 두 추기경은 기겁했다. 주변에 있던 다른 호위 병사들이 달려오는 것을 보며, 교황은 꺼져 가는 목소리로, 하지만 무섭게 눈을 빛내며 말했다.

"다만 그 모든 일은, 프랑스의 왕이 아닌, 교회의 명의로 진행되어야 할 것이오."

"교황 성하! 그, 그렇다면!"

두 추기경의 얼굴이 환해졌다. 드디어 교황이 왕과 맞서기로 결단을 한 것이다.

다만 그 결단은 왕과의 전면전을 촉발하지 않는 선에서 이루어졌다. 당근과 채찍을 동시에 보여 주는 교황 특유의 협상 방법이라, 겉으로 보기에는 교황청이 시테 궁에게 양보하고 협조하는 것처럼 보였다.

"새로운 칙서를 유럽의 모든 제후, 왕들에게 보내시오. 필립의 행위를 칭찬하시오. 제후들도 동참하도록 촉구하시오. 다만 이 모든 조사와 재판, 압류 절차는 모두 교황의 이름으로 진행되어야 한다고 단단히 못 박으시오."

"오, 교황 성하!"

두 명의 추기경의 목소리에 환희가 차올랐다. 교황은 벽을 싶고 허리를 쭉 폈다. 베랑제 추기경이 물었다.

"왕이 요구를 거절하면 어찌하시겠습니까?"

베르트랑은 깊이 숨을 들이쉬었다. 시리도록 차가워진 새벽 공기가 시원하고 산뜻하게 느껴졌다.

"그 자리에서 왕을 파문하고, 프랑스 전역에 성사 금지령을 내릴 것이오."

푸아티에의 베르트랑은 드디어 자신의 가장 강력한 패를 던졌다. 추기경들은 기꺼이 고개를 숙여 복명했다.

성모 마리아 대축일을 보름 앞둔 날(11월 22일), 새로운 칙서가 시테 궁에 당도했다. Pastoralis præeminentiæ, '목자의 우월성'이라는 말로 시작하는, 필립을 열렬히 지지하는 듯하면서도 뒤통수를 크게 후려칠 만한 내용이 담긴 칙서였다.

2) 불리한 증언들

"폐하! 마드무아젤 레아가 진술했던 '바포메' 그림과 두개골에 대한 증언이 확보되었습니다!"

그사이 파리에서는 신문이 이어지며, 고위 단원들의 추가 증언이 쏟아져 나오고 있었다.

"패로 경은 자크 단장이 각 지역을 돌아다닐 때마다 그 우상과 그림을 가지고 다녔다고 증언했습니다."

"자크가? 그걸 갖고 다닌 특별한 이유가 있었나?"

"그 그림이 단장의 홀이 든 성물함에 함께 들어 있어서 그랬을 거예요."

레아가 대답했다. 발타가 건조한 목소리로 말을 이었다.

"이유야 어찌 되었든 2인자인 감찰관의 입에서 그런 증언이 나왔으면, 우상 숭배와 이교 전통에 대한 결정적인 증언으로 채택될 듯합니다."

왕이 한쪽 입술 끝을 비틀어 올리며 웃었다.

"증언에서 왜 악의가 느껴지는 것 같을까. 하긴, 패로 감찰관은 원래 자크에게 유감이 적지 않았을 거야."

"유감이요?"

레아가 눈을 동그랗게 뜨고 묻자 왕이 그답지 않게, 친절하게 설명해 주었다.

"아크레가 함락되고 보주 단장과 고댕 단장이 죽었을 때, 서열상으로는 프랑스 지부 단장이었던 패로 경이 뒤를 이어야 했지. 그때 패로 경은 기사단 내 서열이 세 손가락 안에 들었었고, 군수물자 보급을 맡은 총책임자였어."

"아, 예."

"그런데 까마득하게 아래 서열이던 자크가, 아크레 수복을 강하게 주장하면서 단장이 되었지."

……아, 그런 일도 있었구나.

하긴, 레아는 아크레에 있을 때 위그 드 패로의 이름은 들어 봤어도 자크 드 몰레의 이름은 들어 본 적이 없었다. 왕이 심드렁하게 말했다.

"그때 위그가 단장이 되었으면 여러 가지로 좋았을 텐데. 상황이 어려울수록 강경한 목소리가 매력적으로 들리게 마련이니."

"폐하. 자크 경은 우트르메르에서 역전의 용사로 꼽혔고 신망도 두터웠습니다. 야전에서 실제 사라센과 용맹하게 맞서 싸웠던 자의 권위를 무시하기는 어려웠을 겁니다."

발타가 반대 의견을 제시했지만, 왕은 단호하게 고개를 저었다.

"목소리 큰 놈들의 착각이지. 결국 승패를 결정하는 건 군자금 아닌가."

과연 그럴까. 레아는 저도 모르게 눈썹을 찌푸리다가 왕에게 들킬까 봐 얼른 고개를 숙였다.

우트르메르에서 사라센과 맞서 용맹하게 싸우던 성전기사들의 모습이 떠올랐다. 레아는 그들을 여전히 고귀하고 사명감 넘치는 모습으로 기억하고 있었다. 그래서 레아는 그들을 볼 때마다 가장 순수한 은의 결정을 떠올렸고, 그것을 자신의 표식으로 삼기까지 했다.

레아는 자신의 마음속에 그들에 대한 동경과 존경심이 여전히 남아 있는 것을 깨닫고 기분이 몹시 이상해졌다.

속도 없지 진짜. 그렇게 모질게 고생을 했으면서.

하지만 우리가 고생을 했다고, 그들이 고문을 당하는 게 옳을까?

내가 그들과 맞서는 이유는, 발타 님과의 사랑을 위해서다.

그럼 우리의 사랑을 위해 그들이 고통을 당하는 게 옳을까?

아니아니, 그들이 이단이라 해서 죽어 나가는 건 또 옳을까?

레아는 옳고 그름을 따지는 것이 점점 자신이 없어졌다. 판단의 기준이 자꾸만 사라지는 것 같았다.

회의실을 빙 둘러보았다. 한때 성전기사단을 동경하고 사랑했던 사람들이 이제는 그들을 파멸시키기 위해 모여 있다.

레아는 그중 가장 흔들림이 없는 사람을 발견했다. 한때 성전기사단을 동경하며 그곳에 입단하고자 하였으나, 이제는 그들을 멸절하려는 거룩한 신념에 가득 차, 푸르게 눈을 빛내고 있는 한 사람.

레아는 자괴감도 망설임도 없는 왕의 명료한 확신이 부러웠다. 왕의 확신은 흔들림 없는 단단한 땅이었다. 레아는 그 땅에 허우적대는 발을 디디고 싶은 유혹에 시달렸다.

이 모든 상황은, 레아에게 너무나 이상하게 느껴졌다.

† † †

"파스토랄리스 프레에미넨티아(Pastoralis Præminentia, 목자의 우월성)……."

그랑드 살르에는 교황이 파견한 두 명의 전권 사신이 서 있었다. 에티엔 드 쉬스 추기경은 왕의 측근으로 일한 경력을 고려해 교황청에서 특별히 선택한 자였고, 베랑제 프레돌 추기경은 교황의 조카이자 강경한 교황파로, 로마법의 손꼽히는 권위자였다.

그리고 두 추기경을 접견한 왕은, 일전에 받은 두 통의 칙서들을 보란 듯 까딱이고 있었다.

호된 꾸지람으로 가득한 첫 번째 칙서, 칭찬으로 가득한 두 번째 칙서.

지금 필립이 얄밉게 종이를 팔락이며 보란 듯이 읽고 있는 것은 두 번째 칙서로, 왕의 신앙적인 열심을 칭찬하고 교황 역시 '다른 왕과 제후들에게 성전기사들을 체포하고 이단 행적을 조사하며 자산을 압류하라'고 명령했다는 내용이 담겨 있었다.

단, 그 모든 것은 '교황청이 직접 관할'이라는 조건이 붙었다. 두 추기경은 그 조사관으로 파견된 것이었다.

483

에티엔 추기경이 조심스럽게 입을 열었다.

"하여, 교황 성하께서는 체포된 기사단원의 조사와 재판은 교황청에서 '직접 관할'하시고자 하시오니, 단원들의 신병을 저희에게 넘겨주시기를 바랍니다."

"그래도 제2의 우남 상탐 칙서를 쓸 용기는 없었던가, 베르트랑."

왕이 반듯하게 웃으며 중얼거렸다. 왕과 친분이 깊고 그의 측근으로 일한 경험이 있던 에티엔 드 쉬스 추기경은, 그것이 신랄한 비웃음임을 바로 알아차렸다.

그랑드 살르에 함께 앉아 있던 세 명의 기욤과 앙게랑 보좌 주교 사이로 무거운 눈길이 오갔다. 이제 관건은 기사단의 이단 여부에서, 재판의 권한을 누가 가져가느냐, 거대한 자산은 누구에게 들어가느냐로 방향을 틀기 시작했다. 발타의 예상이 맞았으나, 예상대로 되었다고 기뻐할 수는 없었다. 왕이 점잖게 물었다.

"우리가 사도좌의 제안을 거절한다면 어찌할 것이오, 에티엔?"

"첫째, 폐하와 측근들에 대한 파문과 둘째, 프랑스 전역의 성사 금지령을 피하실 수 없을 것입니다. 저희는 그에 대한 전권을 받아 왔으니, 거절의 뜻을 밝히는 순간 그것이 발효될 것입니다."

에티엔은 비장하게 대답했다. 순간 왕이 픽 웃으며 칙서를 난롯불에 집어 던졌다.

"……베르트랑도 어지간히 창의력이 없어."

"폐하! 이, 이게 무슨!"

두 명의 추기경은 사색이 되었으나, 회의실에 모여 있던 왕의 측근들은 심드렁했다. 아나니 사태의 주역인 기욤 드 노가레, 보니파스 교황을 고소했던 기욤 드 플레지앙, 교황과 맞서기 위해 삼부회를 소집해 여론을 주도한 앙게랑 드 마리니, 이번 기사단의 이단 재판 책임자인 기욤 윙베르 신부 같은 자들이 포진하고 있으니 이 정도는 콧방귀로 넘길 법도 했다.

이들은 교황청과의 전쟁에 이력이 난 자들로, 이보다 심한 꼴도 많이 봐 왔고, 사실 교황의 칙서를 눈앞에서 태워 버리는 것도 이번이 처음은 아니었다.

게다가 이들 중 상당수는—왕을 포함해서— 이미 파문을 당해 본 전력이 있었다.

왕은 사신들을 밖으로 쫓아내며 우아하게 웃어 보였다.

"교황 성하의 좋은 가르침, 매우 감사한다 전하시오."

3) 은나무 세공방의 맥주

"파문과 프랑스 전역 성사 금지령이라……."

왕은 접견실에 혼자 앉아 중얼거렸다.

창의력이 없다고 비웃긴 했지만, 교황청에서는 그 협박을 사용하지 않을 이유가 없다. 파문이란 군자금도 병사의 희생도 필요 없는 가장 효과적이고 강력한 무기였다.

특히 프랑스 전역의 성사 금지령은 지나치게 부담이 컸다. 반란이 일어날 수도 있다. 백성들의 폭동으로 탕플 수도원으로 피신했던 경험은 두 번 다시 되풀이하고 싶지 않았다.

창문으로 들어오는 햇빛이 몹시 거슬리기 시작했다. 고개를 들고 주변을 둘러보았다. 평소와 다름없는 풍경, 넓은 홀, 높은 천장, 푸른 바탕에 흰 백합이 그려진 벽과 창문. 벽의 부조 장식들, 눈이 따가울 정도의 햇빛이 오늘따라 낯설었다.

그는 문득 극심한 피로감을 느꼈다. 그는 측근들을 모두 내보내고, 텅 빈 회의실에 혼자 앉아 생각에 잠겼다.

"위그! 발타를 불러! 의논할 게 있으니."

"예. 폐하. 잠시만 기다리십시오. 사람을 보내서 얼른 불러오겠습니다."

문밖에서 위그가 허둥대는 목소리로 대답했다. 왕은 눈썹을 찌푸리고 직접 문을 열고 나왔다.

"지금 시테 궁에 없나? 한낮에 자릴 비우고 대체 어딜 간 거지?"

"금방 불러오겠습니다. 피곤해서 맥주 한 잔만 마시고 바로 오겠다고……."

"피곤? 맥주? ……세공방에 갔나?"

"그런 것 같습니다만…… 확실히는 잘 모르겠습니다."

이것들이 정신이 빠졌군.

왕은 인내심이 양피지처럼 얇아지는 것 같았다. 시종부터 하녀들까지, 궁정 연애 따위를 부채질하고 있으니 감시를 붙여 봤자 아무 소용이 없다. 평소처럼 별다른 내색을 하지 않고 넘길 수도 있지만, 그러기엔 지금 왕이 받는 정신적인 압박이 꽤 심했다.

"내가 직접 가지."

하지만 세공방에 도착한 왕은, 자신이 자랑스러워하는 기사가 재와 쓰레기들이 쌓여 있는 기둥 뒤에서 빈 주석 잔을 허리춤에 매단 채, 처량하게 안을 흘끔대는 꼴을 보니 뭐라고 할 마음이 사라졌다.

오늘따라 바리에리 거리가 복작거린다. 세공사는 손님과 상담을 하고 있다. 직원들은 발타가 하도 자주 오락가락하다 보니 그가 쓰레기장 근처에서 얼쩡대도 신경 쓰지 않는다.

지나다니던 사람들이 왕을 보고 기겁하며 고개를 숙이고 손에 입을 맞추고 가는데, 뒤늦게 왕을 알아본 발타가 기겁한다. 아, 폐하. 폐하……. 왕에게 예를 갖추는 것도 잊은 채, 빨개진 얼굴로 말을 더듬는 자신의 팔라댕은 세상에서 제일 멍청하고 한심해 보였다.

"폐하, 죄, 죄송합니다. 제가 바로 들어가려고 했는데……."

"예전에 이런 인간을 작은 솔로몬이나 동방의 현인이라고 부르던 작자가 있었다지."

"정말 죄송합니다. 드릴 말씀이 없습니다. 어, 얼굴만 잠시 보고 온다는 것이……."

얼굴조차 아직 못 보셨다? 더욱 멍청하고 한심해 보인다. 왕은 한숨을 쉬며 물었다.

"그래, 맥주는 마셨나?"

"그게, 아직, 세공사가 돈 버느라 바빠서……."

나이 서른이 넘어서 저 꼬라지를 하고 있는 것을 보니, 그건 그것대로 복장이 터졌다. 웃음도 같이 터지려는 것을, 왕은 근엄한 얼굴로 버텼다. 순간 안에서 문이 왈칵 열렸다.

"대체 왜 남의 영업집 문을 가로막고 여기서 수다를 떨고 야단이…… 헉! 발타 님, 꺅! 발타 님…… 아, 폐하? 대체 왜 쓰레기장에 서서 그러세요……."

안에서 레아가 나와 허리에 손을 짚고 삿대질을 하려다 화들짝 놀라 왕의 반지에 입을 맞추었다. 사람들이 슬금슬금 주변으로 몰려들어 지나가는 척하며 구경하기 시작했다.

레아는 어쩔 수 없이 두 사람을 좁아터진 세공방으로 안내했다. 워낙 눈에 띄는 사람들이 수행원들까지 줄줄이 거느리고 쓰레기 더미 옆에 늘어서 있으니 눈에 안 띌 수가 없었다.

왕과 기사님을 앉힐 의자가 없다는 이유로, 직인들은 난데없이 반나절이나 일찍 퇴근하게 되었다.

세공방에 처음 들어와 본 왕은 뒷짐을 진 채 이것저것 구경하고, 레아의 작업방에 들어와 작업하던 것도 멋대로 뒤집어 보고 만져 보고 한다. 레아는 그녀가 직접 제작한 주석 잔에 직접 만든 걸쭉한 맥주를 따라 왕과 발타, 그리고 인심 좋게 어전 시종에게도 내주고 자신도 한 잔 따라 곁에 앉았다. 발타는 곁다리로 낮술을 하게 된 위그에게 슬쩍 돌려 물었다.

"에티엔 쉬스 추기경께서 그리 좋지 않은 소식을 가져온 모양입니다……. 못난 저를 예까지 잡으러 오신 걸 보면."

"뭐, 그렇죠. 발타사르 경께서 능히 짐작할 만한 소식입니다."

위그가 혀로 입술에 묻은 맥주를 핥으며, 교황의 별로 창의적이지 못한 협박 두 가지를 자세하게 늘어놓았다. 왕은 입맛이 쓴지 맥주를 연거푸 두 잔이나 마시더니 잔을 내려놓고 자조하듯 중얼거렸다.

"나는, 교회와 신앙의 수호자이며, 신의 선택을 받은 신성 프랑스의 왕이다. 나는 맹세코 그분 앞에 부끄러운 짓을 한 적이 없고 그분을 위한 고통을 회피한 적도 없어. 그런데 벌써 두 번째 파문 위협에, 프랑스 전체 성사 금지령 협박을 당하고 있어. 왜일까."

왕은 자신의 자괴감이나 고통을 함부로 내색하지 않는다. 스스로를 엄하게 다잡는 것도 왕의 책임이자 의무라고 생각하기 때문이었다. 이 정도로 괴로움을 드러낼 정도라면 속이 얼마나 곪아 있는지 짐작도 할 수 없다.

왕의 질문에 아무도 대답하지 않는다. 왕도 딱히 대답을 바란 것 같지 않다. 왕은 덤덤하게 다시 묻는다.

"발타, 지난번처럼 정면 대결이 가능할까? 프랑스 전역의 성사 금지령이 포고되기 전에 푸아티에로 사람을 보내면."

레아와 위그는 기겁했다. 아나니 사태를 되풀이하려는 건가? 발타도 당황한 듯 고개를 저었다.

"폐하! 두 추기경은 조사관이자 전권 사신입니다. 저희 쪽에서 푸아티에로 가기 전에, 당장 내일이라도 교황의 이름으로 포고가 될 수 있습니다. 보니파스 교황 때와 같은 방법은 불가능합니다."

왕은 무표정하게 다시 잔을 내밀었고, 레아는 잔의 꼭대기까지 맥주를 채워 주었다. 왕이 이렇게 한꺼번에 술을 마시는 모습은 한 번도 보지 못해 걱정스러웠다. 발타는 왕을 설득했다.

"교황청과 정면 대결은 피하셔야 합니다. 성전기사단, 교황청, 전 유럽의 왕들과 동시에 싸울 수는 없습니다. 다소 무리가 있더라도 신속히 재판을 끝내시고, 기사단을 해체하신 후에 교황 성하와 재산 처분을 원만하게 합의하시는 것이 나을 것입니다."

"……재산 처분을 합의하라?"

왕이 뒤틀린 목소리로 말을 받았다. 다른 사람이 들으면 평이한 억양이지만, 이제 이곳에 있는 세 사람은 왕의 불쾌감을 다 눈치챌 수 있었다.

"교황 성하께서는 안전하고 실리적인 선택을 하셨습니다. 기사단의 존속을 포기하고, 기사단의 재산을 요구하신 겁니다. 폐하께서도 한 걸음 양보하여 각자 원하는 것을 이루면 되는 것입니다."

"각자 원하는 것? 양보? 내가 무엇을 양보해야 한단 말인가?"

"기사단이 해체될 경우, 프랑스에 속한 부동산까지는 교황청에서 포기할 수 있을 것입니다만, 그동안 축적된 재물은 포기하지 못하실 겁니다. 그들의 동산의 처분은, 교황과 합의가 있어야 할 것입니다."

순간 왕이 깨끗하고 단정하게 웃는다. 레아는 이제 그것이 명백한 비웃음이라는 것을 안다. 왕은 가장 가까운 이들에게는 냉소를 잘 드러내는 편이었다.

"그건 베르트랑이 남의 공에 숟가락을 얹는 것이야. 나는 그가 기사단의 재산에 관여할 자격이 없다고 생각한다, 내 작은 솔로몬."

레아는 눈이 동그래져서 저도 모르게 벌떡 일어나 물었다.

"하, 하지만 폐하, 성전기사단은 교황청에 속해 있고, 교황 성하만 섬긴다고 하지 않았습니까?"

"명목상 그런 것이지. 기사단은 철저하게 독립적인 자치단체다. 기사단 참사회의 결정에 교황이 개입하지 못한다는 것 정도는 그대도 알 텐데? 기사단이 그대의 부모를 죽이러 왔을 때, 참전을 결정하고 수백의 기사를 루아드에서 몰살시킬 때, 파리로 본부를 이전할 때, 그것이 교황청의 명령이었다고 생각하나?"

"아……."

그런 이유에서인가? 그렇다면 왕의 주장도 일리는 있다. 왕은 발타의 의견이 몹시 거슬렸던 듯, 몸을 발타의 앞으로 내밀고 씹어뱉었다.

"성전기사단을 키운 것은 8할이 프랑스 왕실과 제후들이다. 200년 동안 끊임없이 돈을 기부한 것도 우리들이고, 어마어마한 땅을 기부한 것도 우리들이고, 군수품을 가장 많이 대고 우트르메르까지 실어 나른 것도 우리들이고, 전쟁터에 나가서 가장 많은 피를 흘린 것도 우리 프랑스 왕실의 기사와 제후들이야. 성전기사단은, 우리의 피와 땀과 눈물과, 우리의 기도와 목숨과, 우리의 황금으로 일궈 낸 것이다."

"……."

"교회는, 교황은 성전기사단에 실질적으로 무엇인가를 투자하고 희생하여 키운 바가 없다. 기사들이 바치는 예우를 토대로, 우리가 키운 판에 숟가락만 얹어서 주인 행세만 하고 있었을 뿐이다."

왕은 냉랭한 목소리로, 하지만 확신에 차서 말을 이었다.

"200년간 성전기사단은 우트르메르에서 혁혁한 공헌을 세웠고, 그 노고에 걸맞은 명예와 존경을 받았고, 그들의 노고에 대한 대가보다 큰 부를 축적했다. 하지만 이제는 예루살렘을 상실했으니 그들의 존속 가치와 정체성이 사라졌다. 그렇지 않은가, 레아?"

"그, 그건 그렇죠."

"그러니 이제는 거대한 군사와 자금을 갖고 있을 이유가 없다. 그 소용이 다하여 해체된다 하면, 당연히 재물의 증여자였던 프랑스로, 특히 차기 십자군을 맡은 프랑스 왕에게로 돌아와야 마땅하지 않은가."

발타가 걱정스러운 목소리로 반박했다.

"폐하. 그렇게 주장하시면 교황청과 마찰을 피하실 수 없습니다. 프랑스에 속한 부동산은 폐하께서 흡수하실 수 있을 것입니다. 일이 좋게 마무리되면, 인적 자원과 병력도 흡수할 수 있을 것입니다. 하지만 동산 형태의 재물에 대해서는 교황청에 어느 선까지 분할해 양보하시고, 그것을 조건으로 이번 재판에서 교황청이 손을 떼게 하셔야 합니다. 폐하, 교황청의 태도가 확실해졌으니, 이제 푸아티에로 가셔서 교황 성하와 담판을 지으셔야 합니다."

"너는 지금 네 필요대로 재판을 급하게 끝내려고만 하고 있어. 물론 네 말대로 하면 기사단도 바로 해체될 것이고, 성 십자가도 그들이 알아서 회수해 올 테지. 너는 그래야 원하는 숙녀를 차지할 수 있을 것이고. 안 그런가?"

"폐하! 아닙니다. 그런 이유는 아닙니다."

"그럼 무슨 이유 때문에 일을 서두르는 것이지? 어차피 푸아티에에서는 이미 내 발목을 잡았어. 이젠 속전속결이 아니라 전면전이다, 발타."

"폐하. 말씀드렸다시피 불필요한 희생을 줄이기 위함입니다. 이미 서른 명에 가까운 형제들이 고문으로 죽었고, 필요 이상 고통을 받고 있습니다."

"그대는 왜 아직도 그들을 형제라 부르나? 왜 그들의 희생을 걱정해? 왜 그들을 변호하고 옹호하며 보호하려 하는가."

분위기가 점점 차갑게 식어 간다. 발타는 냉랭한 분위기에도 꿋꿋이 말을 이었다.

"폐하. 그들은 그저 관습대로, 이상하다 여기면서도 모든 사람

492

이 따라 하니 무작정 휩쓸렸을 가능성이 큽니다. 충성과 신앙의 이름으로 포장되어 강요되었을 수도 있습니다. 그들은 잘못된 전통에 반항하지 못하는 실수를 했을지언정, 기본적으로 신앙이 없는 자들은 아닙니다."

"변명이다. 너는 그리스도를 부인하고 침을 뱉는 대신 목을 칼로 그었지."

"어찌 모든 사람에게 그런 일을 바라겠습니까. 성 베드로조차도 그리스도를 세 번이나 부인했다가 참회하지 않았습니까. 그러니 그들의 기본 신앙을 확인 후에 자비를 베푸시는 것이…… 폐하께도 유익할 것입니다."

레아는 어쩐지 그가 괴로움을 억누르고 있는 듯한 느낌이 들었다. 왕은 이제 침묵하며 맥주를 들이켠다. 맥주가 그의 마음의 빗장을 풀었는지, 그의 불쾌함이 전에 없이 뚜렷이 드러난다. 하지만 발타는 물러서지 않고 간청했다.

"폐하. 부디 그들에게 관용을 베풀어 주십시오. 일이 마무리된 후 그들을 사면하시어, 늙은 자에게는 적정한 은퇴자금을 주어 조용히 노후를 보내게 하시고, 젊은 자에게는 폐하와 십자군을 위해 제대로 헌신할 기회를 베풀어 주시기를 청합니다. 폐하."

왕이 자리에서 일어났다. 싸늘한 시선이 발타와 레아에게로 꽂힌다.

"네가 그동안 내내 죄의 자백과 속죄, 사면을 이야기하고 선처와 협상을 말했던 이유가 이것인가. 그들을 염려하느라 이 재판을 이리도 지독히 채근하는 것인가? 뭐? 노후와 은퇴 자금? 네가지금 제정신인가, 발타?"

"폐하. 결국 그것이 양측에 가장 손해가 적은 방향이 될 것입

니다. 그들을 여전히 칭송하고 숭앙하는 백성이 많음을 고려해
주십시오."

이번 결정이 재판의 이정표가 될 거라 여긴 발타의 설득은 끈
덕지고 집요했다. 왕은 차가운 목소리로 되물었다.

"발타 너는 지금 누구의 편이지? 너는 지금까지 그따위 생각으
로 일을 진행하고 있었단 말인가? ……레아, 그대의 생각도 그러
한가?"

왕의 시선이 레아에게 와 닿는다. 레아는 망설이지 않고 고개
를 끄덕였다. 그동안 기사단에게 큰 고통을 당했음에도, 그들이
고문을 당하는 것을 도저히 견딜 수 없었기 때문이었다.

"그렇습니다, 폐하. 저는 앞으로 자비를 베풀고 뒤로 호박씨를
차지하는 것이 진정한 승자라고 생각합니다. 솔로몬 방에 있던 알
짜배기 자산은 조제 경이 들고튀었잖아요. 현재 기사단 자산은 교
황청하고 적당히 갈라 드시는 걸로 일을 마무리하시고, 진짜 재산
은 조제 경을 몰래 찾아내서 쓱싹 삼켜 버리시면 되는 거예요!"

아아, 말을 하면서도 이게 무슨 헛소리인가 싶지만, 어쨌든 왕
은 기가 막힌 듯이 웃으며 다시 자리에 털썩 주저앉았다. 그 덕에
살벌한 분위기가 사라졌다.

"황금에 눈이 어두운 내 숙녀께서 하실 법한 말씀이야. 아주
마음에 들어."

"칭찬……은 아니죠?"

"……욕도 아니야."

"……."

"일단 기사단의 압류 자산은 손대지 않을 테니 안심하라고 베
르트랑에게 전해 두도록 하지. 맥주를 더 가져오게."

494

그날 왕은 세공방에서 대취했다. 발타와 알랭은 왕을 업고 그의 머리까지 망토를 씌운 후 시테 궁으로 옮겼다.

4) 거룩하고도 성스러운 진흙 싸움

"발타, 베르트랑에게 가서, 기사단의 압류 자산은 왕실에서 손대지 않고 보존할 것이니 안심하시라 전하게."

필립은 장고 끝에 교황의 공격에 한 걸음 물러났다. 발타가 말한 '교황청과 자산 양도 합의'는 도저히 수용할 수 없었지만, 프랑스 전역 성사 금지령을 완전히 무시할 수도 없었다. 클레망은 보니파스보다 덜 과격하되 더 교활했다. 아나니 사태를 되풀이하기엔 감수할 후폭풍이 만만찮을 것이다.

며칠 동안 불덩어리를 삼킨 것처럼 속이 끓어올라, 필립은 생트 샤펠에 혼자 틀어박혀 기도문을 수백 번 되풀이해 외웠다. 이럴 때 차분하게 이성을 유지하는 일은 필립으로서도 쉽지 않은 일이었다.

속전속결을 주장하던 발타는 왕의 명령에 가타부타 말을 덧대지 않는다. 그가 복명하며 묻는다.

"그렇다면, 성하께서 요구하시는 신문과 재판 권한은 어떻게 하시겠습니까."

"……베랑제와 에티엔 추기경에게 죄인들의 면담과 조사를 허락하겠다고 말…… 으음."

필립은 말을 멈추고 관자놀이를 지그시 누르며 미간을 찌푸렸다. 한동안 잠을 제대로 못 잤더니 맥박이 뛸 때마다 머리에 징,

495

징 망치질을 당하는 것 같았다. 발타가 안색을 살피며 조심스럽게 묻는다.

"폐하, 혹 두통이 심하십니까?"

"아니⋯⋯. 신경 쓸 정도는 아니네."

필립은 바로 말을 끊었다.

감정을 쉽게 드러내는 것은 왕답지 못한 일, 경박하고 경멸받을 일이다. 하지만 들끓는 속을 오래 억누르고 있으면 몸의 어딘가가 아팠다.

필립은 몸이 아프다는 호소조차 약해 빠진 것, 잘못된 것, 부끄러워해야 할 일로 여겼다. 그런 것은 침실에서 아내에게나 털어놓을 만한 일이지, 어전에서 신하나 자식들에게 말할 만한 내용은 아니었다.

그런 마음을 아무에게도 털어놓을 수 없게 된 지도 꽤 오래되었다. 그래 봤자, 개인적이고 사소한 불편에 불과하다. 식사를 몇 끼 못 했을 때의 허기와 비슷한 느낌이다. 다행히 마음의 허기란 아무리 맹렬해도 사람을 죽이지는 못한다.

발타의 염려하는 눈빛이 느껴진다. 하지만 예전처럼 '아픈 것을 인정하라' 따위의 말은 더 이상 입에 담지 않는다.

사려 깊은 배려일까, 안전을 위한 거리 두기일까, 아니면⋯⋯ 예전에는 없던 벽일까.

필립은 그런 것을 구별하는 것이 늘 어려웠다.

† † †

"우리는 고문을 당해서 어쩔 수 없이 그렇게 자백을 한 것이오. 우리는 무고하오."

"예하! 이것은, 고문으로 거짓 실토한 것입니다, 교황 성하께 저희의 억울함을 꼭 전해 주십시오."

교황이 보낸 두 명의 추기경, 베랑제 프레돌과 에티엔 드 쉬스가 조사를 시작한 직후부터, 상황이 뒤집히기 시작했다. 왕이 신문했을 때는 체포된 138명의 단원 중 134명이 죄를 자백했지만, 추기경들과의 면담 후엔, 단원들 대부분 '고문에 의한 자백'이라며 증언을 철회하기 시작했다.

증언의 철회는 딱히 유리한 것만은 아니었다. 위증은 큰 죄에 해당하는 것으로, 자칫하면 '번복을 일삼는 이단'으로 찍혀 가중 처벌을 받게 된다.

몇 년의 수감으로 끝날 일로 교수형이나 화형까지 당할 수도 있다.

이 상황에서 가장 빨리, 가장 가벼운 처분으로 풀려날 방법은 죄를 인정하고, 참회하고 사면을 받는 것이다. 일이 잘 풀리면 근신령을 받아 영지나 일가붙이의 집에서 평안한 노후를 보낼 수도 있다.

하지만 성전기사단 단원들은, 죄를 인정하기엔 너무나 억울했다. 그들은 자신의 소유와 인생을 모두 바친 채 하느님의 이름만을 위해 살아왔다. 목숨과 명예 중 명예를 택하는 것은 그들로서는 당연한 일이었다.

그들은 교황을 믿었다. 그들은 재판권이 교황청으로 완전히 넘어갔다 믿었고, 교황이 기사단을 지켜 주리라 믿었다. 그래서 교황에게 모든 패를 걸었다.

클레망 교황은 '제대로 된 조사'를 위해 재판을 뒤로 미루었다.

회의 참석을 위해 가끔 궁으로 불려 가는 레아는, 왕이 회의를 하는 중간중간 미간을 살짝 접은 채 말없이 숨을 고르거나 창밖을 물끄러미 응시하는 모습을 보곤 했다.

"폐하께선 요 며칠 몸이 안 좋으신 것 같습니다. 신경 쓰실 일이 워낙 많으시니."

그럴 때마다 발타가 낮은 목소리로 귀띔하곤 했다. 하지만 레아는 왜인지 그가 아프다기보다 심하게 외롭게 느껴졌다.

다만 주변에서는 잘 모르는 듯했다.

……심지어, 왕 자신도.

재판이 질질 미루어지며, 발타가 염려했던 일이 가시화되기 시작했다. 조사를 새로 맡은 에티엔과 베랑제 추기경은 왕의 체포와 고문의 위법성을 지적했고, 고문으로 인한 증언을 채택하기 어렵다는 의견을 교황에게 제출했다.

그리고 기다리기라도 한듯, 교황의 교서가 하달되었다.

「프랑스 파리 종교 재판소의 재판 활동은 불법이니, 기욤 윙베르의 심문 권한과 재판권을 박탈한다.

프랑스 왕에게 속한 국가 종교 재판소의 직무를 정지하라. 모든 심문과 재판권은 푸아티에 교황청에게만 속한다.」

이번에는 시테 궁이 발칵 뒤집혔다.

왕은 조사관 중 한 명인 에티엔 드 쉬스 추기경을 소환했다. 에티엔은 도살장에 끌려가는 기분으로 시테 궁에 들어섰다.

회의실에는 법복과 사제복, 기사복장을 한 측근들이 험악한 분위기로 늘어서 있었고, 왕은 한가운데서 눈을 시퍼렇게 빛내며 에티엔을 응시하고 있었다.

예전에 시테 궁에서 일하면서 느낀 거지만, 에티엔은 저 필립이란 작자와 함께 일하는 측근 신하들이 세상에서 제일 존경스러웠다.

왕의 차분한 목소리가 흘러나왔다.

"사도좌께서는 아무래도 저를 적으로 돌리시겠다는 말씀이신가 봅니다."

"폐하, 그렇지 않습니다! 교황 성하께서는 어디까지나 적법한 절차와 신학적 근거를 토대로 객관적인 판단을……."

에티엔이 진땀을 흘리며 변명을 했지만, 당연히 씨알도 먹히지 않았다. 왕은 무표정한 얼굴로 모인 측근 신하들에게 내뱉는다.

"적법한 절차와 신학적 근거라. 사도좌께서는 시테 궁에 법률가와 신학자가 모자랄까 염려하신 듯하오. 어찌 감사해야 할지."

"추기경 예하, 시테 궁에는 프랑스 최고의 법률가와 신학자들이 모여 있습니다."

"파리대학의 신학 교수로도 부족하다 하신다면 성 바오로 사도를 모셔 와야 할 것입니다."

"몽시뇰 에티엔, 보통 한 걸음 양보했을 때 같이 양보하는 것이 세상의 평화를 위한 지름길이지요. 한 걸음 양보하니 두 걸음 치고 들어오는 건, 도발이라 합니다."

자존심이 상한 신학자와 법률가, 마리니 보좌 주교까지 대놓고 반발한다.

왕은 에티엔 추기경에게 몸을 앞으로 내밀고 말했다.

"성하께서 파리의 신학자들과 법률가들을 믿지 못하겠다면, 기사단이 속한 파리의 여론을 들어 보시는 게 좋겠소, 에티엔."

† † †

왕은 백성들을 통한 여론전에 돌입했다. 보좌 주교의 탁월한 능력 덕에, 파리의 자유민 상인, 장인 집단은 왕의 가장 든든한 지지 기반이 되었고, 성직자 중에서도 왕을 지지하는 자들이 적지 않았다. 오히려 귀족이나 제후 집단이 왕을 지지하는 일에 가장 소극적이었다.

레아가 일하는 바리에리 거리의 세공방은 왕궁과 몹시 가까운 번화가로, 시테 궁이나 노트르담 발發 뉴스가 가장 빨리 퍼지는 곳이었다. 레아는 왕과 그의 측근들이 파리 시민들을 어떻게 휘젓고 있는지, 그 여론을 어떻게 구워삶고 있는지 실시간으로 들을 수 있었다.

예전부터 느낀 거지만, 왕은 절대 적으로 돌리면 안 될 유형의 사람이었다. 왕의 여론전은 그 대상이 누구든 당해 내기가 쉽지 않았다. 왕과 노가레 대법관, 마리니 보좌 주교는 보니파스 교황을 비롯해 이미 쟁쟁한 이들을 여럿 침몰시킨 전력이 있다.

그리고 파리 세공장인의 면허장을 걸고 장담하건대, 발타 님 역시 여론전의 흑막에 가려진 주역이 분명했다.

왕은 교황에 대한 흑색선전에 돌입했다. 교황청에서 신문을 진행하는 사이 삼부회를 소집해 여론을 만들어 나갔다. 나르본 대주교 질 아이슬랭을 비롯해 웅변가로 유명한 기욤 플레지앙이 교

500

황을 비난하는 연설을 하고 다니기에 이르렀다. 그것도 라틴어가 아닌 대중이 모두 알아듣는 오일어로.

그들은 '신앙의 수호자이자 도덕적이고 거룩한 국왕' 대 '부패한 교황'의 대립 구도를 만들었다. 교황의 부정부패와 정실 인사 문제 따위가 적힌 익명 전단지가 거리마다 뿌려지고, 소년들이 그 소식을 거리마다 큰 소리로 떠들고 다녔다.

왕은 교황에게 승기를 잡기 위해 밤낮없이 일에 매달렸다. 30대 후반의 왕은 20대 같은 체력과 강철 같은 의지로, 적들과 지지자들과 의심하는 자들과 믿는 자들을 쉴 새 없이 만나고 지시하고 확인하고 설득하고 비난했다.

하지만 무쇠 혹은 바위라는 별명으로도 불리는 그 사내는, 기사단이 체포된 날부터 불면증과 두통, 쥐어 짜이는 듯한 복통에 시달렸다. 사혈이나 머리가 맑아지는 보석 등은 큰 효과가 없었다. 더욱이 그는 약한 모습을 보이는 것을 몹시 싫어해서, 주변 사람들조차 제대로 눈치채지 못했다.

레아는 그 잘난 작자를 딱히 여기고 싶은 마음이 손톱만큼도 없었지만, 혼자 앓고 있는 남자란 어쨌든 법적으로 신학적으로 객관적으로 불쌍하고 궁상스러운 것은 맞는지라, 나름 최대한 왕을 보필하기로 마음먹었다.

이러니저러니 해도 레아는 발타를 도와 이 빌어먹을 임무를 빨리 끝내고 이 아수라장에서 한시바삐 탈출하는 것이 소원이었다.

레아는 왕을 위해 말린 라벤더 꽃을 넣은 주머니를 건네주기도 하고, 뜨거운 뱅쇼를 만들어 바치기도 했다. 레아가 끓인 뱅쇼에는 발타가 추천하고 벵상이 갖다 바친 귀한 향신료들이 아낌없이 들어가 맛이 진하고 효과가 좋았다.

왕은 밤에 그것을 마시고 레아나 발타와 체스를 두다 잠들곤 했다. 그들은 그 시간만큼은 기사단이나 교황청 이야기를 꺼내지 않았고, 왕은 그날 밤만큼은 편히 잠들곤 했다.

왕은 레아가 만든 음료수를 수상히 여겼다. 성 십자가만큼은 아니라도 만병통치약과 비슷한 듯했다.

그 말을 들을 세공사 숙녀는, 무엄하게도 왕의 앞에서 대놓고 깔깔대며 웃었다. 진실로 간덩이가 큰 여자였다.

이듬해 봄, 왕의 정원에 봄꽃이 흐드러지게 피어오르던 날, 필립은 다시 삼부회를 소집했다. 귀족과 성직자, 자유민 대표들이 구름처럼 모여들었다. 기욤 경의 논리적인 설득과 열렬한 선동이 먹혔을까. 왕은 3개 신분 대표 2천여 명의 지지를 받아 내는 데 기어이 성공했다.

교황과 맞설 창이 준비되었다. 발타의 조언은 짧고 간결했다.

"폐하. 힘을 보이실 때는 확실하게 보이십시오. 내주에 푸아티에서 추기경 전체 회의가 있습니다."

필립은 호위부대를 대대적으로 이끌고 푸아티에로 내려갔다. 그는 병사들을 이끈 채 추기경 회의장에 난입했다. 아무도 그들을 막지 못했다.

왕실 고문이자 왕의 대변인인 기욤 드 플레지앙이 단상을 차지하고 교황을 비난하는 연설을 시작했다. 보니파스 교황의 고발자이기도 했던 플레지앙은 달변가인 동시에 법률가로서도 최고의 권위를 갖고 있었다. 국왕파 추기경들은 열렬한 환호를, 교황파 추기경들은 야유와 비난과 분노에 찬 고성을 내질렀다.

추기경 회의는 국왕파 추기경과 교황파 추기경의 난전으로 아

수라장이 되었다가, 결국 교황에 대한 성토대회로 변하고 말았다

"……결국 그의 분노를 격발한 것인가."

추기경 회의가 난장판으로 끝난 직후, 베르트랑은 방에 홀로 앉아 머리를 감쌌다. 그는 필립과 싸우는 일에 심한 공포를 느끼기 시작했다.

필립은 자신이 세운 교황을 완전히 매장하려 작정한 듯했다. 왕의 반응은 점점 과격해지고 있고, 재판권을 교황에게 뺏긴 이후, 끝없는 번복과 질질 늘어지는 상황에 인내심을 잃고 폭주하려는 기미까지 엿보였다.

지금 상황을 보면, 아나니 사태가 다시 반복된다 해도 하등 이상할 게 없었다. 교황은 이제 교회와 신앙의 수호자라는 왕이, 그토록 고결하고 도덕적이며 독실한 신앙심을 가졌다는 왕이 악마처럼 느껴졌다.

"신의 정의를 구현한다는 자의 행위가 어찌 그리 사악할 수가!"

치를 떨던 베르트랑은 순식간에 밀어닥친 자괴감에 고개를 숙였다.

베르트랑은 기사단의 재산과 단원들의 안위 중에서 선택해야만 했고, 사실, 그 선택은 이미 오래전에 끝난 상태였다.

자신은 기사단 단원들이 이단을 신봉했다는 말을 믿지 않았고, 그들의 딱한 처지를 염려하고 연민했지만, 그들의 안위를 협상의 대상으로 걸었던 적은 없었다.

교황이 협상의 대상으로 걸었던 것은 성전기사단의 어마어마한 자산이었다. 생각보다 훨씬 적은 액수이기는 했지만, 쉽게 포

503

기할 수 없는 액수이기도 했다.

지금 포기하면 교황청에서는 아무것도 얻지 못한 채 만신창이 상처만 남는다. 진흙 싸움을 여기까지 이끌어 왔으면, 적어도 기사단의 재산에 대한 권한만이라도 확보해야 했다.

인정하긴 싫지만, 싸움의 관건은 기사단의 황금이었다.

† † †

왕은 에티엔 드 쉬스 추기경을 소환해 최후통첩을 보냈다.

"에티엔 추기경, 몹시 유감스럽소만, 이미 많은 신민이 현 교황의 부당한 행동과 불신앙과 좋지 않은 인선을 비난하고 있소. 그들에게 정식 고발이라도 들어오면 재판을 열어야 하는 내 처지가 몹시 난감해지는 걸 알아주시오."

그 여론을 만들어 낸 당사자가 태연하게 운을 뗀다. 에티엔은 두려움에 압도되어 왕이 뻔뻔하다는 생각조차 하지 못할 지경이었다.

에티엔은 허리를 깊이 숙이고 간청했다.

"교황 성하께 재판이라니요. 그런 망극한 말씀은 거두어 주십시오, 폐하."

왕은 여전히 매혹적인 미소를 띠며 말했다.

"에티엔. 선대 교황 보니파스 역시 여전히 이단 재판에 걸려 있는 것을 잊었소? 그가 사망했다고 무죄가 된 게 아니오, 아직 재판소에서 계류 중이오. 그런데 현 사도좌께서는 그것조차 해결 못 하고 무슨 기사단 이단 재판을 하겠다 나선단 말이오?"

"폐하! 그것은 이번 일과 상관이 없는 일 아닙니까."

"에티엔, 그게 어찌 상관이 없소? 그 문제가 해결되어야 기사단의 이단 문제를 판정할 수 있을 것이니, 푸아티에에서 이렇게 끼어들 요량이면, 나 필립은 지금 관에 들어 있는 보니파스의 이단 재판부터 먼저 마무리하겠소."

"폐하!"

"보니파스의 미뤄진 재판을 끝내고, 바로 그의 무덤을 파헤쳐서 시신을 화형대에 매달 것이오. 내 말을 한 낱말도 빼지 말고 그대로 사도좌에 전하시오. 내 그대를 믿소, 에티엔."

에티엔은 사색이 되어 푸아티에로 돌아갔다. 죽은 보니파스에 대한 위협은, 살아 있는 클레망에 대한 협박이기도 했다. 푸아티에 교황청은 순식간에 얼어붙었다.

교황은 더 이상 버티지 못하리라는 것을 깨달았다. 왕에게 편지를 쓰는 손이 덜덜 떨렸다.

시테 궁에 편지가 도착한 다음 날, 시테 궁의 사신단이 푸아티에로 출발했다. 왕의 전권사신단과 교황청의 기나긴 힘겨루기 끝에, 간신히 합의가 이루어졌다.

〈교황은 신문권과 재판권을 프랑스 종교 재판소에 돌려준다.〉

〈왕은 기사단의 자산 처분 권한과, 단원들의 신병을 넘긴다.〉

일촉즉발 전쟁이라도 날 것 같은 상황에서, 간신히 이루어진 합의였다. 하지만 기사단의 자산 처분 권한을 넘긴 것은 왕에게도 큰 타격이었다.

그래도 교황의 정당한 권리 행사를 막기는 어려웠다. 아무리 명목뿐이라 해도 교황은 '기사단이 받드는 유일한 군주'였다. 기사단이 왕에게 자산을 넘기며 직접 협상한 것이라면 모를까.

505

회의실에 모인 사람들은, 발타가 예전에 말했던 대로, 초반에 기사단의 자산을 걸고 자크와 협상을 하는 것이 낫지 않았을까 생각했으나, 그것을 입 밖에 내지는 않았다. 특히 당사자인 발타가 그곳에 있기 때문에 더욱 그러했다.

그곳에 모인 자들은 적어도 되돌릴 수 없는 일에 대해 떠드는 게 아무 쓸모가 없다는 것을 알 만큼은 현실적인 인간들이었다.

긴 침묵을 깨고 흘러나온 왕의 목소리는 의외로 평온했다.

"그 압류된 자산이 현재 우리 손에 있다는 것이 중요하지. 뺏기지 않는 것이 승자이고, 회수할 명목은 만들면 돼. 지금은 재판에서 승리하고 기사단을 해체하는 것만 생각하도록 하지."

"……."

"기사단의 재산은 8할이 신성 프랑스에서 나온 것이며, 기사단의 명예와 영광은 대부분 우리 프랑스 귀족들과 기사들의 피로 만들어 낸 것이니, 하느님께서 그 모든 것을 나온 곳으로, 마땅히 있어야 할 곳으로 돌려보내실지라."

결론을 내린 왕은 드디어 고개를 들고 웃기 시작했다. 모인 이들은 함께 웃지 못했다.

† † †

파리 종교 재판소의 신문은 재개되었고, 왕과 기사단 사이의 기나긴 공방이 다시 시작되었다.

기사단 단원들은 교황만을 믿고, 왕과 측근 인사들을 증오하며 버티거나, 미치거나, 혹은 죽어 갔다. 적지 않은 기사들이 그 과정에서 목숨을 잃었다.

단원들은 교황이 기사단의 재산을 놓칠까 염려한다는 것은 알고 있었다. 그러나 교황이 그들의 안위를 포기했음은 알지 못했다. 그래서 그들은 교황이 자신들을 구해 주기만 기다리며, 산 채로 지옥에 갇혀 버티고, 버티고, 버텼다.

온갖 비난과 협박으로 점철된 싸움은 몇 년 동안 지루하게 이어졌다. 그들이 휘두르는 검 끝에서, 그들이 믿는 신의 이름이 찬란하게 피어올랐다. 거룩하고도 성스러운 진흙 싸움이었다.

13부. 바다를 가르는 지팡이

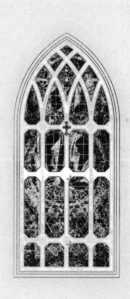

13-1. 세 명의 꿈

로베르 왕자가 신의 품으로 돌아갔다.

열한 살 소년의 죽음은 급작스러웠고, 재판정에 있던 필립은 막내아들의 임종을 지키지 못했다. 재판의 열기와 무더위가 최고조에 달한 여름날이었다.

그는 이사벨르 공주를 몇 달 전 앙글레테르로 떠나보냈고, 둘째와 셋째 아들도 뒤이어 결혼시켰다. 상대는 선대 부르고뉴 백작과 왕의 6촌 아르투아 여백작 마오의 딸인 잔과 블랑슈 자매로, 나쁘지 않은 혼처였다.

필립은 자신의 품을 떠나는 어린 자녀들을 기꺼이 축복했다. 그는 자녀들의 혼사가 프랑스에 가장 이익이 되도록 최선을 다하고 있다고 자부했었다.

그런데 막내아들의 시신을 보는 순간, 갑자기 그런 노력이 부질없게 느껴졌다. 일순 스치고 지나간 생각이지만, 채찍이 후려 갈긴 것 같은 아픔이 길게 꼬리로 남았다.

머리카락 사이로 땀이 흘러내렸다. 땀방울은 이마를 타고 내려와 눈가에 맺혔다가 아래로 미끄러져 내려왔다. 턱에 맺힌 물방울이 시커멓게 변해 가는 소년의 얼굴 위로 둔탁한 소리를 내며 떨어졌다.

살면서 이런 일들을 얼마나 더 넘겨야 하는 걸까.

깜깜한 어둠 속에 혼자 팽개쳐진 듯한 기분이 들었다. 먼 훗날 천국에서 다시 만날 수 있다는 믿음 따위로는 이 상실감을 해결할 수 없다.

······그만.

필립은 이를 지그시 물고 고개를 저었다. 몇 번 겪어 본 일이다. 시간이 지나면 견딜 만해지는 일이다. 그는 이 사악하고 진득한 어둠이 자신을 사로잡지 않도록 스스로를 엄하게 다잡았다.

나는 교회와 신앙의 수호자, 프랑스의 왕, 신의 은혜를 입은 자, 그러므로 개인적이고 사소한 괴로움으로 무너지는 것은 용납할 수 없다.

지금은 전시戰時다. 교황청과 소리 없이, 보이지 않는 칼로 죽을 때까지 찔러 대는 백병전 중이다. 버텨야 했다.

인내심이 나달나달 얇아진다. 왱왱왱왱, 왱왱왱, 위이이이이. 매미 소리가 유난히 시끄럽다. 귓속이 징징 울린다. 한낮의 열기가 피부를 벗겨 내는 것처럼 느껴졌다. 생트 샤펠 앞마당의 하얀 포석에 반사된 햇빛에 눈이 시렸다.

찌는 듯한 여름 한복판, 아름답던 왕의 정원에서는 잡초가 웃자랐고, 오랫동안 사냥터에서 뛰지 못한 개들은 견사에서 혀를 길게 내밀고 헐떡거렸다. 정원에서 벤 풀에서는 풀 비린내가 유난히 역했다. 몸의 감각이 어딘지 조금씩 이상했다.

막내아들의 관은 내일 노트르담으로 갈 것이었다. 필립은 아내를 닮아 갈색 머리카락에 큰 소리로 명랑하게 웃던 왕자의 마지막 모습을 한참 동안 내려다보았다.

왕들의 장례와 달리, 어린 왕자는 심장이나 내장을 따로 분리하여 안치하지 않는다. 그래서 향이 진한 꽃들에 파묻혀 있음에도 아들의 몸은 벌써 냄새를 피우고, 주변으로 벌레들이 날아다녔다.

"……냄새가 나. 관 뚜껑을 닫게, 위그."

"폐하, 조문객들이 계속 오고 계십니다만……. 냄새 때문이라면 향유를 더 가져오겠습니다."

"보고 싶지 않아. 닫아."

필립은 이사벨르는 자신을 닮았다고 생각했고, 로베르 왕자는 잔느 왕비를 닮았다고 생각했다.

나는 천진하고 철없던 막내를 생각보다 많이 아꼈던 것일까.

상실은, 왜 점점 견디기 힘들어질까.

왕은 관 옆에 앉아 오랫동안 생각했다.

"마드무아젤 레아께서 조문을 오셨습니다."

여자는 밤에 찾아왔다. 발타가 여자를 에스코트해서 안으로 들어섰을 때, 필립은 시간이 흘러간 줄도 모른 채, 어둠 속에 앉아 있었다.

발타는 왕의 곁에 말없이 섰고, 더운 날에도 검은 옷을 입고 머리를 양쪽으로 틀어 단정하게 감싸고 온 여자는 관 위에 꽃을 바치며 눈물을 떨어뜨렸다. 여자는 아이들을 좋아했고, 아이들도 여자를 좋아했다. 심지어 그 냉정하고 오연한 이사벨르마저 그랬다.

필립은 레아가 로베르를 위해 우는 것이 이상하게 느껴졌다.

"레아, 성 십자가 조각을 그들에게 넘기지 않았으면 로베르를 살릴 수 있었을까."

"아뇨."

"좀 성의 있게 대답해 봐."

필립은 초점이 풀린 눈으로 허공을 보며 중얼거렸다. 여자는 여전히 울면서, 하지만 망설임 없이 대답했다.

"사람 죽고 사는 게 제 마음대로 되나요? 저는 신이 아니라 인간 나부랭이예요. 저라고 막내 왕자님이 여기 누워 있는 걸 보고 싶은 줄 아세요? 폐하께서 컴컴한 데 혼자 앉아서 우시는 걸 보고 싶은 줄 아세요?"

알 수 없는 말을 하는군.

필립은 저도 모르게 손을 들어 눈가를 매만졌다. 버석버석하기만 할 뿐, 물기는 전혀 묻어나지 않았다. 흉한 꼴은 보이지 않아 다행이다. 그는 두 손을 조용히 무릎 위에 얹고 숨을 길게 내쉬었다. 여자는 고개를 숙이고 다시 눈물을 떨어뜨렸다.

그대는 내 아들을 위해 울어 주는 것인가. 그렇게 울어 줄 정도로 로베르와 친했었나?

……아니면, 나를 대신해 울어 주는 것인가?

치유의 능력을 상실한 여자는 여전히 정이 많고 오지랖이 넓었다. 필립은 지금 가슴에서 치미는 감정을 종잡을 수 없었다. 굳이 표현해야 한다면, 기쁨 혹은 환희와 비슷한 결이 포함되어 있는 것 같다.

나는 지금 온전한 정신일까.

실소가 나왔다. 그는 웃는 대신 고개를 옆으로 돌렸다.

발타는 눈을 내리깐 채 말없이 뒤에 서 있었다. 여자 역시 필립의 곁을 오랫동안 지키며 앉아 있었다. 두 사람 모두 별다른 말은 없었다.

필립의 주변에는 측근들이 많이 있었다. 그가 사랑하고 아끼는 충성스러운 신하들, 친척들, 가족, 성직자들, 낯모르는 상인들, 백성들까지. 하지만 필립은 이 넓은 방에 죽은 왕자와 자신과 발타와 저 여자만 있는 것처럼 느껴졌다.

"폐하, 잠시 쉬시겠습니까. 많이 피곤하신 듯 보입니다."

발타의 나직한 목소리가 들린 것 같다. 눈을 감자 설핏, 환한 빛으로 눈앞이 가득해졌다.

오랜만에 꿈을 꾸었다. 천국과도 같은 정원의 꿈이었다. 끝도 없이 이어진 들판, 설원처럼 하얗게 펼쳐진 꽃밭, 꽃밭, 하늘을 찌를 듯 솟아 있는 나무가 보인다. 무슨 열매를 맺는 나무인지는 여전히 알 수 없다.

나뭇가지 아래로 새하얀 발목이, 맨발이 한들거리는 것이 보인다. 하얀 눈밭처럼 눈부신 꽃의 들판, 눈처럼 맑고 새하얀 피부, 핏방울을 떨어뜨린 것 같은 붉은 입술, 그리고 새까만 비단실 타래처럼 발끝까지 흘러내리는 머리카락, 그 고혹적인 반짝임. 필립은 정원의 주인을 볼 때마다 늘 숨이 턱 막혔다.

그는 정원을 둥그렇게 감싸고 있는 넓은 강을 가로질러, 정원 한가운데 정원의 주인이 앉아 있는 나무로 다가갔다. 하얗게 드러난 매끄러운 어깨에 눈이 시렸다.

그는 늘 앉던 자리에 걸터앉았다. 지친 몸을 기대자 검고 긴 머리카락이 흔들리며 자신을 간질인다. 아아, 하아아. 길게 안도의 한숨이 흘러나온다.

안식이었다. 자신은 심신이 극도로 지칠 때마다 이 꿈을 꾸었고, 그때마다 곤한 몸을 기대고 깊이 안식했다.

"……꿈을 꾸셨습니까."

"음…….

여자의 목소리에 필립은 눈을 떴다. 눈을 몇 번 깜박이니 사방을 폭 감싼 어둠과 멀찍이 놓인 검은 관과, 꺼질 듯 일렁이는 촛불들이 뒤늦게 눈에 들어왔다.

호위 병사들을 제외하면 이제 발타와 레아만 곁에 남아 있었다. 자신을 좋아하지 않는 여자가 지금까지 옆을 지키고 있는 것이 무척 신기했다. 위협도, 협박도, 명령도 없었는데.

내가 그렇게 힘들어 보였나.

여자는 자신도 힘없고 연약한 주제에 약하고 고통받는 사람들을 헤프게 동정했다. 그것이 크나큰 약점인 줄도 모르고 그리한다. 물론 약점인 것을 알아도 고치지 못할 것이다. 본디 그런 여자다.

"무슨 꿈을 꾸셨나요, 폐하?"

"정원의 꿈…… 성모께서 보여 주신 동굴의 환상."

다시 눈을 감았다. 입술이 말라 거슬거리고 목소리가 갈라져서 나왔다. 이미 한밤중이고 새벽이 다가오고 있지만, 이 공간의 공기에는 여전히 한낮의 이글대던 열기가 서려 있는 듯했다. 발타가 물을 떠 오기 위해 밖으로 나가자 필립은 눈을 감은 채 말을 이었다.

"발타가 어릴 때 보았다는 그 꿈, 그대도 어릴 때 종종 꾸었다던 그 꿈."

레아가 가볍게 웃는 소리가 들린다.

"그 꿈은 참 이상해요. 저희 세 사람 모두 같은 꿈인 것 같은데, 또 묘하게 다르죠. 발타 님은 여전히 고향 풍경이라고 생각하시던데."

"……."

"사실은 저도 여전히 이유를 모르겠어요. 왜 제가 그 꿈의 주인공이 되었는지, 왜 이교도 아시케나지 제사장의 딸이 그 꿈을 꾸고 있는지, 어쩌다가 신의 선택을 받은 여자가 되었는지……."

필립은 가느스름하게 눈을 떴다. 여자의 웃는 모습이 씁쓸해 보였다.

"레아, 신의 행사는 원래 인간이 이해할 수 없어. 필멸자는 불멸자를 이해하지 못한다."

필립은 기질적으로 불합리한 것, 이해할 수 없는 일들을 견디기 힘들었다. 하지만 신의 의지와 신의 행사는 그 자체가 세상의 원칙이며 합리였다.

그리고 그것을 받아들이는 것이 필립의 신앙이었다.

여자는 한참 동안 눈만 깜박였다. 그는 여자의 입속에서 '그럼 불멸자는 필멸자를 이해할 수 있나요?' 하는 말이 찰랑대는 것을 눈치챘지만, 오늘은 그것이 밖으로 넘치지는 않았다. 다행이었다. 필립은 지금 신학 논쟁 따위를 견딜 힘이 없었다.

"폐하, 저도 얼마 전에 그 꿈을 꾼 적이 있었어요. 꼭 천국 같

517

다는 생각이 들더군요."

여자가 비죽 웃으며 말을 돌린다. 아이들이 떼를 쓰거나 어리광을 부릴 때 왕비가 한숨을 쉬며 웃던 모습과 비슷한 것 같다.

"천국 같다……? 글쎄. 위에서 내려다본 그 정원은 강으로 둥그렇게 둘러싸인 아주 넓은 들판이었어. 하얗고 눈부시고 아름답기는 했지만."

"정원 전체의 모습을 보셨어요? 위에서 내려다보셨나요? 장관이었겠어요……."

"……자넨 아닌가?"

"정원이 어떤 모양인지 저는 전혀 몰랐는걸요. 작은 시내를 찰방찰방 건너거나, 배를 타고 그 정원에 들어가 놀았던 것 같아요. 아, 물론 꿈에서도 허구한 날 나무도 타고, 춤도 추고 노래도 하고 신나게 뛰어노느라 정신이 없긴 했죠. 사람 쉽게 변하지 않죠, 폐하."

여자는 가볍게 웃는데, 필립은 등으로 진득하게 한기가 내려가는 것을 느꼈다. 그는 한쪽에 놓인 검은색 관과 그것을 비추는 일렁이는 촛불을 보며 조용히 말했다.

"나는, 정원을 높은 곳에서 내려다보았다. 정원 가운데 거대한 나무가 있었고, 그 나무 꼭대기 위에서…… 아니 그보다 더 높은 곳에서."

"……."

"많이 힘들 때, 멀리 있는 정원을 찾아 내려가는 꿈을 꾸었다……. 그 아름다운 정원은 늘 멀고, 나는 늘 목마르고 배고프고 헛헛하고 끔찍하게 힘들었는데, 그 정원에 가면 쉴 수 있었어."

여자는 두 손을 무릎 위에 놓고 무심하게 대꾸했다.

"저는 작년에 고양이의 방에서, 죽기 직전에 그 꿈을 꾸었죠. 그때 그 정원이 정말 천국처럼 보였어요. 적어도 이승과 저승 사이에 있는 안식처 정도? 그래서, 거기서 돌아가지 않고 편하게 포기하면 정말 죽는 거구나, 하는 느낌이 들었어요."

여자는 자신이 죽을 뻔했다는 말을 너무나도 태연하게 했다. 한때 릴리트로 불리던 여자다운 사악한 농담이었다.

"그런데 폐하, 그날 꿈에서 발타 님을 만난 거예요. 그리고 나무 밑에서 죽어 가는 저를 붙잡고 제발 살아 달라고 통곡하셨죠."

"……."

"그래서 저는 다시 지옥의 방으로 돌아갔고, 현실의 발타 님을 만났죠……."

필립은 이 대화가 신학 논쟁만큼이나 견디기 어려웠다. 그래서 필사적으로 말을 돌렸다.

"그 아름다운 정원의 주인은."

"예."

"왜 아무도 선택하지 않았을까? 그렇게 후회할 줄 알았으면 누구라도 선택을 했을 텐데."

"그랬겠죠."

"그대가 정원의 주인이었다면…… 세 명의 구혼자 중 과연 누구를 택했을까?"

"글쎄요. 세 명의 구혼자든 뭐든 기억이 안 나서 잘 모르겠어요. 제가 그 예언 속 소녀였다면 틀림없이 제일 돈 많고 잘생긴 사람을 골랐겠죠."

신의 선택을 받은 소녀, 세 명의 구혼자를 다시 만났던 여자가 대답을 흐린다. 여자는 현실에서 기어이 기사를 택할 것인가. 혹은 고약한 운명에 휩쓸려 왕관을 바친 왕자의 곁에 남을 것인가. 필립은 아직 선택이 끝나지 않았다고 믿었다.

"구혼자들 외형은 나쁘지 않았던 것 같다. 머리카락이나 눈동자는 같은 색이었던 것 같은데, 나이가 좀 차이가 나긴 하지만 분위기는 상당히 비슷했던 것 같아."

필립은 한숨을 쉬며 중얼거렸다. 여자는 고개를 갸웃했다. 목소리에 의아함이 묻어난다.

"혹시 폐하께서는 꿈에서 상인과 기사와 왕자를 모두 보셨습니까?"

"전에 말했을 텐데. 정원의 풍경부터 구혼자들이 왕관과 검과 황금을 바치던 모습까지 모두 기억한다고. 왕자는 어렸고, 기사는 젊었고, 황금의 장사꾼은 중후했다. 세 사람 모두 빼어나게 아름답고 눈부셨다."

그는 무심하게 고개를 끄덕이며 대답해 주었다. 여자의 눈이 조금 더 커졌다.

"⋯⋯얼굴도 자세히 보였나요?"

"그런 셈이지. 세 구혼자들을 정면으로 볼 수 있었⋯⋯."

왕은 얼어붙은 듯 말을 멈추었다.

나는 어떻게 그 구혼자들을 볼 수 있었지?

나는, 그 구혼자 중 한 명이어야 하지 않나?

인식하지 못했던 사실이 갑자기 또렷하게 인식되기 시작한다. 왕은 잠기운이 썰물처럼 밀려나는 것을 느꼈다.

순간, 아까 들었던, 아니 예전부터 들어 왔던 소리가, 어스름한 환청이 다시 귓가에 빙그르르 감돌기 시작한다. 아니, 꿈에서는 소리가 들리지 않는다. 누군가의 목소리가 머릿속에 새겨지는 듯한 느낌이었다.

'……새야, 나의 아름다운…….'

"폐하, 그러면, 혹시 꿈에서 폐하께서는 구혼자가 아니셨습니까?"

여자의 목소리가 환청을 탁 지르고 들어온다. 필립은 대답하는 대신 되물었다.

"그대는 꿈속에서 정원의 주인이 아니었나?"

여자는 고개를 들어 왕을 조심스럽게 올려다보았다. 눈동자에 새파란 긴장감이 감돌고 있었다.

"잘 모르겠어요, 폐하. 제가 시내를 건너서 정원으로 들어가 항상 그 나무에 올라가서 놀았던 건 확실한데……."

"……."

"실은 꿈속에서 제가…… 남자의 청혼을 조신하게 기다리지 못하고 먼저 들이댔던 것 같거든요. 그, 너무 제 취향대로 멋있게 생겨서…… 제 성격 어딜 가겠어요? 그럼 꿈의 내용이 제각기 다른 거 아닌가요?"

여자는 멋쩍게 웃는데, 필립의 등으로는 한기가 흘러내렸다. 꿈속, 강으로 둘러싸인 정원으로 놀러 가던 레아, 그 정원을 자기 집 정원이라 믿고 있는 발타.

그런데, 만약 레아가 청혼을 받던 그 여자가 아니라면?

그럼 세 명의 구혼자는 대체 뭐지? 구혼자가 세 명의 여자였을 리는 없지 않은가.

그러고 보니 솔로몬 동굴에서 나타난 분이 성모 마리아가 아니

521

라 라파엘 대천사라고 여겨지기도 했다.

"……?"

가정 하나가 어긋나는 순간, 예언 속 남자와 여자의 구별이 사라진다. 모든 것이 뒤틀리는 것 같았다.

그럼 대체…… 무엇이, 어디서 잘못된 거지?

손바닥으로 땀이 축축하게 배어 나온다.

같은 꿈, 다른 시선. 뒤바뀐 성별? ……설마?

아니, 아니다. 그럴 리가 없다. 레아는 '신에게 선택된', '여자'가 맞다. 많은 사람 앞에서 몇 번이나 증거를 보이지 않았던가.

필립은 눈을 뜨고 여자를 똑바로 바라보았다. 여자의 눈동자가 유난히 동그랗고, 새파랗게 느껴진다.

순간 환청처럼 희미한 목소리가 기억을 뚫고 떠올랐다. 나무 아래 서 있는 아름다운 정원의 주인, 앞으로 길게 뻗은 손과 하얀 손가락, 붉은 입술이 가볍게 움직이는 것이 보인다.

'……새야, 나의 아름다운 새, 내 탐욕의 …….'

머리가 핑그르르 돌았다. 제기랄. 필립은 자리에서 일어나려 탁자를 짚었으나 손은 허공을 짚었다. 폐하! 발타의 다급한 목소리. 와장창, 투앙, 시끄러운 소리가 송곳처럼 귀청을 찌른다.

"폐하, 괜찮으십니까!"

누군가가 팔과 허리를 꽉 붙잡아 그를 부축한다. 발타였다. 발타가 언제 들어와 있었지? 필립의 발치에서 발타가 놓친 물그릇이 빙그르르 돌아가며 쟁쟁 소리를 낸다.

발타. 너는, 언제부터 이 이야기를 듣고 들었지?

묻고 싶은데 입이 떨어지지 않는다. 여자는 이제 들릴락 말락 한 목소리로 다시 묻는다.

"폐하, 혹시 그 꿈에서 하늘을 나는 거대한 새를 보신 적 있습니까? 발타 님도 말씀하시던……."

"새?"

"하늘을 높이 날다가 나뭇가지나 어깨 위로 내려앉던, 새하얀 빛의 새 말입니다."

"아니. 한 번도 본 적이 없다. 그런 새 따위……."

그는 그 꿈을 자주, 오래 꾸었지만, 새하얀 빛의 새 따위는 본 적이 없었다. 필립은 여자를 향해 힘겹게 중얼거렸다.

"……신에게 맹세코, 단 한 번도."

눈앞이 온통 깜깜해졌다.

† † †

필립은 이튿날 새벽, 첫 미사를 알리는 종소리에 정신을 차렸다. 자신은 침실에 누워 있었고, 발타가 그 곁을 지키고 서 있었다. 밤을 새웠는지 기사의 눈가에 그늘이 짙었다.

"현기증이 심하신 것 같아 침실로 모셨습니다. 괜찮으십니까."

"……."

"오늘 정오에 노트르담에서 장례 미사가 있습니다. 몸이 회복될 때까지 조금 더 쉬십시오."

"레아는?"

"세공방으로 갔습니다. 궁에 손님이 많아 동생에게 가서 하루 쉬고, 장례 미사 때 참석하겠다고 합니다."

523

"……발타. 장례가 끝나기 전에 파리를 떠나."

갑자기 튀어나온 명령에 발타의 눈이 커진다. 폐하. 그가 소리 없이 부른다. 폐하. 이유를 말해 주십시오. 폐하. 이유를! 필립은 귀를 틀어막고 싶었지만 버렸다.

떠나, 발타. 레아의 곁을 떠나. 당장.

필립은 마음을 짓누르는 조급함에 숨도 쉴 수 없을 지경이었다. 꿈의 이야기가 내 속의 무엇을 건드린 걸까? 이해할 수 없었다. 꿈은 본질적으로 동일하다. 기억에 살짝 착오가 생길 수 있을 망정.

하지만 지금 느껴지는 것은 정체를 알 수 없는 다급함뿐이다. 필립은 자신의 탐욕을 부끄러워한 적이 없었으나, 지금 속에서 치솟는 마음은 발타에게 결코 들키고 싶지 않았다.

"발타. 이제 기사단의 조사 권한과 재판 권한은 내가 관할하는 재판소로 돌아왔으니 네가 할 몫은 충분히 해 주었다. 그들의 해체는 내 손으로 마무리하겠으니 재판에서 손을 떼."

"폐하. 지금 저를 내치시는 겁니까."

발타의 목소리는 조용했다. 하지만 이를 꽉 물었는지, 그의 턱에 날카롭게 각이 선 것이 보인다. 필립은 부인하는 대신 고개를 들고 자신이 보일 수 있는 가장 오만하고 차가운 표정을 지어 보였다.

"아니."

"……그러면 무슨 이유인지 알려 주십시오."

"너를 참모로는 더 이상 곁에 둘 수 없다. 적을 여전히 형제로 느끼는 자를 데리고 전략을 짜는 것은 적절하지 않아."

"폐하. 저는 그들의 편이 아닙니다."

"완전한 내 편도 아닌 것 같아."

"······계약의 파기를 원하십니까."

"그건 아니다."

"그러면 제가 파리를 떠나서 무엇을 하기를 원하십니까."

발타는 구차하게 변명하거나 뜻을 돌이키려 시도하지 않았다. 필립은 오히려 그것이 더 아팠다.

"이제 남은 약속대로, 조제 드 긴느를 찾아서 그 단장의 홀을 내게 가져와."

발타의 눈에서 불꽃이 튀었다. 그 명령이 얼마나 구름 잡고 무모한 짓인지 잘 아는 것이다.

조제는 탈출한 기사들을 끌어모아 갤리 군단을 만들어 지중해역으로 빠져나갔다. 모래사장에서 바늘을 찾는 것이 숨어 버린 조제를 찾는 것보다 쉬울 것이다.

발타는 재판 중 기사단과 최후까지 협상하여 마지막 거래 조건으로 단장의 홀을 되찾을 생각이었다. 그것이 훨씬 현실적이고 실현 가능성이 높은 방법이기 때문에.

하지만 이제 필립은 한 걸음도 뒤로 물러날 수 없었다.

"보고가 들어왔다. 레몽 드 툴루즈라는 자가 탈출했어. 단장의 조카이고, 차세대 단장 후보로 꼽히던 자라고 하지."

"일부러 놓아주시고 추적자를 붙이신 것입니까."

"그건 아니다."

"레몽이 앞잡이가 되겠다고 제안했군요."

"······눈치가 너무 빨라도 좋지 않아. 빌타."

"이중 첩자일 가능성이 높습니다."

"지금은 감수할 가치가 있다."

"그 말씀은······ 조제 경의 꼬리가 잡혔단 말입니까?"

필립은 속으로 깊이 탄식했다. 하나를 말하면 열을 앞질러 이해하는 자의 혜안이, 이제는 뼈아프게 아까웠다.

"마리니의 그물에 수상한 행적이 걸렸다. 노르망디 라 로셸 그리고 셰르부르 항에 8척에서 10척 정도 되는 갤리선이 수상한 움직임을 보인다는 바이이의 보고가 있었다. 그리고 조제 드 긴느 경으로 짐작되는 자가, 탈출한 다른 기사들 몇 명과 함께 지브랄타로 향하는 것을 보았다는 증인이 몇 명 나왔다."

"······."

"다시 말하건대, 나는 네게 남은 계약을 이행하라 요구하는 것이다. 그들을 추적해서 단장의 홀과 그에 속한 것을 환수해 와라. 기사단의 해체는 내 손으로 마무리하지."

"······."

"비밀리에 움직여야 하니, 전투 갤리는 보낼 수 없다. 레몽과 함께 네 소유의 상선으로 추적해라. 싸움보다는 설득하고 투항을 권하는 것이 좋겠지. 네가 예전에 제안한 대로, 자산을 비밀리에 양도한다면 목숨은 구할 수 있을 것이고, 노후도 보장한다 전해라. 도움이 필요하면 각 지역의 세네샬이나 바이이를 통해 지원할 것이다."

발타는 지그시 이를 물었다. 투항? 동지들이 모조리 죽어 나가는 판에, 후일을 도모할 조제 경에게, '재산을 다 넘기고 목숨만 건지라'는 말이 통하겠는가? 게다가, 상업용 범선 한 척으로, 열 척이 넘는 전투 갤리와 싸우라는 건 그냥 죽으라는 말과 무엇이 다른가.

"그들이 재산을 처분했거나 상실했을 경우는 어찌합니까."

"그것까지는 어쩔 수 없다. 하지만 그 성 십자가, 단장의 홀은 반드시 가져와야 해. 그것이 너와의 계약이었으니. 넌 그것을 찾기 전에는 파리로 돌아오지 못한다."

발타가 말없이 필립을 바라본다. 왕이 자신에게 바라는 것이 정말로 계약의 이행인지, 자신의 추방인지 혹은 죽음인지 가늠해 보려는 것 같았다.

그의 눈빛에 분노는 없었다. 필립은 차라리 저 눈에 분노와 증오가 들끓고 있으면 더 견디기 수월하리라는 생각이 들었다.

결론을 내린 듯, 발타가 고개를 숙이고 담담하게 대답했다.

"명을 받들겠습니다."

"레아는 당연히 함께 가지 못한다. 그녀는 너의 귀환을 담보할 인질이다."

"예. 폐하."

"레아에게 말하지 말고 조용히 떠나라. 레몽은 몸이 좋지 않고, 얼굴을 감추고 다녀야 하니 마차로 노르망디 해변까지 이동해야 할 것이다. 네가 그의 안전을 책임져야 한다."

"그리하겠습니다, 폐하."

"레아를 다시 보려면, 무사히 살아 돌아와야겠지."

자신이 무사히 다녀오라고 하는 말 따위는 이제 전혀 반갑지 않을 것이다. 그래서 필립은 목구멍까지 치받은 말을 삼켜 넣었다.

발타는 더 이상 대답하지 못하고 고개를 숙였다. 그는 사랑하는 여자를 혼자 두고 떠나야 하는 아픔이나, 하다못해 배신감이나 죽음에 대한 불안감조차 내색하지 못했다. 레아를 위해 깔아 둔 카펫 위에 소리 없이 물 얼룩이 생겼다.

필립은, 자신이 예전에 느꼈던 배신감과 지금 그가 느끼고 있을 배신감 중, 누구의 것이 더 크고 무거울지 잠시 생각하다가 이내 생각을 접었다. 감히 헤아릴 수도 없거니와, 무의미하고 무익한 짓이었다.

필립은 대신, 훗날 자신이 스스로를 용서할 수 있을까 잠시 생각해 보았다.

별로 가능할 것 같지 않았다.

왕의 막내아들이 땅에 묻히던 날, 발타사르 드 올랑드는 파리에서 자취를 감추었다.

다음 권에 계속